SNEGOW · MENSCHEN WIE GÖTTER

SERGEJ SNEGOW

MENSCHEN WIE GÖTTER

PHANTASTISCHER ROMAN
IN DREI BÜCHERN

AUS DEM RUSSISCHEN VON
HEINZ KÜBART

VERLAG DAS NEUE BERLIN

ERSTES BUCH

Die Fahrt des Sternenpflugs

ERSTER TEIL

Die Konferenz auf der Ora

I

Für mich begann diese Geschichte am zweiten Tag nach meiner Rückkehr zur Erde. Als ich über den Kratern des Kilimandscharo spazierenflog, traf ich Lussin, der auf einem feuerspeienden Drachen ritt.

Ich fliege ungern auf Drachen. Und die schwerfälligen Pegasusse kann ich schon gar nicht leiden. Für Flüge auf der Erde benutze ich am liebsten die Aviettes – die sind zuverlässiger und bequemer. Lussin kann sich eine Fortbewegung ohne Drachen nicht vorstellen. In der Schule, als diese stinkenden Scheusale gerade in Mode kamen, bezwang er auf einem Übungsdrachen Sechstausender. Der Drachen krepierte bald darauf, obwohl er eine Sauerstoffmaske getragen hatte, und Lussin erhielt einen Monat Stallverbot. Das war dreiundvierzig Jahre her, doch Lussin war nicht vernünftiger geworden. Er behauptet, die Art seiner Vorfahren rege sich in ihm, die diese seltsamen Wesen vergötterten. Meiner Meinung nach versucht er um jeden Preis originell zu sein. André Scherstjuk und er wären bereit, ihre Haut umzustülpen, um aufzufallen – solche Burschen sind das! Als vom Indischen Ozean ein rauch- und flammenumhüllter Drachen heranbrauste, war mir sofort klar, daß Lussin darauf saß. Er schrie mir einen Gruß zu und landete am Krater Kibo. Zwei Jahre lang hatten wir uns nicht gesehen. Lussin weidete sich an meiner Überraschung.

Der Drachen war etwa zehn Meter lang. Schlapp hatte er sich auf den Steinen ausgestreckt, müde schloß er die vorgewölbten grünen Augen, seine mageren Flanken – sie waren mit orangefarbenen Schuppen gepanzert – dehnten sich und fielen zusammen, die schweißnassen Flügel zitterten. Über dem Kopf des Tieres wölkte Rauch, beim Ausatmen schoß eine Flamme aus dem Rachen.

»Das letzte Modell«, sagte Lussin. »Zwei Jahre hat die Züchtung gedauert.«

Lussin arbeitet im Institut für Neue Formen – dem INF –, unentwegt brüstet er sich, daß bei ihnen lebendige Neubildungen geschaffen würden, zu denen es die Natur noch in einer Milliarde Jahren nicht gebracht hätte. Einiges, die sprechenden Delphine zum Beispiel, ist ihnen tatsächlich recht gut gelungen. Der Drachen, der wie ein Vulkan rauchte, war meiner Ansicht nach nicht schön.

»Dieser ganze Kulissenzauber ist doch überflüssig, sofern er natürlich nicht als Kinderschreck gedacht ist.«

Lussin klopfte dem Drachen liebevoll eins der zwölf Froschbeine. »Eindrucksvoll. Muß auf die Ora. Die werden Augen machen.«

Es wurmt mich, wenn über die Ora gesprochen wird. Die Hälfte meiner Freunde fliegt hin, ich bin nicht dabei. Selbstverständlich wurmt mich nicht ihr Glück, sondern die Tatsache, daß sie die hochinteressante Begegnung mit den Bewohnern anderer Welten in eine primitive Spielzeugausstellung verwandeln wollen. Was soll nicht alles mitgeschleppt werden!

»Unsinn! Keiner wird dein Fossil eines Blickes würdigen. Jeder Sternenbewohner ist wunderbarer als alle eure Raritäten. Die Maschinen werden dort bestimmt weit mehr Interesse finden.«

Lussin schüttelte lächelnd den Kopf. »Du bist neidisch, Eli. Ein vorsintflutliches Gefühl. Zeit vor den Drachen. Ich verstehe. Ich an deiner Stelle auch.«

Lussin spricht gleichsam in Hieroglyphen. Wir haben uns an seine Ausdrucksweise gewöhnt, Fremde verstehen ihn nicht immer. Aber mit denen unterhält er sich ohnehin nicht gern.

Sein Vorwurf verstimmte mich.

»Willst du Einzelheiten«, fragte er. »Wirst staunen.«

Ich nickte, damit ihn meine Gleichgültigkeit nicht bedrückte. Seinen Worten entnahm ich, daß in dem Magen des Drachens Brennstoffe zur Synthese gebracht wurden und dem Drachen selbst davon nicht kalt, nicht heiß war.

Lussin arbeitete an dem Thema »Die Materialisierung von Ungeheuern der antiken Folklore«. Der feuerspeiende Drachen war sein viertes Modell, assyrische Löwen und ägyptische Sphinxe sollten folgen.

»Gott Horus mit dem Falkenkopf möcht' ich«, sagte Lussin. »Ist noch nicht bestätigt. Hoffentlich.«

Mir fiel ein, daß André eine von ihm verfaßte Symphonie mit dem Titel »Die Harmonie der Sternensphären« zur Ora mitnehmen wollte und daß die Uraufführung am Abend in Kairo stattfand. Ich stehe Andrés musikalischer Begabung skeptisch gegenüber, aber lieber Musik als qualmende Lindwürmer.

Lussin fuhr auf. »Wußte ich nicht. Los, nach Kairo!«

2

Der erste, den wir in Kairo trafen, war Allan Krus. Er war zwei Stunden vor uns eingetroffen und kam mit einem Köfferchen aus der Sternenroutenkammer. Im Koffer trug er wie immer Bücher. Allan schwärmt für solchen Plunder. In dieser Hinsicht gleicht er Pawel Romero – der hat ebenfalls eine Schwäche für Bücher. Pawel benötigt sie zu Studienzwecken, Allan dagegen stöbert zum Spaß darin. »Du schärfst dein Gefühl für die Gegenwart, wenn du in den bröckligen Zeitschriften des zwanzigsten Jahrhunderts blätterst«, sagte er und lachte. Als er erfuhr, wohin wir wollten, blieb er stehen. »Und deshalb seid ihr nach Kairo gekommen? Ihr hättet doch den Konzertsaal einschalten und euch die Musik von fern anhören können!«

»Andrés Symphonie muß in Spezialräumen gehört werden. Seine Musik ist kein Vergnügen, sondern schwere körperliche Arbeit.«

Allan schloß sich uns an. »Ich muß mit André sprechen«, sagte er drohend. »Im Konzert knöpfe ich ihn mir mal vor. Das letzte Modell seiner transportablen Dechiffriergeräte taugt überhaupt nichts.«

»Geh langsamer und fuchtele nicht mit dem Koffer vor meiner Nase herum. Du hast da doch bestimmt fünfzig Kilo drin?«

»Dreiundsechzig. Laßt euch erzählen, wie wir uns auf dem Prokyon durch Andrés Leichtsinn blamiert haben!«

Von der Blamage auf dem Prokyon hatten wir gehört. Auf der Erde und auf den Planeten wußte jeder von diesem Vorfall. Allans Expedition probierte ein leichteres Sternenpflugmodell aus, das für Passagierschnelltransporte gedacht war. In der Umgebung des Sonnensystems ist es verboten, auf Hochtouren zu gehen, und die Strecke von elfeinhalb Lichtjahren legten sie in neununddreißig gewöhnlichen Tagen zurück. Im Sternbild Kleiner Hund konnten sie ebenfalls nicht zeigen, was in ihrem Sternenpflug steckte, dort waren sie nur hundertmal schneller als das Licht. Dafür machten sie in diesem Sternbild im Planetensystem des Prokyon, ohne das zu wissen, endlich eine fünf Jahrhunderte zuvor prophezeite Entdeckung – sie fanden vernunftbegabte Moose. Für den zweiten der drei Prokyonplaneten reichten Licht und Wärme nicht aus, und rotes Moos bedeckte die Felsen. Die Kosmonauten untersuchten das Moos, ermittelten aber nichts weiter, als daß die Pflanzen schwache Magnetwellen ausstrahlten. Die Große Akademische Maschine fand heraus, daß die aufgezeichneten Strahlungen Sprache waren. Es gelang, die Sätze zu entschlüsseln: »Wer seid ihr? Woher kommt ihr? Wie habt ihr die Fähigkeit der Fortbewegung in euch ausgebildet?« Die unbeweglichen Moose waren von der menschlichen Kunst des Gehens am meisten beeindruckt.

»Und an allem war sein blödes DP-2 schuld!« polterte Allan. »Ohne Zweifel ist es besser als die am Arm zu tragenden Dechiffriergeräte, die sind gerade gut genug, um sich mit Hunden und Vögeln zu unterhalten. Auf dem Pollux zum Beispiel, in den Zwillingen, haben wir uns ganz gut mit hochorganisierten Fischen unterhalten. Die lustigen Nereiden erzeugten Ultraschallwellen, wir lernten, unsere Worte in ebensolche Wellen zu übersetzen. Ihr kennt das ja aus den Sendungen …

Jedenfalls ist Andrés Gerät für schwierige Fälle unbrauchbar. Eine merkwürdig hilfslose Maschine, aber sie wird als letzter Schrei der Technik gepriesen!«

Allan hielt plötzlich inne und verkündete erregt: »Die Sternenroutenkammer hat heute eine seltsame Mitteilung erhalten. Näheres weiß keiner, doch soviel steht fest: Neue vernunftbegabte Wesen sind entdeckt. So etwas wie Menschen. Anscheinend wüten auf ihren Planeten weit schlimmere Kriege als seinerzeit bei den Menschen.«

Heut wundere ich mich, wie gleichgültig wir Allan anhörten. Die Menschheitsgeschichte nahm von da an einen anderen Lauf. Doch Lussin und ich erkundigten uns nicht einmal, wer die Nachricht gebracht habe und worin die neuentdeckten Wesen den Menschen ähnlich seien. Ich äußerte nur die Vermutung, sie müßten fernab der nächsten Sterne wohnen – in unserem Galaxisbezirk hatte man von ihresgleichen nie gehört.

»Ich weiß nicht«, antwortete Allan. »Die Große Akademische

Maschine prüft bereits den zweiten Tag die empfangene Information. Morgen oder übermorgen wird man uns allen die Ergebnisse mitteilen.«

»Warten wir also bis morgen«, sagte ich. »Und wenn es bis übermorgen dauert, dann ertrage ich das auch.«

Lussin war derselben Meinung. Andrés Konzert beschäftigte ihn mehr als die letzten Entdeckungen. In diesen Monaten vor der Konferenz auf der Ora hatten wir immerfort von neuen vernunftbegabten Wesen zu hören bekommen, die den Sternenexpeditionen begegnen würden, und das Gefühl für das Ungewöhnliche verloren. Das Erstaunliche war alltäglich geworden.

3

Unbeweglich saßen wir in unseren Sesseln, klammerten uns überrascht an die Lehnen, denn wir rasten in wahnsinnigem Tempo abwärts. Der Zustand der Schwerelosigkeit trat so plötzlich ein, daß mir beklommen wurde. Die anderen Zuschauer fühlten sich gewiß nicht besser. Dann erklang eine zarte Melodie, bunte Wolken ballten sich, und die Schwere kehrte wieder. Die Melodie schwoll an, die Elektronenorgel brauste mit allen ihren vierundzwanzigtausend Stimmen, tanzende Strahlen durchdrangen die bunten Wolken, alles verging in einem farbenprächtigen Funkenregen, weder die Wände noch die Decke waren zu sehen, noch die weitab Sitzenden, die Nachbarn hatten sich in Fackeln von kaltem Licht verwandelt. Gleich darauf wurde das Licht wärmer, die Melodie schneller, die Schwere nahm zu, Hitzewellen durchfluteten die Luft. Ich war drauf und dran, die Jacke abzuwerfen, als ein blauer Blitz den Saal erhellte, violette Flammen züngelten auf, stechender Eiswind erhob sich. Niemand vermochte sich abzuwenden, das Gesicht mit den Händen zu schützen. Die Vereisung überfiel den Raum beim Pfeifen und Surren der Elektronenstimmen. Rasch steigerte sich die Überlastung, den Lungen wurde der Sauerstoff knapp. Abermals jaulten die Trompeten, sangen die Saiten, klirrten Kupfer und Silber, in dem violetten Dunst zuckten orangene Zungen. Wärmewogen lösten den Eishauch ab, die Überlastung ließ nach, mündete in Schwerelosigkeit. Die Luft, aromatisch und wohllautend, strömte von selber in die Luftröhre, der Kopf schwindelte mir von den feinen Tönen, den zarten Farben, der Wärme und der Leichtigkeit im Körper.

Das wiederholte sich dreimal – purpurrote Hitze bei Trompetenschall und ungestüm zunehmender Schwerelosigkeit, schneidend blaue Kälte bei Überlastung, fast Ersticken, melodische Wiedergeburt, zartrosa ins Orangene übergehend, von Wärme umfächelt. Dann setzte zum letztenmal heftiger Frost ein, Hitze fegte über uns hinweg, und sonnig, wie vor dem Konzert, flammte die Saaldecke auf.

Der erste Teil der Symphonie war zu Ende.

»Er ist übergeschnappt!« rief Allan entrüstet. »So ein ungereimtes Zeug hätte ich nicht einmal von André erwartet! Weshalb habt ihr mich hergeschleppt?«

Lussin beobachtete schweigend das erregte Publikum, und ich erwiderte: »Niemand hat dich hergeschleppt, du bist von selbst gekommen. Und was dich erwartete, wußtest du genau. Ich hatte dich gewarnt, daß Andrés Musik nur Bärennaturen ertragen könnten.«

»Ich bin eine Bärennatur, aber das ist auch für mich zuviel! Ist der zweite Teil etwa auch so schrecklich?«

Ich reichte ihm die Einladung. Darauf stand. »André Scherstjuk, Die Harmonie der Sternensphären – Symphonie für Ton, Licht, Wärme, Druck und Schwere. Erster Teil: Der Weltenlauf. Zweiter Teil: Die Menschen und die Himmelsbewohner. Dritter Teil: Das Ewige als Leben.«

4

Nach dem ungestümen ersten Teil erwies sich der zweite als ruhig. Oder hatten wir gelernt, geduldig alles über uns ergehen zu lassen? Die Hauptsache war jedenfalls das Licht – wogender grüngelber Dunst, rote Explosionen, violette Streifen, die sich schlängelten, Funken und Pfeile, die herabschwirrten wie beim Polarlicht, dann wurde nach und nach alles von zartrosa Nebel überzogen, in dem man mit Freuden versunken wäre, Gefühle und Gedanken schlummerten ein. Melodisch tönten die Elektronenstimmen, Schwere und Druck nahmen bald gemessen zu, bald schwanden sie, die Kälte, die uns überfiel, war nicht so schneidend wie vorher, die

Hitze, die sie ablöste, verbrannte uns nicht. Kurzum, dieser Teil gefiel mir, er war zu ertragen. Für Andrés Werke wollte das schon etwas heißen.

Dafür hatten wir im dritten Teil nichts zu lachen. »Das Ewige als Leben« hätte einen ins Grab bringen können. Offenbar wollte André beweisen, daß das Leben nicht einfach sei, und er erreichte sein Ziel. Ungefähr zwanzig Minuten, wenn nicht mehr, wurden wir gesengt, vereist, betäubt, geblendet. Die Symphonie endete, doch im Saal blieben alle benommen sitzen. Einige sahen derart zerquält aus, daß ich lachen mußte. Allan frohlockte stimmgewaltig. So ist es stets mit ihm: Das Ungewöhnliche verblüfft ihn zunächst, dann begeistert es ihn.

»Eine starke Symphonie!« schrie er. »Solch ein Konzertchen auf die Wesen von Alpha Centauri oder Sirius kippen – die sind da nicht sehr knochig –, und es bleibt ein feuchter Fleck übrig.«

Nach dem Konzert fand sich rasch das Häuflein Freunde ein. Ich wurde müde beim Händeschütteln. Die hübsche Jeanne Uspenskaja, Andrés Frau, strahlte. Sie ist immer ungemein stolz, wenn André etwas gelingt, und sie hat oft Grund, stolz zu sein. In diesem Falle allerdings hätte Jeanne sich mit ihrer Freude etwas zurückhalten sollen.

»Du hast dich verändert, Eli«, sagte sie. »Es ist nicht zu fassen, wie braungebrannt und gut du aussiehst. Hör mal, hast du dich etwa verliebt?«

Ich wußte, warum sie so laut sprach. Leonid Mrawa und Olga Trondike kamen auf uns zu. Der gestrenge Leonid wirkte beinahe heiter, Olga war wie immer ausgeglichen und fröhlich. Bestimmt hatte sie Jeannes Anspielung verstanden, doch sie ließ sich nichts anmerken. Leonid preßte meine Hand, daß ich stöhnte. Dieser Riese – er und Allan sind zwei Meter dreißig lang – hatte die fixe Idee, ich stünde ihm im Wege. Ich hatte den Verdacht, daß Olga ihn in seinem Wahn bestärkte. Das war um so verwunderlicher, weil Olga, darin ist sie ganz anders als Jeanne, überhaupt nicht kokett ist.

»Ich freue mich, dich zu sehen, Eli«, sagte Olga. »Ich dachte, du wärst zum Mars geflogen.«

»Warum bin ich dann nicht auf dem Mars zu sehen?« brummte ich. »Wir haben die siebente künstliche Sonne auf dem Pluto montiert, hast du von dem mal gehört?«

»Ein gelbroter Zwerg von normaler Dichte, Mächtigkeit achttausend Albert. Vor kurzem habe ich errechnet, daß diese Mächtigkeit für ein normales Funktionieren nicht ausreicht. Hast du meinen Bericht gelesen, Eli?«

»Nein. Von deinen Berichten kriege ich Kopfschmerzen, so hochwissenschaftlich sind sie.«

Olga hörte gelassen zu, ihre Wangen waren leicht gerötet. Ich bin überzeugt, sie erfaßte gar nicht den Inhalt meiner Worte, ihr genügte, daß ich sprach. Sie hörte nur meine Stimme.

Jeanne rief: »Du hast meine Frage nicht beantwortet, Eli!«

»Ja«, sagte ich. »Ich habe mich verliebt. Und weißt du in wen? In dich. Ich habe es lange verheimlicht, nun habe ich nicht mehr die Kraft dazu. Was wirst du tun?«

»Ich werd's überleben, Eli. Kann sein, ich erzähle es André, damit er weiß, was er für Freunde hat.«

Sie drehte mir den Rücken zu. Jeanne will allen gefallen, und sie ist böse, wenn man sich darüber lustig macht.

»Allan hat eine Neuigkeit«, sagte ich, um dem Gespräch eine andere Wendung zu geben. »Allan, wiederhole doch mal, was du uns über die neuen Entdeckungen gesagt hast.«

Und wieder, wie vorher Lussin und ich, hatte keiner den nötigen Ernst für Allans Mitteilungen. Gleichgültig nahm man sie zur Kenntnis, als spräche er über Lappalien und nicht über die wichtigste Information, die die Menschheit derzeit erhielt. Wenn ich heute an jene Tage zurückdenke, dann suche ich vergeblich zu begreifen, warum wir damals so unverzeihlich leichtfertig waren. Dabei galten Leonid und Olga, Kapitäne ferner Sternenflüge, schon lange als erfahrene Raumfahrer. Wer wenn nicht sie, hätte erkennen müssen, was in den Sternenwelten, auf unseren galaktischen Trassen, die Entdeckung von Wesen bedeutete, die so verständig und mächtig wie wir waren. Leonid war sogar noch leichtfertiger als ich. Er wehrte Allan geradezu ab. Unsere kleine künstliche Sonne auf dem Pluto interessierte ihn mehr.

»Ich wundere mich, wie konservativ ihr seid«, sagte er. »Ihr baut einen riesigen Satelliten, heizt ihm ein, bis er sich in einen winzigen Himmelskörper verwandelt, und vertrödelt dafür Jahre, wie unsere Großväter vor zwei Jahrhunderten. Wozu das? Ein Sternenpflug würde binnen vierundzwanzig Stunden Dutzende von künstlichen Sonnen aller projektierten Größen und Temperaturen zünden. Keine Montage, kein Einheizen, kurzum, nichts außer dem Befehl: Eine Sonne entzünden und an Ort und Stelle bringen!«

»Durchaus richtig«, griff Allan auf, seine seltsamen Neuigkeiten hatte er sofort vergessen. Er freute sich, daß der Sternenpflug gelobt wurde. Auf sein Schiff war er maßlos stolz. »Für uns ist es eine Kleinigkeit – ein säuberliches Sonnchen zusammenzurollen und einem Planeten hinzuwerfen, der Wärme und Licht braucht.«

»Großartig«, sagte ich. »Viel besser als die Feuerbrände, die Lussin in den Bäuchen der armen Drachen entfacht. Aber warum werden die Sternenpflüge nicht tatsächlich benutzt, um kleine Sonnen herzustellen?«

Olga sagte: »Sicherlich wäre es einfacher, Sonnen mit Hilfe der Sternenpflüge herzustellen. Doch würde man sie in der Umgebung unseres Systems starten, bestünde die Gefahr, daß der kosmische Raum aus dem Gleichgewicht käme.«

Leonid sagte: »Es ist nicht bewiesen, daß das Gleichgewicht katastrophal gestört würde ...«

»Das Gegenteil auch nicht«, erwiderte Olga. »Ein Versuch würde uns die Lösung bringen, doch ein Mißerfolg wäre nicht wieder gutzumachen.«

5

Wir schlenderten untergefaßt in einer Reihe – Jeanne, Olga, André, Pawel, Lussin, ich, Leonid und Allan. Ich sagte, ein Kunstwerk müsse Genuß bereiten, dürfe einen nicht völlig erschöpfen. Nach Andrés Symphonie jedoch nehme man am besten eine erfrischende Strahlungsdusche, um wieder zu Kräften zu kommen. Manches sei nicht schlecht daran – einige Melodien und Farbeffekte, die Kälte zur Überlastung und die Hitze zur Schwerelosigkeit, aber in solchen Dosen, so übertrieben, verwandle sich Genuß in Qual.

»Mir gefallen nur die Musik und die Farben«, bemerkte Pawel Romero. »Ich muß bekennen, daß modische Überlastungen, Schwerelosigkeiten, der Druck, die Hitze und dergleichen mein Gemüt überhaupt nicht ansprechen.«

»Höre nicht auf sie!« sagte Jeanne. »Sie mögen dich nicht. Allein ich verstehe dich. Deine Symphonie habe ich von Anfang bis Ende ertragen, nur einmal habe ich vor Angst aufgeschrien.«

Andrés Worte zur Verteidigung der Symphonie gefielen mir weit besser als die Symphonie selbst. »In unserer Epoche gereicht es dem Menschen zur Schande, seine Lebenswelt für die einzig annehmbare auszugeben. Seine irdischen Gewohnheiten taugen nur für ihn, es lohnt nicht, sie über die Grenzen des Sonnensystems hinaus zu verbreiten. Aber empfindet der Mensch nicht die Einheit des Lebens im All, verbinden ihn nicht Tausende von Fäden mit den seltsamen Geschöpfen anderer Welten? Das ist nicht die Gemeinsamkeit der Details und des Äußeren, nein, das ist die Gemeinsamkeit des lebendigen Verstandes. Davon eben, von der Einheit der vernunftbegabten Wesen des Alls, handelt die Symphonie. Meine Musik ist nicht irdisch, sondern kosmisch, sie enthüllt die Ähnlichkeit alles Lebendigen. Und wenn vieles in der Symphonie für den Menschen schwierig ist, so ist das kein Unglück, vielleicht entspricht gerade das dem Geschmack anderer Wesen. Dies und das hat euch gefallen, manches wird den Wegabewohnern gefallen, etwas anderes erfreut die Ankömmlinge vom Fomalhaut. Mein Werk ist gelungen, wenn es die verschiedenen Wesen innerlich bewegt. Die Harmonie des Alls erschöpft sich nicht darin, was sich in euren Herzen vollzieht.«

Romero lächelte spöttisch. »Mit Ihrem Werk haben Sie den armen Menschen streng auf sein bescheidenes Plätzchen im All verwiesen, aber es ist doch möglich, daß sich der Mensch nicht mit der Rolle eines Mitteldings zwischen einer scharfsinnigen Eidechse und einem dümmlichen Engel abfindet. Haben Sie daran nicht gedacht, André?«

André wartete, was ich sagen würde. Ich wollte ihn nicht betrüben, durfte mich aber auch nicht in Schweigen hüllen. »Deine Absichten sind vortrefflich, André, doch nicht zu verwirklichen. Mir scheint, es gibt keine Kunstwerke, die auf sämtliche vernunftbegabten Wesen des Alls wirken. Das Menschliche dem Menschen. Und den denkenden Fischen etwas Besonderes, das sich vielleicht unserem Verständnis verschließt.«

Ich erinnere mich keines Falls, daß André einem Gegner sofort nachgegeben hätte. Unbedingt sucht er überraschende Züge, erfindet verwickelte Varianten, die nachgeprüft werden müssen – um seine Niederlage nicht einzugestehen.

»Mögen die Sternenbewohner selbst unseren Streit entscheiden. Setzen wir die Diskussion auf der Ora fort!«

Wir wurden verlegen. Es fiel mir schwer, André anzusehen.

»Weißt du denn nicht«, sagte Olga vorwurfsvoll, »daß Eli nicht mit uns zur Ora fliegt?«

6

André blickte mich an, als glaubte er es nicht.

»Nichts zu machen«, sagte ich. »Ihr begebt euch auf die Reise, um mit Sternenbewohnern Bekanntschaft zu schließen, und ich breche wieder auf, um künstliche Sonnen zu montieren, sobald ich meine dienstlichen Aufträge auf der Erde erledigt habe.«

»Der Leichenbitterton paßt nicht zu deiner spöttischen Visage«, rief André. »Ich will wissen, warum es sich plötzlich so ergeben hat!«

Ich erklärte, von Plötzlichkeit könne keine Rede sein. Als die Anwärter ausgesucht wurden, habe man bei mir nicht die Vorzüge gefunden, mit denen meine Freunde glänzten. Ohne Olga, Allan und Leonid seien ferne Reisen unmöglich – sie seien Ingenieure und Kommandeure kosmischer Schiffe. André dürfe ebenfalls nicht übergangen werden – kaum jemand könne sich mit ihm im Entschlüsseln unbekannter Sprachen messen. Lussin werde möglicherweise andere Lebensformen kennenlernen und dann versuchen, einige von ihnen künstlich nachzubilden. Der Altertumskenner Romero müsse erst recht dabeisein. Wer weiß, ob nicht manche Gebräuche und Gesetze der neuentdeckten Gesellschaften wiederholten, was einst schon auf Erden blühte und verwelkte! Wer aber braucht mich dort?

»Mein Lebtag habe ich keinen größeren Dummkopf als dich getroffen!« schrie André. »Hast du dich bemüht, in die Expedition aufgenommen zu werden? Was hast du dafür getan?«

Geduldig erläuterte ich André, daß ich mich vor einem Jahr für den Ausscheidungswettbewerb gemeldet hatte. Vor drei Monaten hatte die Große Staatsmaschine mit der Bearbeitung des Materials begonnen. Insgesamt hatten sich rund sechzig Millionen Menschen beworben, nach dem ersten Ausscheid, der nach Alter und Gesundheit vorgenommen wurde, blieben dreieinviertel Millionen übrig.

»Warst du unter denen, die den ersten Ausscheid überstanden?«

»Ja. Aber leichter wurde mir davon nicht. Konsequent engte die Maschine den Kreis der Ausgewählten ein. Schließlich waren noch hunderttausend Menschen übrig, die alle Wettbewerbsbedingungen erfüllten, unter diesen war wiederum ich. Dann entschied das Los. Auf mich fiel eine Niete.«

Andrés Miene hatte sich verdüstert. Ich erriet, daß er eine Möglichkeit suchte, meinen Antrag zu erneuern.

»Ohne Eli fahre ich nicht!« sagte er fest. »Schon in der Schule haben wir davon geträumt, die erste Reise in andere Sternbilder gemeinsam zu unternehmen.«

»Ich habe einen Plan«, erklärte Romero. »Ich werde Wera bitten, Eli zu helfen. In fünf Minuten fliege ich in die Hauptstadt. Um elf erfahren Sie, Eli, ob Ihnen das Schicksal günstig ist.«

7

In Kairo liebe ich die Sommerabende, obwohl sich die klimatischen Unterschiede der einzelnen Breiten gemildert haben, seit es die Erdachsenverwaltung versteht, unseren Planeten im Raum zu orientieren. Ich kann mich noch erinnern, daß zur Winterszeit in der Antarktis unkontrollierte Schneestürme wüteten. Vor etwa fünfzehn Jahren wurde ernsthaft erwogen, ob man auf der Erde nicht ein festgelegtes Klima einführen sollte – ewiger Sommer in den Tropen, ewiger Frühling in den hohen Breiten. Die Idee, an den Scheiteln des Planeten ständig Frühling und in den zentralen Breiten unaufhörlich Hitze zu haben, wurde jedoch verworfen – zum Glück, denn unser Gefühl begehrt Abwechslung und wehrt sich gegen Einförmigkeit. Der heutige, nach Monaten und Wochen aufgeschlüsselte Wechsel von Wärme und Kälte, Regen und Sonne, Wind und Stille behagt mir.

Jeder Ort hat seinen besonderen Reiz. Die Meteorologen können sich noch so anstrengen, die Luft in Grönland und Jakutien wird nie so aromatisch und schmeichelnd wie im Süden sein. Im Norden ist die Welt rauh, in den Tropen wirkt die Natur versonnen und zärtlich. Die Musikalität eines südlichen Abends, der von Wohlgerüchen prall ist wie ein Schrei, erregt mich.

Elf Uhr war schon vorbei. Ich hätte Wera mit Hilfe ihrer Chiffre rufen können. Lieber nicht, sagte ich mir, sie denkt dann womöglich, ich will betteln. Ich war noch keine zwei Schritte gegangen, als in der Allee die Videosäule aufflammte und sich Weras Silhouette darin abzeichnete.

»Bruder«, sagte Wera, »nach deiner Ankunft auf der Erde hättest du zu mir kommen sollen!«

»Ich habe hier dienstlich zu tun«, sagte ich. »Und ich wußte nicht, daß es auf eurer wirren Welt Mode geworden ist, Besuche zu machen.«

»Du hast dich wenig verändert, Eli«, bemerkte sie.

»Andere finden, ich hätte mich sehr verändert«, erwiderte ich.

Ihr Lächeln erlosch. Unablässig, als glaube sie nicht, daß ich es sei, hielt sie ihren Blick auf mich gerichtet. Sie dachte über mich nach, damit ihr kein Fehler unterlief. So hatte ich sie immer gekannt – impulsiv, brüsk, aber stets gerecht.

»Und nun willst du zur Ora fliegen?«

»Darf ein Mensch nicht wollen, was ihm gerade einfällt?«

»Nicht alle Wünsche lassen sich verwirklichen, Eli.«

»Das habe ich schon im Kursus ›Die Grenzen des Möglichen‹ gelernt, und wenn ich mich recht erinnere, für Verständigkeit die beste Note erhalten, die Zwölf.«

»Ich fürchte, deine Verständigkeit hat gerade für das Examen gereicht. Komm morgen abend. Es hat sich manches geändert, vielleicht geht dein Wunsch in Erfüllung.« Die Videosäule erlosch.

8

Mag sein, ich bin sentimental, aber mir stockt der Atem, wenn ich dem Sternenhimmel mutterseelenallein gegenüberstehe. Unsere Vorfahren, die Hirten, wurden beim Anblick des Alls, das mit Tausenden Augen über ihnen glitzerte, von Angst gepackt. Sie ahnten nicht, wie unermeßlich groß die Welt ringsum ist, und fühlten sich verschwindend klein vor diesem Sternenmeer. Ich möchte den fernen Welten immer die Hände hinhalten, möchte ebenso flammen und blinken, ebenso schreien, im Weltall gleißend schreien!

»Was hast du?« fragte André, als er auf den Balkon kam. »Du siehst verstört aus.«

»Ich genieße den Himmel – nichts weiter.«

Er setzte sich in den Sessel und versank ebenfalls im Anblick der

Sterne. Bald hatte auch er ein seltsam verklärtes Gesicht, wie alle, die der Erhabenheit des Weltalls teilhaftig werden.

Die Sternensphäre drehte langsam die Himmelslichter um die unsichtbare Achse. Der samtschwarze Himmel war dicht über uns. Anscheinend brauchten wir nur die Hände auszustrecken, um die Sterne zu berühren. Am nördlichen Horizont funkelte der Große Bär, im Zenit brannte der riesengroße Orion, grimmig lohte der Sirius, und etwas tiefer, ebenfalls beinah am Horizont, erhob sich triumphierend das Kreuz des Südens, im Kiel loderte das rotgrüne Feuer des Kanopus. Die Luft war so klar, daß ich ohne Mühe die Himmelskörper siebenter Größe erkannte, doch von dem heftigen Funkeln der Sterne nullter Größe und der mit negativen Werten schmerzten mir die Augen.

André sagte leise: »Dort aber, in den unermeßlichen Abgründen des Alls, werden wir uns nach unserer Erde sehnen. Manchmal denke ich an die Menschen, die in den Kosmos geflogen sind, bevor der Tanew-Effekt verwendet wurde. Sie waren Sklaven jämmerlicher Geschwindigkeiten, erreichten nicht die des Lichts, ihr kleines Leben langte nicht, um zurückzukehren, sie wußten das – dennoch strebten sie vorwärts.«

»Willst du sagen, daß sie Helden waren?«

Lächelnd schloß ich die Lider. Das orangene Auge des wutschnaubenden Himmelstieres, des Aldebaran, schien auf mich herabzustürzen. Einundzwanzig Parallaxensekunden, fünfundsechzig Lichtjahre trennten uns. Dort auf der Seite des Aldebarans flog irgendwo ein unsichtbarer künstlicher Planet – die Ora.

»Vor vierhundertzwanzig Jahren sind Robert List und Eduard Kamagin mit ihren Kameraden im Raum verschwunden«, sagte André nachdenklich. »Vielleicht jagt ihr Schiff immer noch wie ein verirrter Himmelskörper dahin, und die toten Kosmonauten halten mit verwesten Fingern die Steuerhebel umklammert. Wie müssen diese Männer gelitten haben, wenn sie an die ewig unerreichbare Erde dachten!«

Ich drehte mich nach André um. »Warum so traurig, mein Freund?«

»Ich habe Angst, Jeanne allein zu lassen«, sagte er finster.

»Du brauchst dir doch keine Sorgen zu machen. Mißglückte Entbindungen gibt es längst nicht mehr!«

»Nein, nein, das ist es nicht …«

Er schwieg eine Weile, als sei er unschlüssig. Unschlüssig ist André nur in Ausnahmefällen.

»Bevor Jeanne und ich heirateten, befragten wir die Auskunftsmaschine, ob wir für ein gemeinsames Familienleben geeignet seien. Die Auskunftsmaschine erklärte, wir paßten zu neununddreißig Prozent zueinander.«

»Tatsächlich? Das hätte ich nicht gedacht.«

»Das hatten wir selbst nicht erwartet. Wir liebten uns und hatten deshalb wahrscheinlich nicht bemerkt, daß Trennendes zwischen uns war. Ich war wie vor den Kopf geschlagen, Jeanne weinte.«

»Ich erinnere mich, vor der Hochzeit liefst du griesgrämig umher ...«

»Da muß man ja griesgrämig werden! Man will heiraten und erhält die Prognose, die Ehe werde scheitern ... Schließlich sagte ich zu Jeanne: Gut, und wenn es nur neununddreißig Prozent sind! In alten Zeiten haben die Menschen geheiratet, selbst wenn sie nur zu zwei oder drei Prozent zusammenpaßten. Während der ersten Wochen unserer Ehe lasen wir uns jeden Wunsch von den Augen ab, einer steckte vor dem anderen zurück, damit ja kein Zank ausbrach. Dann kühlten wir ab, und wieder tauchte die Angst auf, ob nicht die unheilvollen einundsechzig Prozent die Oberhand über die kostbaren neununddreißig gewinnen würden. Erneut befragten wir die Auskunftsmaschine. Und was war? Wir paßten nun zu vierundsiebzig Prozent zueinander!«

»Oho!«

»Ja. Vierundsiebzig. Wir atmeten auf, doch die Sorge blieb. Du brauchst nicht zu lächeln. Ob ich nun zu Jeanne passe oder nicht, ich will sie auf keinen Fall verlieren. An dem Tag, als sich entschied, daß ich zur Ora reisen würde, erhielten wir die letzte Auskunft – unsere Übereinstimmung hat dreiundneunzig Prozent erreicht. Aber auch die sieben Prozent liegen mir wie ein Stein auf der Seele. Sicher, wenn ich auf der Erde bliebe ...«

»Alle Verliebten sind dumm. Wenn ich dich anschaue, bin ich froh, daß ich nicht verliebt bin.«

Ich mußte an mich halten, um nicht zu lachen, solch ein Gesicht zog er. »Kennst du die Legende von Philemon und Baucis? Sie waren das treueste Ehepaar unter den Menschen, und die Götter schenkten ihnen das Glück, am selben Tag zu sterben. Nach ihrem

Tod wurden sie in eine Eiche und eine Linde verwandelt. Romero sammelte sämtliches Material über Philemon und Baucis und legte es der Auskunftsmaschine vor. Rate mal, wieviel sich ergab! Siebenundachtzig Komma sechs Prozent weniger als bei dir, du Kauz!«

André fand nichts einzuwenden, und ich wartete mit meinem letzten Argument auf. Alle Lebensäußerungen auf Erden wären zu sehr der maschinellen Programmierung unterstellt. Sicher, die gigantische Arbeit, die auf der Erde vollbracht werde, um alle Planeten zu lenken, sei ohne Automaten nicht durchführbar. Aber wozu die Bereiche maschinell steuern lassen, wo man leicht mit dem eigenen Gefühl und dem Verstand auskommen könne? Und wenn ich mich verliebte, dann würde ich mich bemühen, zur Geliebten zärtlich zu sein, ohne zu fragen, ob wir füreinander taugten – die Kraft unserer Liebe wäre der Maßstab, ob wir übereinstimmten. Küsse, die eine Maschine gebilligt habe, schmeckten mir nicht! »Ich bin mit Romero für das Alte, meine aber genau wie er, daß bei unseren Vorfahren vieles vernünftiger war – ihre Neigungen programmierten sie jedenfalls nicht.«

André fauchte. »Was weißt du denn von den alten Zeiten? Woher willst du wissen, daß unsere Vorfahren ihr Leben nicht programmierten? Und ihre sozialen Gesetze? Ihre Bestimmungen für gutes Verhalten? Ist das kein Lebensprogramm? Wärest du nur mal durch eine der alten Städte gepilgert! Da war doch jeder Schritt programmiert: Überquere die Straße an bestimmten Stellen und nur bei grünem Licht, halte dich nicht auf und renne nicht, bleibe um Gottes willen nicht auf der Fahrbahn stehen, gehe rechts und überhole links – Tausende kleinster Reglementierungen, die wir längst vergessen haben. Und ihre Festessen? Das war schon kein Programm mehr, sondern geradezu ein heiliges Ritual von alkoholischen Getränken, Vorspeisen, wechselnden Gängen und Trinksprüchen! Ich behaupte das Gegenteil von dem, was du sagst: Wir sind unvergleichlich freier als unsere Vorväter, unsere Schutz- und Auskunftsmaschinen schränken uns nicht ein, sondern gewährleisten unsere Freiheit. So ist das, mein ungeratener Maschinenstürmer.«

Es fällt mir schwer, mit André zu streiten. Um den Bruchteil einer Sekunde begreift er schneller als ich, und schamlos nutzt er das aus. Er läßt einem keine Zeit, die Antworten zu bedenken.

9

Am Morgen erfuhr ich, daß an diesem Tag in den mittleren Breiten das Fest des Großen Sommergewitters gefeiert werde.

In den Straßen von Kairo war deutlich zu spüren, daß wichtige Ereignisse bevorstanden, Aerobusse und Aviettes glitten durch die Luft, die Flügel von Pegasussen rauschten, stumme Drachen schlängelten sich dahin. Ich sprang in einen Aerobus und genoß aus der Höhe das Panorama der gigantischen Stadt. Auf der Erde ist Kairo farbenprächtig und vielgestaltig, aus der Luft herrschen zwei Farben vor – Grün und Weiß, eine angenehme Kombination fürs Auge. Wir überholten nicht weniger als hundert Pegasusse und fliegende Lindwürmer, ehe wir den Bahnhof erreichten. Die Expresse nach dem Norden starteten minütlich.

Laut Plan begann das Gewitter um zwölf. Über dem Mittelmeer stießen wir in den ersten Wolkentransport. Ich wußte, daß vom Stillen und vom Atlantischen Ozean Tausende Kubikkilometer Wasser aufgeworfen und wochenlang in Wasserräumen gesammelt wurden, bis es Zeit war, sie zum Festland zu schieben. Daß auch das unter Naturschutz stehende Mittelmeer Wolkensammelarena geworden war, bedeutete eine Überraschung für mich. Auf der Erde hatte sich in den zwei Jahren meiner Abwesenheit viel Neues ereignet. Ich wäre gern zum Stillen Ozean geflogen und hätte zugeschaut, wie die gigantischen, in Zehnkilometerschichten gepreßten Wolken in Bewegung kamen, aus der Höhe, wohin man sie getrieben hatte, herabschwebten und auf vorgeschriebenen Bahnen davonsegelten.

Der Wind hatte eine Geschwindigkeit von ungefähr dreißig Metern in der Sekunde, das Mittelmeer kochte, mit jedem Kilometer wurde es dunkler vor dem Fenster. Der Expreß wandte sich nach Osten und tauchte in helles Sonnenlicht. Ich bestaunte die kunstvolle Formation des Wolkentransports – eine kilometerlange Nebelmasse segelte in so sauberer Front dahin, als wäre sie mit einem Lineal ausgerichtet. Der Übergang vom Dunkel ins Licht kam unvermittelt.

In der Hauptstadt trafen wir um elf ein. An der Kreuzung Grüner Prospekt und Rote Straße stiegen wir aus. Der Grüne Prospekt wimmelt an Festtagen von Menschen, deshalb bog ich lieber in die Rote Straße ein. Das ist zwar nicht die schönste der vierundzwanzig Magistralen der Hauptstadt, doch ich liebe sie. Die nicht allzu hohen Gebäude, sie haben dreißig bis vierzig Stockwerke, gleichen Kuben und Polygonen, Hochgartenterrassen umgürten sie, Plattformen zum Spazierengehen. Mir gefallen die lebhaften Farben dieser Straße – Rot in einer Unmenge von Schattierungen. Manche Gebäude recken sich wie himbeerfarbene Zungen, andere dehnen sich zu blutroten Feuerwänden, wieder andere lodern gleich orangefarbenen Büschen.

Flüge auf Pegasussen waren in der Hauptstadt nach wie vor verboten, dafür waren die Einwohner mit Aviettes in die Luft gestiegen. Wie stets waren die Kinder aus dem Häuschen; diese Racker brauchen nur einen Anlaß, um herumzutollen. Gibt es einen besseren als das Große Sommergewitter? Waghalsig schossen sie Purzelbäume zwischen Häusern und Bäumen. Ich wußte, daß die Beschützerinnen sie behüteten, dennoch stockte mir der Atem, als die Knirpse anfingen, im Herabpurzeln von den vierzigsten Stockwerken zu wetteifern. Einer von diesen zehnjährigen Draufgängern kam auf mich zugestürzt. Die Beschützerin bog seine Aviette selbstverständlich ab, das Bürschchen jagte vorbei und schaukelte etwa zehn Meter von mir entfernt in der Luft.

»Warte, dich kriege ich!« schimpfte ich und mußte an mich halten, um nicht zu lachen.

»Mich kriegen Sie nicht. Keiner kriegt mich.« Sofort riß er aufwärts aus und spähte aus Adlershöhe nach einem neuen Opfer.

An der Kreuzung Rote Straße und Sternenprospekt standen freie Aviettes. Ich setzte mich in eine und befahl im stillen: Zur Museumsstadt! Wenig später schwebte die Aviette auf dem Pantheonplatz nieder, am Denkmal für die Kuh.

Ich gehe stets ins Pantheon, wenn ich in die Hauptstadt komme. Heute wird niemand mehr dort beigesetzt. Aber die gewaltigen Geister und Charaktere verflossener Jahrhunderte verdienen ewig geehrt zu werden – unsere Urgroßväter taten es, indem sie ihnen das Pantheon errichteten.

Neben den Denkmälern für Phantasiegestalten, die auf die geistige Entwicklung der Menschheit Einfluß nahmen, stand die Statue Andrej Tanews. Tanews Leben ist nur in großen Zügen bekannt, obwohl seine Gefängnishefte zweihundert Jahre nach seinem Tode gefunden wurden, aber in seiner Geschichte hat sich Wahrheit derart mit Dichtung verquickt, daß nur eins glaubwürdig ist: Anfang des zwanzigsten Jahrhunderts nach der alten Zeitrechnung lebte der Mann, der die Metamorphose von Materie in Raum und von Raum in Materie entdeckte, die später »Tanew-Effekt« genannt wurde.

Der Bildhauer hat Tanew in Gefängniskleidung dargestellt – die Hände auf dem Rücken verschränkt, den Kopf erhoben. Der Häftling blickt in den Nachthimmel, sinnt über die Sterne nach, stellt eine Theorie auf, sie aus dem Nichts zu bilden und ins Nichts zu verwandeln. Es gelang Tanew als erstem, Formeln zur Umwandlung von Raum in Masse auszuarbeiten, und er war der erste, der verkündete, die Zeit werde kommen, da der Mensch wie ein Gott Welten aus dem leeren Raum schaffe und sich schneller als das Licht fortbewege. All das ist in seinen Gefängnisheften zu lesen.

Von Tanew ging ich zu Ngoros Büste. Sie steht unweit der Statuen von Marx und Lenin. Diesen Platz besuche ich, bevor ich etwas Wichtiges in Angriff nehme.

In der Mitte der Galerie erhebt sich auf einem Piedestal eine Kristallglocke, unter der Ngoros schwarzer Lockenkopf ruht. Er scheint zu leben, doch die fest geschlossenen Augen bezeugen, daß dieses mächtige Gehirn nie mehr zum Leben erwacht. Alles an diesem erstaunlichen Kopf ist mächtig und massiv, heiter und von Güte durchdrungen. Als ich erfuhr – damals ging ich noch zur Schule –, Ngoro habe einen Unfall erlitten und die stümperhafte Medizin seines Jahrhunderts habe nur den von den Schultern getrennten Kopf retten können, schien es mir wunderbar, daß der Kopf redete, dachte, lachte, sogar sang, zur Nacht einschlief, am frühen Morgen erwachte – lebte, normal zweiunddreißig Jahre lebte! Ein antiker Musikant komponierte, taub geworden, die beste seiner Symphonien, Ngoros vom Rumpf getrennter Kopf vollendete die Theorie, wissenschaftliche Systeme mittels Auflösung experimenteller Fakten in mathematischen Reihen zu schaffen. Und als ich mich Ngoros Kopf näherte, erinnerte ich mich, daß die Freunde des Gelehrten oft vor ihm weinten. Ngoro warf ihnen dann Kleinmut vor und wiederholte immer nur, er fühle sich wohl, da er den Menschen noch nützen könne. Im siebenundsechzigsten Jahr seines Lebens verschied er. Und er wußte, daß er starb, der künstliche Blutkreislauf hatte das Leben des Kopfes verlängern, ihn aber nicht unsterblich machen können. Er verabschiedete sich von den Freunden, grüßte alles Vernünftige und Gute, das noch auf

Erden erscheinen würde, und schlief, wie immer gütig lächelnd, zu seiner gewohnten Zeit still ein – diesmal für immer.

Ngoros schwarzes Gesicht lächelte, es war, als sei er heut nacht eingeschlafen, nicht schon vor zweihundert Jahren.

»Die Wolken! Die Wolken!« wurde auf dem Platz gerufen.

Ich lief zum Ausgang und forderte durch die Beschützerin eine Aviette an.

10

Rasch füllte sich der Himmel. Ich beeilte mich, um mich über der Insel der Museumsstadt aufzuschwingen.

Um mich herum stiegen Hunderte anderer Aviettes auf, über der Stadt waren bereits so viele, daß kein Menschenhirn mehr imstande gewesen wäre, sich in dem Gedränge zurechtzufinden. Ich stellte mir vor, die Große Staatsmaschine falle aus, die Beschützerinnen der sich in der Luft amüsierenden Hauptstadtbewohner verlören die Verbindung zu ihnen, und erschrak. Die Menschen würden zusammenprallen, auf Dächer und Straßen stürzen.

Die Wolken schoben sich wie eine Mauer herauf, und im Nu hatten sie die Hälfte des Firmaments verhüllt. Wild brauste ein Orkan heran, die Aviettes wandten ihm ihre Nasen zu und begannen zu schaukeln. Ich öffnete das Fenster einen Spalt breit und wäre fast erstickt an der hereinschlagenden Luft. Selbst in dieser Höhe war zu hören, wie der Sturm heulte. Dann wurden wir ohne Übergang von Finsternis umhüllt. Ich sah nicht mehr die anderen Flieger, auch mich sah niemand. Die Sicherheitsmaschinen schützten uns, das wußte ich, aber einen Augenblick lang hatte ich Angst, und ich drehte zur Stadt ab. Die anderen empfanden wahrscheinlich dasselbe, denn als der erste Blitz den Raum erhellte, sah ich ringsum alles abwärts streben.

Mag sein, ich irre mich, aber an diesem Sommerfest scheint mir nicht das Gewitter das schönste, sondern sein Herannahen, der rasende Wolkenflug und die Blitzeschlacht. Das aufzuckende Licht und die grollende Luft verwirrten mich. Ich brüllte und flog in der winzigen Aviette, selber einem Kugelblitz ähnlich. Für die Lichtentladungen waren zwanzig Minuten vorgesehen, und ich jagte ins Entladungszentrum, wo hohe Spannungen gespeichert wurden –

ein Luftstoß glich hier einer Explosion, und die Helligkeit des elektrischen Feuers blendete, selbst wenn man eine dunkle Brille trug. Das ist ein Sport der Kühnen, scheint mir. Viele halten ihn für eine Belustigung Unvernünftiger.

Nicht weit von mir flammte ein Blitz mit Dutzenden Zacken und Verästelungen auf, einer riesigen Wurzel ähnlich. Parallel zu ihm züngelte ein anderer, und von oben schoß ein dritter herab. Alles verschmolz zu einem Flammenmeer. Ich vermeinte, mitten in eine Fackel geraten und zu Asche verbrannt zu sein. Aber die drei Blitze erloschen, und über mir – oder beinahe in mir selbst – war ein Donnern und Grollen, als stürze ein Berg zusammen. Geblendet und betäubt, verlor ich sekundenlang das Bewußtsein. Meine Aviette sauste abwärts und fing sich erst über dem Dach eines Hauses. In einer der gelandeten Maschinen erblickte ich ein langhalsiges Mädchen.

Nach den Entladungen setzte strömender Regen ein. Ich preschte in die Stadt – Regen muß man auf der Erde auskosten, nicht in der Luft, und zwar mit seinem Körper, nicht in einer Maschine. Ich landete auf einem Platz und sprang in den Regenguß hinaus. Die Aviette flog sofort zur Haltestelle, während ich zu dem Haus gegenüber lief. Dabei wurde ich bis auf die Haut naß. Unter einem Vordach standen ungefähr zwanzig Personen. Mein Anblick rief Gelächter und Verwunderung hervor, denn ich war nicht entsprechend gekleidet. Hier stand auch das langhalsige Mädchen. Bestimmt war ich ihr auf den ersten Blick unsympathisch gewesen. Sie war die einzige, die mich feindselig musterte.

Höflich sagte ich zu ihr: »Verzeihen Sie, haben wir uns nicht soeben unterhalb der Wolken getroffen?«

»Erheblich unterhalb der Wolken, fast am Boden«, sagte sie kühl. »Sie waren wohl durch eine Entladung ins Trudeln gekommen?«

»Ich hatte die Lenkung verloren, bin dann aber in den Bereich der Entladungen zurückgeflogen.«

»Das ist mir ebenfalls nicht entgangen, wie Sie sich in der Höhe aufführten.« Offenbar wollte sie mich beleidigen. Sie war mittelgroß, ihre Brauen wirkten zu massiv.

»Ich hasse es, wenn man mich sinnlos anstarrt«, sagte sie.

Ich fand keine Antwort und lief davon. Die Leute unter dem Vordach riefen mir nach, ich solle zurückkommen. Der Regen strömte nicht mehr, sondern stürzte herab. Kaltes Wasser rann mir den

Körper hinunter. Die Beschützerin riet mir, wasserdichte Kleidung anzuziehen, wie sie von allen auf der Erde getragen werde. Ich mußte eine Aviette rufen und zum nächsten Kombinat fliegen. Zehn Minuten später schritt ich in der Montur eines Erdbewohners in den Regen hinaus.

Jetzt konnte ich seelenruhig durch die Straßen wandern. Der Regen hatte nicht nachgelassen. Wasser war unter meinen Füßen, neben mir, über mir. Es stürzte herab, brodelte, brüllte, schoß wie wild dahin. Ich sang, doch ringsum war ein solches Tosen, daß ich mich nicht hörte. Die Kolosse des Zentralen Ringes verloren sich in grauer Unsichtbarkeit, mitten am Tag wurde es Nacht. Nur die Wasserwand, die die halbertrunkene Erde und den unsichtbaren Himmel verband, flimmerte und flammte wie das Morgenrot – der Regen erhellte sich selbst den Weg.

Nach einer Weile wurden die schwarzen Wolken fahl, und der Tag verdrängte langsam die künstlich geschaffene Nacht. Die Gebäude und Türme der Anlegestationen wurden sichtbar. Die herabschießenden Wasserbalken zogen sich zu Gerten zusammen, die Gerten verwandelten sich in Fäden, zerfielen zu Strähnen, verringerten sich zu Tropfen – der Regen wanderte nach Osten. Es war sechzehn Uhr, das Gewitter endete genau nach Plan. Es war Zeit, Wera aufzusuchen.

II

Wera ging im Zimmer auf und ab. Sie war die alte und doch anders. Obwohl ich die Veränderung deutlich spürte, fand ich nicht heraus, worin sie sich verändert hatte. Sie umarmte mich und lobte mein Aussehen.

»Du wirst ein Mann, Eli. Bis zu deinem fünfzigsten Jahr warst du ein Knabe, und keineswegs ein Musterknabe.«

Ich schwieg und betrachtete sie. So war es bei uns seit jeher. Sie las mir wegen meiner Streiche die Leviten, und ich drehte mich finster weg. Sie war ungeduldig und jähzornig, meine Ungezogenheiten nahm sie sich zu Herzen, und ich ärgerte mich deshalb über sie. Jetzt hatte ich keinen Grund, mich abzuwenden, aber es wollte auch kein ungezwungenes Gespräch zustande kommen. Über unsere Angelegenheiten auf dem Pluto wußte sie ebensogut

Bescheid wie ich. Mitunter blieb sie stehen und verschränkte die Hände im Nacken. Das ist ihre Lieblingshaltung. Stundenlang kann sie so stehen oder umhergehen – die Hände im Nacken verschränkt, das Gesicht erhoben. Ich versuchte es ihr einmal eine halbe Stunde lang gleichzutun, ich brachte es nicht fertig.

Sie stand am Fenster und blickte auf die Stadt. Ich brauchte sie nicht zu drängen. Auch ohne Hüh und Hott würde sie mir sagen, warum sie mich zu sich gerufen hatte.

»Hast du deine dienstlichen Angelegenheiten auf der Erde erledigt?« Sie wandte sich um.

»Ja, und mit großem Erfolg. Wir haben sämtliche Materialien und Mechanismen bekommen, die wir angefordert hatten.«

»Pawel hat mir erzählt, du bewerbest dich erneut darum, zur Ora zu fliegen. Was zieht dich eigentlich zur Sternenkonferenz? Ich bin mir nicht sicher, ob du richtig verstehst, welche Aufgaben wir auf der Ora lösen wollen. Bisher hat dich gleichgültig gelassen, was andere bewegt.«

Ich lachte. Weras Charakter war in den zwei Jahren, da wir uns nicht gesehen hatten, derselbe geblieben, obwohl sie äußerlich anders wirkte. Jedes unserer Gespräche verwandelte sich in eine Prüfung meiner Kenntnisse und Fähigkeiten. Ich nahm mir fest vor, bei dieser neuen Prüfung nicht durchzufallen.

»Gar nicht so gleichgültig, Wera. Regelmäßig habe ich mir die Sendungen von der Erde angehört. Und was die Konferenz auf der Ora betrifft, da klangen uns allen die Ohren.«

»Du antwortest nicht auf meine Frage, Eli.«

»Dazu bin ich noch gar nicht gekommen. Also folgendes, liebe Schwester: Ihr versammelt auf der Ora die Bewohner der benachbarten Sternenwelten, um ihre Bedürfnisse und Möglichkeiten kennenzulernen, Freundschaftsbande zu knüpfen, den Austausch von Waren und Kenntnissen in Gang zu bringen, interastrale Routen festzulegen. Geplant ist ein Sternenbündnis, das alle vernunftbegabten Wesen unseres Galaxisbezirks vereinigt … Ist das richtig?«

»Ja, durchaus. Und zugleich schon falsch.«

»Das verstehe ich nicht.«

»Die allgemein anerkannten Aufgaben der Konferenz hast du exakt wiedergegeben. Aber sicherlich wird es bei diesen Aufgaben nicht bleiben. Mancherlei Unerwartetes ist entdeckt worden …«

Ich erwähnte, was Allan von den Wesen gesagt hatte, die uns glichen und so mächtig waren wie wir.

»Es geht um sie«, bestätigte Wera.

»Allan erzählte, die Information würde bearbeitet. Habt ihr schon ein Ergebnis?«

»Es wird morgen bekanntgegeben. Doch schon das, was wir gestern und heute erfahren haben, genügt, um nachzudenken. Die Neuigkeiten sind unvermittelt über uns hereingebrochen. Selbstverständlich war uns klar, daß wir nur einen unbedeutenden Teil der Galaxis erforscht haben, ein paar tausend Nachbarsterne, und daß es verfrüht sei, Schlußfolgerungen zu ziehen, wenn das überhaupt jemals möglich ist. Aber wir entdeckten eine Sternengesellschaft nach der anderen und stellten fest, daß sie technisch und sozial wenig entwickelt waren, die Bewohner des Aldebaran und der Kapella, des Atair und des Fomalhaut, sogar die Wegabewohner, gar nicht zu reden von den zahllosen Engeln in den Hyaden. Martyn Julianowitsch Spychalski, unser Leiter auf der Ora, hat uns Aufzeichnungen von den Träumen engelähnlicher Wesen geliefert, die auf einem der äußeren Planeten in den Hyaden wohnen, einem Planeten des Flammenden B. Zwei Worte zu diesem Stern: Er ist etwas heißer als die Sonne, hat neun Planeten, die sich ebenfalls wenig von der Erde unterscheiden, und sie alle sind von vier- und zweiflügligen Engeln besiedelt. Ihr gesellschaftliches Lebensniveau ist niedrig – primitive materielle Kultur, Feindschaft zwischen den Stämmen, kein Schrifttum und keine Maschinen. Aber ihre Gehirnstrahlungen haben Tatsachen zutage gefördert, wie wir sie bisher noch nicht kannten. Die Engelähnlichen vom Flammenden B träumen von Wesen, die sich wenig von den Menschen unterscheiden, und sie sehen sie in wahrhaft tragischen Situationen. Es ist interessant, daß die Engel ihre Träume als Abbilder von Märchen erklären, die bei ihnen über irgendwelche klugen und mächtigen höheren Wesen überliefert sind.«

»Vielleicht sind es tatsächlich Märchen? Ähnlich unseren Märchen von Recken und Zauberern?«

»Ihre Märchen sind ebenfalls aufgezeichnet – sie wirken kümmerlicher als die Träume. Jedenfalls müssen die menschenähnlichen Wesen von weit her zu den Hyaden gekommen sein. Die Große Akademische Maschine hat ihren Namen mit dem Wort ›Galakten‹ übersetzt und nicht mit ›Sternenbewohner‹ wie sonst.

Das ist noch nicht alles. Darüber, daß es irgendwo im All uns ähnliche Wesen gibt, kann man sich nur freuen – wir wollen uns bemühen, sie kennenzulernen und zu Freunden zu gewinnen. Erinnerst du dich, ich sagte, die neuen Entdeckungen riefen Bestürzung und ernste Überlegungen hervor? Die Galakten haben nämlich mächtige Feinde, mit denen sie sich im Zustand eines kosmischen Krieges befinden, der so gewaltig ist, daß wir ihn uns kaum vorstellen können. In diesem Krieg werden nicht mehr nur Wesen und Mechanismen wie in den antiken Schlachten zerstört, sondern Himmelskörper und Planetensysteme. Die Engel nennen die grausamen Wesen, die sich mit den Galakten befehden, Verderber.«

»Verderber!« rief ich. »Welch törichter, infantil klingender Name! Er dürfte kaum der geeignete wissenschaftliche Terminus sein!«

»Ich denke, die Große Akademische Maschine hat dieses Wort nicht zufällig unter Tausenden anderen ausgewählt, sondern deshalb, weil es ihr Verhalten genau definiert. Eine andere Variante lautet: Zerstörer. Es ist interessant, daß die Maschine auf die Frage, wie die Verderber aussehen, ›unklar‹ geantwortet hat.«

»Das muß ja eine harte Nuß sein, wenn es der übermächtigen Maschine nicht gelingt, sie zu knacken!«

»Offenbar reichen die Angaben nicht aus. Die Bezeichnung ›Zerstörer‹ steht in assoziativem Zusammenhang mit den entschlüsselten Begriffen ›Lebendiges vernichten, Welten komprimieren‹. Sie scheinen die umgekehrte Tanew-Reaktion zu beherrschen, das heißt, sie schaffen Materie, wobei sie Raum vernichten, sonst lassen sich Welten nicht ›komprimieren‹. Die Galakten aber leisten ihnen Widerstand – deshalb tobt ein Krieg in den interastralen Räumen.«

Ein Schauer überlief mich. »Das klingt so grandios, als würdest du eine Götterschlacht beschreiben.«

»Ich teile dir lediglich die entschlüsselten Aufzeichnungen mit, mehr nicht. Und was heißt ›Götterschlacht‹? Wir Menschen sind heute weit mächtiger, als einst angenommen wurde, dennoch sind wir Menschen und keine Götter. Der Lichtstrahl bleibt weit hinter unseren galaktischen Schiffen zurück – würde das einem Menschen des zwanzigsten Jahrhunderts nicht übernatürlich erschienen sein? In dem Gewitter hast du mit Blitzen gewetteifert. Vor hundert Jahren hätte man solch einen Zeitvertreib kaum als natürlich betrachtet.«

»Das weißt du also auch?«

»Ich habe dich beobachtet. Da du in der Hauptstadt bist, sind von dir riskante Absonderlichkeiten zu erwarten. Weil du diese Stadt für den besten Platz hältst, um Mutwillen zu treiben. Auf dem Pluto warst du zurückhaltender.«

»Dort hatte ich zum Vergnügen keine Zeit. Außerdem fehlen dort die Beschützerinnen. Sage mir jetzt, Wera, welche Schlußfolgerung ihr aus der Information über die Galakten und die Verderber zieht!«

»Morgen tritt der Große Rat zusammen, dann werden wir beschließen. Doch bereits jetzt ist klar, daß sich Dutzende von staatswichtigen Fragen ergeben haben, von denen jede eine schnelle Antwort erfordert. Existieren die Verderber und die Galakten noch oder ist die Information über sie ein Überbleibsel von Katastrophen, die vor Millionen Jahren verhallt sind? Wer von ihnen hat gesiegt in dem kosmischen Streit? Vielleicht sind beide Parteien in ungeheuerlichen Schlachten umgekommen? Und wenn die Verderber und die Galakten noch existieren, wo wohnen sie? Die Planeten des Sonnensystems weisen keine Spur auf, daß sie je hier erschienen wären. Warum nicht? Ist es nicht eine Bedrohung für die Existenz der Menschheit, daß irgendwo auf fernen Sternen diese Wesen wohnen? Zum erstenmal in unserer Geschichte treten wir auf die galaktischen Trassen hinaus – sind sie ungefährlich für uns? Wir haben uns vorgenommen, ein interastrales Bündnis der vernunftbegabten Wesen zu schließen – ist das nicht zu früh? Sollten wir uns besser in unserer kleinen Welt der Sonnenplaneten völlig abkapseln? Auch diese Meinung besteht, Eli! Wir besitzen riesige Ressourcen – wäre es nicht angebracht, sie samt und sonders zum Bau von Verteidigungsanlagen zu verwenden? Vielleicht sollten wir rings um das Sonnensystem künstliche Planetenfestungen errichten – auch darüber muß gesprochen werden. Kurz und gut, eine Vielzahl unvorhergesehener, wichtiger Probleme! Und mit der Lösung einiger von ihnen wirst du dich befassen müssen, Eli – natürlich mit unserer Hilfe.«

»Ich freue mich sehr«, sagte ich bewegt. »Bedeutet dies, daß ich mit euch zur Ora fahre, oder werde ich eine andere Aufgabe haben?«

»Die Sternenbewohner sind bereits auf dem Weg zur Ora. Wir haben die Pflicht, uns mit den Bewohnern anderer Welten zu treffen, das ist meine Meinung. Ich habe den Auftrag, du weißt es, die Konferenz auf der Ora zu leiten. Dich will ich als Sekretär mitnehmen.«

»Als Sekretär? Was ist denn das? Hab', ich noch nie gehört.«

»Im Altertum hat es so einen Beruf gegeben. Das ist sozusagen ein Gehilfe. Ich denke, du wirst es schaffen.«

»Das denke ich auch. Mußt du die Große Maschine befragen, ob ich als Sekretär geeignet bin?«

»Die Große Maschine hat die Wahl schon getroffen. Ich hatte als Sekretär einen mutigen, klugen und entschlossenen Menschen verlangt, der imstande ist, sein Leben aufs Spiel zu setzen, und Abenteuer liebt, überhaupt das Unbekannte – niemand weiß ja, womit wir es in den fernen Welten zu tun haben werden. Und die Große Maschine hat dich genannt. Ich freue mich für dich, Eli«, sagte sie. »Obwohl es heute mehr Grund zur Sorge als zur Freude gibt. Noch eins, Bruder: Du hast die Erlaubnis, morgen in der Staatsmaschinen-Verwaltung zu sein. Man wird uns zeigen, was entschlüsselt werden konnte. Pünktlich um zehn – verspäte dich nicht!« Sie stand auf, wünschte eine gute Nacht und ging hinaus.

12

Ich setzte mich im achtzigsten Stock in den Garten. Wie lange ich dort saß und woran ich dachte, weiß ich nicht mehr. Wirre Gedanken verflochten sich mit wirren Gefühlen – ich war glücklich und sorgenvoll.

Dann betrachtete ich die nächtliche Stadt.

In den Schulen wird gelehrt, die antiken Städte wären nachts vom Gleißen der Scheinwerfer und der Leuchtstofflammen überflutet gewesen. Sie wären laut gewesen. Auf den Straßen hätten sich Passanten gedrängt. Man baut schon lange nicht mehr solche Gebäudeansammlungen auf einem Fleckchen Erde. Nachts sind die Magistralen der Hauptstadt dunkel und still. Da es keine störende Straßenbeleuchtung gibt, setzen sich die Leute im Dunkeln Konverterbrillen auf und finden sich zurecht.

Ich liebe die nächtlichen Kontraste der Hauptstadt – die dunklen Straßen und Prospekte und die strahlenden Etagenstreifen. Die glitzernde Gebirgskette des Zentralringes verlor sich in der Ferne, hinter dem schwarzen Tal des Parkes erhob sich in Parallelen erleuchteter Etagen der Innere Ring – eine breite Treppe zum Himmel.

Die Museumsstadt, das Zentrum der Hauptstadt, war nicht zu erkennen. Weder die Pyramiden noch die assyrischen und ägyptischen Tempel, weder der Kreml noch die Peterskirche, weder Notre-Dame von Paris noch die Kölner und Mailänder Gotik – diese großartige Baukunst vergangener Jahrhunderte, wiedererrichtet auf einem inselartigen Gelände –, keiner dieser hohen Bauten, die bei Tage deutlich zu sehen sind, verriet sich auch nur durch einen Lichtschimmer. Nur die rote Halbkugel auf dem Zentralen Platz – die Staatsmaschinen-Verwaltung – war in Licht getaucht. Auf der Erde ist es jedermann erlaubt, hinzugehen, wohin er möchte – in die Werke, in die Magazine, in die Institute, in die gesellschaftlichen Paläste, nur dieses eine Gebäude ist verboten. Jeder von uns hatte auf dem Raumbildschirm Tausende Male sämtliche Zimmer und Korridore der berühmten »Denk- und Lenkfabrik« gesehen, wie sie von einigen genannt wird, doch nur wenige Glückliche können sich rühmen, darinnen gewesen zu sein. Die drei Hauptmechanismen – die Große Staatsmaschine, die Große Akademische Maschine und die Auskunftsmaschine – arbeiten dort unermüdlich, Tag und Nacht, ohne auch nur für eine Sekunde innezuhalten, schon bald zwei Jahrhunderte. Ich blickte auf das rote Gebäude und dachte, daß heute dort eines der schwierigsten Rätsel gelöst wurde, die je vor der Menschheit gestanden hatten, und daß vielleicht das Wohlergehen der Erde davon abhing, ob die Maschinen es richtig entwirrten. Weit fortfliegen würde ich von dieser Stelle, wo es zwischen den hundert Milliarden Elementen der Großen auch meinen eigenen Winkel zu einer Million Zellen gab, meine Beschützerin, meine weise, leidenschaftslose Lehrerin und Führerin. Manchmal habe ich mich über die Beschützerin geärgert, habe sie gefühllos und unnütz genannt und mich sogar meiner ironischen Einstellung gegenüber den lenkenden Maschinen gerühmt. Doch ehrlich gesagt, ich bin ihr verbunden, wie man selten einem Menschen verbunden ist. Sie wendet wachsam Gefahren von mir ab, behütet mich vor Krankheiten und unbedachten Schritten. Und wenn mich etwas plagt, dringt sie da nicht bis zu den Ursachen für Unstimmigkeiten und Mutlosigkeit vor und stellt sie als wichtiges soziales Problem vor die ganze Gesellschaft hin, wenn sie das verdienen? Und wenn mir eine Idee kommt, die für die Menschen nützlich sein könnte, habe ich da nicht die Gewißheit, daß die Beschützerin sie aufgreift, auch wenn ich sie vergesse, sie in den Kode der Großen eingliedert und diese dann unverzüglich realisiert oder der ganzen Menschheit zur Beurteilung vorlegt, sofern solche Aufmerksamkeit angebracht ist? Ich dachte auch daran, daß die Beschützerin, die klein ist, nicht größer als ich selbst, Teil der Großen, Stillschweigen bewahrte, wenn ich mich irrte, falsch handelte, ohne anderen zu schaden. Kein Freund wahrte Geheimnisse wie sie. Nein, für mich war sie nicht einfach ein klug erdachter, kunstvoll zusammengesetzter Teil einer riesigen Maschine, sondern ein eigentümlicher Teil meiner selbst, meine eigene Verbindung zur Menschheit, Millionen Hände, von mir jedermann hingestreckt! Bald würden diese Bande abbrechen, die Große mit ihren hundert Milliarden Elementen ließ sich nicht auf ferne Reisen mitnehmen!

Ich verspürte Lust, ein letztes Mal die Macht der uns dienenden Maschinen zu erproben. Ich befahl der Beschützerin, zu erkunden, wer das Mädchen sei, das mir während des Gewitters aufgefallen war. In meinem Hirn leuchtete die Antwort auf: »Der Auskunftsmaschine genügt das Material nicht.«

Ich lehnte den Kopf an einen Oleander und dachte an das Mädchen, an den kurzen Wortwechsel unter dem Vordach, wo wir vor dem Sturzregen Schutz gesucht hatten, und ich sah sie vor mir – zornig, dunkeläugig, mit schmalem Gesicht, langem Hals und breiten Brauen …

»Jetzt genügt das Material«, erklang die Stimme der Beschützerin. »Das Mädchen heißt Mary Glun, stammt aus Schottland, hat einen Kursus auf dem Mars absolviert. Dreiundvierzig Jahre alt, ledig. Ihre Leidenschaft gilt der Züchtung von Pflanzenformen für Planeten mit hoher Gravitation und harter Strahlung.«

13

Am nächsten Morgen deutete nichts in der Stadt darauf hin, daß tags zuvor ein Fest gefeiert worden war. Wäre ein Fremder in der Hauptstadt erschienen, er würde nicht geglaubt haben, daß dort fünfzehn Millionen Menschen ansässig waren, so leer und still waren die Straßen. Die Kinder waren noch nach dem Fest in die Gärten und Schulen vor der Stadt gebracht worden, die Erwachsenen arbeiteten wieder in den Werken und Instituten. Wenn in den Straßen um sich blickende Leute auftauchten, dann waren das ohne Frage Touristen. Besonders viele bevölkerten die Museumsstadt. Ehe ich die Staatsmaschinen-Verwaltung erreichte, überholte ich ungefähr zehn Touristengruppen.

Vor dem Gebäude traf ich Romero und André.

»Du bist nicht zu uns gekommen«, sagte André. »Jeanne hat auf dich gewartet.«

»Ich hatte ein wichtiges Gespräch mit Wera.«

Die Ergebnisse meines Gesprächs mit Wera kannte André bereits von Romero. Beide gratulierten mir zu meiner Nominierung. Romero und André wirkten besorgt. Auch Allan, Olga und Leonid, die sich im Vestibül zu uns gesellten, sahen unruhig aus. So gelassen wie vor zwei Tagen, als wir uns die erste Mitteilung über Galakten und Zerstörer angehört hatten, war niemand mehr. Nur Lussin war ruhig. Er läßt sich nur von seltsamen Tieren aus der Fassung bringen.

Romero zeigte uns das Gebäude. Die drei Mechanismen – die Große Staatsmaschine, die Große Akademische Maschine und die Auskunftsmaschine – sind in mehrgeschossigen Kellerräumen untergebracht. Wir stiegen nicht hinunter, da es dort langweilig ist – Millionen von Arbeits- und Reservezellen auf Gestellen, Milliarden von aktiven Elementen, für ein ungeschultes Auge ein wildes Durcheinander von Verbindungen. Wir sahen uns die Sitzungssäle an. Hier ist alles großartig. Der Große Rat tagt im Blauen Saal, die Decke imitiert den Sternenhimmel. Wir wurden in den Orangefarbenen Saal gebeten, die Arbeitsstätte der Großen Akademischen Maschine. Er faßt ungefähr fünftausend Personen. Gegen zehn Uhr morgens waren alle Plätze besetzt. Wir sieben wurden in eine Loge geführt. Vorn war der leere Kubus des Raumbildschirms aufgestellt. Alles, was auf dem Bildschirm erscheint, wird über die Stereophone der Erde gesendet. Die heutige Übertragung sollten auch die Sonnenplaneten sehen, solche Bedeutung wurde ihr beigemessen.

Kurz vor elf Uhr zeigte sich ein Mann auf dem trüben Raumbildschirm.

»Martyn Spychalski«, flüsterte André.

Neugierig musterte ich den berühmten Kosmonauten. Seine Schiffe waren unvergleichlich weit in die Sternenräume vorgedrungen, er hatte in Gegenden geweilt, wo vor und nach ihm niemand gewesen war. Obwohl er hundertneunundvierzig Jahre alt war, sah er prächtig aus, sogar seine Stimme hatte jugendlichen Klang.

Er erzählte von der Expedition zum Flammenden B, und wir betrachteten nacheinander die neun Planeten dieses Sterns. Der Stern und die Planeten sind gewöhnliche Himmelskörper, wie es ringsum eine Menge gibt. Als jedoch die geflügelten Planetenbewohner ins Bild kamen, wurde im Saal geflüstert und gelacht. Sie erinnerten wahrhaftig an die Vorstellungen, die die Alten von Engeln hatten. Die Engel vom Flammenden B unterscheiden sich kaum von den Geflügelten, die die übrigen hundertdreißig Himmelskörper in den Hyaden bevölkern – sie sind vielleicht etwas kleiner, und es finden sich weniger Vierflüglige unter ihnen. Die Engel sind jähzornig und händelsüchtig, ohne Rauferei läuft bei ihnen eine Versammlung selten ab. Man zeigte uns ein Scharmützel auf einem städtischen Platz – die Daunen von ihren Flügeln hüllten alles wie in Nebel, und von ihrem Gezeter gellten uns die Ohren. Die Wohnstätten auf den Planeten dieses fernen Sterns in den Hyaden schienen uns äußerst armselig – eingeschossige Baracken mit so schmalen Türen, daß die bedauernswerten Engel nicht hineinfliegen können. Sie müssen hineinkriechen, wobei sie sich die Flügel ramponieren. Auf den zentralen Himmelskörpern der Hyaden lebt sich's bequemer, dort stehen Paläste mit breiten Einflugsportalen zur Verfügung.

Man zeigte uns auch, wie sie schlafen – in einer Reihe auf dem Fußboden ausgestreckt, in Enge und Finsternis, aufspringend und aufschreiend, wenn ihre Alpträume sie übermannen. Und dann flammten eins nach dem andern die entschlüsselten Traumbilder auf.

Zuerst erblickten wir eine Gestalt. Sie tauchte aus den Nebelschwaden des Vortraums auf und gewann an Leuchtkraft, je tiefer der Traum wurde. Bald war klar, daß das ein Mensch und doch kein Mensch war, ein Wesen, geringer und doch größer als der Mensch. Ruhig blickten uns riesige Augen an, die voller Klugheit und Güte waren, sie nahmen ein Drittel des Gesichtes ein, lange Locken fielen auf die Schultern herab. Der Galakt hob eine Hand, fünf Finger wanden sich daran, bewegten sich nicht wie unsere. Er kratzte sich das Kinn mit einem dieser wendigen Finger und legte die Hand auf die Brust – zwei Finger vorgestreckt, drei zum

Handrücken zurückgebogen. Die Hände beeindruckten mich mehr als das Gesicht.

Das zweite Bild zeigte eine Landschaft: himbeerrote Felsen, an die eine ebenso hellrote Flüssigkeit brandete – die Wellenkämme waren grünlich. Über der himbeerfarbenen Flüssigkeit erhob sich eine riesige blaugelbe Leuchte. Ein Schauer überlief mich, so unheildrohend wirkte diese wilde Landschaft, ich begriff nicht gleich, daß es ein Planet des Flammenden B war. Den Felsen erklomm ein Galakt, umringt von geflügelten Bewohnern dieses Planeten, er überragte sie fast um das Doppelte. Der Galakt, meldete die Maschine, sei zwei Meter achtzig groß. Ein Raunen ging durch den Saal, der Galakt war einen halben Meter größer als ein erwachsener Mensch. Ich betrachtete ihn genauer und erkannte in ihm denselben, den wir im ersten Bild gesehen hatten. Er hielt Umschau, die eine Hand zum Schutz gegen das aufwärts kletternde Gestirn über die Augen gelegt, mit der andern klopfte er den sich schnatternd an ihn drängenden vier- und zweiflügeligen Wichten auf die Schultern.

Hinter dem Felsen kam ein zweiter Galakt hervor, ein Greis mit grauem Bart. Er stieg zu dem ersten hinauf. Beide trugen Gewänder, die den antiken menschlichen glichen – hellgrüne wallende Umhänge.

»Was gibt es Neues?« fragte der Alte, und ich war erstaunt, daß er wie wir sprach, in der internationalen Sprache. Dann fiel mir ein, daß die Große Akademische Maschine die Traumgesichte der Engel in unser Idiom übersetzt hatte.

»Kein Verderber«, antwortete der Jüngere. »Von Zerstörern keine Spur.«

»Die Zerstörer sind schlau«, sagte der Alte. »Sie erscheinen stets unverhofft. Laß uns vorsichtig sein.«

Schweigend blickten sie auf das rote Meer. Das Bild trübte sich.

»Aufgezeichnet auf dem vierten Planeten des Flammenden B«, teilte die Große Akademische Maschine mit. »Die folgende Aufzeichnung stammt vom achten Planeten desselben Systems.«

Auch dieses Bild begann mit einer Landschaft, doch die Umgebung war grau, fast schwarz – eine einförmige, hüglige Ebene, trübe Sterne am dunklen Himmel. Ein zigarrenförmiges Schiff senkte sich auf die Planetenoberfläche, wobei es Bündel grünlichen Lichts warf.

»Ein kosmisches Photonenschiff«, teilte die Große Akademische Maschine mit, »ungefähr die gleiche Konstruktion, wie sie von unseren Vorfahren vor vierhundert Jahren erarbeitet wurde.«

»Die erste Stufe der kosmischen Technik«, murmelte Allan. »Ziemlich rar bei Himmelspilgern.«

Im nächsten Bild lag das Photonenschiff auf dem Boden, ringsherum hantierten Galakten und Engel. Die Galakten hielten Kästen in den Händen, die altertümlichen Schweißapparaten glichen, Strahlen und Funken schossen daraus hervor. Auf einem Hügel in der Nähe ragte ein Turm mit rotierendem Scheinwerfer, der unablässig den Himmel absuchte. Aus dem Bugteil des Schiffes schnellte eine kleine Rakete und entschwand in den dunklen Himmel. Die Galakten waren unruhig. Sie mißtrauten dem rotierenden Auge auf dem Turm, warfen mitunter ihre Arbeit plötzlich hin und spähten selber nach den Sternen, die vor dem schwarzen Hintergrund matt blinkten. Die Galakten bewegten sich flink und arbeiteten hastig – offenbar waren sie in Eile.

Als auch dieses Bild erloschen war, wurden Aufzeichnungen vorgeführt, die vom neunten, äußeren Planeten übermittelt worden waren. Sie zeigten weder Menschen noch Gegenstände, sondern Nebelschwaden, geheiligten Staub, der bald den ganzen Raumbildschirm füllte. In diesem Staub wuchsen zwei sich nähernde, spärlich glitzernde Kugeln auf. Ihr Nahen glich einer Verfolgung: Die rechte Kugel schwenkte zum Rande des Bildschirms ab, die linke ereilte sie. Gleich darauf ergoß sich blaues Licht über den Raum, schäumte auf und verschlang beide Kugeln. Ich hatte den Eindruck, als wären die Kugeln beim Zusammenprall explodiert und würden von der Flamme verschlungen. Die Große Akademische Maschine bestätigte, daß hier vom Zusammenprall zweier bislang nicht enträtselter Himmelskörper geträumt worden sei. Zum Schluß verwandelte sich die fahl gewordene blaue Flamme in eine flimmernde Staubwolke.

»Vermutlich eine kosmische Katastrophe«, teilt die Maschine mit.

Allan wiegte ungläubig den Kopf. »Kaum«, sagte er. »Jedenfalls hat das Ding da wenig Ähnlichkeit mit unseren Methoden zur Annihilation von Materie.«

Das sechste kosmische Bild, das auf dem Raumbildschirm aufleuchtete, erinnerte nicht mehr an eine Explosion. Es war die Darstellung eines Sternhaufens. Die Große Akademische Maschine erklärte, der Sternhaufen sei nicht identifiziert worden, doch in den Träumen der geflügelten Bewohner des neunten Planeten erscheine er oft. Der Haufen wirkte bedrohlich auf mich. Er bestand aus fast gleichen Hälften mit vielen tausend Sternen. Sonderbar war, daß die eine Hälfte konzentrierter schien, einer geballten Sternenfaust ähnelte, die voller Wucht in das zweite Häuflein geschlagen hatte, das auseinandergestoben und in Hunderte von isolierten Sternen zerfallen war.

André behauptete später, er habe die Sterne der zweiten Hälfte nach dem brutalen Schlag der Sternenfaust jammern gehört. Ich weiß, daß Lichtschreie wahrzunehmen sind, doch ich hatte das Sternengeschrei nicht vernommen.

»Die letzte Aufzeichnung«, teilte die Maschine mit. »Der vierte, der siebente und der neunte Planet. Diesen Traum haben viele Geflügelte. Gezeigt wird das deutlichste Beispiel.«

Von allen Bildern, die wir im Saal der Großen Akademischen Maschine gesehen hatten, war dies das dramatischste. Ein Galakt stürzte wie gefällt zu Boden, der Traum setzte im Augenblick seines Sturzes ein. Dann schlug er, schon liegend, verzweifelt mit den Beinen und wühlte mit seinen wendigen Fingern die Erde auf. Er hob den Kopf und versuchte zu kriechen – kroch auf uns zu. An seinem Hals klaffte eine Wunde, Blut schoß auf seine Arme. Niemals werde ich sein Gesicht vergessen – ein junges, schönes, schreck- und leidverzerrtes Gesicht. Auch ohne die Übersetzung der Maschine verstand ihn jeder von uns. »Hilfe!« schrie der Galakt voller Entsetzen. »Was ist mit mir? Um Gottes willen, helft!« Dann verstummte er, streckte uns mit letzter Anstrengung die Hände hin, seine Wangen wurden bleich, allein die unmenschlich großen, strahlenden Augen flehten weiter und forderten Hilfe. Vom Tode gezeichnet, schloß der Jüngling die Augen und zuckte nur schwach, als wollte er so die Fesseln des Todes sprengen. Bewegung ging durch den Saal – die Zuschauer hatten sekundenlang den Atem angehalten.

»Weiß der Teufel, was das bedeutet!« schimpfte der blasse André. »Doch, der Teufel müßte das wissen!«

»Rache!« brüllte Leonid außer sich. Er packte meinen Arm und starrte mich mit zornweißen Augen an. »Rache, Eli!«

Allein Romero verlor die Ruhe nicht. »Wen rächen? Weshalb? Seid ihr sicher, daß hier ein Verbrechen vorliegt und kein

Unglücksfall? Vielleicht haben wir ein Ereignis beobachtet, das sich vor Millionen Jahren zugetragen hat.«

Erneut begann die Große Akademische Maschine zu sprechen, ihrem Namen machte sie alle Ehre. Sie beschrieb und demonstrierte die Apparatur, mit der sich Träume aufzeichnen lassen, schätzte die Glaubwürdigkeit der entschlüsselten Bilder ein. Es erwies sich, daß die geflügelten Bewohner des Flammenden B vieles von dem, was ihnen in ihren Träumen erschien, nicht erklären konnten. Zum Beispiel hatten sie keine Ahnung von Photonenraketen und Schweißapparaten. Einstmals empfangene starke Eindrücke würden den Nachkommen durch den Vererbungsmechanismus übermittelt, erläuterte die Maschine, dann erzählte sie uns Märchen von Galakten und Verderbern, die auf den Planeten des Flammenden B im Schwange waren.

Nur bei den Engeln dieses Planetensystems waren Überlieferungen über Ankömmlinge aus dem Kosmos entdeckt worden. Sie besagten folgendes: In alten Zeiten waren ihre Planeten finster und unkultiviert, raubgierige Reptilien krochen umher, durch die Luft flogen bisweilen scheue Engel. Blutige Fehden zerfleischten die gefiederten Völker. Die karge Natur brachte wenig hervor, jeder Bissen ging etwa hundertmal von Flügel zu Flügel, von Kralle zu Kralle, ehe er in einen Mund gelangte – so lebten sie unzählige Jahre, und nichts änderte sich.

Doch einmal senkten sich Schiffe vom Himmel herab, und aus ihnen stiegen die Galakten. Erschreckt verbargen sich die Engel in Höhlen und Wäldern. Als sie sich überzeugt hatten, daß die Ankunft der Galakten nichts Böses verhieß, schwangen sie sich in die Lüfte auf und schwebten mit Adlergeschrei über den Ankömmlingen, wobei sie sogleich wieder aneinandergerieten. Die Galakten sperrten die Raufbolde auf den Schiffen ein und verboten die Kriege auf allen Planeten. Allmählich kehrte Ruhe und Frieden auf den Trabanten des Flammenden B ein. In den Jahren, da die Galakten auf ihnen weilten, verwandelte sich das Antlitz des Planetensystems. Die Sternenwanderer zogen Kanäle, versahen die Siedlungen der Geflügelten mit Komfort, gestalteten die Haine in Gärten um, unterwiesen die Engel in Handwerken, vermittelten ihnen die Kunst, steinerne Wohnstätten zu errichten. Die chaotische Wildheit verwandelte sich in eine geordnete Existenz.

Aber die Galakten fühlten sich als Gäste, nicht als Einwohner auf den Planeten des Flammenden B. Unermüdlich beobachteten sie den Himmel, da sie einen Überfall von dorther fürchteten. Und einmal wurden die Engel Zeugen einer kosmischen Schlacht, die zwischen den Galakten und ihren Feinden entbrannt war. Der Himmel wurde zu einem Flammenmeer, das alles verschlang. Die beiden äußeren Planeten des Systems prallten aufeinander und zerschellten. Auf den verbliebenen Planeten waren Gärten, Städte und Kanäle vernichtet. Keine Spur kündete mehr von der Zivilisation, die die Galakten geschaffen hatten. Als viele Monate nach der Schlacht Engel, die Feuer und Hunger überdauert hatten, aus Höhlen an die Oberfläche ihrer Planeten zurückkehrten, bot sich ihnen ein gräßliches Bild der Verwüstung. Auf einen Schlag waren die geflügelten Völker in die ursprüngliche wilde Existenz zurückgeschleudert. Weder die Galakten noch die Verderber, die sie überfallen hatten, waren irgendwo anzutreffen, und nie mehr tauchten weder die einen noch die anderen im System des Flammenden B auf.

Die Große Akademische Maschine kommentierte die Legenden der Geflügelten so: »Vom neunten Planeten des Flammenden B aus wurden Staubwolken entdeckt, die um das zentrale Gestirn kreisen. Die Hypothese, es handle sich um Reste der einstmals vernichteten beiden Planeten, klingt wahrscheinlich. Auf allen Planeten des Systems wurden unter späteren Anlagerungen Spuren von Zerstörungen und Bränden gefunden. Nach irdischer Rechnung sind sie zweihunderttausend bis eine Million Jahre alt.«

Damit endete die von Spychalski übersandte Information. Die Mitglieder des Großen Rates wurden in den Blauen Saal gebeten.

14

Selbst von weitem sah man André an, daß er ungewöhnlichen Gedanken nachhing. Allan und Leonid schlugen vor, auf Wera zu warten; sie ahnten, daß die Beschlüsse des Großen Rates besonders die Kosmonauten betreffen würden. Romero lud uns in die Hängenden Gärten der Semiramis ein. Er schwärmt für antike Exotik.

Die Aviettes trugen uns in die Viertel Mesopotamiens und Ägyptens und setzten uns auf der oberen Terrasse des Turms zu Babylon ab, am Tempel des Marduk mit der goldenen Statue des mißgestalteten Gottes. Wir gingen auf die mittlere Terrasse hinunter, wo sich die Gärten befinden. Sie sind grün und behaglich, und man hat von hier aus einen guten Blick auf die nähere Umgebung der Museumsstadt – die Pyramiden links und die antiken Tempel rechts. Wir setzten uns auf eine Bank an der Balustrade, über uns rauschten Zypressen und Eukalypten, die in der Landschaft der Hauptstadt seltsam wirken. Auf der Insel jedoch ist das Seltsame alltäglich.

»Ich behaupte, daß unsere Ähnlichkeit mit den Galakten nicht zufällig ist«, erklärte André. »Irgendwie sind wir mit ihnen verwandt. Und sie waren früher als wir zivilisiert.«

»Die Maschinentechnik der Galakten ist hinter unserer zurück«, bemerkte Olga.

»Zweihunderttausend oder sogar eine Million Jahre. Wie sie jetzt ist, wissen wir nicht. Damals war sie bereits so fortgeschritten, daß die beschränkten Engel meinen mußten, die Galakten seien Götter.«

»Götter, die durch die Welt gejagt werden, zudem noch sterbliche«, sagte ich giftig.

»Ja, Götter, die gejagt werden!« schrie er. »Jedenfalls figurieren sie so in den abergläubischen Vorstellungen primitiver Völker. Für mich sind die Galakten genau solche Wesen wie wir. Wir sollten sie suchen und ihnen ein Bündnis anbieten. Die Natur selbst hat uns zur Zusammenarbeit geschaffen, jedenfalls wäre diese Zusammenarbeit natürlicher als die geplante Freundschaft mit den Aldebaranen. Und wenn sich die Galakten immer noch im Kampf gegen ihre Feinde aufreiben, dann sind wir verpflichtet, ihnen zu Hilfe zu eilen!«

»Der Mensch hilft den in Bedrängnis geratenen Göttern – ein Schauspiel für Götter!« formulierte ich.

Romero mischte sich in den Streit. Die Bilder, die im Orangefarbenen Saal gezeigt worden waren, hatten ihn erschüttert. Man sah es ihm an.

»Ihr zankt euch wegen Lappalien«, sagte er. »Ob wir mit Galakten verwandt sind oder ob wir uns unabhängig von ihnen entwickelt haben, ist unerheblich. Wichtig ist eins: Irgendwo im Universum toben Vernichtungskriege, und sie gehen uns unbedingt etwas an, da wir uns anschicken, in die galaktischen Weiten hinauszutreten. Ich meine, der Menschheit droht Gefahr. Wenn die Feinde der

Galakten schon vor einer Million Jahren in der Lage waren, interastrale Räume zu überwinden und Planeten aufeinanderzustoßen, wie mag sich dann seitdem ihre Vernichtungstechnik vervollkommnet haben? Es ist durchaus möglich, daß die Galakten von ihren Feinden längst vernichtet wurden und die Suche nach unseren Sternenbrüdern, worauf André besteht, nur dazu führt, daß die Menschheit mit den grausamen Zerstörern zusammenprallt und ihrerseits vernichtet wird. Was wissen wir denn über die Galaxis, ihr blinden Leute? Begreift doch! Wir sind ja gerade erst über die Umfriedung unseres irdischen Häuschens hinausgekrochen, um uns ist aber die riesige, unbekannte Welt mit ihren Überraschungen!«

Romeros unheildrohende Rede war eindrucksvoll. Der leidenschaftliche Ton seiner Weissagungen war nicht von der Hand zu weisen. Aber Propheten sind durch die Bank leidenschaftlich, besonders diejenigen, die den Untergang predigen – ausgeglichenen Propheten würde niemand zuhören. Und sie wirken eher auf das Gefühl als auf den Verstand. Ich riet ihm, sich zu beruhigen und uns nicht zu schrecken.

An jenem Tage ahnte ich nicht, welch ein Umschwung sich in Romero vollzog.

Romero wurde ruhiger. »Ich will mit Ihnen nicht streiten«, sagte er zu mir. »Für Sie ist jeder ernsthafte Gedanke zunächst nur ein Grund zum Zähnefletschen. Auch mit André will ich mich nicht zanken, er forscht in allem Unbekannten nach Material für erstaunliche Hypothesen. Ich denke, nicht an Sie muß ich mich wenden, sondern an die ganze Menschheit, um sie zu warnen.«

»Wir sind ein Teil der Menschheit«, sagte Leonid. »Und unsere Meinung ist nicht ohne Gewicht.«

Romeros Weissagungen gefielen ihm ebensowenig wie mir. Doch in eine Diskussion ließ sich Leonid nicht ein. Zwischen Dingen weiß er sich besser zu orientieren als zwischen Gedanken.

Dann kam Wera geflogen. Sie war erregt und unzufrieden. »Wir haben wichtige Beschlüsse gefaßt«, sagte sie. »Der Große Rat ist der Meinung, daß wir an einem Wendepunkt in der Geschichte der Menschheit stehen und sich jeder unvorsichtige Schritt als ein verhängnisvoller Fehler erweisen kann. Das bedeutet nicht, daß wir die Hände in den Schloß legen sollen. Vorsicht und Kühnheit heißt ab heute die Devise. In den nächsten Jahren, vielleicht sogar schon in den nächsten Monaten müssen wir unsere Sternenpolitik für die Zukunft der Menschheit entwerfen.«

Wir wollten wissen, welche Beschlüsse gefaßt worden waren. Wera belächelte unsere Ungeduld. Sie war derart gründlich, daß sie niemals mit dem Ende anfing. Ich wunderte mich immer wieder, wie seltsam in ihr Pedanterie mit Ungestüm, Gewissenhaftigkeit mit Leidenschaft verknüpft waren.

»Ich muß euch gratulieren, Freunde«, sagte sie zu André und Romero. »Die Große hat uns unaufhörlich über wichtige Gedanken informiert, die den Menschen gekommen sind. Darunter war auch Ihrer, André, mit den Galakten zusammenzuarbeiten und ihnen zu helfen, und deiner ebenfalls, Pawel, der auf die in den unbekannten Galaxisbezirken lauernden Gefahren verweist. Ich rate aber, nicht stolz zu sein, denn ähnliche Gedanken hatten Tausende.«

Sie kam auf die Beschlüsse des Rates zu sprechen: Die Sternenkonferenz auf der Ora war bestätigt. Gründlich sollte erforscht werden, ob es möglich sei, ein interastrales Bündnis der vernunftbegabten Wesen unseres Galaxiswinkels zu schließen. Eine neue Aufgabe war gestellt: ausführliche Nachrichten über die Galakten und die Zerstörer einzuholen. Die Menschheit mußte auf Überraschungen gut vorbereitet sein. Der Rat empfahl, eine Große Galaktische Flotte aufzubauen.

»Ihre Idee, Schiffe zu bauen, die zehnmal leistungsfähiger sind als die heutigen, ist angenommen worden«, sagte Wera zu Olga. »Aber wir werden nicht nur zwei Versuchsexemplare herstellen, wie Sie vorgeschlagen haben, sondern eine Serie von hundert Schiffen. Und noch etwas Angenehmes für Sie: Das Kommando über das erste galaktische Geschwader wird Ihnen übertragen. Auch du darfst dich freuen, Bruder«, sagte sie zu mir. »Es ist technisch unmöglich, die gigantischen galaktischen Kreuzer auf der Erde zu bauen. Deshalb wurde beschlossen, einen Planeten in eine spezialisierte kosmische Werft umzuwandeln. Die Wahl ist auf den Pluto gefallen. Der Merkur wird sich auf die Herstellung von Aktivstoffen für die Tanew-Annihilatoren spezialisieren. Das sind die wichtigsten Empfehlungen des Rates. Wenn die Menschheit sie bestätigt, werden sie Gesetz.«

Ich freute mich tatsächlich, und ich war stolz auf den Pluto. Allan und Leonid erkundigten sich, wann wir zur Ora fliegen würden. Wera antwortete, die Vorbereitung der Expedition erfordere noch einen Monat, doch die Kapitäne der Sternenpflüge würden eher zum Pluto reisen.

15

Wera, Romero und ich verließen die Erde am 15. August 563 der neuen Ära in der letzten Gruppe. Bevor wir den interplanetaren Expreß bestiegen, unternahmen wir einen Flug über der Erde. Sie war schön. Ich versank in ihrem und der Sonne Anblick. Wir verabschiedeten uns für lange von ihnen.

Im Salon des Planetenflugzeugs vergaß ich rasch die Erde. In Gedanken ging ich schon auf dem Pluto spazieren.

Nichts ist langweiliger, als die interplanetaren Linienschiffe, diese altertümlichen Raketenkutschen mit ihrer Photonenzugkraft. Selbst ihr Äußeres – sie gleichen langen, häßlichen Zigarren – hat sich seit dreihundert Jahren nicht verändert. Ihr Tempo ist geradezu prähistorisch – zum Mond brauchen sie fünf Minuten, zum Mars vierundzwanzig Stunden, für einen Flug zum Pluto gar eine Woche. Keiner dieser »Expresse« ist imstande, sich schneller als vierzigtausend Kilometer in der Sekunde fortzubewegen. Und die Gravitatoren funktionieren nicht in jedem Expreß einwandfrei, manchmal spürt man die Schwere zunehmen. Nur die Schwerelosigkeit überwinden sie mühelos, aber es wäre lächerlich, würden sie vor einer so kinderleichten Aufgabe passen.

16

Jenseits des Uranus holen die Expresse auf, sogar unser Rumpelkasten schaffte ein Zehntel der Lichtgeschwindigkeit. Der Pluto funkelte in den Bullaugen, wuchs aus einer Erbse zu einem Apfel. Rings um ihn flammten die winzigen künstlichen Sonnen auf, an seinen Polen erhoben sich Dunstprotuberanzen – die Werke für Wasserdampf und synthetische Atmosphäre arbeiteten seit kurzem mit voller Leistung und lieferten stündlich etwa zehn Millionen Tonnen Wasser und zwei Milliarden Tonnen Stickstoff-Sauerstoff-Gemisch.

»Das Wasser reicht bisher noch nicht aus, aber die Atmosphäre ist bereits der irdischen vergleichbar, es atmet sich dort wie bei uns im Gebirge«, sagte ich.

»Das Interessanteste auf dem Pluto sind die Luftwerke«, sagte Wera. »Von ihrer Arbeit hängt jetzt ab, ob es uns gelingt, den Pluto in ein galaktisches Werk umzubauen.«

Als wir uns dem Pluto näherten, fragte Wera, was für gigantische Blöcke über dem Planeten kreisten. Es waren neun, ein Block ragte wie ein Berg zwischen Hügeln hervor.

Ich sagte feierlich, wie es sich für solch einen Augenblick gehört: »Das ist der Stützpunkt der Sternenpflüge. Jener riesige ist die ›Raumfresser‹, das Flaggschiff der galaktischen Flotte. Hier verabschieden wir uns endlich von den Photonenraketen.«

17

Eine galaktische Expedition vorzubereiten ist in jedem Falle schwierig, unsere trug zudem noch besonderen Charakter – für sie wurden ungeahnte Reserven von Aktivstoff benötigt, der die Rolle eines Zünders bei der explosiven Umwandlung von Masse in Raum spielt. Aktivstoff wird vom Merkur geholt. Die Sternenflugzeuge kreisten über dem Pluto und warteten auf den letzten Transport.

Wera besichtigte den Planeten, und ich begleitete sie. Der Beschluß des Großen Rates, den Pluto zu einem galaktischen Werk auszubauen, war durch Jahre intensiver Arbeit auf diesem Planeten vorbereitet worden. Von allen Sonnenplaneten ist der Pluto am meisten auf Arbeit eingestellt, und bislang ist er der einzige moderne interastrale Hafen. Zu langen Reisen starteten die Schiffe einstmals vom Mars, sogar von der Erde, dann sahen die Leute ein, daß Handwerkelei bei der Erschließung des Kosmos unzulässig sei. Alle Ressourcen der Menschheit wurden aufgeboten, um die Ora zu schaffen.

Zuerst besuchten wir eins der Atmosphärenwerke. Die Anlage rückte in einer Breite von etwa zwei und einer Länge von rund zehn Kilometern über die Oberfläche des Planeten vor und schnitt dabei eine Bodenschicht ab. Als wir am Werk eintrafen, hatte die Schneidewand einen Granithügel erreicht. Vor unseren Augen sank der Hügel zusammen, er schmolz wie in Feuer dahin. Bald war keine Spur mehr von ihm übrig, und das Werk kroch weiter. Auf der verlassenen Stelle breitete sich eine schwarze Schicht künstlichen Bodens, der gedüngt und mit Pflanzen- und Blumensamen versehen war. Über dem Werk tosten Winde – Tausende Tonnen produzierter Luft wurden jede Sekunde in die Atmosphäre gejagt. Ich hielt Wera in möglichst großem Abstand von den Wirbelstürmen, dennoch wurde ihr der Hut vom Kopf gerissen. Beinahe wäre ein Unglück geschehen. Romero stürzte dem Hut nach, wurde von den Luftströmen zu Boden geworfen, und wir mußten ihm zu Hilfe eilen. Leonid und ich klammerten uns an Pawel, Allan kam gerannt, um uns zu unterstützen. Zu dritt zogen wir Romero von dem tobenden Luftabgrund fort, in den er um ein Haar geraten wäre.

»Wenn ihr nicht gewesen wäret, würde ich schon unter den Wolken fliegen«, sagte er. Sein Gesicht war bleich.

»Ich meine, Sie wären zu Sauerstoff und Stickstoff verarbeitet worden«, versetzte ich. »Und fünf Minuten später hätten wir Sie eingeatmet, Pawel.«

»Wie wir wahrscheinlich jetzt meinen Hut atmen«, bemerkte Wera. »Warum gibt es keinen Zaun um das Werk?«

»Hier ist sonst niemand«, erklärte ich. »Die dreitausend automatischen Werke sind in Wüstengegenden aufgestellt worden. Und Exkursionen von der Erde zum Pluto sind nicht erlaubt.«

»Und werden nicht erlaubt, solange ihr nicht mit der Montage eurer Staatsmaschine für zehn Millionen Beschützerinnen fertig seid«, bestätigte Wera. »Ein Unglück wie dieses, das Pawel beinahe zugestoßen wäre, ist auf der Erde längst undenkbar.«

Es ist verständlich, daß ich ihr nicht auf die Nase band, wie wir so manches Mal in unseren Aviettes nahe den Werken gekurvt waren, um gegen die künstlichen Stürme anzukämpfen. Dafür machte ich Wera auf das Grün aufmerksam, das den Planetenboden bedeckte.

»Vorläufig haben wir nur Gras und Blumen, bald werden bei uns wie auf der Erde richtige Wälder rauschen.«

»Schmackhaftes Grünzeug«, unterstützte mich Lussin.

»Hast du es denn probiert?« fragte Allan. Ausgelassen schlug er sich auf die Schenkel. »Brüder, Lussin ißt Gras! Soweit ist er mit seinen synthetischen Viechern gekommen, daß er sich auf ihre Nahrung umgestellt hat.«

»Nicht ich. Der Drachen. Die Pegasusse. Es schmeckt ihnen wie auf Erden.«

Die Ebene wurde von drei Arbeitssonnen beschienen. Die eine stand im Zenit, die zweite ging unter, die dritte ging auf. Ich erklärte, daß es auf dem Pluto sieben Sonnen gebe, jede sei nicht sehr hoch aufgelassen worden und erfasse mit ihren Strahlen nur einen kleinen Teil des Planeten.

»Die blauviolette, die jetzt untergeht, ist neu. Im Zenit steht gerade die hellgelbe, sie wurde vor fünfzig Jahren angefertigt. Die ersten Kolonisten auf dem Pluto arbeiteten unter dem Schein dieser einen Sonne, damals schwebte sie unbeweglich über der nördlichen Halbkugel, und nur der von ihr erhellte Abschnitt war lebenstauglich. Als die dritte Sonne aufgelassen war, wurde auch diese erste in den allgemeinen Kreislaufplan einbezogen. Heute ist es so: Die vier heißen Gestirne erzeugen einen warmen Tag von sechzehn Stunden Dauer, die zwei roten halten während der sechsstündigen Nacht eine gemäßigte Temperatur, und die orangefarbene Sonne bildet den Übergang vom Tag zur Nacht.«

Sie ging gerade auf, doch ich verlor kein Wort mehr über sie. Sollte sie für sich selber sprechen. Die ferne irdische Sonne war ebenfalls zu sehen, aber sie war so winzig, erbsgroß nur, daß sie sich neben den künstlichen verlor. Um die Freunde von dem aufsteigenden orangefarbenen Gestirn abzulenken, begann ich von der Wärmebilanz des Pluto zu sprechen. Die künstlichen Gestirne erwärmen nur die Oberfläche. Das Planeteninnere muß entzündet, analog dem irdischen muß ein schmelzflüssiger Kern geschaffen werden, damit sich der Boden von innen her erwärmt und es möglich wird, die roten Nachtsonnen durch einige kalte Monde zu ersetzen.

Die Felsen und die Täler, das junge Grün und die Gebäude waren von orangenem Leuchten überzogen. Das Leuchten war so hell und tief, als brächte inneres Feuer die Dinge zum Glühen. Und über allem wölbte sich der gelbbraune Himmel, der ebenfalls zu eigenem Leuchten erhitzt zu sein schien. Er wirkte niedrig, fast greifbar und nicht so leer wie auf der Erde.

Wera sagte: »Ein rauher, starker Planet. Das Leben hier ist bisher wenig kultiviert, aber von Schöpfergeist durchdrungen. Ich freue mich, daß gerade er für die neuen großen Arbeiten ausgewählt wurde.«

18

Ich hatte keine Ahnung, worin die Funktion eines Sekretärs bestehe, aber auch ohne die rätselhaften Sekretärsgeschäfte brauchte ich mich nicht dem Müßiggang zu ergeben. Gründlich studierte ich das Innere der Sternenpflüge, weilte in den Lagerhallen, wo Millionen Tonnen Vorräte lagerten, in den Betrieben, die jedes beliebige Erzeugnis herstellten, auf den Straßen der Wohnstadt und auch im Herzen der Schiffe – den Abteilungen mit den Tanew-Annihilatoren, den ungewöhnlichsten Werken der Welt, Werken, die Materie aus leerem Raum und leeren Raum aus Materie produzieren. Wenn solch ein Werk zu arbeiten beginnt, ballt sich der Kosmos viele Lichtjahre, Trillionen Kilometer weit zusammen oder zerstiebt.

Ich führe nur eine Zahl an, die mir den Atem verschlägt: Die Kapazität der Tanew-Annihilatoren erzielt im kleinsten der Sternenpflüge zwei Millionen Albert, in der »Raumfresser« über fünf Millionen. Sämtliche Elektrizitätswerke der Erde Ende des zwanzigsten Jahrhunderts der alten Ära erzeugten keine drei Milliarden Kilowatt, das heißt, keine drei Albert. Jedes beliebige Sternenflugzeug trägt eine Million Mal mehr Energie in sich, als die gesamte Menschheit im Jahr des allgemeinen Triumphs des Kommunismus zur Verfügung hatte. Und diese riesige Kapazität kann vollständig in Überlichtgeschwindigkeit umgewandelt werden, kann bis zum letzten Gramm für die Fahrt-Annihilatoren tätig werden. Doch wenn sich vor einem Schiff plötzlich ein unvorhergesehenes Hindernis erhebt, treten sofort andere Annihilatoren in Aktion, und in dem alten Kosmos breitet sich neue Leere anstelle des eingeäscherten Hindernisses aus. Es existierten noch keine Mechanismen, die so furchtgebietend geschützt waren wie unsere galaktischen Schiffe – den Eindruck hatte ich damals.

Vor Olga hielt ich mit meiner Begeisterung nicht zurück. Sie blickte mich befremdet an. »Du läßt dich hinreißen, Eli. Die Sternenflugzeuge haben zwar kein geringes Leistungsvermögen, aber es reicht nicht aus, um tief in die Galaxis einzudringen. Außerdem wissen wir nicht, wer uns in Zukunft erwartet – Freund oder Feind. Sollte es sich um einen Feind handeln – wie ist er ausgerüstet? Ich nehme an, daß die Technik der geheimnisvollen Zerstörer besser ist als unsere.«

Mit Olga kann man rechnen, nicht reden. Ein kybernetischer Roboter wäre ihr ein willkommener Gesprächspartner.

»Die Große Akademische Maschine projektiert jetzt Schiffe zu dreihundert Millionen Albert«, fuhr sie fort. »Auf solch einem Schiff würde ich mich sicherer fühlen. Leider sind sie so bald noch nicht einsatzbereit.«

19

Wir lebten den dritten Tag auf dem Schiff, und Jeanne war bei uns. Nach altem Brauch sollte die Abschiedszeremonie auf dem Planeten vollzogen werden. Mittags flogen von den Schiffen Raketen mit den Abreisenden und denen, die ihnen das Geleit gaben, zurück zum Pluto. Ich war mit Romero zusammen. Er versäumte keine Gelegenheit, um sich an Altem zu erfreuen, und ich wollte noch einmal die Steine des Planeten unter den Füßen haben. Wir landeten im Hafen, als die orangefarbene Sonne hervorgerollt kam. Romero nannte das ein gutes Vorzeichen, obwohl von vornherein klar gewesen war, daß wir bei Dienstantritt der siebenten Sonne anlangen würden. Rund achthundert Menschen sollten zur Ora fliegen, kaum weniger waren erschienen, um sie zu verabschieden.

Der Mensch ist seltsam beschaffen. Ich wünschte nichts sehnlicher, als zur Ora zu fliegen. Aber ich wurde traurig, als ich durchs Raketenfenster auf den sich entfernenden Pluto blickte. Wir dürsten nach Neuem und fürchten das Alte zu verlieren. Zwei Gegenstände lassen sich mit einer Hand nicht greifen, mit einem Fuß tritt man nicht auf zwei Stellen, doch wenn man ein bißchen kratzt, dann erweist es sich, daß wir immer dies erstreben – rühren die Abschiedszeremonien mit ihren Umarmungen, mit ihren Tränen und ihrer Wehmut nicht daher? Bei dem Gedanken, daß jemand anderes meinen Platz auf dem Pluto einnehmen und die achte, die schönste der Sonnen ohne mich geschaffen werden würde, war ich bekümmert. Hol's der Teufel, wie man in alten Zeiten sagte, warum sind wir nicht allgegenwärtig? Was hindert uns, allgegenwärtig zu werden? Der niedrige Stand der Technik oder nur die Tatsache, daß wir über dieses Problem noch nicht nachgedacht haben? Warum ist jeder von uns ein einziger? Lussin erzeugt neue Tiere, indem er auf die Nukleinsäuren der Keime einwirkt; wäre es da so schwierig, sich in fünf oder sechs gleichen Exemplaren zu etablieren? Zwei Wera, acht Romero, drei André – einer konstruiert neue Dechiffriergeräte, der zweite liebt seine Jeanne, der dritte bricht zu den Galakten auf! Verreisen, aber sich dalassen, gleichzeitig anwesend und fort sein, ja, das wäre großartig!

»Sie phantasieren Undenkbares«, sagte Romero.

Ich kam zu mir. »Andrés Abschied hat mich auf den Gedanken gebracht, daß wir unser Leben bei weitem noch nicht so eingerichtet haben, wie wir allenthalben prahlen.«

»Die Möglichkeiten werden stets von den Wünschen überflügelt, nicht umsonst beklagt sich André, die Hälfte seiner Bedürfnisse bleibe unbefriedigt – er verwechselt, um es scharf auszudrücken, Wünsche und Bedürfnisse. Er verabschiedet sich übrigens immer noch, schauen Sie mal.«

André starrte durchs Fenster. Der Planet wurde kleiner, drei Sonnen rollten über ihn hin, von fern wirkten sie heller, als sie wirklich waren.

Ich wandte dem Pluto den Rücken. Vorn wuchs die »Raumfresser« auf, die einer riesigen Linse glich, weiter weg schwebten, Abstand haltend, die übrigen galaktischen Schiffe. Nur aus der Ferne vermag man diese Kolosse mit einem Blick zu umfassen. Der irdische Mond ist größer als ein Sternenflugzeug. Doch die Hauptstadt mit ihren fünfzehn Millionen Einwohnern wäre durchaus in einem Schiffsleib unterzubringen.

Am Sternenflugzeug öffnete sich der Kosmodromtunnel, und die Rakete setzte zur Landung an.

20

Am zweiten Tag unseres Fluges begab ich mich zum Kommandeurssaal, von dem aus die Bewegungen des Sternenflugzeugs gelenkt wurden. Passagieren war der Eintritt verboten, für mich hatte Olga eine Ausnahme gemacht.

»Morgen um zwölf gehen wir von der Photonentriebkraft zur Raumannihilation über«, hatte sie bald nach dem Abflug gesagt. »Komm um acht zum Saaleingang.« Zwei Minuten vor acht näherte ich mich der ersehnten Tür. Niemand empfing mich, ich klopfte – keine Antwort. In der letzten Sekunde der achten Stunde flog die Tür auf, und ich wurde mit großer Kraft in die Dunkelheit hineingesaugt. Ich schrie auf. Sogleich spürte ich, daß ich bequem in einem Sessel saß. Gemeinhin beugt man sich, um sich zu setzen, hier wählten die Feldlinien die beste Stellung für mich. Das fand ich später heraus, in diesem Augenblick jedoch wurde ich erneut von Entsetzen gepackt. Mir war, als sei ich in die Unermeßlichkeit des Kosmos hinausgeschleudert worden – Sterne waren über mir und unter mir, rechts und links, vor und hinter mir! Ich vernahm Olgas ruhige Stimme: »Hast du gestöhnt, Eli?«

Ich strengte mich an, damit meine Stimme nicht zitterte. »Vor Begeisterung. Niemals habe ich mich so wohl gefühlt. Erzähle doch, was das hier alles ist!«

Olga erklärte, daß es im Saal weder Unten noch Oben gebe, alle Richtungen seien gleichberechtigt. Kaltblütig schwenkte sie sich sogleich mit dem Kopf nach unten. Ich folgte ihrem Beispiel, und der Himmelsteil, der unter mir gewesen war, stand jetzt über mir. Alles vollzog sich so, als hätten Oben und Unten die Plätze getauscht – nach wie vor haftete mein Körper fest am Sessel.

»Wir könnten die Himmelssphäre verschieben«, bemerkte Olga. »Aber dann wäre das Bild für alle Beobachter gleich. Bei uns sucht jeder seinen Himmelsabschnitt ab, ohne die anderen zu stören. Das Kraftfeld erzeugt ja in jeder Lage die Empfindung, als wäre der Kopf oben.«

»Wie ist die Flugrichtung zu erkennen? Hier ist es dunkel, und ringsum sind Sterne.«

»Du brauchst nur zu wünschen, dann bist du im Bilde.«

Mein Sessel beschrieb eine halbe Umdrehung. Nun leuchtete das Sternbild Stier vor mir, wild funkelte ein Ochsenauge – der Aldebaran; trügerisch, an der Grenze der Sichtbarkeit, leuchteten die Hyaden. Weiter abseits, einem strahlenden Wollknäuel ähnlich, glänzten die Plejaden. Bisher fand ich die Sternbilder nicht verändert. Ich suchte den Großen Bären – er war, wie ich ihn tausendmal gesehen hatte.

Olga lachte. »Du bist ungeduldig. Wir fliegen noch keine vierundzwanzig Stunden und benutzen Photonentriebkraft. Vom Pluto trennen uns ungefähr zehn Milliarden Kilometer. Das reicht nicht aus, um die Sternbilder verändert zu finden.«

Ich erkundigte mich, wie die Geschwindigkeit des Schiffes gemessen werde. Oshima antwortete mir. Inzwischen hatte ich eine infrarote Konverterbrille aufgesetzt. Sie ist für kurze Entfernungen konstruiert und beim Beobachten ferner Gegenstände, die gewöhnliches Licht ausstrahlen, nicht hinderlich – ich erkannte Oshima neben mir, und auf der Sphäre gewahrte ich dieselben Sterne. Die Geschwindigkeit des Sternenflugzeugs wurde nach der Parallaxe der hellen Sterne, bezogen auf die kugelförmigen Sternhaufen an den Grenzen der Galaxis, bestimmt. In der Dunkelheit flammten geisterhaft zwei Skalen auf. Die eine zeigte die Geschwindigkeiten an, die kleiner waren als die des Lichts, die andere diejenigen, die darüber lagen. Die erste funktionierte bei Photonentriebkraft, die andere, wenn die Tanew-Annihilatoren eingeschaltet wurden. Auf der ersten Skala schwankte ein Lichtfleck – wir flogen mit einem Drittel der Lichtgeschwindigkeit.

Ich drehte mich zurück, um mir die anderen Sternenflugzeuge anzuschauen, doch ich entdeckte nicht einmal Punkte. Olga zeigte mir, wie das Fernglas zu handhaben war. Nun sah ich alle acht Schiffe, die uns in einem Abstand von etwa hundert Millionen Kilometern fächerförmig folgten. Das war die Sicherheitsdistanz. Würden sie näher beieinander fliegen, wären sie im Manövrieren behindert.

»Wenn wir in den Überlichtbereich tauchen, sehen wir sie nicht mehr«, sagte Olga. »Dann gibt es nur ein Mittel, den Flug zu koordinieren – den Flugplan vorher zu berechnen.«

»Fliegen, ohne einander zu sehen, ohne imstande zu sein, eine notwendige Information zu übermitteln! Blind und taub!«

»Was willst du machen, Eli? Wir sind Hunderte Mal schneller als das Licht, und ein anderes natürliches Verbindungsagens, das sich so schnell wie unsere Schiffe fortbewegt, kennen wir nicht.«

Oshimas verschleierte Stimme drang an mein Ohr. »In einer Minute nehmen die Raumannihilatoren die Arbeit auf.«

Der Übergang vollzog sich unmerklich: keine Stöße, kein Gepolter, keine Explosionen, keine Überlastungen. Das Blut stürzte mir nicht ins Gesicht, in den Ohren vernahm ich kein Sausen. Die »Raumfresser« flog nicht mehr im Raum, sondern sie vernichtete ihn vor sich. Im Saal hatte sich nichts verändert. Zwar waren die Sterne vorn wie von einem Nebelschleier verhüllt worden, aber auch das dauerte nicht lange.

»Dreh dich zurück«, riet Olga. »Dort wirst du bald Neues entdecken.«

Hinter uns fand ich nichts Verblüffendes. Ich war auf große visuelle Effekte aus, doch gerade sie waren nicht zu beobachten. Dann bemerkte ich hinter dem Schiff dichte Dunstschwaden. Alle Sterne wirkten dadurch trüb und rötlich. Das war der neue Stoff, der von unserem Sternenflugzeug erzeugt wurde. Kosmische Leere, die von den Tanew-Annihilatoren verbrannt wird, gewinnt stoffliche Form, wird zur Staubwolke. Auf dem zweiten Parallaxometer war der flimmernde Lichtfleck über zwanzig Lichteinheiten hinaus – so ungestüm fraßen die Annihilatoren den Raum. Bald darauf glitt der Lichtfleck auf dem ersten Parallaxometer auf Null, und das Gerät erlosch in der Dunkelheit. Nun bewegten wir uns allein mittels Raumvernichtung vorwärts. Auch wir wurden unsichtbar für die anderen Sternenflugzeuge. Wir sind in die Unsichtbarkeit gesprungen, dachte ich.

Der Lichtfleck am Parallaxometer erreichte die Zahl Fünfzig. Obwohl ich keine Veränderungen in mir, an den Gegenständen ringsum oder in der Sternenwelt wahrnahm, in der wir irrsinnig schnell dahinjagten, wurde mir beklommen zumute, da ich mir vorstellte, was geschah. Zum erstenmal bewegte ich mich so schnell.

Ich fragte: »Wie hoch wird sich die Geschwindigkeit noch steigern?«

»Sie steigert sich unaufhörlich«, erklärte Oshima. »Heute begnügen wir uns mit hundert Einheiten, später klettern wir bis zweihundert.«

Olga ergänzte: »Bis zur Ora sind es sechzig Lichtjahre Uns ist vorgeschrieben, in drei Monaten dorthin zu gelangen. Wir müssen uns beeilen, Eli.«

Ich hob den Vervielfacher und senkte ihn. Der Staubnebel hinter uns wurde dichter. Fünf, sechs Flüge einer solchen Armada von Sternenflugzeugen, überlegte ich, und aus der Galaxis wird ein tüchtiges Stück Raum herausgerissen, dafür bildet sich ein neuer kosmischer Körper – eine Staubwolke, »geschaffen aus dem Nichts«, wie unsere Vorfahren gesagt hätten. Es war nicht verwunderlich, daß in der Umgebung des Sonnensystems die Benutzung von Tanew-Annihilatoren verboten war.

Manchmal hatte ich den Eindruck, die Sterne kämen näher – sie leuchteten heller, wurden größer. Dann sagte ich mir, daß wir selbst bei einer so ungeheuren Geschwindigkeit innerhalb weniger Stunden nicht weit kommen konnten. Im Kosmos sind die

Maßstäbe relativer als im Alltagsleben. Das Grandiose ist hier bescheiden.

21

Am achtundvierzigsten Tag unserer Reise sichteten wir die Ora. Der berühmte künstliche Planet bot sich im Vervielfacher als ein winziger Fleck dar. Ein Tag nach dem anderen verstrich, doch er wurde nicht größer. So würde es bis zum Schluß unseres Fluges sein. Die Ora würde plötzlich groß werden, vorerst blieb sie ein Pünktchen im Raum. Dafür nahm der Aldebaran im Vervielfacher fast den halben Himmel ein. Von nah ist er nicht so schön wie aus der Ferne – eine einfache Sonne, nichts Besonderes. Er blieb seitlich zurück.

Die sich verändernden Sternbilder lieferten uns den einzigen wahrnehmbaren Beweis, daß wir uns fortbewegten. Die Sternenwelt wurde unbekannt, und ihre Fremdheit nahm ständig zu. Nach dem Sirius setzte sich die feierlich-kalte Wega in Bewegung, sie verließ das Sternbild Lyra und strebte dem Schlangenträger und dem Skorpion zu. Dann begann sich alles stürmisch zu vermengen, manche Sterne verschwanden, andere traten hervor, riesig leuchtete die Kapella auf, deutlicher zeichneten sich die Hyaden ab, heller flammte der Aldebaran – wir jagten in ihre Richtung. Nur die Plejaden, ein kleiner Nebelfleck, ein strahlendes Wollknäuel, vergrößerten sich nicht, sie waren so fern, daß sich unsere Bewegung auf sie nicht auswirkte. Die Milchstraße aber, der gigantische Sternenfluß des Alls, der an seine Ufer brandende Weltenstrom, veränderte sich überhaupt nicht. Jahrelang könnten wir vielfach schneller als das Licht dahinjagen – er würde, grandios und unzugänglich, immer derselbe bleiben.

Bald kündigte sich in dem Raum um die Ora Leben an. Wir näherten uns einem Knotenpunkt im Kosmos, einer Kreuzung von großen galaktischen Straßen. Olga schaltete die Tanew-Annihilatoren aus, wir benutzten nun wieder die Photonen.

Und dann begann die Ora zu wachsen, aus einem Punkt verwandelte sie sich in eine Erbse, aus einer Erbse wuchs sie zur Apfelsine. Zuerst schwebten die kleinen Schiffe zur Ora hinab, die »Raumfresser« beschloß das Geschwader. Von den Kraftfeldern des

Planeten erfaßt, bewegten sich die Sternenflugzeuge nacheinander zu den vorgeschriebenen Plätzen. Das Landen ist nirgends so kompliziert wie auf der Ora, weil die Sternenflugzeuge unmittelbar auf die Oberfläche niedergehen.

Das Anlegefeld preßte uns wie mit Zangen zusammen. Unser gigantisches Schiff wurde auf den Planeten gesaugt. Das Kosmodrom für die großen Schiffe erinnerte an ein Gebirge – ringsum ragten die Sternenflugzeuge, die vor uns gelandet waren. Die »Raumfresser« schaukelte ein wenig im Anlegefeld, während sie sich langsam ihrem Platz näherte. Wir schlugen einen Bogen um die unbewegliche künstliche Sonne – sie hatte ihre Sphäre abgeblendet, damit wir ihren Strahlen nicht zu nahe kamen. Vor uns erstreckte sich, so weit das Auge reichte, die Oberfläche des künstlichen Planeten – das imposanteste der von menschlichem Geist und menschlicher Hand geschaffenen Wunder!

Das Schiff erstarb, nachdem es auf dem Bremsfeld fest aufgesetzt hatte, und seinem Tor näherte sich geschwind ein halb durchsichtiges Fallreep aus Kraftlinien. Unsichtbare Hände schleuderten uns energisch auseinander, ein paar Sekunden hingen wir in der Luft, als hätte man uns beim Schlafittchen gepackt, dann ließ man uns sanft hinunter.

22

Wir waren auf der Ora! Als Kinder träumten wir von ihr. Jetzt, im Jahr 563, wären wir imstande gewesen, grandiosere Anlagen zu errichten.

Unsere Urgroßväter hatten sie ersonnen, unsere Väter erbaut. Sie war die erste große kosmische Neubildung. Hundertvier Jahre hatte die Menschheit in Gedanken an sie gelebt, für sie gearbeitet, von ihr geträumt und gesungen, und fast die Hälfte dieses Jahrhunderts war erforderlich gewesen, sie zu planen. Planeten, kugelförmige oder formlose, hat die Welt auch ohne die Ora genug. Doch nur wenige eignen sich für Leben, und auf diesen entwickelt sich nur das spezielle Leben, das von den jeweiligen Bedingungen begünstigt wird. Die Ora ist als größtes galaktisches Hotel gedacht, als Ort, der für alle Lebensformen taugt – sie ist vielgestaltig wie das Leben. Kein natürlicher Planet, wie gut er auch ausgestattet wäre, würde diesem Ziel genügen. Die Ora ist ein Mechanismus, der die Ausmaße eines Planeten angenommen hat. Man hatte sie deshalb so weit von der Erde plaziert, weil sie unseren Sternennachbarn möglichst nahe sein sollte. Die Ora ist im geometrischen Zentrum unseres Sternenbezirks errichtet worden.

Die Ora ist auch der erste Himmelskörper in der Geschichte der Menschheit, der aus Leere geschaffen wurde, aus dem Nichts, gebraucht man die Terminologie der Alten. Viele Jahre lang zerschnitt und verdichtete eine Flottille von Sternenpflügen den Raum in diesem Weltallbereich, und der kosmische Staub ballte sich zwischen dem Stier und den Hyaden zu einem neuen Staubnebel. Da wurde wahrhaftig Staub aufgewirbelt! Der Staub wurde gefestigt, zu Metallen und Mineralien, zu Gasen und Wasser formiert, von den Werkschlünden der Schiffe aufgesaugt und als fertiges Material ausgestoßen – Ebenen breiteten sich, Hügel wuchsen auf, Gebäude wurden gefügt.

Auch der Form nach ist die Ora ungewöhnlich. Die Konstrukteure verzichteten auf die Kugelform, da eine Kugel viel Überflüssiges an sich hat – praktisch wird nur ihre Oberfläche genutzt. Im Herstellungsprozeß war sie zunächst eine Kugel, die aber wie Teig ausgerollt und als gigantische Platte im Kosmos hingebreitet wurde. Jetzt gleicht die Ora einer riesigen Schüssel. Die Bodendecke ist einige Meter dick, darunter befinden sich Dutzende Stockwerke Maschinen, die für ihre Abschnitte die gebotenen Existenzbedingungen schaffen. Man könnte es auch so ausdrücken: Die Ora ist ein mit Mechanismen vollgefüllter Kasten. Der Deckel ist die Wohnoberfläche des Planeten.

Einzigartig ist die Sonne der Ora, etwas Ähnliches ist bisher nirgends anzutreffen. Unbeweglich schwebt sie über dem Planetenzentrum, steht immerfort im Zenit. Von einer rotierenden Sonne, ähnlich denen, die wir auf dem Pluto aufgelassen haben, wurde Abstand genommen, weil die Ora eine Fläche und keine Kugel ist. Dennoch wurde derart scharfsinnig ein richtiger Wechsel von Tag und Nacht, Morgen- und Abenddämmerung eingerichtet, daß solche Sonnenkonstruktionen sicherlich auch auf anderen Planeten bald erscheinen werden. Die Sonne der Ora ist regulierbar, ihre Intensität und ihre Temperatur ändern sich planmäßig. Am Morgen ist sie matt, später entflammt sie, steigert sich zur Weißglut, ermattet wieder, färbt sich rötlich und erlischt schließlich. Nach einer gewissen Zeit entbrennt sie erneut, diesmal in kaltem Mondlicht, wobei nicht ihre ganze Scheibe leuchtet, sondern nur Teile gemäß dem Plan für die nächtlichen Phasen. Ein vollständiger Zyklus von Aktivitätsveränderungen umfaßt vierundzwanzig irdische Stunden – damit die Menschen nicht auf Gewohnheiten zu verzichten brauchen, die ihnen seit ihrer Kindheit selbstverständlich sind.

Und ein Letztes – die Luft! Nirgends gibt es solche Luft wie auf der Ora. Die Atmosphäre ist der irdischen nachgeschaffen worden, doch auf Mütterchen Erde habe ich nie so leicht, so freudig, so froh geatmet. Das Atmen auf der Ora ist eine Lust. Ich bin überzeugt, daß die Luft dort nicht nur Aromas enthält, sondern auch nahrhafte Kalorien. Im Altertum scherzte man: »Von Luft und Liebe leben.« Irgendwann einmal werde ich versuchen, mich eine Zeitlang allein von der hiesigen Luft zu ernähren.

23

Am zweiten Tag sagte Wera: »Unsere Arbeit fängt also an, Eli. Du kennst doch deine Pflichten?«

Selbstverständlich kannte ich sie nicht. Wera erklärte, was sie von mir erwartete. Es erwies sich, daß es nicht schwer ist, Sekretär zu sein. Für den Anfang sollte ich Wera überallhin begleiten und ihr helfen. Und was die Hilfe anbelangte, so hatte Wera bisher mir geholfen, nicht ich ihr, und ich dachte, so würde es auch fernerhin sein.

»Beginnen wir damit, die Sternenbewohner kennenzulernen«, sagte sie. »Zunächst aber müssen wir zu einer Konferenz bei Spychalski; er wird berichten, wie er den Beschluß des Großen Rates ausgeführt hat.«

Im Gebäude der Oraverwaltung empfing uns Spychalski. Er hatte Sonderexpeditionen in alle Sternenbereiche der Umgebung entsandt, nachdem ihm die Anordnungen von der Erde zugegangen waren. Doch auf den Sternen außerhalb der Hyaden hatte man von den Galakten nie etwas gehört, und auf den Hyaden war zusätzlich nichts entdeckt worden.

»Zu uns auf die Ora hat man vom neunten Planeten des Flammenden B einen vierflügligen Burschen gebracht, der von den

Galakten deutlich träumt«, sagte Spychalski. »Sie können sich mit ihm unterhalten. Er randaliert und ist von seinen Kameraden getrennt worden. Nebenbei bemerkt, wir haben auf den Hyaden ein interessantes astrophysikalisches Faktum entdeckt: Sie entfernen sich von den anderen Sternen.«

Olga nimmt Neuigkeiten stets gelassen auf, hier warf sie ein: »Was ist an diesem Faktum neu? Bereits unsere Vorfahren wußten, daß sich die Hyaden von der Sonne entfernen.«

»Von der Sonne – ja«, entgegnete Spychalski. »Sie entfernen sich von der Sonne und nähern sich anderen Sternen – der Ansicht waren wir bisher. Doch die neue Entdeckung besagt: Die Hyaden entfernen sich von allen Sternen der Umgebung, der Abstand zwischen ihnen und den anderen Gestirnen wächst auf allen Koordinatenachsen.«

»Wollen Sie sagen, die Hyaden generierten neuen Raum um sich herum?«

»Ja, das will ich. Offenbar annihiliert irgendein Stoffteil auf den Hyaden. Ursachen und Mechanismus dieser Erscheinung sind bisher nicht festgestellt.«

Zum Schluß schlug Spychalski den Ankömmlingen von der Erde vor, sie sollten selbst Expeditionen unternehmen und ihr Glück versuchen. Was die früheren Aufgaben der Ora anbelange, so seien sie ausgeführt. Vertreter aller Sternenvölker, die die Himmelskörper rings um die Sonne bewohnten, seien zu Gast auf der Ora. Man habe sie in Hotels untergebracht, die ihnen die gewohnten Lebensbedingungen bieten.

»In einer Stunde gehen wir die Sternenbewohner besuchen«, sagte Olga zu mir. »Kümmere dich um ein Dechiffriergerät.«

André sah man schon von weitem an, daß er etwas Umwerfendes zu sagen hatte. Er nahm an, die Hyaden entfernten sich von allen Himmelskörpern infolge einer kosmischen Schlacht, die in dieser Ansammlung einst zwischen Galakten und Verderbern getobt hatte. Eine Streitmacht hätte Raum vernichtet, um die Planeten aufeinanderzustoßen und einzuäschern, die andere Materie, um die Hyaden in Raum zu verwandeln, damit die Planeten nicht zusammenprallten. Kurz und gut, beide Tranew-Reaktionen wären gleichzeitig betrieben worden – die direkte und die umgekehrte. Die direkte hätte sich längst erschöpft, doch die umgekehrte – die Verwandlung von Materie in Raum – dauere an, deshalb versänken die Hyaden langsam in dem einst geschaffenen Loch im Kosmos.

»Dieses Loch weitet sich immer noch!« schloß André energisch. »Und genährt wird es von dem Staub, der nach der Explosion der Planeten entstand. Ich behaupte, daß das kein einfacher Staub ist, sondern annihilierender. Der Große Rat muß eine Expedition zur Prüfung meiner Hypothese in die Hyaden schicken.«

»Na schön, bitte ihn darum«, sagte ich. »Zunächst bitte ich dich aber um ein Dechiffriergerät. Kommst du mit zu den Sternenbewohnern?«

»Ich werde nach neuem Material über die Galakten fahnden, diplomatische Bekanntschaften reizen mich nicht. Den geflügelten Raufbold will ich aufsuchen, den man gesondert wohnen läßt. Das Dechiffriergerät gebe ich dir in meinem Zimmer.«

In Andrés Zimmer musterte ich zweifelnd den soliden Koffer, die letzte Variante jenes DP-2, der Allan auf dem Kleinen Hund so schmählich im Stich gelassen hatte.

»Diese Variante heißt kleines Universalgerät«, sagte André.

»Die Bezeichnung spielt keine Rolle.«

»Die Bezeichnung entspricht dem Wesen. Jeder Esel, der sich die Abstimmskala angesehen hat, vermag sich mit beliebigen vernünftigen Sternenbewohnern zu unterhalten. Schnapp ihn dir, und troll dich, Eli!«

Ich forderte einen Aviawagen an und entfernte mich gemächlich, während mir der Wagen mit dem Gerät in Schulterhöhe schwankend folgte – mein individuelles Feld zog ihn. Auf der Ora ist jedermann mit solch einem Feld versorgt.

Auf der Straße empfing uns Spychalski. Er rief einen Autobus und erkundigte sich, wen wir zunächst besuchen wollten.

»Die Interessantesten«, sagte ich.

»Für mich sind alle interessant, junger Mann. Aber was interessiert Sie mehr – Geist oder Schönheit? An Geist sind uns unsere Gäste nicht überlegen, doch was die Schönheit betrifft ... Na, Sie werden ja sehen.«

Im Bus sagte er: »Also, Erdbewohner, das Hotel ›Sternbild Stier und Fuhrmann‹ wäre das nächste. Ein relativ hohes Lebensniveau wurde lediglich in den Systemen von Aldebaran und Kapella erreicht. Ihre Planeten sind groß, die Gravitation übertrifft die irdische, ich glaube, das Äußere der Bewohner dieses Universumwinkels wird Sie überraschen. Sie sind von Ihrem Besuch unterrichtet und erwarten Sie voll Ungeduld.«

In Hunderten von Übertragungen hatten wir auf der Erde die Bewohner der Kapella und des Aldebaran bestaunt. Das waren Wesen, von der Schwere abgeplattet, sie glichen riesigen rötlichen Tropfen und bewegten sich wie Tropfen – fließend. Dessenungeachtet waren sie vernunftbegabte Wesen, antworteten auf Fragen, wenn auch nicht sofort, ihre Lebensreaktionen waren verzögert. Ihre Sprache war einfach – farbig, fast ganz im sichtbaren Spektrum, als eine der ersten hatte sie entschlüsselt werden können. Das menschliche Gefühl der Ungeduld war ihnen sicherlich nicht bekannt.

Im Hotel – ein niedriges, schildkrötenähnliches Gebäude – erhielt jeder von uns einen sich bewegenden Sessel mit Gravitator; denn nur in solch einem Sessel kann man sich hier normal fühlen. Fällt man heraus, wird man von der Schwere plattgedrückt. Doch nur bei einer allgemeinen Katastrophe auf der Ora wäre solch ein Sturz möglich – ansonsten verhindern die Kraftfelder ein Abrutschen, sie lassen einem nur die Freiheit, die Arme zu bewegen, den Kopf und den Rumpf zu drehen. Ich setzte mich und warf mich probehalber vor, sofort wurde ich zurückgeschleudert.

Im Inneren des Gebäudes erstreckte sich eine steinige Fläche, die mit knorrigen Gewächsen übersät war, Händen gleich, die sich an den Boden pressen – die Behausung der Aldebaranen. Bald entdeckten wir sie selbst. Drei rötliche Dickwänste flossen von einem kleinen Hügel zu Tal, einer der Aldebaranen näherte sich. Das war der erste Sternenbewohner, den ich nicht auf dem Raumbildschirm sah. Während er sich fortbewegte, wurde er einem Bären ähnlich, seiner Masse nach war er tatsächlich einem Bären vergleichbar. Der fast knochenlose Körper wurde von einer festen Haut umspannt. Bemerkenswert waren die Augen des Aldebaranen – ein breiter weißer Augengürtel, der den Körper etwas oberhalb der Mitte umgab. Der obere Teil des Rumpfes über den Augen wirkte wie ein Hut – das Organ ihrer Farbsprache. Ohne diese Augenfülle könnten die Aldebaranen nicht sprechen, ihre Rede wäre buchstäblich unklar.

Spychalski erzählte, daß im Leben der Aldebaranen nicht die Nahrungsbeschaffung das Hauptproblem sei, wie bei den meisten Sternenbewohnern einschließlich der Menschen, sondern der

Schlaf. Ihr sozialer Wohlstand richtet sich nach der Möglichkeit, den Schlaf zu organisieren. Bei der normalen Schwerkraft, die sie haben, können sie arbeiten, aber keinen Schlaf finden. Um zu schlafen brauchen sie ein verstärktes Gravitationsfeld. Deshalb lassen sie sich in tiefe Höhlen hinunter. Zwar ist kein großer Unterschied zwischen der Schwere in der Tiefe und der oben, dennoch nutzen sie ihn. Das Schlafengehen ist für sie ein Problem – hinunterzugelangen ist nicht allzu schwer, aber wie soll so ein Dickwanst wieder heraufkommen? Aus diesem Grund werden Plattformen an Riemen in die Höhlen gesenkt, oben drehen Arbeiter eine Winde, um Kameraden in den Schlaf zu schicken und herauszuholen. Auf der Ora waren ihnen Schlafpavillons gebaut worden.

Die Aldebaranen schreiben keine Bücher, ihre Kenntnisse überliefern sie mündlich. Einige ihrer Mitbürger sind von Kindesbeinen an auf Einprägungen spezialisiert. Diese gelehrten Aldebaranen sind von jeglicher anderen Arbeit befreit, und wenn sie im Alter zu dem Gehörten noch das Erlebte hinzufügen, sind sie Ausbünde von Weisheit. Kurz vor ihrem Tode vermitteln sie ihre Kenntnisse neuen Erfahrungsbewahrern, sie alle werden liebevoll Alte genannt, das Wort Alter ist gleichbedeutend mit Weiser. Eine Auskunft von den Alten einzuholen, ist nicht leicht, sie überstürzen sich nicht, und als Greise verknöchern sie geradezu – da buddeln sie in der Bibliothek ihrer Erinnerungen länger als ein Einarmiger im Garten. Die Jungen operieren weit ungezwungener mit ihren Kenntnissen.

Hinter der Hügelfläche der Aldebaranen öffnete sich ein zweiter Hotelabschnitt – ein See mit felsigen Ufern. In die Felsen waren Höhlen eingebaut, die einzigen Wohnstätten in dieser trostlosen Einöde. Darinnen wohnten die Gäste von der Kapella, ebenso umfangreich und plump wie die Aldebaranen, dabei noch ungesprächiger. Wir lernten einen von ihnen kennen und holten kaum ein paar Worte aus ihm heraus. Mißtrauisch musterte er uns mit seinem Gürtel vorgewölbter Augen, und meiner Ansicht nach hinderte ihn nur die Höflichkeit des Gastes, uns den Rücken zu kehren. Aber diese Wesen sehen ja nach allen Seiten, es war durchaus möglich, daß er uns von Anfang an den Rücken zugewandt hielt. Als er sich zum Sprechen entschloß, entdeckten wir, daß er sich klar und präzise auszudrücken wußte. Er blinkte uns mit seinem Hut zu, daß es sich hier leben lasse, dann kroch er in seine Höhle.

Danach sah ich der Begegnung mit den Atairen voll Ungeduld entgegen. Das Hotel »Sternbild Adler« war ein mittelgroßes Gebäude aus Metall, fensterlos – ein Kasten, auf den Boden gestellt. Im Vestibül zogen wir uns durchsichtige flexible Spezialanzüge an.

Hinter dem Vestibül tat sich ein hoher leerer Saal auf. Seine einzige Verzierung, wenn man das so nennen kann, war eine Kette von Scheinwerfern, die dicht unter der Decke angebracht war.

Die Scheinwerferkette leuchtete matt auf. Sofort erglühten rings um uns fast durchsichtige Silhouetten, grüne und violette. Zweifellos waren das lebendige Wesen, obwohl sie Phantomen ähnelten: halb gigantische Spinnen auf dünnen Beinchen, halb Kugeln mit starren Härchen. Sie stießen sich mit den Härchenbeinen vom Boden ab und sammelten sich um uns. Wir standen in einer Wolke solcher Wesen.

»Die Spinnenähnlichen aus dem ›Sternbild Adler‹«, sagte Wera. »Sie sind nur unter harter Bestrahlung zur Ausübung ihrer Lebensfunktionen fähig.«

Ich programmierte: »Bezirk Adler, harte Bestrahlung.« Romero wollte sich nicht geschlagen geben. Wera unterhielt sich mit den Atairen, und er flüsterte mir ins Ohr: »Diese Wesen sind zwar durchsichtiger als unsere Medusen, aber keinesfalls schöner.«

Während die Atairen Wera umschwebten, sie mit Fragen bestürmten und ihre Fragen beantworteten, schilderte Spychalski mir und Romero die Lebensweise dieser Wesen. Der Atair ist ein Stern der Klasse A mit einer Oberflächentemperatur von neuntausend Grad, die harten Komponenten in seiner Strahlung sind stärker als die der Sonne. Eiweißorganismen wären auf den Planeten des Atair von dem schonungslosen Gestirn bald ausgerottet. Da vollzog sich ein Wunder an Anpassung – was dem Leben auf den Atairplaneten den Tod gebracht hatte, wurde ihm förderlich. Die Zellen in den Organismen der Atairen funktionieren nur unter der Wirkung der harten Strahlen, die von diesem Stern ausgesandt werden. Jedes der Wesen, die uns umringten, war selber eine Quelle von Radioaktivität, sogar ihre Gedanken trugen die tödliche Strahlung in sich – während sie dachten, töteten sie. Sonderbar ist die Lebensweise dieser für uns gefährlichen, doch ihrem Charakter nach gutmütigen Wesen: In der Dämmerung, wenn der Atair aufgeht, erwachen sie und werden sichtbar, mittags erreicht ihre Lebenstätigkeit das Maximum, gegen Abend, wenn der Strom der Röntgenstrahlen nachläßt, werden sie schlaff und sinken in Lethargie, aus der nur die Gammastrahlen sie erwecken können. Auf der Ora wurden sie zu bestimmten Stunden bestrahlt, ansonsten schliefen sie. Es war auch dafür gesorgt, daß sie arbeiten konnten. Die Atairen sind hervorragende Baumeister, sie errichten Gebäude, ziehen Kanäle. Hinter diesem Saal erstreckte sich ein Platz, voll von ihren Schöpfungen. Atairen sind auch vorzügliche Maler, leider sind ihre Bilder ein wenig grausam: Sie werden nicht mit Farben, sondern mit radioaktiven Stoffen gemalt, sonst könnten die Künstler ihre Werke nicht sehen.

»Auf baldiges Wiedersehen!« sagte Wera bedauernd und winkte ihnen zu, während wir uns entfernten. Wie eine Schar flimmernder Phantome geisterten sie über ihr. »Nun ins Hotel ›Sternbild Lyra‹ zu den denkenden Schlangen vom Planetensystem Wega«, schlug Spychalski vor.

Schlangen sind die einzigen Wesen, die ich nicht mag.

25

Wie sich in mir alles zusammenkrampfte vor der Begegnung mit den Kriechtieren, die sich auf einem fernen Stern, einem der schönsten Sterne des irdischen Himmels, zu vernunftbegabten Wesen entwickelt hatten! Die Wega ist heißer als der Atair, ihre Strahlung enthält mehr harte Komponenten, was für Scheusale mußten da die Wegabewohner sein, wenn schon die Atairen so gräßlich aussahen?

Zunächst war es dunkel. Nur Gewächse waren ringsum – düstere Bäume, dichte Gesträuchkappen, würzig duftende Blumen. Plötzlich flimmerten allenthalben orangene Flämmchen, die matt waren wie alles in diesem dämmrigen Park. Sie irrlichterten vor den Bäumen. Mir verschlug es die Sprache, die Kehle war mir wie zugeschnürt, es war wie ein Anfall. Ein Menschengesicht blickte mich an, ein ungewöhnliches Gesicht, schöner als jedes menschliche! Ich schaute um mich. Ebensolche Gesichter lugten von der Seite, von hinten.

Gewiß, sie erinnerten an Schlangen. Ihr Rumpf war schlangenhaft, sehr biegsam, ihr menschliches Gesicht und die Arme, die etwas kürzer und dünner waren als unsere, bewiesen, daß wir keine Schlangen vor uns hatten. Erst später fiel mir auf, daß sie keine Beine besaßen. Ihr Rumpf endete in einem Zapfen. Sie bewegten sich vorwärts, indem sie sich auf dem Zapfen drehten, und zwar so schnell, daß sie zu flirrenden Säulen wurden. Bei jener ersten Begegnung mit den Wegabewohnern sah ich das nicht. Ich bemerkte nicht einmal, daß sie sich drehend näherten. Erblickte sie erst, als sie neben uns standen und uns tönend und leuchtend begrüßten. Ich war wie verzaubert und konnte den Blick nicht von ihnen lösen.

Sie trugen verschiedenfarbige, halb durchsichtige Gewänder – Kleider oder Umhänge. Das Ungewöhnlichste an den Wegabewohnern sind ihre Augen. Sie flammen auf und erlöschen, wechseln ihre Farbe. Die Wegabewohner sprechen mit den Augen!

»Fangen wir an!« sagte Wera. »Ich wüßte gern, wie sich unsere Gäste fühlen.«

Das war Weras Standardfrage, doch mir zitterten die Hände, als ich das Dechiffriergerät hob. Die Kugel leuchtete auf und tönte, sie äußerte Farben und Laute. Als sie verstummte, antwortete ein Wegabewohner, indem er sang und seine Augen flammen ließ. Phantastisch schön. Mit heiserer Maschinenstimme übersetzte die Kugel seine Antwort in unsere Sprache. Es war der in allen Sternenwelten übliche Austausch von Liebenswürdigkeiten: »Uns geht es hier ausgezeichnet. Wir sind dankbar für die Gastfreundschaft. Unserem Volk werden wir berichten, wie gut und mächtig die Menschen sind.«

»Und nun die Engel von den Hyaden«, sagte Wera. »In diesen geflügelten Gesellschaften haben sich Klassen erhalten, die sich befeinden.«

26

Wir flogen zum Hotel »Hyaden«.

Hier gleichen die Bedingungen den irdischen. Die Geflügelten passen sich leicht beliebigen Parametern von Gravitation, Atmosphäre und Temperatur an. Das mag daran liegen, daß sie viele Planeten mit unterschiedlichen Bedingungen bewohnen.

Drei Engel stürzten auf uns zu, wild rauschten ihre Flügel. Ihr begeistertes Kreischen und Flügelschlagen lockte die anderen herbei. Kurz darauf flatterte, sich puffend und zausend, ein Schwarm Geflügelter um uns her.

Die Engel haben etwas an sich, das gegen sie einnimmt. Äußerlich sind sie imposant, sogar majestätisch: weiße Körper, goldene Haare, große starke Flügel, die merkwürdig gefärbt sind. Zweiflüglige Formen herrschten vor, vierflüglige waren etwa im Verhältnis eins zu zehn anzutreffen, und sie alle waren ein stattliches Volk. Die Gesichter der Engel waren grob und unbehaart. Weder an diesem Tag noch später begegnete ich Engeln ohne Falten, faltig sind bei ihnen sogar die Jungen – jeder Engel wirkt wie ein alt gewordenes Kind. Der Eindruck wird noch dadurch verstärkt, daß sie wie unartige Kinder lärmen und toben. Außerdem waschen sie sich selten und riechen schlecht. In ihren Behausungen ist es kaum angenehmer als in den Ställen der Pegasusse.

Als wir uns einen Weg durch die geflügelte Schar bahnten, erblickte ich abseits André und Lussin. Ich beugte mich zu Romero. »Pawel, lösen Sie mich am Dechiffriergerät ab.«

Er wunderte sich – gefielen mir die fliegenden Schreihälse so gut, daß ich den Wunsch verspürte, allein mit ihnen zu sprechen?

Ich arbeitete mich aus dem Schwarm heraus und trat zu André. Ein wildes Engelchen segelte mit ausgebreiteten Flügeln kreischend auf mich zu, doch ich entschlüpfte ihm.

»Sei still und höre zu!« rief André. »Neue Nachrichten über die Galakten. Wir haben großartige Aufzeichnungen bei diesem Vierflügligen gemacht.«

André und Lussin hatten Glück gehabt. Als sie zu dem isolierten Vierflügler kamen, schlief der und hatte gerade einen Alptraum. Sein Gehirn sandte verstärkt Strahlen aus. André wartete nicht, bis der Engel erwachte, sondern eilte, die aufgezeichneten Strahlen auf dem großen Dechiffriergerät zu materialisieren.

»Ein tolles Gerät!« meinte André. »Bei Allan konnte die Sprache schwächlicher Moose erst auf der Erde gelesen werden, wir entschlüsseln weit Schwierigeres sofort.«

Gleich auf der Straße, beim Schein der Tagessonne, rief er eine Videosäule. Ich starrte angestrengt hin, denn das äußere Licht war stärker als das innere Leuchten der Videosäule. Zweifel kamen mir. Ich sah dieselben Bilder, die bereits auf der Erde vorgeführt worden waren – Felsen, helle Sterne, ein schwarzer See, ein zigarrenförmiges Schiff, dieselben Galakten, der Turm mit dem rotierenden Auge …

»Meine Meinung«, sagte Lussin, der bis dahin geschwiegen hatte. »Kopie. Schon gesehn.«

»Ihr seid Esel!« sagte André. »Was ist denn dabei, wenn wir sie bereits gesehen haben? Die Sternenvisionen überkommen unseren Vierflügler oft, alldieweil wir sie schon bei der ersten Untersuchung seines Schlafs aufzeichnen konnten. Nur persönliche Eindrücke, nicht aber Vererbung lassen die Gestalten so deutlich werden. Er muß die Galakten selbst gesehen haben.« André blickte uns triumphierend an.

Unverfroren lachte ich ihm ins Gesicht. »Und nun gehst du hin und fragst deinen Engel, ob du seine Träume richtig deutest?«

»Stimmt genau.«

»Ich begleite euch, um dabeizusein, wenn deine neueste Theorie ohrenbetäubend zusammenkracht.«

Der vierflüglige Raufbold war ein riesiger, grobschlächtiger Engel mit grimmiger Visage und starken Flügeln. Er starrte uns aus trüben Augen an und knurrte. Die Engel haben gewöhnlich feine, piepsige Stimmen. Beim Sprechen überstürzen sie sich, in ihren Versammlungen wird geschnattert und gepiepst. Die Stimme von diesem hier war kraftvoll, fast ein Baß, er piepste nicht, sondern schollerte.

André stimmte das Dechiffriergerät und sagte höflich: »Darf ich Ihnen ein paar Fragen stellen?«

»Auf die Knie!« blaffte der Engel. »Auf die Knie, andernfalls schert euch zu Teufels Großmutter!«

Sein wilder Zorn war so unverhofft, daß wir in Lachen ausbrachen. Das erboste ihn. Drohend reckte er sich und spreizte die Flügel.

»Warum sollen wir uns hinknien?« fragte André. »Bei den Menschen ist das nicht üblich.«

Das Dechiffriergerät übersetzte die Antwort des Engels: »Ich bin göttlicher Abkunft. Ich bin ein Fürst!«

Ich zweifelte an der Richtigkeit der Übersetzung. Die Worte »zu Teufels Großmutter, göttliche Abkunft, Fürst, auf die Knie« schmeckten zu sehr nach antiquierten irdischen Redensarten und Begriffen. Ich verstand nicht, warum das Dechiffriergerät aus der reichen menschlichen Sprache gerade diesen Plunder hervorgekramt hatte.

»Ich glaube nicht, daß das Gerät uns angeführt hat«, entgegnete André. »Es besitzt ein weitreichendes Gedächtnis – vierhunderttausend Wörter und hundert Millionen Begriffe. Wenn es ›Fürst‹ und ›zu Teufels Großmutter‹ gewählt hat, dann bedeutet dies, daß unser Gefangener etwas meint, das den Begriffen ›Fürst‹ und ›zu Teufels Großmutter‹ entspricht.«

Ich wandte mich an den Engel. »Warum halten Sie sich für einen Fürsten?«

»Ich fliege dich über den Haufen und zerstampfe dich!« sagte der Engel zänkisch. »Auf die Knie, oder du stirbst!« Mir fiel ein, daß das Schutzfeld der Menschen auf der Ora von ihrer Stimmung abhängt, und ich steigerte mich in Zorn. Der Engel wurde beiseite geschleudert, daß er vor Schreck aufschrie. Mal verstärkte ich, mal verminderte ich das Feld. Schonungslos wurde der geflügelte »Fürst« in der Luft durchgeschüttelt, verzweifelt schlug er mit den Flügeln, doch gegen die unsichtbaren Hände, die ihn beutelten, richtete er nichts aus. Als das Rütteln besonders arg wurde, brüllte er wie ein Stier: »Hilfe! Hilfe!«

Ich ließ meinen Zorn verrauchen, und der Engel plumpste herunter. Ohnmächtig vor Angst, versuchte er nicht einmal aufzustehen. Er kroch, die breiten Flügel demütig rührend.

Lussin wandte sich prustend ab. Ich bin überzeugt, daß ihn der grobschlächtige Engel in diesem Augenblick an seine friedfertigen Drachen oder den absonderlichen Gott Horus mit dem Falkenkopf erinnerte.

»Höhere Mächte«, murmelte der Engel erschüttert. »Höhere Mächte!«

»Erhebe dich und sei fortan kein Fürst mehr!« sagte ich. »Dummköpfe kann ich nicht leiden. Man fragt dich im guten, du aber wirst ausfallend.«

»Fragt!« sagte der Engel eilfertig. »Obwohl ich nicht weiß, inwiefern ich so mächtigen Personen …«

André erzählte dem Engel von dessen Traumgesichten und fragte, ob er die Galakten und ihre Feinde selber gesehen habe.

»Das sind Überlieferungen«, sagte der Engel leise. »Niemand hat die Galakten gesehen. Als Kind habe ich Märchen über sie gehört.«

Vielsagend blickte ich André an. Er gab sich Mühe, meinem Blick auszuweichen. Er grämte sich nicht, daß seine Theorie geplatzt war, zu schnell stellte er welche auf.

»Und warum brüstest du dich, göttlich zu sein?« fragte ich den Engel. »Was soll der Unsinn?«

Der Engel ließ Kopf und Flügel hängen. »Einer unserer Überlieferungen zufolge haben Himmelswanderer die Vierflügler mitgebracht, die Zweiflügler hingegen sind Eingeborene ... Ich mag die Zweiflügler nicht. Ich wollte ihnen hier klarmachen, daß sie verachtenswerte niedere Wesen seien, aber ihr erlaubt nicht, daß ich sie schlage ...«

»Und werden es nie erlauben«, bestätigte ich. »Wir erlauben auch nicht, sie als niederere Rasse zu betrachten. Jeder von uns ist weitaus mächtiger als du, doch niemand läßt es sich einfallen, dich zu verspotten. Wie heißt du?«

»Ich heiße Trub.«

Er war derart demütig, daß ich Mitleid mit ihm hatte. Schließlich und endlich war er ja Sohn einer unvollkommenen Gesellschaft. Ich kraulte ihm die Federn, die seidig, fest und von kräftiger lila Färbung waren. Eigentlich hat er nur zwei richtige Flügel, das zweite Paar sind eher kleine Beiflügel. An der Krümmung der großen Flügel findet sich das Rudiment einer Hand – fünf kräftige schwarze Finger mit Krallen. Ich hätte keine Lust, ohne mein Feld in diese Handrudimente zu geraten.

27

Zugegeben, die menschliche Form ist nur eine Möglichkeit vernünftigen Lebens. Ich bin auf beliebige Überraschungen gefaßt. Selbst als wir uns mit Wesen unterhielten, die zu drei Vierteln aus Metallen bestanden, und gallertartige denkende Kristalle besuchten, die im Licht umkommen, wunderte ich mich nicht. Alles ist möglich.

In der Natur besteht der mächtige Drang, sich selbst zu erkennen. Auf welch konkrete Art sie die Selbsterkenntnis verwirklicht, ist ein Spiel der Umstände. Man braucht sich nicht zu wundern, schon gar nicht entrüstet zu sein, daß sich die Umstände manchmal sonderbar fügen. Diese Einsicht half mir, bei neuen Bekanntschaften die Ruhe zu bewahren. Dennoch war ich zum Schluß unseres Rundgangs erschöpft. Die Vielfalt der auf der Ora versammelten Lebensformen war erdrückend.

Am Abend machten Romero und ich einen Spaziergang. Die unbewegliche Sonne hatte ihre Tageshitze verloren, sich verdüstert und in den Mond verwandelt. Drei Viertel der Scheibe waren erloschen, es herrschte Neumond. Die Luft, die tagsüber klar war und die Laute weithin trug, war dumpf geworden, die Laute wurden zum Geraschel und Geräusch, dafür wurden die Düfte stärker. Die Blumen rührten einen an mit ihren Düften, als hätten sie Hände. Mir schwindelte. Ich erzählte Romero von meinen Gedanken, die mir bei den Sternenbewohnern gekommen waren.

Romero meinte empört: »All diese Engelsvisagen, Schlangenantlitze und halb durchsichtigen Spinnen sind weiter nichts als Abnormitäten. Damit finde ich mich nicht ab. Früher war ich nicht sonderlich begeistert von den Menschen, heute vergöttere ich sie. Die Bekanntschaft mit den Sternenbewohnern hat bewiesen, daß der Mensch die höchste Form vernünftigen Lebens ist.«

Mir gefiel manches nicht an den Sternenbewohnern, doch Haß erweckten sie nicht in mir.

»Ihrer Meinung nach besteht reale Gefahr, daß die Interessen des Menschen in Vergessenheit geraten?«

»Ja!« sagte er. »Sie werden bereits vergessen. Von Wera, wenn sie eine großzügige Hilfe für Hunderte von Sternensystemen plant. Von Ihnen, wenn Sie gleichmütig bekennen, das denkende Leben hätte die gleichen Rechte wie das schöne und das häßliche Leben. André, der bereit ist, sich aufzuopfern, um sich mit den blöden Gedanken primitiver Engel herumzuschlagen. Und von Tausenden, Millionen Phantasten und Verrückten, die Ihnen gleichen. Sind die Vorgänge auf der Ora nicht der beste Beweis, daß die Interessen der Menschheit in Vergessenheit geraten? Die Reichtümer der Erde bieten Spinnen und Flußpferden ideale Bedingungen! Der Sternenpflug, der zur Wega entsandt wurde, verbrauchte sämtliche Vorräte an Aktivstoff, um für die lieben Schlangen eine künstliche Sonne zu schaffen. So sieht unsere Sorge für die anderen aus. Ich wiederhole, was ich bereits gesagt habe: Unerwartete Gefahr hat sich über der Menschheit zusammengebraut. Wir sind heut verpflichtet, nur an uns zu denken! Keinerlei Wohltätigkeit auf Kosten der Interessen des Menschen!« Die letzten Worte schrie er wild heraus, später würde er seine Auffassungen belächeln. Im Park vor dem Hotel »Sternbild Lyra« schien die zum Mond abgeblendete Nachtsonne. Schon tagsüber verlor sich hier alles im Halbdunkel, jetzt war es völlig finster. Ich tastete mich vorwärts, stieß gegen Bäume. Eine rosige Säule wirbelte in der Ferne und glitt vorbei, hell und schnell, danach flammte eine zweite auf und verschwand. Ich blieb stehen, um mich zu orientieren. Die schwüle Dunkelheit bedrückte mich.

Aus der Schwärze der Sträucher löste sich erneut ein leuchtender Wirbel und entschwebte. Leises Singen strömte durch den Park. Ich blickte auf die flirrende Fackel, die hinter den Bäumen erlosch, und lauschte dem Tönen. Es verstummte bald. Die Stille klang in meinen Ohren. Am liebsten hätte ich die Wegabewohner aufgeschreckt. Wenn sie so unhöflich waren wegzuwirbeln, ohne nach meinen Wünschen zu fragen, dann brauchte auch ich keine Umstände zu machen.

Wieder flammten Säulen auf und vergingen. Mir schwindelte, meine Kehle war trocken, ich flatterte am ganzen Körper, als wäre ich betäubt von den gierigen Düften der unbekannten Blumen.

Ich stürzte. Etwas kam mir in die Quere, vielleicht ein Strauch, vielleicht ein Wesen, ich stieß es fort. Blindwütig drang ich in die spannungsvolle Dunkelheit. Aufschreiend schleuderte ich auseinander und riß heraus, was mich behinderte. Ich strauchelte, fiel, sprang auf, mich an Ästen haltend, versetzte Sträuchern Fußtritte und lief weiter.

So schnell wie möglich versuchte ich aus dem dunklen Park herauszufinden. Bei meinem wahnwitzigen Lauf war ich weit eingedrungen. Über mir waren Bäume, ich sah den Himmel nicht. Ich tastete mich vorwärts. Bald traten die Bäume auseinander, gaben den Himmel mit dem blassen Mond frei, und ich erreichte die Straße.

Erneut vernahm ich Gesang. Ich verhielt den Schritt, um zu bestimmen, woher er schallte. Der Gesang wurde lauter, Unruhe klang darin, gestritten wurde oder gezankt, so kam es mir vor. Und plötzlich erstrahlte der Park, Lichter flimmerten zwischen den Bäumen, näherten sich, in hohen Tönen klingend. Dann löste sich aus den Sträuchern eine regenbogenfarben leuchtende Säule und wirbelte windschnell auf mich zu. Von überallher näherten sich plötzlich leuchtende Säulen. Noch hatte ich mich nicht besonnen, als ich schon von einer Schar Sternenbewohner umringt war. Jetzt sah ich, daß nicht nur ihre Augen leuchteten, sondern auch ihre Körper.

Was ich am Tag als Färbung ihrer Kleidung aufgefaßt hatte, erwies sich als ihr eigenes Leuchten, das ungehindert durch die Kleidung drang. Es war heller als am Tag. Die Wegabewohner zogen sich nicht zurück, wie ich erwartet hatte, sondern näherten sich erneut. Vorsichtig, zögernd drehten sie sich ein paarmal und waren doch schneller als Menschen, die laufen. Ich bemerkte Entsetzen in ihren Gesichtern, wahrscheinlich erschien ich ihnen als ein Ungeheuer, ein allmächtiges, unerbittliches Ungeheuer. Ihr Leuchten war zaghaft matt, doch ihr Gesang, der in meinen Ohren traurig klang, war lauter geworden. Unvermutet übermannte mich Zärtlichkeit für diese tapferen, schwachen Wesen.

»Ihr Dummen!« sagte ich. »Weshalb habt ihr Angst vor mir?«

Der Gesang brach ab, als ich zu sprechen begann. Schweigend bemühten sich die Wegabewohner, meine Worte zu enträtseln.

»Ihr könnt mir vertrauen«, sagte ich. »Eher würde ich mich umbringen, als euch etwas Böses antun.«

Ich weiß nicht, ob sie mich verstanden hatten, doch der Gesang, mit dem sie antworteten, war nicht mehr so eintönig traurig. Ihre Körper leuchteten wieder, ihre Augen funkelten, ihre Stimmen tönten in verschiedenen Höhen – sie stritten, versuchten einander von irgend etwas zu überzeugen.

Wenig später zerstreute sich die Menge. Sie traten den Rückzug an. Zwischen den Bäumen blinkten die davoneilenden leuchtenden Säulen, für wenige Sekunden wurde abermals alles von wunderlichen Lichtern erhellt. Als sie erloschen, war wieder der undurchdringliche fremde Park mit seinen beklemmenden Düften um mich.

Ich erinnerte mich, daß die schöne Wega heißer ist als der Atair, ihre Oberflächentemperatur beträgt rund fünfzehntausend Grad. Unter solch einer Sonne ist an Spaziergänge nicht zu denken. Zweifellos sind die leuchtenden Wegabewohner, die sich der Sprache des Lichts bedienen, für die Nacht geschaffen.

28

Über der Lichtung wölbte sich der Nachthimmel. Der Mond war verblaßt, die Sterne blinkten klar und intensiv. Die Ora hat den gleichen Luftdruck wie die Erde, doch ihre Lufthülle ist dünner, und die Sterne wirken daher klarer. Von der Ora sehen die Sternbilder anders aus als von der Erde, doch der Große Bär und die Kassiopeia sind, obwohl verändert, auch von hier aus schön. Die Wega hatte ich oft von der Erde bewundert, hier begeisterte sie mich – so prächtig war sie.

Aus der Ferne wirkte die bläulichweiße Wega wie ein dekorativer, nicht wie ein lebenspendender Stern. Gewiß, allem kann man sich anpassen, den unbarmherzigsten Existenzbedingungen – und die Wegabewohner hatten sich um den Preis von Leiden und Qualen angepaßt. Mit Herz und Verstand war ich auf der Seite derjenigen, die einen Strahl in die eisige Finsternis der Wegabewohner geworfen, eine Woge der Wärme in ihre frostgebannten Zufluchtsstätten gesandt und ihnen Schutz vor dem mörderischen Sonnenlicht gewährt hatten. Aber zweifellos gab es Menschen, die Romero unterstützten, die die uneigennützige menschliche Hilfe als Verschwendung bezeichneten …

29

Der Gedanke, bei den Atairen nach Material über die Galakten zu forschen, war mir am Vortag gekommen. Gleichzeitig wollte ich ihre Malerei kennenlernen. Spychalski hatte ihre künstlerische Begabung so anschaulich geschildert, daß ich neugierig geworden war.

Im Vestibül hüllten wir uns in die Spezialanzüge und erhielten die Gammalampen zum Ableuchten der unsichtbaren Atairbewohner.

Der Saal war leer. Wir leuchteten nach allen Seiten – niemand war da.

Am Saalende gähnte ein Tunnel, wir gingen zum Arbeitsplatz hindurch. Mir wurde beklommen zumute, als ich das sich weithin erstreckende Land erblickte. Am finsteren Himmel hing eine bläulichweiße Kugel, eine Imitation des grausamen Atair. Ringsum war wütendes Glitzern. Kein einziges Hälmchen belebte den verbrannten Boden – kahler weißer Stein, knirschender Sand, stickiger Staub, der unter den Füßen aufstob …

»Ist das eine Gegend!« sagte ich. »Da möchte ich nicht leben!«

Wir erreichten die Anlagen der Atairen – Steinkuben ohne

Fenster, Steinschachteln, die sich bis hinter den Horizont hinzogen. Wir betraten einen Kubus und schalteten unsere Lampen ein. An den Wänden leuchteten Bilder auf, deren Farbe und Intensität sich änderte, sobald wir die Lampen schwenkten. Als wir sie ausschalteten, erloschen die Bilder langsam. Eine seltsame Malerei war das: nur Linien, chaotisch verschlungene, scharfe, weiche, gewundene Linien – keine Striche, sondern Konturen. Ich mußte an mathematische Kurven denken. Die von den Atairen gezeichneten Linien füllten den Raum, hoben die Tiefe hervor, stellten Luft und Gegenstände dar. Ich sah immer dieselbe erbarmungslose Landschaft: eine wütende Sonne, Felder, Steine, Sand, Gebäude. Und überall waren die Atairen selbst – fadenbeinig, spinnenförmig, zwischen den Gegenständen umherhuschend. Vor einem Bild stand ich lange. Zwei Atairen kämpften, grimmig hatten sie ihre Extremitäten verschlungen, die Rümpfe gegeneinandergestemmt. Vortrefflich hatte der Maler die Erbitterung wiedergegeben, die sie erfüllte, die Schnelligkeit und Energie ihrer Bewegungen. Ich ging an der einen Wand entlang, Lussin an der anderen. Plötzlich schrie er auf: »Eli! Schnell, schnell!«

Ich rannte zu ihm, da ich dachte, ihm sei etwas zugestoßen. Lussin wies mit dem Finger auf ein Bild.

Es zeigte Galakten.

Dieses Bild bestand ebenso wie die anderen aus Linien – die Konturen von Luft und Gegenständen füllten die Landschaft. Auf einem Stein lag ein sterbender bärtiger Galakt in rotem Umhang und kurzer Hose. Kraftlos hing eine Hand seitlich herab, die andere hatte er an die Brust gepreßt. Die Augen des Sterbenden waren geschlossen, sein Mund verzerrt. In der Nähe standen drei Galakten mit gefesselten Händen – deutlich war die Kette zu erkennen, die ihre auf den Rücken gelegten Hände verband. Genauso unheimlich vollkommen, wie der Maler das Leiden im Antlitz des Sterbenden wiedergegeben hatte, war auch die Verdammnis und die Verzweiflung der drei Gefangenen dargestellt. Sie blickten uns nicht an, riefen nicht um Hilfe, ihre Körper waren willenlos ergeben gesenkt. Über ihnen schwebten Atairen. Auch ihre Bestürzung war meisterhaft getroffen. Es war, als rängen sie ihre Beinchen, jede Linie an ihren Körpern schrie, die Atairen schnellten hin und her, wollten etwas tun und waren doch ratlos.

»Wo sind die, von denen die Galakten gefangengenommen wurden?« überlegte ich laut. »Die Atairen waren es bestimmt nicht, die sind selber entsetzt. Nicht der geringste Hinweis auf die Verderber! Verstehst du, was das bedeutet, Lussin? Mit jeder neuen Entdeckung werden die Zerstörer geheimnisvoller.«

»Rätselhaft. Wir müssen suchen. Vielleicht noch ein Bild?«

Wir gingen von einem leeren Gebäude ins andere, vor unseren Lampen entbrannten immer neue Bilder, doch keins stellte Galakten dar.

»Wir müssen zu den Atairen«, sagte ich. »Nur sie können die Rätsel ihrer Zeichnungen erklären.«

»Los! Suchen wir!«

Als wir in der glutheißen Wüste umherirrten, erblickten wir eine Schar eifrig arbeitender Atairen. Sie brachen und behauten Steine, schleppten sie zu den Bauten, die sie errichteten. Die Arbeit war mühsam, doch die Arbeitenden zeigten sich geschickt. Kein Wunder, sie besaßen ja nicht nur zwei Hände wie wir, sondern zwei Dutzend biegsame, kräftige Hebel.

Die Atairen bemerkten uns, warfen ihre Arbeit hin und kamen uns entgegengelaufen. Freudig drängten sie sich möglichst nah heran. Als sie uns mit ihren Härchenbeinen freundschaftlich umarmen wollten, mußten wir unsere Schutzfelder verstärken. Ich stimmte das Dechiffriergerät und wünschte ihnen Gesundheit. Die guten Geschöpfe antworteten mit dem Wunsch, wir sollten niemals schlafen. Offenbar war der Schlaf etwas Furchtbares für sie, und sie hatten Angst davor.

Ich wandte mich an einen Atairen, der auf den ersten Blick weniger subtil wirkte als die anderen. »Eure Bilder haben uns gefallen, Freunde.«

»Ja, ja!« zwitscherten sie. »Wir zeichnen. Wir zeichnen immer.«

»Und wir möchten gern wissen, was das für Wesen sind, die uns gleichen, auf einem eurer Bilder habt ihr sie dargestellt.«

Als das Dechiffriergerät meine Frage in Gammastrahlung umsetzte, schienen die Atairen zu versteinern. Sie standen da, wie gelähmt vor Entsetzen. Der Ataire, der mir gefiel, wich zurück. Dann lief ein Krampf durch den Ring der Spinnenförmigen, und er fiel auseinander. Die vorderen traten zurück, einige nahmen Reißaus.

»Was haben sie?« fragte ich Lussin. »Meine Frage scheint sie erschreckt zu haben.«

»Wiederhole«, riet Lussin. »Sie haben nicht verstanden.«

Ich war mir nicht schlüssig, ob ich die Frage wiederholen sollte. Die Atairen verharrten nun. Ich schwieg und sah sie an. Auch sie schwiegen und warteten.

Ich faßte mir ein Herz und bat sie ein zweites Mal um Antwort. Da wurden sie von Panik ergriffen und flohen so geschwind, daß gleich darauf niemand mehr bei uns war. Schweigend waren sie geflohen, das Dechiffriergerät hatte keinen einzigen Laut umsetzen können. Ich wandte mich an Lussin. »Ist das eine Geschichte! Verstehst du das?«

»Ja«, antwortete Lussin. »Ein Rätsel.«

30

Ich erklärte Wera die Zeichnungen der Atairen. Sie verstand sofort, daß wir eine Entdeckung gemacht hatten. Bisher hatten wir gewußt, daß die Galakten auf einem fernen Stern der Hyaden erschienen waren, einhundertfünfzig Lichtjahre von der Sonne entfernt. Nun waren Spuren von ihnen im Atair gefunden worden, in unserer nächsten Sternenumgebung.

»Das ist außerordentlich wichtig«, sagte Wera. »Aus deinem Fund ist zu folgern, daß die Galakten mit ihren Feinden auch im Sonnensystem auftauchen können, wenn sie darin nicht schon aufgetaucht sind. Was wir auf der Erde nur als theoretische Möglichkeit erörtert haben, ist reale Gefahr geworden. Aber worin besteht diese Gefahr? Wer sind diese Zerstörer oder Verderber, von denen die Galakten gefangengenommen worden sind? Weshalb sind sie auf dem Bild nicht zu sehen? Sie können doch keine Geister sein!«

Wera ordnete an, sämtliche Bilder der Atairen zu fotografieren, und kehrte zu unserer Entdeckung zurück. »Wie erklärst du die Flucht der Atairen, Bruder?«

Ich breitete die Arme aus, denn ich hatte keine Erklärung. »Ein weiteres Rätsel!«

Ihren Freunden erzählte Wera gern, was sie dann später im Rat vortrug. Ich mochte ihre langen Reden nicht, doch diese hörte ich ungeteilt aufmerksam an – Weras Gedanken schienen meine eigenen zu sein.

Sie begann beim Jahr 2001 der alten Zeitrechnung, dem denkwürdigen Jahr, als sich die Menschheit zu einer einzigen Gesellschaft zusammenschloß und auf dem Erdball endlich mit den nationalen, den Klassen- und Staatszwistigkeiten Schluß gemacht wurde. Das Jahr der Vereinigung wurde das erste Jahr der neuen Ära, die wahre Geschichte der Menschheit begann mit der Geburt der neuen Gesellschaft, mit der Verwirklichung des Prinzips: »Die Gesellschaft besteht zum Wohle des Menschen. Jedem nach seinen Bedürfnissen, jeder nach seinen Fähigkeiten.« In jenen Anfangsjahren war dieses Prinzip nur ein Wunsch, die große Idee mußte zu einem festen Bestandteil des täglichen Lebens werden. Über fünfhundert Jahre waren seitdem verstrichen, und all diese Jahre hindurch hatte sich die Menschheit vervollkommnet. Sie war in sich selbst versunken, die übrige Welt interessierte sie nur in dem Maße, als sie die Menschen betraf. Blickte man zurück, so schwindelte einem – während der vorhergegangenen Jahrtausende seiner Existenz war für den Menschen nicht soviel Gutes getan worden wie in diesen fünf Jahrhunderten.

Wie kläglich nahm sich das gepriesene Paradies neben der heutigen Erde aus. Erweckt waren die Möglichkeiten, die im Menschen geschlummert hatten – er war wirklich Mensch geworden, hatte sich ein menschliches Leben aufgebaut.

Doch damit endet erst seine Kindheit, nicht mehr. Die Welt des Kindes ist egozentrisch, im Zentrum des Weltalls sieht es sich, alles übrige dreht sich da herum. Die Zeit vergeht, und es erkennt seinen wahren Platz in der Welt. Es wird stärker und klüger, und aus dem Mittelpunkt der Welt verwandelt es sich in ein einfaches Teilchen der Welt. So bietet sich die heutige Menschheit dar. Sie hat Umschau gehalten und staunt: Es gibt unendlich vielfältige Formen vernunftbegabten Lebens. Die Natur hat sich im Menschen nicht erschöpft. Vielleicht mußte sie sich bei den Aldebaranen oder den Atairen sogar mehr anstrengen, denn dort waren größere Hindernisse für die Entwicklung der Vernunft zu überwinden. Endlich hat die Menschheit ihren Platz im Universum erkannt – es ist ein bescheidener Platz.

Und nun wird erprobt, wie der Mensch wirklich ist. Wir haben andere Gesellschaften entdeckt – was fanden wir in ihnen? Haben sie einen Lebensstandard wie wir? Haben sie ihn übertroffen? Ist es ihnen gelungen, die mächtigen Kräfte zu beherrschen, die uns zu Diensten sind? Sie haben sich die Natur nicht unterworfen, sie werden unbeschränkt von ihr beherrscht. Qualvoll kämpfen sie um ihre Existenz, bei mühsamer Arbeit richten sie sich zugrunde, ihr Leben ist stets Ringen um Wärme, um Brot, das sie sich im Schweiße ihres Angesichts verschaffen.

An dieser Stelle unterbrach ich Wera: »Das bezieht sich nicht auf die Galakten, sie haben eine entwickelte Maschinenzivilisation.«

»Bislang wissen wir wenig über sie. Vielleicht schließen wir mit den Galakten später ein Bündnis, um den Gesellschaften niederer Entwicklungsstufen zu helfen. Jetzt steht diese Aufgabe allein vor uns.« Programmatisch erklärte Wera: »Spannen wir alle Kräfte an, und erkunden wir, was sich hinter den Nachrichten über die Galakten tatsächlich verbirgt – das zum ersten. Zweitens: nur nicht in Panik verfallen! Millionen Jahre wurde unser System von diesen geheimnisvollen Wesen nicht besucht, lediglich auf einzelnen Sternen haben sich Legenden über sie erhalten – warum müssen wir uns so benehmen, als stehe eine Invasion vor der Tür? Es ist nicht ehrenhaft, am ganzen Leibe zu zittern bei ersten nebelhaften Nachrichten über irgend etwas, das vorläufig ganz unverständlich ist. Und drittens, das Wichtigste: Wenn irgendwo in den interastralen Weiten grausame Kriege toben und diese Kriege uns berühren können, warum sollen wir uns da nicht beizeiten mit unseren Sternennachbarn verbünden, um feindliche Invasionen abzuwehren? Werden wir vereint nicht stärker? Wären Tausende Planetensysteme neben dem Sonnensystem nicht ein unüberwindlicher Schutzwall für den unbekannten Gegner?

Und wer hat den Beweis erbracht, daß allein Gegner kommen werden? Die Galakten sehen uns so ähnlich, sollen sie da unsere Feinde sein? Ich bin mit André völlig einer Meinung, daß wir sie höchstwahrscheinlich als Freunde begrüßen werden.«

31

André glaubte nicht, daß die Atairen Fersengeld gaben, sobald wir die Galakten erwähnten. Er ergriff das Dechiffriergerät und eilte ins Hotel »Sternbild Adler«.

Ich traf ihn beim Mittagessen. Trübselig kaute er sein synthetisches Fleisch.

»Diese Teufelswesen sind ängstlicher als die Hasen«, schimpfte

André. »Vor mir sind sie noch schneller ausgerückt als vor euch. Aber einiges habe ich doch aufgezeichnet.«

Es erwies sich, daß André das Dechiffriergerät rechtzeitig auf die Gehirnstrahlen der Atairen eingestellt und Spuren von dem empfangen hatte, was sie dachten, als er sich näherte, und was sie so erschreckte. In den Gehirnen der Atairen herrschte großes Durcheinander. Das Dechiffriergerät war außerstande, ihre Überlegungen klar auszudrücken.

»Und die Bilder, die ihr entdeckt hattet, sind verschwunden«, fügte André hinzu. »Die Atairen haben sie säuberlich weggewischt.«

»Was denkst du darüber, André?«

»Nichts denke ich. Dafür weiß ich, warum ihr keine Verderber neben den gefesselten Galakten gesehen habt.«

»Wahrscheinlich haben wir sie deshalb nicht gesehen, weil niemand sie je gesehen hat. Den Schluß kann man aus den Aufzeichnungen vom Flammenden B ziehen.«

»Stimmt genau, das ist der Grund. Aber kannst du sagen, warum es so ist?«

»Wenn ich recht verstehe, hast du eine neue blendende Theorie parat!«

»Zumindest die richtige. Das Geheimnis besteht darin, daß die Verderber unsichtbar sind. Denk darüber in Ruhe nach, Eli. Noch ist es nicht zu spät, sich zu bessern. Ich warte auf den Umschwung in dir.«

Er winkte mir zu und lief davon, um die letzten Vorbereitungen für sein Konzert zu treffen. Streitgespräche bricht er gern so ab, daß er wenigstens zum Schein das letzte Wort behält.

Ich besuchte Trub. Den widerspenstigen Engel hatte man morgens herausgelassen, doch auf dem Platz hatte er erneut randaliert, und Spychalski forderte, ihn zurückzubringen.

Ich hatte den Eindruck, Trub freue sich über meinen Besuch, obwohl er das durch keine Flügelregung zeigte. Knurrend blickte er mich von der Seite an.

»Wie ist die Stimmung, Trub? Quälen dich Alpträume?«

»Ich will nicht länger hierbleiben«, brüllte er. »Schickt mich nach Hause. Ich hasse die gemeinen Zweiflügler, denen ihr gefällig seid.«

»Nicht nur Zweiflügler sind hier, Trub. Auch Vierflügler laufen einem über den Weg.«

»Sie hasse ich ebenfalls. Alle hasse ich!«

»Und dich selbst liebst du?«

»Ich weiß nicht«, sagte er höflich. »Hab', darüber nicht nachgedacht.«

Ich klopfte ihm auf die Schulter und tätschelte die prächtigen Flügel. Trub ist ein wunderbares Exemplar von einem echten Kampfengel.

»Du bist dumm, Trub!« sagte ich.

Er schwieg, gereizt sträubten sich die Federn. Als ich mich erhob, war fast menschliche Trauer in seinen Augen. Dennoch sprach er gewohnt widerspenstig. »Du hast mir nicht geantwortet, Mensch. Wann bringt ihr uns zurück?«

»Die Sternenkonferenz wird vorbereitet. Wir wollen über Verkehrsformen sprechen, über interastrale Reisen und dergleichen. Und nach der Konferenz – ab, nach Hause!«

Würde er Arme gehabt haben, er hätte sie arrogant auf der Brust verschränkt. Statt dessen hüllte er sich erhaben in seine Flügel. »Die Konferenz ist mir gleichgültig. Die Zweiflügler werden über interastralen Handel piepsen. Ich kann Krämerseelen nicht leiden!«

Ich war schon in der Tür, als ich fragte: »Kannst du mich leiden? Soll ich wiederkommen?«

Finster sagte er: »Komm nur! Deine Kameraden sollen auch kommen ...«

32

Die Konferenz der Sternenbewohner wurde ein voller Erfolg. Der riesige Saal der Galaktischen Empfänge war in kuppelbedeckte Sektoren unterteilt, und innerhalb jedes Sektors waren eigene Bedingungen geschaffen worden. Die Aldebaranen fanden plattdrückende Gravitation vor, die Atairen die harte Strahlung ihres wütenden Gestirns, die Wegabewohner träumerisches Halbdunkel mit üppigen Pflanzen. Nur für die Engel von den Hyaden waren keine speziellen Bedingungen vorgesehen – dieses Volk paßt sich beliebigen Bedingungen an. Viele Sektoren blieben leer. Die Ora-Konstrukteure hatten so viel verschiedene Existenzmöglichkeiten in Aussicht genommen, daß die Hälfte davon bisher noch nicht entdeckt war. Ich saß zwischen Romero und André, mit uns hatten auch Allan, Olga, Lussin und Leonid Platz genommen, hinter uns waren die Ora-Mitarbeiter, die gerade keinen Dienst hatten. Eine beträchtliche Menschenmenge hatte sich eingefunden. Die Gäste waren in der Überzahl, unter ihnen wiederum die Engel. Die Sektoren waren als Amphitheater angeordnet – Sessel, kleine Waldwiesen Bäume, jedem Volk nach seinen Gewohnheiten. Vor den Sesseln waren Videophone angebracht, die jede beliebige Sprachform in die dem Hörer verständliche übertrugen. Ich sage »Hörer« aus Gewohnheit, denn nur wir und die Engel hören, den anderen wird geleuchtet, oder sie müssen sprachlich durchdrungen werden.

An einem einzelnen Tischchen mitten im Saal thronten Wera und Spychalski – die Vorsitzenden der heutigen Konferenz.

André hatte sich in den letzten Tagen mit den Engeln abgeplagt und darüber Essen und Schlafen vergessen. Neues hatte er nicht erfahren. Aus den ängstlichen Atairen war nichts herauszubekommen, obwohl sie zweifellos wichtige Angaben über die Himmelsreisenden verschwiegen.

Ich forschte André aus: »Nach den Engeln bist du zu den Bewohnern des Aldebaran und der Kapella gegangen – wie war's da?«

»Genauso. Nichts.«

»Kein einziger Hinweis?«

»Ich habe doch gesagt: nichts!«

Während ich mich noch mit André unterhielt, forderte Spychalski Wera auf, über den Zweck der ersten interastralen Konferenz zu sprechen. In ihrer Rede verkündete Wera den Beginn einer neuen kosmischen Ära – der Periode innergalaktischer Zusammenarbeit.

André fand, Wera bemühe sich, die interastrale Zusammenarbeit allzu rosig auszumalen. »Eine universale Wohltätigkeitsgesellschaft«, sagte er gähnend. »Eine Brüderschaft vom Himmel fallender synthetischer Mehlklöße. Die große Vereinigung der Sternenbewohner ›Ab die Post‹.«

Sein Spott verletzte mich. Vorwurfsvoll fragte ich ihn, ob er es nicht sei, der kürzlich eine Symphonie über die Harmonie der Sternenwelten verfaßt habe.

»Stimmt«, versetzte André gleichmütig. »Und jetzt bin ich für die kosmische Kameradschaft. Aber mögen auch die Sternenbrüder ihre Ärmel hochkrempeln.«

33

Die letzten Tage unseres Aufenthalts auf der Ora waren mit Gesprächen ausgefüllt – mal konferierten die Menschen untereinander, mal die Menschen mit Gruppen von Sternenbewohnern. Auf einer Konferenz bei Spychalski wurde beschlossen, daß die beiden größten galaktischen Schiffe, die »Raumfresser« und die »Steuermann«, die Reise in die Tiefe der Galaxis fortsetzen sollten.

Wera erklärte, warum diese Reise nicht aufgeschoben werden konnte. Die Expedition zur Ora hatte zwei Aufgaben, von denen erst eine erfüllt worden war – die organisatorischen Grundlagen für ein künftiges interastrales Bündnis waren gelegt.

»Doch irgendwo im Sternenbereich wohnt das uns ähnliche hochentwickelte Volk der Galakten«, sagte Wera. »Wir haben nichts Neues über sie erfahren. Dieses Volk hat mächtige Feinde, auch über sie wissen wir nichts. Unsere Arbeit, eine Kameradschaft der Sternenbewohner zu schaffen, bleibt ungesichert, wenn wir nicht erkunden, ob dem geplanten Bündnis irgendeine Gefahr droht. Andererseits kann die Sache vorangetrieben werden, wenn wir uns der Hilfe der Galakten versichern. Wohin die Schiffe auf Suche schicken? Von wo sind die Galakten ins Sternbild Hyaden und auf den Atair gekommen? Höchstwahrscheinlich aus den Plejaden, dem Sternhaufen, der den Hyaden benachbart ist. Also besteht unsere nächste Aufgabe darin, einen Sprung zu den Plejaden zu wagen, wo noch kein Mensch gewesen ist. Ich werde mit der ›Raumfresser‹ fliegen«, schloß Wera. »Für den Abtransport der Gäste von der Ora und die Absendung der Schiffe zur Erde ist Martyn Julianowitsch verantwortlich.«

Spychalski lächelte bekümmert in seinen grauen Schnurrbart hinein. »Ich hatte gehofft, daß Sie mich alten Mann auch auf die weite Reise mitnehmen würden. Aber es sieht so aus, als würde ich mein Leben als Wächter auf diesem kleinen Planeten beschließen.«

»Nein, als Vertreter der Menschheit auf einem Sternenvorposten. Und wir werden Ihre Sucharbeiten fortsetzen.«

Als die Konferenz zu Ende war, fragte ich Romero: »Schließen Sie sich uns an, Pawel, oder kehren Sie zur Erde zurück?«

Trocken antwortete er: »Im Altertum wurde der Wert des Mannes danach gemessen, ob er gegen die Feinde zu kämpfen verstand. Die ›Raumfresser‹ hat einen Sonderauftrag – Feinde auszumachen.«

Tag für Tag flogen Schiffe zum Arktur, zum Aldebaran, zur Kapella, zum Fomalhaut und zur Wega ab.

Schließlich sollte eine Flottille aus drei Sternenflugzeugen mit den Engeln zu den Hyaden starten. Schreiend und flügelschlagend bestiegen die Geflügelten die Schiffe. Die Engel, die wir kannten, kamen gestürzt um sich zu verabschieden, mit ihrem Wehklagen und Jammern steigerten sie noch den Wirrwarr.

Dann erschien Trub in der Menge, und es gab einen Skandal.

Er bemerkte uns, schleuderte die Verwandten mit seinen mächtigen Flügeln beiseite und drängte sich quer durch den allgemeinen Strom. Er brüllte, seltsamerweise an mich allein gewandt: »Eli! Eli! Eli!« Dann umfaßte er mich mit seinen Flügeln und kreischte: »Ich will nicht fort! Ich bleibe bei den Menschen!«

André versuchte dem tobenden Engel ins Gewissen zu reden, doch er ereiferte sich immer mehr: »Ich fliege mit den Menschen. Ich will nicht zurück!«

Ich suchte Spychalski auf und erklärte ihm, was vorgefallen war.

»Sie wollen den Engel mitnehmen?« fragte Spychalski verwundert.

»Schauen Sie ihn sich doch an«, sagte ich. »Ist das nicht ein Prachtkerl? Wenn wir den auf die Erde bringen, wird er Eindruck machen. Und er ist uns nicht weniger zugetan als wir ihm.«

Spychalski rief Wera. Sie erschien in der Videosäule. Er übermittelte Trubs Wunsch und fügte hinzu, daß er ihn befürworte.

»Ihr könnt Trub mitnehmen«, sagte Wera und verschwand.

Ich rannte zu meinen Freunden, rief ihnen schon von weitem zu, daß die Sache geklappt habe. Trub hat eine Teufelskraft in den Flügeln, er drückte mich so, daß mir die Sinne schwanden.

»Ich bin dein Sklave«, sagte er. »Dein Sklave auf ewig, Eli!«

»Du bist mein Adjutant«, sagte ich. »Adjutant, das ist etwas, das nicht schlechter ist als Freund, etwas Nahes, fast Brüderliches. Als Freund bitte ich dich um einen Freundschaftsdienst.«

»Bitte und fordere. Ich bin glücklich, du Mächtiger …«

»Nimm ein Bad und wechsele die Kleidung. Im Lager liegen Ballen von Engelshemden, hole dir ein Dutzend Hemden auf Vorrat.«

Unverzüglich schwang er sich auf. Trub flog großartig, obwohl er geradezu ein Schwergewichtler war.

ZWEITER TEIL

Die Fahrt des Sternenpflugs

1

Halte ich Rückschau auf unseren Weg, erfaßt mich ein zwiespältiges Gefühl – Trauer um die Verluste und Stolz. Wir waren Teilnehmer der schwierigsten aller kosmischen Expeditionen, die je stattgefunden hatten, und wir taten unsere menschliche Pflicht. Es ist unwichtig, daß wir während zweier irdischer Jahre zehntausend Lichtjahre überwanden und, obwohl wir nicht in das von dunklen Nebelflecken verdeckte geheimnisvolle Zentrum der Galaxis vordrangen, doch so tief in den Sternenabgrund tauchten wie noch nie jemand vor uns. Würde sich darin – in Trillionen hinter dem Heck gelassenen Kilometern – unser Verdienst erschöpfen, so hätten wir keinen Grund, stolz zu sein. Leere bleibt Leere, ob sie nun groß ist oder klein. Doch wir erfuhren, wie weit die von anderen Wesen erworbene Macht reicht, wie ungeheuer das Gute und die Ungerechtigkeit sind, die in einem galaktischen Gefecht aneinandergeraten waren, und wie unvermeidlich all das uns Menschen, die wir gerade den Sternenweg betreten haben, zwingt, in die nicht von uns begonnenen Streitigkeiten einzugreifen, denn außer uns ist keiner da, der sie entscheiden könnte.

2

Die »Raumfresser« flog zuerst, die »Steuermann« folgte ihr. Kommandeur des ersten Sternenflugzeugs war Olga, ihr standen Leonid und Oshima zur Seite. Allan befehligte das zweite. Wera hatte sich die »Raumfresser« gewählt, und wir, Lussin, André, Romero und ich, waren bei ihr. Jeden Tag arbeiteten wir mit Wera stundenlang an ihrem Bericht für die Erde.

Während der zwei Monate, da wir Kurs auf die Plejaden hielten, hatten sie sich nicht verändert. Sie wirkten wie ein himmlisches Spinnennetz, das zwischen großen Sternen aufgehängt ist. Als wir uns ihm bis auf wenige Parsec genähert hatten, wurde es größer und füllte sich mit Licht. Ein herrliches Sternbild flammte am Himmel. Im Vervielfacher zerfiel der Haufen in Einzelsterne.

»Ich sehe ein Planetensystem, Eli!« sagte André.

Die äußeren Sterne des Haufens waren von geringer Leuchtkraft. Doch dieser hier, der Atlas, der hundertmal heller als die Sonne war, besaß Satelliten – drei dunkle Kugeln. Wir betrachteten sie lange und rückten zum Zentrum weiter. Fast jeder Stern hatte hier Planetensysteme. Ich rief den Kommandeurssaal. Olga wußte schon von den Planetensystemen in den Plejaden. Auf einigen hatten die Automaten Atmosphäre mit Sauerstoff entdeckt, gemäßigte Schwerefelder. »Anscheinend gibt es auf der Elektra Wesen mit hoher Zivilisation«, fügte Olga hinzu. »Auf dem zweiten ihrer vier Planeten ist schwaches künstliches Leuchten wahrgenommen worden. Es zeigt sich, bald nachdem die Elektra untergegangen ist, später wird es schwächer. Die nächtliche Beleuchtung von Städten hat den gleichen Effekt.«

»Aber die Städte!« schrie André. »Was ist mit den Städten?«

»Städte sind von hier aus nicht festzustellen.«

André richtete den Vervielfacher auf die Elektra. Die vier Planeten rings um sie fanden wir rasch, doch es gelang uns nicht, auf ihnen irgend etwas zu erkennen.

Ich ließ die Plejaden, schaltete mich vom Bildschirm ab und führte den Vervielfacher ein wenig beiseite. Vor mir erstrahlten zwei offene Sternhaufen – x und h Persei. Von der Erde und vom Pluto aus hatte ich diese dichten Ansammlungen, die von uns viertausend Lichtjahre entfernt sind, oft betrachtet. Niemals hatten sie mich sonderlich gefesselt. Jetzt betrachtete ich sie unverwandt. Ihre Anordnung kam mir seltsam bekannt vor. Sicherlich unterlag ich einer Sinnestäuschung, zumal von hier aus, von den Plejaden, die fernen Perseushaufen unter einem anderen Winkel zu sehen waren als von der Erde oder von der Ora aus. Dennoch konnte ich den Blick nicht abwenden. Nicht nur ich, kein Mensch hatte diese Ansammlungen in dieser Projektion beobachtet, sie konnten nicht bekannt sein. Ich versuchte meiner wachsenden Erregung Herr zu werden.

»Was ist mit dir?« fragte André. »Ich rufe dich zum drittenmal, und du reagierst nicht. Schau mal zur Elektra. Tatsächlich künstliches Licht über einem Planeten.«

»Laß mich in Ruhe«, murmelte ich. »Deine Elektra langweilt mich.«

Gespannt starrte ich auf die zwei leuchtenden Sternhaufen. Sie waren fast gleich, allerdings wirkte einer konzentrierter – viele tausend Himmelskörper auf engem Raum zusammengedrängt. Er glich einer Faust, die mitten in die andere Sternengruppe geschlagen hatte – die Sterne waren wie Splitter auseinandergeflogen ...

Da erinnerte ich mich, wo ich dieses Bild schon gesehen hatte.

»Sie sind vom Perseus!« brüllte ich. »Wir fliegen falsch – sie sind vom Perseus!«

»Wer ›sie‹? Und was ist mit dem Perseus?«

»Die Verderber«, sagte ich. »Ich weiß jetzt, wo diese Teufelsgeschöpfe nisten.«

André war sprachlos.

»Denk an die Bilder, die im Orangefarbenen Saal gezeigt wurden«, sagte ich. »Denk daran, wie du steif und fest behauptetest, du hättest die von dem Faustschlag getroffene Sternengruppe schreien gehört ... Sind das nicht dieselben Sterne? Ich frage dich, ist das nicht haargenau dasselbe Bild?«

André riß sich vom Vervielfacher los. »Eli, du hast eine Entdeckung gemacht«, sagte er feierlich. »Ich war immer überzeugt, daß du von der Natur für etwas Ernsthafteres ausersehen bist, als öde Witze zu reißen. Ich freue mich für dich, Eli. Und jetzt marsch, marsch zu Wera.«

»Wozu? Das hat doch Zeit.«

»Nichts hat Zeit. Wir müssen sofort den Kurs ändern. Was sollen uns die Plejaden, wenn diejenigen, die wir suchen, im Perseus sind?«

Jetzt zog und stieß er mich. Ich wollte mich gerade erheben, als die Havariesignale aufleuchteten und die Sirenen zu gellen begannen. Dunst überzog die Himmelssphäre, die Sterne schwankten und erloschen. Wir vernahmen Olgas ruhige Stimme: »Rechts vor uns ein kosmischer Körper, der ungefähr mit Lichtgeschwindigkeit fliegt. Kein Meteorit. Ich verkünde allgemeinen Alarm. Wir verlassen den Überlichtbereich.«

André und ich griffen nach dem Vervielfacher. Neben mir ließ sich Wera nieder. Hastig berichtete ich ihr, was ich im Perseus gesehen hatte.

»Das ist wichtig, Eli«, sagte sie. »Wir werden die Automaten beauftragen, deine Beobachtung nachzuprüfen. Jetzt interessiert mich, was für ein Körper mit dieser Geschwindigkeit fliegt. Ob es ein Sternenflugzeug ist.«

Wenig später meldeten die Analysatoren: »Voraus ein Schiff mit Photonentriebkraft. Triebwerke defekt. Fortbewegung durch Beharrungsvermögen.«

3

Das fremde Schiff bot sich im Vervielfacher als leuchtendes Pünktchen dar, dann dehnte es sich zu einer Schote. Es war eine Metallrakete. Wir erkannten die Heckdüsen, die nicht durch Panzerplatten abgeschirmten Fenster. Die »Raumfresser« gab Signale, das unbekannte Schiff reagierte nicht.

André vermutete, daß wir die »Mendelejew« des Robert List vor uns hätten, die vor vierhundert Jahren im Weltraum verschollen war. Ich hielt es für unwahrscheinlich, daß das Schiff mit der toten Besatzung vierhundert Jahre umherirren konnte.

Als das Schiff nur noch ungefähr eine Million Kilometer entfernt war, stellte André das Dechiffriergerät auf sämtliche Funkbereiche ein.

Die unbekannten Sternenreisenden, die das altertümliche Morsealphabet verwendeten, versuchten mit uns russisch und englisch zu sprechen. Deutlich wurden die Sätze verstanden: »Erde ... ohne Steuerung. Kamagin, Groman ... Erde ... Sternenflugzeug ›Mendelejew‹ ...«

»Diesmal hast du ins Schwarze getroffen«, sagte ich zu André. »Der erste Erfolg nach vielen Fehlschlägen.«

Die Funkwellen unseres Schiffes jagten in den Raum hinaus. »Ich höre Sie gut«, diktierte Olga. »Ich bin ein Sternenflugzeug von der Erde, Typ Sternenpflug. Es ist unwichtig, daß Sie keine Steuerung haben. Ich bremse und leite Sie mit meinen Feldern zur Landung. Türen ohne Befehl nicht öffnen.«

Dann schwebte die »Raumfresser« über dem Photonenflugzeug, strahlte es mit seinen Scheinwerfern an. Neben dem Sternenpflug wirkte die Rakete winzig. Das hinausgeschleuderte Feld zog die »Mendelejew« sanft ins Innere unseres Schiffes, dann leitete es die »Mendelejew« zum Landeplatz, wo die operativen Sternenflugzeuge, die Planetenflugzeuge und die Aviettes standen.

Die gesamte Besatzung hatte sich auf dem Platz versammelt, um die unverhofften Gäste zu empfangen.

Die Tür der Rakete flog auf, ein Treppchen wurde herausgeschoben. Zwei kleine junge Männer erschienen. Sie rissen sich die Helme herunter und schwenkten sie. Wir jubelten ihnen zu und klatschten in die Hände.

Dann trat wie auf Verabredung Stille ein, und wir vernahmen die ersten Worte der Kosmonauten aus der Rakete.

»Mein Gott, wie groß sie sind!« sagte einer auf russisch. »Das sind ja keine Menschen, sondern Riesen!«

Ein zweiter rief begeistert: »Eduard, sie haben normale Schwere! Unsere Magnetschuhe sind hier überflüssig!«

Romero trat zu ihnen. Als einziger unter uns beherrscht er die alten Sprachen. Romero drückte den beiden die Hand und beglückwünschte sie zur gelungenen Landung. »Ich hoffe, Sie sind gesund. Wir haben Mittel gegen jede Krankheit an Bord.«

»Wir sind gesund«, antwortete der erste. »Wir sind zu zweit – ich, Eduard Kamagin, Zweiter Pilot, und Wassili Groman, Steuermann. Unsere Kameraden ... vor kurzem sind sie bei einer Katastrophe ums Leben gekommen.« Erregt fügte er hinzu: »Warum sind Sie nicht einen Monat, wenigstens einen Monat, eher aufgekreuzt?«

Romero sagte herzlich: »Es ist lange her, daß Sie von der Erde gestartet sind, liebe Freunde!«

Darauf antwortete Groman: »Nein, nicht lange, vor drei Jahren.«

Geraune ging über den Platz, wir tauschten Blicke. Solche Raketen wie die, die wir an Bord genommen hatten, konnte man nur noch in Museen bewundern.

»Landsleute. Sie vergessen die Einsteinsche Zeitverzögerung«, sagte Kamagin fröhlich. »Je mehr sich unsere Rakete beeilte, desto langsamer verstrich die Zeit an Bord. Wir haben die Erde im einhundertvierundvierzigsten Jahr der neuen Ära verlassen.« Er schaute Romero an. »Würden Sie so liebenswürdig sein und mir sagen, welches Jahrhundert man draußen hat?«

Romero erwiderte: »Wir haben heute den zehnten April des Jahres fünfhundertvierundsechzig der neuen Ära!«

4

Alles bestaunten sie, diese prächtigen Burschen, die vor vierhundertzwanzig Jahren in den Kosmos gestartet und bald darauf verschollen waren. Alles, was sie sahen und hörten, begeisterte sie: »Eine fliegende Insel, haargenau.« Sie waren verblüfft, daß es innerhalb des Sternenflugzeugs nicht nur Maschinen gab, sondern auch ein Städtchen mit Park und Wasserbecken. Uns betrachteten sie beinahe ängstlich – unsere Größe überraschte sie wahrscheinlich mehr als die Ausmaße des Schiffes. Als sie erfuhren, daß wir uns im Überlichtbereich fortbewegten und Raum in Materie umwandelten, da meinten sie, wir scherzten. Die Physik des zwanzigsten Jahrhunderts der alten Ära, die die Stofflichkeit des Raums nicht begriff und die Lichtgeschwindigkeit unbegreiflicherweise als die Höchstgeschwindigkeit für alle Körper verehrte, hatte sich in ihren Gehirnen wie ein Nagel festgesetzt, und wir vermochten ihn von dort nicht herauszuziehen. Groman versuchte sogar zu streiten. Mit seinem runden Gesicht, den schwarzen Haaren, flink in Worten und Bewegungen, unterschied er sich stark von dem langsamen Kamagin, und sie beide unterschieden sich noch mehr von uns.

»Wir wußten, daß ihr, unsere Nachkommen, weit voranschreiten würdet«, sagte Groman, als wir ihm den Tanew-Effekt erklärten. »Aber ein derartiger Sprung …«

Als sich unsere jungen »Vorfahren« ausgeruht hatten, erzählten sie Näheres über ihre Reise, die so lange gedauert hatte.

In den ersten Monaten ihrer Fahrt passierten sie das Sonnensystem und drangen dann tief in die interastralen Räume ein – sie hatten Kurs auf den Sirius genommen. Das Ziel der Expedition bestand darin, diesen Doppelstern zu erforschen, insbesondere den kleineren, einen weißen Zwerg, dessen Dichte vierzigtausendmal die des Wassers übertrifft. Die Reise sollte nach fünfundzwanzig irdischen Jahren beendet sein. Bald nachdem sie das Sonnensystem verlassen hatten, beschleunigten sie ihr Sternenflugzeug auf Werte, die denen des Lichts nahekamen. Nur dreitausend Kilometer in der Sekunde trennten sie von der Lichtbarriere. Sie registrierten die entsprechenden Effekte: die Masse des Sternenflugzeugs nahm zu, die Bordzeit verlief langsamer. Und dann ereignete sich eine Katastrophe. Sie prallten mit einem Meteoriten zusammen, und der Teil des Sternenflugzeugs, wo die Vorräte an Treibstoff lagerten, wurde vernichtet. Von der Besatzung kam niemand zu Schaden.

Zum Glück war das Schiff in einzelne Zellen unterteilt. Die zerstörten Teile wurden blockiert. Die »Mendelejew«, durch die Explosion zusätzlich beschleunigt, jagte weiter dahin, doch nicht mehr in Richtung Sirius, sondern zum Sternbild Stier, auf den offenen Haufen der Plejaden zu. Und es bestand keine Möglichkeit, den Kurs zu korrigieren, sie hatten keinen Photonentreibstoff mehr, die Triebmechanismen arbeiteten nicht.

Nach der ersten Verzweiflung forderte Robert List von den Kosmonauten, Mut zu fassen. »Es steht schlecht«, sagte er, »aber wir leben noch, und das ist gut. Zeit haben wir genug – unser ganzes Leben, wir haben Mechanismen, Material, Laboratorien, wir werden die beschädigten Stellen abriegeln, werden versuchen, eine gewisse Menge Treibstoff herzustellen, wenn auch nicht Photonentreibstoff, so doch einfachen, wie ihn die ersten Kosmonauten bei ihren Flügen benutzten.«

Sie machten sich an die Arbeit, die nach ihrer Bordzeit rund drei Jahre, nach irdischer mehr als vier Jahrhunderte dauerte. Die beschädigten Stellen wurden abgeriegelt, und die Triebmechanismen warteten nur noch auf Treibstoff. Die Kosmonauten zählten bereits die Tage bis zu dem Augenblick, da sie die Triebwerke anlassen wollten, als die zweite Katastrophe hereinbrach. Kamagin und Groman hatten gerade Dienst im Kartenraum – nur sie blieben unversehrt …

Eduard Kamagin wurde leichenblaß, als er sich der leuchtenden Kugel erinnerte, die sie unvermutet gesichtet hatten, und seine Erregung übertrug sich auf uns. Die Kugel war plötzlich dagewesen, hatte sich nicht genähert, sondern war gleichsam aus dem Nichts hervorgesprungen, wie hergezaubert – das war das erste Rätsel, das sie ihnen aufgab. Die Kosmonauten fotografierten in dem Raum, woher sie kamen und wo die Sonne schon längst nicht mehr zu sehen war, Tag für Tag die Sternbilder, um zurückzufinden, falls es ihnen gelingen sollte, die »Mendelejew« zu wenden. Kamagin hatte seine Aufmerksamkeit auf den Aldebaran gerichtet, sah ihn unerwartet trüb werden, tanzen, und ins Blickfeld schnellte eine grell strahlende Kugel. Kamagin schrie auf. Die Besatzung stürzte an die Bullaugen.

Die »Mendelejew« jagte dicht unterhalb der Lichtbarriere dahin, trotzdem wurde sie von der Kugel eingeholt, die riesengroß war – einem kleinen Planeten glich.

»Eduard, funke unsere Rufzeichen!« befahl List. »Ich möchte wissen, ob das ein Schiff ist oder ein kosmischer Körper!«

Das waren Lists letzte Worte. Kamagin setzte den Sender und den fotografierenden Beobachtungsautomaten in Betrieb. Er hatte die Hände noch am Pult, als eine entsetzliche Schwere ihn an die Geräteplatte preßte. Ehe er das Bewußtsein verlor, hörte er die Schmerzensschreie seiner Kameraden.

Als Kamagin zu sich kam, war die Kugel verschwunden. Die später entwickelten Aufnahmen zeigten ihr Verschwinden – sie hatte sich nicht entfernt, sondern war ins Nichts gesprungen. Sie war weg, als wäre sie nie erschienen.

Neben Kamagin lag der stöhnende Groman. Kamagin flößte ihm Wasser ein und schleppte ihn zu einem Sessel. Nachdem sie sich erholt hatten, stiegen sie ins Laboratorium hinunter. Auf dem Fußboden lagen ihre verstümmelten Kameraden – einer war an der Überbelastung zugrunde gegangen, ein anderer von herabstürzenden Gegenständen erdrückt worden. Keiner konnte wiederbelebt werden.

Wir sahen uns auf dem Raumbildschirm die Fotos von der Katastrophe an. Tatsächlich: Die Kugel erschien plötzlich, und ebenso plötzlich verschwand sie. Die Analysatoren stellten fest, daß ihre Form ideal sphärisch sei, ihr Durchmesser betrage achtzehn und sechs Zehntel Kilometer, sie bestehe aus einem unbekannten Kunststoff, ihr Leuchten sei monochromatisch, die Oberfläche ohne Vertiefungen und Auswüchse.

André legte es darauf an, sich als erster zu äußern. Wir waren auf etwas Ungewöhnliches gespannt, so daß wir uns nicht wunderten, als er die Vermutung, es handele sich um einen kosmischen Körper, der zufällig neben dem Sternenflugzeug aufgetaucht sei, verwarf. Natürliche Körper mit einer unnatürlichen Eigenschaft seien ein Wunder, und Wunder gebe es nicht. Die Kugel sei ein Mechanismus, ein Kampfkreuzer, und in seinem Innern hockten die geheimnisvollen Zerstörer oder Verderber. Alles deute auf sie hin, alles führe zu ihnen. Die Gravitationswellen, von denen die »Mendelejew« erschüttert worden sei, bewiesen, daß die Zerstörer die Mechanik der Gravitationsfelder beherrschten. Ihr unvermitteltes Erscheinen aus dem Nichts und ihr plötzliches Verschwinden ins Nichts sei durchaus erklärlich, wenn man voraussetze, daß sie sich wie wir mit Überlichtgeschwindigkeiten fortbewegten. Jenseits der Lichtbarriere seien die Körper unsichtbar, denn sie überholten das Licht, und wenn sie bremsten, träten sie plötzlich wie aus dem Nichts hervor. Selbstverständlich müsse das, was uns elementar vorkomme, den Kosmonauten des ersten Jahrhunderts übernatürlich erschienen sein ...

André sprach in einem Ton von den Kampfschiffen, als sehe er die Zerstörer an den Rudern und den Gravitationsgeschützen. Mich hatte er überzeugt, Olga ebenfalls.

»Die Kugel hat sich mit regulierbarer Geschwindigkeit fortbewegt und einen Gravitationsschlag geführt«, sagte sie. »Andrés Schlußfolgerung ist logisch: Vernunftbegabte Wesen haben die Geschwindigkeit reguliert und geschossen. Ob es die Verderber sind oder andere, wissen wir nicht. Wichtig ist, daß sie existieren und daß sie nicht die schlichte Gutmütigkeit der zänkischen Engel von den Hyaden haben. Dies sind technisch entwickelte Wesen.«

Wera stellte uns eine Frage. »Der Gravitationsschlag brach herein, als das Sternenflugzeug seine Rufzeichen funkte. Nehmen wir an, daß sich in der Kugel die Verderber befanden. Es kann nicht sein, daß sie den Funkspruch nicht entschlüsselten. Sie beantworteten ihn mit einer todbringenden Salve. Warum?«

»Es herrscht Krieg!« rief André. »Als sie feststellten, daß sie Menschen vor sich hatten, erklärten sie der Menschheit sofort den Krieg und versuchten deren erste Abgesandte zu vernichten. Wir haben den Bereich der kosmischen Schlachten betreten und sind unfreiwillig Streitmacht geworden.«

»Nach wie vor wissen wir nichts über die Natur und über die gesellschaftliche Organisation dieser Wesen«, setzte Wera fort. »Aber daß sie existieren und daß sie aggressiv sind, ist leider unbestreitbar. Wir müssen auf der Hut sein. Noch eins muß entschieden werden: Die Analysatoren haben bestätigt, daß der Sternhaufen in den Träumen der Engel mit dem identisch ist, den wir von hier aus im Perseus sehen. Bis zu den Perseushaufen sind es mehr als viertausend Lichtjahre. Meiner Meinung nach brauchen wir den Kurs nicht zu ändern. Da wir nun einmal die Zerstörer in der Umgebung der Plejaden entdeckt haben, werden wir die Erforschung der Plejaden fortsetzen.« – Alle stimmten ihr zu.

5

Die lichte Sternenschleppe der Plejaden blieb hinter uns, wir näherten uns dem Mittelpunkt der Gruppe. Viele helle Sterne waren um uns. Dennoch war genug kosmische Leere da – ein Stern war vom anderen zwar nicht Dutzende von Lichtjahren entfernt wie bei uns, aber doch mindestens ein Lichtjahr. Wir hielten nach wie vor Kurs auf die Elektra.

Im Sternenflugzeug war eine Forschungsgruppe gebildet worden. Die Kosmonauten Kamagin und Groman gehörten zu ihr. André war der Leiter, ich erster Gehilfe. Ich fragte Lussin: »Wie geht's Trub? Zieht es ihn nicht hinaus?«

Lussins Gesicht erhellte sich, seine Antwort war klar. »Bereite den Engel zum Flug vor. Er wird Kundschafter sein.«

Als wir uns der Elektra näherten, ging unser Sternenflugzeug auf Sublichtgeschwindigkeiten herunter. Jetzt wirkten sich die Gesetze der Relativitätsmechanik auf uns aus. Eine Verzögerung der Bordzeit vermieden wir, indem wir uns von der Lichtbarriere durch ausreichende Geschwindigkeitsminderung lösten, doch unsichtbar konnten wir nicht bleiben. Wir tauchten aus einer anderen Welt auf, wie vor den Kosmonauten der Kreuzer der Verderber aufgetaucht war – ein mit guten Instrumenten ausgerüsteter Beobachter konnte uns jetzt erkennen. Vorsichtshalber näherte sich Olga keinem der Gestirne, während wir auf die »Steuermann« warteten. Die flog im Überlichtbereich, vorerst unsichtbar, wir hingegen konnten von ihr schon gesehen werden. Verstohlen näherten wir uns der Elektra, indem wir Bogen um die anderen Sterne schlugen und eine schwierige Kurve beschrieben. Automaten suchten den Raum nach fremdartigen Körpern ab oder waren auf die Elektra gerichtet. Vermutlich war der zweite Planet von vernunftbegabten Wesen besiedelt. André brüstete sich, Städte und Kanäle zu erkennen, ich sah nur das nächtliche Leuchten nach Anbruch der Dämmerung. Wir nannten den Planeten Sigma.

Bald darauf empfingen wir Signale von der »Steuermann«. Wir unterrichteten sie von der Begegnung mit der »Mendelejew« und von der geheimnisvollen Kugel.

Nicht weit von der Elektra trafen sich unsere Sternenflugzeuge. Die »Steuermann« ging neben uns auf parallelen Kurs. Ein Planetenflugzeug löste sich von ihr. Allan hatte das Schiff seinen Gehilfen anvertraut und kam zu uns. Wie stets hatte er sein Reiseköfferchen bei sich. Es barg Überraschungen für unsere Vorfahren.

»So seht ihr also aus!« rief er. »Haargenau wie auf den Fotos, kein bißchen verändert in den vier Jahrhunderten. Aber überzeugt euch selbst – prima, was?«

Aus dem Köfferchen zog er Bücher, Zeitschriften und Monographien des zweiten Jahrhunderts. Auf den Bildern sahen unsere Gäste sich selbst und ihre ums Leben gekommenen Kameraden. Reportagen vom Kosmodrom, die Meldung, daß die Funkverbindung zum Sternenflugzeug abgerissen sei und es seinen Kurs geändert habe. Die letzten Zeitschriften brachten einen Regierungsbericht. Der Versuch, Verbindung zu dem vermißten Sternenflugzeug aufzunehmen, sei mißglückt, hieß es da. Schwarz umrandet waren Artikel von Freunden und Gelehrten abgedruckt – das prachtvolle Schiff ist dahin, schrieben sie, und unsere lieben Kameraden, die mutigen Erkunder galaktischer Tiefen, haben den Tod gefunden. Es war rührend und seltsam, daß die Verwandten und Freunde der Kosmonauten, die deren Verlust betrauerten, selbst längst vom Leben Abschied genommen hatten. Außer den vergilbten Papierseiten erinnerte nichts mehr an sie. Diejenigen aber, deren Hinscheiden sie beweint hatten, standen neben uns – jung, gesund, hübsch, unsere fernen Vorfahren, die mit uns lebten, mit denen wir noch arbeiten, diskutieren, kämpfen würden, Schulter an Schulter, gegen unsere Feinde.

»Das ist ein Geschenk!« sagte Kamagin. »Das wertvollste, überraschendste Geschenk – ein Blick in die unbekannte Zukunft, die schon längst Vergangenheit ist.«

»Ja, eure Zukunft!« sagte Allan dröhnend. »Das neueste Blättchen ist zwanzig Jahre nach dem Start der ›Mendelejew‹ erschienen. Da eurem Kalender zufolge seit dem Start erst drei Jahre vergangen sind, stehen euch die geschilderten Ereignisse noch bevor.«

Er entfernte sich mit den Kosmonauten, um die »Mendelejew« in Augenschein zu nehmen, während ich die Landung auf der Sigma vorzubereiten begann.

Mit dieser Aufgabe war ich betraut.

6

Am 8. Mai 564 landeten wir auf dem Planeten Sigma. Hier hatte es Städte gegeben. Es gab sie nicht mehr, als wir landeten. Aber ich eile voraus. Ich muß beginnen, als wir die vier Trabanten der Elektra erforschten. Der erste Planet, es war der nächste, interessierte uns nicht. Das war eine rauchige, feurige Kugel – Lavaozeane und darüber Wolken von Schwefelgas. Keinerlei Lebensformen konnten in dieser Höllenglut existieren. Die beiden äußeren Planeten zogen uns ebenfalls nicht an. Sie waren von der Elektra weiter entfernt als der Pluto von der Sonne, und sie waren von Massen fossilen Eises bedeckt. Der zweite aber, die Sigma, die an den Abenden rosigen Schein verbreitete, glich der Erde: Ozeane, Berge, Wälder und Flüsse. Eines überraschte uns: Als wir uns ihr näherten, erhielten wir keine Antwort auf unsere Funkwellen und Lichtsignale. Sie haben Angst vor den unverhofften Ankömmlingen, dachten wir.

Während die »Raumfresser« und die »Steuermann« über dem Planeten schwebten, wurde er von einem Planetenflugzeug angesteuert. Darin befanden sich André, ich und Lussin mit Trub. Vorsichtshalber war beschlossen worden, sonst niemanden zur Erkundung auszuschicken.

Zuerst umflogen wir die Sigma. Sie war ein kultivierter Planet. Von der Erde unterschied er sich vor allem durch die Gebirgsketten, die sich aus den Ozeanen erhoben. Das Festland bildete eine glatte Ebene, waldig und wiesenreich.

Wir entdeckten vier Städte und Dutzende von Siedlungen, aber weder Bewohner noch Fahrzeuge. Unten lagen exakt aufgestellte Kästen fensterloser Gebäude, sie fügten sich zu Straßen, die Straßen mündeten in Plätze. Aber Straßen und Plätze waren leer.

André wählte eine Waldlichtung unweit einer Stadt und stieg als erster aus. Als ich hinausklettern wollte, kam mir Trub zuvor. Rauschend stürzte er hinaus. Jauchzend schoß er Purzelbäume in der Luft des unbekannten Planeten.

»Suchen wir die Bewohner«, sagte André.

Trub flog vor, er versuchte schneller zu sein als die Aviettes, doch bald war er müde. Lussin nahm den beschämten Engel zu sich. Gemächlich flogen wir zur Stadt.

Kurze Zeit später wanderten wir, die Aviettes hatten wir verlassen, durch die Straßen. Nach den Höhlenwohnungen der Aldebaranen und den Schutzhainen der Wegabewohner setzte uns die Stadt in Erstaunen. Immerhin waren hier Gebäude – Kästen ohne Fenster und Türen, mit Öffnungen an den Dächern, geduckt, finster, unmäßig lang –, manche zogen sich einen Kilometer und weiter hin. Wären die Wohnstätten nicht so riesig gewesen, hätte ich gesagt, sie erinnerten an die Häuser der Atairen.

»Ich lege meine Hand dafür ins Feuer, daß die Bewohner hier Flügel haben«, sagte André. »Etwa in der Art Trubs.«

Aber sie sahen eher Grashüpfern ähnlich als Engeln. Wir bekamen bald eine Gruppe zu Gesicht, sie hatten ungefähr die Größe unserer zehnjährigen Kinder, waren grün, geschuppt, besaßen durchsichtige Flügel, vier biegsame Gliedmaßen und schmale, fast menschliche Köpfe. Sie lagen an einer Wand, blutig, zerdrückt, keinem schlug das Herz, keiner atmete. Wir standen schweigend vor ihnen, Trub durchschnitt mit seinen Flügeln pfeifend die Luft.

»Es gibt keinen Frieden unter den Sternen«, sagte André finster. Er winkte Trub heran. »Steck doch mal deinen Kopf durch ein Loch und berichte uns, was du siehst.«

Trub kroch durch eine Öffnung und verschwand für ein paar Minuten. Dann kam er wie ein Stein heruntergeplumpst.

»Tot!« schrie er erregt. »Alle umgebracht!«

Ich rief ihn zu mir. Bereitwillig bot er mir seinen Rücken. Dieser geflügelte Bursche hatte Kräfte wie ein Stier. Mühelos trug er mich zur Öffnung hinauf. Ich steckte die Beine hindurch und setzte mich, wobei ich mich am Rande der Öffnung festhielt. »Hinein, Trub, und möglichst schnell!«

Im Nu war er durch eine andere Öffnung geschlüpft und kam von innen zu mir geflogen. Ich bin breiter in den Schultern als er und konnte mich nur mit Mühe hindurchzwängen. Trub zog mich an den Beinen und fing mich im Flug auf. Ich umfaßte seinen Hals und leuchtete mit einem Taschenscheinwerfer. Ein entsetzliches Bild! In der gigantischen Steinscheune lagen Stapel toter Grashüpfer mit Menschenköpfen. Trub bewegte schwerfällig die Flügel, flog mit mir zum Ende der Scheune und kehrte zurück; überall Leichen, nirgends wurde ein Kopf gehoben, ein Flügel gerührt.

»Seuche oder Schlacht?« fragte André, als wir wieder draußen waren.

»Wahrscheinlich Schlacht. Die Einwohner der Stadt hatten sich in den Schutz der Mauern geflüchtet, der Tod ereilte sie in ihren Zufluchtstätten. Das kann erst kürzlich geschehen sein, vielleicht vor ein paar Tagen oder Stunden.«

»Sind die Leichen ebenso zerdrückt wie diese?« André wies auf die Toten an der Wand.

»Plattgedrückt. Offenbar ein Schlag aus Gravitationsgeschützen.«

Vor uns stand die Wand eines Gebäudes, das die Straße teilte. Wir bogen nach links ab. Lussin fing plötzlich an zu laufen und schrie: »Ein Mensch!«

Wir rannten ihm nach, kreischend überholte uns Trub. Auf einem Platz stand eine aus drei Figuren bestehende Skulptur. Ein großer Mensch umfing zwei menschenköpfige Grashüpfer. Alle drei lachten, die Gesichter erhoben. Der gelbe, prächtige Stein, dem kalten Marmor unserer Statuen gänzlich unähnlich, verstärkte den Eindruck von Freude.

»Ein Galakt«, sagte André und wies auf die nach verschiedenen Seiten gebogenen Finger der mittleren Figur.

»Empfang von Freunden«, sagte Lussin. »Ist vom Himmel gekommen. Wartet auf andere.«

Ich mußte den Galakten immerfort betrachten. Ein derart lebendiges Gesicht, daß ich den Wunsch verspürte, sein Lächeln zu erwidern. Und erneut war ich von den riesigen Augen des Galakten überrascht. Sie waren viereckig und nahmen einen so großen Teil des Gesichts ein, daß ich zunächst nur sie bemerkte. Sie hatten einen eigenen Ausdruck – Fröhlichkeit, von Unruhe überschattet; der Künstler hatte das meisterhaft wiedergegeben. Die Grashüpfer mit den klugen Menschengesichtern freuten sich nur, da sie den Galakten umfingen, er freute sich und war besorgt, er war glücklich und wachsam, anscheinend erwartete er nicht nur gute Nachrichten, während er zum Himmel spähte.

In Gedanken rief ich Wera. Die aufflammende Videosäule zeigte den Kommandeurssaal, in den Sesseln saßen Wera, Olga und Leonid.

»Sei unbesorgt«, sagte Wera. »Wir beobachten euch.«

»Also habt ihr die Greuel dieser Stadt der Toten gesehen? Und wißt, was das bedeutet?«

»Ja, Eli. Ihr seid durch mächtige Felder geschützt. Benutzt sie.«

Um uns herum flog Trub, bald schwang er sich auf, bald schwebte er herab. Plötzlich sauste er davon, und gleich darauf kreischte er so fürchterlich, daß wir Hals über Kopf zu ihm rannten. Mir fiel ein, daß er im Gebrauch von Schutzfeldern nicht unterrichtet war, und ich schirmte ihn mit meinem ab. Trub prallte von einem Block zurück, auf den er sich wütend gestürzt hatte. Rasch hob ich das Feld auf. Trub begriff nicht, was ihm geschehen war. Er erzählte, eine unwahrscheinliche Kraft hätte ihn bei den Haaren gepackt und weggeschleudert. »Ein Feind!« ereiferte sich Trub, erneut stürzte er sich auf den Block. »Ein schurkischer Feind.«

Aber das war kein Lebewesen, wie Trub meinte, sondern wieder ein Stein. Auf einem polierten Postament erhob sich etwas Seltsames, das seinesgleichen suchte: ein Zwischending zwischen einem Erdklumpen, einer aufgeblähten Schildkröte und einem Ritterhelm aus den irdischen Museen. Aus der Mitte der Steingeschwulst ragte wie ein Schlangenleib ein biegsames Rohr, an dessen Ende ein Auswuchs war, ähnlich einer großen Gurke oder einer Ananas. Dieser Auswuchs funkelte, strahlte, doch nicht wie eine Glühbirne in gleichmäßigem Schein, sondern wie tausend stechend grelle Spitzen, als wäre er mit Edelsteinen besetzt, und jede Facette glänze gesondert – die Strahlen durchbohrten, ohne zu leuchten. Diese sonderbare Anlage sah unheilvoll aus, und ich verstand Trub, der sich so ingrimmig darauf gestürzt hatte.

Schweigend standen wir vor dem Monument. Wir wußten, daß man es auch von den Sternenflugzeugen aus beobachtete, sich ebenso wie wir fragte, was das für ein Ding sei.

»Ob das ein Verderber ist?« fragte André. Von seiner Selbstsicherheit war nichts geblieben.

»Ein Verderber«, sagte Lussin. Trubs Raserei hatte ihn überzeugt.

»Eher die Kampfmaschine eines Verderbers«, versetzte ich. »Und die Gurke am Hals ist entweder ein Auge oder ein Periskop. Ich sehe hier ein großes Rätsel, André.«

»Eins? Ich würde nicht weniger als tausend zählen, Eli.«

»Eins«, sagte ich. »Nämlich dies: Aus der ersten Skulptur ist ersichtlich, daß sich die Sigmabewohner über die Galakten gefreut haben. Warum errichten sie dann den Feinden ihrer Freunde Denkmäler? Wozu Übelwollenden Ehre erweisen?«

»Das muß noch bewiesen werden, daß Denkmäler ehrenhalber aufgestellt werden. Vielleicht ist dies eine Warnung: Vergeßt nicht, was uns droht!«

Die dritte Skulpturengruppe war, was die künstlerische Meisterschaft betraf, in der Tat großartig. Am Rande des Postaments erhob sich ein weiterer steinerner Dickwanst mit funkelndem Auswuchs, in der Mitte und auf der anderen Seite standen zwei Galakten und acht Sigmabewohner. Still verharrten wir vor der Skulptur. Wie bei den Atairen bot sich uns ein entsetzliches Bild der Sklaverei: Galakten und Sigmabewohner waren in Ketten gelegt. Der Verderber war offensichtlich Aufseher dieser Gefangenenprozession.

Plötzlich schlug uns stechendes Licht entgegen, eine Schwere, gegen die wir nicht ankamen, schleuderte uns an die Wand. Mir war, als wäre ich unter einer Presse und würde zermalmt.

7

Es dauerte nur Bruchteile von Sekunden, denn der Schlag wurde sofort abgewehrt. Heute weiß ich, daß wir von dem ersten Gravitationsschuß des Verderbers vernichtet worden wären, wenn die Freunde im Sternenflugzeug nicht auf uns geachtet hätten. Unsere Felder waren zu schwach, um den kurzen Schlägen von Schwereüberlastung zu widerstehen. Als der Zerstörer seinen mörderischen Impuls aussandte, wurden unsere Schutzfelder wie Harmonikas zusammengedrückt, sie schwächten die Tausendtonnenlast nur ab. Doch die Automaten der Sternenflugzeuge halfen uns, ihr Gegenimpuls neutralisierte den Schlag.

Trotz der Erschütterung hielt ich mich auf den Beinen. Während großer Spannungen sind Verstand und Gefühle hundertmal schneller als sonst. Ich nahm Informationen von verschiedenen Seiten gleichzeitig auf und verarbeitete sie, ich hörte, sah und empfand Dutzende wichtiger Bilder, antwortete, verwarf, akzeptierte – alles auf einmal. André und Lussin hatten sich blau verfärbt, sie keuchten und kämpften, an die Wand gepreßt, fast plattgedrückt, mit sich selbst, um das Bewußtsein nicht zu verlieren und nicht eine Beute des Räubers zu werden, der uns angegriffen hatte. Auch den Verderber, eine riesige erdige Geschwulst mit langem Hals und funkelndem Auge, sah ich. Er kam hinter dem Gebäude hervorgekrochen und näherte sich rasch, um einen neuen, stärkeren Schlag zu führen, den die fernen Automaten unserer Sternenflugzeuge vielleicht nicht mehr würden abwehren können. All das prägte sich als einheitliches Bild in mein Gedächtnis, wahrscheinlich war es das, denn es spielte sich alles blitzschnell ab – der Verderber tauchte auf, griff sofort an, ich unternahm einen wütenden Ausfall. Der mutige Engel stürzte sich auf den Feind, die Krallen gezückt. Dieser Überfall war so überraschend für den Verderber, daß es Trub gelang, dessen Auge zu zerkratzen. Der Verderber schwenkte den Hals und schleuderte sein Feld nach oben. Trub schrie nicht einmal auf, er sauste beiseite, die Flügel gebrochen, eine Wolke von Federn breitete sich aus. Da versetzte ich dem Verderber den Todesstoß. Ich preßte mein Schutzfeld zu einem schmalen, strahlähnlichen Bündel und traf den Verderber wie mit einem Degen.

Er sank nicht blutüberströmt nieder, sondern platzte wie eine Seifenblase. Eine Explosion, eine aufschießende Säule von Feuer und Rauch, herabfallende Stücke und Tropfen – das war alles. Das Wesen war zersplittert, nicht niedergestreckt, sondern zerstoben. Damals wußte ich noch nicht, daß Verderber auf diese Weise sterben.

Ich stürzte zu André und Lussin. André war blaß, er schwankte, seine Augen waren geschlossen. Lussin kam rasch zu sich.

»Trub scheint tot zu sein!« rief ich. »Untersuche Trub, Lussin!« Lussin stützte sich an der Wand und ging unsicheren Schritts zu Trub. Er versuchte den Engel aufzurichten und vermochte es nicht. Mit tränenerstickter Stimme rief er mich. Ich bemühte mich noch um André. Der hatte die Lider geöffnet, konnte aber nicht sprechen. Vergebens forderte ich Aviettes an. Fluchend rief ich das Planetenflugzeug. Es reagierte ebenfalls nicht.

Die Videosäule flammte auf. Niemals werde ich die Angst in Weras Gesicht vergessen. Sie blickte mich an, als wäre ich schon tot. »Eli!« sagte sie und stöhnte. »Ihr werdet eingekreist, Eli!«

Leonid löste sie ab. Sein markantes Gesicht glühte vor Zorn. »Die Aviettes sind von den Verderbern vernichtet!« rief er. »Das Planetenflugzeug ist beschädigt. Nicht weniger als fünfzig dieser Kreaturen kriechen auf euch zu. Wir verstärken eure Felder bis zum äußersten, eilen euch zu Hilfe. Haltet aus, Kameraden!«

»Wieviel Zeit haben wir noch?« fragte ich. »Minuten? Sekunden?«

»Drei, vier Minuten! Sucht euch eine abschirmende Deckung!«

Ich ließ André allein und lief zu Lussin. Gemeinsam schleppten wir Trub zu André. Der arme Engel war so geschwächt, daß er die Finger nicht bewegen konnte. Sein Kopf hing kraftlos herab. Doch seine Kampfeslust war nicht versiegt. Als wir ihn an der Stelle vorbeitrugen, wo der Verderber gestanden hatte, kreischte er heiser. Die Federreste an seinen ramponierten Flügeln sträubten sich. Ich mochte diesen prächtigen Burschen.

Nichts war in der Nähe, was uns vor den Gravitationsfeldern abschirmen konnte. Ich schüttelte André. »Komm zu dir, hörst du! Die Verderber umzingeln uns. Wir müssen unsere Felder maximal konzentrieren!«

André fuhr zusammen. In seine Augen kehrte die Vernunft zurück. Ich ließ ihn und wandte mich Trub zu. Um André brauchte ich mir jetzt keine Sorgen mehr zu machen. Er hatte die Gefahr erkannt und wußte, daß er seine Anstrengungen mit unseren vereinen mußte – für seinesgleichen war das die beste Arznei.

Um den Engel stand es schlimmer. Mit Flügeln und Krallen kämpfte er vortrefflich, seine Körpermasse wußte er geschickt einzusetzen, aber mit dem Feld operierte er schlecht. Ein Feld wird durch Verstand und Empfindung wirksam. Trub begriff nicht, daß allein der Wunsch, sich zu verteidigen, bereits Verteidigung war. Für ihn existierte nur die sichtbare und wahrnehmbare Welt. Was man nicht berühren konnte, gab es für ihn nicht – so war dieser tapfere Naivling eingestellt.

»Rühr dich nicht, wenn die Verderber auftauchen, sondern schrei sie an: Zurück, zurück! Schrei es im stillen, verstanden?« redete ich auf ihn ein. »Und wenn du es im stillen nicht kannst, dann brülle laut, das wirkt auch!«

»Man muß sich auf sie werfen und sie mit den Zähnen zerreißen!« beteuerte er aufgeregt und versuchte sich aufzurichten. Er nahm die Flügel zu Hilfe, sie versagten ihm den Dienst, er stöhnte und verzog das Gesicht vor Schmerz.

Da zeigten sich die Verderber. Gleichzeitig krochen sie von allen Seiten heran, schoben sich hinter den Wänden hervor, kamen die Straße herauf, von den unheildrohenden Strahlen ihrer Augenköpfe angekündigt. Blutrote Flammen zuckten, wurden heller, es war, als wären wir mitten in einem windgepeitschten Brand. Um nicht geblendet zu werden, ließen wir die Helme herab und setzten die Lichtfilter an unseren Spezialanzügen in Betrieb.

André, der endgültig zu sich gekommen war, öffnete das Köfferchen mit dem Dechiffriergerät und stellte es auf sämtliche Bereiche ein.

»Bist du verrückt geworden, was soll das?« flüsterte ich. »Das stört nicht. Ich bin überzeugt, daß sie miteinander reden und daß das Strahlen ihrer Köpfe damit zusammenhängt.«

Ich bin ein Mensch von anderem Schlag als André. Der bevorstehende Kampf nahm mich ganz und gar in Anspruch. Ich war mir nicht sicher, ob wir den Angriff abwehren würden, aber daß wir unser Leben nicht billig hingeben würden, wußte ich genau. Olgas erregte Stimme erklang in mir: »Eli, halte stand, Hilfe ist unterwegs!«

Vielleicht war auch irgendwo in der Nähe eine Videosäule mit ihr und Wera aufgeflammt, ich konnte mich nicht umsehen, ich behielt die Verderber im Auge.

Immer mehr krochen hervor, sammelten sich, stellten sich im Halbkreis auf, näherten sich gemächlich. Ich durchschaute ihren Plan, dem eine einfache Rechnung zugrunde lag. Die Stärke ihrer Gravitationsfelder war zum Quadrat der Entfernung umgekehrt proportional – wenn sie es um die Hälfte verminderten, verstärkten sie ihren Schlag um das Vierfache. Offenbar hatten sie die Absicht, nicht von fern anzugreifen, sondern den Ring methodisch einzuengen, soweit es der Widerstand unserer Felder erlaubte, dann ihre Anstrengungen plötzlich zu summieren und einen kurzen Vernichtungsschlag zu führen.

Ich begriff: Sofern wir ihren Plan nicht durchkreuzten, würden sie uns zerquetschen. Wir waren ihnen gegenüber ungeheuer im Vorteil, da wir schnell laufen konnten. Von diesem Vorteil gedachte ich Gebrauch zu machen.

»Konzentriert eure Felder auf mich, wenn ich losrenne!« befahl ich. »Diesen leuchtenden Schildkröten werde ich gleich beweisen, daß sie den Menschen nicht das Wasser reichen!«

»Eli«, sagte Lussin. »Sei vorsichtig! Wir konzentrieren!« Ich stürzte mich auf den nächsten Verderber. Er war etwas weiter als die anderen vorgekrochen und bezahlte seine Unvorsichtigkeit mit dem Leben. Zu beiden Seiten durch die Bemühungen meiner Freunde geschützt, brachte ich den Verderber durch mein Feld wie mit einem Schwert zur Strecke. Seine Fetzen segelten noch durch die Luft, als ich mein Dolchfeld durch seinen Nachbarn rammte. Die Verderber wichen zurück, unruhig verstärkten ihre Köpfe das ohnehin grelle Licht, jetzt waren sie wie Scheinwerfer. Trotz der dichten Lichtfilter schmerzten mir die Augen. Mein Körper wurde wie von einem Schraubstock zusammengepreßt, ich keuchte vor Schmerz. Der Druck hielt nur einen Augenblick an, ließ sofort nach, nahm erneut zu und schwand abermals – die Verderber hieben mit Gravitationsimpulsen auf mich ein, und meine Freunde wehrten die Schläge mit ihren Feldern ab. Ich schwankte, spürte, daß ich das Bewußtsein verlor, doch bevor ich zu Boden ging, gelang es mir, noch einen Verderber zu zerfetzen. André und Lussin kamen angelaufen, und ich sank ihnen in die Arme. Hurtig schleppten sie mich in den Schutz einer Wand.

Wir hatten, vom Engel natürlich abgesehen, noch nie Gelegenheit gehabt, gegen Feinde auf Tod und Leben zu kämpfen, und der erste Erfolg berauschte uns. In jedem von uns schien der Kämpferinstinkt erwacht zu sein, der vor vielen Generationen überwunden worden war.

Die Verderber rückten erneut im Halbkreis gegen uns an. Ich weiß nicht, weshalb, doch ich war plötzlich überzeugt, daß sie ihren Angriffsplan geändert hatten. Ihr Zentrum schob sich vorsichtiger heran als die Flanken, sie versuchten, uns seitlich zu umfassen und uns dann, Feld gegen Feld, durch zwei Gegenschläge zu zermalmen. Und wenn ich erneut vorgeprescht wäre, hätten sie im Zentrum den Rückzug angetreten und mit meinen des Flankenschutzes beraubten Freunden seelenruhig abgerechnet. Ihr Plan war auf einen derart kurzsichtigen Gegner zugeschnitten, daß ich Verachtung für sie empfand. Damals wußte ich noch nicht, daß man einen Feind nicht für dümmer als sich selbst halten darf, wenn man nicht will, daß er einen überlistet.

»Wir wiederholen unseren Angriff ebenfalls, doch anders«, sagte ich. Mein Plan stützte sich auf Schnelligkeit und gemeinsames Handeln.

Als sie nah genug heran waren, stießen wir gegen ihre linke Flanke vor. Ich hatte genau kalkuliert, und meine Rechnung ging auf. Während wir eine Flanke angriffen, entfernten wir uns von der anderen und schwächten dadurch ihren Schlag, mit dem Zentrum brauchten wir während des kurzen Scharmützels nicht zu rechnen.

Diesmal zerfetzten wir, da wir nicht mit einem, sondern mit vier geballten Feldern zuschlugen, sechs Verderber, worauf die ganze linke Flanke ihr Heil in der Flucht suchte. Wir konnten nicht die Verfolgung aufnehmen, sondern mußten uns dem Zentrum und der zweiten Flanke zuwenden. Durch kurze Vorstöße zwangen wir auch die zurückzuweichen. Das Schlachtfeld war mit den Resten vernichteter Feinde übersät und von einer dunklen Flüssigkeit, ihrem Blut, bedeckt.

Im Schutz der Mauer schöpften wir Atem.

Doch diese Teufelskreaturen hatten aus den Mißerfolgen gelernt. Sie hatten erkannt, daß sie sich den Klingen unserer Kraftfelddegen darboten, wenn sie in Kette angriffen. Jetzt näherten sie sich in drei kompakten Gruppen, etwa zwanzig Köpfe in jeder, Wanst an Wanst, Auge an Auge. Dasselbe, womit wir sie beim zweiten Ansturm auseinandergejagt hatten, wandten sie gegen uns an – ein vielfach verstärktes, zur Faust geballtes Feld. Wir könnten noch so rasch vorstoßen, es würde uns nicht gelingen, einen derart summierten Kraftstrom auseinanderzuwirbeln. Die Zeit, die uns noch zum Leben blieb, wurde durch die Geschwindigkeit bestimmt, die uns die Feinde näher brachte.

André, der sich nach dem Überfall des ersten Verderbers noch nicht erholt hatte, war gelassen. Ich ahnte, woran er dachte.

»Du schaffst es noch, unser Sternenflugzeug zu rufen und einen Abschiedsgruß an deine Frau und deinen Sohn zu übermitteln«, sagte ich und wandte mich ab.

Die Verderber beeilten sich nicht. Sie wußten, daß wir in ihren Feldern waren. Umsichtig griffen sie an. André rief das Sternenflugzeug. Noch nie hatte mein impulsiver Freund so klar und ruhig gesprochen.

»Jeanne! Oleg!« diktierte er. »In wenigen Minuten bin ich nicht mehr. Ich liebe euch. Seid glücklich!«

»Umarmen wir uns, Freunde«, sagte ich. »Und dann hauen wir zum letztenmal auf sie ein. Es hat keinen Sinn, die Sache lange hinzuziehen.«

Wir stürmten gegen die zentrale Verderbergruppe an.

Es gelang uns nicht, sie auseinanderzuwirbeln. Wir brachten es nicht fertig, unsere Felder zu Degen zu konzentrieren, so fest hielten uns die Kraftketten umklammert. Nur Lussin durchbohrte einen Verderber und sank gleich darauf zu Boden. Ich wollte nicht schreien, nicht um Hilfe rufen, doch unwillkürlich entrang sich mir verzweifeltes Geschrei. Neben mir schrie André auf.

Unsere Schreie waren noch nicht abgeschnitten, von der Todesschlinge der feindlichen Felder noch nicht abgewürgt, da sauste aus der Höhe etwas herab. Wie durch einen Zauber änderte sich alles:

Der Schraubstock lockerte seinen Druck, die Augenköpfe erloschen, und der Verderber, auf den ich eben noch vergeblich gezielt hatte, verging in einer Wolke von Fetzen und Staub.

8

Leonid war nicht zu halten. Wie von einem Wirbelsturm gepackt, stoben die Verderber vor ihm auseinander und zerfielen. Allan und André beschirmten ihn zu beiden Seiten, hinter ihnen eilten, einander stützend, Lussin und der Engel. Ich tat einen Schritt und spürte, daß meine Kraft nicht ausreichte, mich fortzubewegen.

»Forscher, forscher!« ermunterte mich Romero. »Es ist klar, daß Sie mehr abbekommen haben, die Verderber wollten zunächst Sie zur Strecke bringen, aber man darf sich nicht so gehenlassen. Ich sage Ihnen, nehmen Sie Ihr Feld zusammen, dann wird Ihnen sofort leichter.«

»Bleib nicht zurück, Eli!« brüllte Allan fröhlich. »Zeige ihnen, was du wert bist!«

Das Zureden und die Rufe, aber auch der Anblick von Groman und Kamagin, die der Vorausgruppe zu Hilfe eilten, ermutigten mich. Immer sicherer schritt ich aus, und wenig später hatten wir Leonid eingeholt.

»Vorwärts!« rief er und nickte mir zu. »Hier sind noch ungefähr zehn von diesen Kreaturen!«

Ich faßte ihn bei der Hand. »Warte«, flüsterte ich. »Wir dürfen sie nicht vernichten.«

»Was nicht noch! Wir weichen nicht, solange hier noch einer herumkriecht!«

André pflichtete mir bei. »Beruhige dich, Leonid! Wenigstens einen müssen wir lebend haben.«

»Richtig!« sagte Allan und lachte schallend. »So ein Scheusal müssen wir mit zur Erde nehmen.«

André hob ein Stück von einem zerborstenen Verderber auf. »Schaut doch mal! Das sind ja gar keine Wesen, das sind Maschinen!«

Auf seiner Hand lag ein dunkel benetzter Satz von Schaltbildelementen – Halbleiter, Widerstände, Kapazitäten, zweiteilige Formstücke. Zweifellos handelte es sich um eine künstliche Vorrichtung.

»Scheint zu stimmen«, sagte ich. »Alles, was wir über die Verderber wissen, zeugt von ungewöhnlicher Grausamkeit – wäre sie nicht merkwürdig bei normalen Wesen?«

»Nein«, sagte Lussin, der einen anderen Körperteil des Verderbers aufhob. »Organismus. Da!«

Das zweite Stück war lebendes Gewebe – Nerven und Sehnen waren darin verflochten, ein Rest Haut war zu sehen, am Knochen haftendes Fleisch. André drehte den Fund hin und her, beschmierte sich die Finger an der widerlich klebrigen Flüssigkeit.

»Ja«, gab er zu. »Mechanismen sind das nicht.«

Unsere Retter entfernten sich und nahmen Trub mit, während wir zu dritt das Schlachtfeld absuchten. Wieder war ich verblüfft, welch ungeheure Kraft die zur Strecke gebrachten Feinde gesprengt hatte. Das Wort »zerfetzt« ist kein bildhafter Ausdruck, es charakterisiert genau das Ende der Verderber.

»Mir scheint, die sonderbare Vernichtungsform ist der Schlüssel zum Geheimnis ihrer Existenz«, sagte ich, als wir eine halbe Stunde gesucht und Dutzende Stückchen gefunden hatten.

André legte die Beute in eine Reihe. »Schaut her, viermal lebendes Gewebe, viermal künstliche Elemente. Sagt euch das nichts?«

»Ich verstehe«, sagte Lussin. »Eine Hälfte Organismus, eine Hälfte Mechanismus. Halb lebendig, halb künstlich.«

»Ja«, sagte André. »Genau.«

»Ihr vergeßt noch eine Möglichkeit – ein lebendiger Verderber sitzt in einer Maschine«, wandte ich ein. »Bei der Explosion vermischen sich die Körpergewebe mit den Mechanismusteilchen – das ist das ganze Geheimnis.«

»Dann sieh dir mal das hier an.«

Dieses Teilchen war tatsächlich lebendes Gewebe, war mit künstlichem verquickt, eins führte das andere weiter. Aus einem Knochen ragten Draht und ein Kunststoffwiderstand, an einem Kondensator hafteten Nerven und Muskelgewebe. Wir hatten eine organische Einheit vor uns, kein mechanisches Nebeneinander von Lebendigem und Totem. »Zwei Möglichkeiten«, sagte André. »Entweder haben Lebewesen eine Methode gefunden, ihre unvollkommenen Organe meisterhaft durch künstliche zu ersetzen, und sind deshalb zur Hälfte Mechanismen geworden, oder Automaten haben es gelernt, organische Gewebe in sich hineinzumontieren, und sind Halborganismen geworden.«

Diese Eigenart der Verderber erklärte mir das Wichtigste: ihre Grausamkeit. Zu Mechanismen degradierte Wesen mußten Güte und Mitempfinden verlieren. Aber wenn sie tatsächlich Automaten waren, zusammengesetzt aus organischen Elementen, woher nahmen sie dann die lebenden Gewebe?

9

Es war nicht gelungen, einen Verderber lebendig zu fangen. Leonid resignierte.

»Sie platzen wie Seifenblasen. Drei sind noch am Leben.« In einer Ecke saßen die Augenköpfigen, von unseren Feldern zusammengepreßt. Sie waren entkräftet, ihre Augen leuchteten matt, die Gravitationsimpulse, die sie von Zeit zu Zeit ausstießen, hatten ihre frühere Macht verloren. André setzte das Dechiffriergerät in Betrieb. Romero, der die Feinde zusammen mit Allan, Kamagin, Groman und Trub blockierte, winkte mich zu sich. »Wissen Sie, warum wir keinen einzigen lebend gefangen haben? Es wird Ihnen unwahrscheinlich vorkommen. Sie setzen sich selbst ein Ende, sobald ihre Lage aussichtslos ist!«

»Rums, den Schädel auf den Körper – und ab in alle Himmelsrichtungen!« sagte Allan. »Selbstsprengkonstruktionen – das sind unsere Gegner.«

Indessen löste Kamagin, der drei Felder in sich konzentriert hatte, einen Verderber von zwei anderen. Als ein gewisser Abstand zwischen ihnen war, schlug sich der abgedrängte Verderber das Auge auf den Körper. Eine Explosion, das Ungeheuer zerbarst zu einem Häufchen feuchter Asche. Die beiden übrigen preßten sich noch enger aneinander. Ihre Köpfe funkelten unheilvoll.

»Das werden sie alle tun«, sagte Leonid und stampfte mit dem Fuß auf. »Wenn man sie doch mit den Händen bei ihren verdammten Köpfen packen könnte!«

»Wie steht's bei dir?« fragte ich André. »Sie scheinen Leuchtsprache zu haben, so was ist doch einfach.«

»Leider nicht.« André zuckte ratlos die Schultern. »Schwache Gravitationsimpulse gehen von ihnen aus, die sprachlichen Impulsen gleichen, das Leuchten begleitet sie nur. Mit dieser Sprachform habe ich noch nie zu tun gehabt.« Er seufzte. »Wenn wir wenigstens ein Signal enträtseln könnten, damit wir einen Schlüssel hätten!«

»Den Schlüssel werde ich euch gleich liefern. Ich unternehme mal etwas – achte auf ihre Reaktionen.«

Langsam ging ich vor, schlug mit meinem Feld zu und wich zurück. Das wiederholte ich ein paarmal, dann schob ich die Verderber vorsichtig auseinander. Und erneut wechselte ich, nachdem ich darin innegehalten hatte, zu Schlägen über. Sie waren nicht stark, es waren Ohrfeigen. Ein paarmal setzte ich die gespreizten Finger auf die Augenköpfigen.

»Das genügt«, sagte André. »Ich glaube, jetzt können wir ihre Sprache entschlüsseln. Hört mal, das ist ja erstaunlich!«

Später wurde festgestellt, daß der entschlüsselte Text, obwohl in Einzelheiten ungenau, das Wesentliche richtig wiedergab. »Derselbe, der Mörder des ersten … Wieder derselbe … Wieder … Er schiebt uns auseinander … Befehl an die Abgeschirmten … Nur sie … Auf dem Planeten hier sind wir nur noch zu zweit, die anderen umgekommen … Der dreiundsechzigste hat sich selbst getötet. Ich ermatte. Habe nicht genug Gravitation. Ich antworte: Sie sind steinfingrig, sind anders … Die Abgeschirmten … Warum erst am Abend, sie sind doch so nah? – Bis zum Abend halte ich nicht durch … Ich schlage mir den Kopf auf … Der Planet wird nicht mehr gebraucht … Der Planet …«

Offenbar war irgendwo in der Nähe ihr Stützpunkt, und sie sprachen mit ihm. Wir mußten einen neuen Angriff erwarten. Dann äußerte jeder von uns, was er für wichtig hielt.

»Hilfe bekommen sie nicht vor dem Abend«, sagte Leonid. »Wir müssen bis dahin mit ihnen fertig werden.«

»Was sind das für Abgeschirmte? Wovor sind sie abgeschirmt? Vor unseren Feldern?« fragte ich. »Wir haben unsere Sternenflugzeuge hinter uns, das vergessen sie.«

»Ihre Gravitation läßt nach«, sagte André. »Was steckt in diesem seltsamen Satz? Und warum wurden nicht die Impulse ihres Gesprächspartners wahrgenommen?«

»Der Gesprächspartner ist weit«, versetzte ich. »Das Dechiffriergerät hat seine Impulse nicht aufgefangen.«

»Der Planet«, sagte Lussin, »wird nicht mehr gebraucht. Wollen sie ihn vernichten?«

»Von Bedeutung ist jetzt nur die Drohung: ›Ich schlage mir den

Kopf auf‹«, sagte Kamagin. »Zweifellos kündigen sie damit ihren Selbstmord an. Den müssen wir verhindern, aber wie?«

»Wir nehmen ihnen die Möglichkeit, ihre Köpfe zu bewegen«, polterte Allan. »Abhacken mit dem Schwertfeld, und fertig!«

»Nein«, entgegnete ich. »Dann lösen sich die Verderber auf. André hat recht, etwas Wichtiges hängt damit zusammen, daß ihre Gravitation nachläßt. Kommt, wir klemmen sie in unsere Felder und befördern sie so in die Barokammer.«

Sie konnten sich nicht mehr rühren und waren bald auseinandergebracht. Da fand der eine doch einen Weg, sich mit dem Kopf einen Hieb zu versetzen. Um so sorgfältiger gingen wir mit dem letzten um. Wir trugen ihn zum Planetenflugzeug, mit dem Allan, Romero und Leonid gekommen waren. Seinen Kopf und seinen Rumpf hielten wir gesondert in unseren Feldern eingepreßt. Der Verderber wurde sichtlich schwächer. Seine Impulse wurden undeutlich, sein Kopf bewegte sich nicht mehr und erlosch.

»Er scheint gestorben zu sein«, sagte André, als wir den Gefangenen in der Barokammer des Planetenflugzeugs einquartierten. »Das Dechiffriergerät fängt keine Strahlungen mehr auf.«

Wir erhöhten den Druck in der Kammer, setzten den Bordgravitator in Gang. Wenn dem Verderber große Schwere gefiel, dann konnte er sie auch nach seinem Tode nutzen. Wir befestigten seinen Kopf, damit er nicht zufällig auf den Körper fiel, und sicherten den Verderber in seiner einstweiligen Gruft ab.

»Ich bleibe hier«, sagte André, »und versuche den Körperbau und die Physiologie unseres Gegners zu studieren.«

»Und wir suchen Planetenbewohner«, sagte Leonid. »Vielleicht finden wir einen, der noch am Leben ist.«

Nach wie vor wirkte der Planet tot. Wir flogen die Stadt ab, begaben uns zu den übrigen Städten.

Überall entsetzliche Spuren von Verwüstungen. Die Wälder und Wiesen, die am Morgen grün gewesen, waren verdorrt und verwelkt. Die Vegetation auf dem Planeten war ebenso vernichtet, wie es die Grashüpfer mit den menschenähnlichen Köpfen waren, die sie geschaffen hatten.

Ich stellte das Dechiffriergerät auf beliebige Gehirnstrahlungen ein. Nach einer Stunde des Suchens empfingen wir schwache Impulse.

Wir peilten die Strahlen an und wurden zu einem unterirdischen

Rohr geführt, das tief im Wald verborgen war. Der Eingang zum Rohr war mit Gras und Ästen bedeckt. Das Dechiffriergerät zeigte an, daß sich drinnen drei Wesen befanden, die noch lebten.

Ich versuchte in die Öffnung zu kriechen, doch sie war zu eng für mich. Da kroch Kamagin hinein. Er erbat Unterstützung, und Groman folgte ihm, der genauso schmächtig war. Zu zweit schleppten sie einen sterbenden Sechsflügler heraus. Er antwortete nicht auf unsere Fragen, rührte sich nicht, sein Atem war kaum wahrnehmbar, doch sein Gehirn arbeitete fieberhaft schnell. »Sie liegen dort zu Hunderten«, sagte Kamagin, »aber alle tot.«

»Zwei leben noch«, antwortete ich. »Das Gerät registriert ihre Gehirntätigkeit. Nehmen Sie das Bioskop.«

Mit dem kleinen Gerät, das Spuren von Leben ausfindig macht, kehrten sie in das Rohr zurück. Die beiden Planetenbewohner, die sie herauszogen, befanden sich in einem schlimmeren Zustand als der erste. Während einer sofort verschied, lebte der andere noch einige Minuten, und ich zeichnete die Ströme seines sterbenden Gehirns auf.

Danach ging ich wieder zu dem ersten und überzeugte mich, daß er noch lebte. Hoffnung auf Genesung bestand nicht, doch das erlöschende Leben in seinem zermarterten Körper ließ sich noch eine Zeitlang erhalten. Es wurde Abend, als wir sicher waren, daß sich auf dem Planeten keine Lebewesen mehr befanden. »Nehmen wir die Skulpturengruppe mit«, schlug Leonid vor.

Automaten hoben die drei Skulpturen von den Postamenten und trugen sie zum Planetenflugzeug.

»Von dem Schiff, das den Verderbern zu Hilfe kommt, haben wir immer noch keine Impulse«, sagte André. »Sein Schweigen macht mich nervös.«

»Einsteigen!« kommandierte Leonid. »Wir kehren zum Sternenflugzeug zurück.«

Ich schaute zum Himmel. Die Elektra war untergegangen, es wurde dunkel. Über der Stadt flammten Tausende Beleuchtungskörper auf. Sie allein funktionierten weiter. Es war traurig, diese prächtige Illumination im Reich des Todes und des Chaos zu betrachten.

Über der Sigma senkte sich die Nacht herab. Die von den Feinden ausgesandte Unterstützung näherte sich dem Planeten. Wir aber schwatzten, freuten uns des leicht errungenen Sieges!

»Hier sind die Nächte schön«, sagte ich zu André. »Sogar diese automatische Illumination schmälert nicht den Glanz der Sterne.«

André hob den Kopf. Entzückt betrachteten wir den Himmel. Die Luft war wundervoll klar. Die abgeschirmten Feinde schwebten schon über uns, warteten auf den passenden Augenblick für den Sprung, indessen wir uns sorglos für die Gestirne der Plejaden begeisterten.

»Beeilt euch!« rief Leonid ärgerlich. »Wir warten nur auf euch.«

Ich ging einen Schritt auf das Planetenflugzeug zu und hörte André aufschreien. Er röchelte, seine Stimme riß ab – er wurde gewürgt, verzweifelt schlug er um sich. Ich spürte sein Feld pulsieren, niemals zuvor noch nachher hatte ich diese Empfindung – das Feld schien mich zu sprengen.

»Eli, Hilfe!« schrie André. »Eli! Eli!«

Ich stürzte zu ihm. Sah ihn nicht. Über der schwarzen Erde funkelten die Sterne, die Luft war still und klar. Vielleicht drei Schritt von mir entfernt röchelte André und rief um Hilfe, ich hörte ihn deutlich, verstand jedes Wort, wußte, daß man ihm den Mund stopfte. daß er am eigenen Schrei erstickte, daß er den Kopf herumriß, für Sekunden sein Gesicht befreite und wieder schrie, wieder um Hilfe schrie – und ich sah ihn nicht!

»Eli! Eli!« hörte ich ihn jammern. »Eli! Eli!«

»Die Unsichtbaren!« schrie ich rasend vor Wut und schleuderte mein Feld dorthin, wo André sein mußte, ohne zu überlegen, daß es für ihn ebenso gefährlich war wie für diejenigen, die ihn überfallen hatten.

Da erblickte ich André zum letztenmal. Mein Schlag hatte einen von seinen Entführern zurückgeworfen. Andrés Beine glitten in die Höhe – sie stießen, schlugen aus, als wehrten sie sich dagegen, zusammengedrückt zu werden. Nur sie waren zu sehen. Dort, wo Rumpf und Kopf sein mußten, blinkten friedlich die Sterne. Seit damals sind viele Jahre vergangen, aber noch heute habe ich dieses Bild vor mir!

Obwohl ich mein Feld noch nicht zusammen hatte, führte ich

den zweiten Schlag. Ich wußte, daß mir die Freunde zu Hilfe eilen würden. Bis dahin kam es darauf an, André nicht in die völlige Unsichtbarkeit schleppen zu lassen. Ich führte den zweiten Schlag, um meinen Freund ganz sichtbar zu machen, verfehlte jedoch das Ziel. Eine neue Kraft stieß mich empor. Auch ich war unsichtbar geworden, fand meinen Rumpf und meine Beine nicht. Durch meinen Körper hindurch sah ich auf die Erde. Geschmeidige Fesseln banden und schnürten mir die Hände, rissen mich hoch. Wenn ich auch überrumpelt worden war, so strengte ich mein Feld doch bis zum äußersten an und stoppte die Aufwärtsfahrt. André schrie noch immer, doch leiser und in immer größeren Abständen.

Unten liefen die Freunde. Andrés Schreie hatten sie hergeführt, ich konzentrierte mein Feld, um nicht überwältigt zu werden. Die stumme Verbissenheit des Kampfes nahm mich ganz in Anspruch. Leonid blieb unter mir stehen und hob den Kopf.

»Wo seid ihr?« rief er besorgt. »Ich sehe euch nicht! Wo seid ihr?«

Etwas Hartes und Kaltes wurde mir auf den Mund gedrückt. Ich riß mich los und brüllte hinunter: »Konzentriert eure Felder auf mich! André wird hochge …«

Diesmal wurden mein Kopf und mein Hals so gründlich gepreßt, daß ich keine Luft mehr bekam. Rote Streifen tanzten vor den Augen. Zugleich spürte ich mein geschwächtes Feld erstarken. Ich war nahe daran, das Bewußtsein zu verlieren, dennoch konnte ich klar denken, wandte das Feld nicht sofort an, sondern sträubte mich nur mäßig, um nicht fortgeschleppt zu werden. Als ich es nicht länger ertrug, riß ich mich mit aller Gewalt los.

Meine Gegner hatten damit offenbar nicht gerechnet. Wie Flaumfedern wirbelten sie auseinander. Einer, den es erwischt hatte, stürzte in die Sichtbarkeit und landete neben mir. Ich nahm mir nicht die Zeit, ihn anzuschauen, sondern sprang auf und schrie nach einer Aviette. Neben mir startete Romeros Aviette.

»Paßt auf, sie sind unsichtbar!« rief ich noch. Dann hörte ich Leonid, der die Ortungsgeräte im Planetenflugzeug einzuschalten befahl.

Als ich hoch genug war, hielt ich an. Romero verharrte ebenfalls. Wir lauschten, ob André noch um Hilfe rief. Er tat es nicht, aber ich hatte den Eindruck, als vernähme ich Röcheln und stoßweises Atmen. Nach diesen Lauten richtete ich mich, während ich mit den Kraftlinien die durchsichtige Luft abtastete. Wie ein Blinder,

der suchend seine Arme vorstreckt, dehnte ich mein Feld aus, bemüht, die in der Höhe ringende unsichtbare Gruppe zu erhaschen. Doch weder ich noch Romero entdeckten etwas.

»Wir müssen rationeller suchen«, sagte Romero, der zu mir geflogen war. »Geben Sie zu, dieses blinde Hin und Her …«

»Sie haben André bereits fortgezerrt. Es fragt sich, wo sie sich verborgen halten. Wir suchen sie über dem Schlachtfeld, dabei haben sie den Planeten vielleicht schon längst verlassen. Wir müssen die Sternenflugzeuge rufen.«

In den Sternenflugzeugen wußte man bereits von dem Unglück. Die Ortungsgeräte der »Raumfresser« und der »Steuermann« suchten den Raum rings um den Planeten ab. Sie sind derart empfindlich, daß sie einen Knopf in einer Entfernung von hunderttausend Kilometern ausmachen. André und seine Entführer waren größer als ein Knopf, und die Sternenflugzeuge waren bei weitem nicht hunderttausend Kilometer vom Planeten entfernt, aber nicht einmal Spuren wiesen auf die Verderber hin. Wir wußten damals noch nicht, daß sämtliche Typen unserer Ortungsgeräte vor den Abschirmmethoden unserer Feinde versagten. Wirksame Kampfmittel gegen die Unsichtbaren mußten wir erst noch erfinden.

Ich weiß nicht, wie lange wir umherjagten. Romero und ich schwangen uns auf, sausten hinab, rasten in alle Richtungen. Lussin und Allan hatten sich zu uns gesellt. Vier Kraftfelder tasteten jedes Luftmolekül ab. Die gigantischen Felder der Ortungsgeräte unserer Sternenflugzeuge und die breiten Kraftkegel des Planetenflugzeugs lagerten sich darüber. Umsonst.

Romero kam wieder zu mir geflogen. »Die ›Raumfresser‹ hat angeordnet, die Suche aufzugeben. Für die Rückkehr haben wir eine Viertelstunde Zeit. Es ist noch etwas Wichtiges geschehen.«

Ich war erschöpft und fühlte mich wie ausgebrannt. Nachdem ich am Planetenflugzeug gelandet war, schleppte ich mich zum Eingang. Leonid empfing mich niedergeschlagen.

»Schau mal, gegen wen du gekämpft hast, Eli«, sagte er und deutete auf einen Kasten.

Ich hatte gemeint, sterbende Verderber zerstiebten zu Staub und Fetzen, und nicht daran gezweifelt, daß auch der sichtbar gewordene Unsichtbare längst über die Oberfläche des Planeten zerstreut sei. Allmählich wurde mir bewußt, daß dieser, sofern er ein Verderber war, wenig denen glich, gegen die wir vorher gekämpft hatten. Dieser war ein Mittelding zwischen einer gepanzerten Geschwulst und einem Menschen.

»Wissen Sie, woran mich dieses Scheusal erinnert?« flüsterte der staunende Romero. »An jene Figuren aus Stahlgeflecht und Eisenschrott, mit denen die Bildhauer der letzten Jahre des Kapitalismus das Publikum schreckten.«

Mir war nicht bekannt, daß solche Bildhauer gelebt hatten, niemals hatte ich ihre Werke gesehen. Das Wesen in der Kiste war nur aus Knochen oder Stäben zusammengesetzt – eine zentrale Säule, zwei Beine, zwei Arme, zwei Ringe von der Dicke unseres Halses an der Stelle, wo bei uns die Hüften sind, und anstelle des Kopfes der funkelnde, jetzt erloschene Auswuchs, der einer Ananas glich.

Lussin hatte seltsame Tiere und vogelköpfige Götter gezüchtet und sich mehr als ich mit Lebewesen befaßt. Er hob einen Beinknochen, der beim Sturz aus der Unsichtbarkeit gebrochen war.

»Schau, Eli, Muskeln und Nerven, im Innern auch Blutgefäße. Bei uns stützen die Knochen – bei ihnen die Hülle. Eine zuverlässige Korperkonstruktion.«

»Die Sternenflugzeuge mahnen zur Eile!« sagte Leonid. »Wir nehmen die Kiste ins Planetenflugzeug mit und starten. Länger dürfen wir nicht bleiben. Die letzte Mitteilung: Ein Kreuzer der Verderber nähert sich.«

II

Wenig später waren wir im Sternenflugzeug. Sobald unser Planetenflugzeug in der »Raumfresser« verschwunden war, entfernten sich beide Schiffe eilends von der Sigma. Wera stellte keine Frage – unseren Kampf mit den Unsichtbaren hatte sie auf dem Bildschirm beobachtet. Ich fragte, warum man uns verboten habe weiterzusuchen. Wir hatten André den Feinden überlassen, es mußte Entsetzliches geschehen sein, wenn man sich zu diesem Befehl entschlossen hatte!

»Der Raum ist voller Gravitationsschwankungen«, antwortete Wera. »Die Dechiffriergeräte haben eine Depesche der Unsichtbaren abgefangen. Zum Glück hattet ihr den Kode richtig entwirrt, wir konnten sie lesen. Der Depesche zufolge befindet sich André nicht mehr auf dem Planeten. ›Haben einen Steinfingrigen gefangen‹, heißt es in dem abgefangenen Gravigramm. ›Zerstörer Nummer hundertdreißig ist tot. Wir begeben uns auf unseren Stützpunkt. Kommt uns sofort holen. Es ist Zeit, mit dem Planeten Schluß zu machen.‹«

Alle, die keinen Wachdienst hatten, waren im Observationssaal. Neben mir saß Wera. Schweigend harrten wir neuer Ereignisse. Dann setzte sich Olga zu uns. Sie hatte das Kommando Leonid übergeben, er hatte jetzt Dienst.

»Eli«, sagte Olga, »wir leiden alle. So ein schrecklicher Tod …«

»Er ist verschwunden«, sagte ich. »André ist nicht tot, sondern entführt worden.«

In diesem Augenblick kam die Kugel der Verderber zum Vorschein. Es war tatsächlich so, als springe sie aus dem Nichts, haargenau wie es die Kosmonauten von der »Mendelejew« geschildert hatten. Sie erschien schlagartig, ungeheuer groß und raste bremsend auf die Sigma zu.

Wir hielten den Atem an und ließen kein Auge von ihr.

Niemand hatte bemerkt, wie aus ihrem Flug ein Gravitationsschlag wurde. Alles, was auf der Sigma war, Städte, Wälder, Ebenen, bäumte sich auf wie unter einem gigantischen Pflug. Eine ungeheure Flutwelle schoß empor, die nicht Wasser im Ozean war, sondern harte Planetenmasse, eine Woge von Steinen. Schwere Rauchwolken breiteten sich über dem Planeten, er war nur noch Asche und Rauch. Kein Vulkanausbruch, keine Atomexplosion hinterließe solche unermeßlichen Zerstörungen. Jahrtausende, vielleicht Jahrmillionen würden vergehen, ehe die Sigma erneut für Leben tauglich wäre.

Der Kreuzer der Verderber schwenkte zur anderen Seite der Sigma ab, um auch dort die Oberfläche zu zerstörern.

»Leonid!« schrie Wera. »Wir müssen eingreifen! Hindere sie gewaltsam!«

»Nein!« sagte ich. »Nein, Wera! Auf der Sigma gibt es kein Leben mehr, doch auf der Kugel oder irgendwo in der Nähe ist André. Wir haben noch nicht alles getan, um ihn zu retten.«

»Obendrein ist es zu spät, der Sigma zu helfen«, sagte Leonid. »Es ist nicht ausgeschlossen, daß sie mit uns dasselbe vorhaben.«

»Seid ihr bereit, einen Angriff abzuwehren?« fragte Wera.

»Ja, wir sind bereit. Allan funkt, seine Annihilatoren warteten nur auf Befehle. Dem Räuber ergeht es übel, sofern er uns angreift.«

»Vergeßt nicht, daß André bei ihm ist, falls wir kämpfen müssen.«

Das Schiff der Verderber tauchte hinter dem Planeten auf, ging auf Gegenkurs und bemerkte uns. Es drehte um und kam auf uns zu. Leonid und Allan setzten die Materieannihilatoren in Gang, die Reaktionsmasse, die in den Annihilatorenfeuerungen verbrannte, strömte als Raum hinaus. Vorsichtshalber bezogen weder Allan noch Leonid die uns umgebenden kosmischen Körper in die Annihilation ein. Das war vorläufig nicht notwendig – der feindliche Kreuzer kam um keinen Kilometer näher, obwohl er beinahe mit Lichtgeschwindigkeit flog. Er schaffte es nicht, die ihm entgegenjagenden Mengen kosmischer Leere zu überwinden. Ein Unbeteiligter hätte geglaubt, unsere schnelleren Schiffe nähmen vor einem Verfolger Reißaus. Wenn die Verderber die Technik der Materieannihilation nicht beherrschten, dann errieten sie schwerlich, daß wir in Wirklichkeit gar nicht daran dachten, uns fortzubewegen.

Die Schiffsmaschine entschlüsselte ein Gravigramm des Kreuzers: »Ich sehe ein fremdes Schiff. Es gelingt mir nicht, mich ihm zu nähern. Die Entfernung verbietet mir anzugreifen. Ich gehe auf Überlichtgeschwindigkeit, um den für einen Schlag notwendigen Kegel zu erlangen.«

»Sie wechseln in die Überlichtgeschwindigkeit!« rief Wera Leonid zu.

»Sollen sie«, versetzte Leonid. »Je schneller sie auf uns zustreben, desto energischer werfen wir sie zurück. Bisher besteht keine große Gefahr.«

Ich teilte Leonids Optimismus nicht. Sobald der Kreuzer in den Überlichtbereich wechselte, wurde er nicht nur unsichtbar, sondern auch unkontrollierbar. Da wir nicht wußten, um wieviel er schneller als das Licht war, konnten wir von der Wirksamkeit des Annihilationsschutzes nicht überzeugt sein. Es war möglich, daß die Kugel die Leere durchbrach, die unaufhörlich generiert wurde.

Leonid beruhigte mich. »Ich sage dir, wir werfen sie zurück, wenn wir auch nicht wissen, wo sie sich befindet. Und sollte sie sich trotzdem nähern, dann können wir immer noch Fersengeld geben, ohne uns in eine Schlacht einzulassen.«

Bald begriffen die Verderber, daß sie nichts ausrichteten. Sie bremsten und erschienen wieder in unserer Optik. Wir entschlüsselten ihren nächsten Spruch: »Der Angriff ist mißglückt. Ich hole den Stützpunkt der Abgeschirmten und kehre zum Geschwader zurück.«

Danach verschwand der Kreuzer der Verderber ebenso unverhofft, wie er aufgetaucht war. Und mit ihm schwand die letzte Hoffnung, André zu helfen. Als Gefangener jagte er auf einem Schiff der kosmischen Räuber ins Innere der Plejaden, wo irgendwo ihr Geschwader stationiert war. Sofern er noch lebte.

12

Müde schlief ich im Sessel ein. Im Traum sah ich André, schrie auf und erwachte. Beide Sternenflugzeuge hielten im Überlichtbereich den Kurs der verschwundenen Kugel. Ich erfuhr, daß beschlossen worden war, das geheimnisvolle Geschwader der Feinde ausfindig zu machen und dann je nach den Umständen zu handeln. An Rückzug war nicht mehr zu denken.

Da André verschwunden war, mußte ich seine Arbeit tun. Lussin und ich mühten uns den ganzen Vormittag mit den Leichen der beiden Feinde ab und entschlüsselten die aufgezeichneten Gehirnstrahlungen der Sechsflügler. Mittags verschied der letzte Bewohner der leidgeprüften Sigma. Wir legten ihn in den Konservierungsraum. Ich arbeitete eifrig, doch manchmal überfiel es mich wie eine Lähmung, meine Gedanken setzten aus, meine Umgebung war mir nicht mehr bewußt. In solchen Augenblicken zupfte mich Lussin sanft am Arm oder berührte meine Schulter. Seine Anteilnahme gab mir Halt.

Während einer Pause besuchten wir Trub. Der Engel schluchzte und wischte sich mit den Flügeln die Augen. Er war so traurig wie wir und konnte sich ebensowenig beherrschen.

»Glichen unsere gestrigen Gegner den Verfolgern der Galakten, die einst auf eurem Planeten landeten?« fragte ich.

»Mir war sofort klar, daß sie es waren, sofort, …« Er plusterte sich auf, und obwohl er sich kaum bewegen konnte, wäre er bereit gewesen, sich unverzüglich in einen neuen Kampf zu stürzen.

»Aber du mußt zunächst einmal gesund werden. Laut Prognose wachsen dir neue Flügel, bessere als die alten.«

»Halten wir?« fragte er. »Wo befinden wir uns?«

»Wir haben Kurs auf die Maja genommen, ins Zentrum der Plejaden.«

»Blind sind wir«, sagte Lussin düster. »Sehen nichts. Wir fliegen nur – weiter nichts. Und sie?«

Ich dachte fast unaufhörlich das gleiche. Schon André hatte dieses Rätsel keine Ruhe gelassen. Als der Verderber mit seinem Kreuzer sprach, der im Überlichtbereich dahinjagte, hatten wir seine Gravigramme entschlüsselt, doch die Antwortimpulse hatten wir nicht aufgefangen. Erst als der Kreuzer in den Bereich unterhalb der Lichtgeschwindigkeit bremste, wurden uns seine Gravitationsdepeschen zugänglich. Und das war begreiflich, denn er hatte seine Gravitationswellen, die mit Lichtgeschwindigkeit dahineilten, überholt. Aber die Gravitationswellen begleiten nur ihre fernen Übertragungen, dachte ich, die Übertragung selbst geht auf eine andere, wirksamere Weise vonstatten. Mir wurde schwarz vor den Augen, als ich an die Folgen dachte.

»Ja«, sagte ich seufzend. »Sie sind nicht blind. Es hat den Anschein, als hätten sie eine eigene Art, sich im Überlichtbereich zu verständigen.«

Am Abend zeigten Lussin und ich der Besatzung die entschlüsselten Fieberphantasien des verstorbenen Sigmabewohners. Die Bilder bestanden aus chaotisch auftauchenden und verschwindenden Handlungsfetzen, Figuren, Städten, dem Himmel des Planeten – alles, was das Auge zu erfassen vermochte, war in diesen Phantasien vorhanden und fügte sich zu einer Anklage gegen die Eroberer. Auf dem Raumbildschirm erschien der weißliche Sigmahimmel, die große Elektra stand im Zenit. Und plötzlich schwebte, den prächtigen Tag verfinsternd, die grünliche Kugel über dem Planeten. Über eine unsichtbare Gravitationstreppe strömten die Freibeuter des Kosmos herab. Gravitationsschläge ereilten die wehrlosen Grashüpfer, Gravitationsketten fesselten sie, Gravitationshaken schleppten sie, eine Gravitationstreppe saugte sie vom Planeten in die Kugel. Tausende schwächliche Sigmageschöpfe schlugen verloren mit den Flügeln. Welches Los war ihnen in den Laderäumen des verfluchten Kreuzers beschieden? Sollten sie Sklaven, Nahrung für unersättliche Münder, Lieferanten von Reparaturgewebe für die alternden Mechanismen der Peiniger sein? Niemand wußte es. Dafür sahen wir wie mit denen verfahren wurde, die versucht hatten, sich zu verbergen. Die Gravitationsschläge trafen sie in ihren Verstecken, Gnade gab es für keinen, keiner rettete sich! Wir schwiegen bedrückt, als der Raumbildschirm erlosch.

Die Tiefendurchleuchtung der gefangenen Verderber bestätigte, daß sie von doppelter Anatomie waren – lebende Gewebe neben künstlichen Drähten auf Nerven gesetzt. Widerstände und Kapazitäten in Knochen montiert. Die Flüssigkeit, sie hatte eine besondere Zusammensetzung und erinnerte wenig an Blut, floß durch künstliche Röhrchen und Kapillaren. Dagegen war das Gehirn bei beiden biologischer Herkunft und befand sich beim ersten im Zentrum des Körpers, beim Unsichtbaren im oberen Ring. Das seltsamste Organ in ihrem »lebenden Mechanismus« war das Herz – ein winziger, aber mächtiger Gravitator. Beim Unsichtbaren saß er im zweiten Ring, beim lebend ergriffenen Verderber im oberen Teil der »Geschwulst«. Dieses kleine Gerät erzeugte eine kurz wirkende örtliche Gravitation. Irgend etwas in ihnen bedurfte, um lebenstüchtig zu sein, mächtiger Gravitationsstöße. Das Herz des Verderbers arbeitete fieberhaft schnell – ein paar tausend Schläge in der Sekunde. Doch das war nicht alles. Das Gravitationsherz generierte gerichtete Wellen in den Raum – es war ein Kampfgerät. Die einzige Möglichkeit, den Verderber zur Strecke zu bringen, konnte nur darin bestehen, sein Herz zu durchbohren. In den Augen des Verderbers hatten wir radioaktiven Stoff entdeckt, der das Leuchten hervorrief. Der Auswuchs am Hals strahlte und erlegte die Beute. Bei einem erfolgreichen Angriff konnte der Verderber ein scharfes Lichtbündel wie einen Dolch gebrauchen.

»Auch der Selbstmordmechanismus ist klar«, sagte ich zum Schluß meines Berichtes über die Untersuchung der Gegner. »Sobald das Auge auf den Körper schlägt, wird das Herz gelähmt. Die zusammenhaltenden Kräfte widerstehen nicht mehr dem im Körper herrschenden hohen Druck, und der Verderber wird in Stücke gerissen. In der Barokammer halten wir achttausend Atmosphären, damit es diesen Kräften nicht gelingt, unseren toten Gefangenen zu zerfetzen. Übrigens folgt hieraus, daß man die Verderber besser nicht mit Kraftfeldern erledigt, sondern mit Strömen von harten Strahlen und Korpuskeln. Eine mächtige Gammastrahlen- oder Protonenquelle dürfte für sie tödlich sein. Schaut euch jetzt die Aufzeichnung ihrer Gehirnstrahlung an.«

Andrés Umsicht, das Dechiffriergerät vor der Schlacht auf sämtliche Bereiche einzustellen, kam uns zugute. Wir erblickten uns selbst, an die Wand gepreßt, bleich, aber tapfer kämpfend. Wieder lief ich, den Mund wutverzerrt, auf das Zentrum der feindlichen Verteidigung zu. Vom Himmel fielen Leonid und Allan, Romero versetzte Schläge. Ich kann nicht sagen, daß die Augen der Verderber irgend etwas Schönes an uns entdeckt hätten, wir kamen ihnen, den vor Entsetzen Gelähmten und Sterbenden, eher wie Ungeheuer vor. Im großen und ganzen wurde wiederholt, was wir ohnedies wußten. Doch die Aufzeichnung des Verderbers, den wir lebend gefangen hatten und der im Schraubstock unserer Felder gestorben war, brachte manches Neue.

Einst glaubte man, an einem Sterbenden ziehe sein ganzes Leben vorbei. Die Gehirntätigkeit Sterbender wurde untersucht, und es zeigte sich, daß ihre Gedanken verworren und bar jeder Logik sind. Dieser jedoch hatte sich vor seinem Ende, wenn auch nicht an sein ganzes Leben, so doch an ein beträchtliches Stück davon erinnert. Vor uns tauchte ein wilder Planet auf, der ganz aus Blei und Gold geschaffen zu sein schien – Metallberge wechselten mit Metallfeldern, in Gärten wuchsen Kristalle metallischer Gräser und Sträucher. Und überall waren Unmengen von Verderbern – ihre Augenköpfe flammten, sie krochen, schwärmten aus und gruben und waren so gleichförmig, daß einem übel werden konnte. Über ihrer unheimlichen Welt hing ein glanzloses Gestirn, ungefähr dreißigmal größer als die Sonne.

Als die Vorführung beendet war, fragte mich Wera: »Ist dir aufgefallen, daß der zweite Verderber weder den Gehirnen seiner Artgenossen noch denen der Sigmabewohner eingeprägt war?«

»Das ist natürlich, denn unter normalen Bedingungen ist er ja unsichtbar. Uns ist es erst nach einem schweren Kampf gelungen, ihn der Unsichtbarkeit zu entreißen.«

»Habt ihr herausbekommen, woraus der Unsichtbarkeitsmechanismus besteht?«

»Nein, Wera, das haben wir nicht herausgefunden.«

»Mir scheint, die Unsichtbaren sind die Krieger der Verderber«, sagte Wera. »In den Hyaden, wo sie in Schlachten verwickelt waren, haben sich keine Angaben über ihr Aussehen erhalten. Das ist kein Zufall. Diese aber, die Tassenförmigen, sind höchstwahrscheinlich Arbeitsindividuen und Gefangenenaufseher. Obwohl sie in so großer Zahl gegen euch antraten, ist keiner mit dem Leben davongekommen! Die Unsichtbaren haben anders gekämpft – ein Leben von ihnen gegen ein Leben von uns.«

»Manches an den rätselhaften Handlungen und Eigenschaften der Verderber läßt sich physikalisch erklären«, bemerkte Olga. »Ihre Unsichtbarkeit ist einfach zu deuten. Ich glaube, unsere Gegner sind tiefer als wir in die Natur der Gravitation eingedrungen.«

Sie begann mit den alten Gelehrten – Newton, Einstein und Ngoro. Ihre Formeln erfaßten nur die feststehende Schwerkraft. Indessen befinden sich die Prozesse der Natur meist nicht im Gleichgewicht. Die Verderber operieren glänzend mit den Wechselfeldern, die nicht mit den Formeln von Newton und Einstein und nicht einmal mit den verallgemeinerten Reihen von Ngoro zu beschreiben sind. Die Fähigkeit, rasch wechselnde Schwerefelder zu beherrschen, ist ein großer Vorteil unserer Gegner. Hätte der Gravitationsschlag gegen die Sigma den Charakter eines Gleichgewichtsfeldes angenommen, das gleichermaßen den Planeten zum Kreuzer und den Kreuzer zum Planeten zog, dann wäre die Sache so ausgegangen, daß der Kreuzer auf den Planeten gefallen wäre, denn der Planet hat eine unvergleichlich größere Masse. In Wirklichkeit aber hat der Kreuzer die Oberfläche des Planeten in einen Ozean von Staub und Trümmern verwandelt und ist ruhig von dannen geeilt, ohne überhaupt gespürt zu haben, daß der Planet ihn ebenfalls anzog. Im Nahkampf werden die Schiffe der Verderber stets die Oberhand über uns gewinnen, folglich dürfen wir es nicht zum Nahkampf mit ihnen kommen lassen – das war die erste Schlußfolgerung.

Die zweite ergänzte die erste. Die Verderber kennen ebenfalls die Umwandlung von Raum in Materie, nutzen aber nicht die Gegenreaktion – die Umwandlung von Materie in Raum. Offenbar haben sie sie nicht entdeckt. Das ist auf eine Art verständlich, denn neue Raumvolumen schwächen die Schwerefelder, nach deren Verstärkung die Verderber streben.

»Die Bildung von Raum ist ein sicherer Schutz gegen sie«, sagte Olga. »Aber unsere Vorräte an annihilationsfähigem Stoff sind nicht allzu groß – wiederholten kosmischen Schlachten sind wir nicht gewachsen. Nun zur Natur ihrer Unsichtbarkeit. Des Rätsels Lösung liegt meiner Ansicht nach auch hier in ihrer Fähigkeit, besondere Felder von hoher Intensität zu schaffen – wir wollen sie Mikroschwerefelder nennen. Ich habe die Leiche des Unsichtbaren gesehen. Sein Körperbau paßt glänzend zu der Funktion eines unsichtbaren Kämpfers. Der Herzgravitator erzeugt rings um den Körper einen Kegel gekrümmten Raumes. Ein Lichtstrahl, der auf den Kegel fällt, durchdringt ihn nicht und wird nicht reflektiert, sondern herumgebogen, wonach er auf die Fortsetzung seines ursprünglichen Weges gelangt. Alles, was sich innerhalb des Kegels befindet – der Verderber wie auch seine Beute –, ist unsichtbar für das Auge und gewöhnlichen Ortungsgeräten unerreichbar.«

Ich fragte sie: »Hast du nicht den Eindruck, Olga, daß die Nachrichtenmittel der Verderber vollkommener als unsere sind? Meiner Ansicht nach haben sie ein sich rasend schnell ausbreitendes Agens gefunden und halten mit seiner Hilfe im Überlichtbereich ausgezeichnet Verbindung.«

»Ja, die Möglichkeit besteht«, sagte Olga. »Hieraus ergibt sich noch eine Schlußfolgerung: Im Überlichtbereich bändeln wir mit den Verderbern besser nicht an, wenn sie in großer Zahl auftreten.«

Das Alarmsignal gellte im Schiff. Leonids herrische Stimme erklang. »Alle an die Plätze! In der Optik Schiffe des Gegners! Zum Kampf!«

13

Laut Gefechtsrolle war mein Platz an den großen Dechiffriergeräten der Schiffsmaschinen.

Der Lärm dauerte nicht lange, dann hielt tiefe Stille das Sternenflugzeug in Bann, spannungsgeladene Stille.

Wir waren gefechtsbereit.

Zum Kampf! Fast fünfhundert Jahre kannte die Menschheit die wahre Bedeutung dieses Rufes nicht. Er hatte noch in der Sprache fortgelebt, als seltsames Wort aus dem Wörterbuch, als Lautverbindung, als Überlieferung, als Thema für ein wissenschaftliches Gespräch über die Vergangenheit, doch das einzig Wichtige hatte ihm gefehlt: Handlungen. Die Menschen meiner Generation, der fünfzehnten Friedensgeneration auf der Erde, hatten den kriegerischen Geist verloren. Wir waren nicht verweichlicht, nur wußten wir nicht mehr, was Krieg ist. Da erblickten wir die Kreuzer des Gegners.

Aus dem Überlichtbereich hatten sie sich in den gewöhnlichen gebremst, waren gleichsam aus dem Nichts in die Welt der normalen Körper und Maßstäbe gesprungen. Die Hauptgefahr bestand im überraschenden Auftauchen der Feinde.

In diesem Falle hatten sie sich verrechnet. Wären sie heimlich nahe genug herangekommen, hätten wir es schwerer gehabt. Doch sie traten in einer Entfernung von etwa einem Dutzend Millionen Kilometern hervor. Ihr Rechenfehler war um so seltsamer, als sie unsichtbar für uns gewesen waren, während sie uns ausgezeichnet sahen, wie wir die kosmischen Körper sahen, denen wir uns mit Überlichtgeschwindigkeiten näherten. Nur die Sicherheit der eigenen Macht, die bislang keinen ernst zu nehmenden Widerstand in ihrem abgelegenen Winkel des Alls gefunden hatte, konnte zu dieser Fehlkalkulation geführt haben.

Ich zählte sechzehn Kugeln in allen Richtungen der Sternensphäre, dann gesellten sich noch zwei hinzu, die hinter der allgemeinen Formation zurückgeblieben waren. Achtzehn Kreuzer gegen zwei – sie konnten auf einen Sieg hoffen! Und da sie sich ihres Sieges völlig sicher waren, kümmerten sie sich zunächst darum, daß wir nicht flohen. Sie umschlossen uns sphärisch – kreisten uns ein, wie unsere Vorfahren sagten, die nur in zwei Dimensionen kämpften. Und wie es bei allen Freibeutern üblich ist, ob sie nun auf einem winzigen irdischen Meer ihr Unwesen treiben oder in den endlosen Kosmosräumen, dachten die Verderber gar nicht daran, in Verhandlungen einzutreten, um unsere Absichten zu erkunden – sie schnellten hervor und griffen unverzüglich an. Ihnen entgegen donnerten die Tanew-Annihilatoren, die zu Abwehrbatterien geworden waren.

Die Dechiffriergeräte schwiegen. In dem rasenden Wirbel hinausflutenden Raumes gerieten alle Gravitationswellen durcheinander und brachen ab.

Der erste Angriff der Kreuzer war abgewehrt. Wir hatten sie so weit zurückgeworfen, daß sie im Vervielfacher fast gar nicht mehr zu erkennen waren. Da stoppten Leonid und Allan die Kampfannihilatoren, um Aktivstoff zu sparen.

Kurze Zeit später tauchten die Kreuzer erneut in Sichtweite auf, und das Dechiffriergerät fing endlich die Gravitationswellen ihrer Übertragungen ab. Das Flaggschiff wurde mit Fragen bestürmt, und es erteilte Befehle. Unsere Fähigkeit, Raum zu generieren, hatte die Zerstörer verblüfft, und sie hatten bisher keine Kampfmethode dagegen gefunden. Ihr Flaggschiff hatte vor, die sich ausbreitende Leere mit Überlichtgeschwindigkeit zu durchbrechen, da den gewöhnlichen Geschwindigkeiten kein Erfolg beschieden war.

»Einmal haben sie es bereits versucht, und es hat ihnen nichts genützt«, antwortete Leonid. »Auch jetzt werden sie nichts davon haben.«

Als die Kugeln nahe genug zu sein meinten, tauchten sie nacheinander in die Unsichtbarkeit. Ich konnte mich eines Gefühls der Hilflosigkeit nicht erwehren, als die Schiffe der Zerstörer verschwanden. Wieder und wieder fragte ich mich dasselbe: Rings um uns dehnte sich Trillionen Kilometer weit sternenglänzende Leere, darin rasten, unsichtbar, achtzehn todbringende Kugeln auf uns zu – was wäre, wenn sich Leonid und Allan irrten und die Geschwindigkeit der Annäherung die Geschwindigkeit des Raumverbreitens überstieg? Was wäre, wenn die feindlichen raumfressenden Maschinen die Oberhand über unsere gewannen, die Leere um sich säten? Die Lösung konnte nur die Erfahrung bringen, doch die Erfahrung ist ein Knüppel mit zwei Enden. Wenn er sich gegen uns wandte, war der Fehler nicht zu korrigieren.

Als der Vervielfacher die Kugeln an der Sichtgrenze fixierte, war mir, als würde ich von Zentnerlasten befreit. Aber ich triumphierte zu früh. Die Zerstörer waren scharfsinniger, als ich von ihnen gedacht hatte. Sie fanden die einzig mögliche Kampfmethode, uns wiederholte kosmische Schlachten aufzuzwingen, die wir nicht lange aushalten konnten. Die Geräte entschlüsselten den Befehl des Flaggschiffs: »Angreifen bei gewöhnlichen Geschwindigkeiten, bis ihre Fähigkeit, Raum zu schaffen, erschöpft ist.« Sie hatten verstanden, daß wir aus vorbereitetem Stoff Raum generierten und kein höherer Wille im Spiel war. Doch unbegrenzte Materialreserven gibt es nicht. Allerdings wußten sie nicht, wie die Ereignisse bald zeigten, daß wir in der Lage waren, auch äußere Körper, darunter ihre Schiffe, in die Reaktion der Materievernichtung einzubeziehen.

So war es einige Male: Wir warfen sie zurück, indem wir Raum generierten, sie tauchten in die Unsichtbarkeit und versuchten im Überlichtbereich durchzubrechen. Von Mal zu Mal wurden ihre Versuche gefährlicher. Sie bremsten bereits so nahe, daß wir die gesamte Annihilatorenmacht aufbieten mußten, um uns vor einer Gravitationssalve zu retten. Für die Feinde stand fest, daß wir früher oder später zur Zielscheibe ihrer Geschütze würden. Leonid wandte sich an die Besatzungen der beiden Sternenflugzeuge und bat, jeder möge seine Meinung äußern.

»Es gibt zwei Möglichkeiten, dem Kampf zu entgehen. Die erste: Wir brechen aus der Umzingelung aus, überlassen die Plejaden dem Feind und fliehen zur Sonne. Leider vermag ich nicht zu garantieren, daß uns das ohne Vernichtungskampf gelingt. Es ist auch möglich, daß sich der Feind an unsere Fersen heftet und uns in eine Entscheidungsschlacht verwickelt. Die zweite Möglichkeit besteht darin, von der Verteidigung zum Angriff überzugehen. Ich bin sicher, daß wir es schaffen würden, einige Kreuzer des Gegners zu annihilieren. Sicherlich befindet sich auf einem unser verschwundener Freund. Trotzdem meine ich – wir sollten angreifen.«

Wir trugen Verantwortung vor der Menschheit, waren verpflichtet, zur Erde zurückzukehren und zu berichten, was wir in den fernen Galaxisbereichen entdeckt hatten. Aber auch die Verantwortung für den möglichen Tod eines Freundes, der in Not war, wollten wir nicht abschütteln.

Die Schlacht entbrannte genau im Zentrum der Plejaden. Zwischen unbeweglichen Gestirnen eilten künstliche dahin. Achtzehn Fackeln stürmten von allen Seiten auf uns zu, mit jeder Sekunde wurden sie größer. Die Kreuzer des Gegners begriffen, daß wir bereit waren, uns zum Kampf zu stellen, und sie bremsten. Sie formierten sich in der Sphäre, deren Mittelpunkt unsere Sternenflugzeuge waren. Geschlossen rückten sie vor. Die Schiffe des feindlichen Geschwaders leuchteten so unheilvoll, daß die Sterne verblaßten. Alles hing jetzt davon ab, wer eher losschlug – wir oder sie.

Als sich die achtzehn Schiffe des Feindes, die die Sphäre ihres Zielschlages noch nicht erreicht hatten, in unserem Wirkungsbereich befanden, setzten Leonid und Allan die Annihilatoren in Gang. Vorerst waren das nur die Reiseannihilatoren, nicht die Kampfannihilatoren, sie vernichteten lediglich den Raum, der Feind konnte den Eindruck haben, als näherten wir uns stürmisch. Sie sahen sofort, daß wir uns nicht in einer Richtung, sondern in allen Richtungen näherten. Panik erfaßte sie. Vier Kreuzer des Gegners lösten sich von den anderen, der Kegel des verschwundenen Raumes hatte sie gepackt. Sie wurden von uns angesaugt, wir entschlüsselten ihre Verzweiflungsschreie: »Hilfe, wir haben die Gewalt über unser Schiff verloren!« und die panischen Befehle des Flaggschiffs: »Gebt volle Kraft zurück!« Dann empfingen wir ein neues Kommando des Admirals der feindlichen Flotte: »Feuert aus den Gravitationsgeschützen! Feuert, feuert, sonst stoßt ihr mit ihnen zusammen!« Ich jubelte innerlich, als ich diesen Befehl hörte. Selbst vor ihrem Untergang begriffen sie nicht, was ihnen zugedacht war.

Am Sternenhimmel flammten vier blutrote Sonnen auf und erloschen sogleich, wobei sie Nebelwolken bildeten. Die Wolken wirbelten, lösten sich auf, wurden unsichtbar; die Weltenleere wurde durch vier neue Gruben bereichert, die unheilvollen Kreuzer wurden Kilometer, einfach Kilometer, nicht Gas, nicht Moleküle, nicht Atome, sondern eine ihres körperlichen Inhalts beraubte Dimension – Millionen von Kilometern leeren Nichts!

Die übrigen Kreuzer des Gegners stoben in wilder Flucht davon. Leonid war drauf und dran, ihnen nachzusetzen, doch sie entschwanden in den Überlichtbereich. Bevor sie in die Unsichtbarkeit tauchten, fingen wir ein neues Gravigramm ihres Flaggschiffs auf. »Alle haben den Sternhaufen zu verlassen! Alle haben den Sternhaufen zu verlassen!«

Ich lief zu Romero. »André hat nichts verraten, Pawel! Der Befehl des Admirals läßt keinen Zweifel, daß sie bis zum letzten Augenblick nur einen Zusammenstoß fürchteten, keine Annihilation.«

Romero blickte mich lange an, ehe er antwortete. Ich bemerkte plötzlich, daß er abgemagert und gealtert war. »Glauben Sie mir, ich freue mich mit Ihnen«, sagte er müde. »Obwohl, wenn ich es mir recht überlege … worüber sollen wir uns freuen?« Ich haßte ihn. Er glaubte nicht, daß André am Leben geblieben sein konnte und keine Geheimnisse verraten hatte. Für ihn gab es nur eine Erklärung: André war schon lange tot.

14

Wir hatten ein Sternensystem nach dem anderen besucht. Auf den Planeten, wo die Voraussetzungen für Leben bestanden und wo vor kurzem noch Leben geblüht hatte, gab es kein Leben mehr.

Wir waren zu spät in den Plejaden erschienen.

Ich hatte mich gewundert, als die Große Akademische Maschine den Namen der seltsamen Wesen mit dem infantilen Wort »Verderber« übersetzte. Nach und nach mußte ich erkennen, wie genau die Übersetzung war. Dort, wo sie auftauchten, tauchte das Böse auf. Vor den Spuren ihrer Anwesenheit wollte man die Augen bedecken. Selbst der Gedanke, daß sie in einer Welt mit uns existieren, wurde unerträglich. Es ging schon nicht mehr darum, den Eroberern Einhalt zu gebieten. Wir mußten sie vernichten, finden und vernichten!

Immer wieder flammten in den Fernrohren der Vervielfacher und auf den Raumbildschirmen die gleichen Bilder auf: dichte Wolken von Asche und Staub über den Planeten, Festland und Ozeane zu einem morastigen Gemisch vermengt.

Wir versuchten, auf einem von den Verderbern zerstörten Planeten zu landen. Das war im Sternensystem der Alkyone, einem prächtigen, festlich hellen Stern. Vor nicht allzulanger Zeit hatte es hier wahrscheinlich an nichts gemangelt: nicht an Licht und Wärme, nicht an Wasser und Grün, nicht an Luft und Weite, nicht an Mineralien und Nahrung. In der traurigen Gegenwart war hier Staub, nichts als Staub ... Über dem Planeten schwebten schwarze Wolken. Durch unsere Geräte nahmen wir den Planeten in Augenschein, die Ascheberge deuteten wir als vernichtete Städte. Als wir auf der Oberfläche landen wollten, wären wir fast im Staub ertrunken. Er floß wie Wasser dahin und glich pulverförmigem Graphit. Wir mußten kehrtmachen.

Was sollte geschehen? Jetzt wußten wir, daß in der Galaxis seltsame Mechanismen wüteten, ein kriegerisches, technisch hochentwickeltes Volk. Wir hatten uns in die galaktischen Weiten hinausgearbeitet und entdeckt, daß sie von Piraten in Besitz genommen worden waren. Aber noch war nicht alles klar. Wo hausten sie? Weshalb verübten sie ihre Überfälle? Und wo waren die Wesen, die uns glichen? Wir hatten sie bisher nur in den Träumen der Engel gesehen, auf den Bildern der Atairen und unter den Skulpturen der Sigmabewohner. War es möglich, daß es dieses Volk, unsere potentiellen Freunde, nicht mehr gab? Es war nicht ausgeschlossen, daß wir Zeugen der letzten Phase eines kosmischen Krieges zwischen Zerstörern und friedlichen Sternenbewohnern geworden waren, in dem alle Gegner der Verderber den Tod gefunden hatten. Das mußte geklärt werden. Zugleich war es Zeit, zur Erde zurückzukehren. Die Menschheit mußte die von uns gesammelten Fakten kennenlernen, damit die Entscheidungen richtig ausfielen. Wera schlug vor, die Flottille zu teilen. Ein Sternenflugzeug sollte Kurs zur Erde nehmen, das andere die Suche nach den Lebensbezirken der Gegner und den unbekannten Freunden fortsetzen. In diesen Monaten hatten wir uns von der Sonne um fünfhundert Lichtjahre entfernt und waren in die Plejaden vorgedrungen. Das nächste Erkundungsobjekt würde allem Anschein nach die Gruppe im Perseus sein, bis dorthin waren es viertausend Lichtjahre. Eine Expedition zum Perseus wäre in einem Jahr nicht zu bewältigen, doch sie war unvermeidlich. Solange wir nicht wußten, wohin die Verderberflottille entschwunden war, hatte niemand auf der Erde das Recht, sich in Ruhe zu wiegen.

»Ich kehre zur Erde zurück«, schloß Wera. »Und ihr versteht, weshalb: Es wird Streit geben.«

»Ich bin bereit weiterzufliegen«, erklärte Olga. »Die ›Raumfresser‹ ist für weite Reisen besser geeignet als die ›Steuermann‹. Wir laden einen Teil des Aktivstoffes von der ›Steuermann‹ um. Die Besatzung wird um diejenigen vervollständigt, die sich zur Expedition melden.«

Sie sagte das so einfach, als handle es sich um eine Reise von der Erde zum Sirius oder Alpha Centauri. Die anderen beeilten sich nicht mit der Antwort.

Ich dachte an die Erde und an die Ora. Zur Erde zog es mich kaum, eher lockte mich der Pluto, aber auch ohne Pluto würde ich leben können. Dagegen galt dem fernen Perseus all mein Sinnen und Trachten. Dort irgendwo war mein Freund, im letzten Augenblick hatte er mich gerufen. Und vielleicht würde es mir gelingen, einige Rätsel der Verderber zu lösen – wo sollte man sie lösen, wenn nicht bei ihnen selbst?

»Ich fliege zum Perseus«, sagte ich.

Romero und Lussin entschieden sich für die Rückkehr zur Erde. Lussin nahm Trub mit.

Und dann brach der Tag des Abschieds an, eines traurigen Abschieds. Wera umarmte mich, ich küßte sie. Ich war mir nicht sicher, ob ich sie wiedersehen würde. Und vor ihr konnte ich meinen Kummer nicht verbergen.

»Wera, alles mögliche kann auf einer so weiten Reise passieren«, sagte ich. »Vergiß nicht: Romero muß widerlegt werden. Wenn die Menschheit den Sternenbewohnern nicht zu Hilfe eilt, ist sie keinen Pfifferling wert.«

Die letzten, von denen ich mich verabschiedete, waren Kamagin und Groman.

»Vor drei Jahren, vierhundertzwanzig irdischen Jahren, haben wir uns von der Erde getrennt«, sagte Kamagin. »Wir selbst haben uns kaum verändert, doch die Erde und die Menschen sind nicht wiederzuerkennen. Von Herzen wünsche ich Ihnen für Ihre interastralen Reisen mehr Erfolg, als er uns beschieden war.«

»Ihnen wünsche ich einen guten Empfang auf der Erde«, antwortete ich. »Und ein gutes neues Leben auf unserem grünen Mütterchen, der ewig jungen Erde!«

»Nimm ein Geschenk mit auf den Weg«, sagte Allan zu mir. Er reichte mir ein Bündel altertümlicher Bücher, seinen Schatz – Zeitschriften des zwanzigsten Jahrhunderts.

Olga und ich saßen im Observationssaal. Die Umrisse der »Steuermann« wurden rasch kleiner, bald war sie ohne Geräte nicht mehr auszumachen, obwohl Allan sämtliche Scheinwerfer eingeschaltet hatte.

»Pflügen wir mit unserem Sternenpflug das All auf, Olga! Wer weiß, vielleicht glückt es uns, etwas über André zu erfahren.«

15

Die Reise zu den Sternhaufen des Perseus sollte über ein Jahr dauern, und zwar bei fünftausendfacher Lichtgeschwindigkeit. Solche Geschwindigkeiten waren noch nie erzielt worden, doch Leonid und Oshima zweifelten nicht, daß der Rekord gelingen würde.

»Nur Allan hat uns bisher um die Hälfte verlangsamt«, wies Leonid nach. »Sein Sternenflugzeug ist eine Schnecke.«

Als wir den Bereich der Lichtgeschwindigkeit verließen, gab sich Leonid seiner Leidenschaft für Schnelligkeit hin. Hätte die Leere, die vernichtet wurde, Laute von sich geben können, die ganze Galaxis wäre vom Krachen des berstenden Raumes erfüllt gewesen. Doch wir flogen im erhabenen Schweigen des Kosmos dahin. Vor uns trat wie ein blaugrauer Dunstschleier kaum sichtbar die Doppelgruppe im Perseus hervor, viele Monate mußten vergehen, ehe sie sich aus dem matten Nebelfleck in eine Schar von Gestirnen verwandeln würden.

Jedermann weiß, daß die galaktischen Räume leer sind. Doch es ist eins, dies zu wissen, etwas anderes, es zu empfinden. Beim Flug von der Erde zur Ora spürte ich die Leere nicht, die Sterne entfernten und näherten sich, das Muster der Sternbilder änderte sich. Erst auf dem Flug zu den Plejaden hatte uns die gigantische Leere angeweht, ein Tag folgte dem anderen, eine Woche der anderen, tausendfach überholten wir das Licht – doch außerhalb unseres Schiffes blieb alles beim alten. Als wir uns dann von den Plejaden entfernten, begriff ich ganz, wie abgrundtief leer das Weltall ist! Bereits nach einer Woche hatte sich die herrliche Ansammlung, dreihundert Sterne auf einem Haufen, in ebenso ein Knäulchen leuchtender Wolle verwandelt, wie sie von der Erde aus zu sehen ist. Mitunter trafen wir verirrte Sterne, meistens waren es dunkle Zwerge, nie ein Gigant oder ein Übergigant. Auf keinem dieser Himmelskörper fanden sich Anzeichen von Leben. Das Leben ist in der Galaxis ein selteneres Geschenk als die Wärme und das Licht.

Jetzt besaß ich einen eigenen Sessel im Kommandeurssaal, neben dem diensthabenden Kommandeur. Die Dechiffriergeräte fingen jede Welle und jedes Aufblitzen ein, die Protonen und die Neutronen, die Schwere- und die elektrischen Felder. Ihre Informationen gelangten in die Schiffsmaschinen, die erteilten den Automaten Befehle, und ich lauschte dieser unermüdlichen Forschungsarbeit, stellte den Mechanismen ergänzende Aufgaben. Jeden Tag ging ich ins Gravitationslaboratorium. Ich schaltete die Mechanismen ein, die Dechiffriergeräte fingen deren Impulse auf, die Schiffsmaschinen berechneten die Ergebnisse. Die Gehirnstrahlungen der Verderber, die André aufgenommen hatte, die Gravigramme der Kreuzer, die uns überfallen hatten, wurden wieder und wieder begutachtet. Diese Arbeit hielt ich für meine Hauptaufgabe. Früher hatte André alles selbst gemacht. Wir hatten über seine hervorsprudelnden Theorien gewitzelt, hatten seine Gedankenblitze herablassend gutgeheißen, wir selber aber hatten uns kein Bein ausgerissen. Unaufhörlich brachte er blendende Ideen hervor. Begierig griff er jedes Rätsel auf, schlug sich damit herum, bis er es gelöst hatte – warum sollten wir uns da plagen? Alles, was sich machen ließ, machte er, und er machte es besser als jeder von uns – so empfanden wir. Nun war André nicht mehr da. Der geniale Generator neuer Ideen war verschwunden. Er mußte ersetzt werden, zumindest zum Teil. Ich besaß nicht im entferntesten Andrés hinreißende Leichtigkeit. Doch unermüdlich überlegte ich – seine

Intuition wollte ich durch stetes Bemühen ersetzen. Dort, wo er die Weite des Unbekannten mit zwei, drei Riesensprüngen überwand, arbeitete ich mich kriechend vor, irrte mich, kehrte zurück und kroch abermals vor. Auf jeden Fall war ich beharrlich.

Ich nahm mir in Gedanken tausendmal ein und dasselbe Bild vor: Mit Feldern pressen wir den schwächer werdenden Augenköpfigen zusammen, verzweifelt sendet er den Seinen: »Hilfe! Hilfe!« Seine Gravitationsrufe dringen mit normaler Lichtgeschwindigkeit hinaus, mit der gleichen Geschwindigkeit kommen die Antworten. Nach der Zeit, die den Ruf und die Antwort trennt, kann man die Entfernung zwischen der Sigma und dem Kreuzer ausrechnen, der dem Verderber zu Hilfe kam. Doch der Kreuzer konnte vor der Nacht nicht eintreffen, so hatte er mitgeteilt. Wieviel Tage oder Wochen Lichtweges trennten sie? Andererseits hatte sich der Augenköpfige mit dem Kreuzer so unterhalten, als befände sich der neben ihm.

Was ist das? fragte ich mich. Was kann den Raum mit Überlichtgeschwindigkeit durcheilen, ohne ihn zu vernichten?

Sogar im Schlaf versuchte ich dieses Rätsel zu lösen. Einmal stellte ich das Dechiffriergerät auf die Strahlungen meines Gehirns ein, und es bewies, daß ich mich auch im Ruhezustand mit diesem Problem herumschlug. Alles in mir arbeitete pausenlos daran, ich war, ob nun wach oder schlafend, wie ein Automat auf die Lösung eingestellt, und wenn ich gelegentlich abgelenkt wurde, so hörte ich zu und antwortete, während ich mich im stillen weiterhin bemühte, diesem Rätsel beizukommen.

Ganz allmählich begann sich, zwar noch undeutlich, die Lösung abzuzeichnen. Sie war derart einfach, daß ich es zunächst nicht glaubte. Aber alle Wege führten zu einem Punkt, alle logischen Fäden waren zu einem Knoten geknüpft. Ich übergab die gefundene Hypothese der Schiffsmaschine. Sie verkündete, die Hypothese berge keine Widersprüche in sich und könne als Ausgangsbasis dienen. Endlich war ich auf dem richtigen Weg! Bis zum brauchbaren Ergebnis war es noch weit, doch ich wußte, daß ich den Weg bis zu Ende gehen würde.

Ich bat Olga zu mir. Sie kam ins Laboratorium, hörte lange zu, ohne mich zu unterbrechen, dann sagte sie: »Also du meinst, daß dieses rätselhafte Agens zur Nachrichtenübermittlung, das sich in Augenblicksschnelle im Raum verbreitet, der Raum selbst sei?«

»Ja, der Raum selbst. Genauer, die Dichteschwankungen des Raums. Nur die Raumveränderungen können sich im Raum mit Überlichtgeschwindigkeiten ausbreiten – das ist mein Gedanke.«

Olga führte meine Hypothese weiter: »Wir haben gelernt, Materie in Raum zu verwandeln und aus dem Raum wieder Materie zu erhalten. Kurz und gut, wir operieren mit Extremen – schaffen und vernichten ... Doch dazwischen gibt es ein Spektrum verschiedenartiger Zustände, die vielleicht nicht weniger wichtig sind als die Extreme ... Wir alle müssen suchen, Eli, nicht nur du allein.«

16

An diesem Abend konnte ich lange nicht einschlafen. Ich dachte an André. Er hätte mich für die Entdeckung der Raumwellen gelobt. Besser als jeder andere, besser als ich und Olga hätte er die Bedeutung dieser Entdeckung beurteilen können.

André stand vor mir. Ich hörte seine Stimme, ich schloß die Augen, um ihn besser zu sehen und zu hören. Er schritt im Zimmer auf und ab, schüttelte die kunstvollen Locken und stritt mit mir. Er war, wie stets, etwas komisch und sehr anziehend. Er war in Not, doch ich konnte ihm nicht helfen.

»Du bist schwer von Begriff, Eli«, sagte er ärgerlich. »Spottlust ist in dir mit ziemlicher Sturheit verquickt. Wenn ich geäußert hätte, wohin du mit solcher Mühe gelangt bist, dann hättest du dich erst einmal eine Weile über mich lustig gemacht. Jede Idee von mir hast du spöttisch aufgenommen – ist es nicht so?«

»Nein«, verteidigte ich mich. »Sei gerecht, André, so war es nicht! Vieles begriff ich sofort.«

Schonungslos widerlegte er mich. So grausam wie in meinen Träumen war er in Wirklichkeit nie gewesen.

»Und die Unsichtbaren?« fragte er. »Die Unsichtbaren, Eli? Hast du nicht schallend gelacht, als du von ihnen hörtest?«

»Ja, die Unsichtbaren«, antwortete ich. »Stimmt, ich war erstaunt und lachte. Und ich bin grausam dafür bestraft, daß ich deinen Gedankenblitz nicht ernst nahm und mich nicht sofort um Schutz kümmerte. Wir sind alle bestraft, André, alle!«

»Meine anderen Ideen hast du auch verlacht, Eli«, bemerkte er, »denk besser nach.«

Ich rief mir seine Ideen und Theorien ins Gedächtnis zurück, sammelte Argumente – verspätet rechtfertigte ich mich vor André. Wie glänzend er begründet hatte, daß sich die Hyaden von allen Sternen der Welt entfernen. Vielleicht war schon eine Expedition unterwegs, um diese Hypothese zu überprüfen, und die Expedition würde zweifellos beweisen, daß die Hyaden in ein künstlich geschaffenes Loch im Weltraum stürzen.

17

Dieses ganze Jahr, da wir zur Doppelansammlung des Perseus flogen, war ich in die Erforschung der Raumeigenschaften vertieft. Das umgestaltete Laboratorium glich bald einem Werk. Von den Reise- und Kampfannihilatoren unterschieden sich die Laboratoriumsmechanismen nur durch die Leistungsfähigkeit. Jene wurden nach Milliarden Albert gemessen, von diesen kleinen entwickelte jedes keine Milliarde Kilowatt. Ich selber bestand auf einer so geringen Leistungsfähigkeit. Unser Sternenflugzeug sollte sich nicht durch meine Unvorsichtigkeit in eins jener Löcher im Raum verwandeln, die wir aus anderen Körpern schufen. Die Mechanismen vernichteten nicht den Raum, sondern veränderten seine Dichte, wobei sie längst nicht die Grenze erreichten, wo der Raum in Materie konzentriert wird und sich die Materie in Raum verwandelt.

Die zahllosen Experimente bewiesen, daß die Dichteschwankungen des Raums wellenförmigen Gesetzen unterworfen sind. Wir erhielten sphärische Wellen, konische, zylindrische – ein Dolchstrahl, der die Weite durchdringt. Und nur eins von den Gesetzen der Schwingungsbewegungen traf für die Dichtewellen des Raums nicht zu – sie verbreiteten sich stets mit Überlichtgeschwindigkeit. Die Lichtbarriere war für sie die unterste Grenze. Wir erhielten Raumwellen, die millionenmal schneller waren als das Licht, und wir hätten noch höher gehen können. Das Licht selbst war ein Grenzfall der Raumwellen, dadurch erklärte sich seine rätselhafte Beständigkeit in den sich bewegenden Systemen. Wir betraten eine erstaunliche Welt, die niemandem auf der Erde bekannt war.

Und als die Entdeckung wissenschaftlich erforscht war, richteten wir eine Abteilung mit neuen Maschinen ein: Raumwellengeneratoren, Empfänger und Dechiffriergeräte für Depeschen, die mit diesen Wellen übertragen wurden. Jetzt waren wir imstande, jede Schwingung zu empfangen – solche im Bereich der Lichtgeschwindigkeit, wenn sich die Raumwelle auf niederem Niveau fortbewegte und sich jeden Augenblick in ein Lichtaufblitzen verwandeln konnte, und auch solche, die sich milliardenmal schneller als das Licht verbreiteten. Von nun an würde es den Verderbern nicht mehr gelingen, sich unbemerkt an uns heranzustehlen. In der Optik waren sie weiterhin unsichtbar, nicht aber in den Raumwellen. Der Kampf Blinder gegen Sehende drohte uns nicht mehr. Und wieder wunderte ich mich, welch hohe Organisation diese ungeheuerlichen Wesen besaßen, die Zerstörer oder Verderber genannt wurden. Anhand der anatomischen Aufnahmen ihrer Körper stellten wir fest, daß das Herz eines jeden von ihnen nicht nur ein Gravitator und ein Gravitationsgeschütz war, sondern auch eine vollkommene Raumwellenstation.

Olga träumte davon, einen Dispatcherdienst für die Sternenschiffahrt einzurichten. »Heutzutage ist ein Sternenflugzeug verschwunden, sobald es sich auf die Reise begeben hat, denn es bewegt sich schneller als das Licht. Bald entfallen diese Schwierigkeiten, als hätte es sie nie gegeben. Wie auf der Erde die Auskunftsmaschine von jedem weiß, wo er sich befindet und was mit ihm ist, so wird der Dispatcher auf der Ora die Position jedes Sternenflugzeugs kennen, wieviel tausend Lichtjahre es auch entfernt sein mag. Schiffen am anderen Ende des Alls Befehle erteilen, unverzüglich Antworten erhalten – der Kopf dreht sich einem, so grandios ist das!«

»Die Erde hören!« sagte ich. »Die Erde sehen! Überall mit der Erde sein!«

18

Dann geschah, was sich während unserer galaktischen Odyssee schon einige Male ereignet hatte.

Der doppelte Sternhaufen x und h Persei, als matter Dunstschleier ein Jahr seine Form, Größe und Helligkeit bewahrend, erwachte zum Leben und begann zu wachsen. Die Gruppe veränderte sich vor unseren Augen und auf den Diagrammen, veränderte sich täglich, dann stündlich, wuchs, dehnte sich aus, die Sterne wurden größer, füllten sich mit Glanz, gewannen an Leuchtkraft. Die Stunde kam, da die vordere Halbsphäre ganz von den Gestirnen des Perseus angefüllt war, die anderen Sterne blieben hinter uns. Schließlich verschwanden sie, der Haufen breitete sich auf die zweite Halbsphäre aus und trat vor uns auseinander.

Oshima, der zu dieser bedeutungsvollen Stunde Dienst hatte, drosselte die Geschwindigkeit.

Wir drangen ins Innere eines der größten Sternhaufen der Galaxis ein. Deutlich zerfiel er in zwei Sterngruppen. Längs des Sphärenäquators war der Himmel von einem dunklen Streifen durchschnitten, der diese Gruppen teilte – Gestirne gab es auch in dem dunklen Streifen, mehr als an jedem Abschnitt des irdischen Himmels. Rechts entfaltete sich die Gruppe h, links die Gruppe x, Tausende gigantische Sterne. Der Himmel der Gruppen war nicht mit leuchtenden Punkten bedeckt, sondern loderte in Feuern – ich entzifferte Formelbuchstaben beim Schein des funkelnden Perseushimmels. Hier waren die Nächte nie so finster wie auf der Erde mit den matt blinkenden Eisstückchen in der Höhe, selbst in den verdunkelten Sälen traten die Gegenstände deutlich hervor, als auf den Bildschirmen die Sternscheinwerfer dieser Gruppen aufflammten.

Vorsichtshalber jagten wir den Äquator entlang, in dem Streifen Dunkelheit, der die Gruppen trennte, und verließen nicht den Überlichtbereich.

Dann fingen die Raumwellenempfänger schwache Impulse auf. Periodische Verdichtungen und Verdünnungen des Raums fügten sich zu ein und demselben, immer von neuem wiederholten Satz. Wir vermuteten, daß das die Frage »Wer seid ihr?« war, denn danach würden uns unbekannte Korrespondenten vor allem fragen. Die Dechiffriergeräte nahmen diese Lesart zur Grundlage und lieferten einen Kodeentwurf. Der Kode unterschied sich kaum von denen, die wir unseren Maschinen eingegeben hatten. Es bestand kein Zweifel, daß wir uns mit den Unbekannten würden verständigen können, deren Signale den Raum in Schwingungen versetzten. Ich wollte Verbindung aufnehmen, doch Olga fürchtete, der Gegner versuche uns zur Offenheit zu provozieren. Es könne geschehen, daß wir dem Feind das Geheimnis in die Hände lieferten, wie wir uns vor ihm schützten. Die meisten Besatzungsmitglieder unterstützten sie.

»Unsinn!« sagte ich, und Leonid stellte sich auf meinen Standpunkt. Gemeinsam stimmten wir die anderen um. Für die Verderber sei es unvorteilhaft, vor der Zeit zu zeigen, daß wir entdeckt wären, ihre Geschütze seien nur auf kurze Distanz wirksam, folglich würden sie bemüht sein, uns möglichst nah heranzulassen. Wer Verbindung zu uns suche, sei nicht der Feind.

Unserem Kode legten wir die Elementetafel zugrunde, wie es unsere Vorgänger getan hatten, wenn sie mit vernunftbegabten Wesen zusammentrafen. Die Raumwellengeneratoren sendeten diese Tabelle in all die Richtungen, aus denen Impulse kamen.

Gleich nach unseren Übertragungen verbreiteten sich abermals Dichtewellen im Raum, doch nicht wir wurden angesprochen. Wahrscheinlich verhandelten unsere Korrespondenten miteinander. Die unbekannten Wesen fragten und antworteten, redeten dringlich aufeinander ein, zumindest hatte ich den Eindruck, und die Schiffsmaschine widerlegte mich nicht. Stern spricht mit Stern, die dort lebenden Wesen stimmen ihr Verhalten uns gegenüber ab, dachte ich, während ich die aufgezeichneten Dichteschwingungen betrachtete.

Wir drangen tiefer in den Haufen ein, waren hundertmal schneller als das Licht, und rings um uns pulsierte der Raum, streitend, wer wir sein könnten.

»Wir schwenken nach links«, sagte Olga eines Tages, als wir zusammen den Dienst antraten. »Wir werden die Gruppe x erforschen, dort scheinen die Sterne dichter zu stehen als in der Gruppe h. Gibt es etwas Neues, Eli?«

»Bisher nicht. Die geheimnisvollen Verhandlungen dauern an. Aber wir zeichnen alle Raumschwingungen auf, und wenn wir die Sprache der Übertragungen entschlüsseln, können wir lesen, worum es in den Gesprächen ging.«

Die Dechiffriergeräte verwandelten den ersten Kodeentwurf in einen klaren Schlüssel. Nun hatten wir eine gemeinsame Sprache.

Dann diktierte ich ein Telegramm, das unsere Besatzung gebilligt hatte: »Wir kommen von weit her. Im Sternbild Plejaden wurden wir von achtzehn kosmischen Schiffen angegriffen. Wir haben entsetzliche Zerstörungen auf Planeten gesehen, wo es ein entwickeltes Leben gegeben hat.«

Die Korrespondenten, die versucht hatten, sich mit uns in Verbindung zu setzen, schickten die Antwort: »Wir haben euch verstanden. Macht unverzüglich kehrt. Euch droht Untergang, flieht, so schnell ihr könnt.«

Erschüttert blickte ich Olga an. Sie war blaß geworden, rang nach Atem. »Wie soll man das verstehen?« begann ich, wurde aber unterbrochen.

Das Alarmsignal gellte durchs Schiff. Leonid und Oshima riefen Olga und mich in den Kommandeurssaal.

19

Bei Gefechtsalarm werden sämtliche Lageinformationen, die in ruhigen Zeiten nur in den Kommandeurssaal übermittelt werden, jedem Besatzungsmitglied zur Kenntnis gebracht, und die Schiffsmaschinen summieren und verallgemeinern pausenlos alle Meinungen. In solchen Stunden wird das Kollektiv zum Kommandeur, und der nominelle Schiffskommandeur verfügt nur in dem Maße über die Macht, als er den kollektiven Willen der Besatzung ausführt, sein eigener Wille ist darin von großer, nicht von entscheidender Bedeutung.

Leonids Miene hatte sich verdüstert, doch er war ruhig. Oshima wirkte verstimmt. Olga und ich nahmen unsere Plätze ein, und Oshima erklärte: »Wir flogen mit einer Geschwindigkeit von hundertzehn Einheiten. Ich befahl den Automaten, um zwanzig Prozent zu bremsen. Als sie das Programm ausgeführt hatten, erwies es sich, daß unsere Geschwindigkeit nicht achtundachtzig war, wie sie hätte sein müssen, sondern fünfundneunzig. Rings um uns verschwindet der Raum von allein, annähernd um sieben Lichteinheiten.«

Olga überlegte. Das unverständliche Verschwinden von Raum stand vielleicht mit der fürchterlichen Warnung in Zusammenhang. Aber wozu hatte es jemand nötig, unseren Flug zu beschleunigen, da wir ohnehin mit Überlichtgeschwindigkeiten flogen?

»Wir müssen umgehend entscheiden, was zu tun ist«, sagte Olga. »Wollen wir weiter vordringen oder schleunigst den Rückflug antreten, wie die unbekannten Freunde raten?«

»Oder die Feinde«, versetzte Leonid. »Ich bin nicht überzeugt, daß die Depesche von Freunden ist. Ich schlage vor, die Reise fortzusetzen.«

Auch eine neue Depesche unserer rätselhaften Korrespondenten: »Ihr habt noch Zeit, euch zu retten! Ihr fliegt dem Untergang entgegen!« erschütterte uns nicht. Ich schickte unsere Antwort: »Wir setzen die Reise fort. Erklärt, worin ihr die Gefahr seht!«

»Während sie ihre Gedanken sammeln, wollen wir uns bemühen, selber herauszubringen, was hier vor sich geht«, sagte Olga. »Wir müssen unsere Geschwindigkeit variieren. Zunächst erhöhen wir um dreißig Einheiten.«

Als die Automaten das aufgegebene Programm ausgeführt hatten, flogen wir mit hundertfünfundzwanzig Einheiten. Zusätzlicher Raumschwund wurde nicht beobachtet. Wenn vorher jemand bestrebt gewesen war, unseren Flug zu beschleunigen, so befriedigte ihn die jetzige Geschwindigkeit des Sternenflugzeugs.

»Nun entledigen wir uns dieser dreißig Einheiten, aber in Etappen«, kommandierte Olga.

Sobald wir die hundertfache Lichtgeschwindigkeit unterschritten, machten sich Anzeichen fremder Einwirkung bemerkbar. Je mehr wir bremsten, desto größer wurde die fremde Einwirkung. Die Eigengeschwindigkeit des Sternenflugzeugs verringerte sich auf sechzig Einheiten, die summarische Geschwindigkeit betrug fünfundsiebzig, auf fünfzehn zusätzliche Einheiten trieb uns jemand an.

Eine Zeitlang flogen wir mit dieser Geschwindigkeit – wir gingen mit der eigenen Geschwindigkeit nicht herunter, und die zusätzliche wurde uns nicht erhöht. Mir fiel die Nachricht ein, die Spychalski zur Erde übermittelt hatte: »Die Verderber pressen die Welt zusammen.« Das ist ihr Zusammenpressen der Welt, dachte ich. Sie schöpfen den eigenen Raum aus, um uns auf die Distanz eines Gravitationsschlages heranzuziehen. Sie riskieren es, das kosmische Gleichgewicht ihrer kleinen Welt zu zerstören, um nur mit dem Gegner abrechnen zu können.

»Die Fahrtannihilatoren vollständig drosseln«, befahl Olga. »Die Flugträgheit durch die Bremsanlagen tilgen.« Bald darauf wurde kein Albert mehr für die Fortbewegung ausgegeben. Doch das Sternenflugzeug setzte seinen Flug mit einer Geschwindigkeit von fünfundzwanzig Lichteinheiten fort. Jemand verschlang energisch den uns trennenden Raum.

Die Empfänger fingen eine neue Nachricht auf. Diesmal war sie nur mühsam zu entschlüsseln. Es gab Lücken, eine Dichtewelle unterbrach die andere. »In Kompressionskegel geraten … Ziehen zusammen bis zweiunddreißig Licht … Noch ist Zeit … Werft euch mit aller Macht heraus … Erbarmungslose … Leider machtlos … Kehrt um …«

»Ihr Rat ist klar«, sagte Olga nachdenklich. »Sie empfehlen, wir sollen uns hier herausarbeiten, solange noch Zeit ist und unsere Leistungsfähigkeit ausreicht.«

»Und der Feind, der uns zu sich zieht, unterbricht die Sendungen, damit die Ratschläge der Freunde nicht zu uns dringen«, ergänzte ich.

»Ich meine, wir sollten das Gegenteil von dem tun, wonach der Feind trachtet«, fuhr Olga fort. »Ich würde zunächst doch aus der Gruppe ausbrechen. Zurückkommen können wir immer noch.«

Leonid sagte gereizt: »Ich begreife nicht, wovor du Angst hast! In der Depesche ist gesagt, daß die Grenze der Raumzusammenziehung bei zweiunddreißig Lichteinheiten liegt. Wir entwickeln aber fünftausend Einheiten! Notfalls durchbrechen wir ihren dreißigfachen Schutzwall wie ein Nashorn ein Segeltuch. Nach wie vor bestehe ich darauf, daß wir die Expedition fortsetzen. Keine ihrer Aufgaben ist bisher erfüllt!«

Olga wandte sich mir zu. »Und die Raumwellen, Eli?«

Ich wußte, was sie beunruhigte. Wenn wir umkamen, dann war auch unsere für die Menschheit so wichtige Entdeckung verloren. Wieviel Zeit würde verstreichen, ehe andere auf sie stießen? Die Menschheit würde um einen Kopf größer, wenn sie nutzte, was wir schon ungehindert gebrauchten – hatten wir das Recht, diese Errungenschaft aufs Spiel zu setzen? Doch wer konnte beweisen, daß unser Risiko unvernünftig war?

»Ich bin dafür, die Expedition fortzusetzen. Ich sehe keinen Anlaß zur Panik.«

Leonid befahl, die Annihilatoren in Gang zu setzen. Ungestüm näherten wir uns dem Zentrum der Sterngruppe x.

20

Ich entsinne mich gut meines Zustandes, als wir ins Gewimmel des gigantischen Sternhaufens vordrangen. Damals ahnte ich nicht, daß unsere gewagte Expedition beinahe tragisch für das Sternenflugzeug enden und ich mich für lange Monate in einen Invaliden verwandeln würde.

Ich saß am Rande, neben Leonid, hinter ihm Olga und Oshima. Die Geschwindigkeit unseres Schiffes nahm zu. Die Sterne wirkten nicht mehr wie Punkte, sondern wie Erbsen, sie glänzten wie kleine Monde. Bei den besonders hellen Gestirnen war eine Korona zu beobachten. Ihre Pracht wirkte bedrohlich. Eine geheimnisvolle Gefahr schien von diesem imposanten Bild auszugehen.

Oshima unterbrach meine Überlegungen. »Die Flugbahn unseres Schiffes ist auf das Gestirn gerichtet, das unter einem Winkel von fünfundvierzig Grad zu sehen ist.«

Er wies auf einen Stern, der seitlich vor uns flimmerte. Ich betrachtete ihn durch den Vervielfacher. Er besaß drei Planeten. Alle drei kamen mir sonderbar vor. Sie glänzten intensiv. Die Analysatoren stellten fest, daß das metallische Planeten waren.

Im Raum spielte sich ein Hexentanz von Dichteschwingungen ab. Jemand generierte unermüdlich Wellen, ein anderer schlug sie energisch nieder. Die Dechiffriergeräte waren außerstande, sich in diesem Durcheinander von Nachrichten und Störungen zurechtzufinden. Nur ein vielfach wiederholtes Wort ließ sich aus dem Chaos fischen: »Nicht! Nicht!«

»Die unbekannten Freunde bemühen sich verzweifelt, uns eine Mitteilung zukommen zu lassen, aber unsere unbekannten Feinde wirken dem wütend entgegen«, sagte ich.

»Zweifellos hängt ihre Mitteilung mit jenem Stern zusammen«, erwiderte Olga. »Er ist schon unter einem Winkel von fünfunddreißig, nicht mehr von fünfundvierzig Grad zu sehen. Wir werden zu ihm abgedrängt, doch jemand warnt uns, nicht hinzufliegen.«

»Nennen wir ihn den Drohenden. Der Name paßt zu ihm.«

Leonid korrigierte den Kurs, nachdem er sich überzeugt hatte, daß sich die Maschine nicht irrte. Nun wich der Drohende zurück. Ich schlummerte im Sessel ein.

Als ich erwachte, stritt sich der gereizte Leonid mit Oshima. Ich erfuhr, daß sich vorn Sterne zeigten, weiße und rote Giganten von ebenso wütender Leuchtkraft wie der Drohende. Trotz der ausgeschalteten Annihilatoren riß es uns auf sie zu, der Raum zwischen uns wurde vernichtet. Die Schiffsmaschine stellte fest, daß wir in ein Gebiet hoher Krümmung geraten waren und auf einer geodätischen Linie einem unbekannten Punkt zuflogen. Die Raumkrümmung war unbeständig, anscheinend änderten unsere Feinde sie ungehindert, indem sie sie bald vergrößerten, bald verminderten.

»Wir müssen wenden und durch die Krümmung stoßen«, forderte Leonid. »Sobald wir die von ihnen geschaffene krummlinige Metrik zertrümmert haben, werden sie nicht mehr versuchen, uns die Flugrichtung zu diktieren.«

»Ich habe eine höhere Meinung von ihren Möglichkeiten und ihrer Hartnäckigkeit«, entgegnete Olga. »Doch wir haben keinen anderen Ausweg, als scharf abzubiegen.«

Während Leonid und Oshima Befehle erteilten, sprach Olga mit mir. »Ich fürchte, wir sind in eine schwierige Lage geraten, Eli. Daß die Verderber tiefer als wir in die Natur der Gravitation eingedrungen sind, habe ich gewußt. Aber daß sie die Metrik des Weltraums ändern, ist für mich eine Überraschung.«

»Nun, nicht des Weltraums, vorläufig nur ihres interastralen Raums«, versetzte ich. »In ihrer malerischen Gruppe haben sie so viel Materie und so wenig Raum, daß es sie keine große Mühe kostet, jede beliebige Krümmung an jeder beliebigen Stelle herbeizuführen.« Ich sah selber ein, daß meine Erklärung leichtsinnig war. Leonids Manöver gelang. Die künstliche Krümmung wurde von unseren Annihilatoren gesprengt. Das Sternengrüppchen, das seinen Rachen für uns aufgesperrt hatte, ich nannte es das ungute, entfernte sich nach rechts. Die Analysatoren sagten aus, daß sich der Raum auf unserer neuen Trasse wenig vom euklidischen Raum unterscheide. Leonid jubelte. Unser Schiff hieß nicht umsonst Sternenpflug! Mächtige Furchen schnitt es in den Kosmos, alle Konstruktionen und Strukturen des Raums, Metrik genannt, krachten, wenn es loslegte. Olga ärgerte sich über ihn. »Ich bin nicht überzeugt, daß die Krummlinigkeit von uns beseitigt wurde!«

»Du streitest gegen etwas, das offensichtlich ist, Olga!«

»Keineswegs! Wahrscheinlich stören supergigantische Mechanismen die Raummetrik. Nimm einmal an, die Mechanismen wären gestoppt worden, als wir den Kurs änderten.«

»Aber warum? Kannst du mir erklären, warum?«

»Zumindest vermute ich es. Wir sind gerade dorthin abgebogen, wohin man uns lockte, und das ist nun ein ziemlich geradliniger Pfad, um in eine Falle zu geraten.«

Ich streifte durchs Schiff. Die Empfänger zeichneten nach wie vor den Wirrwarr der Schwingungen auf, ohne sie zu entschlüsseln. Der Observationssaal war voller Kosmonauten, die gerade dienstfrei hatten. Man rief mich. Ich war zum Kommandeurssaal zugelassen und zum Teil dafür verantwortlich, was dort geschah.

»Freunde, ihr kennt die Situation«, antwortete ich auf die Fragen, mit denen ich überschüttet wurde. »Man wirbelt uns zwischen diesen Teufelssternen umher.«

Die Sterne der Gruppe x gliederten sich in dicht beieinanderliegende Häufchen zu einem bis zwei Dutzend Gestirnen. Wieder wurden wir zu einem dieser Häufchen hingetragen. Die Analysatoren fixierten das Verschwinden von Raum auf unserer Trasse und deren bedeutende Krümmung.

Olga hatte gebeten, eine Kursänderung zu genehmigen.

Die im Saal Sitzenden schwiegen. Die Maschine summierte unsere Stimmungen und Gedanken und meldete, daß die Besatzung den Kommandeur unterstütze. Nach der dritten Kursänderung sahen sogar die Optimisten allmählich ein, daß etwas nicht in Ordnung war.

Leonid bat mich in den Kommandeurssaal.

Er wirkte grau und erregt. Während der wenigen Tage, die wir im Perseus verbracht hatten, war er so abgemagert, wie man nur in alten Zeiten durch Krankheiten abmagerte. Seine Stimme zitterte vor Wut.

»Zum zweitenmal werden wir auf den Drohenden zugetragen! Wir haben den Kreis in diesem Teufelshaufen geschlossen!«

21

Zunächst begriff ich nur, daß Leonid außer sich war und in solcher Wut das Schiff nicht befehligen durfte.

»Laß uns überlegen, dann entscheiden«, riet ich. Langsam führte ich das Fernrohr über die Sphäre, um ihm Zeit zu lassen, sich zu beruhigen. In der Optik bot sich ein Bild, das dem glich, welches wir sahen, als wir zum erstenmal an dem Drohenden vorbeiflogen. Wie damals waren wir von dem grell flammenden Stern Monate Lichtweges entfernt. Im Überlichtbereich war der Raum durchsichtig. Falls die Verderber einen Angriff auf uns vorbereiteten, so hatten sie es nicht eilig damit.

»Wir müssen umkehren«, sagte Leonid. »Aber wohin wenden wir uns? Was haben wir davon? Wie lange werden wir noch zwischen den Sternen umherirren?«

Er erzählte, während des Dienstes von Olga und Oshima habe sich der Raum erneut zu krümmen begonnen, jede Stunde sei die Metrik anders. Deshalb werde der Kurs stark verzerrt, und anstatt den Drohenden weit rechts zu lassen, jage das Schiff auf ihn zu.

»Es ist noch weit bis zu ihm«, bemerkte ich. »Wir haben Zeit zum Überlegen. Auf jeden Fall müssen wir uns auf die Abwehr von Gravitationsschlägen vorbereiten.«

Leonid stoppte die Fahrtannihilatoren. Jetzt flogen wir, weil jemand vor uns den Raum vernichtete. In ungefähr drei Tagen würden wir, falls sich nichts änderte, ohne ein Gramm Energie zu verbrauchen, direkt ins Planetensystem des Drohenden hineinsegeln.

»Wenn ich den Rückwärtsgang einlege, halten uns ihre Annihilatoren nicht auf«, sagte Leonid.

»Wozu auch? Beim Rückwärtsgang kehren wir ins Zentrum der Gruppe zurück, warum sollen sie uns da aufhalten? Und noch eins vergißt du, Leonid: Sie haben wahrscheinlich schwächere Annihilatoren als wir, hingegen bereitet es ihnen keine Mühe, die Metrik zu ändern und vernichtende Gravitationsschläge zu führen. Wenn sie all ihr Können zu einem Ausfall vereinigen, ergeht es uns übel!«

Im Saal erschienen Olga und Oshima. Die Zeit war zu unruhig, um den Dienstplan strikt zu beachten. Olga hatte schon früher nicht daran gezweifelt, daß wir zum Drohenden hintrieben.

»Ihr Plan ist klar. Sie werden uns zwischen den Sternen zappeln lassen, bis unsere Vorräte, die die Annihilatoren speisen, aufgebraucht sind. Dann haben sie leichtes Spiel, uns so weit an eins ihrer Planetensysteme heranzuziehen, um einen Schlag zu führen.«

»Wenn es die Verderber nicht eilig haben, dann haben wir es auch nicht nötig, uns zu überstürzen«, sagte ich. »Wir sind zum Perseus geflogen, um mehr über sie zu erfahren, doch bisher reißen wir nur mal vor dem einen, mal vor dem anderen Stern aus. Laßt uns den Kurs auf den Drohenden fortsetzen und sehen, was das für ein Ding ist.«

»Das scheint mir vernünftig, obwohl es gefährlich ist. Versuchen wir es trotzdem!«

Wir flogen mit abgeschalteten Annihilatoren auf den unheilvollen Stern zu.

»In der Optik des äußeren Planeten Kreuzer des Gegners«, meldete mittags die Schiffsmaschine.

Durch den Vervielfacher betrachtete ich die metallischen Planeten. Die beiden inneren waren bleiern, der dritte, äußere, hatte eine glänzende Hülle aus Gold.

Die Schiffe des Gegners kreisten über dem Goldenen Planeten, als wären sie seine Trabanten. Sie glichen den Ungeheuern, von denen wir in den Plejaden angegriffen worden waren. Ich zählte zehn Kreuzer.

»Wo mögen sie jetzt sein?« fragte Olga. »Ungefähr drei Wochen Lichtweges sind wir von ihnen entfernt. Wir sehen ein Bild der Vergangenheit.«

»Im Überlichtraum sind sie nicht, das bezeugen die Geräte. Beruhige dich, Olga, bisher greift uns niemand an.«

Noch aufmerksamer als den Goldenen Planeten musterte ich die beiden inneren Planeten. Sie waren mir bekannt. Ihr Bild hatte André in den Todesvisionen des Augenköpfigen entschlüsselt. Eine trostlose Ebene, metallische Berge, metallische Anlagen, Gebäuden ähnlich … Irgendwo dort, auf den toten Bleifeldern oder tief im Bleiinneren, schmachteten die Gefangenen. Vielleicht war André unter ihnen …

»Die Automaten haben alles fixiert, was man erkennen kann. Es ist Zeit umzukehren«, sagte Leonid.

Er schaltete die Annihilatoren auf Rückwärtsgang. Eine Zeitlang hingen wir unbeweglich da, kämpften gegen die Saugwirkung des Goldenen Planeten – von ihm gingen die Kräfte aus, die den Raum vernichteten, die beiden bleiernen Planeten hatten keinen Einfluß auf diesen Prozeß, dann lösten wir uns aus dem Abgrund, in den man uns hineinziehen wollte. Leonid beschleunigte beständig unsere Fahrt. Er steuerte unser Schiff zum Drohenden zurück. Seine Stimmung hatte sich gebessert. Wie stets bei großen Prüfungen wurde er von Kampfesfieber gepackt.

»Wir werden an diesem Verderberstern so schnell vorbeiflitzen«, sagte er, »daß dort keiner mit dem Augenkopf auch nur zwinkern kann. Ich gedenke meine eigenen Schnelligkeitsrekorde zu brechen.«

Langsam steigerte er die Geschwindigkeit. Nacheinander lebten die Fahrtannihilatoren auf. Noch niemals hatte die »Raumfresser« den Raum so mächtig verschlungen. Hinter uns wand sich eine breite Schleppe von Gas- und Staubnebel. Links funkelte der

Drohende, der immer größer wurde. Wir stießen mit sechstausend Lichteinheiten vor. Mir wurde der Mund trocken, laut schlug mein Herz. Nur Olga starrte schweigend nach vorn, auf den von der Seite auf uns zurasenden Drohenden.

Wir siegten, das war klar! Der Winkel zum Drohenden wurde größer, er flog uns nicht mehr entgegen, sondern entfernte sich seitwärts. Die Schiffsmaschine meldete eine ungestüm zunehmende Krümmung. Unser Sternenflugzeug vernichtete nach wie vor Millionen von Kubikmetern Leere, verbrannte sie zu kosmischer Gas- und Staubasche. Aber all das vollzog sich in einer Metrik, die uns unverständlich war, die der euklidischen fernstand. Wir brachen nicht nach außen durch, sondern bogen scharf auf die uns diktierte krumme Linie ab.

Der Drohende trat immer weiter zurück, jetzt befand er sich senkrecht zur Flugachse. Dafür waren die anderen Gestirne in Bewegung geraten. Der Punkt, den wir angeflogen hatten, war nicht mehr vor, sondern hinter uns. Wir beschrieben einen gigantischen Halbkreis um den Drohenden und drangen auf dem Rückweg ins Zentrum der Gruppe ein.

22

Wir waren fast alle mit den Nerven herunter. Noch nie hatten wir die Leistungsfähigkeit so forciert, doch wir wurden nicht zurückgeschleudert, sondern lediglich herumgeschwenkt.

Olga sagte: »Die Lage hat sich zugespitzt, sie ist aber nicht hoffnungslos. Was uns beim Drohenden nicht gelungen ist, kann in einem anderen Bezirk gelingen. Außerdem haben wir noch eine letzte Möglichkeit – kämpfend durchzubrechen!«

Die »Raumfresser« bog um den Drohenden und wurde erneut zum unguten Sternbild getragen, von wo wir erfolgreich geflohen waren.

Nicht alle Sterne zogen uns an. Einige sandten gewaltige raumannihilierende Kegel aus, die unser Sternenflugzeug ansaugten. Rasch entfernten wir uns von solchen aktiven Gestirnen. Das Mißtrauen, das wir ihnen gegenüher hegten, schlug in Furcht um, als wir bei einem ein System metallischer Planeten entdeckten, wie es sie um den Drohenden gab, und auf den Planeten Kreuzer der Verderber.

Man wollte uns näher lotsen, um einen Schlag gegen uns zu führen, daran gab es keinen Zweifel.

Doch wir trafen auch andere Gestirne. Von ihnen wurden keine raumvernichtenden Kegel ausgestoßen, sie trachteten nicht danach, uns anzusaugen. Bei diesen Gestirnen fanden wir ebenfalls Planetensysteme, doch ihre Planeten glichen nicht den metallischen Kugeln der Verderber, sondern unseren Sonnenplaneten. Mir war, als sähe ich Städte auf einem der Planeten.

»Wir müssen im Bereich eines inaktiven Sterns durchbrechen«, beschloß Olga. »Man versucht uns zu hindern, deshalb müssen wir möglichst schlau vorgehen.«

Der neue Durchbruchsplan sah so aus: Zunächst mäßig schnell die Hindernisse abtasten, dann ebenso heftig wie beim Drohenden vorspringen. »Rings um die inaktiven Sterne ist es schwieriger, den Raum zu krümmen, als in den von den Verderbern besiedelten Bezirken«, sagte Olga. »Wir brechen dort durch die Sperren, wo sie am schwächsten sind.«

Die Feinde hielten uns in einer Falle gefangen und dachten gar nicht daran, uns freizugeben. Sie krümmten die interastralen Weiten unbegreiflich leicht und energisch. Nicht einmal in die Nähe der inaktiven Sterne ließen sie uns, im Raum war kein Durchkommen zu ihnen.

Wir steuerten sie an und flogen an ihnen vorbei. Als wir wieder einmal ungewollt abschwenkten, tauchte vor uns ein unheilvoller aktiver Stern auf, und wir erkannten rings um ihn metallische Planeten und Flottillen kosmischer Kreuzer.

Olga analysierte die Taktik der Verderber. »Den Weg zu den inaktiven Sternen riegeln sie verbissen ab, offenbar besteht hier die reale Möglichkeit zu entwischen. Zu den aktiven Gestirnen saugen sie uns hin, allerdings ohne sonderliche Energie. Offenbar wollen sie warten, bis wir erschöpft sind. Auf ihr Warten müssen wir spekulieren und ihren Plan gegen sie selbst richten.«

Im Halbdunkel des Kommandeurssaales wirkte Olgas Gesicht ungemein entschlossen. Sie war die einzige unter uns, die keinen Augenblick den Mut sinken ließ.

»Was hast du dir ausgedacht, Olga?«

»Das wirst du bald sehen, Eli!«

Die Raumwellenempfänger fingen nach wie vor die Raumschwingungen auf, eine Übertragung konnte teilweise entschlüsselt werden. »Macht weiter … Die Sperren sind nicht grenzenlos … Der einzige …« Diese Depesche wurde aufgefangen, als wir gegen die Krümmung im Bereich eines inaktiven Sterns anrannten. Unsere Sternfreunde wußten nicht, daß wir Aktivstoff sparen mußten.

Wir stürmten eine Reihe von inaktiven Sternen. Unsere Angriffe wurden nicht heftiger, sondern schwächer. Zunächst bildete ich mir ein, unsere Vorräte an Aktivstoff gingen tatsächlich zur Neige, doch Olga beruhigte mich. »Hoffentlich gewinnen die Feinde den gleichen Eindruck wie du. Ich habe nichts dagegen, wenn sie sich freuen, daß unsere Kraft am Ende ist.«

Wir verminderten weiterhin die Geschwindigkeit. Die Krümmung hatten wir mit fünf- bis sechstausend Einheiten berannt, innerhalb des Sternhaufens hatten wir uns mit Hunderten fortbewegt, jetzt waren wir nur noch Dutzende Male schneller als das Licht. Und da erklärte Olga, was sie im Schilde führte. Die Verderber krümmten den Raum, wenn wir versuchten, an einem aktiven Stern vorbeizuspringen, doch sie hinderten uns nicht, ihnen selbst näher zu kommen. Folglich mußten wir auf einen ansaugenden Stern zufliegen und die Kampfannihilatoren gegen seine Planeten einsetzen, sobald wir nahe genug heran waren. Einen Planeten würden wir, ob er nun aus Metall oder überdichtem Plasma bestand, in ein gigantisches Raumloch verwandeln und durch die entstandene Leere fliehen – etwas anderes blieb uns nicht übrig.

Olgas Plan war kühn. Ich hatte vermutet, sie habe vor, die kosmischen Kreuzer der Verderber in ein Gefecht zu verwickeln. Das war immerhin eine erprobte Methode, Leonid und Allan hatten bereits vier feindliche Schiffe vernichtet, es würde gelingen, auch mit vierzig fertig zu werden, sofern es keinen anderen Ausweg gab. Aber Planeten vernichten … Die Menschheit hatte Erfahrung bei der Schaffung von Planeten, allein für die Ora hatten zwei Generationen gearbeitet. Ein Kügelchen vertilgen, das etwa fünfmal größer als die Erde war und Tausende Mal mehr Masse besaß … Einen metallischen Planeten, der durch eigene Mechanismen geschützt war, durch eine Flottille galaktischer Schiffe und vielleicht durch die Unterstützung anderer genauso mächtig bewaffneter kosmischer Körper …

Alles sprach zu unseren Gunsten. Die Vorräte an Aktivstoff reichten aus, um jeden beliebigen Planeten zu vernichten, welche Masse er auch haben mochte, ein gleichzeitiger Schlag sämtlicher Annihilatoren wäre so stark, daß ein Planet augenblicklich zerfiele, wir brauchten nur nah genug heranzufliegen.

»Ich wiederhole: Andere Chancen, hier herauszukommen, gibt es nicht!« sagte Olga. »Noch ein Dutzend Kreise in dem Sternhaufen, noch zwei Dutzend Vorstöße gegen die Zähne ihrer Krümmung – und wir werden eine Beute der Räuber.«

Olga erhielt die geforderten Vollmachten für eine kosmische Schlacht.

23

Wir jagten nicht mehr dahin, den Raum vor uns gewaltig aufwickelnd, sondern schleppten uns am Grunde des Überlichtbereichs fort. Nur noch ein paarmal abbremsen, dann gerieten wir auf die andere Seite der Lichtbarriere, wurden für jeden Beobachter mit Teleskop sichtbar. Ich dachte wirklich, Olga habe vor, im Bereich unterhalb der Lichtgeschwindigkeit aufzutauchen, das Schiff in einen gewöhnlichen Körper zu verwandeln, der den Gesetzen der elementaren Mechanik unterliegt. Aber sie verfolgte andere Ziele.

Von fern wirkte unser Sternenflugzeug wahrscheinlich wie ein Materieklümpchen der Verzweiflung und Willenlosigkeit, das sich fast ohne Energie mal hierhin, mal dorthin warf. Aber wie wir uns auch warfen und die Richtung ändern mochten, die Raumkrümmung gab uns die Flugbahn zum Drohenden auf.

Zum drittenmal wurden wir zu ihm hingetragen. Irgendwelche ungeheuerlichen Mechanismen arbeiteten emsig, brachten den Kosmos durcheinander, damit wir in den aufgerissenen Schlund schlitterten. Und Olga führte das Sternenflugzeug gehorsam die vorgeschriebene Bahn entlang, sie unternahm nicht einmal den Versuch, seitlich auszubrechen. Mir stockte der Atem, als ich sah, wie rasend schnell der rote Drohende größer wurde.

Willenlos flog das Schiff, bis die Raumkrümmung durch die Raumvernichtung abgelöst wurde. Wieder schnellte vom Drohenden ein raumannihilierender Kegel heraus, und wir wurden angesaugt. Unser Sternenflugzeug zuckte zurück, als wäre es zur Besinnung gekommen. Erneut wurden wir in den Schraubstock der nichteuklidischen Metrik genommen. Mit jedem Mal wurden die Aktionen des Feindes sicherer, doch unser Widerstand ließ nach. Schließlich trat der Augenblick ein, da die Leistungsfähigkeit des Sternenflugzeugs nicht ausreichte, um aus dem Kegel, der es umschlossen hielt, auszubrechen. Von den Lichteinheiten, die durch die Feinde generiert wurden, löschten wir durch Rückwärtsbewegung zunächst vierundzwanzig, dann zwanzig, fünfzehn, zehn …

Wir kämpften verzweifelt. Bald hatten wir keine eigene Geschwindigkeit mehr, der fremde Wille hatte uns völlig in der Gewalt. Und es wurde klar, wohin man uns zog. Der Drohende war von unserer Flugachse abgewichen. Wir wurden zum Goldenen Planeten dirigiert – zum Stützpunkt der feindlichen Kreuzer, dem Schlag ihrer Gravitationsmechanismen entgegen.

Wenn man in diesen schweren Augenblicken von Erleichterung sprechen durfte, so empfand ich Erleichterung. Auf dem Goldenen Planeten konnte außer den Verderbern mit ihrer Vorliebe für große Schwerkraft nichts Lebendiges existieren. Keinem ihrer Gefangenen drohte die Vernichtung.

Olga riß mich vom Vervielfacher los. »Was gibt es zu sehen, Eli?« Da sie die Arbeit der Schiffsmechanismen leitete, griff sie selber selten zum Fernrohr.

»Immer dieselben Kreuzer.«

»Kommen sie uns entgegen?«

»Im Überlichtbereich ist der Raum sauber.«

»Sie werden bald angestürzt kommen. Der Goldene Planet verringert die Annihilation. Offenbar meinen sie, man brauche uns nicht mehr beschleunigt zur Schlachtbank zu treiben. In ein paar Minuten werden sie sich überzeugen, daß sie uns zu früh begraben hatten.«

Olga schaltete die Fahrtannihilatoren ein und raste genau auf den Goldenen Planeten zu.

Was vorher geplant worden war, blieb weit hinter dem zurück, was Olga so kaltblütig und entschlossen tat.

Das Schiff hatte bereits sechstausend Lichteinheiten erreicht, und die Geschwindigkeit nahm ständig zu – wir griffen an, siebentausendmal schneller als das Licht.

Und da bemerkten wir, daß die Verderber ihren Fehler erkannt hatten. Im Überlichtbereich erschienen zehn uns entgegenjagende Pünktchen. Mit Hilfe von Raumwellen orteten wir sie genau. Ich war überrascht über den Mut unserer Feinde.

Die Verderber waren tapfer. Sie hätten von dem Planeten wegfliegen können, der dem Untergang geweiht war. Die Besatzungen der Kreuzer hätten ihr Leben retten können, dazu waren sie schnell genug, dazu reichte auch noch die Zeit. Statt dessen stürzten sie sich in den sicheren Tod, um zu versuchen, von denjenigen die Vernichtung abzuwenden, die auf dem Planeten geblieben waren.

Äußerste Erregung ergriff mich, als ich die todbringenden Punkte auf uns zukommen sah. »Olga, greif an!« rief ich. »Zu früh!« antwortete sie. »Zu früh, Eli!«

»Greif an!« flehte ich, von Angst gepackt. »Begreif doch, sie überholen die eigenen Gravitationsschläge! Jede Sekunde des Zögerns bedeutet neue Überlastungswellen, die dann über uns hereinbrechen!«

»Die Gravitatoren schwächen sie ab!« sagte sie unbeirrt. »Ich darf nicht zu früh angreifen, weil ich den Planeten auf der Achse behalten will. Der Planet versperrt mir den Ausgang in die Freiheit, nicht die Schiffe.«

Die galaktischen Kreuzer des Gegners nahmen Gestalt an. Sie waren Stunden Lichtweges entfernt, Sekunden unseres rasenden kosmischen Laufs. Und in diesem Augenblick schaltete Olga die Kampfannihilatoren ein. Sofort zerflossen die Körper auf den Raumwellenbildschirmen zu Nebel, wirbelten auf, verschmolzen zu einem funkelnden Fleck. Als wir hindurchjagten, erblickten wir in der Optik zehn hell aufflammende und sogleich verlöschende Sterne. Die Flottille des Feindes existierte nicht mehr.

Jetzt sahen wir in der Optik nur den langsam größer werdenden, zum Untergang verdammten Goldenen Planeten, der, wie die Geräte zeigten, verzweifelt Schwerefelder zu seinem Schutz generierte. Dann brachen wir in den Streifen der Gravitationssalven ein, welche die vernichteten Kreuzer abgefeuert hatten, und es erwies sich, daß unsere Gravitatoren nicht imstande waren, sie abzuwehren. Ich wurde zusammengepreßt, stöhnte, neben mir stöhnte Oshima, Leonid fluchte. Diese erste Welle war die schwächste, die Kreuzer hatten sie vor ihrer Vernichtung ausgestoßen, als ihre Geschütze offenbar nur noch vermindert leistungsfähig waren. Bestimmt hatten die Verderber gewußt, daß ihre Schläge schwächer wurden, und bei ihrem Weiterflug lediglich ein Ziel verfolgt – den frontalen Zusammenstoß, die gegenseitige Vernichtung.

Dagegen war die zweite Überlastungszone so gewaltig, daß mir der Atem fehlte, um zu stöhnen. Ich wurde gequetscht, rasender Schmerz zerriß mir die Körperzellen. Neben mir röchelte Leonid am Boden, er hatte das Bewußtsein verloren, vielleicht war er schon tot. Nur Olga, die sich an die Sessellehne klammerte, gelang es, ihre Kräfte zusammenzuhalten. Sie wußte, daß sie bei klarem Verstand bleiben mußte, und sie blieb es.

»Olga!« sagte ich heiser und versuchte mich aufzurichten. »Olga, der dritte Schlag ...!«

»Halte aus, Eli!« rief sie keuchend. »Haltet aus, Freunde! Gleich vernichten wir sie!«

Die dritte Überlastungswelle brach in dem Moment auf uns herein, als ich den verfluchten Goldenen Planeten zerfallen sah. Eine riesige Scheibe flammte im Überlichtbereich auf und zersprang. Fetzen wurden zu Nebel. Doch in der Optik erblickten wir eine gigantische Explosion, eine Flammensäule, die aus dem Innern des Planeten aufschoß. Olga hatte genau gerechnet, erbarmungslos hatte sie den Schlag geführt. Alles war im Bruchteil einer Sekunde zu Ende. Der entsetzliche Planet, der uns mit seinen ungeheuren Gravitationsmechanismen den Ausgang aus dem Sternhaufen versperrt hatte, war nicht mehr. An seiner Stelle gähnte ein neues Loch im All, ein Durchbruch im kosmischen Raum. Bevor mir die dritte Gravitationswelle, die zu spät herangeflogen war, als daß sie die Verderber hätte retten können, das Bewußtsein raubte, sah ich als letztes den Drohenden, der weit zur Seite fortgetragen worden war und sich wieder in einen rötlichen Punkt verwandelt hatte, sah ich den klaren Himmel, an dem ferne Sterne leuchteten, die prächtige Milchstraße – die gigantische Weite des Universums.

Aus dem Sternengefängnis, das uns beinahe zum Grab geworden wäre, waren wir in die Freiheit ausgebrochen, in den Kosmos.

DRITTER TEIL

Die Erde

I

»Eli!« rief mich eine Stimme. »Eli! Eli!«

Ich wollte antworten, wollte sagen, daß ich lebe. Vielleicht bin ich erblindet, ansonsten ist alles in Ordnung, wollte ich der Stimme zurufen. Ich stehe gleich auf, ruft nicht so verzweifelt, ich ertrage es nicht! Laßt mich, bat ich schweigend.

Damals schien mir, meine Gedanken wären klar. Da ich jetzt die Aufzeichnungen meiner Gehirnstrahlungen durchsehe, erkenne ich, daß mein Verstand kaum flackerte, nur dunstiges Glimmen formlosen Fieberwahns erhellte ihn. Zehnmal starb ich, zehnmal holte man mich zum Leben zurück, bis ich mich selbst – zuerst unsicher, dann immer hartnäckiger – daran zu klammern begann. »Eli!« flehte die Stimme. »Eli! Eli!«

Sie verließ mich nicht. In der finsteren äußeren Welt war nichts außer dieser Stimme, sie war diese ganze Welt. Eine enge, schreiende, unruhige Welt. Und schließlich reagierte ich auf ihren Ruf. Ich öffnete die Augen.

An meinem Bett saßen Olga und Oshima. Sie blickten mich an.

»Er kommt zu sich«, flüsterte Olga.

Ich schloß die Augen wieder. Es hatte mich ungeheure Mühe gekostet, die Panzerplatten der Lider zu heben. Ich mußte mich von der Anstrengung erholen. Aber die Stimme drängte: »Eli! Eli!« Ich stöhnte.

»Hör auf!« flüsterte ich und öffnete die Augen erneut.

Olga weinte leise. Oshima wischte sich die Tränen. Die äußere Welt weitete sich und verstummte.

»Freunde!« sagte ich und versuchte, mich aufzurichten.

»Bleib liegen!« bat Olga. »Du darfst dich nicht bewegen, Eli.«

Ich hatte plötzlich Angst. Mir fiel der Drohende ein. Ich mußte mich vergewissern, daß wir uns von der schrecklichen Gruppe x im Perseus entfernten …

»Bleib liegen!« sagte Olga und streichelte meine Hände. »Du würdest nichts erkennen. Wir sind weit weg von der Stelle.«

Ich vernahm noch, daß es bis zu den Sternhaufen im Perseus dreitausend Lichtjahre waren, dann verlor ich abermals die Besinnung.

So begann meine Genesung.

2

Ich hatte am meisten abbekommen. Die dritte Gravitationswelle war stark gewesen, doch die anderen hatten keine Quetschungen und Knochenbrüche erlitten. Acht Mann waren ohnmächtig geworden, unter ihnen Leonid – sie kamen zu sich, als das Sternenflugzeug die Weite gewann.

»Mir schwanden ebenfalls die Sinne«, sagte Olga. »Als ich sah, in welchem Zustand du warst … Ich erinnerte mich, wie du gebettelt hattest, mit den Kreuzern möglichst rasch abzurechnen …«

Ich scherzte: »Jedenfalls sind wir mit den Verderbern auch höchst verderblich umgesprungen. Jeder in dieser abscheulichen Gruppe zittert bei dem Gedanken, wir könnten zurückkehren.«

»Warum nennst du die Gruppe abscheulich? Hast du nicht gesagt, sie sei schön? Und nicht alle ihre Bewohner denken furchtsam an unsere Wiederkehr. Wir haben Freunde dort, die Galakten. Entsinnst du dich der inaktiven Sterne, von denen uns die Verderber so energisch abdrängten?«

»Also bewohnen die Galakten diese Sterne? Stimmt das?«

»Du wirst dich selbst davon überzeugen, wenn du dich mit den von der Schiffsmaschine bearbeiteten Informationen vertraut machst. Und es gibt mehr freundliche Sterne in den Perseusgruppen als von Verderbern besiedelte. Anders verhält es sich mit dem interastralen Raum – der wird anscheinend uneingeschränkt von den Verderbern beherrscht. Leider sind unsere Empfänger nicht stark genug, bei zunehmender Entfernung riß die Raumwellenverbindung ab.«

3

Im Observationssaal hing der Rückkehrplan: eine leuchtende Linie war unser Weg zur Erde und ein darauf entlangkriechender roter Punkt – unser Sternenflugzeug. Der rote Punkt näherte sich dem Ende der leuchtenden Linie, elf Monate trennten uns von den Sternhaufen des Perseus, fast fünftausend Lichtjahre. Zwei Drittel des zurückgelegten Weges war ich ohne Bewußtsein gewesen. Einen Monat später landeten wir auf der Ora.

4

Als in der Optik die Ora erschien, waren wir im dritten Jahr unserer interastralen Odyssee. Allerdings war das ein Bild der Vergangenheit, das sich fortwährend änderte – die Vergangenheit näherte sich der Gegenwart.

Denkt man darüber nach, erscheint es einem seltsam: Gewöhnlich tritt die Gegenwart zurück und wird Vergangenheit. Hier war es umgekehrt: Die Vergangenheit wurde Gegenwart.

Als uns noch etwas mehr als ein Lichttag von der Ora trennte, tauchte die »Raumfresser« aus dem Überlichtbereich und setzte den Flug im unzerstörten Raum als gewöhnlicher materieller Körper fort. Erst da wurden wir entdeckt. Ein Sternenflugzeug eilte uns entgegen. Wir stellten bald fest, daß es die »Steuermann« war. Nach wie vor wurde sie von Allan befehligt. Von weitem überschüttete er uns mit Begrüßungsdepeschen, fragte an, was sich ereignet habe während unserer Fahrt, ob wir André aufgespürt hätten. Die Frage nach André beantworteten wir sofort, alles übrige wollten wir erzählen, wenn wir uns gegenüberstanden. Er drohte, in die Überlicht-Unsichtbarkeit zu springen, um schneller bei uns zu sein. Unter allgemeinem Gelächter funkte Olga: »Spring nur! Dein Schiffchen werden wir trotzdem sehen!«

Als die Sternenflugzeuge auf parallelem Kurs lagen, übertrug Allan das Kommando seinem Gehilfen und wechselte zu uns über.

Wir führten ihn in den Klub. Dort hatte sich die gesamte Besatzung versammelt.

Allan nahm in einem Sessel Platz und betrachtete uns mit strahlenden Augen.

»Wie geht's den Kosmonauten und dem Engel auf der Erde?« fragte Olga.

»Prächtig! Trub fühlt sich wie im Paradies, nur die kleinen Kinder fürchten sich vor ihm, sein Flügelschlag ist ein bißchen zu geräuschvoll – das ist das einzige, was ihm Kummer bereitet. Die Jungs veranstalten Wettflüge mit ihm, natürlich kann er es den Aviettes nicht gleichtun. Die Kosmonauten werden umgeschult – man bildet sie zu Kapitänen für Sternenflugzeuge aus. Vor Bräuten können sie sich kaum retten, unheimlich, wieviel Mädchen sich in sie verliebt haben! Es sind wunderbare Burschen, jünger als jeder von uns, und dabei haben sie doch über vierhundert Jahre auf dem Buckel – meiner Ansicht nach reizt das die Mädchen.«

Ich erkundigte mich bei Allan, welche wichtigen Vorhaben auf der Erde in Angriff genommen worden wären. Zwei Organisationen seien entstanden – die eine, »Sternenflugzeugbau«, habe, wie seinerzeit beschlossen, ihren Stützpunkt auf dem Pluto eingerichtet. Die zweite hingegen, »Planetenbau«, könne man kaum als Organisation bezeichnen, da die Hälfte der Menschheit darin mitarbeite. Auf der grünen Erde blieben nur die alten Leute, die Kinder und die Mitarbeiter der irdischen Werke. Es herrschten ein Wirrwarr und Getöse, daß einem Außenstehenden die Haare zu Berge stehen würden, doch Außenstehende gebe es nicht, jedermann wäre beteiligt, und jeder trage nach Kräften zum allgemeinen Tohuwabohu bei. Das fange schon damit an, daß die Arbeit noch nicht genügend organisiert sei. Womit soll sich »Planetenbau« befassen? Eine Richtung, anscheinend die natürlichste, werde bereits verwirklicht: neue Planeten entstünden um einsame Gestirne, Nachbarn der Sonne. Gebaut werde unter den Losungen: »Schluß mit den leeren Sternen!«, »Für die Sterne unseres Galaxisbezirks eine höchstmögliche Zahl an Planeten!«, »Jeder Stern soll Planeten für alle Lebensbedingungen haben!«, »Ein lebensuntauglicher Planet ist ein Feind – finde ihn und statte ihn neu aus!« – und so weiter in dieser Art. Die besiedelten Planeten seien voll von Plakaten mit solchen Aussprüchen, man könne sich ihrer nicht erwehren.

»Vom Aldebaran auf der einen Seite bis hin zum Kreuz des Südens auf der anderen ist kein Stern zu finden, auf dem nicht mit Volldampf gearbeitet wird«, fuhr Allan fort. »Aber in letzter Zeit sind Stimmen laut geworden, die diese Richtung kritisieren. Man hat, so sagen sie, einen leichten, aber unergiebigen Weg eingeschlagen. Allmählich setzt sich der Gedanke durch: sich nicht an die Natur anpassen, sondern die Natur an sich anpassen. Nicht Schwärme von Planeten rings um fertige Sterne errichten, sondern ein besonderes Planetengebiet für die ganze Skala möglicher Lebensbedingungen aufbauen, und zwar mit ihren speziellen Gestirnen. Das ist zwar schwieriger, aber auch interessanter. Die Ora ist ein Beispiel für solch einen allseitig brauchbaren Planeten. Der Bauplatz ist bestimmt – die Umgebung des Sirius und seines Trabanten, eines weißen Zwergs, ein kompakter Winkel im All zwischen Orion und Großem Hund. Auf diesen universal ausgestalteten Planeten mit automatisierter Produktion und Dienstleistung sollen nach und nach alle Sternbewohner gesammelt werden, die es daheim zu eng und unbequem haben. Die Planetenprojekte befinden sich im Stadium erster Entwürfe, Dienstreisende flitzen von Sternbild zu Sternbild, vereinbaren mit den künftigen Bewohnern die Bedingungen: die Größe der Kugeln, die Temperaturen der Sonnen, die Dauer von Tag und Nacht, die Atmosphäre und die Schwerkraft, die Wohnstätten und die Ernährung. Aber während das alles kalkuliert wird, zerteilen Flottillen von Sternenpflügen, Faultiere der alten Serie, bereits den Raum unweit des Orion, wickeln Staubnebel zur weiteren Verarbeitung für Planeten oder Sonnen auf.«

5

Auf der Ora stieg ich ins andere Sternenflugzeug um. Die »Raumfresser« wurde Spychalski unterstellt, zur Erde sollte die »Steuermann« fliegen. Die Besatzung der »Raumfresser« blieb wegen der Übergabe noch kurze Zeit auf der Ora, ich flog eher als sie.

Noch vor der »Steuermann« startete ein Kurierflugzeug mit der Nachricht von unserer Rückkehr aus dem Perseus zur Erde.

Während der Monate meiner Krankheit waren auf der »Raumfresser« drei Anlagen zur Generierung und zum Empfang von Raumwellen hergestellt worden, die sich wenig von der ersten Vorrichtung unterschieden, die uns in dem Sternhaufen so ehrlich gedient hatte. Wir nannten diese Mechanismen RWS-1, das heißt Raumwellenstation, erstes Modell. Eine RWS-1 gaben wir Spychalski, die zweite bestimmten wir für den Pluto, die letzte jedoch sollte ich zur Erde bringen. Ich wollte auch alle Aufzeich-nungen und Berechnungen mitnehmen, die auf der Reise angefertigt worden waren, damit sie von den großen Maschinen bearbeitet würden.

Spychalski war begeistert, als er erfuhr, was das für Anlagen waren. Man muß wie er ein Leben lang blind geflogen sein und plötzlich sehend werden, um seinen Zustand zu begreifen.

6

Auf dem Pluto hatten wir zwei Tage Aufenthalt. Ich erkannte diesen Planeten nicht wieder.

Im alten Projekt hatten wir eine großartige Atmosphäre vorgesehen, die nicht schlechter als die irdische war, ausgedehnte Wälder, sogar einen Ozean. Die Atmosphäre hatte man erzeugt, Gärten und Parks waren angelegt worden, doch an die Wälder und den Ozean war nicht mehr zu denken – an den dafür bestimmten Stellen erstreckten sich Aggregate ohne Menschen, Hunderte, Tausende Kilometer Betriebe …

»Arbeitsplanet«, so hatten wir den Pluto untereinander genannt. »Summender Planet«, so hätte man ihn jetzt nennen müssen. Es summte am Äquator und an den Polen, im Innern und in der Stratosphäre, Pluto wurde vom Getöse der Mechanismen erschüttert, selbst bei Vulkanausbrüchen hört man dieses pausenlose Getöse.

In Aviettes überflogen wir den Planeten.

Wir flogen über das Lager für Fertigerzeugnisse. Über Tausende von Kilometern erstreckten sich die Gebirgsgrate der Sternenflugzeuge – eine gigantische Flotte, an die letzte Hand gelegt wurde, bevor sie in den Ozean der Weltenleere hinausflog. Selbst die »Raumfresser«, vor kurzem noch einzigartig in ihrer Größe, hätte neben diesen Giganten klein gewirkt.

Dieser grollende, ungestüme Pluto gefiel mir besser als mein früherer, der bedachtsam gearbeitet, sich gemächlich erholt hatte … Damals hatte es maßvolle Tätigkeit gegeben, heute fand ich Begeisterung. Wir alle wollten Begeisterung!

7

An alles hatte ich gedacht, wenn ich mir die Begegnung mit der Erde vorstellte, nur nicht daran, daß das eine feierliche Begegnung sein würde. Ich hatte es eilig gehabt, vor meinen Kameraden zurückzukehren, und bezahlte dafür – mir allein wurde, wenn auch nicht die ganze vorgesehene allgemeine Ehrung, so doch ein bedeutender Teil davon dargebracht. Vom Mars an wurde unserem Sternenflugzeug von einer kosmischen Flottille das Ehrengeleit gegeben.

Zu Hause, in der alten Wohnung am Grünen Prospekt, atmete ich in der Runde meiner Freunde erleichtert auf. »Mir ist, als hätte ich meine Kameraden bestohlen«, klagte ich. »Hätte ich das gewußt, wäre ich um keinen Preis allein gekommen.«

»Sie werden mit ihrem Empfang zufrieden sein«, tröstete mich Wera. »Und du wirst nicht nur als Besatzungsmitglied begrüßt, sondern auch gesondert. Ich kann dir eine Freude bereiten. Dein Projekt, die Erde als Ohr, Stimme und Auge des Weltalls auszurüsten, ist angenommen.«

Ich war so überrascht, daß ich keine Worte fand. Meine Gedanken hatte ich noch niemandem mitgeteilt.

»Fern von der Erde hast du die Methoden der Erde vergessen«, sagte Wera lächelnd. »Hat man dir nicht erzählt, daß auf dem Pluto eine Staatsmaschine aufgestellt worden ist? Du flogst über dem Planeten spazieren, und die Maschine fixierte deine Gedanken. Sie erwiesen sich als so wichtig, daß sie unverzüglich zur Erde gesendet wurden, und die Große zögerte nicht, sie jedem zur Kenntnis zu bringen. Als du auf dem Pluto ins Flugzeug stiegst, stritten die Menschen bereits, ob du recht habest oder nicht. Morgen bist du in den Großen Rat eingeladen – du sollst deine Idee begründen.«

»Also ist der Plan noch nicht angenommen?« fragte ich.

»O ja, warum denn nicht? Im Prinzip haben sich alle dafür ausgesprochen. Aber man will dir Fragen stellen. Und bevor wir das Projekt in die Tat umsetzen, mußt du dich noch auskurieren – dein Gesundheitszustand gibt der Medizinischen Maschine zu Besorgnis Anlaß.«

Für mich war mein Gesundheitszustand kein Anlaß zur Besorgnis. Die Begegnung mit meinen Freunden und die frohe Nachricht über die Annahme meines Projekts waren für mich besser als jede Arznei. Weras Zimmer faßte kaum die Gäste. Trub verstärkte die Enge noch. Auf dem Kosmodrom war er mit uns in den Aerobus geklettert, er wußte schon, daß Engel gegen diese Maschinen nichts ausrichten. Doch den Lift lehnte er rundweg ab und erklärte, er wolle sich mit eigener Kraft zum achtzigsten Stockwerk aufschwingen. Ehrlich gesagt, ich glaubte ihm nicht. Trub ist etwa hundert Kilogramm schwer, und die Höhe beträgt immerhin rund dreihundert Meter. Aber er schaffte es. Zunächst ruhte er sich in den Gärten jeder zwanzigsten Etage aus, dann auf den Veranden jeder fünften Etage. Er schwitzte und war ungemein stolz. Allmählich fügte er sich unseren irdischen Bräuchen, dennoch bewahrte er sich seine Eigenheiten. Lussin hat einen Narren an ihm gefressen. Trub zuliebe hat er darauf verzichtet, den vogelköpfigen Gott zu züchten.

Irdische Wohnstätten sind für Engel ungeeignet. Trub sah ein, daß es undenkbar war, hier zu fliegen. Aber selbst wenn er einen Schritt machte oder nur die Flügel regte, fiel unweigerlich etwas von der Wand oder vom Tisch zu Boden.

Jeanne erschien mit Oleg. Das war ein hübscher dreijähriger Junge, lebhaft, mit klugen Augen, seinem Vater äußerst ähnlich, mir war, als hätte ich den kleinen André vor mir.

Hundertmal hatte ich mir die Begegnung mit Jeanne ausgemalt, hatte im stillen die Worte wiederholt, die ich sagen wollte, hatte überlegt, was für einen Gesichtsausdruck ich haben müßte. Alles hatte ich vergessen, die Worte und auch die Miene. Sie lehnte ihren Kopf an meine Schulter, weinte leise, und ich umarmte sie.

»Ich weiß alles über André«, sagte Jeanne. »Jeden Tag höre ich seine Stimme – seine Abschiedsworte für mich und Oleg vor dem Angriff der Verderber … Und ich weiß, daß nichts versäumt wurde, um ihn zu befreien oder wenigstens seine Spur zu finden. Ich weiß, daß er ›Eli!‹ und nicht ›Jeanne!‹ gerufen hat vor seinem Tod.«

Vor seinem Verschwinden, Jeanne. André ist nicht tot. Deshalb hat er mich gerufen und nicht dich – er geriet in Not, nicht der Tod drohte ihm, in dem Augenblick dachte er gar nicht daran, sich vom Leben zu verabschieden. Wenn sie ihn hätten umbringen wollen, dann hätten sie das sofort getan, sie kämpften mit ihm, um ihn lebend zu fangen. Sie werden ihn behüten und beschützen, nicht töten! Was haben sie vom Tod eines Menschen? Ich bin überzeugt, sie kümmern sich um seine Gesundheit mehr, als du es auf der Erde getan hättest.«

»Ihr habt vier feindliche Kreuzer vernichtet. Vielleicht war André auf einem von ihnen.«

»Nein. Die Zerstörer waren damals zwar selbstsicher, aber ihren einzigen Gefangenen hätten sie nicht den Wechselfällen des Kampfes ausgesetzt. Sie konnten mit einem Sieg rechnen, doch nicht damit, daß sie keine Verluste erleiden würden. Und es versteht sich von selbst, daß sie André an einen ruhigen Ort brachten, möglichst weit vom Kampfgeschehen entfernt.«

»Du sprichst, als hättest du sie mit eigenen Augen beobachtet.«

»An ihrer Stelle hätte ich so gehandelt. Ich habe keinen Grund zu der Annahme, daß Feinde dümmer sind als ich.«

Sie versank in Gedanken, schwankte. Ich hatte Hoffnung in ihr erweckt, sie klammerte sich daran und hatte Angst, die Hoffnung könne trügerisch sein. Plötzlich sagte sie: »Spricht für Andrés Tod nicht, daß die Verderber aus ihm nichts … Verstehst du mich, Eli? Romero meint, die Verderber hätten alle Geheimnisse aus ihm herausholen können. Es ist ihnen nicht gelungen. Das stimmt doch?«

Ich ertappte mich bei demselben tief in mir verborgenen Angstgefühl, André könne schwach sein. Ich wußte nicht, ob wir, seine Freunde, Martern zu ertragen imstande wären; daß er weniger als wir dazu imstande war, wußte ich.

»Und wenn er verschwunden ist, wie du sagst, und nicht umgekommen, gibt es dann irgendeine Chance, ihn aus der Gefangenschaft zu befreien? Eine Galaktische Flotte steht bereit, neue Expeditionen zum Perseus sollen unternommen werden – meinst du wirklich, es wird gelingen, André zu retten?«

»Auf jeden Fall werden wir es versuchen. Eins kann ich dir versichern: Wenn die Zeit kommt, in die Perseushaufen zurückzukehren, werden wir jeden Planeten innen und außen absuchen.«

8

Als die Gäste gegangen waren, blieben Wera und ich allein.

»Die Große hat deinen Plan so erläutert: Zunächst die Erde in eine riesige Raumwellenstation verwandeln, dann erst in große Schlachten gehen.«

»Völlig richtig.«

»Wir haben die Große Galaktische Flotte gebaut«, sagte Wera

nachdenklich. »Du hast die Schiffe auf dem Pluto gesehen – jedes ist stärker als eine ganze Flottille von ›Raumfressern‹. Und es war bereits beschlossen, diese Flotte zum Perseus zu entsenden. Jetzt, da dein Projekt verwirklicht wird, müssen wir die Expedition aufschieben.«

»Nicht aufschieben, sondern gehörig vorbereiten. Gigantische Schlachten stehen bevor, deren Maßstäbe sogar wir uns, die wir eben aus dem Perseus zurückgekehrt sind, kaum vorstellen können. Vergiß nicht, unsere Gegner kennen nun unsere Macht – und sie werden die Zeit nicht ungenutzt verstreichen lassen, Wera!«

»Deshalb haben dich alle so leidenschaftlich unterstützt«, bemerkte Wera. »Den Krieg hast du vortrefflich geplant. Es bleibt, den Frieden zu planen.«

»Das ist ein und dasselbe, Wera. Der Krieg wird mit einem Sieg enden. Der Sieg ist der Anfang vom Frieden.«

»Das ist nicht ein und dasselbe, Bruder.«

»Drück dich deutlicher aus ...«

»Sieh mal, der Krieg an sich löst keine großen Probleme.«

»Ist es deiner Ansicht nach keine Lösung, die Augenköpfigen niederzuwerfen, ihre Kriegsmacht in Staub zu verwandeln?«

»Der Anfang einer Lösung, ihr Ausgangspunkt, nicht mehr. Eine echte Lösung werden wir erzielen, wenn wir unsere Gegner für ein friedliches Leben gewinnen!«

Ich starrte Wera entgeistert an. »Du bist verrückt geworden! Unsichtbare, die friedliche Felder bestellen! Erhoffst du dir tatsächlich einen Erfolg von Verhandlungen mit dieser Höllenbrut?«

»Wenn ich einen Erfolg von Verhandlungen erhoffte, hätte ich mich nicht für eine Kampfflotte eingesetzt. Ich verstehe genausogut wie du, daß es sinnlos ist, die Verderber überreden zu wollen. Sie müssen niedergeworfen werden.«

»Und sämtlich ausgerottet werden, Wera.«

»Das ist undurchführbar, Eli. Wo ist die Garantie, daß nicht einzelne Verderbergruppen rechtzeitig oder nach der Schlacht in andere Kosmosgebiete ausweichen und sich dort vervollkommnen, so daß sie den Menschen überlegen werden, wie sie einst den Galakten überlegen wurden? Und kannst du dich dafür verbürgen, daß es nicht jetzt schon irgendwo im Zentrum der Galaxis Kolonien von ihnen gibt? Hundertfünfzig Sterne allein in unserer Galaxis, hast du etwa die Absicht, sie auf ihre Verderbtheit hin zu überprüfen? Außerhalb unserer Galaxis gibt es Milliarden anderer Galaxen! Verbürgst du dich dafür, daß unsere Feinde nicht dorthin vorgedrungen sind?«

»Dafür verbürge ich mich nicht. Sie können überall sein. Es geht darum, sie in dem Perseushaufen auszurotten.«

»Das heißt, eine Schlacht gewinnen und danach vielleicht in einen endlosen Vernichtungskrieg treten? Du wirst sagen, das sei nur eine Möglichkeit, sie brauche gar nicht zu bestehen. Doch wenn man die Politik für Jahrtausende festlegt, berücksichtigt man alle Möglichkeiten, die Wirklichkeit werden könnten. In einer sogenannten Entscheidungsschlacht die Oberhand gewinnen und den Nachkommen als Erbe die ewige Gefahr allgemeiner Vernichtung lassen – nein, Eli, sag, was du willst, daran ist nicht viel Vernunft!«

Während ich zuhörte, versetzte ich mich in Gedanken zum Perseus. Wieder erblickte ich den Goldenen Planeten. Irgendwie erinnerte er an den Pluto – war genauso eine kosmische Werkstatt. Zwar wurden dort nicht Sternenflugzeuge hergestellt, aber er veränderte die Krümmung der ihn umgebenden Welt, er verstand es, ihre Weiten als Materie zusammenzuwickeln – er ruhte nicht im Raum wie unsere Planeten, sondern veränderte ihn! Wieviel tausend derartige Planeten gegen einen Pluto? Und auf allen wurde mit Hochdruck gearbeitet; die verfluchten Augenköpfigen versuchten, unsere Fähigkeit zu übernehmen, Materie in Nichts zu zerstäuben, wie wir von ihnen die Fähigkeit übernommen hatten, die Dichte dieses Weltennichts zu ändern. Für ihren wissenschaftlichen Scharfsinn war das keine allzu schwierige Aufgabe, sie beeilten sich … Was wäre, wenn unserer Flotte neugeschaffene Annihilatoren entgegendonnerten?

»Vorläufig sind wir ihnen weit voraus«, sagte Wera, »und wir dürfen nicht zögern, unseren Vorsprung auszunutzen.«

»Du sagtest, der Sieg im Krieg ist erst der Anfang!«

»Ja, der Anfang. Zuerst zwingen wir sie mit Gewalt, ihre Bestialitäten einzustellen, dann beziehen wir sie nach und nach in die Assoziation der freien und vernünftigen Wesen der Galaxis ein. Du hast selbst gesagt, daß sie arbeitsam und unerschrocken und ihre technischen Errungenschaften gewaltig seien. Würde man uns nicht Vorwürfe machen, wenn wir solch ein Volk für immer von der weltweiten Zusammenarbeit ausschlössen?«

»Ich sehe keine Wege, um mit ihnen zusammenzuarbeiten!«

»Gestern hast du die Verderber selbst noch nicht gesehen. Wenn wir gleich immer alles sehen könnten, gäbe es keine Entwicklung. Ich glaube nicht an Verbrechen, die aus Liebe zum Bösen begangen werden. Wenn die Verderber Verbrecher geworden sind, dann sind ihre Verbrechen folglich vorteilhaft für sie – das ist der Grund!«

»Hast du vor, eine andere Methode zu finden, um die Bedürfnisse der Verderber zu befriedigen?«

»Vergiß nicht, nach der Vereinigung der Erde, als keiner mehr ausgebeutet wurde, lebte die Menschheit insgesamt noch lange auf Kosten anderer, freilich unvernünftiger Wesen. Ist es bei den Verderbern nicht ähnlich? Sie unterjochen ihre Nachbarn, weil das eine leichte Methode für sie ist, ihre Bedürfnisse zu befriedigen. Vielleicht finden wir andere Wege, sie zu befriedigen, sofern diese Bedürfnisse lebensnotwendig sind!«

»Willst du mit deinen Überlegungen die Missetaten der Verderber rechtfertigen?«

»Keineswegs. Verstehen bedeutet nicht rechtfertigen. Man kann verstehen und verurteilen. Die Sklaverei wird nicht moralisch, weil der Sklave seinem Herrn Nutzen bringt. Ein Übel hat seinen Wipfel und seine Wurzel. Hackt man den Wipfel ab, ohne die Wurzel zu roden, können neue Triebe sprießen. Wir werden die Verderber zwingen, sich zu unterwerfen, werden ihre Gefangenen befreien – so hacken wir den Wipfel des von ihnen hochgezüchteten Bösen ab. Danach werden wir beseitigen, woraus das Böse entstand, und zu dem Zweck müssen wir herausfinden, welche Wurzeln es genährt haben. Wenn die Verderber die Gewebe lebendiger Organismen benutzen, um ihr eigenes Leben funktionstüchtig zu halten, dann sollen sie sich mit der Produktion synthetischer Gewebe und Organe befassen, wir wollen ihnen dabei gern helfen.«

»Es ist nicht einfach, Teufel in Engel zu verwandeln.«

»Wie es auch nicht einfach ist, Engeln menschliche Lebensart beizubringen. Doch wir müssen uns damit abgeben.«

9

Wie schön sie doch war, unsere sympathische grüne Erde!

Den ganzen Vormittag streifte ich durch die Straßen der Hauptstadt. Ich saß vor dem Haus mit dem vorspringenden Dach am Erdgeschoß, wo ich während meines letzten Hauptstadtaufenthalts vor dem Regen Schutz gesucht hatte.

Jemand setzte sich neben mich. Zunächst beachtete ich meinen Nachbarn nicht, dann wandte ich mich um.

Neben mir saß Mary Glun.

Ich hatte sie nicht so hübsch in Erinnerung. Allein die breiten Brauen harmonierten nicht mit ihrem feinen Gesicht. Aber sie wölbten sich über so dunklen, nachdenklichen Augen, daß das Mißverhältnis nicht auffiel. Schon bei unserer ersten Begegnung hatte ich ihre dunklen Augen bemerkt, doch damals hatte ich den Eindruck, sie wären zorndunkel.

»Ich muß mich bei Ihnen entschuldigen«, sagte Mary. »Ich weiß nicht, warum ich in Kairo auf diesem Platz so grob zu Ihnen war. Deshalb hatte ich mir vorgenommen, mich unbedingt zu entschuldigen, falls wir uns treffen sollten. Aber Sie flogen zur Ora, nachher zu den Plejaden und zum Perseus ... Nun sind Sie wieder da, und ich habe mich entschuldigt!«

Sie erhob sich, doch ich hielt sie zurück. Ich wollte scherzen.

»Wissen Sie eigentlich, daß ich vor meinem Abflug die Auskunftsmaschine nach unserer gegenseitigen Tauglichkeit befragt habe?«

Mary wollte durchaus nicht verlegen werden. »Ja, ich weiß es. Ich weiß auch, daß wir in keiner Hinsicht zusammenpassen. Alles Gute, Eli.«

Ich versuchte nicht mehr, sie zurückzuhalten. Was sie von der Auskunftsmaschine erzählt hatte, war Schwindel, die Beschützerinnen geben persönliche Geheimnisse nicht preis. Dann sagte ich mir, Mary habe sich ihrerseits nach mir erkundigt und wisse daher, wie wenig wir einander entsprachen. Ebendeshalb entfernt sie sich, damit ich nicht ihr kleines Geheimnis durch Fragen entdeckte. Es tat mir leid, daß sie gegangen war.

Von der Höhe des Zentralen Ringes war die Hauptstadt gänzlich zu übersehen. Der Tag war klar, an solchen Herbsttagen rückt die blaue Ferne greifbar nahe heran. Im Winter hatte ich auf Skiern die dreißig Kilometer lange Magistrale auf dem Rücken des Zentralen Ringes durchmessen, im Sommer war ich hier spazierengegangen, nichts war mir fremd, und doch war mir, als sähe ich die Hauptstadt zum erstenmal wirklich.

Wie einfach die große Stadt angelegt ist. Drei Ringe schneiden, von der Museumsstadt ausgehend, vierundzwanzig Magistralen.

Die ganze Hauptstadt erschöpft sich in der Verflechtung von drei Ringen und Radien, die durch die Ringe gezogen sind. Von Romero erfuhr ich die Geschichte der Hauptstadt. Nach dem vollständigen Sieg des Kommunismus begann man nach allem Hervorragenden zu forschen, was begabte Menschen in der Epoche der Klassentrennung ersonnen hatten. Das bezog sich auf Projekte von Maschinen, auf die Umgestaltung der Natur, auf große Bauarbeiten und dergleichen – und unter diesem »dergleichen« auf Architekturvorhaben. Jemand entdeckte ein Heft mit Entwürfen des damals bereits verstorbenen Boris Land, eines Architekten, der Wohnhäuser projektiert hatte, Sporthallen und Stadien. Boris gehörte allem Anschein nach zu denen, die »begabter Pechvogel« genannt wurden. Tagsüber erarbeitete er Standardgebäude, und nachts entwarf er phantasiereiche Städte. Unter seinen eindrucksvollen Phantasien war eine Stadt für zweihunderttausend Einwohner – ein Hochhaus, von einem Park umgeben. Seine Hausstadt konnte mit den Mitteln des ersten Jahrhunderts des Kommunismus mühelos errichtet werden. Und obwohl bereits damals klar war, daß sich die Gigantenstädte überlebt hatten, beschloß die Menschheit, eine Hauptstadt als Denkmals- und Arbeiterstadt zu bauen, die letzte konzentrierte Stadt der Erde, die erste, die alle Bequemlichkeiten barg, nach denen die Menschen verlangten. Innerhalb der Ringgebäude waren Werke und Lagerhallen untergebracht. Außen hingegen erhoben sich in Terrassen die Wohnmassive, von Parks getrennt. Die Vorzüge wurden bald zu Mängeln.

Zunächst erwiesen sich die prächtigen Chausseen, die sich innerhalb der Gebäude in jedem zwanzigsten Stockwerk entlangzogen, als unnötig. Es kamen zentrale Sicherheitsmaschinen mit Beschützerinnen auf, Elektromobile und Trolleybusse waren gestorben. Niemand wollte auf einer Chaussee fahren, wenn die Möglichkeit bestand, risikolos durch die Luft zu jagen und dort Purzelbäume zu schlagen. Das Leben und Treiben, das für alle Zeiten in die luxuriösen, palastartigen Tunnel verbannt sein sollte, brach ungehindert wieder ins Freie aus.

Dann gingen allmählich die Werke ein. Sie wurden so weit automatisiert, daß an den kilometerlangen Fließbandsystemen kein Mensch mehr anzutreffen war. Als im Schoße der Gebäude die Werkhallen eingerichtet wurden, war man bestrebt gewesen, den Weg des Arbeiters von der Wohnung zum Betrieb zu verkürzen, doch der Arbeiter selbst wurde unnötig – weshalb also Werke in der Nähe von Wohnstätten? Mehr und mehr automatische Werke wurden in Wüsten erbaut. Einige der frei gewordenen Räume der Hauptstadt wurden von Instituten belegt, Wintergärten und Parks entstanden zu Tausenden in jedem Ring – Lieblingsplätze für Kinder und alte Leute. Aber nicht alle leeren Räume konnten ausgefüllt werden. Die Hauptstadt leidet an Kavernen. Drei Viertel ihres Volumens werden nicht ausgenutzt. Inzwischen ist klargeworden, daß sich die Idee, riesige Menschenmengen auf eine Stadt zu konzentrieren, überlebt hat.

10

Ich war in Eile, die ganze Erde war in Eile – die Große Galaktische Flotte hatte den Pluto verlassen und wurde um die Ora konzentriert. Die Schiffe mußten mit überweiten Ortungsgeräten versorgt werden, es war jetzt undenkbar, sie ohne solche Anlagen in die kosmischen Weiten zu entlassen. Die ganze Arbeit lastete auf mir. Ich überwachte die Projektierung der gigantischen Raumwellenstation RWS-3 und leitete die Fertigung von Anlagen für Sternenflugzeuge, die wir RWS-2 genannt hatten. Die freien Räume der Hauptstadt waren dem neuen Werk zur Verfügung gestellt worden, doch sie reichten nicht aus, einige Institute mußten ausgesiedelt und in Lager verlegt werden. Noch nie hatte die Hauptstadt so ungestüm und angespannt gelebt wie in den Wochen, da wir die fertigen Sternenflugzeuge mit den neuen Anlagen ausstatteten.

Es handelte sich nicht mehr um die RWS-1, die uns im Perseus so treu gedient hatte. Die Forschungen auf der Erde hatten gezeigt, daß ihr Aktionsradius zu klein war, bereits in einer Entfernung von zwanzig Lichtjahren ließen ihre Ortungseigenschaften nach. Sie taugte nur zum Abtasten nahen Raumes, bei Reisen von der Sonne zum Sirius und den Sternen des Zentaur, nicht weiter. Als Telesender konnte sie bei weiten Entfernungen nur mit Höchstleistungsstationen arbeiten, die es allem Anschein nach in der Galaxis noch nicht gab – ich kam zu diesem Schluß, weil wir, als wir uns vom Perseus entfernten, rasch die Verbindung zu den Galakten verloren hatten.

Das Modell RWS-2 dagegen ortete mühelos Objekte in einer

Entfernung von hundert Lichtjahren. Sternenflugzeuge, die mit solchen Mechanismen ausgerüstet waren, verloren nicht mehr die Verbindung zueinander, selbst wenn der Abstand zwischen ihnen so groß war wie der zwischen Wega und Sonne. Angriffe aus der Unsichtbarkeit brauchten sie nicht mehr zu fürchten. Wie weit der Feind auch entfernt sein mochte, er konnte nicht unbemerkt bleiben. In dem Radius von hundert Lichtjahren hielten die RWS-2-Anlagen außerdem hervorragend die gegenseitige Televerbindung aufrecht, und mit leistungsstärkeren Stationen konnten sie auch weit über diese Grenzen hinaus sprechen.

Solch eine Höchstleistungsstation RWS-3 errichteten wir auf der Erde. Kein Sternenflugzeug hätte einen derartigen Mechanismus aufnehmen können. Ihr Leistungsverbrauch – fünf Milliarden Albert – überstieg um Dutzende Male die Leistungen sämtlicher auf der Erde eingerichteten Energieanlagen. Alle Planeten arbeiteten, damit die RWS-3 montiert und in Betrieb genommen werden konnte. Sie allein schaltete neben sich sämtliche Großbetriebe auf der Erde aus. Der Große Rat hatte die Errichtung der RWS-3 als wichtigsten Bau des Interastralen Bündnisses anerkannt.

Die Hauptmechanismen der Station sollten in der ehemaligen Wüste Sahara ihren Platz finden. Auf Tausenden von Quadratkilometern bauten wir hier das größte Auge und Ohr des Alls. Die RWS-3 würde den Berechnungen nach in einem Radius von zehntausend Lichtjahren wirken. Das Zentrum der Galaxis, in den Sternbildern Schütze und Schlangenträger verborgen, erreichten wir nicht, schon gar nicht die äußeren Galaxien, aber die Sternhaufen im Perseus, die Hyaden, die Plejaden, die Giganten Rigel und Beteigeuze – alle diese fernen Himmelskörper unserer Sternwelt gerieten in denn Wirkungsbereich der Station. Die Stunde war nicht mehr fern, da eine augenblicklich herzustellende Verbindung die Himmelskörper des Bündnisses zu einem Ganzen zusammenfügen würde.

Während auf dem Bauplatz in der Sahara die Gebäude errichtet und die Maschinen montiert wurden, arbeitete ich im Experimentierwerk, das im Zentralen Ring untergebracht war.

Nur zweimal wurde unsere Tätigkeit unterbrochen. Einmal, als die Besatzung der »Raumfresser« zur Erde zurückkehrte. Endlich wurde ich das Gefühl der Betretenheit los, das mich seit meinem feierlichen Empfang gequält hatte. Olga und ihre Kameraden wurden noch viel feierlicher begrüßt. Eine Woche lang jubelte die Erde, zwei Tage jubelte auch ich.

Zur zweiten Pause kam es, als meine Kameraden Wera, Lussin (mit Trub natürlich) und viele andere zur Ora abflogen.

»Ich hoffe, du bleibst nicht lange auf der Erde zurück«, sagte Wera zum Abschied.

Ich lächelte und wies auf meinen Gehilfen Albert Bytschachow, der mit mir auf dem Kosmodrom erschienen war. Albert, ein blonder, fröhlicher Mann, leitete die Montage in der Sahara.

»Er hält mich fest, Wera. Ehe er nicht alle Winkel im Perseus ausgeleuchtet hat, kann ich nicht daran denken, die Erde zu verlassen.«

Nach der Verabschiedung kehrten Albert und ich in die Hauptstadt zurück. Die Abreise meiner Freunde hatte mich aus der Bahn geworfen. Ich hatte Lust, die verwaisten Prospekte entlangzuwandern.

»Fahren Sie nach Hause, ich komme heute nicht«, sagte ich und entließ die Aviette. Ich dachte wieder an meine Arbeit – an die Schnellverbindung mit Sternenflugzeugen, die auf weiten Reisen waren. Wie einst Olga, so träumte auch ich von Dispatcherplaneten auf den galaktischen Trassen.

II

Dies war der letzte große Feiertag des Jahres. Abgesehen von den Feierlichkeiten anläßlich der großen Tage, die an die Befreiung der Menschheit erinnern, werden auf der Erde die Wenden in der Natur gefeiert – die Wintersonnenwende, die Große Schneeschmelze, der Erste Regen, die Sommersonnenwende, das Große Sommergewitter, der Erste Schnee. In diesem Jahr waren nicht alle zuversichtlich, daß das Fest des Ersten Schnees gelingen werde. Das Fest erforderte zu viel Energie. Die Ressourcen der Erde waren für den Bau der dritten Raumwellenstation hingegeben. Noch andere Erwägungen wurden vorgetragen: Die Hälfte der Bevölkerung war zu den kosmischen Bauten geflogen, und denjenigen, die geblieben waren, stand nicht der Sinn nach Feiern – auf der Station für überferne Verbindung fieberte man der Inbetriebnahme entgegen.

Aber die Erdachsenverwaltung erfüllt strikt ihr Programm. Wenn auf der Erde nur noch ein Mensch wäre, der die Lustbarkeiten wünschte, würden für ihn sämtliche festgesetzten Feste ausgerichtet.

Ich meine, das ist richtig. Als mein Gehilfe Albert sah, welches Ausmaß die Vorbereitung gewann, protestierte er bei der Großen. »Die Menschheit hat jetzt keine Zeit zum Feiern, mit Ausnahme einzelner Spaßvögel vielleicht. Für wen strengt sie sich an?«

Die Große antwortete mit ihrer Elektronenvernunft: »Jeder Mensch ist all dessen wert, wessen die Menschheit wert ist.«

Nach dieser Erklärung vergaß Albert seine Proteste und knapste in seinem Zeitbudget Stunden zum Feiern ab.

Wie immer waren die Schneewolken rechtzeitig vorbereitet worden. Sie wurden über dem nördlichen Stillen Ozean zusammengepreßt. Weil es mich interessierte, flog ich mit einer kleinen Reiserakete hin, doch auf Kamtschatka kletterte ich in eine Seeaviette. Die Beschützerin hatte mir geraten, ich sollte mich möglichst warm anziehen, doch ich mißachtete ihren Rat und bereute es tief. In den Wolkenmassen war es höllisch kalt.

Ringsum erstreckte sich ein undurchdringlich weißer Schleier, der mehr Ähnlichkeit mit knisternder Watte hatte als mit dem feuchten Nebel von Sommerwolken.

Romero ging auf einer kleinen Lichtung nieder, nacheinander landeten wir und bildeten mit unseren Aviettes einen Halbkreis.

»Hier ist es richtig!« sagte Romero. Er stapfte hin und her. »Der Schnee ist für sechzehn Uhr angesetzt, wir haben also vier Stunden Zeit. Fachen wir indessen ein Feuer an und bereiten das Essen zu. Heute werden wahrscheinlich viele zum erstenmal im Leben Speisen und Getränke kosten, die nicht von den Elektronenhänden der Automaten berührt wurden. ›Wir wollen wie unsere Vorfahren sein!‹ – das sei unsere Devise heute.«

Zum Schaschlykbereiten hatte Pawel Albert angestellt. Der reihte abwechselnd Fleisch und Zwiebeln auf Metallstäbe, die Stäben an Parkgittern glichen.

Es ging auf sechzehn Uhr zu, der Himmel senkte sich immer tiefer herab. Dichte dunkle Wolken eilten dahin, jeden Augenblick konnte es zu schneien anfangen. Die Eichen. die die Lichtung und das Feuer umstanden, streuten rötliche Blätter aus, von den abwärts ziehenden Luftströmen wurden sie zum Feuer gesaugt, von den aufsteigenden emporgeschleudert. Die Blätter tanzten über dem

Feuer wie ein Schwarm langsamer Schmetterlinge. Fünfzehn Minuten vor vier forderte uns Romero auf, die Gläser zu nehmen. Er öffnete die Flaschen. Die Korken waren versteinert in den Hälsen, eine Flasche zerbrach, von anderen schlug er die Hälse mit einem Stein ab. Der Wein verströmte herben Duft, der zugleich angenehm und unangenehm war. Ich bemerkte, daß auch die anderen verstohlen an dem Getränk schnupperten, bevor sie einen Schluck tranken.

Die Beschützerin übertrug jedem den feierlichen Stundenschlag, und während wir schweigend lauschten, erhoben wir auf Romeros Geheiß die Gläser.

»Der Winter naht, Freunde! Auf einen guten Winter!«

Der erste, noch großflockige Schnee fiel, und wir tranken den Wein aus. Ich kann nicht sagen, daß er mir schmeckte. Er brannte im Mund wie Säure, obwohl er eher süß als sauer war. In alten Zeiten hatte man den Wein gekaut, doch ich spürte, daß mir schlecht würde, wenn ich ihn lange im Mund behielt, und stürzte ihn hinunter. Albert schnitt ein Gesicht, als hätte er eine Kröte verschluckt. Leise sagte ich, damit Mary es nicht hörte: »Ich weiß nicht, wie unsere Vorfahren gegessen haben, aber was sie getrunken haben, schmeckt nicht.«

Er flüsterte: »Gegessen haben sie noch schlimmer. Ich habe ein Stückchen Schaschlyk probiert – abscheulich. Von Fleisch keine Spur.«

Es schneite indessen immer heftiger, die Flocken waren kleiner geworden. Der Himmel war dunkel, hell schimmerte die Erde. Ich schwankte und wäre beinahe ins Feuer gestürzt. Entsetzt schaute ich mich um. Hatte niemand gesehen, wie mich plötzlich die Kräfte verließen? Jeder war mit sich beschäftigt, niemand blickte mich an. Das Feuer kämpfte gegen den Schnee, die Zweige warfen Blasen, der Rauch stand wie ein Schutzdach, am Boden schwelte Glut und züngelten lustige Flämmchen. Ich konnte den Blick nicht vom Feuer lösen.

Jemand begann zu singen, Romero fiel ein. Zuerst schallten die beiden Stimmen, dann gesellten sich Mary und Albert dazu, schließlich sangen alle. Ich sang auch, leise, um die Sänger nicht zu stören, denn ich treffe selten den richtigen Ton. Dann verstummte ich, hörte nur zu und schaute in die Runde.

»Was haben Sie?« fragte Mary. »Sie sehen ja ganz verstört aus! Hat der Wein so schlecht auf Sie gewirkt? Eli, Sie müssen ein Medikament nehmen ...«

»Genug!« sagte ich und zog sie hinter mir her. »Zu Teufels Großmutter mit diesem Teufelszeug! Wir fahren! Steig in die Aviette!«

12

Am Morgen weckte mich Albert. Er grinste in der Videosäule. »Wachen Sie auf!« schrie er. »Wie fühlen Sie sich nach der gestrigen Feier?«

»Was ist los?« fragte ich und sprang aus dem Bett. »Wozu die Eile?«

»Haben Sie vergessen, daß heut die Verbindung zur Ora erprobt wird? Ich rufe Sie aus der Sahara an. Wer von Ihren Freunden soll eingeladen werden?«

»Jeanne, Andrés Frau, und Mary. Ich habe sie übrigens schon eingeladen.«

»Und unser gestriger Gastgeber Romero?«

»Wahrscheinlich ist der schon unterwegs zum Pluto.«

Ich zog mich rasch an und lief zum Aerobus, der in die Sahara flog.

Dort war schon alles vorbereitet, um die Verbindung herzustellen. Bei uns würde die RWS-3 die Arbeit aufnehmen, auf der Ora die RWS-2, die wir dorthin geschickt hatten. Nur wenig Gäste waren anwesend, unter ihnen befand sich Jeanne. Ich geleitete sie in den Saal und setzte mich neben sie. Sogleich bat sie mich, ihr während der Vorstellung die Stellen zu zeigen, wo die Schlachten mit den Verderbern stattgefunden hatten. Ich versprach ihr, mein möglichstes zu tun. Die stille, schlicht gekleidete Jeanne rührte sich nicht mehr von ihrem Platz, nachdem sie einmal saß, obwohl bis zur Inbetriebnahme noch viel Zeit war.

Dann erschien Mary. Lächelnd drückte sie mir die Hand.

Sie war guter Laune. Zum erstenmal sah ich sie so vergnügt.

Albert hatte den Auftrag, die Anlage in Gang zu setzen.

Man sagte ihm ungewöhnliche mathematische Fähigkeiten nach. Während der kurzen Zeit unserer Zusammenarbeit hatte ich mich überzeugt, daß das nicht übertrieben war. Zwar rechnete er nicht so schnell wie eine Maschine, aber in der Klarheit der Ideen, die sein Gehirn unaufhörlich hervorbrachte, erinnerte er an André, vielleicht war ich ihm deshalb so zugetan. Albert nahm in seiner Spezialkabine Platz, die hier im Saal hinter uns errichtet war. Vor uns leuchtete ein dunkler Kasten auf, einer Theaterbühne ähnlich, die Stereoempfänger.

»Ein Strahl im Raum«, sagte Albert um zwölf Uhr.

Äußerlich geschah alles ohne Effekte – die Erde erbebte und ertönte nicht, die Atmosphäre wurde von keiner Flamme zerteilt, die Sessel zitterten nicht. Aber jeder von uns wußte, daß ein Energiestrom von unerhörter Stärke und Konzentration in den Weltraum schnellte. Nähme dieser Strom eine andere, mehr stoffliche Form an und träfe irgendein Planet auf ihn – es gäbe nicht einmal eine Explosion, der Planet verschwände einfach, als hätte es ihn nie gegeben. Und allein bei dem Gedanken, daß wir der Freisetzung ungeheurer Kräfte beiwohnten, empfand ich Stolz und Freude. Wenn unsere Bemühungen keine anderen Ergebnisse gebracht hätten, als solche Massen aktiver Energie dem menschlichen Willen unterzuordnen, dann wäre auch das bedeutend gewesen.

»Ein Sternenflugzeug im Strahl«, meldete ein Automat wenig später. »Entfernung – der halbe Weg zur Ora.«

»Das ist die ›Steuermann‹«, rief Albert. »Es sind die Umrisse eines alten Sternenflugzeugs.«

Der Stereoempfänger leuchtete matt, ein einsamer dunkler Punkt bewegte sich in ihm. Das konnte jedes beliebige Sternenflugzeug sein, ob alt oder neu.

»Die Ora im Strahl!« schrie Albert, er kam dem Automaten zuvor.

Die Ora näherte sich, wurde rasch größer im Nebel des Raumbildschirms. Bisher waren das unsere Impulse, die von ihr reflektiert wurden, dann begannen ihre eigenen zu wirken. Wir erblickten den Saal der Empfänge, viele Menschen, unter ihnen Wera, Olga, Allan und Martyn Spychalski.

»Also wie ist es?« sagte Spychalski so feierlich, wie es diesem Ereignis angemessen war. »Eröffnen wir die erste galaktische Schnellübertragung? Die Ora meldet der Erde: Wir sind im Strahl.«

Ich antwortete für alle, die sich in der Station befanden, sowie auch für diejenigen, die in diesem Augenblick auf unserem Planeten zuhörten und beobachteten: »Die Erde umarmt euch herzlich!«

Spychalski berichtete, die Raumwellenstation sei termingemäß aufgestellt und in Betrieb genommen worden, vorher habe man mit Hilfe des ersten Modells Verbindung zu den Sternenflugzeugen und den nahen Gestirnen gehalten. Die Verbindung klappe ausgezeichnet. »Stern spricht unmittelbar mit Stern, Verspätungen gibt es nicht!« sagte er. Danach widmete er sich den laufenden Sorgen der Ora. Es drehte sich um die üblichen Erfolge und Schwierigkeiten eines gigantischen Bauwerks im Kosmos – wie wird der Plan, neue Planeten zu schaffen und künstliche Sonnen zu montieren, erfüllt, wann wurde wieviel Material auf welchen Stern geliefert, wer von den Besatzungen der kosmischen Schiffe und Bulldozer (so nannte er die Sternenpflüge) ist unter die Besten vorgerückt, wer hinkt nach. Doch für uns, deren Herzen im gleichen Takt mit denen unserer Freunde schlugen, die die Kosmosräume umgestalteten, war jede Kleinigkeit wichtig.

»Die Vorbereitung der Expedition ist beinahe abgeschlossen«, sag te Wera. »Auf fast allen Schiffen sind die Mechanismen eingebaut. Wir teilen dem Großen Rat mit, daß die Galaktische Flotte auf den Befehl wartet, zum Perseus aufzubrechen.«

Zu mir sagte sie: »Und wir warten auf dich, Bruder.«

»Ich bin bald bei euch, Wera«, antwortete ich. »Bald.«

Albert schaltete die Ora ab. Die erste Übertragung war gezwungenermaßen kurz gewesen. Jetzt mußte geklärt werden, wie weit unsere Mechanismen reichten.

»Ich richte den Strahl auf die Hyaden«, sagte Albert.

Zu den Hyaden war es bedeutend weiter als zur Ora, bis dorthin waren es hundertzwanzig Lichtjahre. Vor uns erschienen nacheinander die Planetensysteme, im interastralen Raum wurden vier von unseren Sternenflugzeugen geortet. Albert lenkte den Strahl von den Hyaden ab und verstärkte die Strahlungsenergie der Mechanismen. Auf dem Raumbildschirm erschienen die Gestirne der Plejaden.

»Dort ist es passiert«, sagte ich zu Jeanne.

»Fünfhundert Lichtjahre Entfermmg«, erklärte Albert.

Die Plejaden waren leer. Kein einziges Sternenflugzeug war unterwegs. Die prächtige Ansammlung war tot. Albert lenkte den Strahl ins Zentrum des Sternhaufens, auf die Maja, er leuchtete den Raum aus, wo die Schlacht zwischen dem menschlichen Geschwader und der Flottille des Gegners stattgefunden hatte –

der Raum war dunkel und öde, der Staub von der kürzlichen Schlacht hatte sich noch nicht zerstreut.

Albert leuchtete den Rand der Gruppe ab. Nacheinander sahen wir die drei Planeten der festlichen hellen Elektra: den nahen rauchumhüllten, den fernen, von ewigem Eis gebannten und den mittleren, die zerstörte Sigma, wo wir André verloren hatten. Die Sigma war grau und glanzlos, sie wurde nicht mehr vom abendlichen Schein automatischer Leuchten erhellt. Jeanne weinte leise, sie wischte sich nicht die Tränen, um den im Stereoempfänger schwebenden Planeten nicht aus den Augen zu verlieren. Ich war selbst aufgewühlt, als ich den Unglücksplaneten wiedersah. Erneut vernahm ich Andrés letzten verzweifelten Schrei: »Eli! Eli!«

»Versuchen wir jetzt, die Ansammlung im Perseus zu erreichen«, sagte ich zu Albert.

Der entscheidende Moment des Versuchs brach an. Die Erde schleuderte ihre mächtigen Ortungs- und Rufstrahlen fünftausend Lichtjahre weit hinaus. Jetzt mußte sich erweisen, ob unser Projekt richtig berechnet war oder ob wir eine Niederlage erleiden würden.

Kurze Zeit verstrich in schweigender Erwartung. Dann entbrannte auf dem Raumbildschirm die prachtvollste Ansammlung unseres Galaxisbezirks – zwei Sternhaufen, ein paar Tausend der hellsten Gestirne ... Das Bild kannte ich, genau ein Jahr hatte ich es Tag für Tag im Kommandeurssaal des zum Perseus jagenden Sternenflugzeugs betrachtet. Und wieder konnte ich den alten, unheimlichen Eindruck nicht loswerden, als sähe ich Sternenfäuste aufeinanderprallen – wie Splitter waren die Sterne auseinandergestoben.

»Er sagte, er habe einen Sternhaufen schreien gehört«, flüsterte Jeanne kummervoll. Auch ich hatte an diesen sonderbaren Ausspruch von André zurückgedacht.

Die Ansammlung schwoll an, ihre Sterne liefen auseinander – der Ortungsstrahl der Mechanismen drang in ihr Inneres ein. Jetzt waren wir in der Nähe des Drohenden. »Im Überlichtbereich zwei Flottillen Sternenflugzeuge«, meldete der Automat.

Wir erblickten Punkte, die im leuchtenden Nebel des Stereoempfängers langsam dahinzogen. In der ersten Gruppe waren fünf, in der zweiten sieben Schiffe. Wohin wollten sie? Die blockierten Planeten der Galakten angreifen? War es eine übliche Reise in dem von ihnen ungeteilt kontrollierten Raum oder der grimmige

Versuch, die inneren Sternfeinde zu vernichten, ehe wir, die äußeren Feinde, kamen?

»Senden Sie die Mitteilung«, sagte ich zu Albert.

Es handelte sich um einen aus wenigen Worten bestehenden Aufruf, er war auf der Erde erörtert, den kosmischen Stationen und Bauobjekten zur Kenntnis gebracht worden, es war der erste Aufruf der Menschheit an die gesamte Sternwelt:

»Hier sprechen die Menschen. Hört uns an, Sternbewohner! Allen Vernünftigen und Gerechten bringen wir Frieden und Wohlstand. Wartet auf uns!«

»Ich sende den Aufruf, während ich den Perseus weiter orte«, teilte Albert mit. »Im dritten Verbindungskanal empfange ich sämtliche Raumwellensendungen.«

Die Kreuzer des Feindes strebten nach wie vor ungestüm irgendeinem Objekt zu, nichts deutete darauf hin, daß sie unsere Botschaft empfangen hatten. Beide Perseusgruppen schwiegen, die Sterne reagierten nicht auf den mächtigen Ruf der Menschheit. In der von unserem Strahl durchdrungenen Sternensphäre blieb das Weltall unerschüttert. Das Schweigen des Kosmos hatte keine Bedeutung. Die Sterne brauchten Zeit, um über unseren Aufruf nachzudenken. Wichtig war etwas anderes: Wir hatten jetzt eine Methode, um mit den fernen Winkeln der Galaxis so zu sprechen, als säßen unsere Gesprächspartner neben uns. Sie schwiegen noch, aber wir sahen sie schon, und sie hörten uns – bald würden sie antworten!

Es war gelungen, die Erde in das Ohr, das Auge und die Stimme des Alls umzuwandeln!

»Ich schalte die Ortung, die Sendungen und den Empfang auf automatischen Betrieb«, sagte Albert und ließ es im Saal hell werden.

Zu Jeanne sagte ich: »Du hast den Ort gesehen, wo André verschwunden ist, die Orte, wo er jetzt vermutlich schmachtet. Es ist nicht ausgeschlossen, daß unser Aufruf zu ihm dringt und er begreift, daß wir, schon gut vorbereitet, aufbrechen, um ihn zu befreien! Glaub mir, Jeanne, glaub mir, wir brauchen nicht mehr lange zu warten!«

Ich wandte mich nach Mary um. Sie war nicht mehr da.

»Deine Bekannte ging, als sich der Perseus zeigte«, sagte Jeanne. »Sie erhob sich leise und ging hinaus. Ich wollte dich darauf aufmerksam machen, aber du sahst so gespannt nach den Kreuzern. Bist du traurig, daß sie fort ist, Eli?«

»Kein bißchen«, sagte ich heiter. »Im Gegenteil – es freut mich.«

Danach wandte ich mich an Albert: »Also die Anlage ist in Betrieb genommen. Entsprechend dem Beschluß des Großen Rates bin ich von diesem Augenblick an frei. Ich wünsche Erfolg, Albert.«

Er drückte mir fest die Hand.

13

Nun blieb nicht mehr viel. Die Sachen waren beizeiten gepackt worden und erwarteten mich auf dem Kosmodrom. In drei Stunden startete der Abendexpreß zum Pluto. Ich rief Mary an. Sie hatte rote Augen, ich erkannte das sogar in der Videosäule.

Sie fuhr zusammen, als ich plötzlich vor ihr aufleuchtete.

»Sie haben versucht wegzulaufen«, sagte ich. »Ich will, daß Sie unverzüglich zu mir geflogen kommen. Ich brauche Sie doch sehr, Mary ...«

Sie blickte zur Seite, dann sagte sie unwirsch: »Schön, heut abend. Sofern ich Lust verspüren sollte, Sie zu sehen ...«

»Heute abend ist es zu spät, Mary. Ich fliege zur Ora.«

Überrascht schaute sie mir in die Augen. Sie begriff, daß ich nicht scherzte. »Gut, ich rufe eine Aviette.«

Gleichzeitig langten wir auf dem Kosmodrom an. Ihre Stimmung war erneut umgeschlagen. Jetzt war sie feindselig und gehässig. Sie reichte mir nicht die Hand, offenbar hatte sie vor, mich zum Abschied zu verspotten.

»Wir fliegen zum Perseus, und ich will, daß Sie mit uns fliegen.«

Sie schaute so verwundert drein, daß ich lachen mußte. Dann geriet sie in Rage: »Ich gehöre nicht zu denen, die Witze mögen«, sagte sie empört. »Ich bedaure, daß ich hergekommen bin.«

Ich hielt sie fest. »Das ist kein Witz, Mary. Noch nie hatte ich einen größeren Wunsch! Was hält Sie auf der Erde? Es wird Ihnen gefallen, das verspreche ich! Auf dem Pluto versorgen Sie sich mit allem, was Sie für die weite Reise brauchen.«

ZWEITES BUCH

Die Invasion im Perseus

ERSTER TEIL

Die Invasion im Perseus

I

Alles war Wiederholung, alles war anders.

Ich hatte mich wie ein Entdecker gefühlt, als ich zur Ora flog. Auf den Halbsphären des Raumbildschirms war die Sternenwelt von ungetrübter Helligkeit gewesen. Jetzt jagten wir einen glatten Weg dahin, Dutzende von Schiffen vor und hinter uns. Bekannte Sterne näherten sich uns und erloschen in der Ferne – es gab nichts Neues. Ich eilte zur Ora. Sternentourist wollte ich nicht mehr sein. Ich war jetzt Soldat der größten Armee, die von der Menschheit je aufgestellt war, und würde nicht pünktlich den Gestellungsort erreichen!

»Ich verstehe dich nicht«, sagte Mary und runzelte die breiten Brauen. Gerade hatte ich über die Verzögerung gejammert: Fünfzig startklare Schiffe mußten fast einen Monat auf dem Pluto schmoren, weil an einem Schäden festgestellt worden waren. »Ohne dich fliegt man nicht zum Perseus – wozu regst du dich auf? Und wird die Welt weniger schön, wenn du ihren Anblick schon einmal genossen hast?«

»Sie hört auf, überraschend zu sein«, murmelte ich. Wir saßen im Observationssaal, finster blickte ich auf den Aldebaran, er wurde einfach nicht größer.

Mary hat etwas mit Wera gemein, obwohl sie sich äußerlich nicht ähneln. Die geradlinige, trockene Frauenlogik ist jedenfalls bei beiden gleich.

»Schönheit ist Vollkommenheit, das heißt ein Maximum des stets Erwarteten und Gewünschten«, sagte Mary. »Etwas Gewünschtes und Erwartetes, das nicht überrascht – gib zu, Eli, das ist doch Unsinn.«

»Gib auch du zu, Wera …«, begann ich und stockte.

Mary lachte laut. »Ich habe deine Schwester nur auf Raumbildschirmen gesehen«, sagte sie. »Aber es ist nicht das erstemal, daß du mich Wera nennst. Und du versprichst dich nur dann, wenn du unrecht hast und du dich rechtfertigen willst. Stimmt's?«

Ich küßte Mary. Küssen scheint die einzige Beschäftigung zu sein, die keine Begründungen, keine Rechtfertigungen erfordert.

Sie beklagte sich dennoch: »Ich dachte, du würdest Reiseführer auf meiner ersten Sternenfahrt sein. Einst nannte man die Reisen Jungverheirateter Hochzeitsreisen. Ich habe den Eindruck, unsere Hochzeitsreise langweilt dich.« Ich mußte sie auf andere Gedanken bringen; rief mir ins Gedächtnis zurück, was ich über die Gestirne wußte, erzählte ihr von dem Flug zu den Plejaden und zum Perseus. »Rings um uns der Sternenabgrund, und wir fallen in ihn hinein«, sagte ich erregt. »Das muß man spüren, Mary – der Sternenabgrund, und du fällst hinein, fällst, fällst ...«

2

Die Ora bot sich uns nicht einsam dar, sie war hundertfach vorhanden – jeder der um die Ora konzentrierten galaktischen Kreuzer funkelte. So viele Freunde empfingen uns, daß ich beim Umarmen, Schulterklopfen und Händeschütteln müde wurde.

Trub kam geflogen und erhöhte das Durcheinander. Ziemlich zerdrückt befreite ich mich aus seiner geflügelten Umarmung.

Im ersten Jahr seines Aufenthalts auf der Erde hatte Trub das Alphabet gemeistert und vor dem Abflug zur Ora die Prüfung für die Anfangsschule abgelegt, und dazu gehören Integralrechnung und elementare Theorie der Materie. Auf der Ora hatte Trub Schulen für seine Artgenossen eingerichtet. Die Engel zeigten sich technisch ungewöhnlich begabt. Es zog sie besonders zu elektrischen Apparaten.

In den Boxen hinter den Pegasusställen erregte ein feuerspeiender geflügelter Drachen unsere Aufmerksamkeit. Er lag, flammendrot, in seinem dicken Panzer da, aus seinen Nüstern wölkte Rauch, und als er eine Flamme ausatmete, erscholl Grollen.

»Er hat ja eine Korona!« rief Mary.

»Ein Entlader!« erklärte Lussin stolz. »Schleudert Blitze, die einen Gegner in Schutt und Asche legen. Gut, nicht?«

Auf dem Kopf des Drachens erhob sich tatsächlich eine Korona – drei vergoldete Hörner. Von den Hörnern sprangen Funken, rötlicher Schein verklärte den Kopf des Ungeheuers. Blitzen, die einen Feind in ein Häuflein Asche verwandeln, glichen die Fünkchen nicht.

»Probier's aus!« sagte Lussin. »Wirf einen Stein. Oder was anderes.«

Es ist nicht einfach, auf der sauberen Ora ein Steinchen zu finden, deshalb warf ich mein Taschenmesser.

Der Drachen ruckte den Kopf herum, seine Augen funkelten, der Rumpf krümmte sich raubtierhaft, ein Blitz löste sich von der Korona und traf das Messer im Flug – es flammte auf und verwandelte sich in Plasma. Ein zweiter, noch heftigerer Blitz zuckte auf meine Brust zu. Würden die Orabewohner nicht durch individuelle Felder geschützt, wären wir bestimmt geblendet worden, und ebenso sicher hätte ich mich in ein Plasmawölkchen aufgelöst.

»Er kann auf einen Schlag drei Blitze schleudern«, erklärte Lussin begeistert. »In drei Richtungen. Er heißt Donnerschleuderer.«

»Gut und schön«, sagte ich. »Ein effektvolles Wesen. Aber was sollen uns im Perseus Donnerschleuderer und Pegasusse?«

»Es wird sich schon eine Verwendung für sie finden, Eli.«

Ich ahnte damals nicht, wie recht Lussin haben würde.

Mary und ich gingen hinaus, verließen Lussin mit seinen Geschöpfen und Trub.

Es war Abend, die künstliche Sonne erlosch.

Lange schlenderten wir die Prospekte entlang, betraten die leerstehenden Hotels.

Ich erzählte Mary, wie ich die Atairen, die Wegabewohner und die Engel kennengelernt hatte. André hatte hier seine großen Entdeckungen gemacht.

Die fast gänzlich erloschene Sonne entflammte zum Mond – Vollmond war auf der Ora.

»Du bist ein sonderbarer Mensch, Eli«, sagte Mary. »Weshalb hast du dich eigentlich in mich verliebt?«

»Ganz einfach. Weil du Mary bist. Die einzige und unwiederholbare Mary.«

3

»Du wunderst dich sicherlich, daß unsere Unterhaltung vertraulichen Charakter trägt«, begann Wera am nächsten Tag. »Auf Beschluß des Großen Rates soll ich mit dir erwägen, wen wir zum Admiral unserer Flotte ernennen. An einen Admiral werden andere Anforderungen gestellt als an die Kommandeure von Schiffen oder Geschwadern.«

Ich zuckte die Achseln. »Welche denn?«

»Erstens, allgemein menschliche – er muß tapfer, entschlossen, standhaft und zielstrebig sein und eine rasche Auffassungsgabe haben ... Ich hoffe, ich brauche nichts zu erläutern! Zweitens, spezielle – er muß fähig sein, ein Schiff und Menschen zu befehligen, sich in den galaktischen Räumen zu orientieren, den Gegner und seine Kampfmethoden zu verstehen. Und schließlich die besonderen Eigenschaften – er muß außerordentlich klug sein und urteilen können, er muß ein Gefühl für das Neue sowie auch ein gutes teilnahmsvolles Herz und Verständnis für unsere historischen Aufgaben haben ... Denn dieser Mensch, unser Admiral, wird der oberste Vertreter der Menschheit sein angesichts der zweifellos alten und machtvollen galaktischen Zivilisationen.«

Ich lachte laut. »Du zeichnest nicht das Bild eines Menschen, sondern einer Gottheit.«

»Nur solch ein Mensch wird gebraucht. Keinem anderen können wir das Oberkommando anvertrauen.«

Wir gingen die Kandidaten durch.

Olga, Leonid, Oshima, Allan. Ich sagte, André würde sich am besten eignen, wenn er nicht in Gefangenschaft wäre. Wera lehnte auch ihn ab – sie meinte, André habe zwar einen scharfen, aber keinen großen Verstand.

Ich wurde ärgerlich, dieses Kandidatenspiel langweilte mich allmählich. Mir war es gleich, wer mich befehligen würde. Sollte man sich doch an die Große Maschine wenden, der leidenschaftslose Apparat würde gewiß eine genaue Antwort geben.

»Wir haben uns an die Große gewandt.«

»Davon hatte ich keine Ahnung.«

»Es wurde geheimgehalten. Wir hatten die Maschine ersucht, zu prüfen, ob unser vom Großen Rat einstimmig gewählter Kandidat der richtige sei. Die Maschine hat unsere Wahl bestätigt.«

Ich war verletzt, sehr sogar. Den Beschluß des Großen Rates hätte man vor mir nicht geheimhalten dürfen, dies und das verstehe ich ja auch von den Perseusangelegenheiten.

Trocken fragte ich: »Wer ist denn dieser erstaunliche Mensch, der so vollkommene Qualitäten besitzt, daß ihr ihn einstimmig zum Leiter gekürt habt?«

Sie sagte gelassen: »Du, Eli.«

Ich war derart verblüfft, daß ich nicht einmal wütend wurde. Dann versuchte ich zu beweisen, daß der Beschluß Unsinn sei, Verwechslung, Quatsch, dummes Zeug, eine Unüberlegtheit, sie könne von diesen Begriffen wählen, welchen sie wolle. Jedenfalls kennte ich mich ausgezeichnet. In keiner Hinsicht paßte ich in die von ihr gezeichnete Silhouette des idealen Politikers und erfolgreichen Heerführers.

Sie hatte sich beizeiten auf Streit vorbereitet. Meine Argumente prallten an ihr ab wie Erbsen an einer Wand.

»Du sprichst dir wohl überhaupt jegliche Qualitäten ab?«

»Ein paar gute menschliche Fehler habe ich auch.«

»Nicht sehr stichhaltig, aber beißend, Eli.«

»So ist es eben.«

»Ich habe dir aufmerksam zugehört, leider habe ich nichts Gescheites vernommen«, erklärte Wera. »Solltest du dich halsstarrig zeigen, wird dein Widerstand befremdend und beleidigend wirken. Warum willst du denen Kummer machen, die dir vertrauen?«

Bedrückt schwieg ich. Wie als Kind, wenn sie mit mir zankte, konnte ich mich ihrer Beharrlichkeit nicht erwehren. Es war keine Freude.

Ich erinnerte mich, wie entrüstet ich über die Ruhe von Olga war, als sie zum Geschwaderkommandierenden ernannt wurde. Meine frühere Naivität war restlos dahin – ich frohlockte nicht, sondern schreckte vor der riesigen Verantwortung zurück.

»Die Schiffskapitäne waren begeistert, als sie den Beschluß des Großen Rates erfuhren. Ist dir das zuwenig?«

Ich sah ein, daß es keinen Ausweg für mich gab. »Einverstanden«, sagte ich.

Etwas anderes hatte sie nicht erwartet. »Nun will ich dir die anderen Ernennungen mitteilen. Du wirst zwei Stellvertreter und drei Gehilfen haben. Dein Stellvertreter für Staatsangelegenheiten bin ich. Stellvertreter für Astronavigation ist Allan Krus. Die Gehilfen, die die drei einzelnen Geschwader befehligen, sind Leonid, Oshima und Olga. Hast du Einwände?«

»Nein, selbstverständlich nicht.«

»Noch ein Punkt. Du warst einmal mein Sekretär, freilich kein besonders guter. Nun mußt du selber einen Sekretär haben. Man schlägt dir vor ...«

»Hoffentlich nicht dich!«

»Ich bin dein Stellvertreter, das ist mehr als ein Sekretär.«

»Entschuldige, in Rängen bin ich nicht stark. Also, wer soll mein Sekretär werden«

»Pawel Romero. Er ist auch mit der Funktion eines Chronisten der Fahrt betraut. Doch wenn du dagegen bist, suchen wir einen anderen.«

Ich überlegte. Es gab keinen anderen Menschen, der sich so kraß von mir unterschied. Aber vielleicht mußten unsere Charaktere verschieden sein, damit wir erfolgreich zusammenarbeiten konnten?

Wera wartete ruhig, zu ruhig, auf meine Entscheidung. Ich lächelte, denn ich durchschaute sie.

»Pawel wird wahrscheinlich ein besserer Sekretär als ich ein Kommandierender sein. Ich nehme ihn gern.«

4

Früher hatte ich nicht die geringste Vorstellung, wie schwierig das Kommandieren ist. Hätte man mich von neuem vor die Wahl gestellt, ich hätte es vorgezogen, mich unterzuordnen. Für alles war ich verantwortlich und doch nur von einem winzigen Teil dieses »alles« informiert. Ein erfahrener Militär hätte über meine Organisationsversuche gelacht. Vor der Schande bewahrte mich allein der Umstand, daß es schon lange keine echten Militärs mehr gab.

Eins war mir bald klar: Die Flotte war noch nicht soweit, um sich auf die weite Fahrt zu begeben.

Das berichteten wir der Erde durch die Überlichtkanäle. Wir brauchten mindestens noch ein Jahr Vorbereitung.

Einmal wandte sich Romero mit einer Bitte an mich. »Lieber Admiral«, er und Oshima nannten mich nur noch so, Oshima ernsthaft, Romero nicht ohne Ironie, »ich möchte Ihnen vorschlagen, einen neuen Punkt in Ihren Tagesplan einzusetzen: Memoiren schreiben.«

»Memoiren? Ich verstehe nicht, Pawel. Im Altertum gab es so was. In unserer Zeit Erinnerungen schreiben?«

Es sei notwendig, meine Erlebnisse zu fixieren, das hätten alle historischen Persönlichkeiten der Vergangenheit getan, und ich sei jetzt zweifellos auch eine historische Persönlichkeit.

»Nach der Fahrt werde ich, sofern wir gesund und munter zurückkehren, die wichtigen Ereignisse diktieren, die uns dort begegnen.«

Romero ließ sich nicht beirren. Als Chronist der Fahrt werde er die wichtigen Ereignisse schildern. Ich müsse von meinem Leben erzählen. Mein Leben sei eine bedeutende historische Tatsache geworden, und wer kenne es besser als ich?

Am selben Tag begann ich mit meinen Erinnerungen.

5

Unsere Meldung, die Geschwader seien zu der weiten Reise noch nicht bereit, erzeugte Unruhe auf der Erde. Wera und ich wurden zu einer Sitzung des Großen Rates gerufen. Ich ging zu Mary, um sie zu bitten, uns zur Erde zu begleiten. Wir sahen uns jetzt wochenlang nicht. Ich verschwand auf den Schiffen, wechselte von einen zum anderen über, und Mary beschäftigte sich in den Laboratorien der Ora.

Mir kam es so vor, als sei sie krank. Selbstverständlich wußte ich, daß auf der Ora ebenso wie auf der Erde Krankheiten ausgeschlossen sind. Aber Mary sah traurig aus, ihre Augen glänzten, ihre geschwollenen Lippen waren trocken, und ich machte mir Sorgen.

»Ach was, gar nichts ist mit mir, ich bin gesund für zwei«, sagte sie unwirsch. »Wann fliegt ihr?«

»Vielleicht doch: fliegen ›wir‹? Warum willst du auf der Ora bleiben?«

»Warum soll ich zur Erde fliegen? Du mußt, also fliege!«

»So eine lange Trennung, Mary ...«

»Sind wir hier nicht getrennt? Im letzten Monat habe ich dich dreimal gesehen. Wenn das keine Trennung ist, dann kann ich mich nur freuen über dein erstaunliches Gefühl für Nähe.«

»Auf dem Schiff werden wir ständig beisammen sein.«

»Auch dort wirst du einen Grund finden, mich allein zu lassen. Versuch nicht, mich zu überreden, Eli!«

Ich schwieg.

Sanfter sagte sie: »Ich habe einen Auftrag für dich – eine Liste von Material, das ich für meine Arbeit im Labor brauche. Bring bitte alles mit.«

Die Materialliste war so umfangreich, daß sie auf einem Meterband kaum Platz fand. Mary begleitete mich zur »Bootes«, wir umarmten und küßten uns.

Im Salon sagte Wera: »Mary sieht gut aus, Eli. Sie ist gesund, nicht wahr?«

»Gesund für zwei. Das hat sie selbst gesagt.«

Wera schaute mich prüfend an, doch über Mary sagte sie kein Wort mehr. Während des Fluges hatte ich unendliche Konferenzen mit Wera und ihren Mitarbeitern. Sie hatte über hundert, und dieses Kollektiv arbeitete Einzelheiten der menschlichen Weltallpolitik aus.

Während eines Symposiums über die Natur des galaktischen Gut und Böse platzte ich, etwas konfus, heraus: »Was hat es für einen Sinn, in Einzelheiten zu wühlen? Wenn ich Verderber treffe, brauche ich bloß die Nase ans Periskop zu halten, dann weiß ich sofort, wie ich zu handeln habe.«

»Eine politische Ader hast du nicht«, sagte Wera vorwurfsvoll.

»Sehne, Wera, nicht Ader. Denn eure gelehrten Reden sind derart trocken, daß es mich reizte, einen Skandal vom Zaun zu brechen und das Gute zu Fall zu bringen.«

»Die Ergebnisse unserer Arbeit wirst du trotzdem zur Kenntnis nehmen müssen.«

Von dem Tag an ging ich nicht mehr zu den Konferenzen bei Wera, sondern las mir vor unserer Ankunft auf der Erde ihren Vortrag durch, den sie vor dem Großen Rat halten wollte – eine lange Liste politischer Erwägungen für alle Fälle unserer Expedition. Keine war überraschend für mich. Sie ließen sich auf die einfache Formel bringen: Verhalte dich menschlich gegenüber allen vernünftigen Wesen des Alls, unterstütze das Gute, kämpfe gegen alles Böse. Mir scheint, es hätte nicht so vieler Arbeit bedurft, um schließlich diesen unanfechtbaren Katechismus vorzulegen.

»Ich bin heilfroh, daß du nichts Neues gefunden hast«, sagte Wera kalt.

»Was gibt es da zu freuen?«

»Die Tatsache, daß dir unsere galaktische Politik unanfechtbar erscheint. Gib zu, es wäre doch traurig, wenn der Leiter des größten Feldzuges der Menschheit an dessen Zielen und Aufgaben zweifelte.«

An ihren Worten war etwas Wahres. Jedenfalls nahm der Große Rat ihren Vortrag »Die Prinzipien der galaktischen Politik der Menschheit« enthusiastisch auf. Auch mir wurde Beifall gespendet, obwohl ich keine edlen Ziele ausmalte, sondern materielle Schwierigkeiten, und die Ratsmitglieder nicht zu Enthusiasmus entflammte, sondern ihnen mit dem Scheitern der Expedition drohte, falls nicht sofort energische Maßnahmen getroffen würden.

Nach der Sitzung flogen die Ratsmitglieder zu den Produktionsplaneten, um die nachhinkenden kosmischen Werke anzufeuern, während Wera und ich uns auf die Rückreise vorbereiteten. Ein paar Tage dauerte es, bis ich das Material für Mary beisammen hatte. In den vier Monaten unserer Trennung war Mary füllig geworden. Sie bewegte sich plump und vorsichtig. Zuerst stieß ich verwundert einen Pfiff aus, dann packte ich sie bei den Armen.

»Vorsicht!« sagte sie. »In der Schwangerschaftsprognose ist nicht vorgesehen, mich an den Armen zu zerren.«

»Wenigstens ein Wörtchen hättest du doch sagen können! Und Wera ist wirklich gut, sie wußte es doch sicherlich!«

»Sie wußte es, aber du solltest es erraten!« versetzte Mary heiter. »Außerdem hatte ich dir gesagt, ich sei gesund für zwei; einem einfachen Menschen, keinem Admiral, wäre es wie Schuppen von den Augen gefallen. Und Wera schwieg, weil wir das vereinbart hatten, du solltest dir keine Sorgen um mich machen.«

Ich überschüttete Mary mit Fragen: ob sie einen Jungen oder ein Mädchen erwarte, wann die Geburt sei, wie sie verlaufen werde. Mary hob flehend die Hände. So zufrieden hatte ich sie lange nicht gesehen.

»Nicht alles auf einmal, Eli! In einem Monat bekommst du einen Sohn, du mußt dir sofort einen Namen überlegen. Sag mir nun, was aus meinen Aufträgen geworden ist.«

»Hundert schwere Kisten – das sind deine Aufträge. Die altertümlichen Kernbomben in den Museen sind leichter als deine Frachten.«

»In den Kisten sind tatsächlich Bomben, aber solche, die Leben verbreiten, nicht Tod.«

»Leben, sagst du?«

»Ja, Leben. Warum wundert dich das? Leben zu spenden ist doch das Schicksal von uns Frauen. Zerstören ist ein uraltes Privileg der Männer. Und wenn bei den Verderbern …«

»Versuch mich nicht zu überzeugen, Mary. Dem Matriarchat stimme ich nie zu. Das Maximum meiner Zugeständnisse in dieser Hinsicht ist die Gleichberechtigung.«

Mary wollte auf der Ora entbinden. »Ich habe schon Spychalski gefragt, er ist einverstanden, daß ich hier bleibe. Mach nicht so ein bekümmertes Gesicht, hier habe ich es nicht schlechter als auf der Erde.«

»Dann wollen wir unseren Sohn Aster nennen«, sagte ich feierlich. »Da er als erster Mensch auf einem anderen Stern geboren wird, soll er einen Sternnamen tragen.«

6

In diesen aufreibenden Tagen mußte ich oft an André denken – ich hatte ihn verspottet, weil er sich um Jeanne sorgte, obwohl er wußte, daß sein Sohn zum angekündigten Termin gesund zur Welt kommen würde. Ich wußte, daß Aster eine glückliche Geburt garantiert war, dennoch regte ich mich nicht weniger als André auf.

Selbstverständlich war er ein prächtiges Bürschchen, unser Aster, fünf Kilogramm Muskeln und Liebreiz, er lachte, kaum hatte er die Augen geöffnet, freudig strampelte er mit den Beinchen.

Es hagelte Glückwünsche von der Erde, der erste von Albert. Er gratulierte Mary und mir auf seine Art.

Er hatte die Große ersucht, sie möge ausrechnen, von welchen kosmologischen Problemen die jetzt zur Welt kommende Menschengeneration einst geplagt werde. Die Große hatte zwei Probleme herausgestellt: das Vordringen in den durch dunkle Nebelschwaden verdeckten rätselhaften Galaxiskern und das fortschreitende Herausfallen der Hyaden aus unserem Universum. Jetzt unterlag es keinem Zweifel mehr, daß die Sterne der Hyaden mit wachsender Geschwindigkeit in eine Grube im Kosmos stürzten, in einen Abgrund, der sich speziell für sie aufgetan zu haben schien.

Aster wird sich als erster Mensch in diese Sternenklüfte stürzen, prophezeite Albert, als erster Mensch wird er erforschen, ob sie tatsächlich unergründlich sind. Mary sah heiter und schön aus, als man mich zu ihr ließ. Man konnte meinen, sie habe einen Spaziergang hinter sich, keine Geburt.

»Ich wußte, daß Aster dir ähneln würde«, sagte sie. »Schon im dritten Schwangerschaftsmonat hatte ich seine Horoskopfotos, ich zeigte sie dir nicht, weil ich unzufrieden mit dir war. Rechtfertige dich nicht! Sag mir lieber, wann es losgeht!«

»Bald. Willst du unserem Abflug beiwohnen, oder kehrst du eher zur Erde zurück?«

»Ich will mit dir fliegen!« platzte sie heraus.

»Unsinn!« sagte ich großmütig. »Ich weiß, junge Mütter haben oft seltsame Anwandlungen.«

»Du bist dir noch gar nicht über meine Anwandlungen im klaren«, bemerkte sie. »Du mußt mich und Aster mitnehmen.«

Ich versuchte sie umzustimmen.

»Es ist zwecklos, mich überreden zu wollen, wir fliegen mit dir.«

»Aber warum?« rief ich. »Erkläre mir, wozu willst du dich und Aster den Widrigkeiten der weiten Reise aussetzen?«

»Ich will mich weder von Aster noch von dir trennen. Was soll ihm denn passieren? Die Kinderkrankheiten sind längst überwunden, weißt du das nicht?«

»Du willst, daß ich Aster in das Verzeichnis der Besatzung eintrage?«

»Sei nicht ironisch. Genau das will ich.«

Ich trat zu dem Kleinen. Er strampelte und sprudelte. Aus seinen gescheiten Augen blickte er mich an und sagte undeutlich: »Hm!« Er hatte nicht geschlafen, der Umwelt entrückt, wie es andere Kinder seines Alters tun, er lebte schon, zappelte, energisch in dieser für ihn neuen Welt.

»Aster, mach dich marschbereit!« sagte ich froh. »Zieh dir die Rüstung an und setz dich in Marsch!«

Deutlicher und lauter als vorher sagte er: »Hm!«

Mir zieht sich das Herz zusammen, wenn ich an jenen Tag zurückdenke und an das, was dann geschah. Selbst die zufälligen Umstände fügten sich so, daß sie sich wie Strahlen, die von einem konkaven Spiegel reflektiert werden, in einem unheilvollen Brennpunkt sammelten, und in diesem Brennpunkt war die Unvermeidlichkeit.

7

Wir flogen in zwei Geschwadern zu je hundert Sternenflugzeugen, jedes Schiff war ungefähr fünfzigmal stärker als die leistungsstarke »Raumfresser«. Ich hatte meine Admiralsantenne auf der »Bootes« aufgepflanzt – Oshimas Flaggkreuzer. Hier hatten sich auch Wera und Lussin einquartiert. Auf der »Skorpion«, Leonids Kommandeursschiff, war Allan mit seinem Stab.

Die Nachrichten, die wir vor unserem Aufbruch von der Erde erhalten hatten, berechtigten nicht zu großen Hoffnungen. Alberts Überlicht-Ortungsgeräte hatten in den Sternklüften des Perseus keine Veränderungen festgestellt. Die in das größte Auge und Ohr des Alls verwandelte Erde blickte und horchte vergeblich in die zwei Sternenfäuste, die bei einem gigantischen kosmischen Schlag zusammengeprallt waren – aus dem Perseus drangen keine neuen Laute, keine neuen Bilder flammten darin auf.

Nur eine rätselhafte Erscheinung gab es kurz vor unserem Start, wir maßen ihr keine Bedeutung bei, und wenn wir auch begriffen hätten, was sie in sich barg, hätte sich das schwerlich auf unsere weiteren Handlungen ausgewirkt. Albert teilte mit, ein Stern der Gruppe x sei plötzlich verschwunden, ein Gestirn mit einem einzigen Planeten, der allem Anschein nach von Zerstörern besiedelt war – ein »Verderbergestirn« unserer Terminologie zufolge.

»Und das war kein übler Stern, ein Gigant der Klasse K, absolute Leuchtkraft, ungefähr zehntausendmal heller als die Sonne! Auf den Fotografien ist er deutlich zu sehen, während sechshundert Jahren Fotografierens hat sich sein Glanz keinen Deut geändert, eine geradezu rührende Beständigkeit. Und mit einemmal – nichts! Und was das putzigste ist, er ist innerhalb weniger Sekunden verschwunden, als wäre er in eine Luke gepurzelt, aus dem Sein ins Nichtsein, andere Worte finde ich dafür nicht.«

»Handelt es sich vielleicht um Annihilation?« fragte ich. Alberts Mitteilung machte mir Sorge. Wenn sich die Zerstörer die Kunst der Umwandlung von Materie in Raum zu eigen gemacht hatten, so war unser militärischer Hauptvorteil ihnen gegenüber verloren. »Haben Sie geprüft, ob sich die Gruppe erweitert hat?«

Albert beruhigte mich: »Sie haben eine schlechte Meinung von mir, Eli, wenn Sie glauben, ich hätte nicht sofort gerade dies untersucht – ob Kavernen entstanden sind. Kein zusätzlicher Raum im Perseus! Ich sage Ihnen, der Stern ist einfach verschwunden und basta!«

»Wurde mit Hilfe der Raumwellenstation beobachtet?«

»Für was für Ignoranten halten Sie uns eigentlich, Eli? In der Optik wird dieses Sternchen – wir haben es den Orangefarbenen genannt – noch mindestens fünftausend Jahre friedlich leuchten. Er ist im Überlichtbereich verschwunden.«

Die Raumwellenstationen auf den Sternenflugzeugen und auf der Ora waren zu schwach, um den Verlust und das Erscheinen des Orangefarbenen zu fixieren, dagegen sahen wir ihn in der Optik gut.

Es war ein effektvoller Stern – hellorange, ungestüm lohend, sein rastloses Funkeln überstrahlte alle Nachbarn. Mir war schon früher aufgefallen, daß die Zerstörer für ihre Siedlungen gerade solche Gigantensterne der späten Spektralklassen gewählt hatten. »Ein Bruder des Drohenden«, sagte ich zu Oshima über den Orangefarbenen.

Wir betrachteten ihn begeistert und feindselig zugleich – die Schlacht im Bezirk des Drohenden war uns noch in Erinnerung.

Drei Tage nach seiner ersten Mitteilung meldete Albert, der Orangefarbene sei wieder an seinem alten Platz und leuchte ebenso machtvoll und friedlich wie sonst.

Diese Geschichte beschäftigte uns nicht lange und beunruhigte keinen von uns sonderlich. Romero vermutete, die Ursache liege in Störungen der Station, die Ortung mittels Raumwellen sei eine unerprobte Sache, und offensichtlich habe der Stern nicht eine zirzensische Illusion zum besten gegeben, sondern unvermutete Störungen im Überlichtbereich seien aufgetreten.

Wir waren oberflächlich in unseren Schlußfolgerungen, ich gestehe das jetzt ein. Niemand kennt die Zukunft. Auch ich kannte sie nicht.

Unsere Fahrt zu den Sternhaufen des Perseus will ich nicht schildern. Ich erwähne nur, daß jedes unserer Schiffe schneller war als die »Raumfresser«, doch die Flotte insgesamt bewegte sich langsamer als jeder galaktische Kundschafter. Wir konnten nicht damit rechnen, daß sich eine solche Armada unbemerkt an die Festungen der Zerstörer heranschleichen könnte, Maßnahmen mußten getroffen werden, um nicht unterwegs von einem feindlichen Angriff überrascht zu werden.

Obwohl es die Verderber nicht wagten, uns während unserer Reise zu überfallen, sondern ausgeklügeltere Abwehrmittel ersannen, tut es mir auch heute nicht leid, daß ich der Ungeduld der anderen Kapitäne widerstand, die hartnäckig forderten, die Fluggeschwindigkeit zu erhöhen.

Wir jagten in zwei Kielwasserformationen dahin.

Aster war im sechsten Jahr, als die gigantische Gruppe der Perseusgestirne den ganzen Sternhimmel vor uns einnahm.

8

Wir wurden erwartet.

Als wir vom Perseus noch weit entfernt waren, begannen wir Mitteilungen zu entschlüsseln, die unsere Freunde uns sandten, aber auch Meldungen, die die Feinde über uns austauschten. Wie bei der Erkundungsfahrt der »Raumfresser« erhob sich auch jetzt ein Sturm der Störungen.

Fremde Geräusche machten die Informationen der Galakten zunichte, und die Depeschen der Zerstörer waren so wenig verständlich, daß ihre Entschlüsselung nichts Wertvolles ergab.

Wir näherten uns dem Gürtel kosmischer Leere, der beide Gruppen trennte: die nähere h und die ferne x. Der Abstand zwischen den Gruppen betrug rund hundert Parsec – ein Katzensprung bei den Maßstäben der Galaxis, keineswegs ein Katzensprung für unsere Schiffe. Einige Kapitäne forderten, die nähere Gruppe h zu erforschen, trotzdem schwenkte ich zur x ab, wo wir schon einmal gewesen waren – dort warteten gut vorbereitete Feinde, aber auch Freunde auf uns. Die unbekannten Freunde hatten schon bei unserem letzten Besuch alles unternommen, um uns zu helfen, es bestand Grund zu der Hoffnung, daß sie es wieder versuchen würden, diesmal vielleicht mit größerem Erfolg.

Bald blieben rechts und links die leeren Randsterne zurück, und wir befanden uns in dem Gebiet, wo sich die Gestirne dicht aneinanderdrängten.

Jedes Geschwader bewegte sich selbständig – in Form eines Rammsporns zu acht Schichten mit einer Schneide. In Oshimas Geschwader bildete die »Bootes« die Schneide, ihr folgten die »Jagdhund«, und rings um die »Jagdhund« hatten sich zwölf Sternenflugzeuge verteilt. Diese Schicht aus dreizehn Sternenflugzeugen, eins in der Mitte und zwölf ringsherum, wurde siebenmal wiederholt – der Durchmesser wurde von Schicht zu Schicht größer.

Der kolossale Kegel stürmte das nichteuklidische Netz, in dem sich die »Raumfresser« einst beinahe verfangen hätte. Den Berechnungen der Schiffsmaschinen zufolge reichte unsere Kraft aus, um beliebige Metrikstörungen zu überwinden.

In einer Entfernung von ein paar Lichtwochen stieß eine ebensolche Abteilung von Sternenflugzeugen unter dem Befehl von Allan einen Tunnel in den nichteuklidischen Raum. Allans erste Depeschen besagten, daß alles gut laufe.

An einem Erfolg zweifelten wir nicht.

Ich erinnere mich gut an den Tag, da unsere Überzeugung, wir würden einen leichten Sieg erringen, ins Wanken geriet.

Wir saßen zu viert im Kommandeurssaal – Oshima, Wera, Romero und ich.

Das Sternenlicht war so hell, daß ich die Gesichter meiner Freunde erkannte. Unser Geschwader flog, Raum fressend, auf ein gelbrotes Gestirn mit einem Planeten zu. Das war der Orangefarbene, der vor unserem Aufbruch von der Ora plötzlich aus dem Perseus verschwunden und dann ebenso plötzlich wieder aufgetaucht war. Albert hatte ihn friedlich genannt. Doch auf mich hatte er auch von der Ora aus keinen friedlichen Eindruck gemacht – sein leidenschaftliches Leuchten beunruhigte mich.

Ich beobachtete mißtrauisch den Orangefarbenen. Die Raumwellen, die den seltsamen Stern geortet hatten, wurden im Gerät in ein gewöhnliches optisches Spektrum umgewandelt. Erstaunliche Veränderungen erwartete ich von ihm – Explosionen, gigantische Protuberanzen. Hätte er sich vor meinen Augen in eine Supernova verwandelt, würde ich mich nicht gewundert haben.

»Warum starrst du unentwegt auf den Orangefarbenen?« fragte Wera.

»Irgend etwas wird passieren«, sagte ich. »Das ist doch nicht bloß ein Gestirn, sondern eine Sternwaffe der Verderber … Hoffentlich donnert er uns nicht eine Salve zerstörender Teilchen und vernichtender Felder entgegen!«

»Das sollen sie nur versuchen, Admiral«, versetzte Oshima. »Unsere Mittel zur Abwehr von Teilchen und Feldern sind durchaus zuverlässig.«

Als hätte ich es heraufbeschworen, ereigneten sich bald darauf Veränderungen, doch sie entsprachen nicht unseren Erwartungen. Der Orangefarbene flammte nicht auf, keine ungeheure Explosion, durch die Massen von vernichtenden Strahlen ausgestoßen worden wären. Er begann trübe zu werden. Verdutzt blickten wir uns an. Etwas Unheilvolles war an diesem erblindenden Glanz.

»Eine Mitteilung von Allan!« rief Romero.

Der Versuch von Leonids Geschwader, ins Innere des Sternhaufens einzudringen, war gescheitert. Es hatte sich wiederholt, was mit der »Raumfresser« praktiziert worden war, mit dem Unterschied nur, daß man uns damals aus der Gruppe nicht herausgelassen hatte, während man uns diesmal nicht hineinließ.

Und obwohl jetzt mehr als hundert Höchstleistungsschiffe gegen die Sternmauer des Feindes anrannten, während damals nur ein unvorsichtiger galaktischer Kundschafter in dem Labyrinth hin und her jagte, änderte sich nichts. Ebenso ungestüm wie Leonid den Geschwader-Rammsporn gegen die Wälle des Gegners stieß, prallte die Sternenflugzeug-Abteilung zurück: Die hinteren Schichten des Rammsporns griffen noch die Randsterne der Gruppe an, da flog die Schneide, das Flaggschiff »Skorpion«, bereits in den leeren Kosmos hinaus.

Der Sternhaufen x hatte sich verbarrikadiert.

»Gestern gab es keinen Ausgang, heute gibt es keinen Eingang.«

»Aber wir rücken vor, Admiral!« rief Oshima. »Wir greifen an. Was dem Geschwader von Leonid nicht gelungen ist, gelingt vielleicht meinem!«

Der Orangefarbene trübte sich mehr und mehr. Ich verstand schon, daß das mit der Raumkrümmung zusammenhing.

»Erwartest du etwas, Eli?« fragte Wera.

»Ja. Ich erwarte, daß man uns so schnell hinausbefördert, daß wir nicht einmal dazu kommen, Geschwindigkeit zu vermindern.«

Bald darauf informierte uns die Schiffsmaschine, daß die Krümmung im Raum größer würde. Wir wurden hinausgeworfen.

»Vorläufig handeln die Zerstörer nach Schablone«, bemerkte Romero. »Sie wirken unserer Fortbewegung nicht entgegen, sondern geben uns seelenruhig eine andere Richtung. Gedenken Sie neue Varianten zu suchen, lieber Admiral?«

»Ich suche bereits ...«

»Und?«

»Wenn die Verderber ihre erfolgreiche Methode wiederholen, warum sollen wir dann nicht Olgas Schlag gegen den kleinen Planeten wiederholen? Wir annihilieren ein passendes Objekt am Rande der Gruppe und dringen durch das von uns geschaffene Leeretor ein.«

Oshima überließ das Kommando den Automaten, wir schalteten im Saal das Licht an.

Auf den Halbsphären leuchteten die Karten der Gruppe x auf. Sie war nicht so kompakt wie die Kugelhaufen an den Rändern der Galaxis, hier fanden sich außer einsamen Sternen mit kleinen Planeten auch finstere kosmische Herumtreiber, die mutlos die Gruppe umwanderten. Wir mußten einen Planeten wählen, der den feindlichen Festungen möglichst nahe war, damit es ihren Krümmungsmechanismen nicht gelang, die von uns erzeugte Leere in die Raumfelder einzubeziehen.

In dem Bezirk, dem sich beide Geschwader genähert hatten, gab es etwa ein Dutzend Planeten rings um einsame Sterne und ungefähr genausoviel galaktische Herumtreiber, deren Klasse größer als die der Planeten, aber bedeutend kleiner als die der Sterne war. Jedes dieser Objekte konnten wir benutzen, um durchzubrechen.

»Wir sehen unangenehmen Tatsachen ins Auge. Der Frontalangriff ist nicht gelungen. Und wird nicht gelingen, sooft wir ihn versuchen«, folgerte ich aus unserem Gespräch. »Eine neue Variante würde Monate, vielleicht sogar ein Jahr erfordern. Da die geraden Wege versperrt sind, bleibt nichts anderes übrig, als einen Umweg zu machen.«

9

Ich ging zu Mary ins Laboratorium. Sie beschäftigte sich mit der Züchtung einfachster Lebensformen für unterschiedliche Bedingungen von Nährböden, Gravitation, Temperatur und Druck. Das Material, das ich ihr von der Erde gebracht hatte, war für diese Arbeit bestimmt gewesen.

Gleichgültig beobachtete ich, wie Mary mit durchsichtigen Glaskolben hantierte. In den Kolben plätscherte etwas Trübes.

»Uninteressant, nicht?« fragte Mary lachend.

»Stimmt«, antwortete ich. »Dünnflüssiger Schlamm.«

»Und wenn ich dir sage, daß ein Tropfen dieses Schlamms, fällt er zufällig aus dem Kolben, ausreicht, unser Sternenflugzeug vollständig zu vernichten – findest du das dann immer noch uninteressant?«

Ich hielt den Kolben gegen das Licht. Zweifellos enthielt er eine Bakterienkolonie. Von Bakterien, die Schiffe vernichteten, war mir noch nie etwas zu Ohren gekommen. Ich bat Mary, mir zu erklären, wie derart gefährliche Präparate aufs Sternenflugzeug gelangen konnten.

»Sie sind gemäß den gesetzlichen Vorschriften in die Inventarlisten des Schiffes eingetragen«, beruhigte mich Mary.

»Aber sie haben zerstörende Wirkung. Der Expeditionsleiter muß wissen, zu welchem Zweck auf dem Schiff Dinge auftauchen, die den Tod in sich bergen.«

»Habt ihr nichts hier, was potentiell gefährlich wäre? Neben den Annihilatoren, die Planeten vernichten, nehmen sich meine Mikroben wie ein Schwarm Wespen neben einem Tiger aus.«

Mary berichtete mir, auf der Erde wären kürzlich erstaunliche Körperchen synthetisch hergestellt worden – mikroskopisch winzige Atomwerke. Bei genügender Energiezufuhr bauten sie die Atomkerne um, die Bestandteil ihrer Nahrung sind.

»Diese Winzlinge hier ernähren sich von reinem Eisen«, sagte Mary und betrachtete den Kolben wohlgefällig. »Und nachdem sie ihre Arbeit getan haben, ist kein Eisen mehr vorhanden, dafür Sauerstoff und Wasserstoff, Silizium und Kohlenstoff … Wenn wir irgendwo einem Planeten aus reinem Eisen begegnen, infiziere ich ihn mit diesen Bakterien, und nach ein paar Jahrtausenden hat sich auf dem leblosen Metall eine auflockerbare Schicht gebildet, die durchaus geeignet ist, Pflanzen zu ernähren.«

Befriedigt sagte ich: »Du darfst dich weiter mit deinen winzigen Ungeheuern abgeben, für das Sternenflugzeug sind sie ungefährlich. Eisen wird im Schiffsbau seit langem nicht mehr verwendet.«

Mary schaute mich verschmitzt an. »Ich habe noch zwei Dutzend Kolben, die diesen gleichen, und in jedem befindet sich Schlamm. Doch der zerfrißt nicht Eisen, sondern andere Elemente.«

Aster hatte uns zugehört. Wo Mary war, da war auch er. Jetzt hockte er auf dem Fußboden und bastelte an einem defekten Spielzeugdrachen.

»Papa, repariere den Gravitator«, bat er. »Ich bin schon zweimal zu Boden geplumpst.«

An dem Drachen waren die Gravitationskontakte schlecht eingepaßt – das übliche Malheur bei diesem Spielzeug.

Nachdem ich die Strahler mit einer kleinen Bürste gesäubert hatte, tollte Aster im Laboratorium umher, bald flog er zur Decke, bald rasselte er mit den Flügeln an meinem Ohr.

»Hast du keine Angst, daß er abstürzt?« fragte mich Mary vorwurfsvoll. »Ich war froh, als diese scheußliche Echse streikte. Wenn es doch einmal einen Tag ohne Schrammen und blaue Flecke abginge!«

»Ein Junge ohne Schrammen ist kein richtiger Junge«, versetzte ich und beobachtete Aster verstohlen, um ihm notfalls zu Hilfe zu eilen.

»Wenn Mama mein Tier nicht gefällt, bitte ich Lussin, mit mir auf dem Donnerschleuderer zu reiten!« schrie Aster von der Decke. Er hielt sich oben mit den Händen fest; die Beine zügelten den vorwärts strebenden Drachen.

Ich schimpfte mit ihm.

Er schwebte herab.

Mary hatte bald erraten, daß mich etwas bedrückte.

»Es gibt etwas Neues«, antwortete ich. »Die Wege ins Innere des Sternhaufens sind abgeriegelt. Wir werden die Methode anwenden, die Olga bei der Flucht aus dem Perseus benutzte.«

Ich sprach leise, doch Aster hatte ein gutes Gehör. »Ihr wollt Sterne annihilieren?«

Es hatte keinen Sinn, weiter ein Geheimnis daraus zu machen. »Wo denkst du hin – Sterne! Wir beschränken uns auf planetenähnliche Herumtreiber. Das gibt ein famoses Schauspiel, es wird dir gefallen, Aster.«

Er erklärte stolz: »Ich habe auf dem Raumbildschirm gesehen, wie du mit Kapitän Olga Trondike den bösen Goldenen Planeten annihiliert hast. Das war ein toller Schlag, so einen hat vor euch noch nie jemand geführt!«

»Wir bekamen damals auch tüchtig etwas ab, mein Sohn. Aber du hast recht: Die Annihilation glückte, wir schufen uns ein Maximum an leerem Raum.«

Mary hatte mir und Aster mißbilligend zugehört. Jetzt wurde sie böse. »Geh in dein Zimmer, Aster!« sagte sie streng.

Wenn Mary diesen Ton anschlug, stritt man besser nicht mit ihr. Aster ging gehorsam hinaus.

»Ich spüre es, ohne Rüffel komme ich nicht davon«, sagte ich lachend.

»Du vergötterst deinen Sohn maßlos!« rief Mary zornig. »Wie du mit ihm sprichst!«

»Normal. Ich spreche mit ihm, wie ich mit dir oder Romero spreche.«

»Eben. Aber Pawel und ich sind erwachsene Menschen, er ist ein Kind! Ich bedaure, daß es auf den Sternenflugzeugen keine Internate gibt; manche Eltern, zu ihnen gehörst auch du, üben einen schlechten Einfluß auf ihre Kinder aus.«

»Soll ich ihn hätscheln und tätscheln, wie es in alten Zeiten die Ammen taten?«

»Nicht hätscheln und tätscheln, nein! Du sollst nur mit dem Kleinen nicht so sprechen, als wäre er Newton oder Einstein.«

»Mit Newton oder Einstein könnte ich nicht so wie mit Aster sprechen«, erwiderte ich ruhig. »Sie würden mich nicht verstehen. Sie waren Leuchten der Wissenschaft, doch über vieles wußten sie nicht so gut Bescheid wie Aster.«

Marys Zorn schlug in Heiterkeit um. Solche Stimmungsumschwünge hat sie oft.

»Ich bin deiner Paradoxe müde«, erklärte sie.

»Wo siehst du Paradoxe? Das ist doch albern. Newton war genial, doch von Elektrizität hatte er keine Ahnung. Aster dagegen ist von elektrischem Spielzeug umgeben, von elektrischen Maschinen, er schwärmt für Raumbildschirme, Übertragungen, Signale, Elektrizität wärmt ihn und leuchtet ihm, er ist in der Lage, ohne fremde Hilfe gigantische Elektromotoren in Bewegung zu setzen und anzuhalten. Newton wäre entsetzt weggerannt, hätte er das Elektronenungeheuer zu Gesicht bekommen, mit dem Aster herumtobt. Und nun zu Einstein.«

»Eli, es langt! Du bist einfach nicht zu schlagen.«

»Nein, nein, reden wir ruhig weiter! Einstein hat die moderne Gravitationstheorie geschaffen. Wußte er etwas vom Übergang der negativen Energie der Schwerefelder in die positive Energie der sich abstoßenden Felder? Das ist doch die Operation, die Aster durch einen einfachen Hebeldruck vollzieht. Warte, ich bin noch nicht fertig! Sag ehrlich: Hätte der große Einstein durch einen Knopfdruck in die Luft fliegen und unter der Decke umherschwirren können? Hätte er abstürzen können, ohne sich ein Knöchelchen zu verletzen? Unseren Knirps kostet das nicht die geringste Mühe. Sage mir nach alldem nicht, mit Aster dürfe man nicht ernsthaft sprechen.«

10

Die Zerstörer waren klüger, als es uns recht war.

Weder den Randsternen der Gruppe noch den planetenähnlichen Herumtreibern konnten wir uns nähern. Kaum peilten wir diese Objekte an, da flogen wir auch schon daran vorbei. Das nichteuklidische Netz krümmte sich zunächst, dann warf es uns federnd zurück.

Die gigantische Gruppe, deren scheinwerferähnliche Sterne machtvoll flammten, war in einer anderen Welt, außer Reichweite.

Albert zählte von der Erde aus sechs Gestirne, die dem Orangefarbenen glichen, unser alter Bekannter, der Drohende, gehörte ebenfalls zu diesem Schwarm von Sternfestungen. Jede verteidigte ihren Abschnitt, und alle zusammen waren so geschickt angeordnet, daß sie die Gruppe mauergleich deckten.

Das Unverständlichste und Beklemmendste: kein von Galakten besiedelter »inaktiver« Stern reagierte auf unsere Rufe, keiner versprach, keiner erwies uns Hilfe! Als wir uns dem Perseus näherten, hatten wir ihre Sendungen lückenhaft aufgefangen, jetzt gab es keine Lebenszeichen von den Galakten!

Nach irdischer Rechnung waren drei Jahre seit dem Tag verstrichen, da wir uns den Perseusklüften genähert hatten, und immer noch irrten wir in ihrer Umgebung. Dann verfiel ich auf ein Projekt, das von den Historikern später äußerst unterschiedlich bewertet wurde. Ich will mich nicht loben, nicht anklagen. Kürzlich hörte ich eine Lektion, die vom System der Sternengemeinschaft übertragen wurde, darin wurde mein Vorschlag als Wendepunkt in den Beziehungen der Sternvölker bezeichnet. Nur mühsam kann ich mir das Lachen verkneifen.

Ich behaupte, daß eine größere Katastrophe nicht hätte erwartet werden können. Und wenn das Endergebnis anders aussah, als es die Zerstörer erhofft hatten, so war das nicht ihre Schuld und nicht mein Verdienst. In unserem Kampf, der für beide Seiten ein Verzweiflungskampf war, mischte sich unversehens eine andere

Macht. Ich will der Reihe nach erzählen: Auf der »Bootes« waren Allan, Leonid und die anderen Kommandeure eingetroffen – mittels Raumwellen Schiffsrat zu pflegen, wagte ich nicht.

Mein Vorschlag lief auf folgendes hinaus: Beide Geschwader der vereinigten Armada greifen den nichteuklidischen Raum unweit des Orangefarbenen an. Einen so wuchtigen Schlag können die Zerstörer nur dann abwehren, wenn sie die Verteidigungsmechanismen des Orangefarbenen verstärken. Inzwischen schlagen drei Schiffe, an der Spitze die »Bootes«, von der anderen Seite zu, wo in dem Augenblick, da die Hauptkräfte unserer Flotte angreifen, die Verteidigung zweifellos geschwächt ist. Die drei Schiffe dringen ins Innere ein, und auf dem von ihnen gebahnten Weg folgen sofort unsere Hauptkräfte.

Ich hatte Einwände erwartet.

Allan sagte: »Albert teilt mit, Olgas Reservegeschwader habe endlich sämtliche Laderäume mit Aktivstoff gefüllt. Wäre es nicht besser, auf Olga zu warten?«

»Das dritte Geschwader würde uns arithmetisch stärken, aber die Schiffsmaschine kann nicht garantieren, daß dieser Kraftzuwachs genügen würde«, entgegnete ich. »Olgas Schiffe sind frühestens in drei Jahren hier. Warum diese drei Jahre vertrödeln? Die Zerstörer können wir nur mit List überwältigen, nicht mit Kraft. Zum Überlisten brauchen wir Olgas Kreuzer nicht. Allerdings besteht das Risiko einer Niederlage«, schloß ich meine Rede. »Aber jeder Krieg ist ein Risiko. Ich verlange nicht sofortige Zustimmung, überlegen Sie, beratschlagen Sie mit den Besatzungen. Funken Sie mir morgen die Kollektiventscheidung zur ›Bootes‹ herüber: ›Ja‹ oder ›Nein‹.«

Während die Kommandeure zu ihren Schiffen zurückkehrten, sprach ich mit Leonid, Allan und Wera.

»Alle Schiffe, die den Durchbruch unternehmen, werde ich befehligen. Die Leitung der vereinigten Flotte übernimmt Allan. Laß den Kopf nicht hängen, Leonid. Wir beide haben schon schlimmere Situationen erlebt.«

Von allen Schiffen wurde »Ja« gefunkt. Das Täuschungsmanöver war einhellig genehmigt.

Die »Bootes« wurde von der »Jagdhund« und der »Fuhrmann« begleitet. Wir warteten nur auf die Nachricht von Allan, daß die Flotte angegriffen habe. Er teilte mit, daß auch der neue Durchbruchsversuch erfolglos verlaufe.

»Es ist soweit!« übermittelte ich meinen drei Schiffen, und wir stürmten vor.

Wir waren zu dritt – Oshima, Romero und ich. Oshima befehligte, Romero und ich beobachteten. Auf unserer Flugachse funkelte der Orangefarbene, im Vervielfacher war auch sein kleiner Planet zu sehen. Wenn dort Verderber hausten, so mußten sie irgendwelche Verteidigungsmaßnahmen ergreifen, und zwar sofort, mochten sie auch nicht wirkungsvoll sein. Wir beschleunigten ständig unseren Flug, Widerstand war nicht zu spüren, nichts deutete an, daß wir entdeckt waren.

Unsere drei Schiffe glitten in den Sternhaufen wie in ein offenes Tor.

Falls die Verderber irgendeine Gemeinheit für uns bereithielten, so war das vorläufig noch nicht erkennbar. »Unter sonstigen Varianten haben wir auch die in Aussicht genommen, daß uns die Zerstörer in eine Falle locken«, sagte Oshima. »Scheint Ihnen nicht, Admiral, daß diese eingetreten ist?«

Allan hatte inzwischen durchgegeben, daß der Orangefarbene äußerst energisch handle. Nur hier, wo wir durchbrachen, gab es keine Anzeichen von Aktivität – die Variante, man locke uns in eine Falle, gewann an Glaubwürdigkeit.

»Vorläufig läuft alles planmäßig. Die Zerstörer sind überrumpelt«, sagte ich zu Oshima.

Wir jagten an einsamen Randsternen vorbei. Endlich waren wir im Perseus.

Leonids Schiffe eilten uns bereits nach, obwohl sie den Befehl dazu noch nicht erhalten hatten.

In den Überlichtübertragungen erblickten wir Dutzende heller Pünktchen. Sie näherten sich, ihre Zahl nahm zu, doch im Raum waren nach wie vor keine Störungen wahrzunehmen.

»Anscheinend bringen sich die verwirrten Gegner um die letzte Chance eines wirksamen Widerstandes«, meinte Romero, und wir pflichteten ihm bei. Ich triumphierend, Oshima verwundert. Müde schlief ich im Sessel ein und hatte einen phantastischen Traum, es war der erste einer Reihe von merkwürdigen Träumen, die mich später befielen.

Ich befand mich in einem riesigen Saal, an der dunklen Kuppel glänzten Sterne, doch das war nicht der Himmel, sondern ein Bildschirm, und ich wußte, daß es sich nur um eine Projektion von Sternen handelte, nicht um Sterne selbst. Ich irrte an einer Wand entlang im Kreise umher, bald ging ich, bald lief ich, die Radien der Kreise wurden kleiner, wie in einer Spirale wurde ich zum Mittelpunkt des Saales gedrängt, doch ich wollte dort nicht hin, dort schwebte zwischen Fußboden und Kuppel eine halb durchsichtige Kugel, ich hatte Angst vor dieser Kugel, aber unvermeidlich wurde ich zu ihr hingestoßen. Traurig hob ich die Hände und blickte zur Kuppel auf, um die schreckliche Kugel nicht sehen zu müssen. Oben huschten zwischen den natürlichen hellen Sternen noch hellere künstliche umher, ich wußte, daß das nicht Sterne waren, sondern unsere Schiffe, Allan stürmte hartnäckig die Gruppe, und ebenso hartnäckig wurde er zurückgeschleudert. Ich wurde Zeuge eines erfolglosen Versuchs von Allan.

»Mir scheint, im Traum bin ich im Beobachtungsraum der Verderber gewesen«, teilte ich Oshima und Romero mit, als ich erwachte.

»Die Wirklichkeit ist phantastischer als ein Traum, Admiral«, sagte Oshima. »Hören Sie eine Depesche von Allan.«

Die Maschine meldete, Leonids Schiffe, die dem von uns gebahnten Weg schon weit gefolgt waren, seien auf nichteuklidische Metrik gestoßen und zur Umkehr gezwungen worden. Das Tor, das drei Sternenflugzeuge durchgelassen hatte, war vor den übrigen zugeschlagen.

»Die zweite Neuigkeit ist noch interessanter«, sagte Romero. »Schauen Sie auf den Bildschirm, lieber Freund.«

Beklommen sah ich hin. Kurz zuvor hatte ich im Traum annähernd das gleiche Bild gesehen – eine Vielzahl beweglicher Gestirne zwischen unbeweglichen. Aber in meiner Vision waren mir die beweglichen Lichter freundlich erschienen, da es sich um unsere Schiffe handelte, dies jedoch waren die Kreuzer der Feinde, die uns sphärisch umschlossen.

»Rund zweihundert Schiffe gegen drei«, sagte Oshima. »Sie haben große Angst vor uns, Admiral!«

»Wir werden ihnen abermals beweisen, daß sie Angst vor uns haben müssen. Bereiten Sie das Schiff zum Kampf vor, Oshima. Übermitteln Sie diesen Befehl auch der ›Fuhrmann‹ und der ›Jagdhund‹.«

Wir flogen den Geschwadern des Feindes entgegen.

12

»Eine langweilige Geschichte«, sagte Romero und gähnte. »Und ich sehe da keinen Ausweg.«

Es waren schon viele Tage seit dem Augenblick vergangen, da wir frontal gegen den Feind angestürmt waren, doch zu einem Zusammenstoß wollte es nicht kommen. Die gegnerischen Schiffe, die wir verfolgten, rissen aus, diejenigen, von denen wir uns indessen abwandten, setzten uns nach. Versuchten wir diese aufs Korn zu nehmen, gaben sie Fersengeld, während sich diejenigen, die eben noch Ausreißer gewesen waren, in Verfolger verwandelten. Die Taktik des Gegners war einfach: uns nicht hinauslassen, eine Schlacht mit uns vermeiden.

»Wenn sich wenigstens ein inaktiver Stern melden würde!« rief ich ärgerlich aus. »Sollte es in der Ansammlung keinen einzigen von Galakten besiedelten Stern mehr geben?«

Romero schwieg, doch ich konnte seine Gedanken lesen: Wir waren nicht als Touristen gekommen, sondern wollten verwandte Völker befreien, die in Not geraten waren – sie könnten wenigstens reagieren, wenn man ihnen die Befreiung ankündigte. Immer mehr bedrückte uns der Unterschied zwischen dem, was sich während des Fluges der »Raumfresser« getan hatte, und dem, was jetzt war.

Damals hatten uns die inaktiven Sterne, die nicht imstande waren, die Metrik zu ändern, verzweifelt gerufen, sie hatten uns vor Gefahren gewarnt, sich über unseren Erfolg gefreut. Die Feinde aber hatten diese Rufe energisch unterdrückt – die interastralen Räume waren voll gewesen von Signalen und Geräuschen, Wellen hatten gegen Wellen gekämpft.

»Hinter der Sphäre der feindlichen Sternenflugzeuge kommt ein dunkler Herumtreiber zum Vorschein«, sagte Oshima und wies auf die Karte. »Wenn wir ihn erobern, gewinnen wir Handlungsfreiheit.«

Oshima befahl den Schiffen, sich in den Einsteinschen Raum zu werfen. Bald darauf tauchten die »Fuhrmann« und die »Jagdhund« in der Optik auf. Wir stoppten unseren Flug im Überlichtbereich, und unserem Beispiel folgend, erstarben die Kreuzer des Feindes in der Ferne.

In der »Bootes« landeten Planetenflugzeuge. Die »Fuhrmann« befehligte Kamagin; den zweiten Kapitän, Artur Petri, kannte ich flüchtig.

»Wichtige Beschlüsse müssen gefaßt werden«, sagte ich auf der Konferenz der Kommandeure. »Sie haben ebenso wie ich das ziellose Kreuzen rings um den Orangefarbenen satt.«

»Ich erhebe Einspruch gegen den neuen Plan«, erklärte Kamagin. »Unsere Aktivstoffreserven reichen nicht aus, um die feindliche Flotte einzuholen und zu vertreiben. Ich bezweifle, ob die Eroberung des Herumtreibers etwas ändert.«

»Sie sind dagegen, den Herumtreiber in unsere Gewalt zu bringen?«

»Nein, Eli. Aber ich bin dagegen, den eroberten Planeten für eine neue aussichtslose Jagd auf die feindlichen Schiffe zu benutzen.«

»Und wenn wir ihn verbrauchen, um den Weg zu einem freundschaftlichen Stern freizulegen?«

»Blindlings durchzubrechen ist nicht besser als blindlings umherzuirren.«

»Wenn es so ist, warum sollen wir dann den Herumtreiber erobern?«

»Um zu den Unsrigen zu fliehen«, sagte Kamagin kalt.

»Lehnen Sie es ab, den Erfolg unserer geglückten Invasion auszuweiten?« fragte Oshima feindselig. Kamagins Einwände hatten keinen Eindruck auf ihn gemacht. Kamagin wandte sich lebhaft Oshima zu. »Ich weigere mich, die Invasion als geglückt zu betrachten. Sie gleicht eher einem Fehlschlag als einem Erfolg. Worin bestand denn der Plan? Darin, daß zunächst drei Sternenflugzeuge und dann alle übrigen Schiffe der Flotte durchbrechen sollten. Und was ist dabei herausgekommen? Die Flotte ist zurückgeworfen worden, und wir rasen wie vergiftete Ratten umher. Es ist höchste Zeit, daß wir fliehen.«

»Fliehen?« fragte Romero lächelnd. »Meinen Sie, uns stehe ein Fluchtweg offen, lieber Kapitän? Oder haben Sie die Absicht, Olgas Experiment zu wiederholen?«

»Ich würde es wiederholen, wenn ich die Gewißheit hätte, daß es gelänge. Aber die Zerstörer sind seitdem klüger geworden. Sie halten uns von ihren Planeten fern und lassen sich keine Schlacht aufzwingen. Ebendeshalb stimme ich für die Eroberung des Herumtreibers.«

Während Oshima mit Kamagin stritt und Romero und Petri Öl ins Feuer gossen, betrachtete ich schweigend den kleinen Kapitän. Ich bewunderte ihn im stillen. Sein Charakter und sein Verstand waren von einer anderen Epoche geprägt worden, doch er fügte sich in unsere Zeit ein, als wäre er in ihr geboren. Kalt und höflich betonte er oft, es stehe ihm nicht an, uns zu belehren, er sei genau viereinhalb Jahrhunderte hinter uns zurück – dennoch belehrte er uns hemmungslos. Verteufelt schnell, während weniger Jahre, hatte er die uns trennenden Jahrhunderte überwunden. In den alten Zeitschriften war über ihn zu lesen, daß er ein Mann von ungewöhnlichem Verstand und eisernem Willen sei, einer der Größten seiner Epoche. Unter uns, die wir ein halbes Jahrtausend Vorsprung hatten, war er ein nicht minder hervorragender Mann. Das bedeutete nicht, daß ich bereit war, jeden Vorschlag von ihm anzunehmen, aber ich hörte ihn mir an und dachte darüber nach.

Romero wandte sich an mich: »Worüber denkt unser verehrter Kommandierender so angestrengt nach?«

»Ich bin mit Kapitän Kamagin einer Meinung. Wir sind nicht stark genug, um in dieser Sterngruppe zu herrschen. Die Invasion ist mißglückt, es ist Zeit umzukehren. Wir müssen den einsamen kleinen Planeten in unseren Besitz bringen.«

13

Selbstverständlich bildete ich mir nicht ein, die Zerstörer würden sich von dem rastlosen Planeten leichten Herzens trennen. Er eilte zwischen ihren Schiffen wie angebunden dahin. Die Täuschungsmanöver begannen. Unsere drei Sternenflugzeuge, die bis dahin als kleine kompakte Gruppe geflogen waren, sprengten die regelmäßig aufgebaute Sphäre der feindlichen Kreuzer. Als sich die Sternenflugzeuge einander näherten, um sich wieder zu vereinigen, fand sich außer dem dunklen Herumtreiber ein gutes Dutzend Schiffe des Gegners auf unseren Flugachsen, und sie gerieten in Panik.

Die überstürzte Flucht der Feinde bot ein prächtiges Bild. Ihre Schiffe stoben in alle Richtungen davon, um möglichst schnell das Weite zu gewinnen. Weder Oshima noch Petri versuchten, die Flüchtigen zu verfolgen, doch Kamagin rächte den heimtückischen Überfall auf das Sternenflugzeug »Mendelejew« in den Plejaden. Ein Kreuzer geriet in den Zielkegel der »Fuhrmann«, und Kamagin zögerte keinen Augenblick.

Die von ihm entzündete Sonne lohte nicht lange, aber ich zweifle nicht, daß der unheilvolle Glanz des neuen Gestirns den Schrecken der Flüchtigen noch vergrößerte. Und dann schwebten unsere Sternenflugzeuge über dem finsteren kleinen Planeten, strahlten ihn mit ihren Fernscheinwerfern an.

Es war ein typischer Herumtreiber – eine steinige Kugel, etwa dreimal größer als die Erde, ohne Atmosphäre, ohne Wasser, ohne Anzeichen von Leben.

Der Planet schmolz dahin, verbreitete Raum um sich wie Dampf, er »gaste Raum«, wie Romero treffend sagte. Die von den Verderbern verursachten Metrikstörungen kümmerten uns nicht mehr. Metrikstörungen sind Veränderung in der Struktur des schon bestehenden Raumes, doch hier war der Raum noch im Schöpfungsakt, er mußte erst dieser oder jener Struktur einverleibt werden.

Und er wuchs, weitete sich, wir jagten in diesem Schutzraum, der unaufhörlich generiert wurde, wie in einer sich ständig erneuernden Schale dahin – mochte draußen die Hölle los sein, mochte die von uns erzeugte Leere mächtige Metrikfelder formieren, die äußeren Stürme berührten uns nicht.

Alles verlief nach Plan. Nur eins nicht. Wir kamen nicht frei. Die Wiege neuen Raumes war eben nicht größer als eine Wiege. Das Volumen der Gruppe x hatten wir nur ein wenig erweitert, eine winzige Geschwulst war in einem Teil von ihr entstanden, doch die gigantische Sphäre, die sich rings um den Orangefarbenen geschlossen hatte, mußte gesprengt werden, heute wissen wir das.

Tag um Tag entfernten wir uns von dem Orangefarbenen, die in die nichteuklidische Schnecke geschraubte Raumschicht wurde immer dünner, wir sahen bereits die Schiffe von Allan auf der anderen Seite der nichteuklidischen Mauer, empfingen Depeschen von unseren Freunden, die uns ermutigten – noch ein, zwei gute Schläge, noch eine verzweifelte Anstrengung der Generatoren, und wir würden die Freiheit gewinnen.

Als die letzten Megatonnen des von uns eroberten Planetenstoffes dahinschmolzen, gab ich, ohne zu zögern, den Befehl, die »Fuhrmann« und die »Jagdhund« zur Vernichtung vorzubereiten.

Ich schnitt dem protestierenden Oshima das Wort ab. »Befehlen Sie den Kapitänen, ihre Besatzungen auf die ›Bootes‹ zu evakuieren. Die Schiffsmaschinen sollen unsere Chancen berechnen.«

Die drei Maschinen bestätigten, daß der zusätzliche Stoff ausreichen werde, um die letzte nichteuklidische Schicht zu zerreißen.

Damals bedachten wir nicht, daß sich auch die superweisen Schiffsmaschinen irren können …

14

Nacheinander brachten die Planetenflugzeuge die Menschen und das wertvolle Inventar von den Sternenflugzeugen herüber, die vernichtet werden sollten. Die Schiffskommandeure konferierten im Salon, ich saß bei Mary und Aster. Die alten Kapitäne hatten weise gehandelt, wenn sie sich weigerten, ihre Familien auf große Fahrt mitzunehmen, das war mir nun klar. Auf dem Bildschirm lohten die Sternenhalbsphären so grell, daß mir die Augen schmerzten. Rote, orangefarbene, blaue und violette Giganten ergossen sich in wütendem Schein, und zwischen diesen Himmelslichtern funkelten die künstlichen, jetzt waren es über zweihundert – unheilvolle grüne Punkte, flammende Knoten eines für uns geknüpften verderblichen Spinnennetzes. Der Orangefarbene wirkte wie eine Erbse zwischen den Punkten. Düster bewunderte ich ihn.

»Fangen wir an!« sagte ich.

»Fangen wir an!« versetzten Oshima und Petri.

Der kleine Kosmonaut schwieg. Ich bemerkte seinen bekümmerten Blick. Er starrte die beiden Sternenflugzeuge an, die in der schwarzen Leere unweit der »Bootes« unbeweglich schwebten. Ich begriff seine Qual, die anders war als die seiner Kameraden. Er befehligte ein phantastisch vollkommenes Schiff, wie er es sich früher in seinen kühnsten Träumen nicht hatte ausmalen können. Und nun sollte er die seinem Kommando unterstellte wundervolle Schöpfung der Vernichtung preisgeben.

Unsere Blicke kreuzten sich. Kamagin ließ den Kopf hängen. »Fangen wir an!« sagte auch er. Seine Stimme klang unsicher.

Da zögerte ich.

Der letzte Befehl: »Beginnen Sie die Annihilation« – diese wenigen nichtssagenden Worte wollten mir nicht über die Lippen. Und nicht etwa deshalb, weil ich plötzlich schwankend geworden wäre. Eine andere Entscheidung, als zwei Drittel der Flotte zu vernichten, gab es nicht, nur das konnte uns noch retten. Ich würde lügen, wenn ich sagte, daß mich in diesem Augenblick unser eigenes Los beunruhigte – frei hatten wir diesen riskanten Weg gewählt, auf dem Katastrophen ebenso möglich waren wie Erfolge. Ich überlegte, was würde, wenn wir, die wir auf dieser Seite der Gruppe eingesperrt waren, nicht mehr am Leben wären. Niemand hatte mich der Verantwortung für das Schicksal der Sternenflugzeuge enthoben, die sich außerhalb des Perseus befanden – immer noch befehligte ich die Flotte, wenn auch nur formal. Mein Gedanke lief auf folgendes hinaus: Die feindliche Flotte hatte uns lange nicht an den einsamen kleinen Planeten herangelassen, und sobald sie Fersengeld gab, hatte sie ihn in die künstlich erzeugten Raumbrüche mitgeschleppt. Warum hüteten sie ihn derart sorgfältig? Wahrscheinlich befürchteten sie, der Stoff des Planeten würde uns genügen, um die Krümmung zu brechen. Diese Erfahrung mußte ausgenutzt werden, um die Verderber zu besiegen. Es war unerläßlich, die Invasionsstrategie zu ändern.

»Setzen wir eine Depesche auf«, schlug Romero vor. »Ich habe schon einen Entwurf vorbereitet, hören Sie.«

Ich führe hier den Text der Depesche an, die wir absandten:

»An die Menschheit.

An Wera Gamasina, Allan Krus, Leonid Mrawa, Olga Trondike.

Die Invasion der drei Sternenflugzeuge in die Gruppe x des Perseus scheint zu mißlingen. Zwei Schiffe werden von uns selbst vernichtet, das Schicksal des dritten, auf dem sich alle Besatzungen befinden, ist ungewiß. Es ist damit zu rechnen, daß es uns nicht glückt, in die Freiheit auszubrechen. Ich bitte, diese Depesche als meinen letzten Befehl an die Flotte zu betrachten.

Eine direkte Invasion in den Perseus ist zu unterlassen, da sie zu nichts führt. In die Gruppe darf man nicht wie ein Rammsporn eindringen, der nichteuklidische Raum darf nicht durchstoßen, sondern er muß nach und nach zerstört werden. Die Versuche, einzelne Sterne und Planeten an der Peripherie der Gruppe, in der Zone der wechselnden Metrik, zu überwältigen, waren bisher nicht von Erfolg gekrönt und werden es schwerlich je sein. Ich rate, fern der Gruppe, wo die Krümmungsmechanismen unwirksam sind, einsame kosmische Körper zu erobern und sie allmählich zusammenzuziehen, ohne sie aus der Einflußsphäre der Sternenflugzeuge zu entlassen. Erst nachdem eine genügend große Klasse solcher Stützungskörper an der nichteuklidischen Barriere konzentriert worden ist, kann zur nächsten Invasionsetappe, der Annihilation, übergegangen werden. Bei einer derartigen Vorbereitung, die vielleicht viele irdische Jahrzehnte dauert, ist anzunehmen, daß ein kosmisches Tor geöffnet wird, das der Gegner nicht kontrollieren kann.

Den Empfang bitte ich zu bestätigen.

Eli Gamasin, Admiral der Großen Galaktischen Flotte.«

Die Überlicht-Raumwellen trugen unsere Depesche dreimal aus den Abgründen des Perseus in den Kosmos.

Wir zweifelten nicht, daß die Feinde unsere Depesche abfangen würden, aber wir hielten eine Geheimhaltung nicht für nötig, selbst wenn wir die Möglichkeit dazu gehabt hätten. Allans erste Aktion nach der veränderten Strategie mußte dem Feind das Wesen des neuen Planes enthüllen – er fußte nicht auf Geheimhaltung, sondern auf Macht.

Die dritte Übertragung war noch nicht zu Ende, da empfingen wir Allans Antwort: »Befehl des Admirals erhalten. Sind mit dem Herzen bei euch, warten auf das Ergebnis des Durchbruchs.«

»Die Sternenflugzeuge können gesprengt werden«, sagte ich zu den Freunden.

15

Der Plan, die Sternenflugzeuge zu vernichten, entsprang nüchternen Überlegungen und nicht einem spontanen Wunsch.

Die schwarzen, beinahe unsichtbaren Sternenflugzeuge schmolzen einfach dahin, Raum verströmend, zuerst das eine, dann das andere – und in dem dunklen neugeschaffenen Nichts flog mächtig die »Bootes« dahin, wobei sie dieses Nichts wieder in »etwas« verwandelte – wie ein Komet zog sie einen Schweif heißen, rasch erkaltenden Staubes hinter sich her.

Damit Kamagin schneller zu sich kam, hatte ich angeordnet, zuerst die »Fuhrmann« zu annihilieren, zu Petris Nerven hatte ich größeres Zutrauen.

Im Kommandeurssaal schaltete und waltete allein Oshima, der Observationssaal war gedrängt voll von Evakuierten der schwindenden Sternenflugzeuge. Ich setzte mich neben Kamagin und berührte seinen Ellenbogen. Er zeigte mir sein verfinstertes Gesicht.

»Wie steht's mit der Sprengung des nichteuklidischen Raumes?«

Er antwortete kalt: »Sie müßte ungefähr dreimal stärker sein, um Erfolg zu haben.«

Romero zeigte auf den Bildschirm. »Die Flottille des Feindes entschwindet in die Unsichtbarkeit.«

Draußen tobte ein gigantischer Sturm. So etwas kannte man nicht auf der Erde, nicht auf den Planeten, nicht unter unseren heimatlichen Sternen. Materie wurde vernichtet und sogleich aufs neue geschaffen, ungeheure Mengen entstehenden Raumes – wir rasten in ihm dahin – gewannen augenblicklich Struktur, für uns verderbliche Metrik, doch wieder und wieder verdrängten wir diese organisierte Leere durch unsere nichtorganisierte, chaotische, ursprünglich amorphe ... Die Schiffe des Feindes waren verschwunden.

»Gehen Sie in den Kommandeurssaal, Eli«, riet Romero. In der letzten Zeit hatte er mich selten mit meinem Vornamen angesprochen.

Als ich mich erhob, stand auch Kamagin auf. Im Korridor hielt er mich zurück. Er wankte, als wäre er vergiftet. Das war wohl das einzige, worin er sich mit den Menschen unserer Epoche nicht messen konnte – seine Gefühle äußerten sich allzu stürmisch.

Er sprach leidenschaftlich: »Admiral, ich möchte nicht in Gegenwart der anderen Ihre Beschlüsse anfechten. In unserer Zeit wurde uns eine Ihnen unverständliche Disziplin anerzogen ...«

Ich unterbrach ihn, damit er nicht in Hysterie verfiel. »Sie sind ein verläßlicher Kapitän, ich weiß es. Und ich habe nichts gegen Sie.«

Er fuhr fort und wurde dabei immer lauter. »Ich kann nicht mehr, Admiral, Sie sind verpflichtet, mich zu verstehen ... Die ›Fuhrmann‹ ist vernichtet, schön, aber die ›Jagdhund‹ ist noch da, sie kann noch kämpfen. Sehen Sie denn nicht, daß die Opfer unnütz sind? Wir kommen aus diesem Sternenhaufen nicht heraus, schwächen uns nur, schwächen uns eigenhändig, begreifen Sie doch, Eli!«

»Sie müssen auch mich begreifen. Ob wir nun drei Sternenflugzeuge haben oder eins, das Endergebnis ist der Untergang. Hier haben wir noch eine, wenn auch unsichere Chance. Man würde es uns nicht verzeihen, wenn wir sie nicht nutzten.«

Auf dem Bildschirm sah man das letzte Stück »Fuhrmann« zerfallen. Ich starrte auf das schmelzende Sternenflugzeug. Die letzte Chance, dachte ich!

Oshimas Stimme zerriß jäh die Stille. »Die ›Fuhrmann‹ ist vertilgt, Admiral! Die Maschine teilt mit, daß nicht mehr als ein Viertel des Weges nach draußen überwunden ist. Sind Sie entschlossen, weiter zu annihilieren?«

Während er sprach, kam ich zur Besinnung. Ich spürte Unsicherheit in Oshimas Frage. Inmitten der um sich greifenden Verwirrung war ich verpflichtet, ruhig zu denken und zu fühlen. »Ja, gewiß. Jetzt ist die ›Jagdhund‹ an der Reihe. Ich verstehe Ihre Frage nicht, Oshima.«

Oshima beherrschte seine Gefühle besser als Kamagin.

»Die Maschine empfiehlt, das zweite Sternenflugzeug beschleunigt zu annihilieren. Befolgen wir ihre Kalkulationen?«

»Die Kalkulationen sind nicht fehlerlos, aber andere haben wir nicht.«

Diesmal glückte es nicht, das Aufflammen zu vermeiden, eine glutrote Kugel wütete an der Stelle des gesprengten Sternenflugzeugs, und wir jagten ins Zentrum der Explosion.

Auf den Raumbildschirmen der Welt wurden später, als wir vom Perseus zurückgekehrt waren, noch oft die Bilder von der Annihilation des dunklen Herumtreibers, vom allmählichen Zerfall der »Fuhrmann« und von der rasanten Vernichtung der »Jagdhund« gezeigt.

Diesem und jenem mag es zweifellos gelungen sein, beim Anblick des hinschmelzenden Plasmawölkchens zumindest ungefähr das zu empfinden, was wir empfanden – denn das war nicht nur ein schwindender Kreuzer, sondern die letzte schwindende Hoffnung, die einzig uns verbliebene Chance, die Freiheit zu erlangen. Andere Chancen, andere Hoffnungen gab es nicht mehr.

»Das wär's, Admiral!« sagte Oshima ruhig. »Wir haben es nicht geschafft, die nichteuklidische Barriere zu durchbrechen.«

Auf dem Bildschirm, den die Explosion des »Jagdhund« getrübt hatte, lichtete sich der Raum. Zuerst erglänzte der Orangefarbene, dann erschienen die anderen Sterne, schließlich blitzten die grünen Lichter der feindlichen Flotte auf.

»Der Gegner nähert sich«, teilte Oshima mit. »Ihre Befehle, Admiral?«

»Zum Kampf fertigmachen«, sagte ich und verließ den Saal.

16

Draußen blieb ich stehen, erschöpft lehnte ich mich an die Wand. Der Gedanke, Aster oder Mary könnten mir über den Weg laufen, entsetzte mich, ich hätte ihre Gegenwart nicht ertragen. Mit niemandem wollte ich zusammen sein, die Überanstrengung der letzten Tage überwältigte mich.

Ich ging die gewundenen, tunnelähnlichen Korridore entlang, geräuschlos glitten die Türen vor mir auseinander, sämtliche Schutzmechanismen waren auf mein individuelles Feld eingestellt, ich war noch der Admiral der Großen Galaktischen Flotte – vor Admiralen gibt es keine Geheimnisse auf ihren Schiffen. Admiral! Du bist noch Admiral, Eli!

»Der Kampf ist noch nicht zu Ende, nein!« Ich atmete tief und schnell, mir wurde die Luft knapp. Unbedingt mußte ich mich beruhigen, ehe ich jemanden traf.

Ich betrat den Raum der Schiffsmaschinen, dort konnte niemand sein, nur ich allein hatte das Recht, ohne Erlaubnis des Schiffskommandeurs einzutreten.

Das Licht flammte auf, als ich die Schwelle überschritt, mitten im Raum stand ein Sessel. Ich ließ mich hineinsinken und schloß die Augen. Ich rang nach Atem, dumpf klopfte mein Herz.

»Du mußt dich beruhigen!« sagte ich laut. »Hörst du, du mußt dich beruhigen!« Ich wiederholte das so lange, bis ich mich in der Gewalt hatte.

Vor mir auf dem Tischchen, dessen Beine Tausende von Leitungen zu den Gebern und Analysatoren bargen, stand ein Kasten, hinter dessen polierten Wänden Kristalle von erlesener Klarheit ruhten, einzigartige chemische Gebilde, gleichermaßen das Werk von Verstand und Meisterhänden, das Ergebnis kosmisch-geologischer Forschungen.

Ich entsann mich des grünen Steins vom Merkur, der an Weras

Kleid geleuchtet hatte; sie hatte ihn nur deshalb bekommen, weil er von den Schöpfern dieser Maschine ausgesondert worden war, den Schöpfern unserer Schiffsmaschine, einer von vielen hundert Maschinen des gleichen Typs, die sich auf den Planeten und den galaktischen Schiffen befanden. Dieser wunderschöne selbstleuchtende Stein war nicht gut genug gewesen für eine Maschine, er taugte zur Verzierung, nicht zum Rechnen, er konnte Element eines Kleides, nicht Winkel eines alles begreifenden Gehirns sein.

»Du Allwissende und Unfehlbare!« sagte ich. »Du, die du so absolut bist wie der einst von den Menschen ersonnene Gott, die du Milliarden von Kombinationen in einer Sekunde errechnest, teile du mir mit, zu welchem Ergebnis du kommst, wenn du kombinierst, was sich draußen vollzieht – zweihundert Schiffe des Feindes gegen unser eines!«

Niederlage! leuchtete in meinem Gehirn die kalte Antwort der Maschine auf. Gleich darauf präzisierte sie: Die »Bootes« geht unter, nachdem viele angreifende Schiffe untergegangen sind.

»Also gibt es keinen anderen Ausweg?«

»Nein, Untergang.«

»Und demzufolge gehst auch du unter, Allwissende?«

»Ich in erster Linie. Würde ich dem Feind in die Hände fallen, erlitte die Menschheit einen größeren Verlust, als geriete einer von euch oder ihr alle zugleich in Gefangenschaft. Um das zu vermeiden, seid ihr verpflichtet, mich zu demontieren, ohne den allgemeinen Untergang abzuwarten.«

»Dumm bist du!« sagte ich. »Hochmütige blöde Materie, die lebendigen Verstand imitiert! Um das zu vermeiden ... Selbstverständlich wirst du demontiert, das verspreche ich dir!«

Rasch verließ ich den Raum und ging in die Abteilung der Tanew-Annihilatoren. Ich irrte durch schmale Korridore, zwängte mich in Spalten, stieg auf kleine Leitern, verweilte auf Plattformen – überall flammte Licht auf, sobald ich erschien.

Überall waren Aggregate, gigantische Maschinen, die gewaltiger waren als die Häuser in den Städten, Mechanismen, Hunderte, vielleicht sogar Tausende von Maschinen mit Eigenantrieb, bei all ihrer Größe nur winzige Elemente des schöpferischen und des zerstörerischen Prinzips unseres galaktischen Schiffes. Ich berührte sie, lehnte mich an sie, betrachtete sie liebevoll, trauerte um sie.

»Sentimentaler Dummkopf!« sagte ich. »Vor kurzem hast du ohne mit der Wimper zu zucken befohlen, genau solche Maschinen auf der ›Fuhrmann‹ und auf der ›Jagdhund‹ zu vernichten. Streng hast du Kamagin verurteilt, als er zögerte, heute läßt du dich weit mehr gehen … Du kommst doch nur um mit deinem Schiff – die Menschheit bleibt! Außerdem ist das, was dir bevorsteht, einkalkuliert, unser Tod ist eine der angenommenen Varianten – nicht wahr?«

Von der Abteilung der Tanew-Annihilatoren aus begab ich mich ins Wohnheim der Engel.

Sie hatten gerade Unterricht. Die Engel lernten die menschliche Sprache, befaßten sich mit unseren Wissenschaften und erwarben die Fähigkeit zu arbeiten. Mein Erscheinen unterbrach den Unterricht, lärmend drängten sie sich um mich. Trub drückte mich erfreut mit seinen Flügeln.

Ich entschuldigte mich, weil ich gestört hatte, und führte Trub beiseite. »Unsere Angelegenheiten stehen schlecht, mein Freund«, sagte ich.

»Schlechter als in den Plejaden, als die Verderber angriffen?« fragte er. Die Ereignisse jener Tage waren für ihn in gewisser Weise Maßstab für vorbildliches Verhalten.

»Viel schlechter, Trub. Es geht um unser Leben. Die Prognose der Maschine ist negativ ausgefallen …«

»Willst du sagen, daß wir in der bevorstehenden Schlacht ums Leben kommen, Eli?«

»Genau das.«

Er wischte sich die Augen. »Ich war überzeugt, wir würden auf einem Verderberplaneten landen und dort eine Revolution machen.«

»Eine Revolution, Trub?«

»Habe ich das Wort falsch ausgesprochen? Wir studieren die menschliche Geschichte«, erklärte er stolz. »Und uns gefällt, daß die Menschen immer dann, wenn sie es nicht mehr aushielten, Revolution machten. Schön wär's, bei den Verderbern Revolution zu machen, alle zu befreien, die von ihnen unterjocht werden. Jetzt sind diese Träume aus.«

»Die Geschichte endet nicht mit uns. Ist es uns nicht geglückt, gelingt es anderen Menschen und ihren Freunden.«

Von den Engeln ging ich zu Lussin. Lussin unterwies den Donnerschleuderer in den Methoden des Luftkampfes. Eine Abteilung Pegasusse flog gegen den Drachen an, die geflügelte Echse schlug die kriegerischen Pferde zurück. Ich wunderte mich, daß er nicht Blitze warf, Lussin erklärte, schon eine Entladung von geringer Intensität würde jedem Pegasus den Garaus machen.

»Wie steht es draußen?« fragte er. »Werden wir verfolgt?«

Auch ihm erzählte ich, wie die Lage war, ich verheimlichte ihm selbst meine Fehlkalkulationen nicht.

Lussin blickte seine Drachen und Pegasusse verzweifelt an. »Werden alle umkommen, Eli, wirklich alle?«

»Glaubst du, eine von deinen Kreaturen könne in solch einer Katastrophe unversehrt bleiben?«

Vorwurfsvoll sagte er: »Nicht Kreaturen. Vernünftige Wesen.«

Sogar jetzt dachte er nicht an sich, sondern an seine Ungeheuer aus der Retorte. Drei Viertel seiner Gedanken waren Sorge um sie. Obwohl ich sein Verhalten begriff, protestierte mein Gefühl. Etwas von dem früheren Romero, der dagegen gekämpft hatte, daß den Sternenbewohnern geholfen werde, der über allem den Menschen gesehen hatte, steckte offenbar noch in mir.

Plötzlich hatte ich mich beruhigt. Die Verzweiflung, die mich vor der Maschine gequält und im Raum der Annihilatoren fast erstickt hatte, war verschwunden, als hätte ich sie bei Trub und Lussin abgeladen. Ich wußte nun, was ich wollte, ich wußte auch, daß es nicht leicht sein würde, den neuen Plan vor meinen Gehilfen und den Besatzungen der drei Sternenflugzeuge zu verteidigen, doch ich war bereit, Widersacher rasch und leidenschaftlich zu überzeugen, denn das Kriegsschicksal ließ uns nur wenig Zeit.

Mein Platz war im Kommandeurssaal.

Oshima empfing mich gereizt. »Endlich stellen Sie sich wieder ein, Admiral. Der Kommandierende der feindlichen Flotte hat sich mit einer frechen Botschaft an uns gewandt. Wir müssen die gebührende Antwort abfassen.«

17

Bevor ich von der Depesche der Zerstörer Kenntnis nahm, blickte ich auf den Raumbildschirm. Grüne Lichter hatten sich zu kleinen Haufen gesammelt und leuchteten ärgerlich hell. Etwas Neues hatte sich ereignet, die Schiffe des Gegners mißachteten den Sicherheitsabstand, den sie vor kurzem noch so streng eingehalten hatten. Weshalb haben sie keine Angst mehr vor uns, dachte ich und sprach meine Gedanken aus.

»Mit dem verbliebenen Sternenflugzeug sind wir genau dreimal schwächer als früher«, versetzte Kamagin. »Dementsprechend fühlen sich die Feinde mindestens dreimal stärker.«

Um eine arithmetische Entsprechung konnte es sich hier nicht handeln, aber ich wollte nicht streiten.

»Tragen Sie uns die Botschaft des Gegners vor«, befahl ich der Maschine.

Sie sagte: »An das galaktische Schiff, das in unsere Sterngruppe eingedrungen ist. Ihr Versuch, das Weite zu gewinnen, ist mißglückt. Es wird Ihnen auch nicht gelingen, eins unserer Schiffe zerfallen zu lassen. Sie sind zum Untergang verdammt. Deshalb schlagen wir Ihnen vor zu kapitulieren. Wir garantieren Ihnen das Leben. Orlan, Zerstörer der Ersten Reichskategorie.«

»Ihre Entscheidung, Admiral!« forderte Oshima.

»Zunächst möchte ich Sie anhören. Beginnen Sie, Pawel.«

Romero hatte sich oft seiner männlichen Tapferkeit gerühmt und sich bei Prügeleien wacker gehalten, doch strategisch war er unbegabt. Der moderne Kampf mit Überlichtgeschwindigkeiten und Annihilatorenverwendung ging ihm geradezu gegen den Strich, weil dabei die mathematische Kalkulation siegte, nicht die persönliche Tapferkeit.

»Wir müssen den Angriff des Gegners abwarten und uns dann verteidigen, solange unsere Kräfte reichen.«

»Petri?« fragte ich.

»Kämpfen, die Botschaft nicht beantworten«, sagte er kurz.

»Kamagin?«

»Den Feind angreifen! Schauen Sie doch, Eli, Sie pirschen sich immer näher, als wären wir schon entkräftet, bald geraten sie in den Kegel unserer Annihilatoren. Wenn Sie mir gestatten, einen der Kommandeurssessel einzunehmen, befördere ich ein Drittel der feindlichen Flotte ins Jenseits, bevor sie uns den Weg dorthin öffnen.«

»Sie, Oshima?«

»Angreifen, dann sterben«, wiederholte er Kamagins Gedanken. Er musterte mich und fragte: »Haben Sie anders beschlossen, Admiral?«

»Ja«, sagte ich. »Zu kapitulieren.«

Die vier schrien gleichzeitig auf. Kamagin rief empört: »Bedenken Sie, was Sie da reden! Wir sollen uns gefangengeben?«

Ich antwortete nicht Kamagin, sondern allen: »Ja, gefangengeben! Eben das schlage ich vor.«

Meine Gehilfen waren sprachlos, sie blickten mich entrüstet an.

Als erster erlangte Oshima sein Gleichgewicht wieder. »Admiral, formulieren Sie genauer. Es geht nicht nur um unser Leben. Dem Feind müßte unser Sternenflugzeug unversehrt ausgeliefert werden – mitsamt den Kampf- und Reiseannihilatoren, den Maschinen.«

»Ausliefern, ja. Aber nicht unversehrt, Oshima. Die Schiffsmaschinen müssen wir vernichten, die Schaltungen der Annihilatoren demontieren. Damit betraue ich Kamagin und Sie. Der Feind mag sich am Anblick unserer Mechanismen weiden, doch er darf nicht dahinterkommen, wie sie funktionieren.«

Kamagin verlor die Selbstbeherrschung, sprang auf, fuchtelte mit den Händen, brüllte: »Wahnsinniger! Meinen Sie, der Feind presse aus den Gefangenen nicht heraus, wie die Mechanismen arbeiten?«

»Nicht eine Spezialistengruppe weiß, wie die arbeiten, sondern die Menschheit insgesamt besitzt diese Kenntnis. Aber nicht die Menschheit gibt sich heute gefangen, sondern die Besatzung von drei Sternenflugzeugen.«

Ich spürte, daß die Emotionen verklungen waren, man würde mich nicht mehr anschreien, sondern mir bedacht Fragen stellen. Die Hälfte ist vollbracht, sagte ich mir erleichtert.

Nach einer Pause erklärte Romero: »Offensichtlich haben Sie sich alles beizeiten überlegt, scharfsinniger Eli. Bitte teilen Sie uns mit, warum Sie es für nötig halten, uns mit dem Sternenflugzeug in die Gefangenschaft zu schicken! Ist das Leben in der Gefangenschaft einem ehrenvollen Tod vorzuziehen?«

Seine Frage entflammte Kamagin, dessen Zorn schon fast verraucht gewesen war. »Und mag der Admiral noch eine Frage beantworten! Wirkt sich nicht der Umstand auf ihn aus, daß sich seine Familie an Bord befindet?«

Diese Frage hatte ich erwartet. »Ja, stimmt. Befände sich meine Familie nicht an Bord, hätte ich mich bedeutend eher, und ohne zu zaudern, zur Kapitulation entschlossen.«

»Sie sagen ›entschlossen‹?« erkundigte sich Petri ruhig. »Handelt es sich denn schon um einen Beschluß und nicht mehr um eine Diskussion?«

»Hören Sie mich an«, sagte ich. »Nur darum bitte ich – hören Sie mich an, und dann entscheiden Sie, ob ich recht oder unrecht habe.«

Ich sprach eindringlich, denn ich mußte nicht nur die Zuhörer, sondern mich selbst überzeugen, innerlich protestierte auch ich gegen eine schmachvolle Gefangenschaft.

»Ginge es nur um uns, dann wäre ein ehrlicher Tod in einem ungleichen Kampf besser als ein Sklavendasein bei den Zerstörern. Doch wir dürfen auch nicht nur an uns denken. Wir sind als die ersten Vertreter der Menschheit und ihrer Sternenfreunde in die Schlupfwinkel der Zerstörer geraten und müssen unserer selbst würdig sein. Sterben kann jeder. Unter schwierigen Bedingungen zu leben ist eine Heldentat. Ich bange nicht um unser Leben, ich denke auch nicht daran, daß wir die Gegner von innen her kennenlernen könnten und uns das zustatten käme, wenn man uns befreite.

Die Zerstörer müssen uns kennenlernen, das ist die Hauptaufgabe. Die großen Ideen, die uns zu unserer Fahrt zum Perseus inspirierten, leben, solange wir leben. Unsere Gegner müssen erfahren, wofür wir kämpfen. Die einen werden feindseliger, die anderen nachdenklich, die dritten schwankend werden, und einige, mögen es zunächst nur wenige sein, werden sich uns anschließen – denn die Zerstörer sind nicht nur ein grausames, sondern auch ein vernünftiges Volk, niemand kann ihnen Verstand absprechen ... Nein, der Kampf gegen die Zerstörer endet nicht mit unserer Gefangennahme, er geht weiter, aber in einer anderen Form, ohne Annihilatoren und Sprengung von Planeten.

Und nun entscheiden Sie, die Maschine mag Ihre Entscheidungen summieren«, sagte ich und schloß die Augen.

Kurze Zeit herrschte Stille, dann wurde sie von einem schrillen Laut unterbrochen. Ich öffnete die Lider. Der kleine Kosmonaut war aufgesprungen, hatte das Gleichgewicht verloren und wäre beinahe gestürzt. Er wies auf die Tür und sagte heiser: »Kommen Sie, Oshima, hier ist nichts mehr zu tun ... Haben Sie vergessen, daß uns befohlen ist, die Schiffsmaschinen zu demontieren?«

Oshima erhob sich langsam. Ich wollte ihnen raten, sich nicht zu übereilen, da die Maschine noch die kollektive Entscheidung verkünden mußte, aber Petris Aufschrei kam mir zuvor.

»Schauen Sie auf den Bildschirm!«

Das Bild wirkte, als wäre unser Sternenflugzeug in den Brennpunkt einer Explosion geraten. »Es ist aus!« hörte ich Romero flüstern.

Ein Lichtsturm tobte im Raum, die Schiffe des Gegners jagten zwischen den Sternen hin und her. Der Orangefarbene dehnte sich über die ganze Sphäre aus, war kein fernes Gestirn mehr, sondern ein auf uns zurasender kosmischer Kreuzer.

Da erleuchtete eine wütende Explosion den Saal, und wir verloren alle zugleich das Bewußtsein.

18

Gleichzeitig kamen wir wieder zur Besinnung. Der Kommandeurssaal war in helles Licht getaucht, auf den weißen Raumbildschirmen waren die Sterne erloschen. Ich hob den Kopf, schaute nach meinen Kameraden – sie waren am Leben, dann richtete ich den Blick auf die Saaltür.

Dort standen drei seltsame Wesen. Sie hatten Ähnlichkeit mit Menschen, aber auch mit dem Unsichtbaren, dessen wir seinerzeit habhaft geworden waren. Doch der war kahle Konstruktion gewesen, nach Berechnungen gebaut, während dies hier Wesen waren. Sie besaßen einen Rumpf, zwei Beine, zwei Arme, einen Kopf – alles wie beim Menschen und trotzdem nicht menschlich.

Der vordere Zerstörer sprach in vorzüglichem Irdisch: »Admiral Eli, ordnen Sie an, den Eingang Ihres Schiffes zu öffnen. Ich bin Orlan. Den Befehl über die ›Bootes‹ übernehme ich.«

Mit einem Satz war Oshima bei Orlan und holte zum Schlag aus. Doch seine Faust drang durch den Körper des Zerstörers, als befände sich nichts an dieser Stelle.

ZWEITER TEIL

Der Große Zerstörer

I

»Ein Phantom!« schrie Oshima. »Admiral, ein Trugbild!«

Wieder stieß er die Faust nach dem seltsamen Wesen, das am Eingang erschienen war, und wich vor Schmerz stöhnend zurück. Kamagin und Petri, die im Begriff gewesen waren, Oshima nachzustürzen, ließen sich in die Sessel sinken. Ich schwieg und rührte mich nicht. Wie ein Hammerschlag hallte der Gedanke in mir: Die Maschine fällt dem Gegner in die Hände.

»Alle bleiben sitzen!« sagte Orlan. »Ich befehle noch einmal, die Eingänge zu öffnen.«

Fieberhaft versuchte ich, Verbindung zur Schiffsmaschine zu bekommen, sie reagierte nicht. Die energetischen Kommunikationen des Sternenflugzeugs waren wahrscheinlich bei dem Schlag, der uns das Bewußtsein geraubt hatte, beschädigt worden. Aber das Sternenflugzeug war unversehrt, die Eingänge waren fest verschlossen, wir lebten – offenbar war auch die Maschine unbeschädigt geblieben. Das Entsetzen in Romeros Augen zeigte, daß er ebenfalls begriff: Das Geschehene war nicht rückgängig zu machen. Nicht nur wir waren in Gefangenschaft geraten, sondern auch die Geheimnisse der Menschheit. Niemals hatte ich mein Gehirn auf der Suche nach einem wenigstens spaltbreit großen Ausweg so verzweifelt angestrengt, und noch niemals waren meine Gehirnwindungen so leer gewesen.

»Öffnen Sie die Eingänge, oder wir vernichten Sie«, sagte der Zerstörer.

Wir durften nicht länger schweigen. »Die verschlossenen Eingänge waren Ihnen kein Hindernis«, sagte ich.

»Mir nicht, aber meine Soldaten sind außerstande, stoffliche Barrieren zu durchdringen.«

Ich wandte mich Kamagin zu. »Eduard, wir können noch sterben, wie Sie uns empfohlen haben, allerdings nicht im Kampf.« Voller Haß blickte mich Orlan an.

Kein Zerstörer rührte sich von der Stelle. Orlan sprach: »Wir können Sie vernichten, ohne dabei das Schiff anzutasten, das wir unbeschädigt zum Stützpunkt bringen werden – mit Ihnen oder ohne Sie.«

Ich hatte keine Entgegnung parat. Romero half mir. »Ihr Befehl ist schon deshalb nicht auszuführen, Eroberer, weil wir die Kommandogewalt über die Schiffsmechanismen verloren haben. Verbinden Sie uns wieder mit den Apparaten.«

»Damit Sie versuchen, das Schiff zu sprengen? Ihre Annihilatoren sind von unseren Feldern blockiert.«

»Wovor haben Sie dann Angst? Auf andere Weise lassen sich die Schiffseingänge nicht öffnen – zumindest nicht von uns.«

Ich fügte hinzu: »Und wir tun das nur in dem Falle, wenn Sie allen, die sich gefangengegeben haben, Leben und Freiheit garantieren.«

»Das Leben garantieren wir Ihnen, wie versprochen. Was die Freiheit betrifft, so bin ich nicht ermächtigt, Sie zu geben oder zu nehmen. In drei Minuten, nach Ihrer Rechnung, haben Sie die Verbindung.«

Mit Blicken fragte ich die Freunde um Rat, ich hatte vergessen, daß ich, wenn ich von der Maschine getrennt war, das am Arm zu tragende Dechiffriergerät DN-2 verwenden konnte. Andrés letzte Schöpfung. Meine Gehilfen hatten sich eher gefaßt. Ich vernahm Oshimas Gedanken: »Admiral, anscheinend gibt man uns die Chance. Ich habe Ihren Befehl hinsichtlich der Schiffsmaschine nicht vergessen!« Und gleich darauf erklang Kamagins Stimme in mir: »Seien Sie beruhigt, Eli, Oshima und ich werden uns bemühen!«

Ich schloß die Augen, damit die Zerstörer nicht bemerkten, wie sie funkelten. Mein Herz klopfte, als wäre ich schnell gelaufen, ich fürchtete, die unerwarteten Eindringlinge könnten es hören.

Die Verbindung zur Maschine kam langsam in Gang, es war, als erwachte sie aus langem Schlaf.

Als ich spürte, daß die zerrissenen Fäden zum Schiffsgehirn neu geknüpft waren, versuchte ich krampfhaft allein durch intensives Denken, mich mit den Annihilatoren in Verbindung zu setzen, erfolglos – die Annihilatoren waren fest blockiert. Zweifellos unternahmen meine Freunde die gleichen Versuche, Kamagin stöhnte auf, Petri fluchte.

»Warum dauert es so lange?« fragte Orlan.

»Die Verbindung ist schlecht«, antwortete ich.

Oshima hatte ein verschlafenes Gesicht, Kamagin öffnete den Mund vor Anstrengung, seine Augen, die plötzlich wie blind wirkten, starrten mit fast irrem Ausdruck auf einen Punkt am Bildschirm. Gut, dachte ich hoffnungsvoll.

Unter Oshimas und Kamagins Diktat stellte die Maschine ein Schema für ihren Umbau zusammen. Wenn einer von ihnen, Oshima oder Kamagin, sagte: »Genug. Handle!«, würde diese einzige Kombination durch eine beliebige andere zufällige, sinnlose ersetzt.

»Genug!« rief Oshima und drehte sich im Sessel energisch um.

»Genug!« ließ sich Kamagin wie ein Echo vernehmen und sprang freudig auf.

Ich spürte einen schmerzhaften Schlag in Gehirn und Körper, durch die Nerven jagte eine elektrische Entladung. Die frühere kluge Maschine, Bewahrerin der Kenntnisse der gesamten Menschheit, existierte nicht mehr. Sie war ein Spielzeug mit einer sinnlosen Kombination von Tausenden Elementen geworden – eine mögliche Variante von vielen Milliarden Sinnlosigkeiten, die von der Natur in jedem Winkel des Alls geschaffen werden …

»Admiral!« sagte Oshima feierlich. »Ihr Befehl ist ausgeführt.«

»Petri, öffnen Sie den Eingang«, ordnete ich an. »Wir müssen ja die Kapitulationsbedingungen erfüllen. Wissen Sie mit der Handbedienung Bescheid?«

»Selbstverständlich«, knurrte Petri und begab sich zur Tür. Er lockte die Zerstörer mit dem Finger. »Phantome, kommt einer von Ihnen mit?«

Ein Zerstörer verflüchtigte sich – er verschwand nicht, entfernte sich nicht, kleiner werdend, wie die Menschen, sondern verblaßte und wurde unsichtbar.

Romero schielte nach den schweigsamen Zerstörern und entgegnete nachdrücklich: »Lieber Eli, das theoretisch Mögliche ist in der Praxis meistens nicht durchführbar. Ein alter Denker hat gesagt: ›Zufällig können sich beliebige Kombinationen ergeben, das ist unbestritten, aber wenn man mir sagt, daß sich auf die Straße geschüttete Druckbuchstaben herabfallend zur Äneis gefügt haben«, rühre ich keinen Fuß, um es zu überprüfen.‹ Ich meine, diesem Denker kann man nacheifern.«

Die Gegner strömten in hellen Scharen ins Schiff.

Zwei Zerstörer drängten sich aneinander, als ließen sie jemand in den Kommandeurssaal herein, doch neue Gestalten erschienen nicht. Gleichzeitig spürte ich, daß der freie Raum kleiner wurde.

»Die Unsichtbaren!« sagte Romero warnend.

Orlans leidenschaftslose Stimme erreichte uns. »Sie dürfen zu Ihren Kameraden gehen.«

2

Aus allen Diensträumen wurden die Menschen von den Verderbern verjagt. In den Korridoren erblickten wir sie endlich: gepanzerte Geschwulste mit Periskopen anstelle der Köpfe nahmen einen Raum nach dem anderen in Besitz. Auf dem Anlegeplatz standen leichte Schiffe, die unseren Planetenflugzeugen glichen, aus den Luken quollen immer neue Augenköpfige. Man ließ uns nicht zusehen, wie unser Sternenflugzeug okkupiert wurde. Orlan stand vor uns und befahl, den Platz zu verlassen.

»Stellen Sie die Dechiffriergeräte ein!« riet Romero, und als wir unsere DN-2 überprüft hatten, setzte er in Gedanken fort: »Die Unsichtbaren haben zwar keine Körper, aber sicherlich Ohren, doch es dürfte ihnen schwerfallen, unsere individuellen Strahlungen zu verstehen.« Und zu jedem, den er traf, sagte er: »Stellen Sie das Dechiffriergerät ein.«

Die Kommandeure waren von den Besatzungen ihrer Sternenflugzeuge umringt.

»Wird man uns töten, Vater?« fragte Aster.

»Warum sollen sie uns töten? Die Zerstörer brauchen unser Leben dringender als wir.«

Aster runzelte die Brauen, überlegte. Über der Menge erschien Trub mit Lussin auf dem Rücken. Der Engel landete, und Lussin sprang ab.

Die Flügelfedern des Engels sträubten sich. Er starrte mich wie einen Verräter an. »Ihr seid doch Menschen, Eli!« Seine Stimme grollte metallisch. »Sich kampflos unterwerfen! Die Engel geben sich nicht gefangen, Eli!«

»Alles, was ich sagen kann, habe ich schon gesagt«, antwortete ich und bat die beiden, ihre Dechiffriergeräte einzustellen. »Betrachtet euch nicht als Gefangene, sondern als vorgeschobene Abteilung im feindlichen Lager«, erklärte ich.

»Wir können uns ja so betrachten, aber ob die Feinde bereit sind, in uns nicht die Opfer ihrer Willkür, sondern eine kämpfende gegnerische Abteilung in ihrem Lager zu sehen?« entgegnete Lussin, und ich war verblüfft, wie klar er seine Ansicht formuliert hatte. Mittlerweile habe ich mich daran gewöhnt, daß der zungenschwere Lussin beredsam wird, sobald er sich auf bloße Gedanken beschränkt. Treffen wir uns nun auf der Erde, schnallen wir unsere Dechiffriergeräte an, als befänden wir uns wie früher auf weiten Reisen. In Gedanken können wir uns leichter verständigen.

»Wir werden es ja erleben«, sagte Romero zurückhaltend. Mary schmiegte sich schweigend an mich. Wir hatten es nicht nötig, Gedanken auszutauschen, um einander zu verstehen.

Ich sah Orlan auf uns zukommen. Er wurde wieder von den beiden phantomhaften Zerstörern begleitet.

Später erkannten wir, daß sie nicht phantomhaft waren, sondern »unmenschlich«. Wenn sich die Zerstörer bewegten, merkte man deutlich, daß sie wenig Ähnlichkeit mit Menschen hatten; standen sie still, konnte man sie, zumal von weitem, leicht mit Menschen verwechseln. Die Bewegung verriet sie, denn sie schritten nicht, sondern flatterten eher. Sie beugten die Knie nicht beim Fortbewegen, sondern hüpften, wobei sie mal das eine, mal das andere Bein wie eine Krücke vorwarfen. Zugleich beugten sie ihren Körper wie Läufer, die einen Schnelligkeitsrekord brechen. Aber sie waren bedeutend schneller als wir. Noch weniger menschlich waren ihre Gesichter. Sie besaßen keine Nasen. An den Köpfen, die menschenähnlich geformt waren, gab es Haare, Ohren, Augen, einen Mund, ein Kinn, doch anstelle der Nase war eine runde Öffnung, von einem rüsselähnlichen Ventil verdeckt. Beim Atmen hob und senkte es sich. »Sie schnobern«, sagte Romero einmal.

Die Gesichter der Zerstörer leuchteten je nach Laune, sie erglühten und erloschen, waren bald weiß, bald gelb oder blau. Der Wechsel von Glanz und Färbung auf ihren Gesichtern glich nicht der wundervollen Farbsprache der Wegabewohner, er erinnerte, ins Unheilvolle verstärkt, an unser Erröten und Erbleichen. Orlan hob den Kopf – dabei legte er ihn nicht in den Nacken, wie wir es tun, wenn wir den Kopf ›heben‹, sondern hob ihn tatsächlich. Sein Hals wurde plötzlich länger, und sein Kopf stieg über den Schultern ungefähr dreißig Zentimeter höher. Später entdeckten wir, daß sich die Zerstörer auf diese Art begrüßten.

Aus seiner Höhe sagte Orlan: »Kein Fahrtmechanismus des Schiffes funktioniert. Was haben Sie damit gemacht?«

»Schuld sind Sie, denn Sie haben unsere Annihilatoren blockiert«, erwiderte ich.

»Wir blockieren sie nicht mehr, aber wir kennen die Schemata Ihrer Apparate nicht. Erklären Sie, wie man damit umgehen muß.«

»Das werden wir nicht tun«, versetzte ich. »Das Schiffsgehirn, das sie steuert, ist beschädigt. Selbst wenn wir wüßten, wie man mit den Annihilatoren ohne dieses Gehirn umgehen kann, würden wir Sie dennoch nicht in unsere Geheimnisse einweihen.«

Orlans Kopf sauste herab. Derart überraschend, daß ich zusammenzuckte und Mary aufschrie. Der Hals war gänzlich, der Kopf zur Hälfte im Brustkasten verschwunden, dabei hatte es ein Geräusch wie bei einem Schlag mit der Fliegenklatsche gegeben. Nur die Stirn und die beiden Augen ragten hervor, und diese Gesichtsreste glühten bläulich. So sahen wir zum erstenmal, wie die Zerstörer Mißbilligung und Empörung ausdrücken.

»Das werde ich dem Großen melden«, erscholl Orlans veränderte Stimme wie aus einem Kasten.

»Bitte«, sagte ich.

Er wandte sich zum Gehen, doch ich hielt ihn zurück. »Darf ich Ihnen ein paar Fragen stellen?«

»Meinetwegen.« Sein Kopf war in die natürliche Lage zurückgekehrt.

»Folgendes: Was gedenken Sie mit uns zu tun? Wer ist der Große Zerstörer? Woher wissen Sie, wie ich heiße und wer ich bin? Wie haben Sie die menschliche Sprache gelernt? Wie sind Sie in unser Sternenflugzeug gekommen?«

»Keine dieser Fragen wird vorläufig beantwortet.« Erneut klatschte sein Kopf zwischen die Schultern und kehrte sogleich in die frühere Lage zurück. »Ob Sie später eine Antwort erhalten, wird der Große entscheiden.«

Ich ließ ihn immer noch nicht gehen. »Dann sagen Sie mir, was wir tun dürfen und was nicht!«

»Sie dürfen alles tun, was Sie früher getan haben, mit einer

Ausnahme: Der Zutritt zu den Schiffsmechanismen ist verboten.«

»Öffnen Sie die Raumbildschirme im Observationssaal«, bat ich. »Es schadet Ihnen doch wohl nicht, wenn wir uns am Anblick der Gestirne Ihrer Gruppe weiden?«

»Am Anblick der Gestirne können Sie sich weiden«, antwortete er kurz und flatterte davon.

3

Im Observationssaal sahen wir tagaus, tagein helle Sterne und die grünen Lichter des Geschwaders.

Entweder wollten die Zerstörer nicht, daß uns die Astrographie ihres Fluges klar würde, oder die Schiffsmechanismen waren nicht in Ordnung, jedenfalls war schwer zu erkennen, wohin und mit welcher Geschwindigkeit sich das feindliche Geschwader bewegte. Sicher war nur, daß unser Sternenflugzeug im Zentrum der Flotte flog, auf allen Seiten der Sphäre funkelten feindliche Kreuzer.

Die fremden Schiffe hatten uns ins Schlepp ihrer Felder genommen.

Der Orangefarbene war von der Flugachse abgewichen. Im Zenit erschien ein anderer Stern. Allmählich blieb auch er seitlich zurück, und die Geräte zeigten an, daß die Schiffe in den Einsteinschen Raum tauchten.

Erneut erblickten wir – schon in der Optik – das kaum bemerkbare weiße Gestirn und den dunklen kleinen Planeten, seinen Trabanten.

»Wenn hier ihr Stützpunkt ist, dann ist er gut versteckt«, sagte Kamagin. »Es ist gar nicht so einfach, in diesem Geflecht von Giganten und Übergiganten den weißen Zwerg zu finden, und der im Dunkel verschwindende Trabant fällt überhaupt nicht auf.«

4

Die Kreuzer der Feinde entfernte sich nacheinander, ihre grellen Lichter verblaßten. Ungefähr ein Dutzend Schiffe waren noch da, als die »Bootes« zur Landung ansetzte.

Dieser Tag hat sich meinem Gedächtnis für ewig eingeprägt. Unsere galaktischen Schiffe können nicht auf Planeten niedergehen. Die riesigen Kreuzer der Zerstörer senkten sich jedoch so mühelos auf die Oberfläche des Planeten hinab, als wären sie Aviettes. Binnen weniger Stunden hatte sich auf der Ebene ein eigentümliches Bergland gebildet. Und in eins der Täler zwischen den Sternenflugzeugen des Feindes schwebte die »Bootes« hinunter.

»Aussteigen!« befahl Orlan, der im Observationssaal erschienen war, von wo aus wir die Landung beobachtet hatten. Er stand mit seinen beiden unwandelbaren Leibwächtern leidenschaftslos da, einem Phantom ähnlich, obwohl wir jetzt genau wußten, daß sowohl er als auch seine Eskorte durchaus materiell waren – nicht nur Oshima hatte sie inzwischen berührt oder war von ihnen abgeprallt.

Ich befahl, die Spezialanzüge anzuziehen.

Orlan widerrief meinen Befehl. »Nicht nötig. Auf dem Stützpunkt sind die Bedingungen geschaffen worden, die Sie brauchen: Atmosphäre mit Stickstoff und Sauerstoff, Wasser, die für Sie übliche Gravitation und Temperatur, sogar Ihre grüne Lieblingsfarbe. Und was die Strahlung betrifft«, er wies auf das weiße Gestirn, »so ist sie ungefährlich.«

Aus dem Tor der »Bootes« wurde die Anlegeplattform gerollt. Ich ging mit Mary und Aster hinaus. Aster sagte froh: »Stimmt's, Vater, dieser Planet erinnert an die Erde? Mama bestreitet das, aber ich meine, es ist so!«

Wenn der Planet der Erde glich, dann so, wie die Zerstörer die Menschen kopierten – phantomhaft, irreal. Es hatte keinen Sinn, Aster das zu erklären, er kannte die Erde nur vom Raumbildschirm.

Die winzige weiße Sonne spendete gerade so viel Licht, daß man sehen konnte, Wärme gab sie nicht. Der hiesige Mittag ähnelte mehr den irdischen Mondnächten als den irdischen Tagen – am Himmel glitzerten matte Sterne. Der Planet war von kaltem, metallisch glänzendem Grün. Giftgrüne Wolken verhüllten die Sterne am weißlichen Himmel.

»Ein metallischer Planet«, sagte Lussin traurig. »Ein unbekanntes Metall, Eli.«

»Ein bestens bekanntes Metall: Nickel«, verbesserte Kamagin. »Zu meiner Zeit war Nickel nach Eisen wichtigstes Konstruktionsmaterial. Ich verbürge mich dafür, daß das Grün hier Salze und Oxide des Nickels sind.«

Nur unser völlig schwarzes Sternenflugzeug störte das eintönige Grün des Nickelplaneten.

Über die grüne Oberfläche rannen grüne Flüsse, die Flüsse mündeten in grüne Seen, an den Seen erhoben sich grüne Hügel. Ich berührte ein grünes Gewächs, es war leblos, aus Trauben von glanzlosen, glitschigen Kristallen zusammengesetzt. Mit der Hand schöpfte ich Flüssigkeit aus einem Flüßchen – eine unangenehm scharf riechende Nickellösung, die meine Hand grün färbte, so gleichmäßig und dauerhaft, daß mir war, als hätte ich einen grünen Handschuh übergestreift.

Dann trotteten wir eine Allee metallischer Bäume entlang, die Stämme schimmerten bläulichweiß, die Kronen waren von grünem Niederschlag bedeckt. Die Zweige schwankten, ein böiger Wind riß metallisches Laub herunter – dumpf schlugen reife grüne Kristalle auf den Boden. Der unangenehme Geruch, der von allem in diesem metallischen Wald ausging, wurde unerträglich.

»Der grüne Jammer, lieber Eli!« sagte Romero seufzend. »Man möchte wie ein Wolf heulen ...«

Während der Landung hatten wir unsere Wächter gesehen – Augenköpfige. Auf dem Sternenflugzeug hatten sie die Diensträume bewacht und sich bemüht, uns nicht in die Quere zu kommen. Hier waren sie überall – auf der Anlegeplattform, an der Gravitationstreppe, die uns vom Schiff zum Planeten beförderte.

Bevor wir den metallischen Wald und die Ufer der Salzflüßchen erreicht hatten, waren wir durch Alleen von Wächtern gegangen, die aufpaßten, daß wir uns nicht ihren Schiffen näherten – wich ein Gefangener zu sehr ab, wurde er mit gewichtigen Gravitationsohrfeigen auf den befohlenen Weg zurückgebracht. Ich empfing als erster solch eine Ohrfeige und vermied künftig jeden Zusammenstoß mit den Wächtern. So verhielten sich auch die anderen Menschen, doch mit den Engeln hatten die Augenköpfigen Ärger.

Trub wurde mit seinen Artgenossen über denselben Krafttransporter zum Planeten gesaugt wie wir, doch dann betrugen sich die Engel anders. Trub schwang sich auf, und die Engel flogen ihm lärmend nach. Die Augenköpfigen rannten hin und her, ihre Periskope funkelten fürchterlich, aber die Stärke der Gravitationsschläge nahm mit der Entfernung quadratisch ab, und die Engel fanden dies bald heraus, sie stiegen höher und höher und tummelten sich dort, der Strafe entrückt.

Bald darauf stoben die Pegasusse wiehernd in die bunte Engelschar, ihnen folgte der riesige majestätische Donnerschleuderer mit Lussin auf dem Rücken und schraubte sich Kreis um Kreis aufwärts. Die kleineren Drachen stürmten ihm nach, und es bildete sich ein dreigeschossiger Wirrwarr. Am höchsten, für die Augenköpfigen gänzlich unerreichbar, schwebten die geflügelten Drachen, etwas tiefer jagten die Engel hin und her, und unter ihnen tobten die fliegenden Pferde.

Es gelang den Verderbern, den einen oder anderen Pegasus herunterzuholen, aber auch diese schwangen sich, nachdem sie eine Weile auf dem Boden umhergaloppiert waren, wieder freudig wiehernd zu den Ihren auf.

Kamagin und Oshima, die neben mir standen, tauschten Blicke.

»Bitte keine Worte!« warnte ich in Gedanken. »Auch keine stummen Überlegungen. Wir wissen nicht, was für Abhörtechnik es auf dem Stützpunkt gibt. Und bitte auch nicht gestikulieren!«

Sie verständigten sich durch begeisterte Blicke, schnitten ausdrucksvolle Gesichter, nahmen aber die Hände nicht aus den Taschen, um nicht durch jähe Gesten auf sich aufmerksam zu machen. Romero und Petri gesellten sich zu ihnen, und die Unterhaltung der Händelosen und Taubstummen wurde derart lebhaft, daß ich erneut unruhig wurde.

Dem Tohuwabohu wurde ein jähes Ende gesetzt. In einem der Sternenflugzeuge blitzte ein gelber Lichtfleck auf, und der Tanz in der Luft war zu Ende. Die Pferde, die Engel, die Drachen und Lussin rittlings auf seinem Drachen schwebten herab.

Die Engel und Pegasusse bewegten die Flügel so energisch wie zuvor, doch sie segelten abwärts wie Skispringer von einer Sprungschanze.

Romero hob und senkte eine Braue. Sein Mienenspiel war leicht zu deuten.

»Kein Wunder – Sternenflugzeuge!« dachte Kamagin. »Aber diese Teufelsmaschinen sind ja wohl nicht überall.«

Die Spitze der Kolonne verschwand im Wald, zu uns drängten sich Trub und Lussin durch. Trub war verlegen, da die Lustbarkeit in der Luft mißglückt war. Lussin strahlte. Der Donnerschleuderer hatte seine fliegerischen Fähigkeiten bewiesen, und das versöhnte

Lussin beinahe mit der Gefangenschaft. Hinter einer Allee zeigte sich ein metallisches Gebäude. Es war von grünen Oxidschuppen und einem räudigen Salzpelz bedeckt. Ein Tunnel führte ins Innere. Ich blieb stehen und drehte mich um.

Hinter mir marschierten die Besatzungen der drei Sternenflugzeuge, ihnen folgten, mal aufflatternd, mal zurückbleibend, mal sich sputend, die Engel, den Zug beschlossen Pegasusse und Drachen. Es war unvorstellbar, daß diese Gefangenenschar in das Gebäude passen sollte.

»Man lädt uns ein, und bislang recht höflich.« Romero deutete auf die Wächter, die ihre funkelnden Periskope eifrig in Richtung Haus schwenkten.

»Warten wir auf Orlan«, entschied ich.

Während wir warteten, entquoll einem grünen Wölkchen, das zum Zenit gekrochen war, grüner Regen aus Nickelsalzen. Zunächst fielen einzelne Tropfen, die uns rasch besudelten, dann rauschte ein Platzregen herab, der mit dem auf der Erde während der Sommergewitter große Ähnlichkeit hatte. Am dunklen Himmel zuckten Blitze, die dunkelrot und nicht so grell wie die bei uns waren.

Der Regen hörte ebenso unvermittelt auf, wie er begonnen hatte, am Himmel leuchtete wieder der weiße Zwerg, der sich langsam dem Horizont näherte. Wir waren naß und besudelt, die Menschen hatten sich in grüne Statuen verwandelt, die Engel sträubten die herabhängenden grünen Flügel, Trub schüttelte sich wie ein Hund, der sich aus einem Gewässer herausgerappelt hat, ich wrang den schwer gewordenen Mantel aus.

Während dieser Beschäftigung traf uns Orlan an.

»Bei uns geht man unter die Dusche, um sich zu säubern, bei Ihnen, um sich zu beschmutzen«, sagte ich ärgerlich.

»Dies ist eben der Nickelplanet«, erklärte er herablassend. »Wir haben Stützpunkte auf Mangan-, Eisen-, Blei-, Kobalt-, Natrium-, Gold- und Quecksilberplaneten … Für Sie haben wir den Nickelplaneten gewählt, weil er grün ist.«

»Ich hätte einen goldenen vorgezogen, solch einen kennen wir«, sagte ich, um darauf anzuspielen, daß wir den Goldenen Planeten vernichtet hatten.

Er ließ die Anspielung unbeachtet. »Sie hätten dort die Chlorverbindungen des Goldes nicht ertragen. Der Große will Sie am Leben erhalten.«

»Warum jagen Sie uns in diese enge Bärenhöhle, wenn Sie sich um unser Leben sorgen?«

»Da ist Platz für alle.«

Der Tunnel führte in ein geräumiges Vestibül, von dort zweigten breite Korridore mit leuchtenden Wänden ab. Unter der Kappe des unansehnlichen Gebäudes verbarg sich ein ausgedehnter Komplex von Räumen. Wie draußen war hier alles aus Nickel, aber die Nickelverbindungen waren nicht eintönig giftgrün, das Nickel war metallisch sauber und glänzte bläulich. Es kann keine Rede davon sein, daß ich von der Pracht der Farbe begeistert gewesen wäre; aber ich verspürte nicht mehr den Drang, vor »grünem Jammer« wie ein Wolf zu heulen.

»Nach rechts die Menschen, geradeaus und nach links ihre Bundesgenossen«, befahl Orlan.

Der leuchtende Korridor führte uns in einen riesigen viereckigen Saal, dessen Wände und Decke ebenfalls leuchteten. An den Wänden befanden sich seltsame, Vorrichtungen. In diesem Gefängnis ließen sich die Besatzungen einer ganzen Flotte von galaktischen Schiffen unterbringen, nicht nur drei.

»Pritschen«, sagte Romero und wies auf die Rinnen.

»Machen Sie es sich bequem«, sagte Orlan und wandte sich mir zu. »Sie folgen mir, Admiral.«

»Wir lassen unseren Admiral nicht allein«, sagte Oshima. Nichts änderte sich in Orlans leidenschaftslosem Gesicht. »Der Admiral kommt allein mit. Sie werden nicht gebraucht.«

Romero wies auf Orlans Leibwächter. »Gestatten Sie zu bemerken, daß Sie ebenfalls von Adjutanten begleitet werden. Unserem Admiral gebührt eine Wache.«

»Er kommt allein mit«, wiederholte Orlan kalt. »Beunruhigen Sie sich nicht«, sagte ich zu meinen Freunden. »Ob ich nun allein gehe oder mit Ihnen, so oder so sind wir vollständig in ihrer Gewalt.«

5

Ich konnte kaum Schritt halten mit meinen Führern. Ihre behenden, tänzelnden Sprünge waren schneller als Lauf. Mitunter blieben sie stehen und warteten auf mich, ohne sich umzuwenden, als sähen sie mit dem Rücken genausogut wie mit den Augen. Ich wurde die Empfindung nicht los, daß ringsum Unsichtbare waren. Im Korridor hätten zehn Mann nebeneinander marschieren können, doch ich fühlte mich beengt. Dreimal tat ich, als torkelte ich und trat beiseite, aber überall war Leere, es gelang mir nicht, mit einem Unsichtbaren zusammenzustoßen.

In einem Raum, der klein war und spärlich beleuchtet, hieß mich Orlan stehenbleiben. Ich stand mitten im Zimmer. Orlan stelzte mit seinen Leibwächtern zur Tür gegenüber, und sie öffnete sich vor ihm.

Ein Mensch stolperte herein, ich erkannte ihn sofort Es war André.

Er bewegte sich, seine Gestalt war greisenhaft gebeugt, mutlos ließ er den Kopf hängen, läppisch ruderte er mit den Armen.

Nichts hatte er von André, alles war anders als bei André, unbekannt, unerwartet, unvorstellbar ... Aber nur er konnte es sein.

»André!« schrie ich und stürzte zu ihm.

Er hob den Kopf, und ich erblickte sein Gesicht, gealtert, abgezehrt, derart unbegreiflich, daß meine Wiedersehensfreude in Angst umschlug. Ich packte André, drückte ihn an die Brust, stöhnte vor Freude und Schmerz, aber ich spürte schon, daß Andrés Auferstehung aus dem Nichtsein nicht nur Anlaß zur Freude bot, vielleicht am allerwenigsten zur Freude.

André stieß mich zurück. Er erkannte mich nicht.

»André!« flehte ich. »Schau doch, ich bin es, Eli, ich, dein Freund, erinnere dich, ich bin Eli!«

Er wandte sich traurig ab. Entsetzt riß ich ihn an mich. Er schaute mich an und sah nichts – sehend war er blind. Solche Augen hatte ich manchmal bei Menschen wahrgenommen, die schweren Gedanken nachhingen. Doch bei ihm war der Ausdruck maßlos übersteigert, unmenschlich grausam. Ich hatte André wiedergefunden, aber er war in einer eigenen, fernen Welt, war zugegen, ohne anwesend zu sein.

»André!« schrie ich verzweifelt. »Ich bin es, Eli!« Er befreite sich und floh. Ich holte ihn ein, zog ihn noch heftiger an mich. In meiner Raserei hätte ich ihn schlagen mögen, kratzen, beißen, küssen, mit meinen Tränen benetzen, damit er zu sich kam. Er mußte mich erkennen, mußte sich meiner und der Freunde erinnern – nur dies war mir deutlich bewußt, als ich ihn, heiser vor Wut, schüttelte.

André hatte die Augen gequält geschlossen und schwankte kraftlos in meinen Armen. Plötzlich erbleichte er, seine langen feuerroten Locken, das einzige, was vom alten André geblieben war, zuckten wie Flammen vor meinen Augen, allein das sah ich deutlich: Andrés Locken flogen nicht, sondern zuckten wie Flammen.

Orlan und die Leibwächter standen leidenschaftslos abseits.

Ich ließ von André ab und stürzte zu Orlan, bereit, mich auf ihn zu werfen. Er rührte sich nicht.

»Warum habt ihr ihm den Verstand genommen?«

»Der Große wollte ihm nicht den Verstand nehmen.« Rasend vor Wut führte ich meine Hand zum Mund und biß hinein, damit der äußere Schmerz die innere Qual übertönte. Noch besser wäre es gewesen, laut zu weinen, das Schicksal und die Feinde und mich zu verfluchen, um Vergebung zu flehen, denn ich selbst trug die meiste Schuld an dem heutigen Zustand meines Freundes.

Doch für Tränen fehlte mir die Kraft, trockene Verzweiflung brannte in mir. Und ich biß mir wieder und wieder in die Hand, um mich wenigstens dadurch zu überwinden. André, gebeugt, kläglich den Kopf schüttelnd, versuchte nicht mehr zu fliehen, obwohl ich ihn losgelassen hatte. Nicht weit von uns standen gleichgültig und unbeweglich die drei Nichtmenschen, die so phantomhaft Menschen glichen.

Plötzlich drang eine leise Stimme zu mir, André sang monoton, den Körper im Takt wiegend, als singe er sein sinnloses Liedchen mit jeder Körperbewegung: »Großmutter hatte einst ein graues Böckchen, ach, ein graues Böckchen, ach, ein graues Böckchen …«

Er sang kläglich und zittrig, nie zuvor hatte ich ihn so singen hören.

Ich drehte mich nach Orlan um. »Was wollen Sie eigentlich?«

»Der Mensch André steht zu deiner Verfügung, Admiral Eli«, antwortete Orlan.

»Komm, André«, sagte ich und zog ihn am Ärmel.

Wieder folgte ich Orlan, gehorsam trottete uns André nach.

6

Ruhig betrat ich den Saal, in dem sich die Freunde befanden.

Romero nahm André bei der Hand. Jetzt sprach er, als hätten sie sich nach kurzer Trennung getroffen, als wäre André nichts zugestoßen. »Guten Tag, André. Bei uns wirst du es gut haben, wir sind deine alten Freunde. Komm, komm! «

Behutsam zog und schob er André, der schüttelte seine feuerroten Locken und ging langsam – unlustig, gehorsam, verständnislos. Ich begegnete Marys verzweifeltem Blick. Ich wollte seufzen und vermochte es nicht. Die Muskeln spannen und den Mund öffnen – ich war dazu nicht imstande. Das Blut stieg mir heiß ins Gesicht. Mary legte mir die Hand auf die Schulter, krampfhaft rang ich nach Atem.

»Seltsam«, sagte ich und versuchte zu lächeln. »Wie eine kurze Paralyse.«

»Setz dich«, sagte Mary.

Ich hockte mich zu meinem Sohn. Und ich gab mir Mühe, mich nicht nach der Seite zu wenden, wo André im Kreise der Kameraden saß. Die rinnenähnlichen Pritschen erwiesen sich als bequem, man konnte darauf wie in einer Hängematte schaukeln. Aster blickte mich ängstlich an.

Endlich konnte ich lächeln.

»Unsere Betten ruhen anscheinend auf Kraftstützen«, sagte ich, erst jetzt hatte ich bemerkt, daß sie in der Luft hingen.

»Warum spielst du nicht, Aster? Ich habe gesehen, wie die Engel dir halfen, dein Spielzeug zu tragen, einen Pegasus hattest du Schlauberger wie ein Kamel bepackt.«

»Ich habe keine Lust zum Spielen, Vater«, sagte er traurig.

Darauf hatte ich keine Antwort. Aster war noch zu klein, um zu verstehen, was wirkliche menschliche Freiheit ist, aber die Unfreiheit lernte er früh kennen.

»Spiele!« sagte ich nachdrücklich. »Spiele, vergnüge dich, treibe Schabernack. Spucke ihnen ins Gesicht mit deiner Lustigkeit, mache sie wütend mit deiner Sorglosigkeit, denn nichts wird ihnen so angenehm sein wie unser Kummer. Beraube sie dieser makabren Freude!«

Sicherlich reichte sein Verstand noch nicht aus, um die Situation auf diese Weise zu begreifen. »Ich werde spielen«, versprach er. »Du wirst zufrieden sein, Vater!« Er sprang auf und ging fort.

Der Raum um mich schien wieder zu schwinden. Ich sah auf und begegnete dem starren, kalten Blick von Orlans Augen. Eine Maschine mit Augen! dachte ich voller Abscheu. Er war kein Phantom, wie wir anfangs gemeint hatten, aber er unterschied sich kaum von einem widerlichen Roboter. Noch widerlicher waren seine Gefährten.

»Der Große ruft dich«, erklärte Orlan.

Rings um uns sammelten sich die Gefangenen. »Wozu braucht mich dein Gebieter?«

»Das wird er dir selbst sagen.«

»Ist es ein Geheimnis, das sonst niemandem mitgeteilt werden darf?«

»Es ist kein Geheimnis. Der Große bietet der Menschheit einen Bruderbund an.«

Wenn Orlan gesagt hätte, die Zerstörer beabsichtigten, uns zu befreien, wäre ich weniger frappiert gewesen. Alles, was wir über die Verderber wußten, ließ den Gedanken an ein Bündnis mit ihnen widernatürlich erscheinen. Ein empörter Ausruf Kamagins scholl zu mir.

Ich sagte zu Orlan: »Bei euch faßt anscheinend der Herrscher allein die Beschlüsse, bei uns sind sie kollektiv. Zieh dich also zurück, während wir beraten. Es ist nicht ausgeschlossen, daß mir meine Kameraden untersagen, zu deinem Herrscher zu gehen.«

»Du mußt gehen.«

»Ich brauche nicht zu gehen. Es ist eine andere Frage, daß ihr in der Lage seid, mich gewaltsam hinzubringen. Aber Gewalt ist kein glücklicher Beginn für das von euch geplante Bündnis.«

Die Zerstörer entfernten sich.

Ich bat, die Dechiffriergeräte auf meine Gehirnstrahlung einzustellen, wir wollten in Gedanken beraten.

Auf einen Uneingeweihten mußte unsere Versammlung sonderbar wirken – schweigende Menschen starrten zu Boden, als lauschten sie in sich hinein. Kamagin zuckte mitunter impulsiv und störte die Harmonie der Erstarrung, Andrés trostloses Gemurmel drang noch hinter denen hervor, die nahe bei mir saßen, immerfort dachte er an das gebrechliche Böckchen. Ich befahl mir, nicht auf seine Stimme zu achten – und ich tat es nicht.

Ich begann damit, daß der Titel des Herrschers »Großer Zerstörer« weder auf Güte noch auf bedeutenden Verstand schließen lasse. Die »Güte« der Zerstörer hatten wir außerdem auf der Sigma kennengelernt. Der Herrscher unserer Feinde wandte sich nicht an Eli Gamasin, Admiral der Großen Galaktischen Flotte, nein, er nahm mit seinem Gefangenen Verhandlungen auf, dessen Leben in seiner Gewalt war – Grund genug, die Ehrlichkeit seiner Absichten zu bezweifeln. Auf welchen Prinzipien sollte ein Bündnis zwischen den Menschen und einem Zerstörer und Tyrannen überhaupt basieren? Sollten sie gemeinsam die noch freien Völker unterwerfen? Hand in Hand noch nicht Ausgerottetes ausrotten, noch nicht Zerstörtes zerstören? Alle Sternenfreunde der Menschheit zu Feinden machen, indem man sie hochmütig zu Untermenschen und Antimenschen erklärte? Einem Bündnis mit den uns bisher noch unbekannten Galakten entsagen, die uns äußerlich und auch im Verkehr mit anderen vernünftigen Wesen so auffallend ähnlich waren? Wäre es nicht besser, den Appell des Herrschers verächtlich zu ignorieren, obwohl diese Dreistigkeit das Leben kosten konnte, um ihm eine klare Vorstellung vom Willen und von den Absichten der Menschen zu geben?

Kaum hatte ich geendet, vernahm ich Kamagins erregten Gedanken: »Keinerlei Verhandlungen mit Verbrechern! Mit aller Willenskraft, den uns verbleibenden Waffen …!«

»Das einzige, worüber wir noch verfügen, ist unser Leben«, versetzte Romero.

»Dann müssen wir eben unser Leben hingeben!« Kamagin sprang auf. Es gelang ihm nur mit Mühe, all das nicht herauszuschreien.

»Ich bin für Verhandlungen«, teilte der besonnene Oshima mit. »Zum Sterben ist immer noch Zeit. Aber da der Admiral im Namen der Menschheit sprechen wird, darf er nicht vergessen, daß die gesamte menschliche Macht hinter ihm steht. Wir befinden uns in Gefangenschaft, doch die Menschheit ist frei!«

»Dem Großen drohen, daß seine Größe in die Brüche geht!« Petri unterstützte Oshima. »Mit der Faust auf den Tisch schlagen! Er soll die Sperre vor dieser Sternengruppe beseitigen. Schluß mit der kosmischen Piraterie, eine andere Basis ist ausgeschlossen.«

»Er soll uns freilassen und uns das Sternenflugzeug zurückgeben«, ergänzte Mary.

»Kurz und gut, die Zerstörer sollen kapitulieren«, faßte Romero kaltblütig zusammen. »Die vereinigte Macht der Menschheit vermochte das nicht zu erreichen, die Rede des Admirals soll es erwirken. Kein schlechtes Programm, ich unterstütze es, obwohl ich bezweifle, daß es realisierbar ist.«

Ich hatte es nicht eilig, meine Erwägungen zu äußern, und sagte nur: »Die Prinzipien, die den Krieg mit den Zerstörern hervorgerufen haben, bleiben für uns auch in der Gefangenschaft verbindlich. Nur auf ihrer Grundlage ist ein Abkommen möglich.« Danach teilte ich Orlan mit, daß ich der Begegnung zustimmte.

Am Ausgang traf ich Lussin, der von seinen geflügelten Freunden zurückkehrte. Er wußte noch nichts von André und bemerkte nicht sofort die auf der Pritsche kauernde Gestalt, aber ich vernahm den traurigen Singsang: »Ein graues Böckchen, ein graues Böckchen, ein graues Böckchen ...«

Als ich hinausging, hörte ich Aster rufen: »Komm bald wieder, Vater!«

Ich lächelte ihm zu.

7

Der Große Zerstörer war noch menschenähnlicher als Orlan und noch weniger »menschlich« als jener.

Vor allem war er riesenhaft, fast vier Meter groß. Der kleine Kopf saß auf einem ungewöhnlich langen Hals. Am Kopf funkelten riesige Augen, gierig öffnete und schloß sich der riesige Mund.

Er blickte mich mit leuchtenden Augen an. Ich übertreibe wirklich nicht – aus seinen Augenhöhlen strahlte trassierendes Licht, seine phosphoreszierenden Augen umrissen meine Konturen. Anfangs verglich ich ihn mit Orlan, bei dem die Hautfärbung die Stimmung anzeigte. Doch der Herrscher versuchte die Gesprächspartner zu schrecken, dafür eigneten sich funkelnde Augen sicherlich besser.

Der Herrscher saß auf einem thronähnlichen Podest. Für mich war kein Sitz da. Ich ließ mich auf den Fußboden nieder und kreuzte die Beine. In dem weiten Saal waren nur wir zwei.

»Du weißt, daß ich euch ein Bündnis vorschlagen will«, konstatierte der Große Zerstörer mehr, als daß er fragte. Er drückte sich leidlich in der Menschensprache aus.

»Ja«, antwortete ich, »aber bevor wir über das Bündnis sprechen, muß ich ein paar Fragen stellen.«

»Stelle sie.« Wie Orlan mißachtete er unsere Höflichkeitsanrede.

Mein kaltes »Sie« betonte, daß es keine Freundschaftlichkeit zwischen uns gab. »Sie gleichen einem Menschen und sprechen menschlich. Dabei sind wir nicht einmal entfernt verwandt.«

»Ich nehme jede Gestalt an, sofern sie biologisch möglich ist. Ich habe mich euch angeglichen, um dir gefällig zu sein.«

»Ich würde Ihr natürliches Aussehen vorziehen. Es wäre mir angenehmer, wenn Sie mir weniger glichen.«

Er erklärte, daß der Gestaltwechsel schwierig sei. Die Anfertigung einer neuen Hülle erfordere viel Zeit. Und überhaupt treibe er keinen Mißbrauch mit seiner Freiheit der Transformation. Ich freute mich insgeheim. Da der Gestaltwechsel selbst für den Herrscher nicht einfach war, bestand keine Gefahr, daß demnächst Pseudomenschen unter uns auftauchten.

Ein paar Kleinigkeiten hatten mir zu denken gegeben, und bevor ich zur Hauptsache überging, erwähnte ich sie. »Unser Schiff war fest verschlossen, dennoch kam Orlan herein. Wie gelang ihm das?«

»Nicht er kam herein, sondern sein Abbild wurde ins Sternenflugzeug fokussiert. Übertragt ihr keine Abbildungen?«

»Doch, in Videosäulen. Allerdings handelt es sich da um Silhouetten, reine Bilder … Oshima aber hat sich die Finger an Orlans Abbild aufgeschlagen.«

»Offenbar übertragt ihr nur die optischen Charakteristika, wir hingegen auch andere Eigenschaften wie Härte, Wärme und sogar elektrische Spannung. Das ist ganz einfach.«

Ich mußte anerkennen, daß das einfach war.

»Hast du noch Fragen?«

»Fragen und Erklärungen.«

Ich teilte dem obersten Verderber mit, daß ich zum Kriegführen ermächtigt sei, nicht aber, ein Bündnis zu schließen. Sollte er die Absicht haben, die ganze Menschheit interessierende Probleme zu berühren, so müßte der hier in der Nähe weilende Teil der Menschheit, nämlich alle meine Kameraden, an der Erörterung teilnehmen. Er entgegnete, wenn unser Gespräch übertragen werde, so würden seine Untertanen es ebenfalls hören. Das sei mir gleichgültig, sagte ich. Er bemerkte, daß ich im Tone eines Siegers, nicht eines Besiegten spreche. Ich verwies darauf, daß zwischen Gesprächen und Verhandlungen ein Unterschied bestehe. Er spreche mit Gefangenen, nehme aber Verhandlungen mit der gesamten Menschheit auf – folglich müsse man ihn an den Ton gewöhnen, den die freie Menschheit für Verhandlungen wähle. Er erklärte, für den Anfang genüge ihm ein Abkommen mit mir. Ich erkundigte mich, ob er da nur an mich denke oder auch an meine Kameraden. In dem Falle sei ohne Information aller nicht auszukommen, beharrte ich. Ihm sei solch ein dreister Ton neu. Es wäre nicht schlecht, sich an jeden Ton zu gewöhnen, wiederholte ich, und mit mir könne er beginnen. So mancher Gefangene habe schon vor ihm gestanden, und alle hätten am ganzen Leibe gezittert, denn er sei Herr über Leben und Tod. Vielleicht zitterte auch ich am ganzen Leibe, aber er sei nur Herr über meine physische Existenz, nicht über meine Gedanken und Wünsche; wenn er darauf aus sei, daß wir seine Freundschaft suchten, so seien zitternde Leiber wohl kaum solchem Begehren förderlich. Und überhaupt – seine Gefangenen könne er foltern, indem er sich auf seine Gewohnheiten und seine Sprache beschränke, doch ihre Freundschaft müsse er in ihrer Sprache und im Einklang mit ihren Gewohnheiten erringen. Danach lehnte ich eine Fortsetzung des Gesprächs ab und schwieg, wobei ich ihn herausfordernd ansah.

Er schwieg ebenfalls. Ich konnte mich überzeugen, daß die altertümliche Redewendung »seine Augen schleuderten Blitze« keineswegs eine Hyperbel war. Mir war, als blendeten mich aufzuckende Scheinwerfer.

»Schön, mag unser Gespräch übertragen werden«, sagte er dann. »Aber wenn wir keine Einigung erzielen, werde ich meinen Untertanen zeigen müssen, wie ich mit Starrköpfen verfahre.«

»Darüber bin ich mir im klaren«, sagte ich ruhig, obwohl ich sehr erregt war.

In diesem Augenblick übertrug mir das Dechiffriergerät die aufgebrachten Stimmen meiner Freunde. Sie hatten jede Vorsicht vergessen und erörterten nicht in Gedanken, sondern in Worten meine Lage. Ich unterbrach ihren vielstimmigen Chor, indem ich sie einlud, meiner Unterhaltung mit dem Großen Verderber zu lauschen.

»Fangen wir an?« fragte der Große Zerstörer. Seine Stimme grollte bedrohlich.

Er hatte zwar menschliche Gestalt angenommen, sich die menschlichen Umgangsformen aber nicht zu eigen gemacht. Für Verhandlungen war solch Gebrüll zumindest taktlos.

8

Unsere Erfolge erkannte er an. Äußerlich glichen wir seinen alten Gegnern, den Galakten. Die Zerstörer, die mit uns in den Plejaden zusammengestoßen waren, hatten ihrem Stützpunkt gemeldet: »Galakten in Sicht, wir nehmen sie gefangen.« Der Krieg mit den Galakten, der schon unendlich lange dauerte, näherte sich seinem Ende. Die Galakten waren auf den ihnen verbliebenen Planeten blockiert. Sie hofften nur noch, in Ruhe gelassen zu werden, eine müßige Hoffnung, er erkläre das mit allem Nachdruck.

Doch überraschend hatte sich herausgestellt, daß die Menschen anders waren. Sie hatten es fertiggebracht, die Flotte der Zerstörer in den Plejaden zu zerstreuen, und im Perseus hatten sie einen mächtig ausgerüsteten Planeten gesprengt. Er habe seinen Schiffen befehlen müssen, die von den Menschen beherrschten Trassen zu meiden. Dafür habe er sich um so sicherer in seiner Sternengruppe verschanzt. Hier stütze sich seine Macht auf sechs erstklassige Festungsplaneten, die mit Hochleistungsmechanismen zur Krümmung des inneren Sternenraumes ausgestattet seien. Keine Macht der Welt sei in der Lage, die von ihm errichtete Sperre zu durchbrechen.

»Wir haben sie gesprengt«, versetzte ich. »Ich spreche vom Flug unserer drei Schiffe.«

»Ihr hattet Glück; in dem Augenblick, als ihr eindrangt, ließen plötzlich die Abwehrmechanismen des Dritten Planeten nach. Das wird sich nie mehr wiederholen.«

»Wenn Sie nicht wollten, daß wir eindrangen, warum ließen Sie uns dann nicht wieder zurück?« erkundigte ich mich unverzüglich.

Er polterte: »Das hat mit den Verhandlungen nichts zu tun. Wichtig ist, daß wir euch aufgegriffen haben und daß ihr uns nicht besiegtet.«

Daß wir aufgegriffen waren, konnte ich nicht bestreiten.

Der Große Zerstörer wiederholte, daß wir ihnen in manchem voraus seien, dagegen sei bei uns vieles unvollkommen, als ständen wir am Anfang der Zivilisation. Wenn sich unsere beiden Zivilisationen vereinigten, könnte sich nichts gegen sie behaupten.

»Wirklich nichts? Die Verderber, Pardon, die Zerstörer beherrschen einen kleinen Galaxisbezirk, der Lebensraum der Menschen ist noch kleiner. Ist es da nicht vermessen, von Gesamtherrschaft zu sprechen?«

Die Antwort des Großen Zerstörers überraschte mich so, daß ich ihre Bedeutung nicht sofort zu würdigen wußte.

»Ich verstehe deine Anspielung. Die Macht der Ramiren ist mit eurer und unserer selbstverständlich nicht zu vergleichen. Aber die Ramiren haben die Perseusgruppen längst verlassen und beschäftigen sich mit der Umgestaltung des Galaxiskerns, ihnen steht nicht der Sinn nach Menschen und nach Zerstörern, schon gar nicht nach den feigen Galakten.«

Ich hörte den Herrscher an, als wüßte ich über die Ramiren weit mehr als er. Dagegen hielten meine Freunde mit ihrer Überraschung nicht zurück, das Dechiffriergerät übertrug mir ihr Stimmengewirr und ihre Unruhe bei der Nachricht von der unbekannten Sternenzivilisation.

»Lassen wir die Ramiren, sie haben eigene Sorgen genug«, sagte ich. »Sprechen wir davon, welches Prinzip der von Ihnen vorgeschlagenen Freundschaft zwischen Menschen und Zerstörern zugrunde liegen soll.«

»Das Prinzip ist einfach: unsere zersplitterte Macht zu einer Faust vereinigen!«

»Zu elementar für ein Prinzip. Das, was Sie genannt haben, ist kein Ziel, sondern ein Mittel, um ein Ziel zu verwirklichen.«

»Ich kann dir auch etwas über das Ziel erzählen.«

Neues teilte er nicht mit, es waren die Prinzipien Unterdrückung des Schwachen durch den Starken, kosmische Barbarei und Piraterie. Er schlug uns nicht Freundschaft vor, sondern Feindschaft – Haß auf alles, was nicht »wir« waren. Man mußte maßlos von sich eingenommen sein, um den Menschen ein solches Projekt darzulegen. Scharfsinnig war er nicht, dieser Große Zerstörer mit der Stimme eines Wasserfalls.

Als Antwort zitierte ich ihm die Deklaration, die auf der Ora beschlossen und später Verfassung des Interastralen Bündnisses geworden war.

Ich vernahm die Rufe meiner Kameraden, und diesmal war ich nicht böse, daß sie nicht in Gedanken, sondern unbeherrscht laut ihren Beifall äußerten.

Den obersten Verderber versetzte mein Programm in Wut. »Du vergißt, wo du dich befindest!« donnerte er.

»Nein, das vergesse ich nicht«

»Und du erkühnst dich, mir die Befreiung der unterworfenen

Völker und die Einführung einer ekelhaften gegenseitigen Hilfe vorzuschlagen?«

»Ohne dies ist eine schöpferische Existenz undenkbar. Ob Sie wollen oder nicht, ob mit Ihnen oder gegen Sie, aber diese Prinzipien werden sich in den Beziehungen der vernünftigen Sternenbewohner durchsetzen.«

Er glaubte, er habe meine schwache Stelle herausgefunden und werde in unserem Streit leicht die Oberhand gewinnen. Seine Logik war doktrinärer Prägung, ihr mangelte der wichtigste menschliche Zug – Gedankenweite. Ich wußte, daß unser Streit ungleich sein würde, aber nicht von der Ungleichheit, auf die er hoffte.

»Du sagtest ›schöpferische Existenz‹? Unsinn! In der Welt existiert ein realer Prozeß – die Zerstörung, die Nivellierung, das Abtragen der Höhen. Wir, die Zerstörer, beschleunigen mit unserer vernünftigen Tätigkeit diesen elementaren Prozeß.«

»Die vernünftige Tätigkeit der Menschen ist von anderer Art.«

»Folglich ist sie unvernünftig. Das Universum strebt zum Chaos. Vernünftig und erhaben ist nur dies: das Chaos verbreiten zu helfen. Allein das Chaos gewährleistet eine vollkommene Befreiung von Ungleichheit und Unfreiheit.«

»Die Lebewesen streben danach, das Chaos durch Organisation zu ersetzen.«

»Es ist blind, danach zu streben, das Chaos zu beseitigen. Dieses Bestreben kennzeichnet die Anfangsstufen der Entwicklung, wo Ungleichheit mit Kompliziertheit allenthalben anzutreffen sind. Ihre höchste Blüte erreicht die Entwicklung in der berauschenden Gleichförmigkeit von allem, im wunderbaren Fehlen von Unterschieden!«

»Das Bestreben, ein Element zu überwinden, ist Ihrer Meinung nach elementar? Sie, die Zerstörer, haben die mächtigste Organisation geschaffen, die die Welt kennt …«

»Du vergißt die Ramiren, Mensch.«

»Lassen wir die fernen Ramiren. Ihre Organisation, Ihre grausame Ordnung, Ihre ungeheure Unfreiheit für alle …«

»Die Organisation wurde zur Ausbreitung der Desorganisation geschaffen, die Ordnung dient der Einführung der Unordnung, und die allgemeine Unfreiheit ist nur eine notwendige provisorische Etappe auf dem Weg zur Befreiung aller von allem … Wir fördern, wonach die Natur strebt, wir kämpfen nicht dagegen an.«

Er stritt so selbstgefällig wie ein Spießer, der überzeugt ist, die Welt erschöpfe sich in seiner unmittelbaren Umgebung. Er war halb gebildet, hüllte seine Unwissenheit in ein philosophisches System, er war ein gewandter Sophist, der geschickt mit Paradoxen um sich warf. Es war leicht, ihn zu schlagen. Ich bezweifelte nur eins, ob er seine Niederlage begreifen würde.

In seiner Stimme klang Triumph. »Du schweigst, also bekennst du, daß du besiegt bist!«

»Sie widerlegen sich selbst«, sagte ich.

»Das mußt du beweisen.«

»Gern. Fangen Sie an, Ihre Weltanschauung zu begründen, und ich zeige, daß aus jeder Ihrer Prämissen ein Schluß zu folgern ist, der dem entgegengesetzt ist, den Sie ziehen.«

»Meinetwegen«, willigte er ein. »Für meine Untertanen wird es nützlich sein, ein übriges Mal die Grundlagen unserer Philosophie zu üben, obwohl sie ohnedies dauerhaft ist.«

Er begann originell. Seinen Worten zufolge wurde das Weltall einst als eine Unmasse ungeheurer Verschiedenheiten, als ein Herd einander unähnlicher kompliziertester Formen geboren. Leerer Raum – darin Planetengiganten, kompliziertes biologisches Leben und amorphes Plasma; an einem Pol der wie ein Gipfel aufragende, stets individualisierte Verstand, am anderen die Dürftigkeit isolierter Atome. Ungleichmaß und Unähnlichkeit, widerliche Originalität von allem und in allem, Barbarei organisierter Gesellschaften, Ordnungstyrannei, Unfreiheit verschiedenster hierarchischer Strukturen – so biete sich uns der Anfang der Welt dar, so sehe sie zum großen Teil noch heute aus.

»Aber alles beginnt nur kompliziert und entwickelt sich dann zum Einfachen«, polterte er. »Kommst du nicht vom Komplizierten zum Einfachen, wenn du eine Aufgabe löst? Gerätst du nicht in Verwirrung vor der unendlichen äußeren Vielfalt der Natur, wenn du sie betrachtest, und entdeckst du nicht dann erst ihre innere Einfachheit? Ist es nicht das höchste Ziel der Erkenntnis, die innere Einfachheit zu finden? Wieviel edler als die Erkenntnis ist da die Schaffung von Einfachheit, die Bereicherung der Welt durch Einfachheit? Und welche Einfachheit ist die höchste? Die Einfachheit des Primitiven, nicht wahr? Also müssen wir die Welt durch Primitives bereichern, immer von neuem Primitives erzeugen, Primitives pflanzen! Und nun frage ich dich: Welches Primitive ist am einfachsten und edelsten? Das Chaos – du stellst das doch hoffentlich nicht in Abrede. So sind wir beide zu dem logischen Schluß gekommen, daß ein vernünftiges Wesen nur eine einzige Aufgabe hat: überall Chaos zu säen! Sich im Chaos von allen Bindungen und Unterordnungen zu befreien! Im Chaos eine vollkommene Einigung mit sich selbst zu erreichen, denn nur im Chaos stützt du dich auf dich, während alles andere dich kalt läßt!

»Im Raum«, so fuhr er fort, »sind sechs Richtungen gegeben, in der Zeit dagegen nur eine – vorwärts, nur vorwärts! Vorwärts zur höchsten Existenzform – der Verwischung aller Unterschiede, der Auflösung aller Verschiedenartigkeiten. Das ist die Entwicklungsrichtung in der Natur, das ist das Ziel, das sich die Zerstörer gesteckt haben. Die Ungleichmäßigkeiten beseitigen und die Unähnlichkeiten abschaffen! Den leeren Raum vernichten, damit die Sterne zueinander eilen und zunächst offene, dann Kugelhaufen bilden! Die Temperaturen nivellieren – die einen Sterne erschöpfen sich in einem rasenden Energiestrom, die anderen, seit jeher finster, entflammen! Und vor allem das hochmütige Leben unterbrechen, die älteste der kosmischen Eigentümlichkeiten und Unfreiheiten, die tyrannischste der Ordnungshierarchien, das arrogante Leben unterbrechen, das sich verzweifelt und hoffnungslos gegen die allgemeine frohe Entpersönlichung wehrt! Primitivisation verbindlich für jeden – und Zerfall der komplizierten Strukturen als beste Form der Primitivisation! Biologische Natürlichkeit durch die Künstlichkeit der Automaten ersetzen, denn es gibt nichts Komplizierteres, Verwickelteres, Unfreieres als die Natürlichkeit, nichts Primitiveres, Einfacheres und Freieres als einen gut gearbeiteten Automaten. Wie einst die Ramiren, so klammern sich heute die Galakten, obwohl dem Untergang geweiht, an die überlebte Unähnlichkeit, an die aussterbenden Eigentümlichkeiten. Auch sie zum Nutzen der ausrottenden Tätigkeit der Zerstörer einsetzen oder mit ihnen allen Schluß machen!«

»Soweit ich Sie verstanden habe, streiten Sie für die Künstlichkeit gegen die Natürlichkeit?«

»Du hast mich richtig verstanden. Denn die Natürlichkeit widerspricht der Vernunft! Die Natürlichkeit beleidigt das ästhetische Empfinden, da sie die Gleichheit und Harmonie abscheulich stört! Jeder beliebige Organismus hält sich für den Mittelpunkt der Welt: Er ist selbständig, er ist originell, er ist in sich, für sich! Wie kann man das dulden? Wie kann man das aushalten? Rücksichtslose, maßlose, empörende Individualisierung – das wurde vom biologischen Leben, das sich widerrechtlich ausbreitete, bewirkt. Wir haben jedweder Originalität den Vernichtungskrieg angesagt. In diesen philosophischen Differenzen liegt die Wurzel unserer Feindschaft mit den Galakten.«

Die Paradoxie des Großen Zerstörers war überraschend für mich. Selbstverständlich war er kein Dummkopf. Aber sein Denken war wie die Visionen eines Paranoikers.

»Oh, wir wissen, daß wir uns nicht nur ein hinreißendes, sondern auch ein schweres Ziel gesteckt haben!« donnerte er. Immer mehr begeisterte er sich. »Aber wir werden die Schwierigkeiten meistern, alle Hindernisse hinwegfegen. Niemand in der Welt ist so geschickt und fleißig wie wir, das sage ich dir ohne Prahlerei. Wir statten die Planeten neu aus, erschöpfen den Weltenraum, bauen Millionen von Städten und Werken! Ständig fehlen uns Arbeitskräfte und Gehirne, wir suchen sie und ergreifen sie überall, wo wir sie finden. Und diese Unmasse von Kenntnissen und Fähigkeiten, diese Kräfte und Mechanismen, diese Werke und Gehirne stehen auf großer kosmischer Wacht – dienen dem sich ausbreitenden Chaos, befreien die Welt von der Diktatur der Ordnung!«

»Nun begreife ich, warum Sie sich Zerstörer nennen!« sagte ich.

Stolz fügte er über sich selbst hinzu: »Ich habe nichts geschaffen, aber ich bin fähig, alles zu vernichten!«

Dann sprach ich.

Der Machthaber der Zerstörer behaupte, er habe nichts geschaffen, aber er könne alles vernichten. Wenn das die Wahrheit wäre, dann sähe das in den Augen der Menschen gar nicht verlockend aus. Leider sei er bei weitem nicht imstande, alles zu vernichten, und seine grimmige Zerstörungstätigkeit wirke sich oftmals schöpferisch aus, man brauche nur an die errichteten Städte, Werke und Sternfestungen zu erinnern …

Er habe den Eindruck, als nivelliere er die Verschiedenheiten, doch bei näherer Betrachtung türme er neue Ungleichmäßigkeiten auf. Die Weltharmonie beruhe gerade in der Eigenart der Objekte, die Zahl der einander unähnlichen Strukturen dürfe nicht je nach Laune geändert werden. Die Zerstörer hätten den Wärmetod auf materiellen Körpern geschaffen, dadurch übersättigten sie den Raum mit Energie, es beginne ein rückläufiger Prozeß – neue

Materiemassen entstünden, darin werde die im Raum gespeicherte Energie konzentriert. Das Fortspülen der Gipfel der Eigenart sei nur eine Seite der Entwicklung, ihre andere Seite sei die unaufhörliche Bildung neuer Berge. Das All erzeuge Höhen der Unterschiedlichkeit ebenso beständig, wie es sie in einer grauen Ebene der Gleichförmigkeiten wegwische. Er behaupte, das All habe kompliziert begonnen und gehe zum Einfachen. Ich behaupte, das All gehe vom Komplizierten zum Einfachen und gleichzeitig vom Einfachen zum Komplizierten. Diese beiden Prozesse vollzögen sich nebeneinander. Und wenn es den Zerstörern wirklich gelinge, ihr erstes Ziel – die Vernichtung des Raumes (nicht umsonst sage man von ihnen »Weltenzusammenpresser«) – zu verwirklichen, so bleibe das zweite Ziel – die Degradation der Energie – undurchführbar. Indem man das eine vernichte, schaffe man das andere. Das Zusammendrängen der Sterne zu Haufen bereite nur die Bedingungen für eine nachfolgende kosmische Explosion vor. Ist nicht auf die Tätigkeit der Zerstörer zurückzuführen, was sich in den Hyaden ereigne, wo die Gestirne in eine Raumgrube stürzten, von der man nicht wisse, wie sie sich aufgetan habe?

An dieser Stelle unterbrach mich der Herrscher. Die Zerstörer hätten mit den Prozessen in den Hyaden nichts zu tun. Vielleicht wären sie eine Folge der weit zurückliegenden Tätigkeit der Ramiren. Sie hätten, wie jetzt die Menschen, die Technik der Umwandlung von Materie in Raum beherrscht, dank dessen hätten sie in den Plejaden die Oberhand über sein Geschwader gewonnen. Die Hyaden wären eine Ausnahme von der Regel, eine Abnormität in einem harmonischen Prozeß. Bei seinem ungeschickten Gedanken hakte ich ein. Wenn Ausnahmen entstünden, dann sei folglich die Entstehung von Ausnahmen die Regel. Die Zerstörer selbst seien eine von solchen hypertrophischen Ausnahmen unter den übrigen Sternvölkern. Sie wären eine Ausgeburt des Lebens und vernichteten das Leben, aber dadurch auch sich selbst.

Er schwieg eine Weile, noch nicht überzeugt, daß die Verhandlungen zu keinem Erfolg geführt hatten. »Hast du nicht behauptet, die Harmonie der Welt erfordere die Einheit von Zerstörung und Schöpfung?«

»Ja, das habe ich. Aber das ist die Einheit von Gegnern, nicht die von Freunden, die Wechselbeziehung des Kampfes, nicht die eines freundschaftlichen Bündnisses.« Mir fiel ein, daß nicht nur das

Häuflein meiner Kameraden zuhörte, sondern auch die Masse der uns unbekannten Gegner – ich appellierte an ihre Vernunft, es konnte nicht sein, daß alle so unvernünftig wie ihr Gebieter waren. Ich drohte nicht, sondern erklärte.

»Sie selbst erkennen an, daß wir stärker sind als die Galakten. Heute hat eine Vorausabteilung der Menschheit Ihre Sternenforts gestürmt, morgen wird die ganze Menschheit vor der nichteuklidischen Perseusmauer antreten. Die Philosophie der Zerstörung triumphiert, aber nur auf sie bezogen – die Zerstörer werden zerstört! Im Namen aller Sternvölker erkläre ich Ihnen den Krieg. Von nun an und unaufhörlich! Hier und überall!«

Der Herrscher schwieg lange. Das Schweigen war erfüllt vom Geräusch der erregten Atemzüge meiner Freunde, dann mischten sich andere Laute hinein. Ich wollte mir weismachen, daß das die Stimmen der Untertanen des Herrschers wären, mußte aber einsehen, daß es sich höchstwahrscheinlich um Übertragungsstörungen handelte – der oberste Verderber hatte in dem langwierigen Streit noch nicht den Schlußpunkt gesetzt.

Nach einer Weile sagte er: »Sind die Menschen und ihre Freunde Lebewesen?«

»Ebenso wie die Zerstörer.«

»Die Selbsterhaltung ist die wichtigste Eigenschaft des Lebendigen. Die Todesangst vereinigt die Lebenden. Bist du derselben Meinung, Mensch?«

Ich verstand, daß er uns zum Tode verurteilte. Er lechzte nach unserer Bestürzung und Verzweiflung. Ich wußte, daß niemand von uns ihm diese Freude bereiten würde.

»Aber ihr begehrt den Tod nicht wie die Freude!« Ich spürte, daß mir eine Falle gestellt war, doch ich wußte nicht, wie ich ihr entrinnen konnte. »Der Tod ist selbstverständlich keine Freude ...«

Jetzt donnerte seine Stimme nicht, sie klang leidenschaftslos wie Orlans Stimme – es war das Verdikt einer Maschine, nicht das Urteil eines Herrschers: »Du sollst dazu verdammt sein, den unerreichbaren Tod wie eine Freude zu wünschen. Du sollst vom Tod träumen, ihn in menschlicher Raserei herbeirufen. Doch der Tod soll dich fliehen!«

Danach verschwand er.

9

Der teilnahmslose Orlan führte mich zurück. Ich wanderte aus einer Umarmung in die andere, nahm Gratulationen entgegen.

»Es wird Strafmaßnahmen setzen, wir müssen uns vorbereiten!« sagte Oshima. Er war energisch und sachlich, als hätte er vor, die herabhagelnden Strafen unverzüglich abzuwehren.

Romero sprach traurig. »Ohne Zweifel haben Sie sich richtig verhalten. Aber Deklarationen sind eins, Taten etwas anderes. Und da Ihr Leben als unantastbar erklärt worden ist …«

»… so wird man uns foltern. Wir werden beweisen, daß der Mensch durch Foltern nicht zu brechen ist!«

Er blickte mich liebevoll und bekümmert an. »Ich habe den Eindruck, Eli, als könnten Sie die Foltern kaum erwarten, wie Sie vor kurzem die Schlacht kaum erwarten konnten.«

»Lassen wir das. Wie gefällt Ihnen die Nachricht über die Ramiren, Pawel?«

Romero meinte, leider seien die Ramiren zu weit von uns entfernt, und man könne sie nicht gegen die Zerstörer zu Hilfe rufen.

»Ruhen Sie sich aus, Eli«, riet Pawel. »Wer weiß, was uns die nächste Stunde bringt.«

Ich ließ mich neben Mary nieder, Lussin nahm bei uns Platz. Ihn plagten widersprüchliche Gefühle: Begeisterung für mein tapferes Verhalten, so drückte er sich aus, und Furcht, ich könnte mir eine grausame Strafe zugezogen haben. Und über alldem lastete Verzweiflung – Lussin hatte sich nach der Begegnung mit André immer noch nicht gefaßt. Mary sagte: »Als du mit dem Herrscher der Verderber strittst, war Aster der aufmerksamste Zuhörer.«

Lussin erklärte, Romero habe André ein Dechiffriergerät angeschnallt, doch Andrés Gedanken böten ebenfalls keinen Grund zur Freude. Ich stellte mich auf Andrés Strahlungen ein, er saß abseits, wiegte den Kopf. In seinen Gedanken war nur der eine trostlose Satz: »Großmutter hatte einst ein graues Böckchen, ach, ein graues Böckchen, ach, ein graues Böckchen …«

»Wie müssen sie ihn gemartert haben, daß ihm die Welt zu einem räudigen Ziegenbock schrumpfte«, sagte ich.

»Martern hat es gegeben«, antwortete Lussin in Gedanken und fügte hinzu: »Und wieviel wird es noch geben, Eli!«

Aster trat zu André. Der fuhr zusammen, hob den Kopf, mir war, als erscheine auf seinem stumpfen Gesicht der Abglanz eines Gedankens. Aster bat ihn um etwas oder stellte ihm eine Frage, André antwortete nicht, wich aber auch nicht erschrocken zurück. Er lauschte.

Ich sprang auf, Lussin hielt mich zurück.

»Wir gehen besser nicht hin«, riet er durchs Dechiffriergerät. »Aster ist der einzige, vor dem er keine Angst hat, mag der sich mit ihm beschäftigen.«

»Ich spreche mit ihm, aber er versteht nicht«, sagte Aster traurig. »Er hört zu und versteht nicht.«

Ich packte Andrés Arm, sein Gesicht verzog sich kläglich, er taumelte zurück. Mit leblosen Augen blickte er mich an.

»Erkenne mich!« schrie ich. »Ich befehle dir: Erkenne mich!«

André versuchte loszukommen, ich gab ihn nicht frei. Aster wollte sich zwischen uns stellen, ich stieß ihn beiseite. Ich bohrte meinen Blick in Andrés erloschene Pupillen.

»Erkenne mich!« brüllte ich wild. »Ich lasse dich nicht, bevor du mich erkennst!«

Mit Asters Hilfe riß sich André los und floh. Wahrscheinlich wäre ich ihm nachgerannt, wenn sich Aster mir nicht in den Weg gestellt hätte. In seinen Augen waren Tränen. »So behandelt man Freunde nicht, Vater«, sagte er empört. »Du bist stark, aber er ist krank!«

Ich wollte etwas erwidern, doch eine gewaltige Macht schleuderte mich von Aster weg.

Alles ringsum begann wirbelnd zu kreisen, verschwand hinter einem trüben Schleier. Ich sank in dämmrigen Abgrund, sah Romeros entsetztes Gesicht, die leichenblasse Mary, den angstvollen Aster. Sie riefen, streckten verwirrt die Hände nach mir aus. Doch ich war unerreichbar, als hätte es mich in eine andere Galaxis verschlagen.

Der Große Zerstörer hatte mich in einen Kraftkäfig gesperrt.

10

»Eli, was ist geschehen?« rief Mary. »Eli!«

Verzweifelt versuchte sie, zu mir durchzubrechen, die anderen drängten sich ebenfalls gegen die unsichtbare Barriere, als könnten sie helfen, wenn sie sich in meiner Nähe befänden. Oshima allein bewahrte Ruhe, er befahl, stillzustehen und nicht durcheinanderzureden. Ich sah meine Freunde deutlich, noch besser hörte ich sie, der Käfig, der für Körper undurchdringlich war, ließ Licht und Laute ungehindert durch.

Ich versuchte zu lächeln. »Man hat mich von euch isoliert. Und da ich der Möglichkeit beraubt bin, mich frei zu bewegen, will ich die Befehlsgewalt, die ich nicht mehr normal ausüben kann, abgeben. Zu meinem Nachfolger ernenne ich Oshima.«

Am Abend erschien das Essen auf den Ruhelagern, es wurde von einem unsichtbaren Fließband serviert. In meinem Käfig erschien nichts. Ich lachte auf. Viel Phantasie besaß der oberste Zerstörer nicht. Ich streckte mich auf dem Fußboden wie auf einem Bett aus. Niemand kümmerte sich um mich, als wäre ich nicht vorhanden.

Erst als die meisten schliefen, trat Romero an meinen Käfig. »Also hat man Sie zum Hungern verurteilt, lieber Freund«, sagte er düster. »Im Altertum zählte Hunger zu den qualvollsten Strafen.«

»Halb so schlimm. Die altertümliche Hungerfolter mutete deshalb grausam an, weil der Tod unvermeidlich war, mir droht diese Gefahr nicht – ich soll den Tod herbeisehnen, ihn aber nicht empfangen.«

Als Romero fort war, verfiel ich in fieberähnlichen Halbschlaf, vor meinen Augen flimmerten leuchtende Wolken, es wurden immer mehr, sie leuchteten heller und heller. Plötzlich hörte ich Gemurmel. Ich richtete mich auf.

André stand vor der durchsichtigen Barriere, er preßte die Wange daran, griff danach. Sein Lächeln, das Lächeln eines Wahnsinnigen, wirkte pfiffig, seine Augen brannten. Ich trat dicht zu ihm, doch aus seinem hastigen Gemurmel wurde ich nicht klug.

»Ich weiß«, sagte ich müde, »Großmutter hatte ein graues Böckchen. Geh schlafen.«

André kicherte, ich vernahm die Worte: »Werde verrückt! Werde verrückt!«

Endlich glaubte ich etwas zu haben, woran ich mich in seinen wirren Vorstellungen klammern konnte. »André, schau mich an, ich bin es, Eli! Schau mich an, du befiehlst Eli, verrückt zu werden, Eli!«

Es hatte nicht den Anschein, als hätte er mich gehört. Ich stellte mein Dechiffriergerät auf seine Gehirnstrahlen ein, aber auch da war nur der monoton wiederholte Rat, verrückt zu werden. Er führte kein Doppelleben wie manche Wahnsinnige, und in den geheimsten Winkeln seines Bewußtseins verbarg sich nichts, was er nicht geäußert hätte. Ich empfand großen Schmerz. Auch dieser Versuch, ihn zu sich zu bringen, war mißglückt.

»Nein« André«, sagte ich dann mehr zu mir als zu ihm. »Ich werde nicht verrückt, mein armer André, ich habe einen anderen Weg, als er dir zuteil geworden ist.«

Er murmelte immer leiser, als schlafe er ein: »Werde verrückt! Werde verrückt!«

II

Ich weiß nicht, wie diejenigen litten, die im Altertum zum Hungern verurteilt waren. Mein Hunger war ein abscheuliches Schauspiel. Und das machte mich rasend. Ich erhielt keine Nahrung, und meine Freunde brachten keinen Bissen herunter. Mary schrie Aster an, weil er essen sollte, aber ich bemerkte nicht, daß sie selbst etwas zu sich nahm. Nur Romero und Oshima aßen ruhig, und ich empfand Zärtlichkeit für sie, denn das fiel ihnen gewiß nicht leicht.

Bald hatte ich heraus, daß es das beste für mich war, in den Stunden zu schlafen, wenn die anderen munter waren. Zuerst kostete es Mühe, dann kam der Schlaf, wann ich ihn brauchte. Aber es war wohl eher Ohnmacht – ich schaltete mein Bewußtsein je nach Wunsch für Minuten und Stunden aus.

Hungernde haben ja angeblich Halluzinationen von schmackhaften Speisen und steigern sich dabei in Raserei. Solche Behauptungen sind übertrieben. Bilder von Gelagen und Schmausereien ließen mich gleichgültig. Mir lief nicht das Wasser im Munde zusammen, mein Magen krampfte nicht, ich wälzte mich nicht schluchzend hin und her, wenn mir bewußt wurde, daß meine Träume nicht zu verwirklichen waren.

Die Qualen des Durstes sind meiner Ansicht nach ebenfalls aufgebauscht durch zahllose Erzählungen. Ich weiß, daß im Altertum Tausende von Schiffbrüchigen verdurstet sind, doch ich bin überzeugt, daß ihre Leiden gesteigert wurden, weil sie gewaltige Mengen ungenießbaren Salzwassers vor Augen hatten.

Dagegen suchten mich Visionen heim, und mit jedem Tag wurden sie deutlicher. Wieder sah ich den seltsamen Saal mit der Kuppel und der halb durchsichtigen Kugel, wieder lief ich an den Saalwänden entlang und hatte Angst davor, mich der Kugel zu nähern; an der Kuppel prangten Sternbilder, zwischen den unbeweglichen Gestirnen jagten künstliche Lichter dahin, und ich wußte, daß jedes Lichtchen ein galaktisches Schiff unserer Flotte war, die den Perseus angriff. Ich blickte unverwandt auf die Lichter von Allans Kreuzern, zunächst war mir ihre Bewegung unverständlich, dann erkannte ich, daß ich Bilder von ihrer Jagd nach dunklen kosmischen Körpern außerhalb der Perseusklüfte sah. In meiner Vision schleppte Allan die eroberten Herumtreiber zum Perseus, traf letzte Vorbereitungen, um sie nahe der nichteuklidischen Barriere zu annihilieren und beim Auseinanderfliegen der gesprengten Materie durchzubrechen.

»Ich bin wieder im galaktischen Raum der Verderber gewesen«, sagte ich zu Romero und erzählte ihm meine Vision. Den Traum nahm er nur als Beweis für meine zerrüttete Psyche. »Im Altertum meinten viele Psychologen, in den Träumen erfüllen sich die Wünsche, die die Menschen im realen Leben haben«, sagte er. »Man muß anerkennen, mein Freund, daß Ihre Visionen gehorsam Ihre Wünsche kopieren.«

Vom Kommandoturm der Verderber träumte ich nur einmal, vom Großen Zerstörer dagegen oft. Er erschien mir im Kreise von Würdenträgern, unter denen auch Orlan war, der der Versammlung berichtete, wie sich die Gefangenen führten. Meine Phantasie stattete die Zerstörer seltsam aus, so wahnsinnig phantasmagorisch, wie ich sie weder vor noch nachher unter den wirklichen Feinden fand. Der Große Zerstörer und Orlan erschienen noch in der gewohnten Gestalt, phantomhaft Menschen imitierend. Die anderen aber wuchsen zu wunderlichen Exemplaren – engelhaft Geflügelte, schlangengleich Kriechende, wie Blitze Gebrochene, die auch wie Blitze leuchteten. Die einen ragten wie massive Kästen, die anderen entfalteten, wenn sie sich in Unterhaltungen einließen, üppige Kronen und wurden irdischen Bäumen ähnlich, die dritten wurden, sobald der Herrscher sie anredete, flüssig und flossen als Rede dahin, flossen im wahren Sinne des Wortes – mal als rötliches, mal als blaues trübes Wasser, und alle starrten auf die Windungen und den Glanz der schäumenden Rede. War ihre Ansprache zu Ende, rannen sie ruhig zurück, wurden wieder Körper, die sich unauffällig in einer Ecke unter den anderen Würdenträgern verloren.

Doch am prächtigsten waren die »Schwärmer«, wie ich diese merkwürdigen Wesen nannte, die sich zum feurigen Fächer entfalteten, wenn das Auge des Herrschers auf sie fiel. Allerdings vermochte ich nicht festzustellen, welcher Art ihre Körper waren, bevor sie die Fragen des Herrschers beantworteten. Offenbar waren sie schweigend so unbedeutend, daß der Blick über sie hinwegglitt. Doch ihre Sprache war zauberhaft, ihre Antworten prasselten so sprühend hernieder, daß ich mich in meinem Käfig zusammenkauerte, weil ich fürchtete, ein Feuerwort könne mich versengen. Aber auch Vertraute des Herrschers duckten sich, wenn jemand zu einem verzehrenden Vortrag explodierte.

Der Informationskode ihrer Sprache war mir dunkel, doch aus den Fragen und Bemerkungen des Herrschers und Orlans reimte ich mir zusammen, worüber sie sprachen.

Sowohl das Aussehen der Würdenträger des Großen Zerstörers als auch die Methoden ihres Umgangs waren so unwahrscheinlich, daß ich mich ernstlich fragte, ob ich etwa den Verstand verliere.

Da war etwas, das mich von dieser Schlußfolgerung abhielt. Mein Körper wurde schwächer, doch mein Geist blieb klar, außer den Fieberträumen war alles real: Ich unterschied die Gegenstände und die Freunde, die Gegenstände veränderten nicht ihre natürlichen Formen, die Freunde sprachen mit mir, ich antwortete, keiner fand meine Antworten unverständig, unsere Unterhaltungen verliefen wie gewöhnlich, nur kürzer wurden sie, da mir das Sprechen immer schwerer fiel.

Und noch eins war wichtig: Ihre Diskussionen waren durchaus logisch. Meine Gehilfen und ich hätten in einer analogen Lage ähnlich geurteilt – ich meine die Fakten und die Logik, nicht die Informationsmethode.

»Sie sagten, daß der Traum einst als Erfüllung der Wünsche betrachtet wurde«, erklärte ich einmal Romero, um ihm einen neuen Gedanken mitzuteilen, und ich fand sogar die Kraft in mir, leise zu lachen. »Ich gewinne immer mehr die Überzeugung, daß es so ist. In meinen Träumen überwinde ich unsere Feinde.«

Seit einiger Zeit hatte Romero seine Einstellung zu meinen Phantasien geändert. Es verging jetzt kein Tag, da er sich nicht erkundigte, was ich geträumt hatte.

»Sonderbar, sonderbar!« sagte er nachdenklich. »Ich bitte Sie, lieber Freund, mir Ihre Visionen auch künftig in allen Einzelheiten zu schildern. Ihre Visionen sind mehr Information – phantastisch verzerrt freilich, aber über reale Ereignisse – als Ausgeburt eines Fieberwahns.«

»Die täglichen Fragen von Orlan rufen sie hervor, Pawel. Ich kann es doch den Feinden nur so heimzahlen, indem ich ständig von ihrem unvermeidlichen Untergang phantasiere!«

Ich haßte meinen widerwärtigen Wächter. Täglich erschien er vor dem Käfig, oft dreimal am Tag, mitunter hatte ich den Eindruck: stündlich. Leidenschaftslos erkundigte er sich: »Willst du immer noch nicht den Tod? Ich hoffe, du fühlst dich nicht gut?«

Ich blickte in sein lebloses Gesicht, und Hitze stieg in mir auf. »Ich fühle mich gut. Du kannst dir nicht einmal vorstellen, Tölpel, wie gut ich mich fühle, denn vor meinem Ende werde ich noch deinen Tod sehen, den Tod deines Herrschers, den Tod aller seiner Speichellecker. Bestelle deinem obersten Trottel, daß ich unendlich froh bin, am Leben zu sein.«

Orlan ließ den Kopf zwischen die Schultern knallen und verschwand.

12

Die Ereignisse, die einen Umschwung in unserer Gefangenschaft herbeiführten, haben sich meinem Gedächtnis in allen Einzelheiten eingeprägt.

Vor dem Abendessen hatte ich mir befohlen einzuschlafen, als ich erwachte, war es Nacht, die Gefangenen schliefen. Ich setzte mich auf. Da ich mich zu schwach fühlte, erhob ich mich nicht und wanderte nicht wie sonst im Käfig hin und her. Ohne die Augen zu öffnen, lauschte ich den Geräuschen, die von überallher zu mir drangen – schlaftrunkenes Schluchzen, Rascheln, wenn sich jemand drehte, Schnarchen und Schniefen. In der letzten Zeit hatte mein Sehvermögen nachgelassen, hinzu kam, daß in den Nachtstunden die leuchtenden Wände verblaßten. Dafür hatte sich mein Gehör geschärft, mühelos vernahm ich Laute, die mich normalerweise nicht erreicht hätten.

Und ich merkte, daß sich mir jemand verstohlen näherte. Ich erhob mich und stand eine Weile da, um des Schwindelgefühls Herr zu werden. Vor meinen Augen flimmerten spöttische Flämmchen, das trübe Bild des schlafenden Saals verzerrte sich. Geduldig wartete ich, bis das letzte Fünkchen erloschen war, dann tappte ich auf die Barriere zu, die Hände tastend vorgestreckt, um nicht gegen durchsichtige Hindernisse zu stoßen. Nach jedem Schritt blieb ich stehen, bis die stets von neuem aufzuckenden Funken verglommen waren, damit mir nicht schwindelte. Ich spürte, daß sich von außen jemand an die unsichtbare Barriere preßte.

»Aster, warum bist du gekommen?«

»Vater!« flüsterte er. »Kann ich dir nicht wenigstens nachts etwas zu essen bringen?«

Vergeblich versuchte er, ein paar Häppchen durch die unsichtbare Wand zu schieben. Er stieß sie gegen die Kraftmauer, sie fielen zu Boden, er hob sie auf und versuchte erneut, hartnäckiger, sie durchzuschieben. Aster weinte laut.

Ich schaute ihn an, überlegte matt, was ich mit ihm anfangen sollte. Ich wollte nicht essen, wollte nicht sprechen, ich verstand nur eins – sein Weinen konnte Mary wecken, und ein neuer Anfall von Verzweiflung wäre unvermeidlich.

»Aster, geh schlafen«, sagte ich. »Selbst die Atomgeschütze unserer Vorfahren könnten diese Mauer nicht beseitigen, was willst du da mit deinen schwachen Fäustchen ausrichten. – Geh schlafen!« wiederholte ich.

Er ging, alle zwei, drei Schritte drehte er sich um.

Unser Gespräch hatte, wie leise es auch geführt worden war, André angelockt. Der Wahnsinnige schlief wenig, in den Stunden, wenn die anderen ruhten, spazierte er unhörbar im Saal umher und sang sein »Großmutter hatte einst ein graues Böckchen ...«

Er trat an die Stelle, wo eben noch Aster gestanden hatte, und lehnte sich an die Kraftwand. Sein gealtertes Gesicht war abgezehrt. Er lächelte pfiffig und zwinkerte. Zunächst verstand ich sein Flüstern nicht, an seinen Lippen glaubte ich abzulesen, daß er den trostlosen Rat, verrückt zu werden, wiederhole, doch bald fiel mir auf, daß er andere Worte formte. Ich vernahm: »Nicht nötig.«

»Gibst du mir einen neuen Rat?« fragte ich erstaunt. »Habe ich dich richtig verstanden, André?«

Er murmelte noch hastiger und verworrener, sein Gesicht zuckte, verzerrte sich, lachte, bebte erschrocken – alle diese Regungen wechselten so rasch, daß ich weder aus seinen Worten noch aus seiner Mimik klug wurde.

»Geh oder sprich deutlich, ich bin sehr müde, André«, sagte ich gequält.

Darauf hörte ich einen klaren Satz, den er zweimal sprach: »Du wirst verrückt! Du wirst verrückt!«

»Freu dich, ich werde verrückt!« sagte ich bitter. »Genau wie du mir geraten hast, André. Ich suchte einen anderen Weg und habe ihn nicht gefunden. Warum freust du dich nicht?«

»Nicht nötig! Nicht nötig!«

Erst jetzt, da er diese Worte wiederholte, verstand ich, worauf sie sich bezogen. Erneut drehte es sich mir im Kopf. Ich taumelte gegen die Wand, stand eine Weile, bis mir besser wurde. Als ich die Augen öffnete, war André nicht mehr da. Im Halbdunkel des verschlafenen Saales sah ich die sich hastig entfernende Gestalt.

Ich hatte keine Kraft mehr, um mich auf meinen watteweichen Beinen zur Käfigmitte zu schleppen, ich ließ mich dort, wo ich stand, auf den Fußboden sinken und war bald darauf eingeschlummert. Eine Weile später hatte ich wieder eine Vision, wie ich sie schon früher gehabt hatte: Allans Schiffe, die den Perseus stürmten.

Diesmal sah ich nicht den Saal mit der in der Mitte schwebenden, halb durchsichtigen Kugel, rings um mich war die Sternensphäre, der Randbezirk der Gruppe x – ich jagte zwischen den Sternen dahin, selbst in eine Art kosmischen Körper verwandelt. Zugleich wußte ich in meiner Fieberphantasie, daß ich irgendwo in einer Beobachtungsstelle ruhte. Um mich herum sah ich nicht die wirklichen Gestirne, sondern ihre Darstellung auf dem Bildschirm, und mein rasender Flug von einem Stern zum anderen war keine reale Bewegung, ich jagte nicht zwischen den Gestirnen dahin, sondern suchte mit einem Gerät Allans Geschwader.

Als vor mir die Lichter der galaktischen Kreuzer aufblitzten, zählte ich sie gierig und wiederholte die Zahlen laut, wobei ich die Lippen kaum bewegte. Zwei leuchtende Häufchen, zwei langgestreckte Feuerstreifen zu je hundert Funken (jeder Funke war eine mir gut bekannte Überlichtfestung) rasten keilartig auf den Perseus zu – die Schneide des Keils zielte auf den Orangefarbenen, der trübe war und allmählich erlosch. Mir war klar, was sein unheilvolles Verschwinden bedeutete.

Stoßen wir durch oder nicht? dachte ich, schwach zitternd, selbst zum Zittern fehlte mir die Kraft, doch meine Gedanken hatten ihre

Klarheit noch nicht eingebüßt. Stoßen sie durch oder nicht? dachte ich und hielt nach den dunklen Körpern in der lodernden Lichtermasse Ausschau – ich fand nicht weniger als ein Dutzend, sie flogen dahin, den mächtigen Schiffsannihilatoren gehorsam, der massivste bildete die Schneide des Keils, der lang ausgestreckte Hals gelblichweißer Lichter endete in einem schwarzen Schnabel.

Bald darauf versank ich ganz im schwarzen Nebel meines Fieberwahns, sah weder das Geschwader noch die von ihnen geschleppten Planeten, ein gigantischer leuchtender Vogel mit dunklen Flecken auf dem weißen Körper schwebte in meinem Gehirn, hob den Schnabel. Würde er ihn auf den Scheitel der Sternengruppe stoßen?

Fester schloß ich die Augen, um deutlicher zu sehen, was sich da zusammenbraute.

Dann erblickte ich eine tosende Feuergrube und galaktische Schiffe, die sich in den Brennpunkt der Explosion stürzten. In meinem Gehirn vermengten sich Sterne und Schiffe, die Sterne stoben in alle Richtungen davon, auseinandergewirbelt von der Raumexplosion, die Schiffe verschlangen den neugeschaffenen Raum mit den Mäulern ihrer Annihilatoren und stürmten vorwärts, auf den verschwundenen Orangefarbenen zu, vorwärts, uns zu Hilfe …

Dann wurde ich hochgehoben. Ich lag auf der Seite, zusammengekrümmt, zitternd, in meinem dunstigen Fieberwahn war ich so mächtig wie ein galaktisches Schiff, ich hatte die Mauern durchstoßen, sauste frei hinaus in den Raum. Wohin ich getragen wurde, wußte ich nicht, doch ein triumphierendes Gefühl erfüllte mich – ich war frei!

In einem Saal, den ich kannte, fiel ich nieder, auf dem Thron saß der oberste Verderber, den weiten Raum füllten sonderbare Schatten und Figuren – Mißgestalten, in meinen Visionen hatte ich sie schon oft beobachtet … Ich war in eine Konferenz beim Großen Zerstörer geraten.

13

Sie sahen mich nicht, ich wußte es, doch hurtig kroch ich in eine Ecke, von wo ich die Versammlung überblicken konnte. Der Herrscher schwieg, offenbar wartete er auf etwas, und alle, die um ihn waren, schwiegen ebenfalls. Ihre Sache steht schlecht, wenn sie so bedrückt sind, dachte ich schadenfroh.

Plötzlich gerieten die Würdenträger in Bewegung. Ein finsterer häßlicher Stumpf entfaltete üppig seine Krone, er glich halb einem Nußbaum, halb einer Platane und wuchs, seine Zweige streckten sich zur Saalmitte, seine Blätter begannen violett zu leuchten. Er wuchert eine Rede, dachte ich betrübt; aus früheren Träumen wußte ich, daß ich diese Sprache nicht verstand; die Verderber konnten ihre Reden herausplatzen, sprengen, ergießen, wuchern, leuchten, läuten – ihr Sinn blieb mir verborgen. Aber kaum hatte er ein Wort entfaltet, da stellte ich verwundert fest, daß ich ihn ausgezeichnet verstand. Er vertrat die Ansicht, nur mit den Störungen auf dem Dritten Planeten lasse sich erklären, daß sich die menschliche Flotte so gefährlich in die äußeren Windungen der nichteuklidischen Schnecke der Gruppe x habe einkeilen können.

»Der Zweite und der Vierte Planet haben die Gravitationsspannung des Dritten übernommen«, säuselte der platanenähnliche Würdenträger. »Der Erste, der Fünfte und der Sechste unterstützen den Zweiten und den Vierten. Die Flotte des Feindes wird unsere Sternumzäunung nicht überwinden, Großer ...«

Die Scheinwerferaugen des obersten Verderbers funkelten gereizt. Die üppige Krone des Redners schloß sich und sank zusammen, aus einem Baum verwandelte er sich wieder in einen Stumpf. Stimmgewaltig donnerte der Große Zerstörer, er und Orlan waren die einzigen hier, die mit Stimmen sprachen: »Ist der Feind auf die Ausgangsstellungen zurückgeworfen?«

Gewunden und schmeichlerisch antwortete einer von denen, die zu Bächen wurden. Auch seine murmelnde, schäumende Information verstand ich. »Viel wurde getan, sehr viel, o Großer, die Flottillen des Feindes sind nicht eingedrungen, es ist ihnen nicht gelungen einzudringen, die zunehmende Nichteuklidheit wirft sie hinaus, wirft sie hinaus ...«

»Über die Grenzen unserer Gruppe?«

»Nein, bisher nicht«, wand sich der redselige Bach, »aber sie werden zurückgedrängt, zurückgedrängt, zurückgedrängt ...«

Der Große Zerstörer winkte ab, und der Bach versiegte augenblicklich. »Sie haben einen Planeten annihiliert, und sie schleppen mehr als zehn mit sich. Was geschieht, wenn sie die Annihilationen wiederholen?«

Jetzt zersprang ein »Schwärmer«. Seine lohenden Splitter surrten noch über den Würdenträgern und dem Herrscher, da wußte ich bereits, was das Feuerwerk kundtat. »Jede Annihilation bedeutet, daß ungefähr ein Zehntel der nichteuklidischen Hindernisse durchbrochen werden. Wenn die Feinde die eroberte kosmische Materie vollständig in Leere verwandeln, dringen sie in unseren Sternhaufen ein.«

»Was bleibt uns dann?«

Als Antwort begann sich ein neuer Würdenträger zu schlängeln. Er wand und drehte sich, daß es schrecklich war, seinen Verrenkungen zuzusehen. Sein Tanz war wenig tröstlich für die Verderber. »Die letzte Chance ist dann: eine offene Schlacht, Flotte gegen Flotte, alle Schiffe sammeln, alle Schiffe unserer Sternengruppe, und vorstoßen, einkesseln, abwürgen, vorstoßen, vorstoßen, abwürgen, sie sollen zerfallen, zerfallen ...!«

»Zerfalle selber!« blaffte der Herrscher.

Der Redner zerfiel nicht, doch er sank zusammen und kroch geschwind auf seinen Platz.

Der Große Zerstörer schwieg eine Weile, dann setzte er sein lautstarkes Verhör fort. »Und wenn wir es nicht schaffen, dem Gegner im Gefecht eine Niederlage beizubringen, welche Prognosen bieten sich dann?«

Der nächste Redner, der als Flammensäule aufschoß, drehte sich so rasend schnell vor dem Thron, daß ich fast erblindet wäre von dem Feuerwirbel seines Beitrages. Nur mit Mühe wurde mir klar, daß dieser Stratege vorschlug, auf die abgeschirmten Planeten zu fliehen und sich dort »einzuringen«.

»Anders ausgedrückt, die interastralen Räume des Perseus verlassen, die wir seit Generationen uneingeschränkt beherrschen«, sagte der oberste Verderber düster. »In die Lage der gejagten Galakten überwechseln, die in ihren Sternlagern blockiert sind? Sich ohne Aussicht auf Sieg verteidigen? Und alle stimmen diesem entsetzlichen Projekt zu?«

Es stellte sich heraus, daß keiner mit dem feurigen Defätisten einverstanden war. Die Redner verbreiteten sich, ergingen sich, zerflossen in Protesten, platzten und schlängelten Ablehnungen heraus, flammten Widerlegungen, entluden sich in Kritikblitzen. Für alle stand fest, daß die Flucht auf die befestigten Planeten der Anfang vom unvermeidlichen Ende wäre.

Großen Eindruck machte auf mich die neblige Ansprache eines Heerführers, die keineswegs deshalb neblig war, weil es die darin eingeschlossenen Gedanken an Klarheit fehlen ließen, nein, er äußerte sich deutlich, doch für die Übermittlung seiner Vorschläge wählte er eine Methode, die noch kein Vorredner benutzt hatte: Er stieg als blaues Wölkchen empor und schwebte dann langsam auf die Anwesenden nieder. »Unsere Gegner werden die abgeschirmten Planeten nicht angreifen«, nieselte der neblige Stratege schneidend kalt. »Sie werden ihre Schiffe nicht der Gefahr der Vernichtung aussetzen, baut nicht darauf eure Hoffnungen. Die Feinde werden sich mit den aus der Blockade gelösten Planeten der Galakten vereinigen, die entsetzlichen biologischen Waffen erbitten und uns aus großer Entfernung erschießen. Vergeßt nicht, daß die Umautomatisierung unserer Organismen auf eine zuverlässige mechanische Grundlage noch nicht abgeschlossen ist.«

Der Herrscher überlegte. »Richtig, alles richtig!« donnerte er dann. »Der Prozeß der Primitivisierung hat erst begonnen. Wir haben uns von zweitrangigen Aufgaben fortreißen lassen und wenig Anstrengungen auf die Hauptsache verwandt: das kosmisch-universelle Problem, sämtliche Kompliziertheiten zu vertilgen. Praktisch haben wir keine Fortschritte gemacht. Und wenn die biologischen Waffen der Galakten auf unsere Planeten gerichtet werden, gibt es für uns keine Rettung. Wir dürfen nicht zulassen, daß sich die Menschen mit den Galakten vereinigen. Wie steht es eigentlich auf dem Dritten Planeten? Ich bitte, mir nur Neuigkeiten mitzuteilen.«

Ein weiterer Redner trat auf, ich verstand, warum ihm der Herrscher Beschränkungen auferlegt hatte. Im Saal verbreitete sich Gestank.

Der Redner, ein Wesen, das den Augenköpfigen glich – allerdings fehlte ihm das funkelnde Periskop –, hüllte sich in gelben Rauch. Ich hielt mir die Nase zu, und wenn ich sie nicht ganz zudrückte, dann nur deshalb, weil ich mir die interessante Information nicht entgehen lassen wollte. Der Redner stank über den Dritten Planeten: ein neuer Aufseher habe den Befehl über das leitende Gehirn übernommen, die Defekte seien unbedeutend, obwohl sie in der angespannten Situation beinahe katastrophale Folgen bewirkt hätten. Jetzt seien sie behoben, und der Dritte Planet, die mächtigste Anlage im Perseus, arbeite wieder normal. »Und wenn der Dritte Planet in der ersten Durchbruchsphase geringeren Widerstand leistete«, wehte mich die unerträglich stinkende Rede des Sprechers an, »so gelang es ihm gegen Ende der Phase, die neugeschaffenen Leereräume in seinen nichteuklidischen Griff zu bekommen. Der Zweite und der Vierte Planet haben sehr geholfen, doch den Ausgang des Zusammenstoßes entschied der Dritte, das lasse ich mir nicht ausreden, und wenn es erlaubt ist ...«

»Genug!« polterte der Herrscher. »Bei der dir eigenen Übermittlungsmethode sind deine Reden allzu wortreich. Mag jetzt Orlan berichten, wie sich die Gefangenen fühlen und was mit ihnen zu tun ist.«

Etwas Wichtiges äußerte Orlan nicht. Die dem Admiral auferlegten Prüfungen bedrückten die Gefangenen, der Admiral selbst sei munter, obwohl entkräftet und außerstande, sich fortzubewegen. Doch dieses Leben begeistere ihn, etwas anderes sei von ihm nicht zu erreichen.

Alles, was Orlan der Versammlung mitteilte, wußte ich besser als er.

Dagegen brachte die Diskussion viel Neues. Orlan begann sie mit den Worten: »Was wir mit den Gefangenen tun wollen, hängt davon ab, was wir selber tun wollen.«

»Evakuieren!« donnerte der Herrscher. »Der Nickelplanet ist angriffsgefährdet. Wir verlegen unseren Stützpunkt auf den Mangan- oder den Natriumplaneten. Die Gefangenen nehmen wir mit.«

»Weder auf dem Mangan- noch auf dem Natriumplaneten läßt sich ihre Existenz sichern. Die Menschen sind biologisch schwache Objekte, das Spektrum ihrer Lebensbedingungen ist schmal.«

»Das ist ihre Sache, ob ihr Spektrum schmal ist oder breit! Sollen sie wissen, daß man mit solchen biologischen Strukturen nicht die Herrschaft im All erobern kann, denn sie erstreben genau wie wir die Herrschaft, obwohl sie von allgemeiner Freundschaft faseln. Die Menschen und alle, die mit ihnen sind, ins eroberte Sternenflugzeug verfrachten und morgen zum Manganplaneten abschikken!«

»Wird ausgeführt, o Großer! Was den Admiral anbelangt ... Hast du ihm das Leben garantiert, o Großer?«

»Ich habe ihm nur garantiert, daß ich ihm nicht nach dem Leben trachte. Wenn dieser eingebildete Pechvogel an seinem eigenen Eifer verreckt, werde ich nicht traurig sein. Noch weniger wird mich der

Tod seiner Freunde bekümmern. Von allen Sternvölkern, die wir unterworfen haben, sind die Menschen die abscheulichsten. Allerdings haben wir sie noch nicht unterworfen, aber wenn das eintritt, sind sie selber schuld!«

Ich mußte laut lachen, wälzte mich auf dem Fußboden und erstickte fast vor Lachen.

Plötzlich riß der Fieberwahn ab, wie aus weiter Ferne hörte ich, was mir in der Vision wie triumphierendes Gelächter vorgekommen war – ein schwaches Schluchzen, klägliches Murmeln. Ich lag an der unsichtbaren Wand, derart entkräftet, daß ich die Hand nicht rühren konnte. Wahrscheinlich war es die größte physische Anstrengung meines Lebens, als ich meinen Kopf wandte und hob.

Von der anderen Seite der Barriere schaute mich Romero an. Er sagte hoffnungsvoll: »Mir scheint, Sie hatten wieder einen merkwürdigen Traum.«

Ich stand auf. »Ein vortrefflicher Traum!« flüsterte ich. »Sie werden lachen, Pawel.«

Zu Romero gesellten sich Kamagin und Lussin, nach ihnen traten Oshima und Petri heran. Sie hörten mir aufmerksam und mit ernsten Mienen zu. Ich konnte mich des Lachens nicht erwehren. Jetzt, bei taghell leuchtenden Wänden, erschienen mir die phantastischen Figuren und Schatten der Redner, ihre unsinnige Sprache noch spaßiger.

Oshima zuckte schweigend die Schultern, Kamagin rief: »Die Visionen sind phantastisch, die Wirklichkeit ungeheuerlich! Leider ist der Spott, wenn auch nur in der Phantasie, unsere einzige Möglichkeit, diesen gräßlichen Wesen die Stirn zu bieten.«

»Allzu kompliziert sind die Träume, um nur Träume zu sein«, sagte Romero zweifelnd.

»Wollen Sie sagen, ein unbekannter Freund versorge den Admiral mit geheimen Informationen, indem er sie in Traumbilder kleidet?«

Romero entgegnete zurückhaltend: »Ich will sagen, daß ich mich überhaupt nicht wundern würde, wenn es so wäre. Jedenfalls gibt mir der galaktische Beobachtungsraum zu denken, den der Admiral zweimal besucht hat, daß Allan den Perseus stürmt, indem er einen Rammsporn annihilierbarer Planeten zwischen die Gestirne treibt, daß auf dem Dritten Planeten, der mächtigsten Festung der Zerstörer, Defekte aufgetreten sind und daß unsere Freunde, die Galakten, irgendwelche biologischen Waffen besitzen, vor denen die Zerstörer zittern. Sie müssen zugeben, daß wir noch nie von etwas Derartigem gehört haben, bevor Eli es träumte.«

Der kleine Kosmonaut brauste auf: »Fieberphantasien eines Darbenden – das sind diese Informationen!« Reuevoll wandte er sich an mich: »Admiral, ich wollte Sie nicht kränken.«

Mühsam lächelte ich. »Darbe ich etwa nicht? Und ich leugne auch nicht, daß das alles Wahnvorstellungen sind.«

Romero sagte kalt: »Folgendes soll gelten: Wenn sich eine der durch die Traumgesichte des Admirals offenbar gewordenen Visionen als real erweist, dann sind es die übrigen ebenfalls. Einverstanden?«

»Einverstanden!« sagte Kamagin und fügte spöttisch hinzu: »Sie haben eine Nachricht vergessen, Romero, die uns aus den Traumgesichten des Admirals bekannt geworden ist. Sie läßt sich leicht nachprüfen. Die Verderber haben angeblich vor, uns heute auf einen Manganplaneten zu evakuieren! Heute, Pawel! Wenn der heutige Tag vergeht und wir nicht evakuiert werden ...«

»Die Wände sind ganz hell geworden«, sagte ich seufzend. »Gleich erscheint unser Kerkermeister und erkundigt sich, ob ich den Tod begehre.«

Orlan erschien wie gerufen. »Admiral Eli, die erste Prüfung ist beendet«, sagte er leidenschaftslos. »Man wird dir bald etwas zu essen bringen. Nach dem Essen müßt ihr euch alle sammeln. Die Gefangenen werden vom Nickelplaneten zum Manganplaneten evakuiert.«

Orlan verschwand ebenso plötzlich, wie er erschienen war.

DRITTER TEIL

Der verträumte Automat auf dem Dritten Planeten

I

Die Evakuierung glich einer Flucht.

Augenköpfige strömten in den Saal. Man gab uns keine Gelegenheit, den Befehl zu erörtern oder wenigstens darüber nachzudenken. Die menschliche Sprache beherrschten die Augenköpfigen nicht, aber sie sahen besser als wir, und ihre Gravitationsohrfeigen waren wirkungsvoller als Worte. Wieder erschien Orlan, und wir hörten ihn zum erstenmal brüllen, wie dann so oft, daß es mir bis heute in den Ohren klingt: »Schnell! Schnell! Schnell!«

Vieles von dem, was in den ersten Minuten der Evakuierung geschah, weiß ich nicht, ich verlor das Bewußtsein, bevor der Kraftkäfig verschwand. Auf dem Lager kam ich zu mir. Ich hörte Marys Stimme. »Er ist zu sich gekommen! Er lebt!«

Ich wollte sagen, tot konnte ich ja nicht sein, da mir das Leben garantiert wäre, aber selbst zum Flüstern fehlte mir die Kraft. Dafür bemühte ich mich, ihnen mit Blicken zu sagen, daß ich mich vorzüglich fühlte. Mary weinte hemmungslos, das Gesicht an meiner Brust verborgen.

»Großartig, Admiral«, erklärte Oshima munter. »Während Sie ohne Bewußtsein lagen, hat man Sie gefüttert.«

»Und Sie aßen mit Appetit«, fügte Romero lächelnd hinzu. »Dann erstarrten Sie plötzlich, und wir erschraken mächtig.«

»Auf welches Schiff verfrachtet man uns?« fragte ich, als ich meine Stimme ein bißchen in der Gewalt hatte. »Auf die ›Bootes‹«, antwortete Kamagin. »Die Alleroberer wagen es nicht, uns ihre Schiffe zu zeigen.«

Mit Romeros und Marys Hilfe richtete ich mich auf. Lussin kam auf dem Donnerschleuderer in den Saal geritten. Mary, Petri und ich hockten uns hinter Lussin. Die Freunde nahmen auf den anderen Drachen Platz. – Nachdem sich der Donnerschleuderer hinausgearbeitet hatte, schwang er sich in die Lüfte. Wieder erblickten wir die winzige weiße Sonne im Zenit, ein unfreundliches, kraftloses Gestirn, das weder den Planeten erwärmen noch das fieberhafte Gefunkel der Sterne überstrahlen konnte. Unten erstreckte sich der grüne leblose Planet – Nickelfelder, Nickelwälder, Seen und Flüsse aus Nickellösungen. Und überall, so weit das Auge reichte, türmten sich die Kugeln der riesigen, düsteren Sternenflugzeuge – Berge neben dem kleinen Hügel der »Bootes«. Fünf Sternenflugzeuge waren seit unserer Landung hinzugekommen.

Der Donnerschleuderer war noch keine Schleife über der »Bootes« geflogen, da wurde er von einem Gravitationskegel erfaßt und so geschwind heruntergeholt, daß Lussin ächzte, Mary stöhnte und mir sekundenlang das Herz stehenblieb.

Noch geschwinder wurden wir ins Innere der »Bootes« gesaugt und auf dem Anlegeplatz fächerartig auseinandergewirbelt.

»Aufpassen!« schrie Petri und zog mich beiseite, denn die anderen vom Gravitationsrohr angesaugten Drachen purzelten herab.

Zum Glück plumpste uns keine der gigantischen Echsen auf den Kopf. Die Zerstörer besaßen Apparate, die darauf achteten, daß die eroberte lebendige Beute bei solchen Gelegenheiten nicht zu Brei zerquetscht wurde. Wir wußten das nicht und atmeten erleichtert auf, als wir uns auf die Straße des Schiffsstädtchens gerettet hatten.

»Zu Hause!« sagte Oshima und sprach aus, was wir alle empfanden. Wir gingen an den Gebäuden entlang, die noch vor kurzem unsere Wohnungen gewesen waren; im All gab es wohl kein Fleckchen, das uns vertrauter war als dieses. Die Zerstörer hatten in unseren Zimmern nichts angerührt.

»Schau mal nach, wie es bei uns aussieht«, bat ich Mary, als wir uns unserer Wohnung näherten. »Ich gehe in den Observationssaal. Mach dir keine Sorgen, ich fühle mich gut.«

Noch hatte ich keine zwei Schritte getan, als Aster mit einem Glas in der Hand an mir vorbeirannte. Ich rief seinen Namen, doch er gab keine Antwort. »Wohin läuft unser Sohn?« fragte ich Mary besorgt. »Es ist nicht ungefährlich, jetzt auf dem Sternenflugzeug umherzustreifen!«

Sie lächelte verschmitzt. »Ihm wird nichts passieren. Warten wir hier, bis er zurückkommt.«

Wenig später war Aster wieder da. Er strahlte. »Alles erledigt.

Mama!« rief er schon von weitem. »Zwar ist es mir nicht geglückt, das Schiff kurz zu verlassen, aber ich habe das Glas in den Analysatorkanal geschüttet. Der Planet ist infiziert.«

Ich begriff nichts. »Infiziert? Vielleicht erklärst du mir, Mary, was hier geschieht!«

Es stellte sich heraus, daß Aster auf Marys Bitte eine Ladung lebensfähiger Bakterien auf dem Planeten ausgesetzt hatte, die sich von Nickel und seinen Salzen ernährten. Der Prozeß würde sich zunächst unmerklich vollziehen, sich dann beschleunigen, bis die Lebensformen auf der Oberfläche und in den Nickeltiefen zum Ausbruch kämen. Und dann ließe sich die stürmische Ausbreitung des Lebens nur durch eine vollständige Vernichtung des Planeten unterbinden.

»Weißt du, was ich bin?« fragte Aster stolz. »Ein Lebensspender, Vater!«

»Du bist ein prächtiger Junge!«

Im Observationssaal entfaltete sich auf den Bildschirmen die Sternensphäre. Wir befanden uns im Zentrum der Gruppe, die nördliche Halbsphäre war am Rande ärmer an hellen Gestirnen als die südliche. Ich richtete den Vervielfacher auf den Orangefarbenen. Er war ein Übergigant von so rasender Leuchtkraft, daß er eher einem winzigen Mond als einem verhältnismaßig weit entfernten Stern glich.

»Erstaunliches hat sich ereignet, wir müssen Klarheit gewinnen«, sagte ich. »Ich wüßte gern Ihre Meinung, Pawel!«

Romero hatte das erste Wort noch nicht gesprochen, als Aster, Lussin und André das Zimmer betraten. André trug einen neuen Mantel, er war rasiert und gekämmt. All das hatten Lussin und Aster in Lussins Wohnung vollbracht. André war gealtert und abgemagert, doch er hatte jetzt mehr Ähnlichkeit mit sich selbst. Nur das abwesende Gesicht – mal zuckte ein listiges Lächeln darüber hin, mal verzerrte es sich erschrocken – und die stumpfen, ausdruckslosen Augen verrieten, daß André die Vernunft noch nicht wiedererlangt hatte.

»Dürfen wir hierbleiben?« fragte Aster.

Gegen Aster konnte ich, obwohl er ein kleiner Junge war, nichts einwenden, doch André verwirrte mich.

»Haben Sie denn nicht bemerkt, daß André in seiner geistigen Umnachtung nicht schwatzhaft ist?« beseitigte Romero meine

Zweifel. »Einst behauptete man, jeder werde nach seinem System verrückt. Das Wahnsinnssystem unseres unglücklichen Freundes ist die Verschlossenheit. Andrés Anwesenheit schadet nichts. Sprechen wir über Ihre Träume, Eli. Die Träume des Admirals gehören, gebraucht man die alte Terminologie, zu den prophetischen; selbst unser Skeptiker Kamagin wird das nicht mehr bestreiten«, sagte er weiter. »Elis Traumgesichte sind eine eigentümliche Form der Information, deren sich unsere geheimen Freunde unter den Zerstörern bedienen.«

»Da ich darauf abzielte, Freunde unter den von den Verderbern unterjochten Völkern und unter den gewöhnlichen Zerstörern zu gewinnen, forderte ich den obersten Klotz zum offenen Streit heraus. Es hat den Anschein, als hätte ich Erfolg gehabt«, sagte ich.

Romero pflichtete mir nicht bei. Es handle sich nicht um Freunde unter den gewöhnlichen treuen Untertanen. Wir hätten geheime Verbündete in der unmittelbaren Umgebung des Großen Zerstörers gewonnen. Woher hätte ich sonst erfahren können, was sich im Kriegsrat der Verderber abspielte? Und wenn auch die Form der Mitteilungen phantasmagorisch sei – er bezweifle ebenfalls, daß sich die Strategen der Zerstörer zu Kronen auswüchsen, herausexplodierten und sich in Bächen ergössen –, so sei der Inhalt doch durch die Tatsache der Evakuierung erhärtet. Er vermute, zu unseren Gunsten wirkten nicht einzelne Zerstörer, sondern eine Organisation von Freunden. Verberge sich hinter den Störungen auf dem Dritten Planeten nicht vielleicht eine bewußte Diversion?

Romero schloß so: »Die einzige zuverlässige Informationsquelle sind heute die Traumgesichte des Admirals. Ich bin mir darüber im klaren, daß es unsinnig wäre, Eli aufzufordern, möglichst viel zu träumen. Aber ich möchte Sie bitten, mein Freund, sich alles zu merken, was Sie im Traum erfahren, absolut alles, bis aufs leiseste Geräusch, bis auf die blasseste Silhouette! Und nun ruhen Sie sich aus. Mögen Ihnen neue Träume kommen, die noch wunderbarer sind als die früheren.«

Zunächst wollte ich tatsächlich ein bißchen schlafen, doch es gelang mir nicht. Ich hatte die Empfindung, als vollziehe sich etwas Wichtiges in der äußeren Welt. Ich rief mir das Bild von Allans angreifenden Schiffen ins Gedächtnis zurück, doch bald war mir klar, daß ich in Gedanken nur den Inhalt meines Traumes vom Vortag nacherzählte.

Ich betrachtete André. Verzagt hockte er in der Ecke, mechanisch schaukelte er hin und her, den Kopf hielt er gesenkt. Schon oft hatte ich André in diesem Zustand völliger Entrückung beobachtet, nur sang er heute nicht mit brüchiger Stimme vom grauen Böckchen.

»Warum rätst du mir nicht. verrückt zu werden?« fragte ich. »Und hat die dumme Oma das verlorene Böckchen schon gefunden?«

Er hob den Kopf und lauschte so angestrengt, daß ihm der Unterkiefer herunterklappte. Fremde Stimmen erreichten ihn schon. Doch der Sinn der Worte blieb ihm dunkel.

»André, komm zurück!« sagte ich erregt. »Ich bitte dich, komm zurück, André!«

Noch weiter zog er sich in die Ecke zurück und verharrte dort furchtsam. Es bestand ein schauriger Widerspruch zwischen seinem Gesicht, das vom Abglanz fernen Verstehens erhellt war, und den nichts sehenden Augen eines Verwirrten.

Ich sank in tiefen Schlaf. Im Traum sah ich Orlan, der sich gebeugt hatte. Neben ihm grinste und kicherte André, und er zwinkerte, als spiele er auf ein Geheimnis an, das nur ihnen beiden bekannt sei.

Als ich Romero den Traum erzählte, stellte er seufzend fest, daß er herzlich wenig Informationen enthalte.

2

Mitunter hatten wir den Eindruck, als gebe es keine Kerkermeister auf dem Schiff – ungehindert konnten wir uns bewegen. Aber wir brauchten uns nur einem Dienstraum zu nähern, da tauchte, wie aus dem Boden gestampft, ein augenköpfiger Wächter auf. Der Observationssaal war Tag und Nacht von unseren Leuten gefüllt.

Ich zerbrach mir oft den Kopf darüber, warum die Zerstörer uns hierher ließen, da sie doch dadurch die Geheimnisse der Perseusbefestigungen preisgaben. Petri meinte, die Enthüllung dieser Geheimnisse gehöre zum Plan, die Menschen zu unterwerfen.

»Sie demonstrieren ihre Macht. Denn sie kalkulieren so: Wir kriegen es mit der Angst zu tun und bitten um Frieden zu ihren Bedingungen ...«

Ob das nun ihr Plan war oder nicht – Grund zum Prahlen hatten sie. Wir jagten dahin, von den Schiffen des feindlichen Geschwaders umringt, und jenseits der grünen Lichter bot sich ein imposantes Panorama. Ein Stern schwamm näher, der zweite, der dritte und der vierte drängten heran, und bei allen fixierten die Vervielfacher Planeten. Hunderte von Planeten, bewohnt und industrialisiert, Tausende von Schiffen kreisten über ihnen. Ich wurde mutlos, wenn ich den Vervielfacher zur Hand nahm – der Feind war mächtig und tatkräftig.

Kamagin skizzierte ein Schema des zurückgelegten Weges; es war nicht so detailliert wie eins, das die Schiffsmaschine angefertigt hätte, doch es genügte, um festzustellen, wie die Sterne im Raum angeordnet waren, wieviel Planeten jeder besaß und was auf den Planeten entdeckt worden war …

Oshima war der einzige, den die Demonstration der Verderbermacht nicht beeindruckte. Er meinte, diese teuflisch ausgerüsteten Planeten mit den künstlichen Monden und den Kreuzerarmadas wären zu Dreivierteln eine Mystifikation. Betrügerisch kreise man in ein und demselben Bezirk, um ihn uns aus verschiedenen Richtungen zu zeigen. »Schauen Sie sich das hier aufmerksam an«, sagte er und fuhr mit dem Finger über Kamagins Karte. »Die gleichen Bilder. Warum? Und beachten Sie den Orangefarbenen! Wenn wir Kurs auf ihn hielten, brauchten wir nicht kreuz und quer um ihn herumzuirren!«

Oshima überzeugte mich nicht. Wir näherten uns dem Orangefarbenen, kurvten nicht um ihn herum. Die Stunde kam, da er auf unsere Flugachse rückte und wir genau auf ihn zustrebten.

An diesem Tag erschien Orlan bei uns, und ich beging eine Unvorsichtigkeit. Auf dem Schiff bekamen wir ihn selten zu Gesicht, und wir empfanden nicht mehr so großen Abscheu beim Anblick seiner leidenschaftslosen Gestalt.

Ich hätte ohne Haß und Zorn mit ihm sprechen können. Außerdem erkundigte er sich nicht mehr, ob ich das Leben satt hätte, und er tauchte nicht mehr wie aus dem Nichts auf, sondern näherte sich normal – flatternd.

»Höre, Kerkermeister«, sagte ich, als wir ihn bemerkten. »Vermute ich richtig, daß ihr beim Orangefarbenen landen wollt, wo sich eure größte strategische Basis befindet?«

Kalt tat er meine Frage ab. »Über die relative Macht der verschiedenen Basen bin ich nicht unterrichtet. Wir haben viele

Stützpunkte, sie alle sind mächtig. Und den Stern, den du den Orangefarbenen nennst, lassen wir bald seitlich zurück.«

Romero wusch mir den Kopf, als Orlan mit seinen ständigen Wächtern verschwunden war. »Lieber Admiral, Sie hätten ihm noch ausplaudern sollen, daß dieser größte Stützpunkt Ihrer Vermutung nach Dritter genannt wird und daß sich auf ihm rätselhafte Störungen ereignet haben. Dann hätte er sich bestimmt erkundigt, wo Sie die Informationen herhaben.«

Bald darauf verließ der Orangefarbene unsere Flugachse. Wir flogen an ihm vorbei ins Zentrum der Sterngruppe.

Am Tag der Katastrophe befand ich mich bei Mary im Laboratorium. Mit neuem Eifer setzte sie die Erforschung der niederen Lebensformen fort. Aster half ihr. Heute, da das alles in ferner Vergangenheit liegt, finde ich, daß es ihr am besten von uns gelang, die Bedingungen der Gefangenschaft auszunutzen.

»Wir werden nicht nur den Nickelplaneten beleben, sondern alle diese Metallwüsten, wenn sie uns eines Tages offenstehen«, sagte Mary. »Und neben den kristallenen Pseudogewächsen werden lebendige Gewächse sprießen. In diesem Reagenzglas ist nichts als Eisen, aber in dem Eisen brodelt schon Leben.«

Plötzlich ging ein Krampf durchs Sternenflugzeug. Das Schiff wurde zusammengedrückt, die Gegenstände rissen sich von ihren Plätzen. Mary ließ das Reagenzglas fallen. Eine Wand näherte sich der anderen, der Fußboden hob sich zur herabschwebenden Decke.

»Mary, was ist mit dir?« schrie ich entsetzt. Mary wurde plattgedrückt wie eine Plinse, schrumpfte augenblicklich zusammen. Nur in Zerrspiegeln kann man solche Gestalten bewundern.

Wahrscheinlich sah ich nicht besser aus.

Gleich darauf hatten alle Gegenstände ihre normalen Ausmaße wieder, aber die »Bootes« zitterte noch in allen Wänden, sie war erfüllt vom Getöse der gestörten Mechanismen.

»In den Observationssaal!« rief ich Mary zu. »Die verfluchten Zerstörer haben uns einen neuen Streich gespielt.«

Auf der Straße wäre ich beinahe mit Orlan zusammengestoßen. Er war ohne Eskorte, und sein Aussehen bewies, daß die Zerstörer ebenso überrascht waren wie wir. Ich hielt ihn bei der Schulter fest. »Was ist passiert? Gib zu, ihr habt vor, das Schiff zu zerstören!«

Orlan riß sich schweigend los. Triumphierend spürte ich, daß er keine Kraft hatte, mich zurückzuschleudern. Wenn den Zerstörern der Teufelskram ihrer technischen Mittel versagt – all diese Gravitationsfelder, aufgewickelten Raumhüllen, elektrischen Entladungen und das blendende Licht –, kann ein irdischer kleiner Junge mit jedem von ihnen fertig werden.

»Laß mich!« sagte Orlan keuchend. »Wir sind verloren, wenn du mich nicht losläßt!«

Augenköpfige kamen auf die Straße geströmt. Unruhig funkelten ihre Periskope. Ich gab Orlan ungern frei.

Er hastete mit solch raumgreifenden Sprüngen davon, daß man den Eindruck hatte, als hüpfe eine ganze Kette von seinesgleichen die schmale Straße entlang.

Im Observationssaal schrie mir Kamagin zu: »Admiral, wir werden zum Orangefarbenen gesaugt!«

3

Das All um uns verschwand. Die Sterne erloschen zusehends. Ich ergriff den Verfielfacher, doch das Bild änderte sich nicht. Von den äußeren Gestirnen, der imposanten Anhäufung im Galaxiskern, brauchte man gar nicht zu reden, dort, wo kürzlich noch zahllose Welten geleuchtet hatten, war absolut nichts – schwarze Leere und fertig.

Der Orangefarbene leuchtete nicht, sondern schwamm brennend hell vor uns, grell wie eine Explosion – wie eine pausenlos andauernde Eplosion! Wir jagten auf ihn zu, das war offensichtlich. Unsere Geschwindigkeit nahm ständig zu. Wir waren bereits weit im Überlichtbereich.

»Erinnert Sie dieses Schauspiel nicht an etwas, Oshima?« fragte ich lächelnd.

»Natürlich, Admiral!« antwortete er. »Genauso wurden wir auf den Drohenden zugetragen. Nur lagen die Überlichtgeschwindigkeiten damals tiefer.«

»Bald wird kein Stern mehr dasein«, sagte Romero nachdenklich. »Eine interessante Welt! Haben Sie nicht so was geträumt, lieber Freund?«

Die Sterne erloschen, einer nach dem anderen und alle zugleich, und nach ihnen verschwanden die Sternenflugzeuge. Draußen tobte der merkwürdigste aller Stürme, noch vor kurzem hatten wir uns nicht einmal vorstellen können, daß er möglich sei – ein Sturm der nichteuklidischen Metrik.

Die wohlgeordnete Halbsphäre der grünen Lichter wurde hinweggeschwemmt, Sternenflugzeug trudelte auf Sternenflugzeug, zusammengefegt und wie eine handvoll trockener Splitter aus dem Bildschirm befördert. Sie stießen den leblosen Körper der »Bootes« nicht mehr vor sich her, sondern trieben auf den krummen nichteuklidischen Wegen davon. In diesen letzten Minuten vor ihrem Verschwinden verstärkte sich ihr Leuchten so sehr, als wären sie von innerem Feuer erfaßt.

Wir waren uns über das, was sich auf der hinteren Halbsphäre abspielte, noch nicht im klaren, als das letzte grüne Lichtchen über ihren Rand hinausrollte und der Bildschirm tiefschwarz wurde – hinter uns gab es keinen Raum mehr und keine Körper im Raum.

Auf der vorderen Halbsphäre funkelten noch die Lichter des feindlichen Geschwaders. Rings um den Orangefarbenen war der Raum verriegelt, doch diese acht Lichtchen leuchteten weiterhin durchdringend, der Abstand zwischen ihnen verringerte sich nicht. Wenn der Orangefarbene uns ansaugte, dann saugte er sie zusammen mit uns an.

»Admiral Eli in den Kommandeurssaal!« schallte Orlans schroffe Stimme durchs Sternenflugzeug. »Unverzüglich in den Kommandeurssaal!«

Ich zögerte. Romero spornte mich an: »Gehen Sie nur, schlimmer kann es nicht werden. Wahrscheinlich ist das ein so außerordentlicher Vorfall, daß Ihre Hilfe gebraucht wird. Und wenn Sie sich weigern, wird man Gewalt anwenden.«

Der Kommandeurssaal war erleuchtet, die Krafttransporter funktionierten nicht – ich flog nicht hinein, sondern mußte die Tür mit meinen Händen öffnen und hineingehen.

»Die Fahrtmechanismen des Sternenflugzeugs müssen angelassen werden, Admiral!« befahl Orlan und ließ den Kopf zwischen die Schultern klatschen. »Es geht um dein und deiner Freunde Leben.«

»Wahrscheinlich auch um eures«, ergänzte ich spöttisch. »Ich habe dir schon gesagt – das Schiffsgehirn, die lenkende Maschinen ist außer Betrieb.«

»Dann muß sie sofort repariert werden.«

»Ich kenne mich in so komplizierten Aggregaten nicht aus.«

»Wer von der Besatzung kann das?«

»Niemand. Die lenkenden Maschinen werden nur auf unseren Stützpunkten repariert.«

Orlans Gesicht erglühte. Die rote Farbe ist bei den Zerstörern genau wie bei den Menschen ein Zeichen für Zorn. Sie zürnen nicht mehr als wir, aber sie verfärben sich stärker. »Admiral Eli, hier sind doch bestimmt Vorrichtungen zur Handsteuerung eingebaut.«

»Ja«, sagte ich. »Zur Landung und zum Fliegen im Einsteinschen Raum, aber nicht für Überlichtrekorde, die jetzt verlangt werden. Vielleicht sagst du mir, was geschehen ist? Das erleichtert die Entscheidung, ob wir euch helfen oder nicht.«

Orlan sah plötzlich gespannt aus, als lausche er. Es gibt bei ihnen auch stumme Übertragungen, dachte ich.

»Ich will es sagen«, versetzte er dann. »Auf dem Stern, an dem wir vorbeigeflogen sind, müssen die Metrikmechanismen beschädigt sein. Unser Kurs ist gestört, die Schiffe werden auseinandergeworfen. Wir sind in eine Raumschnecke gesperrt, die anderen Sternenflugzeuge wurden abgedrängt.«

Ich wies auf den lohenden Orangefarbenen. »Der nette Stern da ist doch sicherlich der Mittelpunkt der Raumschnecke?«

»Ob er das nun ist oder nicht, es wird uns schlecht ergehen, wenn wir hier nicht herauskommen.«

»Ich hätte gern ausführlichere Erklärungen.« Er zögerte sekundenlang. »Der Große hat angeordnet, die ›Bootes‹ nicht aus den Augen zu lassen. Sobald sie zu verschwinden droht, wird von unseren Sternenflugzeugen angegriffen. Nur ein Gravitationsgeschütz braucht zu schießen, damit es mit der ›Bootes‹ aus ist. Wir müssen uns bei den Sternenflugzeugen halten oder uns gegen ihren Angriff schützen. Erwecke die Schiffsmechanismen, Admiral!«

Wilde Schadenfreude hatte mich erfaßt. Meine Hände flatterten, die Stimme zitterte. »Sieh da – die Mechanismen erwecken, Orlan? Wir sollen unser Leben erkaufen, indem wir euch in unsere wichtigsten Geheimnisse einweihen? Ist der Preis nicht zu hoch? Hör zu und merke es dir: Wir, die Menschen und ihre Freunde, werden umkommen, aber auch ihr werdet umkommen ...«

»Zu spät!« kreischte Orlan. »Wir werden beschossen!« Der Orangefarbene verströmte unheilvolles rötliches Licht am erloschenen Himmel, außer ihm waren noch drei grüne Punkte da, drei Sternenflugzeuge, die ins Jenseits trudelten. Ich wußte schon, was

Gravitationsbeschuß ist, und unwillkürlich kniff ich die Augen zusammen, als die drei verschwindenden Punkte zum letztenmal aufflammten. Mir fiel ein, wie ich in der Schlacht am Drohenden aufgeschrien hatte, und ich biß mir auf die Lippe, daß es schmerzte. Ich war von Feinden umgeben, keiner sollte mich schreien hören, auch wenn wir alle zugleich sterben sollten. Nimm dich zusammen, dachte ich grimmig. Du gibst keinen Laut von dir!

»Nein!« schrie der keuchende Orlan. »Nein!«

Ich öffnete die Augen. Am schwarzen Himmel strahlte allein der Orangefarbene. Die Sternenflugzeuge waren aus unserem Raum hinausgetragen worden, auch die von ihnen ausgesandten zerstörenden Wellen waren ins Jenseits enteilt. Ich wußte nicht, was uns erwartete, aber Orlans Verwirrung war offensichtlich. Es reizte mich, ihn zu verspotten. »Es ist ohne die Preisgabe menschlicher Geheimnisse abgegangen, Verderber! Hast du nicht das Gefühl, daß auf unserer Seite Kräfte streiten, die mächtiger als eure Schiffe sind?«

Mein Spott brachte ihn zur Besinnung. Hochmütig zog er den Kopf zwischen die Schultern. »Auf eurer Seite, Mensch?« Er stieß die Hand in Richtung Orangefarbenen. »Wenn du wüßtest, wohin man uns führt, du würdest den Tod im Gravitationsbeschuß vorziehen. Im Reich des Großen Zerstörers gibt es keinen schrecklicheren Ort als den Dritten Planeten.«

»Den Dritten Planeten?« schrie ich auf. Mein Herz schlug schneller. »Den Dritten Planeten, Orlan?«

Er wandte sich ab.

Unsichtbare geschmeidige Hände packten mich bei den Schultern, drehten mich herum und stießen mich zur Tür. Rasend vor Wut, versuchte ich, mich loszureißen. Aber ich besaß nicht das individuelle Feld, mit dem ich einst den Unsichtbaren, der mich überfallen hatte, zu Boden gestreckt hatte.

4

Auf den Halbsphären des Bildschirms erglänzte der Himmel golden. Ich sage »Himmel« und spüre, wie wenig dieses Wort dem entspricht, was sich unseren Augen bot. Himmel – das ist Raum mit Sternen, Planeten, Trabanten. Hier war der Himmel über uns und unter uns, er wirkte wie ein Vorhang, hell, golden, leer – da war nur der gigantische Orangefarbene mit dem einsamen Planeten, der um ihn kreiste.

»Es ist Zeit für einen Aufstand«, sagte Kamagin, als klar wurde, daß sich die »Bootes« dem Planeten näherte.

»Keinerlei Aufstände!« entgegnete Oshima. »Die altertümliche Romantik lassen wir lieber beiseite, Eduard!«

Kamagin trug sich seit dem Augenblick mit dem Gedanken, die Herrschaft über das Schiff zurückzugewinnen, da die feindlichen Kreuzer verschwunden waren. Ich war nicht überzeugt, daß wir, praktisch unbewaffnet, unsere Wache überwältigen könnten, mein letzter Zusammenstoß mit einem Unsichtbaren zeigte, daß uns mehr Feinde umgaben, als das Auge wahrnahm. Und ich wußte nicht, was mit dem manövrierunfähigen Schiff zu tun war. Es war jetzt nicht mehr als ein winziger Himmelskörper, der sich im Raum nach dem Willen unbekannter Kräfte fortschleppte. Obendrein hatten wir keine Ahnung, was uns auf dem Dritten Planeten erwartete. Orlans Warnung hatte bedrohlich geklungen.

»Aber Sie haben doch im Traum erfahren, daß auf dem Dritten Planeten irgendwelche Störungen aufgetreten sind«, sagte Kamagin. »Und diese Störungen haben uns bisher genützt. Die Mechanismen des Planeten haben die Gravitationssalve gelöscht, die auf die ›Bootes‹ abgefeuert wurde.«

»Im Traum habe ich auch erfahren, daß der neue Aufseher rasch die gewünschte Ordnung auf dem Planeten hergestellt hat«, erwiderte ich.

Bevor unser Sternenflugzeug auf dem Planeten landete, kam es zu einem neuen Gespräch mit Orlan.

»Admiral Eli, das Schiff landet an einer ungünstigen Stelle. Die Schwerkraft auf dem Planeten hängt von der Breite ab, wir steigen in einer Zone großer Schwerkraft aus. Wir müssen möglichst schnell die Station für Weltmetrik erreichen, dort ist es besser. Auf dem Planeten gibt es keine Fortbewegungsmittel, es ist verboten, ihn zu besuchen. Wir haben keine Verbindung zur Station herstellen können. Du mußt dafür sorgen, daß die Gefangenen schnell marschieren.«

»Wie sind Atmosphäre und Temperatur auf dem Planeten? Müssen wir Spezialanzüge anziehen? Wie steht es mit Wasser und Nahrung?«

»Laßt die Spezialanzüge auf dem Schiff. Atmosphäre und Temperatur sind annehmbar. Wasser und Nahrung ladet in eure Aviettes. Noch Fragen?«

»Ja. Was ist das für ein Planet? Warum steigen wir dort aus? Was erwartet uns?«

»Auf diese Fragen antworte ich nicht«, sagte er kalt. Sein Gesicht leuchtete unangenehm bläulich.

«Du hast so gesprochen, Orlan, als sorgtest du dich aufrichtig um unser Wohlergehen. Zugleich bist du unser Feind, der danach lechzt, uns zu vernichten. Wie läßt sich dieser Widerspruch vereinen?«

»Das ist kein Widerspruch. Man hat mir nicht den Befehl gegeben, nach eurer Vernichtung zu lechzen. Ich bin verpflichtet, euch zum Manganplaneten zu schaffen. Wenn mich jemand daran hindert, muß ich euch alle vernichten, freilassen darf ich euch nicht.«

5

Dies war ein Metallplanet, eine kahle Metallwüste, nirgends getarnt wie der Nickelplanet. Und in seiner Atmosphäre segelten keine Pseudowolken, auf seine glänzende Oberfläche – hier eine Legierung von Gold mit Blei, dort einfach reines Gold und reines Blei – ergossen sich nicht einmal flüssige Salzlösungen, von Wasser ganz zu schweigen.

Über der glitzernden Ebene wölbte sich ein goldener Himmel, und am Himmel loderte ein rotgoldener Stern. Ich fiel hin, als ich das Fallreep betrat. Eine Kraft, die meinen Widerstand bei weitem übertraf, schleifte mich wie mit einem Haken. Ich stieg nicht, sondern stürzte die Stufen hinunter.

Vergeblich versuchte ich, mich aufzurichten. Petri half mir. Romero schleppte sich zu uns. Er war immer bleicher als irgendeiner von uns gewesen, jetzt hatte sich seine natürliche Blässe in Bläue verwandelt.

»Dreifache, wenn nicht sogar vierfache Überlastung«, krächzte er und lächelte gezwungen. Sogar das fiel hier schwer. »Ich fürchte, mein Freund, uns stehen Prüfungen bevor, die über unsere Kräfte gehen.«

Leichter als die anderen ertrug es Kamagin. Zu seiner Zeit hatten die Kosmonauten große Überlastungen trainiert, sie waren nicht von Gravitatoren verwöhnt worden, die überall die dem Menschen gemäßen Bedingungen erzeugten. Kamagin war ebenfalls blaß, aber er atmete freier; ich denke, in seinen Ohren rauschte es nicht so heftig, und sein Herz schlug weniger mühsam. Dennoch sagte er: »Eine Welt ist das, Eli, man möchte sich aufhängen!«

Die Engel und Lussins Geflügelte waren vor den Menschen ausgeladen worden, sie alle hatten es schwer. Die Drachen verwandelten sich in Echsen und krochen geschwind dahin, wobei sie sich mit ihren Flügeln halfen, die sie wie Ruder gebrauchten. Selbst der mächtige Donnerschleuderer fand sich mit dem Schicksal eines Kriechtieres ab. Die Pegasusse kämpften verzweifelt gegen die Anziehungskraft, einige schwangen sich auf, fielen aber sogleich herab.

Den leichteren Engeln gelang es, höher aufzusteigen, doch sie mußten sich so anstrengen, daß sie bald erschöpft waren. Trub flog mit Getöse über uns, es dauerte nicht lange, da wischte er sich den Schweiß vom Gesicht und sprach, als wälzte er Gewichte mit der Zunge. Der Lärm, das Wiehern der Pegasusse, das gereizte Schreien der Engel, das Rauschen des Bluts in meinen Ohren, das mühsame Klopfen des Herzens quälte mich.

Immer noch wurde ausgeladen, und ich dachte voller Angst an Mary und Aster. Orlan hob den Kopf nicht so hoch wie sonst und ließ ihn tiefer als früher sinken. Auch er hatte es nicht leicht.

»Können wir nicht die Schwächsten zurücklassen?« bat ich. »Auf dem Schiff sind Gravitatoren ...«

»Alles ausladen!« antwortete er kurz.

Indessen erschien Aster auf dem Fallreep. Er trug einen Rucksack. Ihm folgte Mary. Petri schrie dem Jungen zu, er solle nicht laufen, doch Aster hörte die Warnung zu spät. Wie ein Stein sauste er herab, und wenn Petri ihn nicht im letzten Augenblick aufgefangen hätte, wäre er bei dem Sturz ums Leben gekommen. Mary und ich erreichten ihn gleichzeitig. Aster keuchte, Blut sickerte ihm aus der Nase, er war noch bleicher als Romero. Ich nahm Aster den Rucksack ab. In ihm befanden sich, wie ich später erfuhr, Gläser mit lebenspendenden Bakterien, die sich von Gold und Blei ernährten.

Petri hatte Aster umgefaßt und führte ihn vom Fallreep weg. Aster war fast genauso groß wie der kleine Kosmonaut, auch im Mut konnte er es mit ihm aufnehmen, doch ihre Kräfte waren ungleich.

»Wie entsetzlich, Eli!« flüsterte Mary.

»Beruhige dich«, sagte ich. »Am schwierigsten sind die ersten Minuten, und die hat Aster überstanden. Allmählich gewöhnen wir uns an die Schwere. Aber wenn Petri nicht gewesen wäre, hätte euer Streben, überall Leben zu säen, unseren Aster das Leben gekostet.«

»Ich habe Angst um dich. Nach dieser Hungerzeit!«

»Ich habe Gelegenheit gehabt, die Hungerzeit zu vergessen.«

Als der letzte Mensch das Schiff verlassen hatte, luden die Schiffsautomaten die Aviettes, die Vorräte und seltsame lange Kisten mit der Habe der Zerstörer aus. Petri verstaute auch Asters Rucksack in einer Aviette.

Keine Aviette vermochte zu fliegen. Obwohl sie die Leistung der Gravitatoren erhöhten, krochen sie plumper als die Drachen dahin. Dabei hatten sie weniger als die Hälfte ihrer sonstigen Fracht aufgenommen. Die Kisten der Zerstörer bewegten sich selbständig. Auf einem Gravitationskissen flogen sie dicht über dem Boden, als säßen sie auf Rollen.

»Setzt die Schutzbrillen auf, Freunde!« riet Petri.

Als wir die Brillen aufhatten, blendeten uns die Felsen des Planeten und der ihm einheizende grausame Stern nicht so arg. Der unerträgliche Goldglanz des Himmels wurde milder.

Meine Gedanken verwirrten sich, in meinen Ohren rauschte es. Der verfluchte Planet war zu massiv. Ich fiel zwar nicht mehr hin, aber Arme und Beine waren bleischwer, der Kopf lastete wie ein Stein auf meinen Schultern. Immer hatte ich mich über meinen Körper gefreut, nun verwandelte er sich in etwas Äußerliches, mir nicht Gemäßes. Von mir wurde der Befehl erwartet, guten Mutes zu sein, ich konnte ihn nicht erteilen, denn ich war es selber nicht.

Ich betrachtete die Kameraden. Nur Kamagin schaute mich nicht an, die anderen ermunterten mich mit ihren Blicken. Bestimmt war Kamagin überzeugt, alles wäre anders gekommen, wenn wir gemeutert und unsere Wachmannschaft überfallen hätten.

Ich sagte: »Jeder soll das leisten und ertragen, was ich selbst leiste und ertrage.«

Ungelenk flatterte Orlan mit seinen Leibwächtern zu uns. »Wer geht als erster in der Kolonne?«

»Ich gehe als erster«, sagte ich.

Wir machten uns auf einen unbegreiflichen Weg – eine Kette

von Augenköpfigen umringte die Kolonne, Orlan mit seinen Leibwächtern innerhalb der Kette. Von Zeit zu Zeit drehte sich Orlan um, sein ungeduldiger Schrei »Schneller! Schneller!« trieb uns wie Peitschenhiebe an.

Ich bemühte mich, den bedrückenden Glanz der Wüste mit den Bleifelsen nicht zu sehen, die sich auf der goldenen Unterlage blähten. Anfangs hob ich das Gesicht, um mich nach dem Orangefarbenen zu orientieren, der langsam über den goldenen Himmel rollte, aber der Himmel war noch bedrückender als der Planet. Ich ging und empfand, daß das Fortbewegen hier zehnfach schwerer war als das Stehen, die Hundertkilogrammsäulen der Beine beugten sich fast gar nicht.

Petri entdeckte, daß man die Füße nicht setzen, sondern schieben mußte, und bald bewegten wir uns alle wie auf Skiern über das glatte Metall. Dennoch konnten wir mit den unermüdlich kriechenden Augenköpfigen kaum Schritt halten – sie hatten wie der ungeschickt hüpfende Orlan unter der Schwere nicht zu leiden.

»Schneller!« schrie er immer wütender, und jeder Schrei war von Gravitationsohrfeigen der Wache begleitet.

Wir wurden erbarmungslos, grausam gejagt. Und wenn wir uns zur Wehr setzten, wurden wir noch heftiger angetrieben.

Hinter mir verstummten allmählich die Laute – das Stöhnen und die Flüche der Menschen, das Rauschen von den Flügeln der Engel, das Ächzen der Drachen und das böse Wiehern der Pegasusse. Erbittertes, haßvolles Schweigen breitete sich aus – wir verachteten die Feinde, indem wir schwiegen, mit unserem Schweigen erhoben wir uns gegen sie. Und wie seltsam es auch erscheinen mag, mit der Zeit fiel uns das Gehen leichter, wir gewöhnten uns an die Bewegungen. Doch als Orlan die erste Rast befahl, ließ sich jeder dort fallen, wo er sich gerade befand.

Mary atmete heiser, ihre Augen lagen tief in den Höhlen.

»Alles in Ordnung, Eli«, flüsterte sie. »Ich halte durch. Aber um Aster steht es schlecht.«

Aster näherte sich mit Trub. Der hünenhafte Engel hatte Aster unterwegs auf seine Schulter nehmen wollen, aber der ließ sich nicht einmal stützen. »Ich ertrage alles, was du erträgst«, flüsterte Aster, als ich ihm Vorwürfe machte. Erschöpft sank er neben Mary nieder. Er hatte die Augen geschlossen. Seine Lippen waren schwarz, die Wangen hohl. Aster überschätzte seine Kräfte.

»Du bist nicht nur mein Sohn, sondern auch ein Mitglied der Besatzung der ›Bootes‹ und deshalb verpflichtet, dich meinen Befehlen zu fügen«, sagte ich.

»Ich füge mich«, flüsterte er und hob mühsam die Lider. Seine Augen waren trüb.

»Wenn wir weitermarschieren, nimmst du Trubs Hilfe an.«

Dann lagen wir da, ohne uns zu rühren, ohne zu sprechen, selbst Gedanken tauschten wir nicht aus.

Als wir aufbrachen, ging der Orangefarbene unter. Später beobachteten wir dieses Schauspiel oft, und es bewegte uns nicht mehr, doch diesmal waren wir von seiner düsteren Pracht erschüttert.

Als das Gestirn den Horizont berührte, brausten Farben am eintönig goldenen Himmel auf. Alle nur denkbaren Schattierungen glitten wie die flüchtigen Farben auf stark erhitztem Metall darüber hin. Der goldene Himmel wurde blendend orangefarben – der Stern selbst verschwand auf dem von ihm geschaffenen Hintergrund. Zum Schluß versank alles in düsterem Violett.

Kein einziges Gestirn entbrannte an dem ganz allmählich verlöschenden Himmel! Er wurde schwarz, nicht das kleinste Fünkchen störte die unheilvolle Schwärze. Es war merkwürdig und schrecklich, und obwohl wir erschöpft waren, tauschten wir uns in Gedanken und Worten erregt aus.

»Kein Strahl nach draußen, kein Strahl zu uns, als wären wir aus dem All herausgefallen!« rief Romero halb in Worten, halb in Gedanken. »Selbst die alte Hölle hatte mehr Verbindung zur Welt.«

»Offenbar meinte Albert dies, als er sagte, der Orangefarbene falle aus dem Raum«, dachte Kamagin verwundert. Er hatte nicht glauben wollen, daß wir in einer Raumschnecke eingeschlossen waren, nun überzeugte er sich mit eigenen Augen, daß die Sterne fehlten.

Die Periskope der Augenköpfigen leuchteten auf. Bald erhellten sie allein den Planeten – eine Kette trüber Lichter, die mal heller, mal dunkler wurden oder drohend aufzuckten. Mitunter änderte sich der Helligkeitsgrad bei vielen gleichzeitig, als würden Fackeln vom Wind angefacht oder ausgelöscht.

»Schneller! Schneller!« spornte uns Orlan an. Er befahl die zweite Rast.

Und nach dem Essen wieder: »Sammeln! Schneller!«

Wieder trotteten wir unter dem schwarzen kalten Himmel, von

den Periskopen wie von Fackeln im Wind beleuchtet, und der Schrei »Schneller!«, der wie ein Peitschenhieb war, trieb uns an.

6

Aster lag zwischen mir und Mary. Ich berührte seine Schulter, mühsam öffnete er die Augen und versuchte aufzustehen. Doch er vermochte es nicht und schloß erneut die Lider. Er hatte sich gänzlich blau verfärbt. Sein Gesicht, seine Brust, die Arme, der Hals waren blau ... Eine Aviette mit Vorräten kam zu uns, ich versuchte Aster zu füttern, er nahm mir nichts ab, er wollte nicht essen, und hätte er es gewollt, so hätte er nicht kauen können.

»Wir werden unseren Sohn bald verlieren«, sagte ich zu Mary.

Ich hörte meine Stimme wie aus weiter Ferne – sie klang hölzern, teilnahmslos ruhig. Mary blickte mich wortlos an. All diese Nachtstunden hindurch war sie mir tapfer gefolgt, kein Wort der Klage hatte ich von ihr gehört, kein Stöhnen, jetzt jedoch, beim Licht des aufgehenden grausamen Sterns, gewahrte ich, was diese Nacht sie gekostet hatte.

Ich rief Romero beiseite: »Wir modernen Menschen sind unglückliche Wesen, wir haben die Krankheiten besiegt, mächtige Maschinen bemuttern uns. Doch ohne die mechanischen Helfer sind wir hilflos. Im Altertum wuchsen zähere Menschen heran. Sie sind der einzige Altertumskenner unter uns. Fällt Ihnen nicht irgendein altes Rezept ein, das uns retten könnte? Es gab doch so vieles, was zum Leben verhalf: Massagen, Blutübertragung, Hypnose, irgendwelche Mittel, die sich Arzneien nannten.«

Bekümmert schüttelte er den Kopf. »Arzneien gegen Schwereüberlastungen kannten auch die Alten nicht. Wenn Sie meine Meinung hören wollen, dann muß ich Ihnen sagen, daß es nur eine Möglichkeit gibt, um Aster zu retten, und diese Möglichkeit hängt von Ihnen ab ...«

»Pawel, alles, was in meiner Macht steht ...«

Er sprach eindringlich, aber was er forderte, war wohl das einzige, was sich meinem Willen entzog. »Sie müssen einen neuen prophetischen Traum träumen und erkunden, wohin wir gehetzt werden, warum, wozu ... Vertrauen Sie meiner Intuition, lieber Freund, nur das ...«

Ich bat Orlan um eine Aviette für Aster und Mary. Er gestattete, eine zu nehmen, lehnte es jedoch ab, sie zwischen den Menschen zu plazieren. Die Aviettes sollten der Gefangenenkolonne folgen. Trub und Oshima versuchten mich zu überreden, Aster nicht ganz und gar den Verderbern auszuliefern. Trub hob Aster hoch, um zu beweisen, daß es ihm nicht schwerfalle, den Jungen zu tragen. »Heute drückt es uns weniger zu Boden, Eli!«

»Die Schwerkraft wird schwächer«, bestätigte Oshima.

Ihr Zureden wirkte, um so mehr, als auch Mary kein Verlangen danach hatte, allein unter den Feinden zu bleiben. Trub stellte sich mit Aster zwischen Mary und Oshima.

7

Wie blind schleppte ich mich weiter. Ich sah nicht den Planeten, nicht den Himmel, nicht das rasend lohende Gestirn, nicht die Menschen, nicht die Verderber. Ich war in meiner eigenen kleinen Welt, die von der äußeren so völlig abgesondert war, wie sich der Orangefarbene vom gesamten All abgesondert hatte. Ein Sturm wütete in mir, ich taumelte nicht unter der Schwerkraft, sondern unter der Last meiner Qualen. All meine Gedanken, all meine Empfindungen waren darauf gerichtet, jenen unbekannten Freund oder die Freunde zu rufen, die mir die prophetischen Träume eingegeben hatten. Ich wußte nicht, ob sie in Wirklichkeit existierten, ob es nicht Fieberwahn war, sie für existent zu halten, aber ich rief sie, flehte sie an zu erscheinen, bat sie, mich zu erleuchten ... Helft, bat ich sie stumm, helft, wir brauchen eure Hilfe!

Mary führte mich zu einem Drachen. Auf seinem Rücken ruhte unbeweglich Aster. Ich sprach mit ihm, doch er reagierte nicht, und ich wußte schon, daß er nicht reagieren würde, denn langsam erlosch er ...

»Eli, du mußt dich ausruhen«, sagte Mary leise.

Ich ging, und den Platz neben Aster nahmen Lussin und André ein. Ich drehte mich um. Lussin sagte etwas zu meinem Jungen und streichelte ihm die Hände, André stand mit hängendem Kopf, Mary weinte still. Ich dachte, mir wäre sicherlich leichter, wenn ich auch weinen könnte, aber ich hatte keine Tränen, ich war ausgedörrt – eine grausame Flamme verzehrte mich.

Als der Stern untergegangen war, ruhte Aster immer noch auf dem Rücken des Drachens. Morgen läßt die Schwerkraft weiter nach, dachte ich. Während ich noch bei Aster stand, wurde mir plötzlich schwarz vor den Augen.

Ich war der Wirklichkeit noch nicht völlig entrückt, da hatte mich bereits ein Traum umfangen. Wie mit fremden Augen beobachtete ich, wie ich über die Kette der augenköpfigen Wächter ans andere Lagerende versetzt wurde, wo die Feinde kampierten. Dabei wurde ich in einen Zerstörer transformiert.

Ich schritt mit Orlan durchs nächtliche Lager – als einer seiner Wächter, als einer von den beiden, die ihn stets begleiteten, denn der zweite war nicht da. Orlan flüsterte mir zu: »Merk dir jede Meinung, das ist wichtig, Krad ...«

»Ja«, sagte ich, deutlich hörte ich den drohenden Klang meiner Stimme, denn Orlan wußte ja nicht, daß ich keineswegs Krad, sondern Eli war. »Ich werde mir alles merken!«

Bald darauf begann eine Konferenz der Heerführer und der Wache. Und ich nahm daran teil. Undurchdringliche Nacht lag über dem Planeten, gedämpfte Geräusche drangen herüber, die Gefangenen stöhnten, schluchzten und redeten im Schlaf, die Pegasusse und Drachen wälzten sich schwerfällig, während wir in einer Goldenen Mulde saßen, abgeschirmt durch Felsen aus Blei, beleuchtet vom dämmrigen Schein der Augenköpfigen.

Orlan eröffnete die Konferenz. »Die Lage ist ernst«, sagte er. »Wir müssen wichtige Entscheidungen treffen.«

»Sage, was du weißt, Orlan«, bat der große Unsichtbare. »Man kann nicht wirksame Entscheidungen treffen, wenn man nicht genau informiert ist.«

»Alle Gefangenen vernichten – das ist die einzige Entscheidung«, sagte Orlans zweiter Wächter brüsk. Er benahm sich wie ein Führer und nicht wie der schweigsame Leibwächter, als den ich ihn gekannt hatte. Unvermutet wurde mir bewußt, daß ich sein Gesicht nie richtig gesehen hatte. Auch jetzt sah ich es nicht.

Orlan warf dem zweiten Wächter einen Blick zu, schwieg aber.

»Ich begreife deinen Wunsch, Gig«, wandte er sich nun an den hochgewachsenen Unsichtbaren, »doch ich kann kaum Neues mitteilen, Verbindung zur Station haben wir nach wie vor nicht. Wir marschieren aufs Geratewohl, handeln aufs Geratewohl.«

»Wir besitzen das Programm mit den geheiligten Ideen des

Großen Zerstörers, die erhellen jede Finsternis«, sagte der zweite Wächter noch schärfer.

»Ja, gewiß«, stimmte Orlan zu. »Sie sind der einzige Lichtstrahl in dem Dunkel, das sich um uns verdichtet hat. Vielleicht schadet es nicht, wenn ich in kurzen Worten wiederhole, was wir wissen und was wir nicht wissen.« Er sprach zunächst von der menschlichen Flotte, die den Perseus angriff. Die Menschen annihilierten den zweiten kosmischen Körper. Der Große Zerstörer hatte seine Residenz auf den Natriumplaneten verlegt, der vom Kriegsschauplatz weit entfernt war. Diese Zuflucht des Großen war ebenfalls nicht ungefährdet, denn in den Sternenräumen rings um den Natriumplaneten gab es zahlreiche Siedlungen der Galakten – wenn es die Erzfeinde der Zerstörer wagten, ihre Festungen zu verlassen, würde die Lage bedrohlich ...

»Schrecke uns nicht, Orlan!« unterbrach ihn der zweite Wächter. »Kümmere dich nicht um das Schicksal des Großen. Die jämmerlichen Menschen erwartet der Tod, wenn sie unsere kosmischen Barrieren durchdringen, und die Galakten werden ihnen nicht helfen. So hat der Große beschlossen. Du ziehst doch hoffentlich die Prognosen des Großen nicht in Zweifel?«

»Keinesfalls!« sagte Orlan eilig.

»Dann wollen wir über unsere Lage sprechen und uns nicht mit der Lage des Großen befassen, das steht unserem Rang nicht zu.«

»Alles ist unverständlich auf dem Dritten Planeten«, sagte Orlan. »Früher konnte sich ihm kein kosmisches Schiff nähern, jetzt hat er die ›Bootes‹ angesaugt. Nach der Landung wurde das Sternenflugzeug nicht von den Schutzfeldern vernichtet, die Gefangenen und die Zerstörer sind bislang am Leben – so gut ist noch nie jemand empfangen worden. Doch die Mechanismen der Station sind in Betrieb, die Gravitation verändert sich gesetzmäßig. Wir sind in der gefährlichen Zone gelandet, einen Teil haben wir hinter uns gebracht, aber es ist noch weit bis zu günstigen Gegenden. Wahrscheinlich gibt es wieder Störungen auf der Station, eine andere Erklärung finde ich nicht. Sobald die Automaten der Station den Schaden behoben haben, werden wir alle vernichtet, es sei denn, wir haben bis zu dem Zeitpunkt die gefährliche Zone überwunden. Dann können wir in dem von lebendigen Wachen besetzten Streifen den Soldaten unser Erscheinen erklären. Wir müssen die Station erreichen, um am Leben zu bleiben.«

»Das gilt auch für die Gefangenen«, sagte der große Unsichtbare.

»Nicht unbedingt«, parierte der zweite Wächter. »Die Direktive des Großen erlaubt uns, mit den Gefangenen notfalls Schluß zu machen. Ich meine, es ist soweit, schon allein deshalb, weil sie nicht einmal auf die Entfernung von einem Lichtjahr an die Station herangelassen werden dürfen.«

»Uns ist ebenfalls verboten, im Bereich der Station zu erscheinen«, bemerkte Orlan. »Und wenn wir uns hier freiwillig befänden, würde uns dieselbe Strafe drohen – Tod ...«

»Richtig, Orlan. Wir sind nicht freiwillig hier. Aber wir sind Freunde – sie Feinde. Ich sehe keinen Grund, weshalb wir uns weiter mit den Gefangenen plagen sollten.«

»Vielleicht teilen wir uns in zwei Gruppen?« schlug der Unsichtbare Gig vor. »Die eine zieht mit den Gefangenen weiter, die zweite eilt zur Station voraus und vereinbart mit dem Aufseher Sicherheit für alle. Man hat mich als Wache eingesetzt, nicht als Henker!«

»Ich höre Zweifel in deiner Stimme!« sprach Orlans Leibwächter. »Es scheint, du verurteilst die geheiligte Idee des Großen: Zerstörung ist die Grundlage des Fortschritts, das höchste Ziel der Entwicklung. Im allumfassenden Krieg und in der Ausrottung alles Lebendigen wird daher die Macht des Lebens ideal verwirklicht.«

»Ich bin Soldat, kein Philosoph. Die Vernichtung des Feindes im Kampf ist eins ...«

»Ich habe dich verstanden, Gig. Teilen alle Unsichtbaren die Zweifel ihres Führers?«

Beide fuhren auf und sagten wie aus einem Munde: »Wir führen jeden Befehl aus. Mag Orlan entscheiden.«

»Was meinen die Führer der Augenköpfigen? Sind ihnen Zweifel gekommen?«

Ein Augenköpfiger leuchtete hastig mit seinem Periskop. »Entrüstet weisen wir jeden Zweifel zurück. Wenn Orlan befiehlt, die Gefangenen umzubringen, wird ihrem Leben ein Ende gesetzt.«

Abermals mischte sich der aufgeregte Gig ins Gespräch. »Man hat mich falsch verstanden. Ich würde mich selbst vernichten, wenn ich mich eines Zweifels verdächtigte.«

»So habe ich dich auch verstanden, Gig. Dem Rang gemäß obliegt Orlan die Entscheidung. Wir hoffen, Orlan, daß dein Befehl dem begeisternden Geist der progressiven zerstörerischen Ideen des Großen gerecht wird, von denen Gig so schön gesprochen hat.«

»Dessen könnt ihr sicher sein! Ich habe folgendes beschlossen: Wir legen noch zwei Märsche nach dem alten Schema zurück, um die Gefangenen am Leben zu erhalten und dann alles Menschliche in ihnen auszurotten. Der Große hatte die Idee, den Hirnen der Gefangenen Bazillen geistiger Fäulnis einzugeben ...«

»Möge diese schadenbringende Nebenidee des Großen nicht seine anderen Ideen verdrängen ...«

»Ja, ja, du hast recht, sie soll ihnen nicht im Wege stehen! Also, unter den gegenwärtigen Umständen müssen die Gefangenen vernichtet werden. Wie ist das praktisch möglich? Ich würde gern die Militärspezialisten hören!«

Ein Augenköpfiger leuchtete mit seinem Periskop. »Wir müssen die Menschen von den Geflügelten trennen. Allein sind die Geflügelten ungefährlich. Vergeßt nicht, daß wir nach oben schlechter geschützt sind, und die Schwerkraft läßt mit jedem Marsch nach, bald können sie fliegen.«

»Trennen wir die Menschen von den Geflügelten«, beschloß Orlan. »Lassen wir die Menschen einschlafen. Während sie schlafen, vernichten wir sie. Nach dem Tod der Menschen werden die Engel, die Pegasusse und die Echsen harmlos sein. Ohne viele Umstände machen wir dann mit ihnen Schluß.«

»Ein großartiger Plan!« sagte der zweite Leibwächter beifällig. »Ich erkenne darin die Handschrift des Großen. Nicht ohne Grund zählst du zu seinen Lieblingswürdenträgern ... Sei unbesorgt, von deiner Treue zu den geheiligten Prinzipien des Bösen und der allumfassenden Vernichtung werden die Organe zum Schutze der Greuel und zur Verbreitung des Verrats ...«

Ich sprang auf, jede Ader in mir vibrierte. Ringsum erstreckte sich die tote metallische Ebene – goldene Felder, Bleihügel, oben entbrannte allmählich der goldene Himmel, der uns nicht mit dem All verband, sondern uns von ihm absonderte, und zur Himmelsbarriere rollte die winzige unheilvolle Sonne. Erst jetzt empfand ich ganz das Wesen dieser Welt – sie war mörderisch.

Neben mir saß Romero. »Warum sind Sie aufgesprungen, lieber Freund? Hatten Sie einen wichtigen Traum?«

Ich erzählte Romero, was ich im Schlaf erfahren hatte. »Das Groteske an dem Gespräch entspringt wahrscheinlich Ihrer ironischen Natur, mein Freund. Doch es sieht so aus, als herrschte Zwietracht im Lager der Feinde ... Wenn Sie erlauben, beratschlage ich mit den Schiffskapitänen. Die Konferenz halte besser ich ab, möglicherweise werden wir beobachtet, und Sie schärfer als jeder von uns.«

»Einverstanden. Handeln Sie.«

Romero entfernte sich, und ich ging zu Aster.

»Nicht ein einziges Mal hat er das Bewußtsein erlangt«, sagte Mary.

8

Aster öffnete nicht die Augen, als ich ihn auf die Arme nahm. Er atmete schnell, mit flachen, die Lunge nicht füllenden Zügen.

Bald erlahmten mir die Arme. Ich hatte Angst, daß ich ihn nicht lange würde tragen können.

Plötzlich war Romero hinter mir und sagte leise: »Drehen Sie sich nicht um, Admiral, ich erkläre Ihnen in Gedanken unsere Pläne. Kamagin fordert wieder einen Aufstand, wir haben zugestimmt. Sobald Orlan befiehlt, die Menschen abzusondern, stürzen wir uns auf die Wächter und schalten alle aus, die nicht auf unsere Seite übertreten.«

Ich äußerte Bedenken. Die unbewaffneten Menschen würden keinen einzigen Augenköpfigen überwältigen. Zunächst müßten die Verderber aneinandergeraten, dann würden wir diejenigen, die unsere Freunde waren, unterstützen – nur so konnten wir Erfolg haben.

»Ihr Plan ist vorzüglich, Eli, das Unglück ist nur, daß die Verderber von allein kaum eine Schlägerei vom Zaune brechen werden. Wenn wir die Rauferei beginnen, erfolgt die Abgrenzung sofort. Und es ist ein Irrtum von Ihnen, anzunehmen, wir wären unbewaffnet. Kamagin ist es gelungen, Waffen in eine Aviette zu schmuggeln – Handlaser, Granaten, elektrische Entlader.«

»Unsere Waffen haben keine Wirkung auf die Unsichtbaren, Pawel. Die verfluchten Unsichtbaren sind am schlimmsten!«

»Das schlimmste ist die Untätigkeit, Admiral. Haben Sie die Kisten beachtet, die sich selbständig fortbewegen? Oshima behauptet, in ihnen wären Kampfwaffen. Es ist nicht ausgeschlossen, daß sich der Inhalt der Kisten, wenn wir sie in unseren Besitz bringen, gegen die Unsichtbaren verwenden läßt.«

»Ja, wenn man uns Gelegenheit gibt, sie in unseren Besitz zu bringen.«

»Also genehmigen Sie den Aufstand nicht, Eli?«

»Ich genehmige ihn. Wer wird uns führen?«

»Oshima, Petri und Kamagin. Lussin und Trub werden die Geflügelten befehligen. Wir wollen aus der Luft angreifen, um die schwachen Seiten des Gegners auszunutzen.«

Ich hörte Flüstern, jemand versuchte mit mir zu sprechen. Der Boden und der Himmel gleißten, doch mir war, als dämmere es.

Ich stolperte und hätte Aster beinahe fallen gelassen. Mary faßte mich unter. »Du bist blaß geworden, Eli«, sagte sie ängstlich.

Ich fühlte mich immer schlechter. Aster spürte ich nicht mehr. Ich hätte stehenbleiben, auf seinen Atem lauschen, überlegen müssen, wie wir ihm helfen konnten. Aber vorn hüpfte Orlan, von dorther schallte sein gebieterisches »Schneller! Schneller!«, und ich marschierte, die Zähne zusammengepreßt, keuchend vor Haß gegen Orlan, und wiederholte ein und denselben Gedanken: Nicht hinfallen! Nur nicht hinfallen!

»Sieh ihn nicht so an – er lebt!« sagte Mary.

»Nicht hinfallen!« wiederhole ich laut. Aster atmete flach und häufig, sein Herz schlug leiser als vorher, aber deutlicher. Und wären seine Wangen und seine Hände nicht so blau gewesen, hätte ich angenommen, sein Zustand habe sich gebessert. »Ja, er lebt«, sagte ich zu Mary.

André berührte meinen Arm. Ich blickte ihn an und erkannte, daß der Verstand zu ihm zurückgekehrt war. Seine Augen waren kummervoll, nicht wahnsinnig.

»Gib … mir …«, sagte er mühsam und wies auf Aster. Gequält suchte er nach den vergessenen Worten, sein Gesicht verzog sich vor Anstrengung. »Gib, ich …«

»Ich heiße Eli, André!« sagte ich. »Erinnere dich: Ich bin dein Freund Eli. Später, André«, antwortete ich. »Noch habe ich Kraft, meinen Sohn zu tragen.«

Er sagte nichts mehr, mit gesenktem Kopf ging er weiter, seine brandroten Locken, die sein Gesicht verdeckten, bewegten sich, als wären sie lebendig. Ich wußte, daß André jetzt Worte suchte, daß die Worte ihm nicht auf die Zunge wollten, das seltsame Flüstern, das ich für die Stimme eines Zerstörers gehalten hatte, war aus den Tiefen seiner Hirnschale gekommen.

Diesmal rasteten wir lange. Orlan war verschwunden, und die Kapitäne hatten sich zu mir gesetzt. Genauso energisch und exakt wie Oshima ein Schiff befehligte, bereitete er die Rebellion vor. Die Handlaser waren während der Essenausgabe verteilt worden, ich hatte auch so ein Spielzeug erhalten. Ich sage Spielzeug, weil sie gegen die Unsichtbaren wirkungslos waren. Und die Augenköpfigen wurden damit nur dann außer Gefecht gesetzt, wenn es gelang, mit dem Strahl ihre Periskope zu treffen.

»Also zwei Möglichkeiten: Entweder heut nacht oder morgen früh«, sagte Oshima. »Wir sind bereit, Admiral.«

Der goldene Himmel war schwarz geworden. Der Orangefarbene war hinter dem Horizont verschwunden. Rings um das Lager der Gefangenen glitzerten die Lichter der Verderber vom Wachkommando. Der Befehl, die Menschen von den anderen Gefangenen zu trennen, blieb aus.

Ich ließ Aster in Marys Obhut und streifte durchs Lager. Die Menschen waren mit den Pegasussen und Echsen durcheinandergewürfelt, damit sie auf ein Signal hin sofort auf die Rücken der Geflügelten springen und in den Kampf eilen konnten.

Oshima und Petri arbeiteten bei den Drachen. Gemeinsam mit anderen Gefangenen befestigten sie Kisten auf den Rücken der Echsen, die bis obenhin mit seltsamen Metallzylindern gefüllt waren.

»Alte Handgranaten«, erklärte Oshima. »Auf dem Sternenflugzeug ›Mendelejew‹ gab es eine Menge davon, Eduard hat einen Teil auf die ›Fuhrmann‹ und von dort auf die ›Bootes‹ mitgenommen. Sie sind einfach zu handhaben, Kamagin hat es uns gezeigt.«

»Laser werden wir an die Engel nicht verteilen«, sagte Kamagin. »Die sind nicht nach ihrem Geschmack, aber Handgranaten und Entlader sind meiner Ansicht nach geradezu geschaffen für die Engel, so geschickt gehen sie damit um.«

Trub nahm etwas vom Boden auf und schleuderte es nach einem goldenen Klumpen, der matt im Bleifelsen blinkte. Ich erschrak, da ich meinte, es werde eine Explosion geben und auf den Lärm hin würden die Verderber angelaufen kommen. Aber Trub hatte ein Stück Gold benutzt. Die Engel sind durchweg verteufelt scharfsichtig. Trub übertraf seine geflügelten Mitbrüder auch hier. Stolz hüllte er sich in seine Flügel.

»Für die Verderber wird es kein Zuckerlecken sein, wenn wir sie aus der Luft angreifen«, erklärte Kamagin strahlend.

Ich durchquerte den Sektor der Engel und sah keinen schlafend, alle übten sich im Werfen. Und es ging nicht lärmend zu wie sonst, wenn sich Engel irgendwo versammelten, sie waren schweigsam bei dieser nächtlichen Übung, nur die weichen Schläge von Blei gegen Gold und Gold gegen Blei störten die Stille.

»Die Menschen nähen Taschen für die Engel«, teilte mir Kamagin mit. »Jede faßt fünf Granaten, sie sollen unter den Flügeln befestigt werden, da fallen sie nicht auf.«

Während meines nächtlichen Spaziergangs wäre ich beinahe mit Orlan zusammengestoßen. Er ging ohne Leibwächter, sein Gesicht phosphoreszierte gespenstisch, er machte einen Rundgang ums Lager. In der von den Periskopen der Augenköpfigen spärlich erhellten Finsternis erlosch seine schimmernde Silhouette rasch.

Mary schlief, im Arm hielt sie Aster. Er atmete, wenn auch nur schwach.

Morgen, sagte ich mir im Einschlafen. Morgen früh … Die Schwerkraft läßt nach …

9

Am Morgen starb Aster.

Marys Schrei weckte mich. Ich sprang auf und entriß ihr unseren Sohn. Rüttelte ihn, rief ihn, flehte ihn an, mich zu hören. Zum letztenmal bot er alle Kraft auf und öffnete die Augen. Vor seinem Tod hatte er die Lider geschlossen gehalten, als er starb, schlug er sie auf, um die Welt noch einmal zu sehen, vergebens …

»Eli! Eli!!« vernahm ich Andrés Flüstern. »Ist er tot?« Über sein Gesicht rollten Tränen.

»Er war drei Jahre jünger als mein Oleg«, sagte André leise. Dabei lauschte er seinen Worten, als hätte jemand anderes sie gesprochen.

Jetzt bemerkten auch Romero und Lussin, daß André bei Verstand war. Romero und Lussin erkannte André sofort, an Oshima erinnerte er sich, als der seinen Namen nannte. Freude wechselte mit Trauer, ich sah glückliches Lächeln und Tränen des Leids, nur ich konnte weder lächeln noch weinen.

»Sprecht später miteinander«, sagte Lussin. »Nach dem Aufstand.«

Ich wollte Aster nehmen, doch Trub gab ihn nicht her. Als Orlan den Aufbruch befahl, schritt er mit Aster auf den gekreuzten schwarzen Flügeln an der Spitze des Zuges. Mary und ich gingen hinter ihm. Wir stützten uns gegenseitig.

Trub trug Aster bis zur nächsten Rast und legte er ihn neben uns.

Aster war wie zu Lebzeiten, nur dunkel und mager war er geworden, die Muskeln seines Körpers wirkten härter, er erstarrte allmählich, schrumpfte.

Bis zum Abend trug ich Aster. Orlan erteilte früher als sonst den Befehl anzuhalten. Er rief mich zu sich. Ich legte Aster auf den Boden und umarmte Mary. Sie drückte ihren Kopf an meine Schulter. Von dem Aufstand wußte sie.

»Die Menschen werden gesondert von den Geflügelten weitermarschieren«, erklärte Orlan. »Ich befehle, bis zum Anbruch der Dunkelheit die Neuformierung zu beenden.«

Düster starrte ich Orlan und seine Leibwächter an. Einer der beiden war unser schlimmster Feind, einer wahrscheinlich unser Freund. Orlans Gesicht phosphoreszierte wie gewöhnlich bläulich, leidenschaftslos kalt.

»Wird gemacht«, erwiderte ich und ging zu den Meinen. Tausende Augen beobachteten mich: von jenseits der Lagergrenze die Periskope der Augenköpfigen, die Unsichtbaren und die Zerstörer-Kommandeure, diesseits die Menschen und ihre geflügelten Freunde.

Die Bewegungen ringsum erstarben, eine ungeheure Stille breitete sich über dem Planeten aus. Oshima und Kamagin standen neben den hochgewachsenen Pegasussen. Lussin thronte bereits auf dem Rücken eines Drachens. Wir waren aufbruchbereit.

»Der Befehl ist gegeben: Wir sollen uns teilen. Offenbar zu unserem Nutzen«, sagte ich spöttisch. »Handelt wie vereinbart.«

»Mir nach!« schrie Oshima und sprang auf einen Pegasus. Der schlug mit den Flügeln.

»Mir nach!« antwortete Kamagin wie ein Echo und schwang sich ebenfalls auf. Er warf eine Granate in Richtung Zerstörer, und das gab die erste Explosion.

10

Unsere Feinde wurden überrascht. Nur die Freunde im Lager des Gegners hatten den Aufstand vorausgesehen. Die Pegasusse mit den Menschen und die von Trub geführten Engel stürzten sich wie eine mächtige Armada auf die Augenköpfigen herab. Eine Rauchwand von Explosionen umschloß das Lager, in die Flammensäulen stießen die Dolchstrahlen der Laser. Eine Abteilung Fußvolk mit Petri und Romero an der Spitze hatte sich ihren Weg mit Granaten und Lasern gesäubert und durchbrach beim ersten Angriff die Kette der Augenköpfigen. Sie drängten sich zusammen, bildeten ein Karree und kämpften in der Umkreisung.

Nach anfänglicher Bestürzung verteidigten sich die Augenköpfigen wütend und aufopferungsvoll, Pegasusse und Drachen stürzten zu Boden. Übel erging es den Engeln. Sie hatten sich unbedacht rasch ihrer Granatenlast entledigt, sie vertrauten zu sehr der Kraft ihrer Flügel. Die Luft war von schwarzen und weißen Flaumfedern vernebelt. Trub und Lussin waren verwundet, auch Petri und Romero, leicht verletzt Oshima und Kamagin, nur André, der im dichtesten Getümmel kämpfte, war wie durch ein Wunder unversehrt.

Ich stieg auf einen Bleifelsen, der aus dem goldenen Untergrund ragte, und betrachtete das Schlachtfeld. Um uns huschten die Unsichtbaren hin und her, die schrecklichen Krieger der Zerstörer, doch keiner von ihnen hatte bisher weder für uns noch gegen uns in den Kampf eingegriffen – warum nicht? Die Schlacht war eher merkwürdig als erfolgreich, ich begriff sie nicht.

Plötzlich hörte ich eine bekannte Stimme, die diesmal nicht in mir, sondern außerhalb erklang, eine Stimme, die oft in meinen Träumen mit mir gesprochen hatte, ich mußte sie erkennen. »Eli, hilf!« schrie die Stimme wie in höchster Not.

»Eli, hilf!« rief die Stimme immer verzweifelter und riß plötzlich ab.

Da erblickte ich den, der mich zu Hilfe gerufen hatte. Trub hatte mit zwei rasenden Engeln Orlan und seine Leibwächter angegriffen, die Leibwächter lagen schon am Boden, Orlan verteidigte sich noch. Er hatte gerufen! Wilde Freude durchdrang mich einen Augenblick lang, als ich den Führer der Zerstörer sah, wie er sich verbissen gegen den Tod wehrte – und dieses Gefühl, das aufflammte und erlosch, war der letzte Widerschein meiner alten Einstellung zu Orlan. Ein heftiger Flügelschlag von Trub streckte ihn nieder. Da warf ich mich auf Orlan und deckte ihn mit meinem Körper. Mit Lasern in den Händen kamen Romero und Petri gerannt.

»Eli, steh auf, ich bringe den Schuft um!« brüllte Trub und berührte mich so unsanft mit dem Flügel, daß ich mit Orlan einen Meter weiter flog.

Heute begreife ich nicht, wo ich die Kraft hernahm, Orlan festzuhalten.

Romero packte Trub beim Flügel, Petri stellte sich zwischen den Engel und mich.

»Beruhige dich, Trub!« rief Romero. »Beinahe hättest du einem Bundesgenossen den Garaus gemacht.«

Ich weiß nicht, was Trub noch angestellt hätte, wenn neben ihm nicht ein sichtbar gewordener Unsichtbarer niedergestürzt wäre. Ein ebenso furchtbares Skelett, wie wir es auf der Sigma gefangen hatten, aber dieses lebte noch. Der Unsichtbare stöhnte und krümmte sich, sein Brustkorb war schrecklich deformiert.

Selbst Trub verstand, daß die von uns entfesselte Schlacht nur Teil eines großen Kampfes war, der sowohl in der optischen Wirklichkeit als auch in der physischen Unsichtbarkeit tobte.

Trub schwenkte die Flügel nach einem Häuflein abgedrängter Augenköpfiger und schrie den Engeln zu: »Mir nach! Tod den Schurken!«

Petri und ich halfen Orlan auf. Der Zerstörer taumelte, er hielt die Augen geschlossen, sein bläuliches Gesicht wurde schwarz.

Romero nahm den Laser in die linke Hand und streckte feierlich die Rechte aus. »Gestatten Sie, lieber Bundesgenosse, daß ich Sie im Lager Ihrer neuen Freunde willkommen heiße.«

Orlan wollte höflich den Hals recken, doch auch der Hals hatte im Scharmützel etwas abbekommen, und er hob den Kopf nur ein wenig. »So neu sind sie gar nicht. Eli und ich sind alte Bekannte.«

»Also du warst das!« sagte ich.

»Du hast mich so gehaßt, Eli, daß du unaufhörlich an mich dachtest. Das half, unsere Gehirnstrahlungen auf Gleichklang zu stimmen.« Bekümmert wies er auf einen Leibwächter. »Der da war euer treuer Freund, er ist nicht mehr.«

»Wir kämpfen«, sagte Petri. »Euch ist nicht anzusehen, wer Feind, wer Freund ist.«

»Ich gebe euch nicht die Schuld.« Die Erregung in seiner Stimme verklang, vor uns war wieder das leidenschaftslose Wesen, dem wir schon so oft gegenübergestanden hatten. »Wir sind selber schuld. Wir bereiteten die Schlacht vor, ohne uns um unsere Sicherheit zu kümmern. Wir dachten nur an den Sieg im Kampf.«

»Ihr habt die Schlacht vorbereitet?« fragte Romero.

»Zweifellos. Es kostete uns nicht wenig Aufregung, bis ihr den euch eingegebenen Plan angenommen hattet.

Eure Gedankengespräche, auf die ihr so stolz wart, bedeuteten für mich kein Geheimnis, und ich teilte ihren Inhalt Gig mit. Er hat die schwierigste Aufgabe zu bewältigen – es ist uns nämlich nicht gelungen, alle Unsichtbaren zu gewinnen. Doch Gig gibt denjenigen, die dem Reich des Großen Zerstörers treu geblieben sind, keine Gelegenheit, den Augenköpfigen zu Hilfe zu eilen – und das entscheidet den Erfolg des Tages.«

Romero schaute zweifelnd um sich. In der Luft jagten nur die Engel umher, ihr schrilles Kampfgeschrei war weithin zu hören. Die Pegasusse und die Drachen begannen zwar den Kampf in der Luft, konnten sich aber nicht lange fliegend halten.

Romero hob den Laser und sagte: »Wie schade, verehrter Bundesgenosse, daß wir der Möglichkeit beraubt sind, das Luftschlachtfeld des kühnen Gig kennenzulernen.«

»Warum denn? Gleich setze ich mich mit Gig in Verbindung, und wir eröffnen Ihnen, was sich in der Luft abspielt.«

Ich bemerkte nicht, daß Orlan irgendwelche Bewegungen vollführte, offenbar setzte er sich mit Gig gedanklich in Verbindung, denn das Bild der Schlacht änderte sich bald darauf verblüffend. Der Kampf in der dritten Dimension war imposanter und erbitterter als der auf der Ebene. Über uns focht Unsichtbarer mit Unsichtbarem. Unter denen, die die Oberhand gewannen, gewahrte ich den riesengroßen Gig.

»Unsere siegen«, sagte Orlan. »Doch die Schlacht ist ausgezeichnet vorbereitet, Eli.«

Den Engeln und Menschen, die ein Verderberkarree bedrängten, gelang es, die Feinde zu zersplittern. Die Augenköpfigen wurden zerstreut. Obwohl sie langsam krochen, kämpften sie so besessen wie vorher. Zwei Engel griffen einen Verderber an, mit einem genauen Gravitationsschlag warf er sie zurück. Romero und Petri eilten den Engeln zu Hilfe, doch einer von unseren Unsichtbaren war schneller als sie. Der Hieb aus der Höhe traf den Verderber tödlich, der Unsichtbare beschrieb einen Bogen und stürzte sich erneut in den Luftkampf.

»Dennoch sind viele zu uns übergetreten«, sagte ich zu Orlan.

»Viele. Ihr habt bereits auf allen Perseusplaneten Anhänger. Der

Große hat einen gewaltigen Fehler gemacht, als er gestattete, den Streit mit dir zu übertragen. Die Untertanen des Großen wissen jetzt von den Menschen selbst, was von ihnen zu erwarten ist.«

Ich wies auf die Augenköpfigen. »Die da denken nicht daran, ihren Herrscher zu verraten.«

»Die Augenköpfigen sind die Wache. Sie werden fernab von der Politik erzogen. Die Zeit kommt, da sie sich uns anschließen.«

Die Schlacht näherte sich ihrem Ende. Die zersplitterten Häuflein der Verderber, die sich, dem Untergang geweiht, mit den Periskopen zublinkten, wurden immer weiter auseinandergedrängt und gingen unter den vereinigten Schlägen von Menschen, Engeln und Unsichtbaren zugrunde. Ein paar Unsichtbare, die sich ergeben hatten, trotteten, von Engeln bewacht, ins Zentrum des Lagers, wo die Gefangenen auf Oshimas Befehl gesammelt wurden. Auch die Augenköpfigen, die den Widerstand eingestellt hatten, wurden dorthin geführt. In die letzte kämpfende Gruppe rammte sich Lussin auf seinem feuerspeienden Drachen. André, ebenfalls beritten, aber auf einem Pegasus, hantierte unweit von Lussin mit dem Laserstrahl, Petri und Romero hatten ihre Plätze an der Spitze der Infanterie eingenommen, bedrängten das verlorene Häuflein. Als sich die Engel und die Unsichtbaren aus der Luft herabstürzten, war das Los der Augenköpfigen besiegelt.

Müde und zufrieden ließ sich Gig neben mir und Orlan herab. »Die Gravitatoren geben das Äußerste her«, sagte er zu Orlan. Er preßte meine Rechte fürchterlich. Als ich einen Schmerzenslaut von mir gab, schnitt er eine zufriedene Grimasse.

Heute wundert sich niemand mehr über die Unsichtbaren, sie erscheinen oft auf unseren Raumbildschirmen. Aber an dem Tag, als ich diese lachende Konstruktion zum erstenmal vor Augen hatte, konnte ich mich eines Schauderns kaum erwehren.

Gig fuhr fort, wobei er mit seinen Knochen fröhlich klapperte: »Wie haben wir dir im Kriegshandwerk gefallen, Admiral?«

Zurückhaltend antwortete ich, da ich nicht wußte, welchen Ton ich gegenüber diesem polternden, lächelnden, jubelnden Skelett anschlagen sollte. Es dauerte einige Zeit, bis ich mich überzeugt hatte, daß die Unsichtbaren goldrichtige Kerle waren. Ihr Äußeres ist zwar erschrecklich, aber nur nach irdischen Normen, sie selbst sind zufrieden damit, hingegen meinen sie, die Konstruktion der Menschen wäre unfertig.

»Ich habe dich in meinen Träumen kennengelernt, Gig.«

Er rumpelte mit allen seinen Knochen. Ich verstand nicht gleich, daß die Unsichtbaren auf diese Weise lachen.

»Du hast mich kennengelernt, sagst du? Wir haben dir dazu verholfen – um den Preis großer Anstrengungen! Ich hoffe, Admiral, du bist dir darüber im klaren, daß wir unsere Konferenzen keineswegs in menschlicher Sprache und nicht einmal in den Kategorien eurer Logik durchführen. Ich meine da nicht unser Aussehen. Orlan zum Beispiel erscheint meist als Schatten, nicht als Körper. Warum zeigst du dich eigentlich nicht mehr als Phantom? Auf dem Dritten habe ich dich seltsamerweise noch nie so gesehen!«

»Die Apparate zur optischen Transformation sind auf den verschwundenen Sternenflugzeugen geblieben.«

»Und unsere Reservegravitatoren auch. Weiß der Teufel, ein edler Unsichtbarer muß nun bald kriechen wie ein verachtenswerter Augenköpfiger! Also, Admiral, unsere Pläne und Beschäftigungen in die Sprache eurer Gestalten und Begriffe übersetzen und sie dir dann in die Träume projizieren – ja, nur Krad konnte das schaffen! Wo ist Krad eigentlich, Orlan? Ich sehe ihn nicht.«

»Krad wollte mich verteidigen und fand selbst den Tod«, sagte Orlan, wobei er den Kopf bis zum äußersten in die Schultern zog.

Gigs Skelett dröhnte feierlich. Der Klang der aneinanderstoßenden Knochen ist bei den Unsichtbaren sehr ausdrucksvoll, bald hatte ich gelernt, ihr Lachen vom Kummer zu unterscheiden.

»Was machen wir mit den Gefangenen?« fragte ich die neuen Freunde. Das letzte Häuflein von Augenköpfigen, die sich ergeben hatten, wurde ins Lagerzentrum eskortiert.

»Alle vernichten!« erklärte Gig. Mit radikalen Lösungen war er schnell bei der Hand. Ich verzog das Gesicht.

»Die Gefangenen können uns noch zustatten kommen«, sagte Orlan. »Wir wissen nicht, was uns an der Station erwartet. Wenn wir kämpfen müssen, vermehren die Augenköpfigen unsere Kräfte.«

»Unterstellt sie meinem Kommando, ich werde ihnen Beine machen!« schlug Gig lachend vor. Er hatte sich rasch damit abgefunden, daß sein Wunsch nicht berücksichtigt wurde. Später stellte ich fest, daß man ihm besser Befehle erteilte, als sich mit ihm zu beraten – er war tatenfreudig, dachte aber ungern nach.

So sind alle Unsichtbaren.

11

Wir hatten Dutzende von Fragen an Orlan und Gig. Und als die Bewachung der Gefangenen geregelt war, versammelten wir uns zur Unterhaltung.

Der Stern ging unter, schwarze Nacht hüllte den Planeten ein. Wir saßen auf rasch erkaltenden Metallblöcken – Unsichtbare neben Menschen, Engel neben übergetretenen Augenköpfigen, Orlan neben Trub, Gig neben André …

Über Allans Flotte wußte Orlan nichts Neues mitzuteilen; was ihm bekannt war, hatte er in meine letzten Visionen einfließen lassen. Auch über die Station hatte er nichts nachzutragen. Die Störungen dort waren vorläufig unsere Rettung. Leider durften wir nicht hoffen, daß es lange so bleiben würde, sondern mußten möglichst schnell zur Station gehen, solange wir noch einen Fuß vor den anderen setzen konnten, nur das konnte uns retten.

Kamagin sprach sich dafür aus, zum Sternenflugzeug zurückzukehren. Hinter der Schiffspanzerung wären wir sicherer als auf der Metallebene, außerdem funktionierten dort die Gravitatoren. Und wenn es uns gelänge, die Schiffsmaschine wiederherzustellen, könnten wir in den Kosmos ausbrechen, zu den Unseren.

»Dein Vorschlag ist irreal«, erklärte Orlan. »Vor allem wird es dir nicht gelingen, eure verstimmte Denkmaschine zu reparieren«, sagte er. »Und wenn es dir auch gelänge, so könnte die ›Bootes‹ doch nicht aus der nichteuklidischen Sphäre des Orangefarbenen ausbrechen – die Macht der gesamten menschlichen Flotte reicht nicht aus, um die Sperre zu sprengen. Auch wenn du ausbrechen könntest, so würde die ›Bootes‹ draußen nicht die Ihren treffen, sondern die Sternenflotte der Zerstörer – und es gäbe nur ein Ende.«

»Was hältst du davon, wenn wir die ›Bootes‹ in unseren ständigen Wohnsitz verwandelten, anstatt neuen unbekannten Gefahren entgegenzulaufen? Könnten wir dort nicht warten, bis sich die Lage zum Besseren wendet?«

Orlan war dagegen. Die Lage würde sich nicht zum Besseren, sondern zum Schlechteren wenden. Er sei verpflichtet, uns über eine weitere Gefahr aufzuklären. Der Stern strahle unentwegt, doch seine tödlichen Strahlen eilten nicht in ferne Weiten hinaus, sondern würden innerhalb dieses geschlossenen Raumes gespeichert.

Bald würde alles von verbrennender Strahlung gesättigt sein, und dann begänne der Zerfall. Alles Leben würde zugrunde gehen, die Oberfläche des Planeten verdunsten, das Sternenflugzeug sich in Plasma verwandeln, auch die Station, deren Havarie diese Katastrophe hervorgerufen habe, würde zu Plasma, und schließlich würde der gesamte Dritte Planet, die mächtigste militärische Anlage der Zerstörer, als Wölkchen neuen Nebels zerfließen.

Damit wäre der verderbliche Prozeß nicht zu Ende. Die vom Orangefarbenen herausgeschleuderte Energie würde zu ihm zurückkehren und seine Atomglut anheizen. Der Zerfallsprozeß dieses Sterns würde sich so beschleunigen, daß es zu einer ungeheuren Explosion käme – und erst dabei würden die erstarrten nichteuklidischen Barrieren zerbersten, so daß die angestaute Energie machtvoll hinausflutete. Ferne Beobachter könnten dann die Explosion einer Supernova fixieren, doch die Beobachter auf den Nachbarsternen wären außerstande, ihrer Nachkommenschaft ein Andenken zu hinterlassen, kaum einer bliebe bei dieser Katastrophe am Leben.

Romero sagte: »Lieber Bundesgenosse, Ihre Weissagung ist entsetzlich. Offenbar haben wir keine andere Wahl, als unverdrossen dem Ziel zuzustreben, das Sie uns weisen. Aber dürfte man vielleicht erfahren, wer uns in der Station erwartet? Sind es Freunde oder Feinde? Wird man uns mit ausgebreiteten Armen, mit der Waffe in der Hand oder, was am wahrscheinlichsten ist, mit Feldern entgegentreten?«

»Das wüßte ich selber gern«, antwortete Orlan.

»Aber Sie müssen doch mehr als wir wissen! Wir hatte ja gestern noch keine Ahnung, daß eine Metrikstation auf dem Dritten Planeten besteht.«

»Niemand weiß etwas Genaues über die Metrikstation«, sagte Orlan.

»Erzählen Sie wenigstens, was wir befürchten müssen, wenn Sie schon nicht wissen, worauf wir hoffen können. Immerhin ziehe ich aus der spärlichen Information über die Station den Schluß, daß wir wahrscheinlich auch dort Freunde gewinnen konnten, die die Führung übernommen haben. Wie anders läßt sich sonst erklären, daß wir von dem Konvoi der Sternenflugzeuge befreit wurden und uns hier, in der gefährlichen Zone, kein Unglück geschieht?«

Orlan stimmte Romero zu. Vorläufig habe man uns nicht geschadet, aber auch nicht geholfen. Man habe uns einfach uns selbst überlassen. Wie sich die Ereignisse morgen entwickelten, sei schwer vorauszusagen.

»Gut, ich formuliere anders. Nehmen wir an, das Ganze hänge nur mit den Störungen auf der Station zusammen, und die Störungen würden morgen behoben. Was erwartet uns dann?«

»Möglich sind Verhandlungen mit dem Aufseher. Möglich ist, daß wir ohne jegliche Verhandlungen augenblicklich von den Schutzmechanismen der Station vernichtet werden. Möglich ist, daß uns die Wachautomaten in der Umgebung der Station überfallen, sie können sich nicht weit vom Stützpunkt entfernen.«

Mich interessierten die Wachen. Handelte es sich um Automaten, die den alten Robotern ähnelten?

Obwohl Orlan die Wächter der Station nie gesehen hatte, behauptete er entschieden, es handle sich nicht um Mechanismen.

»Sie sind ein Mittelding zwischen Organismen und einer Kombination von Kraftfeldern«, ergänzte er. »Ihre Körperform ist unbeständig. Gewöhnlich nehmen sie die Gestalt an, die sich am besten eignet, um die Befehle des Aufsehers durchzusetzen.«

»Ein blutiger Arm im Nebel!« murmelte Kamagin ironisch. »O diese Gespenster! Schon vor vierhundert Jahren glaubte auf der Erde niemand mehr an solchen Unsinn.«

»Ob nun Gespenster oder Körper, jedenfalls etwas Materielles, das außerhalb unseres Bewußtseins existiert«, sagte ich zu Kamagin. »Wir sollten die Gespenster nicht von vornherein verspotten, sondern überlegen, wie wir uns wirkungsvoll gegen sie verteidigen können, falls sie uns angreifen.«

»Betrauen Sie uns drei damit, Admiral«, sagte Oshima und wies auf Kamagin und Petri. »Im Troß der Zerstörer haben wir Waffen entdeckt, die sogar Gespenstern übel mitspielen dürften. Ich meine die Kisten, die sich selbständig bewegen. Es ist wirklich ein äußerst glücklicher Zufall, daß sie sich nicht auf dem Schlachtfeld befanden und die Feinde sie nicht anwenden konnten.«

»Ihr erwartet zuviel von einem blinden Zufall, Kapitän Oshima«, sagte Orlan. »Glückliche Zufälle müssen meistens sorgfältig vorbereitet werden.«

Zum Schluß der Unterhaltung bat ich Gig, seine Unsichtbaren nicht mehr zu chiffrieren. Ich weiß nicht, wie es den anderen erging, doch mich machte es nervös, daß über mir unsichtbare Wesen schwirrten, mochten sie mir auch freundschaftlich verbunden sein.

Schutzengel früherer Zeiten wären mir ebenso unangenehm wie die bösen Geister.

Wider Erwarten freute sich Gig. »Das ist mal ein Befehl, der so recht nach unserem Herzen ist! Wenn ihr wüßtet, wie schwer der verfluchte Unsichtbarkeitsdienst ist. Zudem haben die Krümmungsgeneratoren nachgelassen, und vielen von uns droht das schmähliche Los, sich aus soliden Unsichtbaren in Nebelsilhouetten zu verwandeln.«

Ich erkundigte mich, ob die Unsichtbaren von der Perspektive, sich in stoffliche Körper im optischen Raum zu verwandeln, nicht beleidigt wären.

Großmütig erklärte er: »Wo denkst du hin, Admiral! Die Unsichtbarkeit ist unsere Uniform. Wenn wir sie schlecht tragen, leidet unsere militärische Ehre. Nehmen wir aber die Gestalt von Sichtbaren unter sonstigen Sichtbaren an, so ist das nicht anders, als würden wir einen Panzer ablegen – das ist bequem, und man braucht nicht darauf zu achten, daß er gebührend geehrt wird.«

12

Die gefangenen Augenköpfigen schimmerten matt, nur sie selbst waren undeutlich wahrzunehmen, alles übrige ertrank im schwarzen Nichts. Absichtlich gebrauche ich das Wort »Nichts«. Ich empfand den Raum nicht mehr, nur das war vorhanden, was neben mir war.

In den vorangegangenen Nächten hatten wir uns, von der Lichterkette der Periskope eingeschlossen, nicht so verloren gefühlt, jetzt drängten wir uns aneinander.

Ich wußte nicht, wo Orlan steckte, wo sich Gig befand, wo die auf unsere Seite übergetretenen Unsichtbaren und Augenköpfigen kampierten. Der vorsichtige Petri deutete an, in solch einer Nacht könnte man uns im Schlaf leicht überfallen. Oshima entgegnete, es sei sinnlos, uns im Kampf gegen die Eigenen zu unterstützen, wenn man hernach die Absicht hätte, uns zu verraten.

André bat: »Erzählt mir von Oleg und Jeanne, Freunde.« Erregt fügte er hinzu: »Es kommt euch vielleicht seltsam vor, aber ich verlor den Verstand nicht sofort, sondern nach und nach. Zuerst versanken die äußere Welt und die Erinnerung an die Erde, dann verwischte sich die Umgebung. Lange hielten sich meine Lieben, Jeanne und Oleg. Das letzte Bild, das mein erlöschendes Gehirn bewahrte, zeigte dich, Eli.«

»Wahrscheinlich rührt das daher, daß ich der letzte war, den du gesehen hast.«

»Möglich. So fangt doch an!«

Wir erzählten ihm von den Geschehnissen auf der Erde und im Kosmos. Ich schilderte die Schlacht in den Plejaden, die erste Expedition in den Perseus, die Raumwellenstation.

»Überwältigt bin ich von Eli! Ich entsinne mich deiner als eines begabten Witzboldes und kühnen Schelms, du warst ein Meister der tollen Streiche, kein ungewöhnlicher Denker und großer Entdecker. Nun sehe ich dich als Admiral der Großen Galaktischen Flotte und Erforscher der Raumwellen wieder ...«

»Ich mußte für dich einspringen, und das war nicht einfach.«

Plötzlich mischte sich Mary ins Gespräch: »Soweit ich mich entsinne, errötete Eli öfter, als daß er ironisch war. Und seine tollen Streiche, wie der Wettflug mit den Blitzen, lassen sich an den Fingern abzählen. Mitunter ärgerte mich sein Ernst, wenn ihr es wissen wollt, ich hätte mir einen etwas leichtsinnigeren Ehemann gewünscht.«

»Sie haben mit Eli eben nicht in der Himalaja-Schule studiert, erwiderte André.

Romero wandte sich an André: »Lieber Freund, viele, darunter auch ich – schamvoll bekenne ich es –, glaubten Sie tot, denn es sah nicht so aus, als wären unsere Feinde hinter menschliche Geheimnisse gekommen. Ich hielt es für unwahrscheinlich, daß die Verderber es nicht fertigbringen sollten, von Ihnen, falls Sie lebten, herauszupressen, was Sie wußten. Sie hatten Glück, wenn man eine so traurige Tatsache wie die Geistesverwirrung als Glück bezeichnen kann ... An diesen Ausweg hatte niemand wirklich von uns gedacht.«

»Ich selbst hatte ihn gewählt! Bewußt und methodisch brachte ich mich um den Verstand. Ich will Ihnen erzählen, auf welche Weise.«

Entsetzt hatte er Foltern erwartet. Der Tod wäre der beste Ausweg gewesen, aber er wußte, daß man jede seiner Bewegungen beobachtete, die altertümlichen Selbstmordmethoden – Messer, Schlinge, Verweigerung von Nahrung und Trinken, durchgebissene Venen – waren hier nicht anwendbar. Da beschloß er, sich den Verstand zu verwirren.

»Nein, nicht den Kopf zerschlagen«, André kam unseren Fragen zuvor, »sondern das Schema der Kommunikationen und Verbindungen im Gehirn verwirren, sozusagen ummontieren. Das Gehirn ist eine vielgestaltige Konstruktion; wird sein Schema in irgendeinem Abschnitt gestört, folgt noch kein allgemeiner Bewußtseinsverlust. Dennoch gibt es unvergleichlich mehr Wirrnisvarianten als Schemata, die das Bewußtsein gewährleisten. Darauf baute ich meinen Plan.«

»So erschien das graue Böckchen?«

»Ich wählte das Böckchen, weil die Zerstörer dieses Tier bestimmt noch nie gesehen hatten und das Märchen von dem alten Frauchen und dem Wolf nicht kannten, hier konnten sie nirgends einhaken. Fortwährend dachte ich an das Böckchen, stellte mir nur sein Bild vor. Was auch von außen auf mich einstürmte, welche Gedanken mir sonst kamen, auf Essen, Drohungen, Angst, Zureden, auf alles antwortete ich mit einem Gedanken, mit einem Bild – das Böckchen, das graue Ziegenböckchen … Ich schaltete mein Gehirn auf das Böckchen, alle Winkel, alles Geheime und Offenbare darin arbeitete nur dafür. Und allmählich nistete sich das Wesen mit den Hörnern und den Hufen in jeder Gehirnzelle ein, verdrängte alle anderen Bilder, jede andere Information. Ich stürzte mich in völlige geistige Leere, aus der erst ihr mich herausgeführt habt!«

Romero und Lussin fragten, ob André eine Audienz beim Großen Zerstörer gehabt und er das Dasein der Verderber kennengelernt habe.

Er antwortete, er habe nur danach getrachtet, sich aus dieser Welt auszuschalten und seine Augen nicht aufgesperrt. Dann sagte er vorwurfsvoll: »Du hörst uns ja gar nicht zu, Eli!«

»Verzeih. Ich habe über ein schwieriges Problem nachgedacht.«

»Was für ein Problem?«

»Schau, wir haben die Schiffsmaschinen außer Betrieb gesetzt, und wir haben das ungefähr nach deiner Methode getan – indem wir die Schemata der inneren Verbindungen verwirrten.«

»Wir können darüber nachdenken«, sagte André gähnend. »Selbstverständlich ist die Schiffsmaschine nicht einfacher als ein menschliches Gehirn, aber auch nicht sehr viel komplizierter.«

»Wollen wir jetzt nicht schlafen?« fragte Romero. »Wir sind müde nach der Schlacht, und morgen werden wir es bestimmt auch nicht leicht haben.«

Ich erwachte, als der Stern hinter dem Horizont hervorrollte.

»Die Kolonnen sind aufbruchbereit, Admiral«, meldete Oshima.

»Ich habe mich mit den gefangenen Augenköpfigen unterhalten, Eli«, teilte Orlan mit. »Sie betrachten mich immer noch als ihren Vorgesetzten. Ich glaube, wir brauchen sie nicht zu bewachen, sie werden als Abteilung marschieren.«

Gig lachte schallend. Die Lebensfreude dieses Skeletts hätte für ein Dutzend Menschen gereicht. »Ein Triumph bei den Unsichtbaren!« erklärte er prahlerisch. »Wer gestern dagegen gekämpft hat, wird heute dafür kämpfen. Ohne zu zögern, ohne zu schwanken, gehen sie für mich, ihren geliebten Vorgesetzten, durchs Feuer. Aber du begreifst, Eli, da uns gestattet ist, die Unsichtbarkeit abzulegen und uns auf den Boden herabzulassen ... als dritte Kolonne zu marschieren, nach den Menschen und den Engeln, wie Oshima angewiesen hat, ist nichts für die Unsichtbaren, Admiral, nein, das ist nichts für uns!«

Er war getröstet, als ich erklärte, seine Abteilung werde die Spitze bilden. Gig entfernte sich, um die Unsichtbaren antreten zu lassen, und so keck klapperte das Skelett durchs Lager, daß die Menschen und die Engel erschauerten und die Pegasusse böse wiehertern. Nur die phlegmatischen Drachen verhielten sich ruhig, als Gig vorüberschritt.

»Ich habe Aster in eine Aviette gelegt«, sagte Mary. »Wir werden ihn nicht mehr tragen.«

»Du sollst dich auch in eine Aviette setzen.«

Sie lächelte mühsam. »Ich ertrage alles, was du erträgst.«

13

Nicht nur durchs Fernglas, sondern auch mit unbewaffnetem Auge war die Station zu erkennen. Manche Festungen auf der Erde mit ihren Forts, Schießscharten und Geschützen sahen imposanter aus.

Wir lagen auf einem Bleifelsen, und ich teilte meine Gedanken Romero mit, der mit mir heraufgeklettert war.

»Ich erlaube mir den Hinweis, lieber Admiral«, entgegnete er pedantisch, »daß die mächtigste menschliche Festung nicht einmal einen gewöhnlichen kleinen Steinberg zertrümmern würde, während diese bescheidene Anlage den Weltraum aufwickelt.«

Ich wußte nicht schlechter als Romero, welche Funktionen die Station hatte. Trocken sagte ich: »Klettern Sie hinunter, Pawel, rufen Sie Oshima und Kamagin, ich hole Petri und Orlan.«

Orlan und Petri saßen in einer Vertiefung, die den ganzen Grat durchschnitt. Ich rief, und sie kamen herab. Unten warteten schon Romero, Oshima und Kamagin auf uns.

»Ein Vakuum!« sagte Oshima. »Wir haben niemanden gesehen, und wir wurden auch nicht entdeckt.«

»Offenbar ist die Station verlassen«, bestätigte Kamagin. »Ich würde es riskieren, sie anzupirschen.«

Orlan hatte den Kopf tief zwischen die Schultern gezogen. Ich hatte bemerkt, daß Orlan über alles, was die Station betraf, ungern sprach. Im Zerstörerreich galt es als Verbrechen, Angelegenheiten der Metrikstationen zu erörtern. Orlan konnte seine langjährige Furcht vor verbotenen Themen nicht abschütteln.

»Ich würde es nicht riskieren«, sagte er zurückhaltend.

»Gehen wir ins Lager, und berufen wir einen Kriegsrat ein«, schlug ich vor.

Unser Lager befand sich etwa zehn Kilometer von der Station entfernt, und wir mußten weit laufen, ehe wir es erreichten.

Als wir uns dem Lager näherten, sahen wir in der Luft die geflügelten Wächter. Trubs Engel hatten es übernommen, Patrouille zu fliegen, und sie kamen ihren neuen Pflichten eifrig nach.

Ich zerbrach mir den Kopf, wie wir handeln wollten, gelangte aber zu keinem Schluß. Die Station hatte Lussin entdeckt, der auf dem Donnerschleuderer zur Aufklärung ausgeritten war. Er war vorsichtig genug gewesen, umzukehren, sobald er die flachen Kuppeln erblickte. Unsere Maßnahmen waren einfach: Wachposten auf dem Boden und Patrouillenflüge in der Luft. Oshima hatte darauf bestanden, ich hielt das alles für überflüssig. Anlagen von so gigantischer technischer Kompliziertheit wie diese kosmischen Werke, die die Raumstruktur änderten, mußten vollkommene Schutzmethoden besitzen. Die Beobachtungsposten der Metrikstation konnten nicht schlechter als unsere Ortungsgeräte sein. Man hatte nicht die Absicht, sich vor uns zu schützen, nur deshalb waren wir nicht entdeckt. Bedeutete dies, daß man uns als Freunde ansah? Vielleicht war auf der Station längst alles umgekommen – keine Lebewesen mehr, keine arbeitsfähigen Automaten? Kamagins Vorschlag leuchtete mir ein: Wenn man uns nicht in einer Entfernung von zehn Kilometern vernichtete, dann würde man es auch nicht in einer Entfernung von zehn Metern tun, da gab es praktisch keinen Unterschied.

Zugleich mußte ich Orlans Zweifel berücksichtigen. Er war der einzige, der etwas über die Metrikstationen wußte.

Während wir beratschlagten, wiederholte Orlan, was er gegen den Marsch zu den Kuppeln vorzubringen hatte. Er begreife nicht, was auf der Station geschehen sei, und daher sei ihm rätselhaft, was uns in ihrer Nähe erwarte. »Alles kann sein«, sagte er unheilvoll leidenschaftslos.

»Klären wir noch einmal auf, Admiral?« fragte Oshima. »Aber diesmal nicht mit einer Sechsergruppe, sondern solider. Schicken wir eine Abteilung! Unsichtbare oder Engel?«

»Engel!« rief Trub aufgeregt. Er meinte, die Höhe über dem Planeten gehöre ungeteilt den Engeln, und er litt, wenn sich ein Unsichtbarer in die Luft aufschwang. Gegenüber Pegasussen und Drachen war Trub duldsamer.

»Nur Unsichtbare!« verkündete Gig.

Obwohl ich wußte, daß ich Trub verärgerte, entschied ich mich für die Unsichtbaren.

»Für sie ist es einfacher, sich an die Station heranzuschleichen. Schließlich ist das eure militärische Funktion, Gig, unbemerkt an beliebiger Stelle zu erscheinen.«

»Und an beliebiger Stelle zu kämpfen«, ergänzte er triumphierend. »Die Unsichtbaren sind Krieger, Admiral!«

Gig lief, um seine Unsichtbaren zu alarmieren, ihn interessierte nicht, was noch beraten wurde. Mit der Disziplin stand es bei den Unsichtbaren nicht zum besten. Insofern konnten sie sich mit den verläßlichen Augenköpfigen nicht vergleichen.

Oshima hatte in den mobilen Kästen zwei elektromagnetische Geschütze gefunden. Sie erzeugten elektrische Entladungen, die periodisch hinausgeschleudert wurden. Die Schußtrasse verwandelte sich in fliegenden Strom, und ringsherum entstanden mächtige Magnetfelder.

Wir bauten die Geschütze zusammen und erprobten ihre Wirkung an einem goldenen Felsen. Nur ein Schuß wurde abgefeuert, doch vom Geschütz bis zum Felsen erstreckte sich ein herausgebrannter Graben, in dem unsere ganze Armee Platz gefunden hätte. Anstelle des Felsens stieg ein Plasmawölkchen auf, und noch lange fiel Goldstaub auf uns herab.

»Wir könnten die Station sofort beschießen«, meldete Oshima. »Den Anlagen würde übel mitgespielt.«

Allmählich fand ich heraus, daß Orlans äußerliche Leidenschaftslosigkeit verschiedene Schattierungen hatte.

»Gefällt Ihnen Oshimas Vorschlag nicht, Orlan?«

Er erklärte, die elektromagnetischen Geschütze seien fürchterliche Mechanismen, doch in der Schlacht würden die Augenköpfigen zur Hauptkampfkraft. Ihre Periskope zerschnitten und komprimierten beliebige Felder. Ein massierter Gravitationsschlag der Augenköpfigen sei effektvoller als eine elektromagnetische Salve. Wir hätten zwei Geschütze aber über hundert Augenköpfige. Sie seien zwar geschwächt von den Belastungen des Marsches, doch wenn sie sich ausruhten, gewännen sie ihre Kräfte rasch wieder. In einer Woche speicherten ihre Organismen genügend Kampfenergie.

»Ich selbst werde sie in die Schlacht führen«, sagte Orlan.

Wildes Getöse und Gepolter, das durchs ganze Lager schallte, störte unsere Beratung. Gig brach mit einem Dutzend Unsichtbarer zur Erkundung auf.

»Wir sind bereit«, sagte Gig, der seine Abteilung vor dem Rat hatte antreten lassen. »Alle Jungen haben überdurchschnittliches Gespür. Die geborenen Kundschafter. Admiral! Dürfen wir fliegen?« Er schüttelte seine Gelenke, und wie ein dutzendfach verstärktes Echo wiederholte die Abteilung sein Klappern.

Die Gespüre der Unsichtbaren ähneln unseren Sinnesorganen. Die geringsten elektromagnetischen Schwankungen, Gravitationsstörungen, Korpuskelströme und sonstiges, sich draußen Vollziehendes, nehmen sie wahr.

»Fliegt!« sagte ich.

Im Nu waren alle zugleich verschwunden. Im Kampf waren sie sicherlich gut, noch besser eigneten sie sich zur Parade. Was unsere Vorfahren »Schneid« nannten, war bei den Unsichtbaren zu künstlerischer Vollkommenheit gelangt .

Ich wußte, daß die Unsichtbaren langsam flogen und die Station nicht vor einer Stunde erreicht hätten, dennoch verlor ich das Interesse an der Beratung, sobald sie fort waren. Ich übertrug Oshima den Vorsitz und stieg mit Romero uud André auf den nächsten Hügel. Von dort aus sahen wir allerdings nur den Luftraum über der Station.

Unterwegs verweilten wir bei Mary. Trub hatte ihr fünfzehn zarte Engel ausgesucht, die zum Kämpfen nicht taugten, und Mary unterwies sie im Sanitätswesen.

Arzneien und Binden gab es im Lager nicht, dafür waren im Troß Seile gefunden worden, die Engel flochten sie auf und strickten daraus Binden. Engel sind ausgezeichnete Spitzenklöppler und Weber, diesen Ausgewählten ging die Arbeit besonders flink von den Flügeln.

»Wahrscheinlich sind wir die einzigen Menschen im All, die ohne die medizinische Maschine, ohne Strahlungsduschen und dergleichen auskommen, sagte Mary. »Wir sind unseren Vorfahren ähnlich geworden, und das hat etwas Ergreifendes an sich.«

»Die Unsichtbaren müssen die Station erreicht haben«, erklärte André, als wir den Hügel erreicht hatten. »Offenbar hat man sie nicht entdeckt – sonst würde irgend etwas darauf hinweisen.

Heute wissen wir, wie die Metrikstationen aufgebaut sind. Die wirklichen Unsichtbaren waren nicht Gigs Krieger, sondern diejenigen, nach denen sie Ausschau hielten. Die Unsichtbaren wurden nur auf eine annehmbare Entfernung an die Station herangelassen und dann grausam verhöhnt.

Plötzlich zuckten in der Ferne zehn Fackeln auf. Eine Zeitlang flogen sie infolge des Beharrungsvermögens weiter auf die Station zu, dann kehrten sie zum Lager um. Zehn vom Wind angefachte Feuerbrände näherten sich bald aufsteigend, bald niederschwebend unserem Hügel, und wir, die Ferngläser an die Augen gepreßt, sahen, daß innerhalb der Fackel ein Vakuum war.

»Gig ist großartig, selbst jetzt gibt er sich nicht zu erkennen!« murmelte André begeistert. »Eli, da hast du einen wahren Krieger – obwohl ihn eine Flamme umhüllt, verliert er nicht die Selbstbeherrschung.«

»Von den Unsichtbaren kann man es anders sagen: Selbst im Feuer der Schlachten geben sie sich nicht zu erkennen. Das ist das einzige, was sie vor dem Tod rettet.«

Verärgert trat ich beiseite. Die Unsichtbaren rettete nur dies: daß niemand ihren Tod wünschte. Aber man zeigte ihnen eindeutig, daß keinerlei Abschirmung half. Man hatte sie wahrgenommen, gesehen, hatte in aller Ruhe ihre Konturen nachgezeichnet, während die Gespüre der Unsichtbaren die herannahende Gefahr nicht einmal geahnt hatten.

Die zehn Fackeln flogen über den Hügel hinweg und stürzten mitten im Lager herunter.

Plump eilten die Augenköpfigen zu den brennenden Kundschaftern und hieben mit Gravitationsschlägen gewandt auf die Flammen ein. Lebhaft drehten sie die Auswüchse, die herausgeschleuderten Impulse erstickten das Feuer. Diese Geschöpfe wären vortreffliche Feuerwehrleute. Mary und die Engel gossen Wasser über einen Entflammten, doch gegen Wasser waren die Flammen unempfindlich.

Als das Feuer gelöscht war, warfen die Kundschafter ihre Unsichtbarkeitspanzer ab. Einer hatte sich seines Panzers vorzeitig entledigt und seine Hast mit Verbrennungen bezahlt.

»Eli, wohin willst du?« rief André. »Schau dir das an: Keine Veränderungen auf der Station. Niemand verfolgt die Flüchtlinge.«

In diesem Augenblick glaubte ich zu wissen, warum das so war. »Wozu die Flüchtlinge verfolgen? Sie sind verjagt, das genügt. Man hat nicht die Absicht, uns zu vernichten, will uns aber auch nicht an die Station heranlassen.«

14

»Eure Gespüre funktionieren schlecht«, sagte ich zu Gig, als er sich von der Erschütterung erholt hatte. »Solange euch die Flammen nicht erfaßt hatten, wittertet ihr die herannahende Gefahr nicht.«

»Sie funktionieren ausgezeichnet, Admiral. Lange vor den Fackeln spürten wir unbekannte Felder pulsieren, hatten aber keine Angst. Wir kehrten um, weil ein entdeckter Aufklärer kein Aufklärer mehr ist, sondern nur ein Soldat. So ist das, Admiral!«

Da Gigs Versuch, unbemerkt an die Station heranzukommen, gescheitert war, blieb nur eins: Wir mußten die Station stürmen. Doch es war zumindest unvernünftig, einen Gegner ohne vorherige Aufklärung anzugreifen. Alle, an die ich mich wandte, sprachen wie schlechte Spieler nur von ihren Zügen, ohne zu überlegen, wie der Gegner ziehen würde. Ich weigerte mich, die Armee aufs Geratewohl in den Kampf zu führen. Ich war nicht unschlüssig vor dem ersten Sturmangriff, sondern suchte einen Ausweg.

Obendrein hatte Orlan diese Frist gefordert, damit die Augenköpfigen Gravitationsenergie speichern könnten.

Nicht auf die Plötzlichkeit unseres Angriffes bauten wir, sondern auf seine Stärke. Wir planten, kurz gesagt, folgendes: Im Zentrum rücken auf der Ebene die Augenköpfigen vor, aus der Luft werden sie von den Unsichtbaren unterstützt. Von der linken Flanke greifen Trubs Engel an, von der rechten die Pegasusse unter dem Kommando von Kamagin und die geflügelten Echsen mit Lussin an der Spitze. Petri führt die Menschen. Die menschliche Infanterie wird dort eingesetzt, wo man sie braucht. Oshima schließt sich mit den kriechenden Geschützen der Kolonne der Augenköpfigen an – die elektromagnetischen Mechanismen waren wie die Augenköpfigen selbst Nahkampfwaffen.

Auf dem Hügel, von wo wir zu sechst die Station erspäht hatten, errichtete ich meinen Gefechtsstand. Bei mir befanden sich André mit den Analysatoren und Romero. In dem kleinen Tal hatten sich mehrere Stabspegasusse zum Adjutantendienst verborgen.

Die Vorbereitungen zum Sturmangriff waren am Abend beendet. Nach altem Brauch begann die Schlacht bei Tagesanbruch.

»Greift an!« übermittelte ich durch das Dechiffriergerät den Kolonnenführern, als der Stern hinter dem Horizont hervorrollte.

Die Station lag wie auf einem Teller vor uns – eine große Kuppel zwischen drei kleineren.

Zuerst brachen die Verderber auf – seitdem sie auf unsere Seite übergegangen sind und ihre Verderblichkeit verloren haben, ist es mir peinlich, diesen Ausdruck zu gebrauchen.

Die mächtige Kolonne wirkte eindrucksvoll. Sie bestand aus zweihundert langsam vorrückenden Festungen, die rotleuchtende Periskope über sich schwangen. Oshimas Geschütze glichen riesigen Schlangen, die der Kolonne den Weg bahnten. Über ihr schwebten die Unsichtbaren, durchs Dechiffriergerät hörte ich Gigs Befehle, seine Abteilung sahen wir nicht.

»Imposant!« murmelte Romero, der die vorstoßenden Augenköpfigen durchs Fernglas beobachtete.

Oshima gab eine Salve ab, sobald er auf Volltrefferdistanz heran war.

Vom Gefechtsstand aus gewahrten wir, wie zwei Feuerflüsse aus den Geschützen schnellten. Eine tosende Flamme umhüllte die Kuppel.

Der Anfang war gut, leider nur der Anfang.

Eine Vielzahl von feurigen Windhosen begann dort zu wirbeln, wo die zentrale Abteilung angriff. Die plumpen Augenköpfigen handelten erstaunlich verwegen. Aus der Ferne drang das schwere Beben ihrer Synchronschläge herüber. Bald war keine Fackel übrig, die nicht zerrissen war, einige wirr umhertanzende Windhosen wurden zerfetzt und plattgedrückt. Oshima und Orlan wurden von den umherfliegenden Flammenflocken nicht einmal gestreift, so gut verteidigten die Augenköpfigen ihre Kommandeure.

In der Luft erschienen ebenfalls Fackeln. Gig betrug sich diesmal kaltblütig, und die Fackeln erloschen.

»Ein Sturm unverständlicher Felder!« meldete André. »Gravitation, Elektromagnetismus und Korpuskeln. Meiner Ansicht nach bereitet sich etwas umwerfend Neues vor.«

Oshimas Geschütze entluden sich in einer zweiten Salve und zerstörten zwei kleine Kuppeln. Die zweite Feuerwelle erfaßte das Schlachtfeld. Der ganze Raum war von tosendem Feuer erfaßt – in seinem rasenden Tanz verschwanden die Augenköpfigen, Oshima mit seinen Geschützen und Gigs unsichtbare Krieger.

Bedrückt erwartete ich die vollständige Vernichtung der Abteilung. Aber das Feuer sank, wurde ins Metall gehämmert, und wir erblickten die wütend kämpfenden Augenköpfigen.

Da schaltete sich die von André prophezeite neue Kraft in den Kampf ein. Mehrere Augenköpfige überschlugen sich, die wohlgeordnete Kolonne wurde wie von einer zusammenziehenden Kette zu einem gefechtsunfähigen Haufen eingeschnürt. Aus der Höhe stürzten Unsichtbare ab, die sich verzweifelt wehrten.

»Oshima und Orlan fordern Hilfe an!« schrie André. »Oshimas Geschütze entladen sich nicht mehr, Orlans Gravitatoren werden katastrophal schwach!«

Ich befahl den geflügelten Abteilungen und der menschlichen Infanterie aufzubrechen.

Aufrichtig darf ich bekennen, daß ich nie ein unheilvolleres Schauspiel gesehen habe als den Angriff der Geflügelten.

Als erste stürmten von links die Engel mit Entladern in den Flügeln und Granaten in den Kampftaschen vor. Sogleich wurden sie von einer Flamme erfaßt, die von anderer Natur war als die der Unsichtbaren und Augenköpfigen – sie sengte nicht, sondern blendete. Wir ahnten nicht, daß jeder Abteilung ein eigenes Feuer zugedacht war, und ich wurde von Entsetzen gepackt, als ich bemerkte, daß jeder Engel in einer Fackel flog.

Allein Trubs Donnerstimme war in dem Poltern und Lärmen, Schreien und Pfeifen deutlich zu unterscheiden. Und als Trub das Schlachtfeld erreichte, schleuderte er als erster eine Granate und schwang den Entlader, und die anderen taten es ihm nach. In das Spektakel mischte sich das Krachen der Blitze, die zu Hunderten die Luft durchschnitten und ins Metall des Planeten und in den goldenen Himmel stachen.

Wenn dieser Angriff mit den Entladern auch letztlich keinen Erfolg hatte, so war er doch effektvoll.

Auf seinem Donnerschleuderer jagte Lussin den übrigen Echsen weit voraus und drang so wütend ins Lichtergewimmel, daß die seltsamen Fackeln vor ihm zurückprallten, als lebten sie.

Von der Korona des Donnerschleuderers zuckten Blitze. Bei jedem Schuß brüllte der Drachen so triumphierend, daß einem die Ohren gellten. Das war eine merkwürdige Schlacht – eine Schlacht von Blitzen gegen Fackeln. Und die Blitze siegten: Dort, wohin sich der Donnerschleuderer wandte, erloschen die tosenden Feuer.

Das Geschrei der Engel, das wilde Pfeifen der Drachen, das triumphierende Brüllen des Donnerschleuderers, das rasende Wiehern der Pegasusse und die Kampfrufe der Menschen setzten der stummen Eintönigkeit des Kampfes vor der Station ein Ende. Als Petris Infanterie anmarschierte und die gleißenden Laserdegen zwischen die Fackeln und Blitze fuhren, erhielt unser Sturmangriff neuen Aufschwung.

Die Augenköpfigen, die zunächst ins Wanken geraten waren, schoben sich wie ein Steinblock vor und formierten sich dabei um. Obwohl ihre Gravitatoren nachgeladen werden mußten, waren die Impulse, die ihre Periskope aussandten, mächtiger als zuvor – die rechtzeitige Unterstützung hatte die Augenköpfigen angespornt.

»Eli! Eli!« schrie André entsetzt auf. »Eli, schau mal, was sich da tut!«

Auf dem Schlachtfeld geschah etwas, das mehr als überraschend war. Als wir die Schlacht planten, hatten wir die verschiedensten Varianten bedacht, diese war uns nicht in den Sinn gekommen, denn sie war unvorstellbar, ein Fieberwahn, logischer Überlegung unzugänglich.

Von der Hauptkuppel der Station näherten sich drei geflügelte

Abteilungen – die von Trub angeführten Engel, die Pegasusse mit einem zweiten Kamagin auf einem weißen Pferd und die geflügelten Echsen mit dem vorausgeeilten Donnerschleuderer, auf dessen Hals ein zweiter Lussin thronte.

Die neuen Abteilungen wurden genau wie unsere von Aureolen glutroter Flammen umfaßt, wie bei unseren schnellten orangefarbene Blitze aus ihnen heraus, und die zweiten Lussin und Kamagin schwenkten die gleichen Laserklingen wie unsere. Den neuen Abteilungen flog ebenfalls tausendstimmiges Brüllen, Pfeifen und Kreischen voraus.

»Phantome!« rief André, der als erster die Erstarrung abgeschüttelt hatte.

Oshima, Orlan und Gig erkannten rasch, was für eine Armee in den Kampf eingegriffen hatte.

Oshima gelang es, noch eine dritte Salve abzugeben. Feuerströme ergossen sich auf die Phantome, zermalmten sie und verwandelten sie in Plasma. Unsere Unsichtbaren gerieten mit den feindlichen Gespensterabteilungen ins Handgemenge. Die geflügelten Gespensterpferde bäumten sich, die künstlichen Engel wichen entsetzt aus, und die künstlichen Menschen sanken mit Todesschreien nieder. Man konnte sich vorstellen, wie wütend Gigs unsichtbare Krieger kämpften. Eine Zeitlang glomm die Hoffnung in mir, daß nicht alles verspielt sei.

»Es ist Zeit, Schluß zu machen. Unsere sind genug verprügelt worden, Admiral!« sagte Romero ernst.

Indessen waren die beiden Donnerschleuderer, der lebendige und der künstliche, schrecklich zusammengestoßen und versuchten einander zu vernichten – ein rotes Blitznest umflocht ihre Köpfe. Ein Drachen stürzte ab. Bei der Entfernung konnte ich nicht erkennen, ob er von Lussin oder Pseudo-Lussin geritten wurde.

Ich räusperte mich, damit meine Stimme nicht zitterte, und befahl André: »Funke den allgemeinen Rückzug!« Die Heerführer vernahmen den Befehl und führten ihre Abteilungen nach und nach zurück. Trub war so in Fahrt, daß er den Befehl nicht beachtete. Seine Engel stachelten sich mit Gebrüll an und fielen mit der früheren Erbitterung über die Gespensterengel her.

Dennoch drohten sie zu unterliegen.

»Unverzüglich zu Trub!« befahl ich Romero. »Die Engel zurückziehen!«

Romero sprang auf einen Stabspegasus, und bald darauf verließen die Engel das Schlachtfeld.

Ich stieg vom Hügel und ging ins Lager.

In Marys Sanitätsstelle herrschte Hochbetrieb. Sanitäter-Engel kamen mit Verwundeten geflogen.

Die verletzten Drachen krochen allein, die Pegasusse mußten getrieben werden. Selbst mit beschädigten Flügeln legten sie es darauf an, sich in die Luft zu erheben. Die Schmerzen ertrugen sie ruhig, keiner wieherte böse, wenn die Chirurgen-Engel ungeschickt Skalpelle in die Krallen nahmen.

»Mary, mir war, als sei Lussin abgestürzt«, sagte ich. »Wo ist er?«

»Lussin ist leicht verwundet, um den Donnerschleuderer steht es schlecht.«

Lussins Kopf war verbunden, einen Arm trug er in der Schlinge. Bekümmert blickte er mich an. Der Donnerschleuderer lag bewußtlos auf der Seite. Seine Augen waren geschlossen, die herrliche Kampfantennen-Korona war zerdrückt – von den Spitzen rannen noch die bläulichen St.-Elms-Lichter, die den Tod ankündigten.

Ich kniete mich hin und hörte sein Herz ab. Es klopfte ungleichmäßig und gedämpft, mitunter erstarb es. Schweigend stand ich auf. Es gab keine Hoffnung.

»So ein Freund!« flüsterte Lussin weinend.

»Kopf hoch, mein Lieber!« sagte ich. »Jeder von uns könnte heute anstelle des Donnerschleuderers sein.«

15

Wir hatten eine Niederlage erlitten, aber dabei erfahren, worauf sich die Verteidigung der Station gründete. Während der Schlacht hatten die Analysatoren die physischen Parameter der Phantome festgestellt. Die Gebilde waren wahrhaftig phantastisch – fast ohne Masse, doch optisch undurchdringlich, ein Bündel uns unbekannter Energiestrahlen.

»Ich hatte darauf hingewiesen, daß die Automaten Kraftfelder sind, fähig, jede Körpergestalt anzunehmen«, erinnerte Orlan düster.

Sogar Trub war erschüttert. »Wir Engel nehmen es mit jedem

stofflichen Feind auf. Gegen Phantome sind wir aber machtlos. Der Kampf gegen Gespenster ist nicht unser Element.«

In der Schlacht gegen die Phantome hatten wir weniger eine physische als mehr eine psychologische Niederlage erlitten. Ich entgegnete den in Panik Verfallenen: »Es ist blanker Unsinn, daß der Gegner immateriell sei. Selbstverständlich handelt es sich um Phantome, aber sie sind durchaus materiell, da sie aus Energiefeldern zusammengesetzt sind. Ist ein Kraftfeld etwa keine Materieform? Unsere Darstellungen auf den Raumbildschirmen und in den Videosäulen besitzen noch weniger Masse als jedes beliebige Phantom – warum erbleicht ihr nicht beim Anblick eines Raumbildschirms? Das Merkwürdige der Phantome besteht keineswegs in ihrer scheinbaren Immaterialität, sondern darin, daß es ihnen gelungen ist, uns glänzend zu kopieren. Da liegt das Rätsel, das physikalische Rätsel. Wir müssen es lösen, um nicht auf neue Listen hereinzufallen. Nicht vor überirdischen Kräften dürfen wir zittern, sondern uns über ein neues wissenschaftliches Problem klarwerden. Das ist es, was ich jetzt von allen fordere.«

»Das physikalische Rätsel der Phantome ist einfach zu lösen«, sagte André. »Wenn der Gegner außerordentlich schnell arbeitende Analysatoren hat, so können sie leicht sämtliche Besonderheiten unserer Struktur darstellen. Dann bereitet es keine Mühe, eine Gestalt zu bauen, die optisch mit unserer identisch ist. Die Videosäulen, die der Admiral erwähnte, funktionieren nach demselben Prinzip.«

»Einfach, leicht, bereitet keine Mühe!« sagte Oshima ärgerlich. »Wir haben erbärmliche Videosäulen, sie sind nichts weiter als optische Abbilder, während die Feinde über Kraftbilder verfügen. Das ist ein Unterschied.«

»Leider ist an etwas Ähnliches bei uns nicht zu denken«, sagte Romero seufzend und unterstützte damit Oshima.

»Ihre Erklärungen kann ich zur Kenntnis nehmen, scharfsinniger André, aber schwerlich wird einem von uns leichter davon.«

André hörte sich die hereinhagelnden Einwände bescheiden an, ohne jemanden zu unterbrechen, und ich spürte, daß er eine Überraschung vorhatte. Jedenfalls sah das dem früheren André ähnlich. Seine Augen blitzten schelmisch. Es war, als koste er schon den Sieg über seine Widersacher aus. Ich hatte stets an Andrés Genius geglaubt und begann zu hoffen, daß sich die Dinge glücklich wenden würden.

»Nicht leichter?« fragte er. »Ich hatte gerade die Absicht, den feindlichen Phantomen unsere eigenen entgegenzustellen, die vielleicht einfacher in der Struktur, aber fürs Auge überzeugend wären.«

»Auch für andere Gespüre, um dieses hier heimische Wörtchen zu gebrauchen?« fragte ich. »Du weißt, André, bei den Verteidigern der Station beschränken sich die Analysatoren nicht nur auf das Sehvermögen.«

»Ich habe keineswegs vor, mit ihnen zu konkurrieren. Ihre Phantome kämpfen real, meine sollen nur die Taktik des Gegeners durcheinanderbringen, damit er seine Schläge auf die Gespenster und nicht auf uns lenkt. Die wahren Phantome, vor denen Trub Angst hat, sollen nicht auf ihrer, sondern auf unserer Seite kämpfen.«

Romero wiegte zweifelnd den Kopf. Auch Oshima, Petri und Kamagin waren skeptisch. Orlan hatte sich wieder in seine Uniform der Leidenschaftslosigkeit zurückgezogen. Doch dem leicht zu begeisternden Gig gefiel Andrés Idee, und Trub freute sich ebenfalls, daß auf die Horde von Phantomen eine blutrünstige Gespensterschar losgelassen werden sollte. Er malte sich das Bild in lebhaften Farben aus.

»Ein Kampf von Gespensten gegen Gespenster ist leider gespenstisch. Wir brauchen reale Ergebnisse«, sagte Romeo.

»Nicht so hastig, Pawel. Stimmt, Gespenster sind Gespenster, dennoch werden sie real kämpfen. Und die Operation beschränkt sich nicht auf ihren Kampf, sondern fängt damit erst an. Das optische Heer dient nur als taktisches Lockmittel. Während die Phantome durch den Kampf gegen unsere Gespenster abgelenkt sind, bereiten wir die Vernichtungsoperation vor. Die Geräte zeigen, daß sich der Widerstand des Feindes aus zwei gegensätzlichen Wirkungen zusammensetzt, bedingt kann man sie rechtes und linkes Feld nennen. Wenn die rechten und die linken Felder zusammentreffen, löschen sie einander nicht aus, sondern bilden einen eigentümlichen Knoten. Plus mit Minus ergibt in der Mathematik Null, doch im Leben erzeugen die rechte und die linke Hand, sobald sie sich vereinigen, einen Händedruck. Die Phantome sind weiter nichts als Verbindungen von rechten und linken Wechselwirkungen, die Brennpunkte ihrer Verschmelzungen. Die elektrischen Geschütze von Oshima, die Laser der Menschen und die Blitze der Geflügelten haben die Felder zerrissen, ohne deren

Symmetrie zu vernichten – die Hauptkraft des Gegners blieb erhalten. Wir müssen die Harmonie zerschlagen, von innen heraus die Parität der Felder sprengen – nur das garantiert unseren Sieg. Die im Troß gefundenen Generatoren vermögen jedes beliebige Feld des Gegners nachzubilden«, schloß André. »Während die Phantome mit unseren Gespenstern abrechnen und Oshimas Geschütze das Tohuwabohu noch vergrößern, bringen wir das energetische System des Gegners in solche Eigenschwingungen, daß kein Schwingungsdämpfer ihren Zerfall aufhalten kann.«

Alle waren beeindruckt von Andrés Plan.

»Wieviel Zeit brauchst du, un die Gespensterarmee vorzubereiten?« fragte ich.

»Mit einem Dutzend guter Gehilfen zwei Tage. Natürlich dürfen es keine Skeptiker sein, wie du einer bist.«

»Die Tage haben wir, Gehilfen, die mir nicht gleichen, finden sich auch.«

16

Die zweite Schlacht spielte sich genau nach Plan ab.

Als unsere realen Truppen zum »Zünden« der Schlacht in Bewegung gesetzt worden waren, jubelte ich begeistert. In dem entbrennenden Scharmützel erstanden immer neue Figuren, immer mehr von ihnen wurden erzeugt – Andrés Gespenster warfen sich ins Kampfgetümmel.

Obwohl ich wußte, daß jede neue Figur eine optische Illusion war, konnte ich sie von den realen Figuren nicht unterscheiden, so meisterhaft waren sie hergestellt.

Befehlsgemäß fluteten unsere Soldaten zurück, sobald Gespenster zwischen ihnen aufzutauchen begannen. Ein Uneingeweihter konnte das so deuten: Ein Teil unseres Heeres retiriere in Panik. Die gegnerischen Bestien ließen von denjenigen ab, die ihr Heil in der Flucht suchten, und machten sich mit verdoppelter Wut daran, die Bleibenden zu vernichten, das heißt die Gespenster.

Gespenster kämpften gegen Gespenster.

Die Schlacht nahm mich so gefangen, daß ich den Augenblick verpaßte, da André die Generatoren in Betrieb setzte.

Zunächst verstärkte er gigantisch die rechtsorientierten Felder.

Die Phantome des Gegners quollen auf, verloren ihre klaren Umrisse und verwandelten sich aus Körpern in Silhouetten.

Der überrumpelte Gegner verstärkte hastig die Felder der Linksorientierung, um die schwindende Symmetrie aufrechtzuerhalten. André unterdrückte sogleich die rechtsorientierten Potentiale und jagte die linksorientierten in die Höhe – fügte der feindlichen Verstärkung seine eigene in derselben linken Richtung hinzu. Die Bestien, die immer noch gegen unsere Gespenster kämpften, nahmen nun genauso schnell ab wie sie zuvor aufgequollen waren, ihre Umrisse wurden scharf – sie verwandelten sich in Figuren. Da begann der Prozeß der sich ausbreitenden Eigenschwingungen.

Zuerst gab es eine Schwingung – bald wuchsen die Phantome alle zugleich, aufquellend und verblassend, bald nahmen sie alle zugleich ab, wobei ihre Konturen scharf wurden und sie in Weißglut gerieten. Dann zerfiel die große Schwingung in mehrere kleine. Der Gegner versuchte unser Spiel zu stören, indem er die Felder jählings bald nach rechts, bald nach links warf, doch André hatte diese Verteidigung vorausgesehen und parierte sie kaltblütig.

Bald darauf wuchsen die Phantome ungleichmäßig – die Schwingungen stimmten nicht mehr überein. Die Bewegungen wurden immer beängstigender.

Diesem Prozeß mußte unvermeidlich eine Explosion im energetischen Herzen des Gegners folgen.

Noch bevor die geplante Explosion das feindliche Heer auseinanderwirbelte, das die Kontrolle verloren hatte, wurden wir Zeuge eines unvorhergesehenen Zwistes, der zwischen den Phantomen entbrannte. Die Schrumpfenden stürzten sich auf die Wachsenden, die Wachsenden fielen über die Schrumpfenden her. Minutenlang hing Heulen, Jammern und Winseln über dem Feld gegenseitiger Vernichtung – das alles endete in einer gigantischen Explosion.

Über der Kuppel stieg Rauch auf, eine wirbelnde Flamme verschlang die wie rasend kämpfenden Phantome des Feindes.

Die Verteidigung des Gegners war zerstört.

Unsere realen Soldaten strömten aufs Feld.

Exakt, wie auf einer absonderlichen Parade, rückten Orlans Augenköpfige zum letzten Sturmangriff auf die Kuppel vor. Ihre gewichtige Formation sicherte den Schwung der beweglichen Truppen.

Wir flogen zu der rauchenden, aufgerissenen Kuppel, in die unsere leichten Abteilungen, die Engel und die Unsichtbaren, bereits eindrangen.

17

Der gefangengenommene Aufseher der Station erinnerte an einen verunstalteten Menschen, obwohl er keine Narben hatte. Narben können nicht derart entstellen.

Er war größer als jeder von uns – ein Riese von drei Metern Höhe. Die kalten Augen schauten düster und wachsam drein, die dunklen Haare bedeckten Ohren und Hals. Doch anstelle von Beinen hatte er zwei biegsame Schläuche, anstelle der Arme ebensolche Hebel, die kürzer als die Beinschläuche waren und ein Dutzend Saugrüssel an den Enden aufwiesen. An seinem Bauch – im Handgemenge hatte man ihm die Kleidung heruntergerissen – befand sich ein Türchen. Kamagin hatte es sofort geöffnet, als er den Riesen gefangennahm: Der Aufseher besaß keine lebenden inneren Organe, sondern Geräte, Akkumulatoren und Motoren!

Dieses menschenähnliche Gebilde lebte nicht, ernährte sich nicht, erkrankte nicht, atmete nicht und schlief nicht, sondern lud sich auf, erlitt Havarien und reparierte sich, säuberte die Kontakte und wechselte die abgenutzten Dichtungen aus.

Hinter dem Aufseher stand mit hängenden Köpfen das Grüppchen der Stationsingenieure, die man an den Pulten und Apparaten überwältigt hatte – lebendige neben mechanischen Maschinen. Als man sie von den Apparaten wegzerrte, hatten sie sich schreiend widersetzt, den Lauten nach wirkte ihre Sprache fast menschlich …

Der Aufseher schwankte auf den krummen Schläuchen und blickte uns haßvoll an. Als er Orlan bemerkte, verwandelte er sich. Uns kam es so vor, als schieße sein Rumpf empor, so rasch bog er seine Schläuche gerade.

»Orlan? Zusammen mit den Feinden?« röchelte er. Seine Stimme klang, als käme sie aus einer zerbrochenen Kiste. Unser Dechiffriergerät übersetzte seine Worte in menschliche Sprache.

Orlan trat zwei Schritte vor und reckte gemächlich seinen Hals. Wir kannten ihn so gut, daß wir die Intonationen seiner Halsbewegungen mühelos verstanden.

Orlan begrüßte den Aufseher ironisch, beinahe spöttisch. »Zusammen – ja. Aber nicht mit den Feinden, sondern mit den Freunden.«

»Du bist ein Verräter«, stellte der Aufseher drohend fest. »Wir alle staunten über deinen Aufstieg. Es hieß, du wärst klug. Aber du bist treubrüchig. Dein Ende wird schrecklich sein. Sobald ich mit dem Großen zusammentreffe, werde ich ihm die Wahrheit über dein Verhalten berichten.«

Orlan lachte hell auf, er strahlte vor Lachen, sein Mund, sein Gesicht, seine Haare, sein Körper und seine Arme lachten.

»Berichte alles dem Großen, sobald du ihn triffst«, sagte Orlan, nachdem er sich satt gelacht hatte. »Ihr werdet bald zusammentreffen – in einem Gefängnis, wo wir ihn für ewig einsperren werden.«

Romero fragte Orlan: »Wußten Sie, daß auf der Station Menschenähnliche arbeiten?«

»Nur von einem wußte ich das – vom Aufseher. Wir lernten ihn kennen, als er dem Großen als Kandidat vorgestellt wurde. Vorher wußten wir von ihm nur, daß er ein Nachfahre gefangener Galakten ist, der für besonders geheime Arbeiten umkonstruiert wurde.«

Romero zeigte mit einer Handbewegung auf die Ingenieure der Station. »Sind diese Wesen ebenfalls Nachfahren von Galakten?«

»Anscheinend ja. Genaueres wird der Aufseher sagen.«

»Alle Bediensteten der Station sind Nachkommen von Gefangenen, wir alle sind Lebewesen, wir wurden seinerzeit umkonstruiert«, erklärte er.

»Also bestehen keine Unterschiede zwischen euch?«

»Zwischen uns besteht ein ungeheurer Rangunterschied, der für unsere persönliche Bedeutung in der Hierarchie maßgeblich ist. Die einen von uns können durch die Vereinigung von verschiedengeschlechtlichen Individuen nachgebildet werden, die anderen nicht.

Individuelle Geburtsvorgänge können ein Geschöpf meiner Kategorie nicht hervorbringen. Nach dem Geburtsakt mußte man mich auf einem Fließband bearbeiten, damit ich Vollkommenheit erlange. Diese Hirnlosen aber« – er schwenkte seinen Armschlauch nach seinen Untergebenen – »wurden gelassen, wie sie bei niederen Geburten auf die Welt gekommen sind, idiotisch.«

Ich hatte Mühe, nicht loszuprusten, Romero warf mir einen vorwurfsvollen Blick zu. Die kopfhängerisch dastehenden Ingenieure schienen durch ihre niedere Geburt bedrückt. Der Aufseher war zweifellos ein Aristokrat in diesem Milieu.

»Gefangener, warum schimpfen Sie Ihre Gehilfen hirnlos?« fragte Romero.

»Ich schimpfe nicht, ich stufe ein«, antwortete er gleichgültig. »Ihre individuellen Gehirne wurden entfernt, statt dessen hat man ihnen Elemente eingesetzt, die mit dem Hauptgehirn der Station verbunden sind. Mein Gehirn dagegen ist unversehrt, damit ich das Hauptgehirn überwache. Ich bin Aufseher der Ersten Reichskategorie. Meine Funktion besteht darin, das Hauptgehirn der Station zu kontrollieren.«

»Ordnet sich das Hauptgehirn völlig unter?«

»Ihm bleibt nichts anderes übrig. Manchmal treten Havarien auf. Das Hauptgehirn ist ja nur ein biologischer Automat natürlicher Herkunft. Man nahm einem Kind das Gehirn heraus, entwickelte es künstlich auf Nährboden …«

»Sie sagten, Havarien treten auf? Wie ist das zu verstehen?« setzte Romero das Verhör fort.

»Wie schon! Eben Havarien. Es gibt Schlimmeres. Während des Großen Krieges mit den Galakten meuterte ein ferner Vorgänger des heutigen Gehirns, und die Galakten hätten den Dritten Planeten beinahe erobert. Seitdem wird jedem der sechs Hauptgehirne ein Aufseher von aristokratischer Fließbandfertigung beigegeben. Das Hauptgehirn ist mein Sklave. Wenn es den Gehorsam verweigert, vernichte ich es.«

»Funktioniert Ihr Hauptgehirn exakt?«

»Nein, sonst wären Sie nicht hier. Die Landung Ihres Sternenflugzeugs war nicht programmiert, noch viel weniger die Einnahme der Station.«

»Warum haben Sie das Stationsgehirn nicht vernichtet?«

»Es war nicht ungehorsam. Meine Befehle führte es aus. Ich selbst habe die Anordnungen kontrolliert, die es den Vollstreckern erteilte. Es gehorchte mir bis zur Explosion, da ich den Kontakt zu ihm verlor.«

»Aber es ist Ihnen nicht gelungen, uns zu vernichten!«

»Stimmt. Offenbar sind die Kommandovollstreckungsschemata beschädigt. Schon früher wurden Störungen beobachtet. Ich wurde deshalb herbeordert, weil mein Vorgänger gemeldet hatte, die Kontrolle über das Gehirn habe sich plötzlich gelockert.«

»Wurden die Phantome von Ihnen oder vom Gehirn geschaffen?«

»Die niedere Fähigkeit, etwas zu schaffen, entspricht nicht meinem Rang. Die Aufseher der Ersten Reichskategorie sind den Zerstörern der Vierten Reichsklasse gleichgestellt. Mir sind alle Kontrollfunktionen anvertraut sowie eine Zerstörungsfunktion – die Vernichtung des Hauptgehirns der Station, sobald es sich meiner Kontrolle entzieht.«

»Meiner Ansicht nach gibt es nichts, worüber wir uns mit diesem Strohkopf noch unterhalten könnten, Admiral. Im Keller der Station sind Kasematten, die seiner Größe angemessen sein dürften. Ich schlage vor, das Hauptgehirn der Station aufzusuchen.«

18

Ich hatte geahnt, daß mir eine Überraschung bevorstand, hatte mich darauf gefaßt gemacht. Nun, da es soweit war, zitterten mir die Knie.

In dem Raum, den wir betraten, war ich oft in meinen Träumen gewesen. Es war der galaktische Raum der Zerstörer – eine hohe, sich im Dunkel verlierende Kuppel, die zwei Sternen-Halbsphären oben waren erloschen, ich erinnerte mich, wie sie von Sternen und Schiffslichtern gefunkelt hatten; eben hier hatte ich, den Kopf in den Nacken gelegt, stockenden Herzens beobachtet, wie Allans Flotte die Sternenklüfte des Perseus stürmte.

Mitten im Saal schwebte zwischen Fußboden und Decke eine halb durchsichtige Kugel. In meinem prophetischen Traum hatte ich gräßliche Angst gehabt, mich ihr zu nähern, jetzt strebte ich zu ihr hin, aber die Beine wollten mir nicht gehorchen – in der Kugel schwamm in einer Nährflüssigkeit das Hauptgehirn der Station … Diese phantastische Stimme, die überall erklang, oben, an den Seiten, in uns selbst. Ich hatte sie viele Male gehört, hatte sie mit meiner eigenen Stimme verwechselt, mit Orlans – jetzt gehörte sie ganz sich selbst, war keinem anderen übertragen. Sie war wunderbar, klangvoll, feierlich, vor allem gütig.

»Tretet ein, Menschen und alle Freunde der Menschen!« sprach die Stimme. »Ich habe lange auf euch gewartet – endlich seid ihr gekommen!«

Mir war die Kehle wie zugeschnürt. Romero warf mir einen flehenden Blick zu, André puffte mich mit dem Ellenbogen. Ich mußte antworten, doch meine Kraft reichte nur zu einem unverständlichen Murmeln.

»Ich freue mich, daß ihr hier seid, Admiral Eli!« fuhr die Stimme fort. »Ich bin glücklich, daß ihr gesiegt habt.«

Verzweifelt überlegte ich, was ich sagen könnte, das diesem Augenblick angemessen wäre, aber mir kamen nur dumme Gedanken, und entsetzt über meine Taktlosigkeit, sagte ich gepreßt: »Wenn dich unser Sieg freut, warum hast du uns dann nicht siegen geholfen?«

Die Stimme antwortete vorwurfsvoll: »Ich habe euch geholfen, Eli.«

Verwirrt blickte ich die Kameraden an. Sie schauten nicht klüger drein als ich. Ihre Betretenheit wirkte beruhigend auf mich, und ich ergänzte: »Ich wollte sagen, du hättest uns die Türen zur Station öffnen und uns die blutigen Kämpfe mit den Phantomen ersparen können.«

Der Vorwurf in der Stimme wurde deutlicher: »Du vergißt den Aufseher, den ihr in der Kasematte eingesperrt habt. Dieser Dummkopf kontrollierte jeden Befehl von mir. Ich mußte Wege suchen, die sich seinem Verständnis entzogen.«

Ich hatte mich von der Überraschung erholt und feuerte nicht mehr unüberlegt mühsam gefundene Worte heraus, sondern stellte Fragen.

»Du hast mich bei meinem Namen genannt … Offenbar kennst du uns?«

»Ja, ich kenne euch: den Admiralssekretär Romero, die drei Kapitäne Oshima, Petri und Kamagin, den guten Lussin und dich, arme Mary, die du deinen einzigen Sohn verloren hast – ich habe vergebens versucht, ihn zu retten … Dich, kluger Orlan, kenne ich nicht minder gut, ich habe dich oft besucht, habe dir meine Pläne eingeflüstert und qualvolle Zweifel in dir geweckt. Auch du, tapferer Gig, bist mit mir zusammengetroffen, du und ich, wir arbeiteten seit eurer Landung auf dem Dritten Planeten auf einer Gehirnwelle. In dir, verwegener Trub, habe ich oft mit deiner eigenen Stimme gesprochen, leider hast du ihr kaum gelauscht. Mit dir habe ich ebenfalls gesprochen, großartiger André, gemeinsam mit deinen Freunden habe ich dir geholfen, aus dem Sumpf des Wahnsinns herauszufinden. Ihr alle seid meine Bekannten und Freunde seit dem Augenblick, da ich euren Schiffen die Ausgänge aus dem Perseus verschloß. Aber du, Eli, stehst mir am nächsten, deine mächtigen Gehirnstrahlen habe ich mit meinen Empfängern früher als andere menschliche Strahlungen aufgefangen, dir bin ich als einzigem offen in deinen Träumen erschienen.«

»Du sagst, du hättest die Ausgänge verschlossen … Du schnittst uns den Weg zur Rettung ab, das kommt der Wahrheit näher!«

Die Stimme sprach gütig, doch Trauer klang darin. »Seid ihr in den Perseus eingedrungen, um euch unverzüglich aus ihm zu retten? Ihr wolltet erfahren, was in unserer Sternengruppe vor sich geht, ich ermöglichte euch das. Nun liefere ich euch die mächtigste Festung eurer Feinde aus – ist das zuwenig? Der kosmische Krieg zwischen euch und den Zerstörern verläuft künftig zu euren Gunsten – heißt das deiner Meinung nach, euch den Weg zur Rettung abschneiden?«

Ich fühlte mich beschämt. Die Stimme war zu überraschend erklungen, als daß ich es vermocht hätte, sofort alle Folgen abzuschätzen.

Vielleicht war dieses allzu Menschliche an ihr der Grund, weshalb mir Zweifel kamen.

Hatten wir eine neue Imitation unserer selbst vor uns? Die Phantome auf dem Dritten Planeten waren glaubwürdig genug, um eine weitere Illusion nicht auszuschließen, eine akustische diesmal, keine optische. Die Schläue des Gegners war nicht weniger wahrscheinlich als die Anteilnahme eines Freundes.

Ich bat: »Erzähle, was es Neues an den Grenzen des Perseus gibt.« Die Stimme antwortete voller Mitgefühl für meine Ungeduld und Sorge. »Als ich die Sternenflugzeugeskorte von der ›Bootes‹ trennte, überwand die menschliche Flotte gerade die erste Hindernislinie. Der Weg in die Perseustiefen ist nicht leicht – die Bresche, die entstand, da ich zu euch übertrat, ist von den anderen Metrikstationen geschlossen worden. Leider halten die fünf übrigen Hauptgehirne den Zerstörern die Treue. Sie alle sind mir fast gleich, was meine Macht, einige von ihnen, was meine Neigungen betrifft.«

»Deine Neigungen? Wie ist das zu verstehen?«

»Sie sind Vollstrecker. Ich bin Träumer.«

Die Antworten der Stimme waren erstaunlich, diese besonders.
»Ein Träumer? Unwahrscheinlich!«
»Vor kurzem schien dir selbst meine Existenz unwahrscheinlich.«
»Stimmt. Aber wovon träumst du?«
»Von allem, was meine Phantasie berührt. Meine fünf Mitbrüder arbeiten, danach ruhen sie sich aus. Ich träume, und während ich mich vom Träumen ausruhe, arbeite ich, leite die Station. Manchmal erschöpft mich die quälende Phantasie, allzu heiße Träume brennen meine Zellen ... Dann verfalle ich in Trauer. Trauer ist eine meiner Existenzformen.«
»Du hast nicht geantwortet, Gehirn ...«
»Ich habe geantwortet – ich träume von allem.«
»Das verstehe ich nicht. Unsere Träume haben eine Richtung. Gewöhnlich träumen wir von dem, was heute nicht gelingt, jedoch morgen verwirklicht wird. Unsere Träume kommen den Taten zuvor, sie sind die ersten Schwalben sich anbahnender Handlungen. Praktische Verwendbarkeit – das ist das Fundament unserer Phantasien. Ist es bei dir anders?«
»Ganz anders. Ich träume nur von dem, was ich niemals vollbringen kann. Meine Träume nehmen nicht die Taten vorweg, sondern ersetzen sie, sind meine ewige Trauer.«
Zum drittenmal erwähnte es seine Trauer. Kein Imitationsprogramm hätte solche Erklärungen vorgesehen, sie wären bei jedweder Betrugsform überflüssig. Ich zweifelte nicht mehr, daß die Stimme das war, wofür sie sich ausgab. Und ich hatte den Eindruck, als hätte ich den Schlüssel zu ihren Handlungen gefunden, vom Wichtigsten angefangen – ihrem Übertritt von den Zerstörern zu uns.
»Weshalb bist du traurig, Gehirn? Teile uns deine Kümmernisse mit.«
»Werdet ihr sie verstehen? Ihr seid frei, ich bin ein Sklave. Ein mächtiger Gefangener, so mächtig, daß ich Millionen Lebewesen in Staub verwandeln könnte. Dennoch bin ich ein Sklave! Keiner von euch kennt das Gefühl der Unfreiheit.«
»Warum nicht? Wir sind eben der Gefangenschaft entronnen.«
»Ihr erstrebtet die Freiheit als etwas Mögliches – und ihr gewannt sie. Doch ich befinde mich in ewiger Gefangenschaft. Unabänderliche Gefangenschaft – vom Anbeginn bis ans Ende! Der Tod ist die einzige Befreiung. Denke dich da hinein!«

Ich versetzte mich in die Lage des Hauptgehirns und erschauerte. »Ich verstehe dich. Du träumst von der Freiheit!«

»Von allem, was jenseits von mir ist. Von allem, was unerreichbar für mich ist. Vom ganzen Universum!«

19

Das Gehirn überlegte, vielleicht schwankte es, ob es uns ins Dunkel seiner Leiden eindringen lassen sollte. Es hatte uns seine Freundschaft geschenkt, ohne sich überzeugt zu haben, ob wir alle seine Freunde waren. Allzu lange hatte fremdes Mißtrauen auf ihm gelastet, hatte es Angst empfunden, als daß es sie sofort hätte abschütteln können.

Das Gehirn war nicht ewig, aber es war alt, mißt man seine Existenz mit irdischen Maßstäben. Vom ersten Aufblitzen seines Bewußtseins an wußte es sich losgelöst von seinem Körper. Zweifellos war es im Organismus irgendeines Vaters entstanden, offenbar eines gefangenen Galakten, es konnte das Gehirn eines Galaktenkindes sein, man hatte es zur selbständigen Existenz bestimmt, noch bevor die Selbsterkenntnis erwacht war. Seit der Zeit hatte man es, schon in seinem unbewußten Leben, auf die Leitung der Metrikstation des Dritten Planeten spezialisiert. Es war immer hier gewesen und war immer allein. Vielleicht war es anfangs einem altersschwachen Gehirn beigegeben, das vernichtet wurde, als die junge Ablösung in der Lage war, selbständig zu funktionieren – an all das besaß es keine Erinnerung. Auch seiner Lehrer erinnerte es sich nicht, es nahm an, daß es welche gehabt hatte, doch ihre Belehrungen hatten es als namenlose Impulse erreicht, es wurde gedrillt, nicht unterwiesen – so erschien ihm das jetzt. Man hatte einen denkenden Automaten aus ihm machen wollen, aber es mißriet, wich vom Programm ab, obwohl es unter den sechs Hauptgehirnen, die die Sicherheit des Zerstörerreichs garantierten, nicht für schlechter als die anderen gehalten wurde. Doch im Unterscbied zu den übrigen hatte es nicht nur gelernt, sondern war erwacht.

ln dem Maße, wie seine programmierten Kenntnisse wuchsen, meldeten sich unvorhergesehene Neigungen. Je mehr es sich in die Welt vertiefte, desto tragischer sonderte es sich von ihr ab. Gefühle erwachten in ihm. Zum erstenmal hegriff es, um wieviel es beraubt worden war, als man ihm den Körper nahm. So begann die Sehnsucht nach einem Körper.

Wütend, leidenschaftlich, fieberhaft begehrte es einen Körper, einen beliebigen Körper, eine gewöhnliche Hülle. Einen Körper, der gehen, kriechen, hüpfen oder fliegen könnte. Sterne und Planeten in Bewegung setzen, gegeneinanderschleudern, zerstreuen und vermengen, dazu war es fähig, nicht aber sich auch nur einen Zentimeter von der Stelle zu rühren. Es herrschte über Trillionen Kilometer Raum, Quadrillionen Tonnen Masse, ohne Macht über sich selbst zu besitzen. Fast allmächtig, litt es unter seiner Machtlosigkeit. Es konnte nicht weinen, nicht schreien, nicht die Hände ringen und sich nicht die Haare raufen, selbst die einfachsten Lebensformen waren ihm versagt – es war für immer des Körpers beraubt.

Da brachte es Träume hervor, versetzte sich an Plätze, wo es nie weilen würde, wurde, was es nie werden konnte: Galakt und Zerstörer, Engel aus den Hyaden und sechsflügliger Grashüpfer aus den Plejaden, Drache und Vogel, Fisch und Raubtier, es verwandelte sich sogar in Gewächse – wiegte sich im Wald als Grashalm, verdorrte als einsames Bäumchen unter grausamer Sonne, reifte als saftige Ähre auf fruchtbarem Feld ...

Es spielte, vergnügte sich, tollte unbändig – in fremder, ewig unerreichbarer Gestalt. Es kannte alle Lebensformen im jeweiligen Sternenbezirk; diese Kenntnis brauchte es, um dem Zerstörerjoch das Leben zu unterwerfen, sachkundig füllte es die vorgeschriebenen Funktionen aus, doch in sich blieb es unbestätigt. Des eigenen Lebens beraubt, durchlebte es Millionen anderer – war Mann und Frau, Kind und Greis, liebte und litt, starb Tausende Male, Tausende Male wurde es geboren, und in jedem Traum labte es sich an allem, was es nur geben konnte – an Glück und Leid, an Freude und Kummer ... Versunken in seine Doppelexistenz, war es überzeugt, es werde altern, ohne die Jugend kennengelernt zu haben, als sich im Perseus ein fremdes Sternenflugzeug zeigte, erster Abgesandter der Menschheit, und sein Nachbar, das Hauptgehirn auf dem Zweiten Planeten, versuchte vergebens, dem Sternenflugzeug die Ausgänge zu sperren.

Etwas Unbekanntes und Ungewöhnliches blitzte in der finsteren Metrik des Perseus auf: Im dichten Spinngewebe hatte sich ein fremder Vogel verfangen, er zerriß das Netz und kam frei. Das Gehirn auf dem Zweiten Planeten war fassungslos, dieses, auf dem Dritten, frohlockte. Das Leben war nicht zu Ende im Perseus, irgendwo weit hinter seinem Sternenrand war eine Macht aufgetaucht, die die Macht der Zerstörer übertraf – der in Leere verwandelte Goldene Planet gemahnte daran. Und es handelte sich nicht um die geheimnisvollen Ramiren. Die Ramiren, ein düsteres Volk, gleichgültig gegenüber allen Lebensformen, waren tief in den Galaxiskern vorgedrungen. Nein. dies waren Lebewesen, die sich aufregten, entrüsteten, entsetzten, zürnten – lebten! Sie sehen, sie hören, ihr Freund werden – von nun an träumte das Hauptgehirn auf dem Dritten Planeten von nichts anderem.

Als später drei menschliche Sternenflugzeuge ins Perseuslabyrinth vorstießen, versperrte ihnen das Gehirn auf dem Dritten Planeten den Rückweg und ließ nicht zu, daß sie vernichtet wurden. Es verhinderte, daß zwischen der »Bootes« und der vereinigten Zerstörerflotte ein ungleicher Kampf geführt wurde, es war bereit, diese Flotte auseinanderzutreiben, und tat es auch, als man die »Bootes« in die Tiefe der Sternengruppe zog, um sie zu vernichten.

So betraten die ersten Lebewesen ungestraft verbotenen Boden. »Störungen auf dem Dritten Planeten« – so nannten die erschütterten Zerstörer seinen Übertritt auf unsere Seite.

»Nichts war mir verborgen an euch, ich war eines jeden von euch teilhaftig«, sagte die traurige Stimme. »Hier auf dem Planeten war ich jeder von euch und ihr alle zugleich – und noch nie hatte ich mich so nach einer stofflichen Hülle gesehnt, wie sie jedem gegeben, aber für mich unerreichbar ist, um für immer bei euch zu bleiben, einer von euch zu sein, gleichgültig in welcher Gestalt – als Mensch, Augenköpfiger, Engel, Pegasus …«

Romero lauschte den Ergüssen der Stimme und dachte, wie anders als bei den Menschen ist doch die technische und soziale Entwicklung der Verderber verlaufen – hier ist die Bestätigung. Lussin, André, Oshima und Petri waren empört. Wenn wir eine analoge Metrikstation einrichten müßten, überlegten sie, dann würden wir dort eine Schiffsmmaschine aufstellen und sie mit Übertragungs- und Vollstreckungsapparaten ausstatten. Doch die Zerstörer haben eine äußerst komplizierte Hierarchie von Sklaverei und Unmenschlichkeit eingeführt, um eine nicht sehr komplizierte technische Aufgabe zu lösen. Was sind sie eigentlich, diese hirnlosen Ingenieure, die wir mit dem Aufseher weggeschafft haben –

ja, was sind sie, nicht wer? Eine Verteilungs- und Kommandoeinrichtung, simple Geräte. Die Zerstörer konstruieren keine Apparate, wie es die Menschen tun, sie verkrüppeln Lebewesen, würdigen sie auf das Niveau technischen Beiwerks zu einem anderen, noch verkrüppelteren Wesen herab, das im Grunde ebenfalls eine Maschine ist. Die Grausamkeit, die Sinnlosigkeit dessen quälte Romero, er zitterte vor Kummer und Entrüstung, als er der Stimme lauschte.

Ich kann nicht leugnen, daß auch mir solche Gedanken kamen. Doch ich hatte die Verderber seit jeher so gehaßt, daß ich keiner neuen Nahrung für meinen Haß bedurfte. Ich überlegte, wie dem Hauptgehirn des Dritten Planeten zu helfen sei.

»Wenn du einen körperlichen Behälter für dich gewännest und ein gewöhnliches Wesen würdest«, sagte ich zu ihm, »verlörest du viele deiner heutigen Vorzüge ... Jetzt bist du zwar nicht unsterblich, aber langlebig; dann würde das Gespenst eines baldigen Todes über dir schweben. Du würdest nicht nur die Freuden des Lebens vollzählig empfangen, sondern auch die Kümmernisse. Du würdest deine Macht über Raum und Sterne einbüßen, könntest nicht mehr in das Leben und die Gedanken eines jeden Wesens eindringen, alles Lebendigen teilhaftig werden, wie du selbst sagst ... Deine Allmacht ist von deiner Schwäche nicht zu trennen. Hast du das bedacht? Würdest du darauf eingehen?«

Es antwortete: »Was soll mir die Macht, wenn ich kein Leben habe? Was die Allmacht, wenn sie nur ein anderer Ausdruck für Schwäche ist? Wozu das Hellsehen, wenn ich nicht einmal berühren kann, was ich so tief begreife?«

Ich sagte zu Lussin: »Lebt der Donnerschleuderer noch?«

»Er stirbt«, antwortete er bekümmert. »Wenn er nicht schon tot ist, es gibt keine Rettung, sein Hirn ist beschädigt.«

»Ausgezeichnet! Das heißt – schade um den armen Donnerschleuderer. Kannst du dem Donnerschleuderer ein anderes Gehirn einpflanzen, ein lebendiges, gesundes, mächtiges, und dadurch deinen Zögling vorm Tode retten?«

»Selbstverständlich«, erwiderte er. »Einfache Operation, wir hatten schon kompliziertere.«

Wieder wandte ich mich an die Stimme: »Du hast unser Gespräch gehört. Hier bietet sich dir eine vortreffliche Möglichkeit, einen Körper zu bekommen. Allerdings mußt du uns vorher den Raum öffnen, uns helfen, das Sternenflugzeug instand zu setzen, uns lehren, wie mit den Maschinen der Station zu arbeiten ist, aber davon später. Jetzt wollen wir es prinzipiell beschließen – bist du einverstanden?«

»Ja, ja, ja!« dröhnte und jubelte es ringsum.

»Dann gratuliere ich dir zur Verwandlung von einem Gebieter über Raum und Sterne in einen gewöhnlichen denkenden Drachen namens Donnerschleuderer.«

»Damit bin ich nicht einverstanden!« sagte das Gehirn plötzlich, und niemand begriff zunächst, weshalb es unzufrieden war.

»Nicht einverstanden?« fragte ich erstaunt. »Womit nicht einverstanden?«

»Mit dem Namen! In meinen Träumen habe ich mir schon längst einen anderen gewählt. Früher drückte er meine Sehnsucht aus, nun wird er Ausdruck meines Glücks sein.«

»Uns ist jeder Name recht. Nenne ihn.«

Feierlich sagte es: »Von heute an heiße ich Vagabund.«

VIERTER TEIL

Die gejagten Götter

I

Das Gehirn begehrte ungeduldig seine Verkörperung. Ich hatte fest beschlossen, erst dann das Versprechen zu erfüllen, wenn die Tausenden komplizierten Probleme geklärt waren.

»Erzähle, was ihr mit der Schiffsmaschine angestellt habt«, sagte André bald nach Besetzung der Station. »Ich hoffe, du bist dir im klaren darüber, daß es einem Selbstmord gleichkommt, ohne eine zuverlässig arbeitende Maschine das Gehirn in eine selbständige Existenz zu entlassen! Oder hast du die Absicht, den Platz des Hauptgehirns einzunehmen?"

Ich hatte nicht die Absicht, fremde Plätze einzunehmen, glaubte aber, daß es André gelingen würde, die Maschine wiederherzustellen. Meine Hoffnung verhehlte ich nicht.

»Nimm die Hilfe des Gehirns in Anspruch«, riet ich. »Nur, wie erreichen wir das Sternenflugzeug? Ich habe keine Lust, auf diesem Planeten noch einmal so einen Marsch zu machen.«

»Folgendes«, sagte André. »Die Maschine holen wir mit einer Aviette her, es besteht die Möglichkeit, sie vom Kriechen zum Fliegen zu bringen. Aber die reparierte Maschine wird auf dem Sternenflugzeug gebraucht, während du das Gehirn auf den Planeten entläßt.«

»Stimmt«, sagte ich. Für mich stand fest, daß André bereits eine Lösung hatte.

»Es gibt einen Ausweg: Ich springe hier für das Gehirn ein, Kamagin und Petri werden meine Doubles. Hast du Einwände?«

»Nur Zweifel. Bestimmt eignen sich Eduard und Petri als Double für dich. Eignest du dich fürs Gehirn?«

»Es hat uns drei heute geprüft. Mich hat es sofort akzeptiert, Eduard und Petri müssen ein bißchen trainieren.« André hob die

Stimme, um Einwänden zuvorzukommen. »Ich weiß, was du sagen willst! Du irrst dich gewaltig. Es sehnt seine Verkörperung herbei, jedoch nicht um den Preis des Untergangs des Planeten. Wenn du es bei der Arbeit sähest, wärest du von seiner Gewissenhaftigkeit überrascht. Und nebenbei bemerkt, seine Funktionen sind nicht schwierig.«

»Läßt du dich nicht allzusehr hinreißen?«

»Du vergißt leider diese Ingenieure, die anstelle von Gehirnen Geber haben. Ich weiß nicht, wie sie als Organismen sind, als Automaten sind sie jedenfalls ausgezeichnet. Das Gehirn koordiniert nur ihre Handlungen. Ehe wir nicht ebenso vollkommene Mechanismen konstruiert haben, müssen wir die Ingenieure an ihren Plätzen lassen. Jetzt das letzte: Ich werde dem Dritten Planeten den Weltraum öffnen. Fuchtele nicht herum, das hat das Gehirn selbst vorgeschlagen!«

Die Explosion in der Station hatte mehr psychologische Erschütterungen als reale Zerstörungen bewirkt. Anlagen wie die Metrikstation lassen sich überhaupt nicht zerstören – allenfalls durch völlige Annihilation.

Wir vermuteten, daß der gesamte Dritte Planet ein riesiger Gravitator war, genauso eine künstliche Anlage wie die Ora, allerdings tausendfach größer.

Als ich die inneren Räume des Planeten durchwanderte, schien mir meine Begeisterung für die Vollkommenheit des Pluto naiv. Hier war Vollkommenheit – die Vollkommenheit des Bösen, ein grausames Meisterwerk totaler Unterdrückung und Unfreiheit!

Auf welch unbeständigem Fundament das gigantische Verderberreich ruhte – wir hatten ihm.keinen Hieb versetzt, sondern es nur angetippt, da zerfiel es schon! Nein, dachte ich, als ich die Station in Augenschein nahm, Mißgunst und Haß, Niedergeschlagenheit und Angst, hierarchisch zunehmende Unterdrückung sind kein dauerhafter Zement ... Nur gegenseitige Achtung und Freundschaft, Güte und Liebe können soziale Einrichtungen schaffen, die von Dauer sind.

Romeros Gedanken glichen meinen. »Sie wissen, lieber Eli, seinerzeit war ich dagegen, daß wir uns in die kosmischen Streitigkeiten verstrickten, und alle diese Wesen erregten Widerwillen in mir. Obwohl, wie Sie zugeben werden, das Äußere von Orlan und Gig ziemlich menschenunähnlich ist, erwecken sie nun Sympathie in mir. Sie sind die ersten Zerstörer, die im Namen des Aufbaus freiwillig der Zerstörung entsagt haben. Stimmt, die erste Schwalbe bringt noch keinen Frühling, aber sie kündigt doch das Ende des Winters an.«

2

Das Zusammenrollen des Raums zur nichteuklidischen Spirale ging rasch vonstatten, das Auseinanderwickeln stellte einen langwierigen Prozeß dar.

André saß die zweite Woche am Pult unter der Kugel, wo nach wie vor das Gehirn ruhte, und erteilte den Ingenieuren selbständig Kommandos. Er hatte sich mit ihnen vortrefflich eingearbeitet, die Koordinierung mit seinen Kommandos verlief sogar besser als vorher mit den Befehlen des Hauptgehirns: Kein stumpfsinniger Aufseher war in der Nähe, der argwöhnisch die Impulse kontrollierte.

Nach und nach verminderte sich die Nichteuklidheit, langsam bewegten wir uns aus dem künstlichen Raumkokon in den Kosmos hinaus.

Das goldene Leuchten des Himmels verblaßte, Bläue mischte sich ein. Der Himmel war noch leer, aber er war nicht mehr so, wie er in den Tagen unseres Marsches gewesen war.

»Bald werden die Sterne zum Vorschein kommen«, sagte Mary. »Wie habe ich mich nach ihnen gesehnt, Eli! In dieser verschlossenen Welt wäre ich fast erstickt.«

Manchmal hatte mich ebensolche Sehnsucht nach den Sternen erfaßt. Doch die Furcht vor dem Unbekannten, das von den Sternen kommen konnte, war größer. Im Raum manövrierten sicherlich feindliche Kreuzer, bereit, den besetzten Planeten zurückzuerobern.

Als der Orangefarbene unterging, traten wir hinaus und betrachteten den Himmel.

Die Nacht brach herein, dumpf, schwarz und so eng, als wäre die Grenze des Weltalls dicht herangerückt; unheimlich war es, die Hand auszustrecken, jeder Schritt schien in einen Abgrund zu führen ... Ich umarmte Mary, wir starrten und lauschten in die Dunkelheit, ahnten, daß die Welt bald auftauchen würde.

Ein unhörbarer Gravitationswind fegte den Vorhang beiseite, der uns von der Welt getrennt hatte, die Sterne erstrahlten, es wurden immer mehr.

Ein wunderbarer Sternenregen ging nieder, Hunderte von Gestirnen tauchten aus der Unsichtbarkeit, der Himmel funkelte und flimmerte – der Perseus, eine Vielzahl blitzender Augen, blickte auf den Planeten, der verloren gewesen war.

Wir befanden uns in dem Raum unter der Kuppel, und mir war, als hätte ich wieder ein Traumgesicht – so prächtig unwirklich war alles.

Aber am Pult saß der wirkliche André, daneben Kamagin und Petri, über ihnen schwebte die halb durchsichtige Kugel.

»Der Raum um den Dritten Planeten ist sauber«, teilte André mit. »In einer Entfernung von zehn Parsec ist eine starke Lichterbewegung zu beobachten.«

»Dort sammelt sich die Flotte der Zerstörer«, erklärte das Gehirn. »Ich muß zu meinen Brüdern in den anderen Metrikstationen Verbindung aufnehmen, um einen Lagebericht zu bekommen.«

»Vorläufig braucht nicht bekannt zu werden, daß auf dem Dritten Planeten ein Machtwechsel stattgefunden hat«, sagte Romero.

Tag für Tag verband das Gehirn den Dritten Planeten mit den anderen Sternenfestungen und systematisierte die Informationen. Allans Flotte überwand immer noch die Hindernisse, die sich vor ihr erhoben, sie rückte nur langsam vor. Wo sie durchbrach, sammelten sich die Kreuzer der Zerstörer. Kein Galaktenschiff erschien im interastralen Raum des Perseus.

Wir beriefen eine Konferenz der Abteilungskommandeure ein und baten das Gehirn, uns zu sagen, wie wir handeln sollten.

»Die Zerstörer kümmern sich vorläufig nicht um uns, sie haben andere Sorgen. Ob sie nun glauben oder nicht, daß es sich bei uns nur um technische Störungen handelt, ein unmittelbarer Überfall auf den Planeten droht nicht. Allan hat es schwerer. Bald wird der letzte nichteuklidische Wall fallen – dann fluten die Schiffe der Menschen ins Innere des Perseus. Der Große Zerstörer bereitet eine grandiose Schlacht vor. Die Menschen werden sich scheuen, im Schiffsgewühl die Annihilatoren zu verwenden, um nicht die eigenen Sternenflugzeuge zu vernichten, dafür werden die Gravitationsgeschütze schießen und ihre Ziele nicht verfehlen. Ich kann die Möglichkeit nicht ausschließen, daß sich die Feinde gegenseitig aus der Welt schaffen. Ich meine, gerade dies beabsichtigen die Strategen der Zerstörer – die beiderseitige Vernichtung.«

Orlan bestätigte die grausame Prognose des Gehirns. »Seit langem besteht der Plan, die besiedelten Planeten des Reichs zu vernichten, falls es nicht gelingen sollte, sie zu verteidigen. Einen Weltallbrand zu entfachen, daß der Feuerschein die ganze Galaxis erfaßt, ein so finsterer Gedanke muß dem Großen imponieren. Möglichkeiten, das Leben im Perseus auszurotten, hat er genug.«

»Einschließlich der Galaktensterne?« fragte ich. »Mit Ausnahme der Galaktensterne«, erklärte Orlan. »Und hier liegt die einzige Möglichkeit, die unheilvollen Pläne des Großen Zerstörers zu durchkreuzen. Wir müssen die Galakten um Hilfe bitten. Sie vermeiden den offenen Kampf. Doch sie müssen in unseren Krieg einbezogen werden, einen anderen Weg gibt es nicht!«

Gig lachte dröhnend. Sein Mund reichte – das ist keine Übertreibung – von einem Ohr bis zum anderen, und wenn er lachte, riß er ihn wie eine riesige Zange auf. »Die biologischen Geschütze!« stotterte er. »Das wäre was! Den Großen biologisch beharken!«

»Die biologischen Geschütze können dem Großen nichts anhaben«, versetzte Orlan. »Aber wenn die Galakten eure Schiffe damit ausrüsten, haben die Menschen das erdrückende Übergewicht in den Schlachten.«

Ich fragte, ob das Gehirn Orlans Meinung sei. Das Gehirn teilte Orlans Gedanken.

»Dann müssen wir Verbindung zu den Galakten suchen. Ist von deinem Planeten aus eine solche Verbindung herzustellen, Gehirn?«

»Durchaus«, erklärte es. »In drei, vier Parsec finden sich mehrere Sterne mit Planeten der Galakten. Wir müssen uns selekiv mit ihnen verbinden und ihnen mitteilen, was auf dem Dritten Planeten geschehen ist. Vielleicht glauben sie uns nicht. Sie fürchten und hassen uns, unsere sechs Planeten sind speziell zum Kampf gegen die biologischen Geschütze geschaffen worden. Mein Vorgänger hat die Macht der biologischen Geschütze einst erfolgreich gegen die Galakten selbst gewandt …«

Nach der Konferenz fragte mich das Gehirn, ob es noch lange ausharren müsse. Der Donnerschleuderer sei verendet und in Erwartung der Operation konserviert worden, doch der Vagabund werde immer noch nicht geboren.

André sah, daß ich schwankte, und trat für das Gehirn ein. »Wovor hast du Angst? Wenn es mir mit Eduard und Petri gelungen ist, den Planeten zu öffnen, dann bringen wir es auch fertig, ihn wieder einzurollen. Und noch einfacher ist es, Verbindung nach außen zu halten …«

»Verstehst du, André … Ich glaube an deine Fähigkeiten, aber deine Erfahrung, du mußt zugeben …«

»Ich gebe es nicht zu! Ich sage dir, die Station zu leiten ist einfacher, als auf einem Pegasus zu galoppieren. Und das Gehirn bleibt hier. Sobald es seinen Körper hat, wird es täglich drei Stunden mit uns arbeiten. Wäre dir das nicht recht?«

»Operiere!« sagte ich zu Lussin.

3

Ich will jetzt nicht erzählen, wie die Schiffsmaschine aus ihrem Schlummer erwachte und die Mechanismen der »Bootes« auflebten, wie auf dem Planeten nach seiner Öffnung im Weltenraum die Gravitation nachließ und wir alle, befreit von der Überlastung, die Luft mit dem Getöse der Aviettes und dem Rauschen der Flügel erfüllten.

Ich will auch nicht dabei verweilen, wie wir Verbindung zu den Galakten aufnahmen, wie sie uns zunächst nicht glauben wollten, daß das mächtigste kosmische Ungetüm der Verderber aufgehört hatte, ihnen gefährlich zu sein, und wie sie nach langem Bitten einwilligten, unser Sternenflugzeug in ihren Herrschaftsbereich zu lassen, jedoch drohten, uns grausam zu bestrafen, falls wir sie hinters Licht führten …

»Uff!« sagte ich erleichtert zu Mary, als Romero den Galakten unsere Zustimmung auf ihre Bedingungen geschickt hatte. »Eingeschüchtert sind die geheimnisvollen Geschöpfe! Na schön, dieser Tage brechen wir auf. Rate mir, wen ich mitnehmen, wen ich hierlassen soll.«

»Ich rate dir, mich mitzunehmen. Was die anderen betrifft, da will ich mich nicht äußern, damit Romero dann nicht verbreitet, der Admiral stehe unterm Pantoffel seiner Frau und entscheide nicht ohne ihre Zustimmung. Wen willst du also mitnehmen?«

»Romero und Oshima unbedingt. Auch Orlan und Gig. Wahrscheinlich Lussin und Trub, ein paar Pegasusse und Drachen …«

»Und den Donnerschleuderer?«

»Du meinst Vagabund? Ihn lassen wir auf dem Planeten. Hast du beobachtet, wie sich das Gehirn in der neuen Hypostase macht?«

»Hab' ich. Komisch, ich weiß nicht, wer des Guten zuviel getan hat – du, als du ihn mit einem Körper versahst, oder er, da er ausbeutet, was er bekam.«

In einer freien Stunde begab ich mich zu Lussin.

Auf einem speziellen Übungsgelände für Drachen ließ er Vagabund freien Lauf. Ich flog auf einem Pegasus hin, Trub hatte sich als Begleiter aufgedrängt. Ich fragte ihn, wie ihm der zu neuem Leben auferstandene Drachen gefalle. Die Engel haben mit den Drachen nicht viel im Sinn, wenn sie ihnen auch nicht feindlich gesinnt sind wie die Pegasusse, doch der Donnerschleuderer hatte sich bei den Engeln großer Achtung erfreut.

»Du wirst ja sehen«, sagte Trub geheimnisvoll.

Der Drachen schwebte so hoch am Hinnmel, daß weder der Engel noch der Pegasus ihn erreichten.

Auf einem kleinen Bleihügel stieg ich ab, neben mir ließ sich Trub nieder. Als Vagabund uns erblickte, schoß er herab und landete in der Nähe.

Der wiederauferstandene Drachen wirkte majestätischer als früher. Aus seinem Rachen schnellte eine so starke Flammenzunge, und eine Rauchsäule von solcher Dichte stieg empor, daß ich angstvoll zurückgeprallt wäre, hätte ich nicht genau gewußt, daß dieses Feuer nicht brannte und der Rauch nicht erstickte. Die Begrüßungsblitze, die zu meinen Füßen niederfuhren – zwei Vertiefungen im Gold kennzeichneten die Stelle, die sie getroffen hatten –, waren zwar nicht schrecklicher als die Blitze des Donnerschleuderers, standen ihnen aber auch nicht nach.

»Ausgezeichnete Arbeit, Lussin«, lobte ich. »Ein imposantes Tier.«

Lussin strahlte. »Sprich mit ihm.«

»Mit einem Drachen sprechen?« Ich wunderte mich. »Er kann mir doch nicht antworten!«

Lussins geflügelte Geschöpfe waren stummer als die Schwämme, der Donnerschleuderer hatte keine Ausnahme gebildet. Lussin erklärte, dem genetischen Kode der feuerspeienden Drachen habe man in der Eile eine mißglückte Zungenkonstruktion eingegeben, nun müsse man Rachen und Kehlkopf umarbeiten, um diesen Mangel zu beheben. »Sprich«, drängte Lussin.

Die Augen des Drachens, gewöhnlich von sanftem Ausdruck, blinzelten spöttisch. Ich hatte den Eindruck, als zwinkere er mir zu.

»Sei gegrüßt, Donnerschleuderer!« sagte ich. »Das neue Leben scheint dir großartig zu bekommen!«

Der Drachen antwortete mit menschlicher Stimme.

»Ich heiße nicht Donnerschleuderer, Eli!«

»Ja, Vagabund!« sagte ich verlegen. Über die Auferstehung des Drachens staunte ich nicht so wie über die Sprache, die er plötzlich besaß.

»Wie fühlst du dich, Vagabund? Drückt es dich nirgends? Ich meine, ist dir der Schädel geräumig genug?«

»Sitzt wie angegossen«, antwortete er mit der Stimme eines Stutzers in neuen Schuhen und lachte. Äußerlich drückte sich das so aus, daß aus dem weit aufgerissenen Rachen kleine Feuerkugeln hüpften. »Schau selbst.«

Er schwang sich in die Luft und schoß Purzelbäume, entfernte sich, kehrte zurück, sauste wie ein Stein herab, schoß wie eine Rakete empor und erstarb schwebend. Alle Figuren vollführte er elegant, so unähnlich war er dem früheren imposanten, aber plumpen Donnerschleuderer, daß ich mehrere Male begeistert aufschrie.

Als Vagabund glaubte, wir hätten von den Luftpirouetten genug, legte er sich am Hügel flach nieder. »Steig auf. Eli, ich fliege mit dir.«

»Ich fliege unter der Bedingung mit, daß du in der Luft keine Purzelbäume mehr schießt«, sagte ich.

Lussin pfiff den Pegasus heran und postierte sich rechts vom Drachen, Trub stand links.

Zunächst flogen wir wie ein Dreigespann. Vagabund bewegte die Flügel derart schwerfällig, als verliere er im nächsten Augenblick das Gleichgewicht. Trub täuschte er nicht, ich hatte den Eindruck, als werde Vagabund den Gruppenflug nicht lange aushalten.

Dann schoß er plötzlich vor, nachdem er unmerklich den Rhythmus verändert hatte.

Der Drachen sauste wie eine Rakete dahin, leicht und kraftvoll, er regte nicht mehr die Flügel, sondern zog den Körper zusammen und dehnte ihn wieder, als durchlaufe ihn ein Krampf. Seitdem haben Vagabund und seine Nachkommenschaft den Flug in allen Einzelheiten studiert, damals war ich erstaunt.

Ich klammerte mich am Kamm fest, um nicht abzustürzen, und schrie, doch ich hörte mich kaum, so laut war der vom Vagabund verursachte Wind. »Trub und der Pegasus können nicht mithalten. Warum kränkst du sie?«

Vagabund brauchte seine Lungen nicht anzustrengen, um zu antworten: »Ich kränke sie nicht, sondern mache sie mit mir bekannt.«

»Warten wir auf sie«, flehte ich, als der Engel und der Pegasus nicht mehr zu sehen waren.

»Warten – das dauert zu lange!« murmelte er geringschätzig, kehrte um und raste genauso geschwind zurück.

Als wir uns näherten, bemerkten wir Dampfwölkchen über dem Pegasus, auch Trub war abgehetzt. Gewöhnlich erreichten feuerspeiende Drachen kaum ein Drittel der Geschwindigkeit des Vagabunden.

»Na?« bestürmte mich Lussin.

»Ich habe dir doch schon gesagt – ausgezeichnet! Was hast du eigentlich noch von dem früheren unbeweglichen Träumergehirn, ausgelassener Vagabund?«

»Alles!« prahlte der Drachen und bäumte sich. Ich mußte mich an seinem Kamm festklammern, um nicht abzurutschen. Hingerissen schrie er, ohne auf mich zu hören: »Und es sind keine Träume mehr, es ist Wirklichkeit!«

Wir flogen zum Übungsplatz der Drachen zurück. Unterwegs hätte sich beinahe eine Katastrophe ereignet. Der Drachen, der bis dahin geruhsam seine Flügel bewegt hatte, brüllte plötzlich freudig auf, schwang sich empor nnd jagte noch ausgelassener als zuvor davon.

Ich konnte mich auf dem Kamm nicht halten und segelte abwärts. Hätte Trub mich nicht im Flug aufgefangen, wäre ich wahrscheinlich auf der metallischen Oberfläche des Planeten zerschellt. Sorgsam trug mich der Engel zum Boden hinunter, neben uns ließ sich der Pegasus nieder. Lussin und Trub waren weiß wie Wasserschaum, ich hatte ebenfalls wenig Ähnlichkeit mit einem Helden. Der Pegasus wieherte wütend und schlug aus. Die instinktive Feindschaft seines Stammes gegen die Drachen hatte neue Nahrung gefunden.

Der davonstürmende Drachen verwandelte sich rasch in einen dunklen Punkt.

»Den sticht wohl der Hafer, was?« fragte ich.

»Die Liebe«, sagte Lussin. Ihm fiel ein Stein vom Herzen, als er sich vergewissert hatte, daß ich unverletzt war. Nun war er erneut bereit, sich an jeder Handlung des Drachens zu begeistern.

Von Lussin erfuhr ich, daß in seiner Herde vier Drachenweibchen waren, und Vagabund fühlte sich als richtiger Mann.

Entschlossen hatte er die anderen Drachen verdrängt und flirtete hartnäckig mit allen vier Drachenweibchen zugleich, seiner besonderen Zuneigung erfreute sich jedoch das weiße, es war jünger und koketter als die anderen. Sobald das weiße Weibchen in der Luft erschien, drehte Vagabund auf, daß man vom bloßen Zusehen Angst bekam. Eben war in der Ferne das bunte Weibchen vorbeigeflogen.

»Ich bin froh, daß sich das bunte Weibchen gezeigt hat und nicht das weiße«, sagte ich.

Nach etwa zehn Minuten sahen wir Vagabund wieder. Er raste an uns vorbei und schrie uns im Fluge etwas zu. Eine dicke Rauchschleppe wand sich hinter ihm.

»Eilt er nun zu der Weißen?« fragte ich.

»Zur Station«, sagte Lussin. »Er muß zum Dienst. André duldet keine Verspätungen.«

Noch eins, bevor ich vom Dritten Planeten Abschied nehme: Asters Körper war auf die »Bootes« gebracht worden. Dort lag er in einem durchsichtigen Sarkophag. Kürzlich hörte ich, daß auf Gold und Blei dieses Planeten Moos sprieße – der erste Anflug von Leben. Ein besseres Denkmal für Aster kann man sich nicht wünschen.

4

Unweit des Flammenden Sterns empfing uns ein Schiff der Galakten. Wir mußten in den Einsteinschen Raum tauchen – bei den Galakten sind wie bei den Menschen Überlichtgeschwindigkeiten in der Umgebung von Planeten verboten.

Das Planetenflugzeug bestiegen wir zu viert – Romero, Mary, Lussin und ich.

Orlan und Gig nahmen wir nicht mit, sie schienen sich zu freuen, daß nicht sie die ersten waren, die den Galakten gegenübertreten sollten. Oshima hielt die Vorsicht der Galakten für verdächtig.

»Wenn es euch schlecht ergeht, werdet ihr das nicht mitteilen können. Wenn alles in Ordnung ist, wird man nichts dagegen haben, daß ihr mich darüber informiert. Also, an dem Tag, da ich die Stimme des Admirals nicht höre, der mir mitteilt, daß alles in Ordnung ist, werde ich wissen, daß es euch schlecht ergeht.«

»Und dann greifen Sie, tapferer Oshima, die Galakten an und vernichten ihr Sternenflugzeug zusammen mit uns. Habe ich Sie richtig verstanden?« fragte Romero schmunzelnd.

»Ich werde je nach den Umständen handeln«, antwortete Oshima kurz.

Auf dem Bildschirm des Planetenflugzeugs wuchs eine grünliche Kugel, die den Kreuzern der Zerstörer glich.

Wir stürzten darauf zu wie auf einen Planeten. Bevor wir aufschlugen, öffnete sich ein Tunnel, und wir wurden sanft hineingesaugt.

Die Anlegemethode erinnerte an die auf unseren Schiffen übliche, und wir erwarteten, auf einen Anlegeplatz für leichte kosmische Schiffe zu gelangen. Statt dessen stürzten wir in Finsternis. Das Licht erlosch unvermutet in sämtlichen Räumen unseres Planetenflugzeugs.

Eine unbekannte menschliche Stimme sprach zu uns: »Beunruhigt euch nicht. An euch wurden drei Prozent Künstlichkeit entdeckt. Sobald deren Charakter geklärt ist, läßt man euch heraus.«

»Auf der Erde werden Astronavigatoren, die von weit her kommen, ebenfalls kontrolliert«, überlegte Romero laut. »Dort schützt man sich vor Krankheitserregern, nicht vor Künstlichkeit.«

»Künstlichkeit ist schlimmer, als es Bakterien sind«, ertönte dieselbe Stimme. »Eure ist ungefährlich. Ihr könnt aussteigen, Freunde.«

Licht flammte auf. Hinter der durchsichtigen Fensterpanzerung erstreckte sich eine grüne Landschaft.

Durch die Luft schnellten blumenartige Vögel und schlangenförmige Tiere, die fliegenden Fackeln glichen. Über der Ebene, den Gebäuden und den fliegenden Tieren wölbte sich ein Himmel, der seidig blau und von solcher Leuchtkraft war, wie ich sie noch nie gesehen hatte.

»Vortrefflich gemalt!« sagte Romero. »Weit vollendeter als unsere Raumbildschirme. Nur kann ich mir nicht vorstellen, wie ich diese illusorische Bühne betreten soll.«

»Steigt aus, Freunde!« wiederholte die Stimme noch freundlicher. »Wir warten auf euch.«

Ich öffnete die Tür. Das Planetenflugzeug stand auf einer Wiese. Ringsum drängten sich Galakten, ihrem Äußeren nach Brüder von denen, die wir auf Bildern der Atairen und als Skulpturen auf der Sigma bewundert hatten – sie waren riesengroß, elegant gekleidet, schön wie griechische Götter, uns erstaunlich ähnlich und dabei doch ganz anders! Ich sprang zu Boden und landete als erster Mensch in den Armen eines Galakten.

5

Wir fühlten uns prächtig, doch ich war in Sorge, ob mich nicht eine neue Vision heimgesucht habe, ähnlich denen, die ich im Zerstörerreich hatte.

»Nun gut, ihr freundlichen und schöngeistigen Gastgeber«, sagte Romero. »Wir sind in ein Reich des alltäglich gewordenen Unwahrscheinlichen geraten. Wenn ihr uns verblüffen wolltet, so ist euch das gelungen. Nachdem ich selbst Bestandteil der illusorischen Landschaft geworden bin, würde ich mich nicht wundern, wenn ich plötzlich auf einem Stengel schwankte wie die blaue Blume dort. Hier sind die Wunder alltäglich, wie eure Gebäude, wie eure vorzügliche Sprache.«

»Keinerlei Wunder«, entgegnete einer, nachdem er zuvor mitgeteilt hatte, daß er in der Menschensprache Tigran heiße. »Bei den Galakten gilt ein Wunder, das heißt eine Abweichung von den Naturgesetzen, als ein Vergehen, obwohl im Prinzip jeder von uns in der Lage ist, Wunder zu vollbringen. Unseren Kindern sind Wunder selbstverständlich gestattet, allerdings gibt es wenig Galakten im Kindesalter. Und daß wir menschlich sprechen, ist noch viel weniger ein Wunder. Haben wir nicht die Depeschen der ›Raumfresser‹ entschlüsselt, habt ihr nicht unsere Antworten verstanden?«

»Aber dieses Stereobild … Eine so vollkommene Illusion …«

»Das ist keine Illusion. Du befindest dich in einem realen Raum.«

»In einem realen Raum?« fragte Romero erstaunt. »Ich bin nicht so naiv. Der Durchmesser eures Sternenflugzeugs beträgt maximal einen Kilometer. Von hier bis zum Horizont sind es nicht weniger als fünfundzwanzig, und hinter dem Horizont ist offenbar wieder eine Ebene, gewiß kein Abgrund ...«

»Hinter dem Horizont sind Wälder, danach folgt ein Meer, wir werden es noch befahren. Ungefähr zweitausend Kilometer sind es im Umkreis, wenn wir nach deinem Maßstab rechnen.«

»Also habt ihr einen Planeten von zweitausend Kilometern, das heißt sechshundert im Durchmesser, innerhalb einer Kugel untergebracht, die selbst nur einen Durchmesser von einem Kilometer hat? Und ihr wollt, ich soll glauben, das sei kein Wunder und keine Illusion?«

Wieder lachten die Galakten.

»Trotzdem liegt kein Wunder, keine Illusion vor. Als ihr in unser Sternenflugzeug kamt, verminderten spezielle Anlagen die Ausmaße eurer Gewebe. Leider können wir lebende Gewebe noch nicht in derselben Proportion verkürzen wie künstliche. Das ist einer der Gründe, freilich nicht der wichtigste, weshalb uns die künstlichen Elemente in euren Organismen Sorge bereiteten. Wir wären verzweifelt, gewesen, wenn ihr entstellt vor uns gestanden hättet – ein Bein kürzer als das andere, ein Auge normal, das andere winzig.«

Romero faßte sich in den Mund. »Meine künstlichen Backenzähne sind geschrumpft!«

»Ich atme gut«, erklärte Lussin. »Komisch. Synthetische Lungen.«

»Völlig normal«, erläuterte ein anderer Galakt, der in der Menschensprache Lentul hieß. »Die künstliche Lunge war nicht effektiv genug, Lussin, weil man für deinen Brustkorb eine zu große Masse genommen hatte. Jetzt sind deine Lungen kleiner geworden, daher wirst du dich bei uns besser fühlen als sonst.«

»Ihr sagtet, daß eine mögliche Verzerrung unseres Organismus nicht die Hauptsache sei, weshalb euch die künstlichen Elemente Sorge bereiteten«, fuhr Romero fort. »Ich hätte, falls es kein Geheimnis ist, gern die Hauptursache gewußt.«

Ein Schatten glitt über Tigrans schönes Gesicht. »Die Galakten haben keine Geheimnisse, jedem steht alles offen. Aber dies ist eine Erzählung von traurigen Ereignissen. Die Frage, ob Lebewesen in höherem oder niederem Grade künstlich sein sollen, führte zum Krieg zwischen Galakten und Verderbern. Wir haben schon lange aufgehört, Organismen in größerem Maße künstlich zu gestalten.«

Nach Tigrans Erklärung herrschte Schweigen.

Dann sprach Mary.

»Erstaunlich ist die Schönheit des weiten Landes in eurem Sternenflugzeug! Mich verwirrt, warum ihr das überhaupt tut! Gerade wegen des harten Lebens finden die Menschen den Beruf des Sternenfahrers verlockend. Unsere Konstrukteure denken gar nicht daran, der Besatzung eines Sternenflugzeugs die irdischen Bequemlichkeiten und den allumfassenden irdischen Schutz gegen jegliche Gefahren zu garantieren … Bei uns nennt man das die Romantik ferner Reisen …«

Die Galakten tauschten Blicke. Ich verbürge mich dafür, daß ihnen Marys Frage taktlos erschien.

Tigrans Stimme klang unverändert freundlich, als er Mary antwortete. »In knappen Worten läßt sich unser Brauch so ausdrükken: Jeder hat das Recht, die Möglichkeiten zu verlangen, die den Kräften der Gesellschaft entsprechen. Andererseits darf niemandem dasjenige verweigert werden, was zumindest ein Mitglied der Gesellschaft genießt. Deshalb sind wir verpflichtet, der Besatzung eines Fernschiffes die gleichen Bequemlichkeiten zu gewährleisten, welche die Zurückbleibenden genießen. Anderenfalls würde das Prinzip der Gleichberechtigung verletzt. Leider gelingt es nicht, dieses Prinzip völlig in die Tat umzusetzen.«

»Man braucht die Galakten nicht auf weite Expeditionen zu schicken, wenn sie es auf den Schiffen weniger bequem als auf den Planeten haben«, soufflierte Mary ironisch. Ihre dunklen Augen flammten.

»Ja, wir müssen auf viele Expeditionen verzichten«, bestätigte Tigran.

Wieder griff Romero ins Gespräch ein. »Sie sagten ›Gleichberechtigung‹. Wir haben auch Gleichberechtigung im Sinne der gesellschaftlichen Möglichkeiten, die jedem gewährleistet sind – Essen, Wohnung, Ausbildung, Arbeit. Aber jedem garantieren, daß ihn diejenige liebt, die er liebt, nein, da muß er sich schon selber bemühen, ihre Liebe zu erringen, da ist ihm die Gesellschaft kein Diener.«

»Ja, die Liebe«, sagte der Galakt und wiegte den Kopf. »Ein schwieriges Ding, die individuelle Liebe. Irgendein Wesen, das nichts Besonderes an sich hat, verdrängt plötzlich alle anderen in der Welt. Wir wissen von diesem Gefühl, aber bisher können wir da wenig tun.«

»Schön, lassen wir zunächst die Liebe«, erklärte Romero, es war, als setzte er sich hartnäckig für irgend etwas ein. »Sie sagen: die Besatzung des Sternenflugzeugs ... Wenn es eine Besatzung gibt, dann gibt es doch auch einen Kommandeur? Und der Kommandeur erteilt Befehle, die für die Besatzung verbindlich sind.«

Tigran schüttelte den Kopf. »Wir haben keine Kommandeure. Das Sternenflugzeug befehligen wir gemeinsam. Die Schiffsmechanismen sind auf unsere Gehirnstrahlungen abgestimmt. Was wir einträchtig wünschen, das geschieht.«

»Und wenn Meinungsverschiedenheiten auftreten ...?«

»Die Besatzungsmitglieder sind so ausgewählt, daß sie zusammenpassen. Selbst bei außergewöhnlichen Vorfällen ereignen sich keine Unstimmigkeiten zwischen uns.«

Jetzt war auch Romero um Worte verlegen. Der Galakt wandte sich an mich: »Du allein beteiligst dich nicht am Gespräch. Warum nicht?«

»Ich höre zu.«

»Hast du keine Fragen?«

»Mindestens hundert.«

»Bitte stelle sie.«

Die Fragen meiner Freunde waren selbstverständlich wichtig, doch es gab Probleme, die mich weit mehr interessierten.

»Ich möchte wissen, was euch über die Ramiren bekannt ist und wie es zum Krieg zwischen Galakten und Zerstörern gekommen ist. Ungewollt haben auch wir den Kampf gegen die Zerstörer aufgenommen und halten euch schon allein deswegen für unsere Verbündeten.«

Die Galakten tauschten wieder Blicke. Bei den Menschen ist das Blickewechseln ein vages Äquivalent des Gedankenaustausches, die Sprache drückt ihre Gedanken genauer aus. Die Galakten sind da geschickter – ihre Augen sind freilich auch riesengroß.

»Das ist eine lange Geschichte«, bemerkte Tigran.

Wir lagerten uns bequemer. Das Flüßchen führte sauberes Wasser, keine giftigen Nickellösungen wie der Fluß bei den Zerstörern. Das Grün, das die Ufer bedeckte, duftete nach irdischem Gras. Auch die fremdartigen grünen Bäume in den Wäldern, die sich wie Mauern erhoben, rauschten irdisch.

Der Platz war ideal, um sich still zu freuen und die Natur zu genießen, doch der Galakt erzählte bedächtig von schwarzen

Jahrtausenden, von ausgestorbenen Sternenvölkern und zerstörten Planeten …

6

Über die Ramiren wußten die Galakten nicht viel – dunkle Überlieferungen, nichts Genaues. Dieses merkwürdige Volk hatte entweder vor dem Erscheinen der Galakten oder zu Beginn der Galaktenzivilisation – das wäre wohl die richtige Bezeichnung – in den Perseusgruppen geherrscht. Weder vom Aussehen noch von der Lebensweise jener Wesen waren Nachrichten erhalten geblieben, die Spuren ihrer Tätigkeit waren ebenfalls vergangen, will man nicht die Planeten selbst als solche Spuren gelten lassen. Die Perseusgestirne besitzen den Worten der Galakten zufolge nämlich hundertmal mehr Planeten als die anderen Sterne der Galaxis. Im Perseus hat ein Stern zehn bis fünfzehn große Trabanten – das ist dort nichts Besonderes. Die Überlieferung schreibt den Planetenreichtum im Perseus den Ramiren zu, die es verstanden, aus verdichtetem Raum kosmische Kugeln zu schaffen. Möglicherweise rühren die Perseusgruppen selbst daher, daß die Ramiren die Sterne gewaltsam einander näher brachten, nachdem sie den freien Raum zwischen ihnen erschöpft hatten.

»Die Tanew-Reaktion«, flocht Romero ein. »Die Menschen benutzen sie, um ihre Sternennachbarschaft umzugestalten. Die Macht der Ramiren war derselben Ordnung oder allenfalls eine Ordnung höher als die gegenwärtige menschliche.«

»Aber sie war höher als unsere«, versetzte der Galakt. »Wir sind nicht imstande, Planeten zu schaffen, schon gar nicht, sie zu zerstören.«

Die weiteren Nachrichten über die Ramiren wurden immer unbestimmter. Ein Teil der Ramiren siedelte zum Galaxiskern über, wo sie die Sternmassen gewaltig ummodelten, nach ihnen brachen neue Expeditionen auf. Allmählich verödeten die von den Ramiren geschaffenen Planeten. Schub um Schub strebte dem Galaxiskern zu. Dort ereigneten sich Sternkataklysmen, der Kern pulsierte, als würde er von ungeheuren Kräften aufgewühlt. Im Perseus gingen nach dem Verschwinden der Ramiren alle Planetensysteme in den Besitz der Galakten über.

»Doch wohl auch in den der Zerstörer?« fragte Romero. »Und soweit ich verstehe, teilten die Galakten und die Zerstörer den ihnen zugefallenen kosmischen Reichtum nicht.«

»Der Perseus gehörte ungeteilt den Galakten, denn die Zerstörer oder, genauer, die Serven schufen wir später.«

»Die Zerstörer sind eure Schöpfung?«

»Ja. Zu unserem Unglück! Wir schufen sie nicht, sondern fertigten sie an. Der Fehler lag darin, daß die Zerstörer zunächst als Mechanismen hergestellt wurden.«

Von der Schlacht auf der Sigma her wußten wir, daß die Organismen der Augenköpfigen viel Synthetik enthielten – Halbleiter, Widerstände, Kondensatoren und mechanische Gelenke. Ihr Herz war ein kleiner Gravitator. Die Unsichtbaren besaßen noch mehr Künstliches als die Augenköpfigen.

Aber daß die Serven auf dem Fließband montiert wurden, wobei man ihnen speziell gezüchtete biologische Gewebe einsetzte, war uns neu.

»Nachdem die Konstrukteure der Galakten die Serven geschaffen hatten, arbeiteten sie daran, sie zu vervollkommnen«, sagte Tigran. »Von Generation zu Generation wurde der Anteil des Mechanischen vermindert und der Grad des Biologischen erhöht. Das biologische Gewebe ist energetisch das vollkommenste. Will man eine Maschine berechnen, die für eine Masseeinheit die größte Zahl von Fähigkeiten entwickelt, dann kann eine solche Maschine nur eine lebendige sein. Es war eine Notwendigkeit, keine Laune, den Anteil des Biologischen an den Serven zu erhöhen.«

»Später schien es Ihnen genauso notwendig, den Serven Verstand und die Fähigkeit der Selbstreproduktion zu verleihen«, bemerkte Romero ironisch.

»Mit Verstand hatten wir die Serven von Anfang an begabt. Serven ohne Verstand brauchten wir nicht, wir wollten Gehilfen, keine Sklaven. Und es wäre gewissenlos gewesen, ihnen die Gabe der Selbstreproduktion zu verweigern, nachdem ihnen alle anderen Merkmale eines Organismus gegeben waren. Allerdings statteten wir sie nicht verschiedengeschlechtig aus. Die Serven wurden geschlechtslos geschaffen.

Seinerzeit galt die Geschlechtslosigkeit der Serven als Verbesserung. Die Verschiedengeschlechtigkeit wurde den konstruktiven Unmäßigkeiten der Natur zugeordnet, da sie unweigerlich zur individuellen Liebe mit ihren Extremen und ihrem Mangel an Objektivität führt. Die Konstrukteure der Galakten erwägen heute eine wesentliche Vermehrung der Geschlechter bei den Lebewesen.

Berechnungen beweisen, daß nur die Sechsgeschlechtigkeit Vollkommenheit garantiert. Das Schema sieht so aus: Ein echter Mann und eine echte Frau, aber zugleich eine linkskonstruierte und eine rechtskonstruierte Frau, desgleichen links- und rechtskonstruierte Männer.«

»Wir sind von den Serven abgekommen«, sagte Mary, ihre Miene hatte sich verfinstert.

Tigran kehrte zum Thema zurück. Die Serven sollten vollkommen sein, doch Mißgestalten waren das Ergebnis. Man hatte ihnen die individuelle Liebe verweigert, dafür entwickelten sie die Selbstvergötterung.

Während an der Verbesserung der Serven gearbeitet wurde, äußerten sich diese unbeabsichtigten Eigenschaften nicht. Man konnte die Serven nicht genug loben. Sie waren klug, arbeitsam, vermehrten sich rasch, begriffen leicht alle Kalkulationen, führten die kompliziertesten Experimente in den Laboratorien durch, und ihre Begabung, etwas zu konstruieren, war bereits damals verblüffend.

Aber je mehr sich von Generation zu Generation der Anteil des Biologischen an ihnen erhöhte, wurde deutlicher, daß sie nur ein wahrhaft verehrungswürdiges Objekt sahen – sich selbst. Aus einem schändlichen, stets heimlichen individuellen Gefühl wurde die Selbstvergötterung zur Norm gegenseitigen Verhaltens. Die Serven waren gefühllos, kalt und gleichgültig gegen jedermann, außer gegen sich selbst. Ihr Körper lebte, ihre Seele war tot. Ihre technisch überwundene Künstlichkeit nahm psychisch ständig zu.

Es erwies sich, daß die Galakten verschiedene Methoden ausprobiert hatten, um auf die Serven einzuwirken. Man versuchte sie zu überzeugen, stritt mit ihnen … Schließlich wurde anerkannt, daß die seelische Verzerrung der Serven durch die Dualität ihres Wesens hervorgerufen war, das Totes und Lebendiges, Künstliches und Natürliches vereinigte. Ein neues Staatsgesetz erklärte für unzulässig, künstliche Organe in lebende Gewebe einzupflanzen. Von nun an sollten die Serven gänzlich lebendig sein, nur das konnte ihre verunstaltete Psyche korrigieren. Doch sie warteten nicht, bis man sie umkonstruierte. In Massen flohen sie von den Galaktenplaneten. Ihre Flucht hatten sie klug vorbereitet. Servenkolonien hatten sich auf unbewohnbaren Planeten angesiedelt, um sie angeblich zu kultivieren.

Die Galakten freuten sich, daß das Leben von ihren Sternensystemen rasch auf alle Gestirne des Perseus übergreifen würde. Außerdem war es einfacher ohne die Serven mit ihren unangenehmen Charakteren.

Als den Galakten die Ausmaße der Katastrophe klar wurden, war es zu spät. In den interastralen Räumen des Perseus entbrannte ein Vernichtungskrieg.

Die Serven wurden zu Verderbern und Zerstörern, eroberten sich einen Platz unter den Sternen und proklamierten eine Politik, die darauf abzielte, zu vernichten, was die Galakten im All eingeführt hatten.

Die Galakten verwandeln Mechanismen in Organismen und helfen den Organismen, in höchstem Grade kompliziert zu werden. Die Verderber hingegen senken den biologischen Anteil der Organismen, um Lebewesen allmählich in Maschinen zu verwandeln.

Die unglücklichen biologischen Automaten auf der von den Menschen eroberten Metrikstation – die Ingenieure, das Hauptgehirn, der Aufseher – waren anschauliche Beispiele für die kosmische Politik der Verleblosung. Romero sagte, es sei den Menschen geglückt, einen Entwicklungsweg zu finden, der dem der Galakten und ihrer Feinde nicht gleiche.

»Unsere Maschinen entwaffnen den Menschen nicht, sondern bewaffnen ihn. Wir trachten nicht danach, die Maschinen zu vollkommenen Universalarbeitern zu machen, sondern erweitern ihre spezialisierten Leistungen.«

Ich fragte, in welcher Phase sich der Krieg zwischen den Galakten und den Zerstörern befinde. Tigran antwortete, die Zerstörer beherrschten uneingeschränkt die interastralen Räume, könnten den Galakten auf ihren Planeten jedoch nichts anhaben.

Der Grund dafür war, daß die Galakten eine Waffe erfunden hatten, die alles Lebendige vernichten konnte, und die Zerstörer hatten schreckliche Angst davor. Praktisch tasteten sie die Galakten nicht an.

»Und die Perspektive?« fragte ich. »Gut, sie tasten euch nicht an, aber ihr sie? Findet ihr euch mit ihren Untaten ab?«

»Nein, doch was sollen wir tun? Die Philosophie der Serven übernehmen und darangehen, sie zu vernichten? Das ist nichts für uns. Außerdem würden Schlachten im Kosmos den Tod vieler Galakten herbeiführen.«

»Und auf euren Planeten, sterbt ihr da nicht? Oder ist nur die eine Todesform annehmbar?«

»Auf unseren Planeten sind wir unsterblich. Doch ihr seid müde, liebe Gäste. Wir werden noch Gelegenheit haben, uns zu unterhalten.« Er wies auf das Haus am anderen Ufer. »Dort sollt ihr wohnen.«

»Ich muß mit der ›Bootes‹ sprechen«, sagte ich, als ich mich erhob. »Wenn sie dort meine Stimme nicht hören, denken sie, wir wären in Not geraten.«

7

Innen glich das Haus einem irdischen Hotel. Die friedliche Landschaft in den Fenstern verstärkte diesen Eindruck.

»Eine harte Nuß«, sagte Romero düster. »Jetzt verstehe ich, warum sie unseren drei Sternenflugzeugen nicht zu Hilfe kamen, als wir im Perseus erschienen. Ich fürchte, sie leiden an der Manie des Isolationismus, wie man das in alten Zeiten nannte.«

»Unsterblich auf den Planeten«, sagte Lussin bekümmert, »sterblich im Kosmos. Interessant.«

»Wichtig ist vorläufig eins, sie sind nicht unsere Feinde, sondern unsere Freunde«, warf ich ein.

»Irgend etwas gefällt mir an den Galakten nicht«, bekannte Mary, als wir allein waren. »Sie sind göttlich schön, klug, liebenswürdig und so vorteilhaft gekleidet, daß man sie immerzu anschauen möchte. Hat dir seine Tunika gefallen? Sie scheint nicht gefärbt zu sein, sondern selbst zu leuchten …«

»Du wolltest mir sagen, was dir an ihnen nicht gefällt, statt dessen lobst du sie uneingeschränkt.«

»Nicht uneingeschränkt. In ihrer Gegenwart fühle ich mich befangen, empfinde ich beinahe Feindseligkeit. Und dieser Tigran hat mich angestarrt, daß ich mich geschmeichelt gefühlt hätte, wenn ein irdischer Mann an seiner Stelle gewesen wäre.«

Wären wir mit den Galakten unabsichtlich zusammengetroffen,

hätte diese Begegnung wahrscheinlich nichts als Freude hervorgerufen. Aber wir wollten sie bewegen, zum allgemeinen Nutzen tätig zu werden, und das war keine leichte Aufgabe.

8

Lange hielten wir Kurs auf den Flammenden, einen von jenen inaktiven Sternen, die uns während der Irrfahrt der »Raumfresser« angefleht hatten: »Kommt in meine Nähe, hier ist die Krümmung unbeständig.«

An dem Stern war nichts Besonderes: ein Gigant der Klasse W, später Typ, weiß, von riesiger Leuchtkraft – zehntausend Sonnen in einer Sonne. Um ihn kreisten vierzehn Planeten, verschieden groß, mit unterschiedlichem Klima, aber gleichermaßen kultiviert, vollendet ausgestattet ...

Jenseits der Bahnen der bewohnbaren Planeten rotierten Tausende von Asteroiden mit Durchmessern von hundert bis achthundert Kilometern. Sie bildeten eine geschlossene Sphäre und deckten die Planeten wie ein schützender Vorhang gegen Invasionen von außen.

Tigran, der uns auf unseren Spaziergängen im Sternenflugzeug begleitete, teilte mit, daß wir auf einem Asteroiden anlegen würden.

»Noch eine kosmische Desinfektion?« erkundigte sich Romero.

»Nicht nur Desinfeklion.« Tigran lächelte fein. »Ich habe den Auftrag, euch unsere kosmische Verteidigung zu zeigen.«

»Haben die Asteroiden Namen?« fragte Mary.

»Die kosmischen Forts der ersten Klasse haben Namen. Dieser heißt ›Unumgänglicher drei‹.«

Ich wunderte mich über die seltsame Bezeichnung. Romero erklärte, die Galakten legten die menschlichen Wörter meistens direkt und nicht wie allgemein üblich aus. In diesem Fall bedeute »Unumgänglicher« nicht »Unerläßlicher« oder »Notwendiger«, sondern »der, der nicht zu umgehen ist«, oder »der, an dem man nicht vorbeikommt«.

Der Besatzung der »Bootes« bereitete die Ausschiffung auf dem Asteroiden keine Mühe, doch für unser Sternenflugzeug war das eine langwierige Operation. Nicht nur die Menschen, sondern auch die Galakten saßen stundenlang in Spezialräumen und dehnten sich von winzigen Schiffspüppchen zu normalen, außerhalb des Schiffes brauchbaren Ausmaßen.

Diese öden Stunden ermüdeten mich, zumal der Wachstumsprozeß, der uns wieder normale Menschen werden ließ, im Dunkeln vonstatten ging. Mary faßtc dicsc Stunden anders auf.

»Ich stelle mir gerade vor, daß ich binnen kurzem achthundertmal größer werde – entsetzlich!«

Obwohl ich meine Phantasie anstrengte, wollte keine Furcht in mir aufkommen, wir wuchsen schnell, spürten es aber nicht.

Auf dem Asteroiden erwarteten uns bereits Oshima, Trub, Orlan und Gig, die in Spezialanzügen vor uns ausgestiegen waren.

Die Zeremonie, während der sich die Galakten und unsere Sternenfreunde kennenlernten, schien mir eigenartig. Oshima begrüßten sie so herzlich wie vordem uns, Trub wurde ebenfalls freundlich angelächelt, als sie sich jedoch an die Zerstörer wandten, entstand höfliche Kälte. Die Furcht und Feindseligkeit von tausend Jahren war nicht im Handumdrehen aus dem Gedächtnis zu verdrängen.

Für den Rundflug auf dem Asteroiden bot man uns ein seltsames Ding an, so etwas wie einen fliegenden Wal, mehr Lebewesen als Maschine. Wir konnten die Empfindung nicht loswerden, als säßen wir in einem Leib, nicht in einem Raum.

Mary sagte lachend: »Hoffentlich verdaut uns diese fliegende Konstruktion nicht! Ich fürchte, gleich sondern die Wandungen Magensaft ab.«

Nicht Magensaft breitete sich über die Wandungen, sondern mildes Leuchten. Sie wurden durchsichtig.

Wir flogen über die Oberfläche des Asteroiden. Selten bin ich einem so düsteren Bild begegnet. Die ferne Sonne – etwa so groß wie eine Kinderfaust – schien, ohne zu wärmen. Aschig trübes Licht erhellte unwirtliche Berggipfel über grundlosen Schluchten – der Asteroid bestand aus mehreren Stücken, die grob aneinandergefügt waren. Auf den Felsen lag eine dicke Schicht zu Schnee erstarrter Atmosphäre – schwere Gase, aufgelöst in erstarrtem Wasser.

Die Galakten führten uns zu einer riesigen unterirdischen Anlage. Das Merkwürdige begann damit, daß ein See unter einer Kuppel lag, einer durchsichtigen, dickwandigen Kuppel von solch unverkennbarer Festigkeit, daß weder Laser sie durchbrennen noch Geschosse sie sprengen konnten. Unter der Kuppel brodelte flüssige Masse. Der See wallte, Protuberanzen wirbelten auf, die zunächst weiß waren und dann gelblich wurden – er warf sich gegen die Kuppel, als wäre er lebendig, überflutete sie von innen, versuchte durchzubrechen, wuchs, blähte sich, sank wie erschöpft zurück und zog sich zusammen – nur die gilbenden Zungen brachen aus der Masse hervor.

Nach kurzer Zeit wiederholte sich alles – das Wachsen, das Schwellen, das Füllen der Kuppel, der wütende Versuch, sie zu sprengen ...

»Was ist das?« fragte ich Tigran.

»Ihr habt das mächigste biologische Geschütz unseres Sternenbezirks vor euch. Zweitausend fast ebenso starke Geschütze sichern die Planeten des Flammenden gegen Überfälle von außen.«

Eine Weile betrachteten wir schweigend den tobenden See. Er machte auf uns den Eindruck eines in einen Steinkäfig gesperrten Lebewesens.

Von Tigran erfuhren wir, daß der See tatsächlich ein riesiges Lebewesen war – der flüssige Kern des steinernen Asteroiden. Wir sahen nur einen unbedeutenden Teil von ihm, das winzige, durch eine Kuppel geschützte Auge, alles übrige war kilometertief verborgen.

Obwohl dieses Wesen, das biologische Geschütz, ohne Verstand in unserem Sinne war, einem stumpfen Riesentier ähnlich, so war es doch von launischem und eigensinnigem Charakter. Es mußte nicht nur gut gefüttert – seine Nahrung stammte von den inneren Planeten –, sondern auch mit Wärme, spezieller Bestrahlung und elektrischen Entladungen bedacht werden. Toste der See, dann zeugte das von der Ruhe des Kerns, war der Kern aufgebracht, dann erhob sich ein Sturm, daß der Asteroid wie epileptisch zuckte. Der Kern produzierte eine Strahlung, die im Nu alles Lebendige vernichtete.

Kuppeln wie diese gab es an verschiedenen Stellen des Asteroiden. Von wo ein feindliches Schiff auch angriff, auf seiner Flußachse befand sich stets eine dieser Kuppeln. Im erforderlichen Augenhlick öffnete sich die Höhle, die Schutzglocke änderte die Molekularstruktur, und ein Strom tödlicher Strahlung schnellte hinaus, der alles Lebendige auf dem feindlichen Schiff in ein Häufchen Asche verwandelte.

Die Tanew-Annihilatoren sahen schöner aus als die Kolonien tobender Zellen hinter der durchsichtigen Glocke. Doch neben diesem ungeheuren lebenden Kern wirkten sie, obwohl sie an sich gewaltig waren, wie Winzlinge. Romero fragte Tigran: »Im Laufe der Zeit samnelt sich unter der GIocke die nicht abgegangene Strahlung an. Beeinträchtigt das nicht die Lebenstätigkeit des Kerns?«

Romero hatte einen komplizierten Punkt berührt. Es ist verboten, die angesammelte Strahlung freizugeben, die Weltenräume dürfen nicht mit verderblichen Strömen erfüllt werden. Der Kern schluckt die eigenen Absonderungen, und seine Zellen sterben an Selbstvergiftung. Der Zerfall alter und die Synthese neuer Zellen erfolgen gleichzeitig, die Protuberanzen erzeugen Stürme, sind Ausdruck dieser Reaktionen. Periodisch wird der Kern schwächer und erlischt, danach überwindet die Synthese den Zerfall, und ein neuer stürmischer Prozeß entbrennt.

»Und wenn sich der Feind gerade in dem Augenblick einstellt, da der Kern geschwächt ist?«

»Die Perioden des Absinkens und des Ansteigens haben die verschiedenen Asteroiden nicht gleichzeitig. Die Hälfte der Kerne ist ständig aktiv. Außerdem braucht der Kern das periodische Erlöschen, um sich selbst zu regulieren. Würde er ungehindert Strahlung absondern, würde seine Substanz so anschwellen, daß der Asteroid auseinanderflöge. Je schneller ein Kern erlischt, desto zuverlässiger ist er.«

»Sind eure kosmischen Schiffe mit biologischen Geschützen ausgerüstet?«

Man merkte Tigran an, daß er nicht antworten wollte. Aber die Galakten können nicht lügen. Wenn es ihnen nicht gelingt, Stillschweigen zu bewahren, sagen sie die Wahrheit. »Auf den Sternenflugzeugen gibt es biologische Geschütze, allerdings von geringerer Leistungsfähigkeit.«

Romero fand es befremdlich, daß die Galakten, obwohl sie die absolute Waffe besaßen, keinen Umschwung im Krieg herbeigeführt hatten. »Sie müssen zugeben, lieber Orlan, daß Ihre Schiffe schwächer ausgerüstet sind. Sowohl Ihre Gravitationsschläge als auch die biologische Strahlung der Galakten pflanzen sich mit Lichtgeschwindigkeit fort. Aber eine Gravitationswelle wird proportional zum Quadrat der Entfernung schwächer, während ein Bündel biologischer Strahlung praktisch überhaupt nicht zerstreut wird. Bei weiten Distanzen müßte ein Kreuzer der Galakten immer die Oberhand über einen Kreuzer der Zerstörer gewinnen.«

Orlan antwortete so betont leidenschaftslos, daß man es als Spott auffassen konnte. »Du vergißt, Romero, daß unser Kreuzer einem schmalen Strahl ausweichen kann, während ein Schiff der Galakten unweigerlich in eine gefährliche Gravitationswelle gerät, mag sie auch abgeschwächt sein. Die Zielgenauigkeit der biologischen Geschütze ist in einem Manövrierkampf gering. Anders sieht es aus, wenn man ins Innere der Planetensysteme durchbrechen will – da werden die Schiffe vom tödlichen Beschuß ereilt.«

Romero stritt weiter: »Wenn der Manövrierkampf, scharfsinniger Orlan, Ihrer Meinung nach den Galakten nicht das Übergewicht gibt, warum fallen sie dann nicht über Ihre Planetenstützpunkte her, über den Dritten Planeten zum Beispiel? Den können Sie nicht zur Seite schieben, aber der Strahlenweg läßt sich bis auf einen Kilometer genau berechnen. Früher oder später hätte Sie die todbringende Strahlung in Asche verwandelt – und die Zerstörer, selber zerstört, hätten aufgehört, Böses im All zu säen.«

»Um diese Gefahr abzuwenden, haben wir die sechs Metrikstationen errichtet, Romero.«

Und Orlan erzählte, wie die letzte offene Schlacht zwischen Galakten und Zerstörern verlief. Die Galakten versetzten einer Metrikstation Schläge aus ihren biologischen Geschützen, aber die Station rollte in ihrem Bezirk den Raum zusammen und warf die ausgestoßenen Strahlen nach dem Aufrollen auf die Galaktenplaneten zurück. Seit der Zeit hatten die Galakten, wo sie sich im Perseus auch befanden, dem Kampf um die Macht in der Sterngruppe entsagt.

Orlans Erzählung brachte mich wieder auf meine unruhigen Gedanken. »Du hast uns beredet, Orlan, die Galakten um Hilfe zu bitten. Nun stellt sich heraus, daß ihre biologischen Geschütze im Kampf wirkungslos sind.«

Orlan antwortete, als habe er diese Frage schon lange erwartet: »Je nachdem, um was für einen Kampf es sich handelt, Eli. Dort, wo die Sternenschiffe der Menschen durchbrechen, werden unsere Schiffe begrenzt manövrierfähig sein. Und wenn sie, um sich vor den biologischen Strahlen zu retten, ungeordnet fliehen, dann ist euch damit doch auch gedient, oder?«

9

Anfangs sah es so aus, als legten wir auf einem nur von Bäumen besiedelten Planeten an. Zwei Monde umkreisten ihn, auf dem ferneren hatten wir von den Sternenflugzeugen Abschied genommen. Dann hatte sich der Planet gezeigt, und wir wunderten uns, als wir vergebens nach Ortschaften Ausschau hielten. Wälder, nur Wälder, nach menschlichen Begriffen unwahrscheinliche Wälder.

»Ich bin geblendet vom Licht der Bäume«, sagte Mary. Die Bäume waren größer als unsere irdischen – manche bis zu einem halben Kilometer hoch, wie wir später feststellten. Ihre Äste hingen nicht herab und luden auch nicht nach den Seiten aus, sondern strebten empor. Sie waren nicht nur verschiedenfarbig wie unsere Vegetation, sondern leuchteten funkelnde Lichter – rote, blaue, violette, gelbe und orangefarbige in allen Schattierungen …

»Nachts ersetzen die Bäume den untergegangenen Stern«, erläuterte Tigran. »Werden eure Planeten nicht von Bäumen erhellt?«

Höflich hörte er sich die Antwort an, aber sicherlich kamen ihm unsere Lampen und Scheinwerfer, unsere leuchtenden Wände und Decken wie wilde Barbarei vor. Bei den Galakten steht in jedem Zimmer ein Bäumchen – es spendet Licht und klimatisiert die Luft.

Mitten im Waldmassiv öffnete sich ein heller Streifen, der Aerobus landete auf einem weiten Platz.

Groß war unsere Überraschung, als wir gewahr wurden, daß nicht nur Galakten zu unserer Begrüßung erschienen waren. Engel drängten sich um uns, sechsflüglige Grashüpfer mit Menschengesichtern, schöne Wegabewohner. Ich fürchtete schon, man habe Phantome auf uns losgelassen, Kopien der in unseren Gehirnen haftenden Gestalten, aber dann erblickte ich derart seltsame Wesen, daß niemand sie sich ausgedacht haben konnte.

Wir wanderten aus einer Umarmung in die andere und flogen in eine Stadt. Sie glich unseren Städten und war ihnen doch nicht ähnlich. Es gab Straßen, irdisch weitläufig und breit. Längs der Straßen erhoben sich nicht Häuser mit Fenstern und Türen, sondern blinde Mauern, in denen hier und da ein Tunnelschlund gähnte. Über der Straße wölbten sich statt des sternenübersäten Himmels, die Kronen von leuchtenden Riesenbäumen – ihre Stämme waren hinter den Mauern verborgen, die Äste über der Straße zu einem Dach verflochten.

Wir wurden in einen Tunnel geführt und gelangten in einen Saal.

Tigran machte uns mit einem Galakten bekannt, der noch stattlicher und schöner war. In der Menschensprache hieß er Grazi – der Name paßte zu ihm.

»Auf den Planeten wird Grazi mich vertreten«, teilte Tigran mit. »Er wird auch die Verhandlungen mit euch führen.«

Am Abend fand unser erstes Gespräch statt. Ich nannte die Gründe, die dringlich ein Bündnis zwischen Menschen und Galakten erforderten.

Das Zerstörerreich sei durch innere Kräfte zerrissen, man brauche nur zuzuschlagen, damit es endgültig auseinanderfalle. Zu dem Zweck müsse der menschlichen Flotte geholfen werden, die in den Perseus eindringe.

Die Galakten hörten höflich zu, das strahlende Lächeln wich nicht von ihren Gesichtern. Ich spürte, daß ich eine Wand vor mir hatte und mit dem Kopf dagegen anrannte.

»Wir werden euren Vorschlag den Völkern auf den Planeten des Flammenden unterbreiten, desgleichen den Galaktengesellschaften, die die Systeme anderer Sterne bevölkern«, versprach Grazi. »Einstweilen bitte ich euch, an einem Fest euch zu Ehren teilzunehmen.«

»Nein«, sagte ich. »Keine Feste, solange wir eure Meinung nicht kennen.«

Grazi zog erstaunt die Brauen hoch. »Ich kann der Entscheidung unserer Völker nicht vorgreifen. Es erheben sich viele Einwände gegen eine Teilnahme am offenen Krieg.«

»Teilt uns wenigstens mit, welche Einwände ihr habt, damit wir beizeiten darüber nachdenken können.«

Durch Blicke verständigte sich Grazi mit den Galakten. »Ich nenne die beiden Haupteinwände: Wenn wir den Menschen ein Geschwader zu Hilfe schicken, das mit biologischen Geschützen ausgerüstet ist, dann können die Geschütze in dem entbrennenden Kampf ein Ziel verfehlen. Bei dem bloßen Gedanken daran packt uns Entsetzen.«

»Haha, ein schöner Einwand!« rief Gig aus. »Selbst wir, die Unsichtbaren, schießen vorbei. Ein ungenauer Schlag – das ist in Schlachten doch gang und gäbe!«

Ich ermahnte Gig durch einen strengen Blick.

»In gewöhnlichen Schlachten – ja«, sagte Grazi so höflich wie zuvor. »Aber eine Schlacht, an der biologische Geschütze beteiligt sind, ist ungewöhnlich. Wenn ein Bündel dieser Strahlen das Ziel trifft, wird das Ziel vernichtet, die Strahlen sind ausgelöscht. Wird das Ziel verfehlt, jagt das Strahlenbündel im All dahin, unsichtbar, unabwendbar, jagt jahrelang dahin, Jahrtausende, Millionen, Milliarden Jahre, durchdringt die Sternensysteme, die Galaxien, die Metagalaxis – und irgendwann trifft es unterwegs einen Lebensherd. Und wehe dann allem Lebendigen! Was es auch sein mag – Kolonien primitiver Moose, Bakterien, die die Atmosphäre füllen, oder eine hochentwickelte Zivilisation, alles verwandelt sich in Staub! Kein einziger Galakt heißt ein solches Verbrechen gut – ich auch nicht!«

Jetzt klang seine Stimme herausfordernd. Die Einwände des Galakten waren mit den ersten besten Argumenten nicht zu widerlegen.

»Ein ernsthafter Einwand. Wir werden über eure Befürchtungen nachdenken. Jetzt würde ich gern den zweiten Einwand hören.«

»Der zweite hängt mit dem ersten zusammen. Ihr habt eine Metrikstation erobert, fünf andere sind noch in den Händen der Zerstörer. Wenn wir danebenschießen, erzeugen die Feinde eine Krümmung, daß die von uns ausgesandten Strahlen uns selbst ereilen. Einen solchen Fall hat es bereits gegeben – viele Planeten verwandelten sich damals in Friedhöfe. Wollt ihr, daß wir uns selbst zum Untergang verdammen?«

»Ihr sagtet, Galakten seien auf ihren Planeten unsterblich. Dennoch seid ihr nicht frei von Todesangst?«

»Wir haben solche Lebensbedingungen geschaffen, daß wir den Tod nicht zu fürchten brauchen. Todbringende Faktoren können nur von außen kommen. Einfallende biologische Strahlen zum Beispiel.«

Der Tod, antwortete Grazi, sei entweder eine Katastrophe oder eine Krankheit. Katastrophen gebe es auf ihren Planeten nicht, die Krankheiten seien überwunden – woran solle da ein Galakt sterben? Wenn sich einzelne Organe abnutzten, würden sie ersetzt. Grazi hatte dreimal das Herz gewechselt, zweimal das Gehirn, etwa achtmal den Magen – und nach jedem Ersatz hatte sich sein Organismus verjüngt.

»Schwingungsbewegungen zwischen Alter und Erneuerung«, sagte Romero. »Oder ein auf ewig konserviertes Alter?«

Romeros Bemerkung war allzu herausfordernd, als daß der Galakt sie unbeantwortet lassen konnte. Es sei unmöglich, das Alter zu konservieren. In der Jugend und im Alter gingen die biologischen Veränderungen im Organismus so rasch vor sich, daß es irreal sei, hier die Entwicklung aufzuhalten. Die volle Blüte – das sei der Lebensabschnitt, da sich der Organismus maximal erhalte, das sei ein großes Plateau in der Wachstumskurve. Eben diese Periode, die stabile Reife, wählten die Galakten, um sie ewig fortdauern zu lassen. Gern würden sie uns ihr Wissen und Können vermitteln, damit auch wir der Vorzüge einer vernünftigen Unsterblichkeit teilhaftig würden.

Ich mischte mich nicht mehr ins Gespräch, sondern hörte nur zu. In jedem Wort, in jeder Geste der Galakten entdeckte ich Entsetzen vor dem Tode.

Die Unsterblichen quälte das Grauen vor dem Untergang, denn er war für sie eine Katastrophe, keine Unvermeidlichkeit.

Keine leichte Aufgabe, dachte ich. Nicht für ein vorteilhaftes und edles Bündnis gewinnen, wie ich es mir anfangs vorgestellt hatte, sondern ihre Natur wandeln – das war mir zugefallen.

»Jetzt versteht ihr, meine ungeduldigen Freunde, wie groß unsere Zweifel sind«, sagte Grazi. »Wir wollen die Geduld der Versammelten nicht länger strapazieren, ihr werdet schon lange erwartet, kommt!«

10

Mittelpunkt des Festes wurden Gig und Trub.

Unsichtbare waren bei den Galakten noch nie gewesen, und Gig tollte für alle seine Mitbrüder umher. Selbstverständlich verschwand er nicht in der optischen Unzugänglichkeit, sondern prunkte – sichtbar in allen Wellen – nach Herzenslust in seiner Ziviltracht. Ununterbrochen wurde er zum Tanz aufgefordert, und das lustige Skelett verrenkte sich so ausgelassen bei den komplizierten Pirouetten, daß er sämtliche Galaktinnen bezauberte.

Trub kurvte unter den Baumkronen, und keiner der einheimischen Engel leistete gleiches – so setzte er Maßstäbe.

Von schönen Galaktinnen umringt, plauderte Romero über die grüne Erde. Ich spitzte die Ohren und lauschte ihm. Verwundert fragte ich mich dann, was mich eigentlich von diesem paradiesischen Winkel, der die Erde in seiner Schilderung war, in die rauhe Ferne gelockt hatte.

Lussin war verschwunden, Oshima war ebenfalls nicht zu sehen. Orlan schweifte leidenschaftslos und ohne Rast unter den Bäumen umher – ein bleiches Gespenst in prächtiger Menge. Auch er wurde zum Tanz geholt. Zwei leuchtende Wegabewohner wirbelten wie Windhosen um ihn herum, er flatterte teilnahmslos und schweigsam zwischen ihnen. Ich weiß nicht, was die Schlangen von der Wega empfanden, doch ich fand diesen Tanz nicht berückend.

Der aufgekratzte Romero trat zu mir: »Lieber Admiral, warum so trübselig? Es wäre schön, wenn der Kommandierende unserer Sternenarmee mit den neugewonnenen Bundesgenossen tanzen würde!«

»Mit den Bundesgenossinnen, Romero! Nur mit den Bundesgenossinnen. Leider kann ich nicht. Tanzen Sie für mich.«

»Nein, so leicht kommen sie mir nicht davon«, rief er und forderte zwei Galaktinnen auf. Obwohl ich meiner Partnerin nicht einmal bis zur Schulter reichte, tanzten wir zu lustiger Musik. Musiker sah ich nicht, die Klänge wurden telepathisch übertragen.

Die Melodie entstand hier harmonisch, sie wurde nicht allein von mir hervorgerufen , sondern von der ganzen Umgebung – der dunklen Nacht, den bunten, duftreichen Bäumen, der Freude unserer Gastgeber, die ihre Gäste verwöhnten, auch von ihrer Furcht vor unseren Bitten und meiner inneren Verfassung ... Und all das bildete eine wehmütige vielstimmige Fuge.

Ich dachte an unsere weite Reise zu den Plejaden, an unsere beiden Invasionen im Perseus, an die Bilder von den Untaten der Zerstörer. Tausende von leidenschaftlichen, bald zärtlichen, bald bitteren Erinnerungen erhoben sich in mir und traten zurück, ich verweilte in der Vergangenheit, war bald begeistert, bald empört – erlebte sie von neuem.

Dann wurde die Vergangenheit von der Gegenwart verdrängt, doch es war nicht die bezaubernde, träumerische, in der ich mich jetzt befand, sondern die ernste, die Zweifel und Befürchtungen weckte. Ich sann über die Galakten nach, über ihre vollendete Selbstzufriedenheit, ihr blindes Entsetzen vor dem Tod, den sie jenseits ihrer Sternenumgebung wähnten.

Ich hatte den leidenschaftlichen, unbändigen Wunsch, sie zu widerlegen, ihnen Egoismus vorzuwerfen, in ihnen das erloschene Verantwortungsgefühl für das Schicksal der anderen, ihnen fernen Sternenvölker wachzurufen, ihrem ruhigen Blut unsere menschliche Unruhe beizumengen …

Seit jener Nacht sind viele Jahre verstrichen. Ich sitze in der Veranda unserer Wohnung im neunundsiebzigsten Stockwerk des Grünen Prospekts, derselben, die Wera und ich einst bezogen hatten. Wera ist vor kurzem gestorben, ihre sterbliche Hülle ruht, unvergänglich, im Pantheon. Die Kunst der Galakten, unsterblich zu sein, steht den Menschen trotz aller Experimente noch nicht zu Gebote. Ich beklage mich nicht. Vor dem Tod habe ich keine Angst. Ich habe ein gutes Leben gelebt und wende das Gesicht nicht ab, gedenke ich des Vergangenen. Unten, im Zentrum des Grünen Prospekts, erhebt sich eine Kristallkuppel – Asters Mausoleum. Er ist aufgebahrt, unser Junge, klein, lieb, noch im Tode wirkt er energisch. Am Eingang findet sich die Inschrift: »Dem ersten Menschen, der sein Leben für die Sternenfreunde der Menschheit gab.« Diese Inschrift hat Romero verfaßt, ich sah Tränen in seinen Augen, als er sie dem Großen Rat vorschlug. Ich bin's zufrieden, und ich werde nicht weinen. Zum letztenmal in meinem Leben habe ich damals geweint, in der Nacht, auf dem prächtigen Planeten der Galakten, unter ihren frohen Bäumen, die leuchteten und dufteten, und Mary, die mich umarmt hatte, weinte mit mir …

II

Man brachte uns auf einen der öden Planeten, die man für das Leben ausgerüstet hatte.

Diese Reise interessierte mich mehr als die Bekanntschaft mit den Galakten in ihren paradiesisch eingerichteten Heimen. Romero meinte ironisch, die Suche nach der Vollkommenheit fessele mich mehr als die erlangte Vollkommenheit. »Sie sind ganz dem Reisen verfallen«, sagte er im Planetenflugzeug. »Sie beachten die Stationen an Ihrem Wege nicht, ungeduldig eilen Sie der nächsten zu, um ebenso eilig daran vorbeizufliegen.« Vielleicht war etwas Wahres an dem, was Romero sagte, doch ich hätte den Gedanken einfacher ausgedrückt: Ich bin ein Mensch der Tat, und da war so viel zu tun, daß keine Zeit blieb, sich lange umzusehen.

Der Planet, auf den man uns brachte, hieß Massiver. Er war wirklich massiv – gigantischer Stein, Bergspitzen und Felsen, Klüfte ohne Grund, gewaltige Spalten von Pol zu Pol, ungeheure Bergketten. Den kultivierten Kügelchen unserer Planeten glich dieser düstere Steinzapfen im Kosmos wenig.

Wenn dieser trostlose Massive von Ramiren erschaffen worden war, dann hatten die rätselhaften Wesen entweder äußerst nachlässig gearbeitet, oder ihre Phantasie hatte nicht weiter als bis zur Erschaffung toter Steine gereicht.

Der Massive interessierte mich auch deshalb, weil er an den Pluto erinnerte, den Planeten meiner Jugend, der aus einer ähnlichen Felswüste in ein gigantisches kosmisches Werk umgewandelt worden war.

Als ich die Tätigkeit der Galakten kennenlernte, mußte ich zugeben, daß wir zwar in technischen Lösungen überlegen waren, von der Zielstrebigkeit ihrer Vorhaben aber lernen konnten.

Die Berge bedeckte graubrauner Schimmel. Moose zerlegten den Stein in seine chemischen Elemente. Unsere Atmosphärenwerke auf dem Pluto arbeiteten intensiver, erfaßten jedoch nur einen unbedeutenden Teil des Planeten, während die Moose der Galakten hier die gesamte Oberfläche bedeckten. Der tote Planet dampfte, verbreitete Stickstoff und Sauerstoff, überall rieselten Bäche und Flüsse über ihn hin, füllten die Senken der künftigen Meere.

Ihr Projekt, den Planeten zu besiedeln, war grandios. Und wieder hätten die Menschen einen anderen Weg beschritten als die Galakten. Wir hätten den Planeten kolonisiert – hätten Fische gebracht, Raubtiere, Vögel, hätten Gewächse gepflanzt, die schon an anderen Stellen gediehen. Die Galakten hingegen kolonisierten ihre Planeten nicht, sondern entwickelten neue Lebensformen. Auf dem Massiven mit seiner großen Gravitation züchteten sie Rassen mit wenig Masse und starker Muskulatur. Die genetischen Möglichkeiten der Evolution berechneten sie unwahrscheinlich weitgehend. Das neugebildete Wasser war bereits von mehrzelligen primitiven Wesen bevölkert. An Modellen zeigte man uns, wozu sie sich später entwickeln würden. Diesen Wesen war eine gigantische Vervollkommnungskraft eingegeben, sie sollten sich von Generation zu Generation transformieren.

Am Ende einer gar nicht langen Reihe von Umwandlungen – nicht Milliarden Jahre natürlicher Evolution, sondern insgesamt nur Tausende – sollten neue vernunftbegabte Wesen entstehen, die den Engeln, auch sechsflügligen Grashüpfern und Galakten ähnlich sahen. Die Galakten sprachen von ihnen, als existierten diese geplanten Wesen bereits.

Je aufmerksamer ich die Arbeiten der Galakten auf dem Massiven studierte, desto häufiger suchten mich die alten Gedanken heim – jetzt waren sie bestimmter. Wie anders hätte sich das Leben im All entwickelt, wären die Galakten nicht in ihre Sternenreservationen gejagt worden! Gejagte Götter sozusagen, ewige Gefangene, unsterbliche Parias, die Angst haben, die Nase aus den Umfriedungen ihrer Planetengettos zu stecken.

Nach der Besichtigung des Massiven sagte Grazi: »Bereite eine Rede an die Galakten vor. Wir kehren auf unseren Planeten zurück, von dort wird die Sendung auf die Trabanten des Flammenden übertragen sowie auch in die befreundeten Sternensysteme. Du wirst also eine ausgedehnte Hörerschaft haben, Freund Eli!"

Wir alle waren aufgeregt, nicht nur ich.

Romero hätte in Gelassenheit mit Orlan wetteifern können, in der Fähigkeit, sich zu beherrschen, hätte er keinem Galakten nachgestanden. Aber auch er sah verstört aus. Gig hatte seine Lebensfreude eingebüßt, und Trub ließ die Flügel hängen. Ich mußte vergessen, daß ich ganz durcheinander war, und die Kameraden ermuntern.

Mary sagte zu mir: »Hals- und Beinbruch, Eli.« Als sie sah, daß ich befremdet war, fügte sie hinzu: »Eine alte Beschwörungsformel. Als Antwort mußt du mich zum Teufel schicken.«

Ich genierte mich, sie zum Teufel zu schicken, aber in Gedanken sprach ich den Fluch aus.

Grazi und Tigran geleiteten uns in einen leeren Saal mit zwei Tischen. Am ersten nahmen die beiden Galakten, Romero, Orlan und ich Platz, am zweiten unsere Kameraden.

Orlan und Oshima hatten errechnet, daß Allan tausend Jahre braucht, um zum Dritten Planeten vorzudringen, wenn er sein Tempo beibehält, und genau fünftausend Jahre, bis er am ersten Sternensystem der Galakten anlangt.

Ringsum waren nur matt leuchtende Wände, die in eine Kuppel ausliefen. Obwohl wir selbst niemanden sahen, waren fast eine Trillion nachdenklicher, ruhiger, wohlwollender Augen auf uns gerichtet: Alle Sternensysteme der Galakten waren dem Flammenden angeschlossen, zahllose bewohnbare Planeten lauschten der Stimme des fernen Sterns, eines gewöhnlichen Übergiganten von hoher Leuchtkraft, der heute auch von ungeheurer Tonstärke war. Später erfuhren wir, daß es den Zerstörern nicht gelungen war, die Sendung vom Flammenden zu unterdrücken – im Perseus reiften schreckliche Ereignisse heran, die Feinde wollten über ihr Schicksal im Bilde sein.

»Sprich, Eli«, sagte Grazi.

Zuerst sagte ich, wir seien Freunde, und unter Freunden sei Offenheit im Umgang die Norm. Die Errungenschaften der Galakten seien gewaltig. Sie überträfen alles, was die abergläubischen Menschen einst ihren Göttern an Macht und Wohlstand zuschrieben.

Eins sei von Übel: Die Galakten hätten sich mit der Rolle von Gefangenen abgefunden, die von der übrigen Welt abgeschnitten sind. Die Welt rufe um Hilfe – wo ist die Hilfe der mächtigen Galakten? Die Galakten seien taub gegenüber den Qualen der Welt – das sei die Wirklichkeit.

»Ihr fürchtet den Untergang, denn der Tod ist für euch nicht wie für uns das unvermeidliche Ende, sondern eine unzulässige Katastrophe«, sagte ich unumwunden. »Und ich kann euch keine Garantie geben, Krieg ist Krieg, da ist nichts zu machen. Aber ich will darauf hinweisen, daß ihr nicht allein sein werdet in den Schlachten, neben euren werden die Schiffe der Menschen mit ihren Annihilatoren fliegen. Ich befehlige die menschliche Flotte und verspreche feierlich: Wenn eins eurer Sternenflugzeuge ein Ziel verfehlt und die todbringende Ladung in den Raum davonjagt, werden wir den Raum zusammen mit den biologischen Strahlen annihilieren, die technischen Möglichkeiten dafür sind vorhanden. Nichts droht euch, nur eure eigene Angst. Euch erwartet – die ganze Welt! Folgt dem Ruf der Welt!«

Nach wie vor befanden wir uns in dem Saal mit den durchsichtigen Wänden und der ebenso durchsichtigen Kuppel – doch gleichzeitig flogen wir über dem Planeten dahin. Vor uns zeigten sich Plätze, auf den Plätzen Gewimmel, überall debattierende Galakten und ihre Freunde.

Kurz darauf erschien ein anderer Planet vor uns, zunächst eine kleine rote Kugel, dann eine den ganzen Himmel füllende Sphäre. Wir fielen auf den Planeten, prallten aber nicht auf, sondern segelten darüber hin. Er sah anders als unser Planet aus – himbeerfarbene Gewächse, Seen und Meere, die nicht blau, sondern orangefarben waren, Berge, von weißrosa Fackeln gekrönt. Die Wasserwolken, die in der Atmosphäre schwammen, waren gelbgrün und nicht schmutzig grau. Ich bin überzeugt, daß auf diesem freudig lichten Planeten mit den lohenden Farben nicht nur die Augen Erquickung fanden, sondern daß es sich hier leicht leben ließ.

»Wir könnten die anderen Planeten des Flammenden besuchen, können in die benachbarten Sternsysteme überwechseln«, bot Grazi an. »Die Übertragung erfolgt mittels Überlichtwellen.«

Ich weiß nicht, wieviel Stunden der Flug über die Planeten und Sterne dauerte, doch wir wurden rechtschaffen müde. Grazi schlug vor, wir sollten uns stärken und dann ausruhen.

Nach dem Mittagessen versammelten wir uns im Salon. Von hier führten Türen in den Saal.

Romero sagte achselzuckend: »Ich bezweifle nicht, daß sie eine Methode haben, die individuellen Wünsche zu einer kollektiven Meinung der Gesellschaft zu summieren. Selbstverständlich nicht so was wie unsere Große Staatsmaschine, aber irgendeinen ewig jungen Galakten, der sich auf das allgemeine Abhören oder – nennen wir es so – Anhören spezialisiert hat.«

Orlan war am aufgeregtesten, ich sah das an seinem grau gewordenen Gesicht. Er sprach mit Mary, ich setzte mich zu ihnen.

»Die Trägheit glücklicher Abgeschlossenheit – das ist es, was sie überwinden müssen«, sagte Orlan finster. »Draußen droht ihnen der Verlust ihres Glücks. Und dann – Zerstörer sollen ihre Bundesgenossen sein! Ihr habt mir sofort vertraut, aber doch wohl deshalb, weil ihr vorher eigentlich keine Zerstörer getroffen hattet. Sie haben uns Millionen eurer Jahre studiert!«

»Nein, nicht deshalb vertrauen wir dir, Orlan, weil wir euch schlecht kennen«, mischte ich mich ein. »Wir sind überzeugt, daß das Gute vernünftiger ist als das Böse und Zusammenarbeit nützlicher als ein Vernichtungskrieg. Wir wenden uns an eure Vernunft und stärken eure Vernunft durch unsere Kraft. Ein Bündnis zwischen Vernunft und Kraft – was kann wirksamer sein?«

Orlan sagte voll Kummer, der durch seine Maske der Leidenschaftslosigkeit schimmerte: »Ich zweifle nicht: eine gute Niederlage im Kampf, und das Reich des Großen Zerstörers bricht auseinander. Wie soll ich meine Überzeugung auf die Galakten übertragen?«

Grazi und Tigran betraten den Salon. Wir umringten sie. »Du hast uns nicht überzeugt, Admiral Eli«, erklärte Grazi. »Du hast freimütig mit uns gesprochen, auch die Galakten wollen freimütig mit dir sein. Wir stellen dir zwei Fragen und bitten dich, uns eine klare Antwort darauf zu geben. Die erste: Hältst du es für vernünftig, daß die Galakten ihren jetzigen gesicherten Wohlstand gegen die Unbilden eines Krieges vertauschen, in dem es nicht um ihre Interessen geht? Die zweite: Bist du sicher, daß unsere Feinde ihre Natur ändern können? Vermag man diejenigen, die sich bisher allein der Zerstörung widmeten, dem schöpferischen Leben zuzuführen? Welche Garantien gibt es dafür?«

Orlan ließ seinen Kopf zwischen die Schultern knallen. »Genau das, worüber wir uns eben unterhalten haben, Eli«, sagte er mißmutig.

Besorgt berührte mich Mary mit der Hand. Ich blickte sie schweigend an. Sie war sehr blaß.

»Beruhige dich«, sagte sie. »So wütend darfst du nicht, sprechen!«

»Kommt«, sagte ich zu Grazi und Tigran. »Wenn Fragen gestellt werden, gibt es auch Antworten.«

12

»Also die erste Frage«, sagte ich, »ob es vernünftig ist, den heutigen Wohlstand der Galakten gegen die Unbilden und Launen eines Krieges einzutauschen. Mehr als vernünftig – es ist unvermeidlich. Denn eine andere Möglichkeit, euren jetzigen Wohlstand zu bewahren, gibt es nicht, außer dieser – sich Gefahren und Launen auszusetzen. Und kämpfen werdet ihr nicht für Interessen, die euch nichts angehen, sondern für eure eigenen.

Euch stehen das Heute und die ferne Zukunft offen. Warum lebt ihr denn nur dem Heute? Ich könnte der Zukunft leichter entsagen, sie ist ohnehin nicht meine Zukunft, mein Körper vergeht, sobald sie eintritt, doch ich kämpfe für sie, denn sie wird das Heute meiner Nachkommen sein, und sie werden sich meiner erinnern und mich loben.

Für euch ist es keineswegs die Zukunft eurer Nachkommen, sondern eure eigene, wie könnt ihr euch entschließen, ihr zu entsagen, euch selbst so zu berauben?

In den Weltenräumen, aus denen ihr einst verjagt wurdet, herrschen heute eure Feinde, die Zerstörer. Ihr meint, sie wären euch ungefährlich? Ihr glaubt, die entsetzlichen biologischen Waffen wären ein sicherer Schutz gegen sie? Heute, meine Lieben, nur heute sind sie sicher, morgen nicht, aber ihr existiert doch immer. Wollt ihr wissen, was morgen geschieht und womit euer Leben endet?

Die Zerstörer wissen genau, daß Lebewesen der Zugang zu euch verwehrt ist. Und sie versuchen es nicht – heute könnt ihr ruhig sein. Doch sie haben eine vorzügliche Eigenschaft, die euch fehlt und die für euch unendlich bedrohlich ist! Ihr habt Vollkommenheit erlangt, seid mit euch selbst zufrieden. Eigentlich tut ihr nichts anderes, als euren heutigen Zustand in eine Ewigkeit zu verwandeln – errungenes Glück konserviert ihr. Sie aber entwickeln sich, sie fahren fort, sich unermüdlich zu vervollkommnen, sie entwickeln sich in frevlerischer Richtung, sie vervollkommnen ihr Verbrechertum. Ihr meint, es sei leere Philosophie, was der Große Zerstörer der Verderber verkündet hat – die Umwandlung von Organismen in Mechanismen?

Was euch in eurem baldigen ›Morgen‹ erwartet, ihr Unsterblichen: Hunderte feindlicher Schiffe werden an euren kosmischen Kordons auftauchen – und eure biologischen Höchstleistungsgeschütze werden sie beschießen. Aber die Schiffe werden ihre Fahrt ruhig fortsetzen, auf keinem wird auch nur ein einziges Molekül vorhanden sein, das fähig wäre, durch euren Beschuß umzukommen. Mechanismen, vernünftige leblose Mechanismen, werden die Schiffe steuern. Wir haben schon Automaten gesehen, die mit einem Gehirn in Verbindung standen. Diese lebendigen Automaten funktionieren ausgezeichnet, sie steuern die Mechanismen des Dritten Planeten. Das ist die reale Zukunftsperspektive: ein gigantisches Leithirn auf einem der Sterne, die von euren Geschützen nicht erreicht werden können, und Automaten, die mit ihm durch sorgfältig verschlüsselte Wellen gekoppelt sind. Was erwartet euch dann?

Ein bedeutender Teil von euch wird gleich beim ersten Angriff umkommen – und sie werden zu beneiden sein! Schwer ist das Los derjenigen, die am Leben bleiben. Über eure aufs beste eingerichteten Planeten brechen Gravitationsschläge herein, eure Städte und

Parks verwandeln sich in Staub, der wie Wasser fließt – solchen Staub haben wir auf Sigma in den Plejaden gesehen. Bevor die Planeten vernichtet werden, hängt man euch Ketten um den Hals, gleichgültige Automaten treiben euch in die Sklaverei. Ihr versucht zu fliehen – da ist kein Weg! Ihr fallt auf die Knie – und erfleht vergebens die Freiheit! Ihr wollt euch umbringen und findet den Tod nicht, denn auf euren Planeten habt ihr den Tod abgeschafft! Ihr werdet schreien und euch die Haare raufen, in Raserei euer bitteres Schicksal verfluchen, euch in die Hände beißen, mit Fäusten auf den Kopf schlagen! Bitte, das ist nicht verboten, ihr könnt euch beißen und ohrfeigen und Tränen vergießen. Rings um euch werden nur Automaten sein, sie rührt das nicht – sie sind nicht auf Mitleid programmiert!

So wird euer Morgen aussehen: Sklaven eines leblosen mechanischen Herrn! Ewige Diener einer Maschine, ewige Knechte ihrer Launen, denn eine Maschine hat Launen, schreckliche Launen, sinnlose, unlogische, aber für euch, ihre Sklaven, verbindliche. Fürchterlich ist es, vor einem Tyrannen und Ausbeuter zu katzbuckeln, der lebendig und stumpfsinnig ist, hochmütig und wetterwendisch, argwöhnisch und grausam. Wieviel schöne Legenden gibt es bei uns Menschen über den schweren Kampf von Unterdrückten gegen ihre Unterdrücker. Tausendmal schmachvoller und bitterer ist es, Sklave einer Maschine zu sein, Bediensteter eines Elektronenschemas, Lakai einer toten Kombination von Hebeln – und das ist euer Schicksal von übermorgen, ihr, die ihr heute vollkommen und gottähnlich seid! Wo findet ihr dann einen Ausweg? Wohin wendet ihr euch? Wen fleht ihr an? Ihr werdet keinen Ausweg finden, keine Möglichkeit, keine Hilfe! Denn heute grabt ihr selber die bodenlose Grube, in die ihr morgen fallen werdet!

Das ist meine Antwort auf eure erste Frage. Jetzt zur zweiten Frage.

Ihr glaubt nicht, daß die Zerstörer morgen eure Freunde werden können – das ist aus eurer Frage deutlich herauszuhören. Warum, so frage ich euch, glaubt ihr das nicht? Deshalb, so antwortet ihr, weil man ihre grausame Natur nicht umändern kann, weil man einen, der der Vernichtungsleidenschaft verfallen ist, nicht dem schöpferischen Leben zuzuführen vermag, weil man nicht einen zum Schöpfer machen kann, der vom allgemeinen Chaos träumt. Nein, sage ich euch! Nein! So engstirnig darf man nicht sein. Schaut euch die Welt an – wieviel mannigfaltiger ist sie als euer Schema. Sie ist ganz Widerspruch und Vielfalt, ihr aber richtet sie in einer Linie aus. Sie tendiert verschieden, sie zerreißt innerlich und fliegt wie bei einer Explosion nach allen Seiten, ihr bemerkt jedoch nur den winzigen Splitter von ihr, der euch gegen die Brust geschlagen ist.

Laßt uns ruhig analysieren. Ihr seid jetzt wahrscheinlich die geschicktesten Lebensspender der Welt, zumindest des Teiles der Welt, den wir kennen. Ihr habt euch zum historischen Ziel eurer Existenz gesetzt, den Anteil des Biologischen an allem Lebendigen zu erhöhen. Die Leblosigkeit der Automaten ist euch verhaßt, nörglerisch kontrolliert ihr, ob diejenigen, die auf eure Planeten kommen, nicht etwas Künstliches und Totes in ihren lebendigen Organismen einschleppen. Ich würde euch als die größten Lebensspender des Alls lobpreisen, wenn nicht gleichzeitig die größten potentiellen Mörder alles Lebendigen existierten. Und diese Mörder seid wiederum ihr! Oder habt ihr nicht Geschütze konstruiert, die jegliches Leben von der primitivsten bis zur kompliziertesten Form mit unabwendbarer Vernichtung bedrohen? Wenn heute einer von den Tausenden eurer Schutzasteroiden explodierte, würden dann nicht die ihm entweichenden Strahlen das Leben auf euren vollkommenen Planeten noch grausamer und schonungsloser verbrennen, als das die Verderber tun könnten? Die Möglichkeit weiterer Schöpfung und Vervollkommnung von Leben gewährleistet ihr dadurch, daß ihr die Möglichkeit seiner gänzlichen Ausrottung geschaffen habt – so kompliziert bietet sich das bei euch dar. Das Leben wird durch den Tod geschützt – das ist eure Tätigkeit.

Wenn ihr Sklaven und Helfershelfer sich immer mehr mechanisierender Automaten werdet, wofür werdet ihr dann die Unermeßlichkeit der errungenen Unsterblichkeitsjahre hingeben? Ihr werdet den Automatismus und die Künstlichkeit erhöhen, werdet Schemata zur Beseitigung des Lebens auf der Erde ausarbeiten und verwirklichen, ihr, die ihr heute auf eure lebensspendende Tätigkeit stolz seid! Denn Sklaven sind dem Herrn zu Willen, der sie geschickt hat, euch aber, die unsterblichen Sklaven, schickt euer Herr aus, um erfindungsreich Tod zu schaffen im All. Eure klägliche Unsterblichkeit wird zur Verbreitung des Todes hingegeben!

Nun schaut euch die Verderber an. Sie haben die Zerstörung zu ihrem Glaubenssymbol erklärt, sie begreifen sich als Schöpfer von Chaos und Unordnung. Aber um die allgemeine Unordnung zu erzeugen, organisieren sie bei sich eine strenge, grausame Ordnung. Sie errichten ein gigantisches Reich, bauen Städte und Werke, richten kosmische Stationen ein, füllen die Weltenräume mit Schiffen, kultivieren und kolonisieren nacheinander Planeten und Sternenwelten. Ich betone – sie schaffen, organisieren, regeln! Bei euch im Perseus gibt es heute keine größeren Organisatoren und Schöpfer als eben diese Zerstörer! Ihre Arbeit bereitet die Zerstörung vor und führt bereits zur Zerstörung, die ungeheuerliche Grausamkeit ihrer hierarchischen Ordnung ist notwendig, um das allumfassende Chaos zu verbreiten. Sie sind Zerstörer, sie sind Verderber, ich habe nicht die Absicht, sie zu rechtfertigen. Aber ich fordere Aufmerksamkeit für die schwierige Natur ihrer Tätigkeit, für die Widersprüche, von denen sie erfüllt sind. Die Welt ist bunt, mit einer Farbe allein könnt ihr ihr Bild nicht malen.

Und nun behaupte ich, daß diese zweite Seite des Widerspruchs, die gigantische technische Arbeit der heutigen Verderber an und für sich, abgesehen von ihrem unnatürlich bösartigen Ziel, nützlich ist und nicht verderblich. Was wäre schlecht daran, wenn eine Metrikstation die Raumstruktur regelte, während mächtige Sternenflugzeuge Waren und Passagiere von einem Sternengebiet zum anderen beförderten? Schon allein die Fähigkeit, die Schwerkraft zu handhaben, ist eine der größten Schöpfungen des vernünftigen Genius! Warum eine solche Fähigkeit nicht in den Dienst der lebendigen Vernunft stellen? Ich will nicht die technischen Erfolge der Zerstörer aufzählen. Ich behaupte, daß die namenlosen Schöpfer dieser Erfolge unsere potentiellen Freunde sind. Die schöpferische Vernunft erstickt im Reich der Zerstörer. Längst schon sind dort Kräfte herangereift, die darauf aus sind, eine Revolution herbeizuführen – es ist unsere Pflicht, diesen Kräften zu helfen. Ihr fragt, wo sie sind? An der Oberfläche sind sie nicht zu sehen, zu groß ist der Druck, der sie niederhält, zu schwer sind die Strafen für jeden Versuch des Widerstands. Aber zeugen nicht schon die Grausamkeit der Unterdrückung, die Schwere der Strafen von der Macht der Widerstand leistenden Kräfte? Ein ehemaliger Zerstörer, unser Freund Orlan, sagte, ein guter Stoß – und das Zerstörerreich kracht zusammen. Freunde, versetzen wir ihm einen möglichst guten Stoß!

Ohne Garantien glaubt ihr nicht, daß sich die Zerstörer in Schöpfer verwandeln? Da sind die von euch verlangten Garantien, schaut genau hin! Orlan und Gig, steht auf, damit die Galakten und ihre Sternenfreunde euch betrachten! Orlan, ein vertrauter Beamter des Großen Zerstörers, einer der namhaftesten Würdenträger des Reichs, ein kluger Stratege – hatte er nicht selbst geplant, auf unsere Seite überzutreten? Auf die Seite der Sieger, die die Verteidigungskraft gebrochen und sich ohne seine Unterstützung bereits den Erfolg gesichert hatten? Nein, auf die Seite der hilflosen Gefangenen, deren Zukunft noch ganz ungewiß war – er trat, auf unsere Seite über, um unser Schicksal zu teilen, nicht um sich an die eroberte Pastete zu setzen! Und der Spaßvogel Gig, verriet er die Zerstörer auf der Suche nach Vorteilen? Er ließ sie deshalb im Stich, weil sich eine Gelegenheit bot, die Verderber zu verlassen, er konnte nicht mehr mit ihnen sein! Ihr sagt, Orlan und Gig sind keine Garantie, daß andere Zerstörer genauso handeln. Ebenso wie der Übertritt des Hauptgehirns vom Dritten Planeten auf unsere Seite keine Garantie dafür ist, daß sich auch die übrigen fünf Hauptgehirne von ihrem Gebieter lossagen? Nein, meine Freunde, nein. Hier ist eine Garantie und obendrein noch eine absolute. Absolut deshalb, weil Orlan und Gig die ersten Zerstörer waren, denen wir begegneten – und diese ersten wurden unsere Freunde. Wir hatten sie nicht nach langem Suchen gefunden, nicht ausgewählt, der Große Zerstörer hatte sie ausgesucht – und selbstverständlich hatte er die strenggläubigsten ausgesucht, die grausamsten. Und sie sind unsere Freunde! Sie sind nicht strenggläubig und nicht grausam! Sie sind nicht auf unsere Seite übergetreten, dieses Wort ist ungenau, sie brachen zu uns aus, sie gewannen endlich die Freiheit. Da ist sie, die absolute Garantie: Die Würdenträger verlassen den obersten Herrscher, seine Garde zückt das Schwert gegen ihn. Denn er ist die Unterdrückung und Erniedrigung, die Rechtlosigkeit und Lüge. Wir sind die Freiheit und die gegenseitige Achtung, die Gleichberechtigung und die Wahrheit! Sucht keine anderen Garantien, stärkere als diese findet ihr nicht! Damit schließe ich. Entscheidet euch!«

»Du kannst dich ausruhen, Eli«, sagte Grazi, als ich mich gesetzt hatte. »Die Sendung ist beendet, wir müssen den Galakten Zeit lassen, über deine Rede nachzudenken.«

Ich ging in den Salon. Die Kameraden umringten mich. Rornero sagte: »Sie sind ein Redner, Admiral!«

Oshima schimpfte energisch: »Wenn uns diese lebenden Götter jetzt nicht ein paar Sternenflugzeuge mit biologischen Geschützen zur Verfügung stellen, dann sind sie blinde Katzen, und sie dürfen in meiner Gegenwart das Wort Galakt nicht mehr erwähnen!«

Grazi und Tigran hatten den Salon betreten. Zum ersten- und zum letztenmal sah ich die Galakten erregt, nicht freundlich lächelnd wie gewöhnlich.

Grazis Augen schimmerten feucht, er streckte mir die Hände entgegen. Tigran tänzelte, als wollte er wie unser Gig jauchzen und sich schütteln.

Ungestüm ergriff ich Grazis Hände.

»Admiral Eli!« sagte er feierlich. »Wir haben entschieden: Nach langen Jahrtausenden der Abgeschiedenheit treten die Galakten erneut in die interastralen Räume hinaus. Ihr Menschen seid heute mächtiger als wir – mit Freuden unterstellen wir uns eurer Leitung. In nächster Zeit wird sich an der Sphäre der Asteroiden ein Geschwader von Sternenflugzeugen aus dem System des Flammenden sammeln – fünfunddreißig Kampfschiffe. Aus den anderen Sternensystemen werden auch Geschwader kommen, insgesamt vierhundertfünfzig Sternenflugzeuge. Ergreife das Kommando über die Flotte der Galakten, Admiral der Menschen!«

13

André teilte vom Dritten Planeten mit, daß gegen Allans Schiffe eine gigantische Zerstörerflotte konzentriert werde, unaufhörlich erschienen neue Kreuzer. Für André und auch für uns stand fest, daß die Verderber die Entscheidungsschlacht nicht hinauszögern würden. Sie mußten Allan unbedingt erledigen, ehe die Galakten herbeieilten. So hätte ich anstelle der Zerstörer gehandelt, ich hatte keinen Grund, den Feind für dümmer als mich zu halten.

Als die ersten fünfunddreißig Sternenflugzeuge im Sammelraum waren, befahl ich den Aufbruch. Die Geschwader waren angewiesen, sich zu zwei Flotten zu sammeln und getrennt zu der Stelle zu fliegen, wo Allan durchzubrechen versuchte.

Die Admiralsantennen hißte ich wieder auf der »Bootes«, Oshima befehligte das Schiff, Tigran half ihm – der Galakt hatte sich mit den Apparaten der menschlichen Schiffe vertraut gemacht. Und wie beim ersten Sturmangriff auf den Perseus formierten wir uns zu einem Rammsporn mit Schneide, doch nicht mehr zu acht

Schichten, sondern zu vier – die »Bootes« bildete die Schneide, hinter ihr schichteten sich die Sternenflugzeuge: vier, sieben, zwanzig ... Im dritten Monat unseres Flugs gab es zwei wichtige Ereignisse. Zuerst traf die Mitteilung ein, daß die zweite Flotte, aus zweihundert Schiffen bestehend, in die interastralen Räume aufgebrochen sei, um sich mit uns zu vereinigen, während die dritte Flotte, weitere zweihundertzwanzig Kreuzer, die Konzentrierung beende und dieser Tage aufbreche.

Die zweite Mitteilung war beunruhigend. Nahe unserer Flotte hatten sich Zerstörerschiffe gezeigt. Als die Schiffe des Gegners erschienen, befanden wir uns im Observationssaal.

Die von Überlichtwellen georteten Verderberkreuzer flammten als grüne Punkte auf dem Bildschirm auf. Ein paar Stunden nach dem ersten Sternenflugzeug wurden schon mehr als fünfzig gezählt, und immer neue Punkte zeigten sich.

Wir gingen uns ausruhen, ohne abzuwarten, bis die Konzentration des feindlichen Geschwaders beendet war. Bevor ich ging, sprach ich mit Grazi und Orlan. Der Galakt verhielt sich tapfer, obwohl er Angst vor der Begegnung mit den Feinden hatte, von denen die Galakten in offenen Schlachten stets überwältigt worden waren. Orlan war finster.

»Die Lage gefällt mir nicht«, bekannte er. »Der Große hat sich irgendeine Gemeinheit ausgedacht. Bestimmt wird er sich bemühen, uns nicht dorthin zu lassen, wo der Kampf gegen Allans Geschwader stattfindet.«

Ich sah keinen Grund zur Sorge. Niemand zweifelte daran, daß die Zerstörer versuchen würden, uns unterwegs eine Schlacht aufzuzwingen. Aber auch die »Bootes« mit ihrer Fähigkeit, materielle Körper zu annihilieren, stellte eine Nuß dar, an der man sich die Zähne ausbeißen konnte. Ich meldete dem Dritten Planeten, daß ich den Feind sichtete.

André fixierte jedes Schiff der Zerstörer, das auf unsere Flugtrasse zueilte. Ihre große Zahl beunruhigte ihn, und er riet uns, den Kurs zu ändern und auf den Orangefarbenen zuzufliegen. Bei kurzer Entfernung funktionierten die Mechanismen der Station gut, die Generatoren für Fernwirkung seien noch nicht repariert, obwohl daran mit äußerster Anstrengung gearbeitet werde. »Wir können euer Geschwader nur im Bereich des Orangefarbenen decken«, teilte André mit.

Lange dachte ich über die Depeschen von André nach. Alles in mir protestierte dagegen, mich in den Schutz der Station zu begeben. Eben das versuchten die Feinde zu erreichen – uns zu zwingen, auf eine Vereinigung mit Allan zu verzichten. Ob wir von selbst flohen oder in einer Schlacht zerstreut wurden, war nur ein taktischer Unterschied. Das strategische Ziel wurde in beiden Fällen erreicht.

Diese Erwägungen übermittelte ich unseren Sternenflugzeugen, als bereits klar war, daß nicht ein Geschwader des Gegners, sondern eine große Flotte gegen uns anrückte. Die nördliche Halbsphäre war mit grünen Lichtern übersät, über zweihundert wurden gezählt, und immer neue kamen hinzu. Orlan war überzeugt, daß der Große Zerstörer alle seine kosmischen Reserven für den Kampf gegen uns mobilisiert hatte, um die Hauptkräfte nicht zu schwächen, die gegen Allan operierten. Gut daran war nur, daß den beiden anderen Galaktenflotten keine Begegnung mit den gefährlichen Kräften des Gegners drohte.

Die feindliche Flotte flog im Verband parallel zu uns, ohne uns zu überholen oder zurückzubleiben. Es war natürlich leicht für sie, mit den langsamen Schiffen der Galakten in einer Linie zu bleiben.

In diesen Tagen befanden wir uns genau querab zum Orangefarbenen – und zwar in kürzestem Abstand. Eine bessere Möglichkeit, sich in den Schutz der Stationsmechanismen zu retten, würde sich nicht mehr bieten. Jede Flugstunde entfernte uns weiter von ihm.

»Also entscheiden wir«, sagte ich zu Grazi. »Die Meinung der Menschen, insbesondere meine, kennt ihr: Flucht bedeutet Scheitern unseres Unternehmens; Weiterfliegen – die Möglichkeit einer Schlacht.«

Der Galakt schwankte nicht lange. »Wir haben dir das Kommando nicht übertragen, Eli, um bei der ersten Gefahr zu meutern. Ich bin für Weiterfliegen und habe meine Meinung allen Sternenflugzeugen mitgeteilt.«

Auf Beschluß aller Besatzungen wurde der Flug fortgesetzt. Nun entfernten wir uns vom Orangefarbenen. Beklommen beobachtete ich am Bildschirm, wie dieser Stern verblaßte, der uns noch vor kurzem so viele Qualen bereitet und mir und Mary den Sohn genommen hatte. Heute war er unser einziger Schutz in den Sternenbesitzungen der Zerstörer. Ich ersuchte die Schiffsmaschine, zu berechnen, wann wir die Wirkungsgrenze der kleinen Stationsgeneratoren überfliegen würden. Bis zur Grenze, wo wir noch auf die Hilfe der Station hoffen konnten, blieben ein paar Tage.

»Werter Orlan, Sie sind der einzige von uns, der die strategische Küche der Zerstörer kennt«, sagte Romero einmal zu Orlan. »Könnten Sie nicht Aufgaben und Möglichkeiten der uns nachsetzenden feindlichen Flotte skizzieren?«

Nach Orlans Meinung würde uns die Zerstörerflotte bis zur Wirkungsgrenze der Metrikgeneratoren geleiten. Die Heerführer der Zerstörer wußten zweifellos, daß die Station noch nicht vollständig wiederhergestellt war, und bauten darauf ihre Taktik. Sie würden sich auf uns stürzen, sobald wir ohne Unterstützung wären. Jetzt bewegten sie sich in kompakter Abteilung, doch vor dem Angriff würden sie sich auseinanderziehen, um uns aufzubringen. Sie hätten begriffen, daß die Hauptkraft in unserem Geschwader die »Bootes« sei, und würden sich bemühen, einem Schlag ihrer Annihilatoren auszuweichen.

»Und werden sich einem Schlag der biologischen Geschütze aussetzen!« rief Gig. Dunkel brannten die Augenhöhlen des Anführers der Unsichtbaren, so begeisterte ihn die Aussicht auf eine kosmische Schlacht.

Orlan zog skeptisch den Kopf zwischen die Schultern. »Ohne Zweifel werden die Besatzungen vieler Schiffe umkommen. Aber wer bildet die Schiffsbesatzungen? Vielleicht sitzen an den Pulten biologische Automaten mit programmierenden Mechanismen anstelle von Gehirnen? Sie werden umkommen, ohne zu begreifen, daß sie umkommen, und vor ihrem Tod werden sie uns großen Schaden zufügen.«

Orlans düstere Prognose verfehlte nicht ihre Wirkung auf uns. Ich verstand den schweigsamen Grazi.

Wir näherten uns der Wirkungsgrenze der Metrikstation und überflogen sie. Unsere Sternenflugzeuge waren gefechtsbereit. Die »Bootes« hatte die Annihilatoren auf die feindliche Flotte gerichtet, die Galakten wachten an den biologischen Geschützen.

Eine Zeitlang trug ich mich mit dem Gedanken, der Ungewißheit durch eigene Aktionen ein Ende zu setzen. Die »Bootes« war schneller als die feindlichen Kreuzer. Sollte man sie nicht gegen den Kern der feindlichen Schiffe werfen und ihn mit einem Schlag annihilieren?

Die Schiffsmaschine stellte Berechnungen an, und wir mußten auf den Angriff verzichten. Bevor die »Bootes« Zieldistanz erreichte, gelänge es dem Gegner, sich auseinanderzuziehen. Es war nicht zu hoffen, mehr als zwei, drei Schiffe des Feindes außer Gefecht zu setzen. Und während die »Bootes« mit den preisgegebenen Kreuzern abrechnete, würde sich die Hauptmasse des Gegners auf die Sternenflugzeuge der Galakten stürzen, die ohne den Schutz der »Bootes« wären.

Die Berechnung der Maschine war unerfreulich.

Aber nichts deutete darauf hin, daß der Feind Anstalten traf, uns anzugreifen. Die Geschwader jagten parallel zu unseren dahin und hielten Abstand wie auf einer Parade. Ich glaubte schon, Orlans strategische Prognosen wären unrichtig und der Gegner hätte überhaupt nicht die Absicht, uns in einen Vernichtungskampf zu verwickeln. Alle Menschen gaukeln sich Illusionen vor, ich bildete keine Ausnahme, als ich mir einredete, es werde uns gelingen, kampflos durchzubrechen.

Die Stunde, da die Illusion platzte, hat sich auf ewig meinem Gedächtnis eingeprägt. Im Schiff wurde Gefechtsalarm ausgelöst. Auf den Korridoren erschallten Stimmen. Ich war mit Mary und Romero im Salon. Sie liefen in den Observationssaal, ich eilte zu den Kommandeuren.

Im Kommandeurssaal saßen Oshima, Tigran und Orlan. »Es geht los«, sagte Orlan leidenschaftslos.

Auf dem Bildschirm verschoben sich die Lichter. Alles war klar im Hin und Her der grünen Punkte. Die Flotte des Feindes zog sich auseinander. Sie verfuhr genau nach Orlans Disposition – trachtete danach, uns sphärisch zu umfassen und dann von allen Achsen anzugreifen. Die Hälfte ihrer Schiffe erwartete der Untergang, offenbar wollten sie das in Kauf nehmen – wenn wir nur vernichtet würden.

Ich befahl den Sternenflugzeugen der Galakten, sich enger zusammenzuschließen, die »Bootes« wies ich an, vorauszufliegen. Mein Plan sah so aus: Die Galakten verteidigen sich biologisch im Einsteinschen Raum, während die »Bootes« im Überlichtbereich wie ein Sturmwind unser Geschwader umkreist und die Schiffe des Feindes annihiliert, die in den Vernichtungskegel geraten.

Die Historiker kritisierten diesen Plan später wegen seiner Verwegenheit, die ans Unwahrscheinliche grenzte. Ich hätte diese klugen Historiker gern in meiner damaligen Lage gesehen – ein schnelles Schiff gegen eine ganze Flotte! Auch heute, viele Jahre nach jenen Ereignissen, bin ich überzeugt, daß es uns gelungen wäre, die Sternenflugzeuge vor einem unmittelbaren Schlag zu schützen, zweifellos hätten ihre Geschütze sicheren Tod unter den Feinden gesät.

Aber die Schlacht entwickelte sich ganz anders.

»Admiral, sie weichen zurück!« schrie Oshima.

Die Zerstörer wichen nicht zurück, ein heftiger Sturm schüttelte ihre Schiffe. Die grünen Lichter zuckten und erloschen .

Selbst den Überlicht-Ortungsgeräten war die Hölle verwehrt, die an der Stelle tobte, wo sich eben die feindliche Flotte befunden hatte. Die Schiffe wurden von uns fortgeschleudert, eins nach dem anderen, eins aufs andere. Sie flogen weiter, doch ihre Bahn, abge brochen, verwickelt, sich krampfhaft ändernd, zeugte unwiderlegbar von Verwirrung und Entsetzen im Lager des Feindes.

Einst waren wir in eine ebensolche Falle geraten, und uns hatten ebenfalls Sorgen und Ängste gequält; was die Feinde jetzt durchmachen mußten, war hundertmal schlimmer. Der Abgrund, den sie jahrtausendelang für ihre Opfer gegraben hatten, tat sich vor ihnen auf.

»Die großen Generatoren der Metrikstation arbeiten!« Orlan brach das Schweigen. »Und wenn ich mich nicht irre, Admiral, drängt André die feindlichen Flotten zum Flammenden – einem biologischen Schlag der Asteroiden entgegen. Wie haben die Zerstörer immer gefürchtet, sich dieser schrecklichen Vernichtungssphäre zu nähern! Und nun – das Finale!«

Ich riß mich vom Bildschirm los, wo die feindlichen Lichter verblaßten.

14

Sanft wurde das Planetenflugzeug ins Innere der »Skorpion« gezogen. Ich lief als erster hinaus, stieg aber nicht die kleine Treppe hinunter, sondern sprang von der Plattform auf den Anlegeplatz.

Ich hatte noch nichts gerufen, mich noch nicht einmal geräuspert, als ich mich schon in Allans Armen fand. Dann wurde Allan von Leonid abgelöst. Leonid von Olga, Olga von Wera, Wera von den anderen Freunden.

Später trat leidliche Ruhe ein. Mary weinte in Weras Armen. Oshima redete eifrig auf Leonid und Olga ein, der energische Kapitän der »Bootes« versuchte wohl gleich beim ersten Wiedersehen, die ganze Epopöe unseres Umherirrens im Perseus zu schildern. Trub stürzte von einem zum anderen und jagte zwischendurch über allen umher, wobei er wie von Sinnen brüllte, als stoße er ins Horn.

»Eli, wer ist das?« fragte Olga schreckensbleich.

Ich drehte mich um, da ich nicht begriff, was der stets ruhigen Olga solches Entsetzen eingeflößt habe konnte.

Auf der Plattform des Planetenflugzeugs war Gig erschienen. Er stand dort riesengroß, lebensfroh, mit dem ganzen Körper lachend, und betrachtete aus seinen schwarzen Augenhöhlen die Menschenmenge.

Diese Einheit von Menschen, Galakten und Zerstörern war derart überraschend, daß auf dem ganzen Platz minutenlang Stillschweigen herrschte. Die Menschen blickten starr vor Staunen auf die Zerstörer und Galakten, diese musterten neugierig die Menschen.

Nur das muntere Knochengeklapper des Skeletts störte die Stille.

»Meine Freunde!« sagte ich zu den Menschen. »Wundert euch nicht, sondern freut euch! Was ihr gesehen habt, ist nicht rätselhaft, sondern symbolisch. Die drei größten Sternenvölker schließen sich zu einem Bruderbund zusammen – zum Wohle und zum Gedeihen aller! Und wenn vorerst noch nicht davon gesprochen werden kann, daß sich sämtliche Zerstörer in Schöpfer verwandelt haben, so sind doch die ersten Schwalben, die den Frühling machen, bereits eingetroffen. Das sind sie, begrüßt sie!« Ein jauchzendes »Hurra!« übertönte meine Worte.

Wir stiegen hinunter und verloren uns in der Menge. Allenfalls konnte ich mich verlieren und noch eher Lussin mit seinen zwei Metern dreißig. Aber die beiden fast drei Meter großen Galakten ragten wie Statuen über der Menge.

Auch Gig konnte sich nicht verlieren – sein Lachen schallte durchs ganze Sternenflugzeug.

»Komm in den Observationssaal«, sagte ich zu Allan. »Ich zeige dir den Orangefarbenen, wo jetzt André Scherstjuk residiert. Mindestens ein Viertel der Perseusgestirne ist ihm untertan … Wohin willst du, Allan?«

»Augenblick, Eli, Augenblick!« rief Allan und stieß die uns begleitende Menge auseinander.

»Was hat er?« fragte ich Olga. »Womit habe ich ihn erschreckt?«

»Gleich erfährst du es, Eli«, antwortete sie. »Du hast ihn nicht erschreckt, sondern erfreut.«

Allan erschien, als wir den Observationssaal betraten. Er hatte einen jungen Mann untergefaßt.

Der junge Mann war André derart ähnlich, daß ich erstarrte. Es war André, aber nicht der gealterte, nervöse, den wir auf dem Dritten Planeten gelassen hatten, sondern der frühere André, der Freund meiner Jugend – stattlich, bezaubernd schön, mit den gleichen rotbraunen schulterlangen Locken …

»Oleg!« brachte ich mühsam heraus.

Der junge Mann näherte sich schüchtern. Ich umarmte ihn fest.

»Wie kommst du hierher?«

»Vor drei Jahren wurde mir gestattet, mich der Expedition anzuschließen«, antwortete Oleg. »Mutter ist auf der Ora geblieben, ich habe versprochen, ihr sofort Nachricht zu geben, wenn ich etwas über Vater erfahre.«

»Heute wirst du ihr mitteilen, daß dein Vater gefunden ist. Wir werden die Depesche außer der Reihe über die Raumwellenstation senden. Du wirst ihn bald sehen. Die Vereinigte Flotte fliegt zum Orangefarbenen.«

Der Observationssaal war so voll, daß die Sessel nicht für alle reichten, viele mußten stehen. Auf dem Bildschirm überstrahlten die Lichter der Sternenflugzeuge das Funkeln der Gestirne. Die grünen Punkte der Galaktenschiffe hatten sich mit den rötlichen Lichtern der Sternenflugzeuge vermischt. Ich richtete den Vervielfacher auf ein rotgrünes Lichterpaar. Der Kreuzer der Galakten war riesig neben unserem.

Ich schmunzelte. Wir brauchten nicht bekümmert zu sein, in unseren kleineren Schiffen verbarg sich eine gigantische Macht. Die über die Sterngruppe verstreuten Reste der Zerstörerflotte wußten bestimmt ein Lied davon zu singen.

In der Schlacht, die sich kürzlich abgespielt hatte, waren weder Allans Geschwader noch die vereinigten Kräfte der Galakten um ein Schiff ärmer geworden, die Zerstörer aber hatten mehr als ein

Drittel ihrer Kreuzer eingebüßt – ihnen war endgültig die Hoffnung auf einen Sieg genommen.

»Einiges ist vollbracht im Perseus«, sagte ich. »Einiges ist vollbracht, Freunde!«

Olegs Stimme klang traurig: »Alles Wichtige habt ihr schon getan … Wir, die Jungen, brauchen nur zu vollenden.«

Durch die Lichtersphäre der Vereinigten Flotte von Menschen und Galakten schimmerten die Sterne der Gruppe x Persei, und hinter ihnen schwappte die Milchstraße über die Ufer, der majestätische Sternenstrom des Alls.

Von nirgends wirkt er so schön und grandios wie vom Perseus, von nirgends wirken die Nebelflecke über seinem Kern so drohend.

»Einiges ist vollbracht«, wiederholte ich. »Was hier zu tun bleibt, reicht für Jahrhunderte. Dir, Oleg, stellen wir eine andere Aufgabe, außerhalb des Perseus, nur eure Generation ist ihr gewachsen. Irgendwo dort«, ich wies auf die dunklen Nebelflecke, »wohnt ein rätselhaftes mächtiges Volk – die Ramiren. Es muß erkundet werden, was sie für welche sind. Eine Expedition zum Kern der Galaxis – das ist die Aufgabe, die wir der heutigen jungen Generation stellen, Oleg.«

DRITTES BUCH

Der Ring der Gegenzeit

ERSTER TEIL

Die Märtyrer der Sternendisharmonie

I

An jenem Tag stürzte rauschender Regen hernieder, daran erinnere ich mich gut. In der Erdachsenverwaltung hatte es eine Störung gegeben: Das Fest des Großen Sommergewitters sollte erst in einer Woche stattfinden. Die Regengerten peitschten die Fenster, den Boulevard entlang flossen schäumende Ströme. Ich stieg eilends zur Terrasse des achtzigsten Geschosses hinauf und bot mein Gesicht genießerisch dem unprogrammierten Wolkenbruch dar. Im Nu war ich bis auf die Haut naß. Und als Mary mich rief, reagierte ich nicht. Bestimmt ärgerte sie sich. Auch sonst hatte ich nie einen Wettermantel angezogen, bevor ich in den Regen hinauslief, und das hatte ihr stets mißfallen.

Erneut rief sie. »Eli! Eli! Komm herunter! Romero will mit dir sprechen.«

Da sie Romero erwähnte, folgte ich ihr. Mitten im Zimmer stand Pawel. Selbstverständlich war das sein Abbild, nicht er selbst, aber die Stereoübertragung hat solche Vollkommenheit erlangt, daß zumindest ich den Eindruck körperlicher Anwesenheit habe. Ich möchte dem Gesprächspartner immer die Hand drücken.

»Lieber Admiral, schlechte Nachrichten!« sagte Romero.

Ich bin schon seit zwanzig Jahren nicht mehr Admiral, dennoch nennt er mich nie anders.

»Wir haben endlich geklärt, warum die Expedition unserer Freunde Allan Krus und Leonid Mrawa gescheitert ist. Tief betrübt muß ich Ihnen mitteilen, daß die ursprüngliche Hypothese, es handele sich um eine zufällige Havarie, widerlegt ist. Auch die Vermutung, Allan und Leonid hätten falsch kalkuliert oder unüberlegt gehandelt, hat sich nicht bestätigt. Postum sind all ihre Anordnungen von der Großen Akademischen Maschine gutgeheißen worden. Unsere armen Freunde haben unter den entsetzlichen Bedingungen, in die sie geraten waren, das Beste getan.«

»Wollen Sie sagen, Pawel …«, begann ich, doch er ließ mich nicht aussprechen. Er war derart erregt, daß er seine stete Höflichkeit außer acht ließ.

»Ja, genau das, Admiral! Gegen sie wurden Kampfhandlungen geführt, und sie vermuteten das nicht einmal. Sie meldeten eine spontan eingetretene tragische Situation, während wir gezielte Schläge dechiffriert haben. Sie redeten von Naturphänomenen, während es in Wirklichkeit der Widerstand eines tückischen Feindes war, der unerbittlich Barrieren auf ihrem Wege errichtete. Das waren keine Naturwunder, lieber Admiral, das war Krieg! Unsere erste Expedition zum Galaxiskern hat auf einem Sternenschlachtfeld ihr Ende gefunden, nicht in einem Spiel der Elemente – das ist die traurige Wahrheit über die Fahrt von Allan Krus und Leonid Mrawa.«

Romero drückt sich stets hochtrabend aus. Seit er in den Großen Rat gewählt und zum Haupthistoriographen der Interastralen Union ernannt wurde, hat sich dieser spaßige Charakterzug noch verstärkt. Vielleicht war eine solche Redeweise im Altertum gang und gäbe, mich jedenfalls erbost seine Art manchmal, dieser Stil ist zu hoch für die Dinge des Alltags. Hier jedoch war er angebracht. Vom Untergang der ersten Expedition zum Galaxiskern durfte man anders nicht sprechen. Ich fragte: »Wann werden die Toten beigesetzt?«

»In einer Woche, Admiral. Sie sind der erste, dem ich die Neuigkeiten mitgeteilt habe, und ohne Zweifel erraten Sie, warum wir uns zunächst an Sie wenden!«

»Nur dies unterliegt keinem Zweifel: Ich habe keine Ahnung!«

»Der Große Rat will mit Ihnen konferieren.« Romero sprach so ausdrucksvoll, als vertraue er mir ein Geheimnis an, das nicht minder wichtig wäre als die Lösung des Rätsels um den Untergang der Expedition.

»Wir bitten Sie, über das, was ich Ihnen mitgeteilt habe, nachzudenken.«

»Das will ich tun«, sagte ich, und Romeros Gestalt löste sich auf.

Ich zog mir den Wettermantel über und begab mich erneut in den Garten des achtzigsten Geschosses hinauf. Bald darauf gesellte sich Mary zu mir. Ich legte meinen Arm um sie, und wir schmiegten uns aneinander. Der klare Morgen hatte sich in düsteren Abend verwandelt, weder die Wolken, noch die Bäume des Boulevards, noch etwa die Gewächse des sechzigsten Geschosses waren zu sehen. Allein der Regen war jetzt in der Welt, glänzend, stimmgewaltig, wohlklingend, derart berauscht von sich selbst und ungestüm, daß ich bedauerte, keine Flügel zu haben. Ich hätte gegen die Ströme dieses frohlockenden Wassers ankämpfen mögen. Flüge mit den Aviettes vermitteln kein so starkes Gefühl.

»Ich weiß, woran du denkst«, sagte Mary.

»Ja, Mary«, antwortete ich. »Vor genau dreißig Jahren bin ich bei ebenso einem Fest des Sommergewitters in den Wasserströmen umhergejagt, und du warfst mir vor, ich zöge eine Schau ab in der Luft. Wir sind älter geworden, Mary. In dem Geflecht der elektrischen Entladungen könnte ich mich heut nicht mehr behaupten.«

Mitunter erschreckt es mich, um wieviel besser Mary meine Empfindungen versteht als ich selbst. Sie lächelte bekümmert: »Du hast etwas anderes gedacht. Es tut dir leid, daß du nicht in jenem Winkel des Weltalls gewesen bist, wo unsere Freunde ums Leben gekommen sind. Du bildest dir ein, die Expedition hätte keine derartigen Verluste erlitten, wärest du dabeigewesen.«

Ich diktiere diesen Text in einem anderszeitlichen Existenzkokon. Was das bedeutet, erkläre ich später. Vor mir schwebt in einem Kraftfeld bewegungslos eine durchsichtige Kapsel mit dem ewig unverwesbaren Leichnam des widerwärtigen Verräters, der uns in einen ausweglosen Abgrund stürzte. Die Raumbildschirme zeigen die Landschaft einer unvorstellbaren, unzulässigen Welt, die Hölle eines katastrophalen Sternenstrudels. Von dieser ungeheuerlichen Welt weiß ich völlig sicher, daß sie nicht mein, nicht menschlich ist, feind nicht nur allem Lebendigen, sondern allem Vernünftigen. Und ich glaube nicht mehr, daß meine Anwesenheit eine Garantie gegen Verluste ist. Ich trage die Verantwortung für unsere Expedition. Und ich führe sie bewußt einen Weg, an dessen Ende wahrscheinlich der Tod steht. Das ist die Wahrheit. Sollten diese Aufzeichnungen durch irgendein Wunder zur Erde gelangen, so mögen die Menschen wissen: Ich sehe die drohende Wahrheit in ihrem ganzen Ausmaß, und im ganzen Ausmaß bin ich mir meiner Schuld bewußt. Rechtfertigungen habe ich nicht. Das ist keine Verzweiflung, sondern Einsicht.

2

Ich war nicht auf dem Kosmodrom, als das Sternenflugzeug aus dem Perseus landete, der Gedenksitzung des Großen Rates blieb ich fern. Die Raumbildschirme in meinem Zimmer schaltete ich nicht ein. Mary schilderte mir die erhabene Zeremonie der Trauer, als die sterblichen Überreste der Astronauten auf die Erde übergeführt wurden. Weinend war sie vom Kosmodrom zurückgekommen. Ich hörte sie an und ging dann schweigend in mein Zimmer.

Früher hätte mein Verhalten sie gekränkt, und sie hätte mich gefühllos gescholten. Jetzt verstand sie mich. Krankheiten gibt es schon lange nicht mehr auf Erden, selbst das Wort »Arzt« ist außer Gebrauch. Aber nur als Krankheit läßt sich der Zustand bezeichnen, in den mich der Bericht über Allans und Leonids Expedition stürzte. »Es ist erschütternd«, hatte Romero gesagt, als er mir die Rolle gab, in der alle Ereignisse aufgezeichnet sind – vom Start auf dem Dritten Planeten im Perseus bis zur Rückkehr der Schiffe mit den toten Besatzungen zur Basis. Das war mehr als erschütternd. Davon mußte man schwer krank werden.

Wahrscheinlich wäre ich auch nicht zur Beisetzung gegangen, wenn ich nicht erfahren hätte, daß Olga zur Erde gekommen war. Sie hätte es mir nicht verziehen, wäre ich der Bestattung ihres Mannes ferngeblieben. Außerdem wollte ich die alten Freunde gern wiedersehen – Orlan und Gig, Oshima und Grazi, Kamagin und Trub. Sie waren mit Olga auf deren »Orion« angereist, um an der Feier im Pantheon teilzunehmen. Dennoch zögerte ich lange, ehe ich mich entschloß, das Haus zu verlassen. Die Trauerzeremonie schreckte mich. Romero hatte angedeutet, daß man von mir eine Rede erwarte, doch ich konnte allenfalls sagen, daß die Toten kühne Kosmosfahrer gewesen waren und ich sie sehr liebgehabt hatte.

Im Pantheon hatten sich die Verwandten und die Freunde der Toten eingefunden. Olga weinte, den Kopf an meiner Schulter. Zärtlich streichelte ich ihr graues Haar. Länger als wir alle hatte sie der zerstörenden Wirkung des Alters widerstanden. Das Leid hatte sie gebrochen. Gepreßt murmelte ich, um nicht stumm zu bleiben: »Olga, du solltest deine Haarfarbe ändern, das ist doch ganz einfach.«

Wie sonst nahm sie meine Worte ernst. Ihr trauriges Lächeln schnürte mir das Herz ab.

»Leonid gefiel ich so, wie ich bin, und sonst habe ich niemanden, für den ich mich hübsch machen könnte.«

Mit Olga war Irina gekommen, ihre Tochter. Ungefähr fünfzehn Jahre hatte ich sie nicht gesehen. Nun stand eine schlanke, gebräunte Frau vor mir. Und ich fand, daß sie noch mehr als früher Leonid ähnelte – und nicht nur äußerlich. Heute, da sich schwerlich etwas wiedergutmachen läßt, erkenne ich, wie sehr ich mich in Irinas Charakter täuschte. In der langen Kette von Ursachen, die zu dem Unheil führten, hat auch diese eine Rolle gespielt. Ich umarmte sie und sagte: »Ich habe deinen Vater sehr liebgehabt, Mädchen.«

Sie machte sich los und antwortete unerklärlich herausfordernd: »Auch ich habe meinen Vater liebgehabt. Und ich bin kein Mädchen mehr, Eli.«

Ich hätte über ihre Worte nachdenken, mich in ihren Ton hineinfühlen sollen, vieles wäre dann anders verlaufen. Aber Lussin und Trub näherten sich, und mir stand nicht der Sinn nach unberechenbaren Frauen. Lussin drückte mir kummervoll die Hand, der alte Engel schloß mich in die schwarzen Flügel. Die Unsterblichkeitsrezepte, die uns die Galakten eifrig verabfolgen, helfen meinen Freunden ebensowenig wie mir.

Lussin hält sich prächtig, sein dürrer Körper hat zuviel Sehnen und Knochen und zuwenig Fleisch – seinesgleichen altert lange nicht. Trub dagegen sieht wie ein Greis aus. Nie hätte ich gedacht, daß es ein so schönes Alter geben könne, ein so mächtiges Hinfälligwerden. Voller Zärtlichkeit spreche ich diese gegensätzlichen Worte »mächtig« und »Hinfälligwerden« aus, voller Schmerz sehe ich den toten Trub, als stehe er wie auf der Trauerfeier vor mir – riesengroß, schwarzflüglig, mit grauem Haarschopf und dichtem grauem Backenbart … »Kummer!« sagte Lussin. »So ein Kummer, Eli!«

Zu uns traten Orlan und Grazi. Auf Planeten, wo Menschen sind, erscheinen sie stets zusammen. Das ist rührend naiv – ein Galakt und ein Zerstörer demonstrieren, daß die erbitterte Feindschaft, die vor Millionen Jahren ihre Völker trennte, von herzlicher Freundschaft abgelöst worden ist. Nach alter Weise habe ich Orlan einen Zerstörer genannt, obwohl ihnen die Bezeichnung »Demiurgen« zuerkannt wurde. Sie sind ungeheuer stolz auf den neuen Namen, der so etwas wie Mechaniker oder Erbauer bedeutet, jedenfalls Schöpfer und nicht Zerstörer. »Sei gegrüßt, Eli, mein alter Freund und Führer!« sprach der Galakt feierlich, wobei er mir nach Art der Menschen die Hand darbot. Meine Finger verschwanden in seiner Pranke wie in einem Kasten.

Ich murmelte eine passende Antwort. Was den hochtrabenden Ausdruck anlangt, so vermögen die Galakten selbst einem Romero den Rang abzulaufen. Orlan beschränkte sich darauf, sein bläuliches Gesicht grüßend erstrahlen zu lassen, den Kopf hoch zu erheben und krachend zwischen die Schultern zu ziehen. Alle miteinander betraten wir den Saal.

Im Pantheon finden bekanntlich seit langem keine Beisetzungen mehr statt, in Ausnahmefällen wird der offene Sarg mit dem Toten zunächst zur allgemeinen Besichtigung mitten im Saal aufgestellt. An Allans und Leonids Expedition hatten hundertvierzehn Menschen teilgenommen, acht Demiurgen, drei Galakten und zwei Engel. Die Katastrophe, von der beide Sternenflugzeuge ereilt wurden, hatte die Lebewesen und die Mechanismen in ein unteilbares Gemisch verwandelt. Eine Urne mit ihrer Asche wurde hereingebracht, eine Handvoll toter Materie – der ehemalige geistige und dienstliche Bund der Besatzungsmitglieder war zur stofflichen Einigkeit der Atome geworden, aus denen sie sich zusammengesetzt hatten. Voller Bitterkeit dachte ich in diesem Augenblick, daß wir alle auf den verschiedenen Sternen in bezug auf die uns bildende Materie Brüder sind, doch nur im Tode ist unsere innere Einheit spürbar.

Die Urne wurde von Romero und Oleg hereingetragen – der eine vertrat den Großen Rat, der andere die Astronauten. Auch ich war gebeten worden, die Urne zu tragen, aber Zeremonien, wo man im Mittelpunkt der Aufmerksamkeit steht, sind nichts für mich. Desgleichen hatte ich es von vornherein abgelehnt, etwas zu sagen. Romero hielt eine kurze Rede, und dann erklang Musik. Bei der Musik muß ich verweilen.

In dem merkwürdigen Konglomerat von Ursachen, die zu unserem heutigen Hin und Her in dem wilden Sternenstrudel des Kerns führten, spielte sie ebenfalls eine Rolle. Es erklang die Symphonie »Dem Andenken eines Freundes« von Zbyszek Polanowski. Unzählige Male habe ich erklärt, daß ich nur individuelle Musik mag, die vertonte Harmonie meiner eigenen Stimmung. Wahrscheinlich liegt das daran, daß es mir schwerfällt, mich auf fremde Gefühle einzustimmen, Melodien für die Allgemeinheit empfinde ich als

Befehl, als Vorschrift, so und nicht anders zu fühlen, als Verbot, ich selbst zu sein.

Für »Dem Andenken eines Freundes« von Zbyszek mache ich die einzige Ausnahme. Diese Symphonie ist mir stets willkommen. Sie ist in mir, dringt nicht auf mich ein. Sie ist mein, immer mein, und an diesem Tag klang sie so wehmütig, so eindringlich, daß ich selbst diese gramvolle und mannhafte Musik wurde; in ihren Tönen verschmolz ich mit den Freunden, mit der Welt. Ich blieb ich selbst und war alle Menschen, die gesamte Welt zugleich. Wahrscheinlich hatte es Zbyszek Polanowski auf diesen Effekt abgesehen. Und wenn er sich das tatsächlich zum Ziel gesteckt hatte, dann hatte er es erreicht.

Romero und Oleg traten zu mir, als ich mich noch in der durch die Symphonie hervorgerufenen Bestürzung befand. Romero sagte: »Ich muß Ihnen mitteilen, lieber Admiral, daß der Große Rat beschlossen hat, eine zweite Expedition zum Galaxiskern auszurüsten. Zum Oberkommandierenden des Sternenflugzeuggeschwaders hat er Sternenfahrer-Kapitän Oleg Scherstjuk ernannt, unseren gemeinsamen Freund.«

Oleg ergänzte rasch, ohne mir Gelegenheit zu geben, ein Wort einzuflechten: »Ich habe mich nur unter der Bedingung einverstanden erklärt, das Oberkommando zu übernehmen, Eli, wenn Sie an der Expedition teilnehmen!«

Ich hätte genauso kategorisch ablehnen müssen, wie ich frühere Vorschläge beantwortet hatte, Sternfahrten zu befehligen oder daran teilzunehmen. Seit der Befreiung des Perseus und Asters Tod auf dem Dritten Planeten waren Mary und mir ferne Reisen gleichgültig. Wir waren auf die grüne Urmutter Erde zurückgekehrt, um sie nie mehr zu verlassen. So hatten wir es vor zwanzig Jahren beschlossen und uns immer daran gehalten.

Ich war selbst überrascht, daß ich sagte: »Ich bin einverstanden. Kommen Sie heute abend zu mir. Wir wollen beraten.«

3

Mary wollte zu Fuß nach Hause gehen. Der Tag war trüb, dunkle Wolken trieben am Himmel. Auf dem Ring-Boulevard ließ der Wind die Blätter tanzen. Tief atmete ich die kalte Luft. Ich liebe solch trockenes, heftiges, energisches, vom Rauschen des Windes und dem Leuchten der gelb gewordenen Bäume erfülltes Wetter; der Herbst ist für mich die beste Zeit.

Mary sagte leise: »Wie schön sie ist, unsere liebe alte Erde! Werden wir sie wiedersehen, oder verschwinden wir für ewig in den Sternenweiten?«

»Du kannst hierbleiben«, versetzte ich vorsichtig.

Ironisch blickte sie mich an. »Das könnte ich, gewiß. Aber brächtest du es fertig, ohne mich ...«

»Nein, Mary, ich brächte es nicht fertig«, bekannte ich ehrlich. »Ohne dich zu sein, wäre genauso, als müßte ich ohne mich sein, als wäre ich außerhalb meiner selbst. Das ist mein Schicksal: die Hälfte meines Ganzen zu sein. Kein besonders angenehmes Gefühl.«

»Laß wenigstens heute die dummen Witze, Eli!« Sie runzelte die Brauen.

Eine Weile gingen wir schweigend. Ab und zu schaute ich sie zaghaft an. Schließlich fragte ich sie nach ihrer Meinung über die Ursachen der Katastrophe von Allans Expedition.

»Ich meine das genaue Gegenteil von dem, worauf Pawel beharrt«, antwortete sie. »Ihr Männer seid ein komisches Volk. In jedem Rätsel sucht ihr eine böse Absicht. Der kriegerische Geist ist so tief in euch verwurzelt, daß ihr bereit seid, ohne weiteres anzunehmen, die Natur kämpfe unaufhörlich gegen uns und sei darauf erpicht, uns in die Knie zu zwingen. Es ist ein leichter Weg, der Natur unsere eigenen Fehler zuzuschreiben, aber wohl kaum ist es der richtige!«

»Ihr Frauen seid schuld, daß wir kriegerisch sind, ihr bringt uns so zur Welt«, gab ich zurück. »Dennoch hast du Romeros Argumente nicht überzeugend widerlegt.«

Sie antwortete mit gewohnter Schärfe: »In dem Bericht habe ich nur unverständliche Fakten und oberflächliche Vermutungen über deren Ursachen gefunden. Ich habe nichts zu widerlegen.«

Ihre Worte beeindruckten mich schwerer, als ich an jenem Tag zuzugeben bereit war.

Am Abend war unser Salon voll. Olga, Romero, Oleg, Orlan und Lussin hatten Sessel bekommen, Trub und Grazi hatten sich unter Schwierigkeiten auf den Sofas niedergelassen. Den Engel störten die Flügel, und der drei Meter lange Grazi vermied es ängstlich, sich zu erheben, um nicht mit dem Kopf an die Decke zu stoßen.

Romero berichtete in seinem zeremoniellen altertümlichen Stil von dem Eindruck, den der Bericht über den Untergang der ersten Expedition zum Galaxiskern im Großen Rat hinterlassen hatte. Die zweite Expedition sollte die unsichtbaren Gegner aufspüren und die Möglichkeiten eines friedlichen Verkehrs mit ihnen erkunden. Das würde kein Kriegszug sein, sondern eine Friedensmission. Sämtliche Ressourcen des Sternenbundes standen zur Verfügung, um die neue Expedition auszurüsten.

»Stellen Sie nun Ihre Fragen, Admiral, und äußern Sie Ihre Zweifel«, schloß Pawel.

Ich hatte Zweifel: Die Ramiren, die zu suchen sich die erste Expedition aufgemacht hatte, waren nicht gefunden. Die Räuberplaneten, von denen die Sternenflugzeuge verfolgt worden waren, hatte Allan als Lebewesen bezeichnet, doch der Beweis, daß sie real lebendig waren und keine Absonderlichkeiten der toten Natur, fehlte. Dem Bezirk der »staubigen Sonnen«, in deren Peripherie die Expedition umgekommen war, hielt Allan für die Wohnstatt einer vernunftbegabten Zivilisation, aber es war nicht gelungen, auch nur einem einzigen ihrer Vertreter zu begegnen – also blieb ihre Existenz bloße Hypothese. Die Versuche, zum Kern vorzudringen, waren auf Widerstand gestoßen. Was wollte das schon besagen? Der Widerstand konnte physische, uns bislang unbekannte Gründe haben, denn niemand würde behaupten, daß wir im Universum alles erforscht hätten.

Romero wollte mir antworten, doch ich wandte mich an Oleg: »Du bist Oberkommandierender des zweiten Geschwaders. Wie stehst du zu meinen Zweifeln?«

Er antwortete zurückhaltend. »Sie lassen sich nur auf einem Wege ausräumen: indem wir nun von neuem zum Kern fliegen und klären, was da hindert, in ihn einzudringen.«

Ich mußte Oleg immer wieder anschauen. Er glich seinem Vater und glich ihm auch wieder nicht. Von der Mutter hatte er die zarte weiße Haut, die fast durchsichtig wirkte. Er errötete, wenn er antwortete, und die Röte lief wie eine Flamme von den Wangen zur Stirn, zu den Ohren und zum Hals. Mädchenhaft war seine Erscheinung: der schöne Kopf, die langen goldenen Locken, die übrigens nicht so kraus waren wie einst die von André, die schmalen Schultern, die schlanke Taille, die dünnen langen Finger. Oft trügt das Äußere, für Oleg, der zum Oberkommandierenden des zweiten Geschwaders ernannt worden war, traf das besonders zu. Unter den Kapitänen für große Sternenfahrt zählte er zu den unerschrockensten und erfolgreichsten. Olga hatte ihn als Admiral für die längst geplante Expedition zu den Hyaden empfohlen, und er wäre schon zu dem Haufen dieser in einen Abgrund stürzenden Sterne gejagt, hätte sich nicht die Katastrophe mit Allan ereignet. Der Große Rat hatte die Fahrt zu den Hyaden wegen der neuen Expedition zum Kern abgesagt.

»Deine Antwort befriedigt mich«, entgegnete ich. »Und nun berichten Sie, was es Neues bei der Vorbereitung zu der Expedition gibt!«

Romero erklärte, daß die Expedition auf dem uns allen bekannten Dritten Planeten im Perseus vorbereitet werde, unter der Leitung von André und dem Demiurgen Ellon. Auf den Sternenflugzeugen würden außer den Tanew-Annihilatoren auch die biologischen Geschütze der Galakten installiert, desgleichen Vorrichtungen, die die Ausmaße der Sternenflugzeuge und sämtlicher sich auf ihnen befindlicher Körper veränderten. Aber die wichtigste Neuerung seien Mechanismen, die die Raummetrik rings um das betreffende Sternenflugzeug umgestalteten. Jedes Schiff sei nun eine Art Dritter Planet, der in seiner Umgebung beliebige Krümmungen vornehme. Wäre Allans Geschwader mit Gravitationsschnekken-Mechanismen ausgerüstet gewesen, wäre viel Unheil verhütet worden. Die Metrikgeneratoren konstruiere Ellons Gruppe.

»Ellon, Ellon … Kennst du ihn, Orlan?«

»Ich habe Ellon vorgeschlagen«, erwiderte Orlan stolz. »Im Perseus gibt es keinen zweiten Demiurgen, der ein so begabter Konstrukteur wäre.«

Ich bemerkte, daß Grazi mißmutig den Kopf wiegte. »Ein Letztes«, setzte ich fort. »In welcher Eigenschaft soll ich nach Meinung des Großen Rates an der Expedition teilnehmen? Altertümlich ausgedrückt: Welches Amt soll ich bekleiden?«

»Sie sollen die Seele und das Gewissen der Expedition sein, Eli«, sagte Oleg.

»Schlecht organisiert ist jene Expedition, wo Seele und Gewissen von den übrigen Expeditionsmitgliedern getrennt sind.«

Mein Einwand rief Gelächter hervor, obwohl ich ernst gesprochen hatte.

Romero sagte versöhnlich: »Da Sie nun schon einmal den

Terminus Amt verwendet haben, so wollen wir es als wissenschaftliche Leitung bezeichnen –, es hat einst solch einen Begriff gegeben, lieber Admiral.«

»Haben Sie selbst die Absicht, an der Fahrt teilzunehmen, Pawel?«

»Der Große Rat wird es mir sicherlich gestatten.«

Nach der Beratung setzte ich mich zu Grazi. »Als Orlan sich lobend über Ellon äußerte, seufztest du, Grazi. Bist du mit seiner Einschätzung nicht einverstanden?«

Der Galakt erstrahlte wohlwollend. Seinesgleichen lächelt so gern, daß er bei jedem Anlaß diesen freudigen Gesichtsausdruck verschenkt.

»Nein, Eli. Mein Freund, der Demiurg Orlan, hat Ellon völlig zutreffend als einen genialen Ingenieur charakterisiert. Aber schau, Eli …« Er stockte, indessen er weiterlächelte. »Du kennst unsere Einstellung zu den künstlichen Organen. Ellons Organismus hat einen viel höheren Grad an Künstlichkeit als die übrigen Demiurgen; ich fürchte, sogar sein Gehirn enthält künstliche Elemente, obwohl Orlan das bestreitet.«

Ich lächelte ebenfalls, jedoch auf Menschenart – ironisch. Der Abscheu der Galakten vor künstlichen Organen ist mir immer wie eine spaßige Absonderlichkeit vorgekommen. Grazis Erklärung ließ ich an meinen Ohren vorbeischwirren. Jeder Mensch macht Fehler, ich habe wahrscheinlich mehr als andere gemacht. Und obwohl sie auf den ersten Blick harmlos waren, wirkten sie sich doch verhängnisvoll aus!

4

Wie furchtbar hatte sich André verändert! Olga hatte mich gewarnt, doch ich hatte gelacht, als sie sagte, ich würde ihn nicht wiedererkennen.

Das konnte es nicht geben, daß mir mein bester Freund fremd geworden sein sollte. Und selbstredend erkannte ich André sofort, als die »Orion« über dem Anlegeplatz des Dritten Planeten schwebte und er durch die weit offenen Schiffstüren gestürzt kam. Aber ich war erschüttert. Ich hatte André als erschöpften, vom Wahnsinn noch nicht erholten, aber lebendigen, sogar energischen Mann mittlerer Jahre verlassen. Jetzt umarmte mich ein Greis – ein geschäftiger, nervöser, weißhaariger, runzliger, vorzeitig hinfällig gewordener Greis.

»Ja, ja, Eli!« sagte André auflachend, da ihm meine Bestürzung nicht entging. »In unmittelbarer Nachbarschaft mit den unsterblichen Galakten altern wir seltsamerweise besonders schnell. Schuld ist wahrscheinlich die teuflische Gravitation auf diesem Planeten, das Zusammenrollen und Auseinanderwickeln des Raumes ist der biologischen Harmonie ebenfalls nicht förderlich. Erinnerst du dich an Vagabund? Jenes mächtige Gehirn, dem du unbedingt den riesigen Körper eines verspielten Drachens geben mußtest?«

»Ich hoffe, er ist am Leben?«

»Doch, doch! Aber den Drachenweibchen stellt er schon lange nicht mehr nach. Sein Denkvermögen ist übrigens in Ordnung.«

Wir betraten den Planeten. Die Fahrt der »Orion« zum Perseus schildere ich nicht, für die folgenden Ergebnisse sind meine Eindrucke von diesem Flug ohne Bedeutung. Ich erwähne nur, daß Oleg noch auf der Erde bleiben mußte, um die Besatzungen für die Schiffe auszuwählen. Er hatte vor, mit dem nächsten Transport im Perseus einzutreffen. Ich will auch nicht sämtliche Begegnungen beschreiben, die ich auf dem Dritten Planeten hatte, sie sind allein für Mary und mich interessant. Ich verweile lediglich, obwohl das für die nachfolgenden Ereignisse ohne Belang ist, bei der Landschaft des Dritten Planeten.

Mary und ich flogen in einer Aviette. Das furchtgebietende Antlitz der kosmischen Festung der Zerstörer würden wir nie vergessen – nackte Bleioberfläche mit goldenen Findlingen. Jetzt sahen wir blaue Wälder, glitzernde Seen und Flüsse.

»Ich möchte hier herunter.« Mary wies auf einen Hügel, dessen Gipfel die andrängenden Büsche noch nicht erreicht hatten.

Wir verließen die Aviette und spürten zum erstenmal, daß wir uns auf dem Planeten von einst befanden. Die Gravitationsschirme der Aviette hatten uns vor seiner schrecklichen Anziehungskraft geschützt, im Bezirk der Station war sie nicht stärker als auf der Erde, doch hier wurden wir buchstäblich zu Boden gedrückt. Ich vermochte mich nicht gerade aufzurichten, in meinem Kopf rauschte es, nach dem zweiten Schritt taumelte ich. Mary stützte mich, da sie die Überlastung besser ertrug.

»Jenen Marsch von der Landungsstelle zur Station würde ich nicht mehr überstehen«, sagte ich und versuchte zu lächeln.

»Erkennst du den Platz, Eli?« fragte sie. »Nein.«

»Am Fuße dieses Hügels ist unser Sohn gestorben …«

Die Vergangenheit erhob sich vor mir. Zaghaft blickte ich Mary an. Sie lächelte. Ihr Lächeln überraschte mich – soviel stille Freude lag darin. Zögernd sagte ich: »Ja, das ist die Stelle. Aber komm nun!«

Sie wies mit der Hand in die Runde. »In meinen Träumen habe ich diesen goldenen Hügel und die tote Wüste ringsum oft gesehen! Und stets war mir bewußt, wie leidenschaftlich Aster wünschte, daß die metallischen Landschaften ungestüm zu leben begännen. Erinnerst du dich, wie er sich einen Lebensspender nannte? Auf dem Nickelplaneten war es leicht, dort ist die Gravitation niedrig. Auch hier gelang es, dem Metall Leben einzuimpfen. Ich wollte wissen, wie sich unsere neuen Gewächse fühlen, die speziell für Gegenden mit erhöhter Anziehungskraft gezüchtet wurden.«

»Sind das die Gewächse, mit denen ihr euch im Institut für Astrobotanik befaßtet?«

»Ich allein habe mich damit befaßt, Eli! Sie sind meine Schöpfung speziell für den Dritten Planeten, mein Denkmal für unseren Sohn. Aster würde zufrieden sein. Sein Wunsch ist Wirklichkeit geworden. Kehren wir nun zur Station zurück.«

Die beiden anderen Ereignisse, die ich erwähnen will, stehen unmittelbar mit der Expedition im Zusammenhang.

Unter denen, die uns begrüßten, fehlte Vagabund. Lussin rannte zu ihm, sobald er Boden unter den Füßen hatte. Lussin ist gewissermaßen der Schöpfer dieses seltsamen Wesens, und er ist so stolz darauf wie auf keines seiner anderen Werke. Vagabund war krank, Medikamente halfen nicht mehr. Lussin teilte traurig mit, daß Vagabund zu menschlich sei, obwohl er einen nichtmenschlichen Körper habe, und ebensowenig wie den Menschen lasse sich ihm solide Langlebigkeit, geschweige denn Unsterblichkeit verleihen.

»Will sehen. Sehr. Dich«, äußerte Lussin in seiner üblichen abgehackten Sprechweise. Und am nächsten Morgen begaben wir uns zu dem Drachen.

Äußerlich hatte sich Vagabund fast überhaupt nicht verändert. Die fliegenden Drachen magern nicht ab und werden nicht dick, sie fahlen nicht aus, ergrauen nicht, erschlaffen nicht. Vagabund war noch wie beim Abschied – bläulich-orange, mit mächtigen

Tatzen und riesigen Flügeln. Aber er flog nicht mehr. Als er uns erblickte, kam er aus seiner Höhle gekrochen und rutschte uns mühsam entgegen. Die wellenähnlichen Falten verlagerten sich so geschwind wie früher auf dem Rücken und an den Flanken, der massive Rumpf schlängelte sich mit der früheren Eleganz, der lange, mit festen Schuppen gepanzerte Schwanz stellte sich zur Begrüßung kerzengerade, polternd durchschnitten die Flügel die Luft. Doch alle diese bekannten Bewegungen waren trügerisch, sie konnten den Vagabund nicht über den Boden erheben – aus einem fliegenden Drachen war er ein kriechender geworden. Auch weniger Feuer ging von ihm aus. Die Flamme, nach wie vor purpurn, war kleiner, und der blaugraue Rauch – dünner. Ich ironisiere nicht, ich sage es tief bekümmert.

»Gruß dem Ankömmling!« vernahm ich die lange nicht gehörte heiser lispelnde Stimme. »Ich freue mich, dich zu sehen, Admiral! Setz dich auf meinen Rücken, Eli.« Ich hockte mich auf eine Tatze und stieß ihn scherzhaft mit dem Fuß in die gepanzerte Flanke. »Du bist noch stark, Vagabund, wenn du auch die jungen Drachen sicherlich nicht mehr überholst.«

»Genug geflogen, genug gelaufen, genug geflirtet – jeder Begriff meines heutigen Seins verlangt den Zusatz ›genug‹«, konstatierte er ungerührt und blickte mich mit den vorgewölbten gelbgrünen Augen klug und traurig an. »Ich beklage mich nicht, Eli. Ich habe vollauf gelebt. Alle Freuden, die die Existenz in einem lebendigen Körper vermitteln kann, habe ich ausgekostet. Je stärker die Freuden, desto kürzer sind sie. Ich werde bald sterben. Sei versichert, ich werde die Ruhe nicht verlieren, wenn die Stunde kommt, da ich vom Leben Abschied nehmen muß.«

In dieser Tonart wollte ich das Gespräch nicht fortsetzen. Fröhlich wippte ich auf der harten Tatze. »Auf der Erde sind neue Methoden zur Stimulierung des Organismus erarbeitet worden. Wir probieren sie an dir aus, und dann wirst du mich über dem Planeten spazierenfliegen. Wehe, wenn du mich wie damals wieder abwirfst!«

Er lächelte ironisch. Immerhin ist er der einzige Drachen, der über ein Mienenspiel verfügt –, die anderen sperren einfach, Dampf ausstoßend, den Rachen auf, und man weiß nicht, ob sie bloß gähnen oder einen verschlingen wollen.

Niedergeschlagen kehrte ich heim. Ich fühlte mich schuldig vor dem Drachen. In seiner früheren Verkörperung, in der Gestalt des regierenden träumenden Hirns, hätte er zehnmal länger leben können als wir. Ich hatte ihn mit einem Körper ausgestattet, aber die Freuden körperlichen Seins sind kurz und enden mit dem unabwendbaren Tod. Obwohl spät, fragte ich mich jedoch eindringlich, ob ich richtig gehandelt habe.

Das zweite wichtige Ereignis war die Begegnung mit Ellon.

Zu sechst gingen wir in Ellons Werkstatt – Mary, Olga, Irina, Orlan, André und ich. Früher war ich oft in das Innere des Planeten hinabgestiegen, wo seine ungeheuren Mechanismen konzentriert sind, aber in solche Tiefe war ich noch nie vorgedrungen. André sagte, wir brauchten mit dem Lift nur dreihundert Kilometer abwärts zu fahren, aber mir kam es so vor, als wären wir tausend und mehr Kilometer abgestürzt.

In einem riesigen sonnenhellen Saal empfing uns Ellon. Er kam mir nicht entgegen, er wandte nur den Kopf auf dem langen, schlangenhaften Hals. Orlan hebt ihn und läßt ihn zwischen die Schultern klappen. Ellon würdigte uns keines Grußes. Er beschränkte sich darauf, uns stumm anzusehen. Nein, das war kein Ansehen –, er durchbohrte, blendete, vernichtete uns mit den phosphorig lohenden Augen; solche hochtrabenden Vergleiche sind in diesem Falle angebracht.

Orlan wirkte verschüchtert. Ich hatte ihn in Schlachten gesehen, bei diplomatischen Verhandlungen und auf wichtigen Konferenzen – stets war er ruhig, objektiv, entschlossen und unerschrocken gewesen. Ich hatte geglaubt, ihn gut zu kennen. Nun war er mir völlig unverständlich. Er hob nicht den Kopf, sondern zwängte ihn zwischen die Schultern, und seine Stimme – er sprach für uns in ausgezeichneter Menschensprache – klang ängstlich, beinahe schmeichlerisch.

»Ellon, die Menschen sind gekommen, um deine Arbeiten kennenzulernen«, sagte Orlan in diesem sonderbaren Ton. »Hoffentlich stört dich unser Besuch nicht?«

»Seht und begeistert euch!« antwortete Ellon in ebenso vortrefflicher Menschensprache, und mit einer weiten Geste seines langen knochenlosen Armes umfaßte er den Raum. Sein Mund grinste breit, das bläuliche Gesicht rötete sich, wahrscheinlich vor Vergnügen.

Doch zu sehen gab es nichts. Ringsum waren Mechanismen, und um sie herum huschten Demiurgen. Der ganze Planet stellt eine

Ansammlung von Mechanismen dar, äußerlich war nicht festzustellen, wodurch sich diese im Saal von denen unterschieden, die die Tausendkilometerschichten des Planeteninneren bilden. Orlan spürte unsere Unzufriedenheit und sagte: »Es wäre besser, du würdest Erläuterungen geben, Ellon.«

Flatternden Schritts ging Ellon an den Saalwänden entlang und tippte die Mechanismen an, deren Bestimmung und Konstruktion er erklärte. Den Kopf hatte er um volle hundertachtzig Grad nach hinten, zu uns, gedreht, das macht ihm sonst kein Demiurg nach. Und je länger ich ihn anschaute, desto ungewöhnlicher fand ich ihn.

Nach dem Rundgang durch den Saal sagte Ellon (nur diese Worte habe ich mir von all seinen Erläuterungen gemerkt): »Weder die Menschen noch die Demiurgen und schon gar nicht die Galakten haben jemals so vollkommen ausgerüstete Schiffe gehabt. Hätten wir wenigstens eins dieser Sternenflugzeuge besessen, als die Geschwader der Menschen in den Perseus eindrangen, wären die Ereignisse anders verlaufen.«

Ich fragte trocken: »Betrübt es dich, Ellon, daß die Ereignisse nicht anders verlaufen sind?«

Er lachte eine Weile lautlos, bevor er antwortete: »Es betrübt mich nicht, und es entzückt mich nicht. Ich konstatiere lediglich eine Tatsache.«

Ich führte André beiseite. »Die von den Demiurgen geschaffenen Mechanismen sind großartig, davon bin ich überzeugt. Aber wer befehligt sie? Kalkulieren wir nicht falsch?«

Ungeduldig unterbrach er mich. Wahrscheinlich ist allein dies von dem alten André übriggeblieben: Er erhascht einen Gedanken beim halben Wort und macht mit den Gesprächspartnern nicht viel Umstände.

»Keine Bange! Ellon konstruiert die Mechanismen, ich befehlige sie. Die Startfelder sind auf meine individuelle Gehirnstrahlung geschlossen. Und wenn sich das Geschwader in Marsch setzt, überlasse ich die Lenkung Oleg und den Schiffskapitänen.«

Wir fuhren an die Oberfläche. Im Lift rief Irina begeistert: »Wie wunderbar er ist, der Demiurg Ellon! Mit den anderen hat er kein bißchen Ähnlichkeit!« Sie senkte die Stimme, damit Orlan sie nicht hörte. »Sie kommen mir alle wie Mißgeburten vor –, Ellon allein ist eine Schönheit. Und welche Vollkommenheit der technischen

Konstruktionen! Eli, erlauben Sie mir, auf dem Schiff in Ellons Gruppe zu arbeiten?«

»Wo du willst«, antwortete ich. Ellon fand ich allerdings weit häßlicher als die anderen Demiurgen.

Im Hotel sagte Mary zu mir: »Ich habe kein Recht, mich in die Anordnungen des wissenschaftlichen Leiters der Expedition einzumischen, doch meinen Mann darf ich kritisieren. Ich bin unzufrieden mit dir, Eli.«

»Bin ich schlecht gekleidet, Mary? Oder war ich wieder einmal taktlos? Habe ich jemanden beleidigt?«

»Ellon flößt mir Schrecken ein«, sagte sie seufzend. »Er ist so fürchterlich, daß er schön ist in seiner Häßlichkeit, da muß ich Irina beipflichten. Aber ihm Tag für Tag auf dem Schiff zu begegnen ... Und wie Irina ihn angesehen hat! Wäre er unseresgleichen, würde ich sagen, sie ist rasend verliebt.«

»Mag sie sich verlieben«, sagte ich großzügig. »Ich selbst war, du wirst dich erinnern, einst ein nichtmenschliches Wesen verliebt. Derlei Gefühle sind schon allein deshalb unschädlich, weil sie keine Perspektive haben. Und es ist unmöglich, daß wir Ellon nicht mitnehmen –, er ist ja erklärtermaßen ein technisches Genie. Ich fürchte, in dir regt sich menschlicher Chauvinismus, doch in unserer Epoche der Sternenbrüderschaft müssen alle Arten von Chauvinismus erbarmungslos ausgerottet werden. Ich hoffe, ich habe dich mit dieser eisernen Formel überzeugt!«

»Dein hoffnungsloses Schulterzucken hat mich überzeugt«, antwortete sie traurig lächelnd. »Beachte meine Stimmungen nicht. Sie rühren nicht von klugen Erwägungen her wie bei dir und Olga, sondern von törichten dunklen Vorahnungen ...«

Ich habe später oft an dieses Gespräch gedacht, das ich mit Mary im Hotel auf dem Dritten Planeten des Perseus führte.

5

Nein, ich verfertige keinen Bericht für die Nachkommen! Ich sagte schon, daß ich nicht sicher bin, ob meine Aufzeichnungen zur Erde gelängen. Ich versuche, den Sinn der Ereignisse zu begreifen. Ich befrage mich, ob ich richtig gehandelt habe. Und immer wieder trete ich zu dem toten Körper des Verräters, der reglos im Kraftfeld hängt, und sage mir: Eli, hier stimmt etwas nicht, du mußt dir über all dies Klarheit verschaffen! Aber ich erlange diese Klarheit nicht, ich bin zu rational. Die Vorbereitung und die Abreise der Expedition will ich nicht beschreiben. Auf der Erde ist man darüber im Bilde: wie wir unser Geschwader auf fünfzehn Sternenflugzeuge beschränkten (elf – ohne Bemannungen, gigantische fliegende Lager – wurden von Automaten gesteuert, vier – die »Steinbock«, die »Widder«, die »Schlangenträger« und die »Stier« – hatten Besatzungen und Kommandeure: Oshima, Olga, Kamagin und Petri); wie ich gestattete, Vagabund an Bord des Flaggschiffes »Steinbock« zu nehmen, obwohl Oleg sich nicht schlüssig war, ob es Sinn habe, einen siechen Drachen auf eine weite Reise mitzuschleppen; wie wir auf der »Steinbock« Ellons Laboratorium einrichteten; wie das Geschwader ins Sternbild Schütze eilte, in die dichten dunklen Wolken, die den Galaxiskern unserem Blick entziehen; wie wir, tausendfach das Licht überholend, drei Jahre lang zum Galaxiskern unterwegs waren und über den Dritten Planeten des Perseus – auf ihm regierte nach wie vor André – mittels Raumwellen Verbindung zur Erde hielten; wie im vierten Jahr die Überlichtverbindung abbrach und wir für den Perseus und die Erde gleichsam ins Nichtsein sanken.

Mit diesem Augenblick beginne ich die Schilderung unserer Abenteuer im Galaxiskern.

Die Raumwellengeneratoren fielen gleichzeitig und vollständig aus. Wir empfingen keine Depeschen vom Dritten Planeten mehr, sandten unsere Informationen nicht ab. Die Mechanismen waren in Ordnung, verändert hatte sich der Raum. Der Kosmos war derselbe, unvermindert energisch verschlangen ihn die Schlünde unserer Annihilatoren, wandelten ihn nach wie vor in Gas- und Staubwolken um, alles ringsum war genauso und war doch unfaßbar anders geworden. Die Impulse der Generatoren drangen nicht nach außen durch, und sie empfingen keine Signale von außen. Es war, als wären wir unvermutet taub und stumm geworden.

Die Sehkraft hatten wir nicht eingebüßt. Die Geräte fixierten von fern das Auftauchen eines Räuberplaneten, eines Planeten, wie er Allans Geschwader überfallen hatte. Der Unterschied bestand nur darin, daß Allan im Moment des Überfalls Verbindung mit der Basis im Perseus hatte, während wir dieser Möglichkeit beraubt waren. Und wir hatten Allans Depesche voller Zweifel aufgenommen, daß kein toter kosmischer Herumtreiber sie verfolge und schon gar nicht ein gigantisches Schiff, das unsere Sternenflugzeuge in der Größe genauso übertreffe, wie ein Berg eine Maus, sondern ein rätselhaftes kosmisches Wesen, das keineswegs seine Absicht verhehle, das Geschwader einzuholen und zu verschlingen.

Aber ob das nun ein Sternenflugzeug war oder ein kosmisches Wesen, wir alle wurden von Unruhe erfaßt, als die Analysatoren in der Ferne den rätselhaften Planeten entdeckten und leidenschaftslos meldeten, daß er uns verfolge. Wir flogen damals am Rande der dunklen Wolken, die den Kern verdeckten. Das Wort »Rand« ist relativ, Milliarden von Kilometern rundherum erstreckte sich ein Gasnebel, kalt, halb durchsichtig, unerhört trostlos, die Sterne schimmerten matt in dem glutroten Halbdunkel. Der raubgierige Planet erstand als orangefarbener Fleck im glutroten Nebel und wurde rasch größer. Wir flogen im Überlichtbereich –, er jagte im Einsteinschen Raum dahin.

Unser Verfolger war größer als die Erde. Tausende unserer Sternenflugzeuge hätten auf seiner Oberfläche Platz gefunden, Abertausende wären in seinem Inneren verschwunden. Aber nach wie vor waren wir der Meinung, daß uns kein Wesen ereilte, sondern ein Schiff, in dessen Innerem, an den Pulten uns unbekannter Mechanismen, sich vernunftbegabte Wesen verborgen hielten. Auf unsere Rufe reagierten sie nicht. Man brauchte keinen superscharfen Intellekt, um unsere Signale zu dechiffrieren, das war eine Aufgabe für Schüler, nicht für kosmische Ingenieure. Aber der Planet schwieg – schwieg und verfolgte uns.

Oleg stellte eine Stereoverbindung zwischen den Bemannungen aller Sternenflugzeuge her.

»Allan rettete sich vor dem räuberischen Planeten, indem er den Aktivstoff eilends annihilieren ließ«, sagte Oleg. »Der Verfolger vermochte die neugeschaffene Leere nicht zu überwinden. Aber nachdem Allans Geschwader drei Viertel der Vorräte verloren hatte, wurde es später mit anderen Schwierigkeiten nicht fertig. Sollen wir Allans Abwehr wiederholen?«

Einmütig sprachen sich alle dagegen aus. Wir waren stärker als Allans Geschwader ausgerüstet und konnten den seltsamen Verfolger näher an uns heranlassen, als es Allan gewagt hatte. Es galt festzustellen, ob dies ein Überfall war oder eine neue Kontaktform. Das war nur im Experiment möglich.

Wenn unsere Stereofilme dereinst auf die Erde gelangen, werden die Menschen begreifen, was uns empörte. Wir trennten eins der Fracht-Sternenflugzeuge, das wir zuvor entleerten, vom Geschwader. Der Planet stürzte sich darauf wie ein Fuchs auf ein Rebhuhn. Die Filme haben festgehalten, was wir sahen – die Explosion, die Flamme, die dichte Wolke zunächst leuchtenden, dann dunkel werdenden Staubs. Und den Planeten, der wie ein Weberschiffchen von einem Wolkenrand zum anderen huschte und gierig, mit der gesamten Oberfläche, den Staub schluckte.

Wir saßen im Observationssaal und beobachteten das Schauspiel.

»Ein kosmischer Müllschlucker«, ließ sich Romero hören und fügte mit einem Seufzer hinzu: »Es ist nur schlecht, daß dieser kosmische Hauswart merkwürdigerweise geneigt ist, uns als unnützen Müll zu betrachten.«

Wie wahr Romeros Bemerkung war, wußten wir erst später zu schätzen, als klar wurde, daß der Planet in dem Gasnebel, wohin unser Geschwader vorgedrungen war, nicht nur so einfach dahinjagte, sondern unterwegs das Gas ringsum aufsaugte und auf diese Weise dem Nebel zu Leibe rückte. In jenen Stunden stand uns nicht der Sinn nach den Funktionen eines kosmischen Müllschluckers. Romero und ich wurden zu Oleg gerufen. Auch Orlan und Grazi waren in den Kommandeursraum gebeten worden.

Oleg interessierte eins: Sollten wir fliehen oder den Überfall abwehren?

»Fliehen, fliehen!« sagte Grazi eilends.

Mir ist aufgefallen, daß die unsterblichen Galakten einem Kampf stets aus dem Wege gehen, sofern das irgendwie möglich ist. Ihre Unsterblichkeit schätzen sie weit mehr als wir unsere vergängliche Existenz. In diesem Falle waren wir jedoch alle mit Grazi einer Meinung. Streit gab es, als es darum ging, auf welche Weise wir fliehen wollten. Ich lehnte die Benutzung von Aktivstoff nicht kategorisch ab. Wir hatten mehr davon als Allan. Und daß diese Methode äußerst wirksam ist, hatte Allan bewiesen, der eben auf diese Art dem Räuber entwischt war. Man pflichtete mir jedoch nicht bei. Und jetzt, da ich manches weiß, was wir damals nicht wußten, kann ich mich nur freuen, daß ich in der Minderheit blieb. Grazi schlug die auf den Planeten der Galakten weitverbreitete Methode der Volumenverringerung großer Gegenstände vor. Orlan protestierte. Die Kürzung der Maßstäbe sei eine langsame Operation, die Menschen ertrügen den Zustand der anderen Maßstäblichkeit schlecht, und für die Demiurgen mit ihrer erhöhten Künstlichkeit sei es geradezu gefährlich, die Körpergrößen zu verändern. Überdies gäbe es keine Garantie, daß der Räuber nicht auch auf die verkleinerten Schiffe Jagd machen werde. Mit Staub und Gas werde er ideal fertig. Würden wir ihm nicht die Aufgabe erleichtern, uns möglichst rasch zu verschlingen?

»Bleibt die Gravitationsschnecke«, erklärte Orlan überzeugt. »Wir haben die Sternenflugzeuge mit Mechanismen ausgerüstet, die die Metrik verändern können. Wir tauchen in die Nichteuklidheit und lassen den kosmischen Räuber auf der anderen Seite des gekrümmten Raums zurück. Was meinst du dazu, Ellon?« fragte er, ohne einen Beschluß abzuwarten.

Der auf dem Bildschirm aufleuchtende Ellon bekräftigte, daß es nichts Einfacheres als eine Gravitationsschnecke gäbe. Er fügte hinzu, es sei nicht notwendig, daß das Geschwader Reißaus nehme, es sei besser, den Räuber in einen Gravitationstunnel zu schleudern.

»Der Planet fliegt wie eine Kugel hinaus, die bergab rollt! Und er kann von Glück reden, wenn seine Absorbierer unbeschädigt bleiben«, versicherte er und riß den Mund in einem Anfall stummen Gelächters so weit auf, daß nicht nur ich fürchtete, der Unterkiefer werde abbrechen.

Ich fuhr in Ellons Labor hinunter. An den Kommandogeräten schritt hüpfend, wie es alle Demiurgen tun, Ellon auf und ab; an dem Pult, das wie die altertümlichen Pianos mit Tasten versehen war, tat Irina Dienst, ihr Blick folgte dem Demiurgen. An der gegenüberliegenden Wand lag Vagabund, er nahm fast drei Viertel der Fläche ein. Als er mich bemerkte, schnaubte er freundschaftlich zwei Rauchfontänen aus den Nüstern und ließ zur Begrüßung ein paar Blitze auf den Zacken der Korona springen. Sie gerieten ihm weit weniger verästelt und prächtig als in seiner Drachenjugend. Ich nickte ihm zu und stellte mich hinter Irina.

»Schalte die erste Krümmung ein«, befahl Ellon, und Irinas Finger trommelten auf den Tasten.

Indessen hatten sich die vierzehn Sternenflugzeuge so nah bei der »Steinbock« versammelt, daß mir die Enge gefährlich erschien. Ich komme dagegen nicht an –, nähern sich Schiffe auf eine Distanz von visueller Sichtbarkeit, so gerate ich in Angst. Aber ohne diese

Konzentration hätte sich kein nichteuklidischer Zaun um die Flotte errichten lassen. Das brauchte man mir nicht zu erklären. Die erste Krümmung, die Irina eingeschaltet hatte, schuf einen solchen schützenden Zaun. Und dann schlug Ellon vor, sich an dem Anblick zu weiden, wie sich der dumme Planet oder die Wesen, die in ihm hausten, die Stirn aufschlugen. Ich weiß nicht, ob Planeten eine Stirn haben, jedenfalls berannte er blindwütig die Krümmung. Ellons lachender Mund verkrampfte sich vor Begeisterung, die drohenden Augen funkelten. Das phosphoreszierende Gesicht hielt er ständig dem Bildschirm zugewandt – den trüben Sternen im Nebeldunst und dem grell leuchtenden Planeten, der auf uns zuraste und immer wieder zurückgeworfen wurde. Mir wäre es lieber gewesen, wenn Ellon das Schicksal nicht so lange und nicht so verwegen versucht hätte.

»Schalte den Ableittunnel ein!« befahl Ellon, und Irina trommelte wieder auf den Tasten.

Jetzt konnten wir uns von der Leistungsfähigkeit der Metrikgeneratoren überzeugen. Der Planet glitt nicht auf Grund des Beharrungsvermögens im gekrümmten Raum passiv hinaus – bei unserem ersten Erscheinen im Perseus hatten wir erbittert dagegen angekämpft –, sondern wurde durch einen mächtigen Schub unbarmherzig geschleudert. Ellon war nicht ansprechbar, er bog sich vor lautlosem frohlockendem Gelächter.

»Hier handelt es sich nicht um eine einfache Änderung der Metrik!« sagte ich zum Drachen.

Der Drachen wand sich noch besser als Ellon, begeistert versprühte er matte Blitze und schlug mit dem Schwanz. »Selbstverständlich, Eli! Das Problem eines Tritts in den Hintern – so kann man das in der Menschensprache nennen. Mich widerte die passive Raumkrümmung schon an, als ich noch Hauptgehirn war. Ich verspürte immer den Wunsch, den Sternenflugzeugen, die hinausbefördert wurden, einen zusätzlichen Impuls zu geben. Ellon hat meinen alten Traum wahrgemacht. Höchst wirkungsvoll, nicht?«

Ich stimmte zu: »Ja, sehr wirkungsvoll.« Der Drachen schnaubte eine glutrote Brandfahne, und ich prallte zurück. In einem geschlossenen Raum hätte er sich nicht gar so rauchig freuen dürfen. Ich ging zu Irina.

»Eli, Eli!« sagte sie mit einer Stimme, wie ich sie noch nie von ihr gehört hatte. »Was für ein wunderbarer Mensch!«

Ich hätte entgegenhalten können, daß das Wunderbare an Ellon gerade darin bestehe, daß er kein Mensch sei, aber ich schwieg.

6

Auf diese Weise drangen wir in die dunklen Wolken ein, die den Kern verhüllen. Zunächst versagten die Raumwellengeneratoren, und wir verloren die Verbindung zu der Basis auf dem Dritten Planeten, dann griff uns der räuberische Planet an, und Ellon ließ ihn zur Hölle fahren. Er verschwand spurlos aus unserem Kosmosbezirk, war in unserer Welt nicht mehr vorhanden – so meldeten die Analysatoren. Jetzt scheint mir, als wäre er einfach aus unserer Zeit herausgefallen, als sei er in anderen Jahrhunderten, anderen Jahrtausenden, vielleicht Jahrmillionen gewesen – vergangenen oder künftigen, das ist unwichtig, wichtig ist nur, daß wir nicht mehr gleichzeitig in dieser Welt waren. Ich sagte, war einfach aus unserer Zeit herausgefallen. Diese Einfachheit macht mich schwindeln. Sie ist unfaßbar. Verderblich. Eine mörderische Einfachheit: das ist die treffende Definition für unser neues Verständnis jener Ereignisse.

Unsere Bildschirme zeigten Tag für Tag ein und dasselbe düstere Bild – Nebel und Rauch und in dem Rauch wie Gespenster vereinzelte Sterne. Die Sternenwelt existierte nicht, die fernen Gestirne durchdrangen die Finsternis nicht, nur diejenigen, denen wir uns näherten, traten vage aus dem Nebel hervor und erloschen ebenso vage, wenn wir uns entfernten. Und dies waren merkwürdige Sterne –, sie blinzelten, schnauften, ihr mattes Erglänzen war wie ein Seufzen. Derart verwandelt waren sie im Nebelrauch – undeutliche Lichter im gigantischen staubigen Kosmosverlies.

Woche für Woche, Monat für Monat jagten wir in der dunstigen Finsternis dahin, hielten unentwegt, den uns begegnenden Sternen ausweichend, Kurs auf den Kern. Und erst als bei einem Gestirn – wir nannten es das Rote – die Analysatoren einen einsamen Planeten mit Bedingungen entdeckten, die für Leben günstig waren, änderte das Geschwader den Kurs und tauchte in den Einsteinschen Raum. Bisher waren alle Sterne, die wir getroffen hatten, ohne Planeten gewesen. Diesen ersten konnten wir nicht unbeachtet lassen.

Der Stern wirkte nur aus der Ferne rot. Er färbte sich mehr und mehr blau, je näher wir kamen. Es war dies ein schönes Gestirn, jung, energisch, lebenspendend. Der Planet, der sich um solch eine Sonne drehte, war zu beneiden. Unsere Analysatoren zeigten an, daß es Leben auf ihm gab. Aber unsere Signale fanden kein Echo. Die Sternenflugzeuge schwebten wie helle Monde über ihm, selbst ein stark kurzsichtiges Auge mußte sie wahrnehmen, doch nicht einmal das schien dort vorhanden. Oleg befahl dem Haupterkundungstrupp, auf dem Planeten zu landen. Jedes Sternenflugzeug hat seinen Erkundungstrupp, den Haupterkundungstrupp leitete ich. Zu ihm gehörten Trub und Gig – Aufklärer und Krieger, die beide fliegen konnten; Romero – Historiker und Kenner der Zivilisationen fremder Sterne; Mary – Astrobotanikerin; Lussin – Astrozoologe; Irina mit ihren Geräten sowie Orlan und Grazi. Ausnahmsweise bezog ich Vagabund mit ein. Oleg wunderte sich – der schwerfällige alte Drachen würde die Beweglichkeit des Trupps einschränken. Und wo sollte man einen Schutzanzug für dieses Ungetüm hernehmen? Ich war nicht der Meinung, daß Vagabund uns hinderlich sein würde, und was den Schutzanzug betraf, so atmen die Drachen, genau wie die Demiurgen, ganz vortrefflich verdünnte Luft, ertragen weitaus besser als wir Hitze und Kälte, nicht ohne Grund hatte sich der junge Lussin mit Drachen über feuerspeienden Vulkanen aufgeschwungen. Und Vagabund hatte es nötig, sich einmal im Freien zu tummeln. Die Sternenflugzeuge sind riesengroß für Menschen, Demiurgen und Galakten, aber die Konstrukteure haben nicht bedacht, daß auch einmal eine gigantische fliegende Echse in die Schiffslisten eingetragen werden könnte. Vagabund hatte auf dem Schiff nicht einmal zum ungebundenen Herumkriechen Raum genug.

Oleg hörte höflich zu, lächelte höflich, schüttelte die goldenen Locken. Er, der so sehr einem hübschen Mädchen gleicht, ist ein verschlossener Mensch. Sachlich erteilt er Befehle, denen sich widerspruchslos sowohl der ruhige Petri als auch der heftige Oshima, der hitzige Kamagin und die vernünftige Olga fügen, ganz zu schweigen von den übrigen. Aber außer den Befehlen bringt er kaum ein Wort heraus. Aufmerksam hört er zu, seine Repliken sind meist nur ein Lächeln, und wenn er doch antworten muß, dann tut er es mit Entscheidungen, nicht mit Erwägungen. So auch diesmal.

»Wie du meinst«, sagte er.

Wir landeten auf dem Planeten.

Aus der Ferne hatte er uns nicht in Verwunderung versetzt. Auf den galaktischen Reisen hatten wir Welten zu Gesicht bekommen, die ungewöhnlicher waren. Eine kosmische Standardkugel: Größe – ungefähr wie der Mars; Atmosphäre – der irdischen ähnlich; Berge, Meere, Wolken, wahrscheinlich auch Grün und Tiere, vielleicht auch vernunftbegabte Wesen. Jeder von uns trug ein Signaldechiffriergerät, Irina hatte außerdem noch Spezialapparate mit. Trub und Gig hatten die Dechiffriergeräte, die ihnen angeboten wurden, ausgeschlagen. Die braven Freunde hegen eine Abneigung gegen Mechanismen. Ihren Beifall finden nur Entlader und Granaten.

Eine merkwürdige Welt breitete sich unter uns, als unser Planetenflugzeug auf einen Hügel niederging, der mitten in einer Ebene ragte. Solch eine Welt kannten wir noch nicht. Sie äußerte sich in zwei Farben – schwarz und rot. Auf roter Erde flossen rote Flüsse, dehnten sich kleine rote Seen, von roten Felsen stürzten rote Wasserfälle. Und vor dem Hintergrund dieses aufdringlichen Bacchanals in Rot erstreckten sich schwarze Wälder und Felder mit schwarzen Bäumen, schwarzen Sträuchern und schwarzen Gräsern. Über den schwarzen Wäldern flogen schwarze Vögel, durchs Gestrüpp huschten schwarze Tiere, in dem roten Wasser schwammen schwarze Fische. Die Wolken über uns waren schwarz und hatten feuerrote Ränder. Wenn sie sich verdichteten, wurde alles Rote schwarz, wenn sie sich lichteten, färbte sich das Schwarze rot.

»Wahrscheinlich sieht so der Vorhof der Hölle aus. Findest du nicht, Eli?« murmelte Trub und kraulte sich mit den Krallen verblüfft den Backenbart.

»Was können Engel von der Hölle wissen?« entgegnete ich.

»Alles Anorganische scheint hier rot zu sein, alles Organische vorzugsweise schwarz«, bemerkte Mary.

»Das werden wir feststellen«, versprach Trub und schwang sich auf.

Grazi nickte erhaben, er war der gleichen Meinung. Sie wurde sogleich widerlegt. Der Engel jagte einem Vogel nach, der Ähnlichkeit mit unseren Gänsen hatte, und näherte sich ihm rasch. Da legte der Vogel die Flügel an und stürzte ab. Stürzte ab und wurde vor aller Augen flammendrot. Trub landete neben ihm und rief uns.

»Das ist er, das ist er! Er hat sich in einen Stein verwandelt! Er tut, als wäre er ein Stein!« behauptete Trub und stieß den roten Batzen wütend mit den Füßen und den Flügeln, ohne daß es ihm gelang, ihn von der Stelle zu rücken. Der Stein war so fest mit dem Boden verwachsen, als liege er da seit Jahrtausenden.

Mary sagte angewidert: »Sogar die Töne sind hier schwarz!« Hier klang tatsächlich alles dumpf und ausdruckslos. Ich hatte das Empfinden, als wären auch die Gerüche schwarz. Die rote Erde, das rote Wasser und die schwarzen Gewächse rochen gleich – nichts hatte ein eigenes Aroma, es gab weder eigentümliche Düfte noch eigentümliche Töne, alles klang und duftete irgendwie unklar – nichts ließ hellen Klang oder scharfen Geruch erkennen. Ich stieß mit dem Fuß gegen den roten Stein, den Trub für einen verwandelten Vogel hielt, Romero pochte geschäftig mit seinem metallischen Spazierstock an das metallische Dechiffriergerät. Wir vernahmen weder Metall noch Stein –, es war, als stießen feste Watteklumpen gegeneinander.

Trub wollte über dem Wald nach anderen Vögeln Ausschau halten, aber es gab keine Vögel mehr, und der Wald schwand, sobald sich Trub ihm näherte, wurde kleiner, duckte sich, wurde Erde, wechselte die schwarze Farbe mit roter.

»Gig«, sagte ich zu dem Anführer der Unsichtbaren. »Deinem Freund glückt die Aufklärung nicht. Würdest du ihm helfen?«

»Sofort ziehe ich mir die Uniform an, Chef!« rief der wackere Gig und stob dem Engel nach. Fliegend verschwand er.

Trub segelte verdutzt dahin, wir sahen ihn gut. Gigs Fluglinie erkannten wir nur an dem plötzlich sinkenden Wald, dem Wechsel von schwarzer zu roter Farbe.

»Die Abschirmung der Unsichtbaren ist hier wirkungslos«, sagte Orlan. »Und wir waren überzeugt, daß sie vollkommen sei.«

»Man duldet uns in einem Abstand bis zu zweihundert Metern«, erklärte Irina. »Von zweihundert bis hundert Metern verödet alles eilends. Je schneller wir uns nähern, desto schneller ist die Verödung. Die Hundertmetergrenze ist unüberwindbar. Dahinter ist nur rote, versteinerte Erde.«

Irinas Erklärung war rätselhaft und erklärte gar nichts. Indessen stürzte Gig zum Fluß. Der Anblick der entfliehenden Welt hatte das kriegerische Skelett in Wut versetzt. Das friedlich zwischen den roten Ufern fließende rote Flüßchen schnellte zur Seite, verließ sein

Bett und floh wie von Sinnen über die Steine. Eine Steilwand hinunter ergoß es sich als Wasserfall. Das Flüßchen war ein Lebewesen, ein hurtiges, geschicktes, maßlos erschrockenes Lebewesen – diesen Eindruck hatten wir alle. Und als der unsichtbare Gig es dennoch einholte, verschwand es augenblicklich. Da war das Bett, da waren die Spuren von dem dahineilenden Wasser, aber das Flüßchen war weg. Es war Stein geworden.

Gig entledigte sich der Abschirmung und ging bei uns nieder. »Chef, ich bin empört!« rief er und klapperte verlegen mit den Knochen. »Solche Feiglinge wie die hiesigen Bäume sind mir noch nie begegnet. Und die Flüsse? Kannst du mir erklären, Orlan, warum das Flüßchen vor mir ausgerissen ist?«

Orlan vermochte genausoviel zu erklären wie ich, und ich verstand gar nichts. Trub kreiste immer noch über dem verödeten Wald, und Gig gesellte sich, diesmal ohne Abschirmung, zu ihm. Die Empörung des Unsichtbaren wechselte bald in Begeisterung über. Allmählich fand er Spaß daran, daß sich bei seinem Nahen alles in Stein verwandelte. Das fliegende Skelett zog immer größere Kreise, bis es schließlich hinter dem Horizont verschwand. Der Engel folgte ihm.

Ich trat zu Vagabund.

Der Drachen hatte versucht, ein Stück zu fliegen. Schwerfällig hatte er sich etwa zehn Meter hoch erhoben und war auf einer Anhöhe niedergegangen. Schlapp ausgestreckt blies er dicken Rauch von sich und ließ matte Blitze müde funkeln. Einen feuerspeienden Donnerschleuderer, der er genetisch war, konnte man ihn wahrhaftig nicht nennen. Ich bedauerte schon, daß ich ihm erlaubt hatte, an unserer waghalsigen Expedition teilzunehmen. Als ich ihm in die vorgewölbten grünlich-orangefarbenen spöttischen Augen blickte, schlug meine Stimmung um. Vagabund hatte einen verteufelt klugen Blick.

»Ein komischer Planet. Allerhand Rätsel gibt er uns auf, findest du nicht, Vagabund?«

»Nur eins«, antwortete er.

»Eins? Ich nenne dir gleich drei: die lebendigen Flüsse und Bäume, ihre Angst vor uns, ihr blitzschnelles Versteinern. Daß auch die Vögel versteinern, will ich gar nicht erwähnen.«

»Nur eins«, wiederholte er. »Ich habe das Gefühl, als wäre ich mir selbst begegnet – meinem früheren Selbst ... Ich errate die Anwesenheit eines denkenden Gehirns, doch ich vermag keine Verbindung zu ihm herzustellen …«

Auf dem ausgestreckten Flügel des Drachens saß Lussin. »Und was sagst du?« fragte ich ihn.

»Merkwürdig«, sagte er nach kurzem Überlegen. Und nach abermaligem Überlegen: »Höchst merkwürdig!«

7

Zum Nachdenken war keine Zeit. Trub brauchte Anweisungen, Gig wartete auf Befehle, alle verlangten Erklärungen. Ärgerlich sagte ich zu Irina: »Die Geräte taugen nicht viel, da sie nicht imstande sind, eine so einfache Tatsache festzustellen, was lebendig und was tot ist auf diesem verflixten Planeten.«

Sie kniff herausfordernd die Augen zusammen. Und sie blickte nicht, sondern schleuderte Blicke. Wenn man ihr einen Vorwurf machte, rechtfertigte sie sich nicht, sondern ärgerte sich. Olga hatte es nicht geschafft, ihrer Tochter Gehorsam anzuerziehen.

»Nicht meine Geräte irren sich. Irrig ist Ihre Vorstellung von dem, was einfach und was kompliziert ist auf dem Planeten.«

Ich betrachtete ihr zornentflammtes Gesicht, und sie mäßigte ihren Ton.

»Erlauben Sie mir, zur ›Steinbock‹ zu fliegen. Ich hole von Ellon ein anderes Schutzanzugmodell, das eine bessere Abschirmung garantiert.«

»Für die Unsichtbaren oder für uns?«

»Für jeden, der unsichtbar sein möchte.«

»Nein«, antwortete ich schroff. »Ich kehre selbst zur ›Steinbock‹ zurück. Ich muß mich mit dem Leiter der Expedition beraten. Sie bleiben einstweilen hier.«

Pawel schaute mich zaghaft an und schüttelte den Kopf.

»Sie sind unzufrieden?« fragte ich ihn erstaunt.

»Wäre es nicht besser, wir kehrten alle zurück, lieber Admiral? Offen gestanden habe ich wenig Lust, die Nacht auf diesem Planeten zu verbringen.«

»Was beunruhigt Sie?«

Er zuckte vielsagend die Schultern. »In jedem von uns steckt der anfällige Adam, mein liebenswürdiger Admiral. Wir sind in der Lage, Sterne zu entzünden, den Raum zusammenzurollen und geradezubiegen, was, wenn man den Alten glauben will, nicht einmal ihre Götter vermochten. Aber kaum stehen wir Auge in Auge der Natur gegenüber, da erwachen die alten Ängste in uns, da sind wir nicht mehr als ein winziges Teilchen der Welt, nicht Herr, sondern Spielball der Elemente.«

Er überzeugte mich nicht. Freilich war der Planet seltsam, aber waren anderen Sternenfahrern nicht weit seltsamere Himmelskörper begegnet? Und wenn ich Pawels Vorschlag dennoch zustimmte (das war das vernünftigste, wie die nachfolgenden Ereignisse bewiesen), dann nicht aus Verständnis für seine nächtlichen Ängste und schon gar nicht deshalb, weil ich die Zukunft voraussah, sondern weil es mir einfach überflüssig schien, die Absonderlichkeiten einer zwar interessanten, aber doch kleinen Welt auf unserem Weg durch die Sternenräume zu erforschen. Wir hatten wichtigere Aufgaben. Und genau dies meldete ich Oleg nach unserer Rückkehr.

Oleg hörte mich höflich lächelnd an. Er brauchte keine Fragen zu stellen. Alles, was wir auf dem Planeten getan und wovon wir gesprochen hatten, war auf die Sternenfahrzeuge übertragen worden. Ich riet, eine Konferenz der Kapitäne der Sternenflugzeuge einzuberufen und gemeinsam zu entscheiden, ob der erste von uns entdeckte Planet erforscht werden sollte.

»Du bist doch der Meinung, daß es nicht erforderlich sei, Eli«, entgegnete er.

»Was meine ich nicht alles! Ich kann mich auch irren. Ellons Meinung zu dieser Frage kann wichtiger sein als meine. Instrumentale Erkundung ist Sache seiner Gruppe. Vielleicht hat er etwas Interessanteres als die Schutzanzüge vorzuschlagen, die die Unsichtbarkeit gewährleisten?«

»Große Konferenzen sind nicht erforderlich«, sagte Oleg kühl. »Wir entfernen uns aus diesem Bezirk.«

Da sagte ich freimütig: »Oleg, warum bist du immer so reserviert? Glaube mir, das berührt nicht nur mich unangenehm.«

Er zögerte mit der Antwort. »Es geht nicht anders, Eli.«

»Wieso nicht?«

Zerstreut blickte er vor sich hin. Das maskierende höfliche Lächeln hatte er abgelegt. Er war der schlichte offene Junge, den ich auf der Erde gekannt hatte.

»Eli, ich mag Ellon nicht«, sagte er.

»Niemand mag Ellon.«

»Du irrst dich, Eli.«

»Mit Ausnahme von Irina«, korrigierte ich mich.

»Für mich ist das eine hinreichend wichtige Ausnahme«, bekannte er finster. »Wir verstanden uns gut, bevor sie mit Ellon zu arbeiten anfing. Sie ist ihm, mag er auch ein hervorragender Geist sein, allzusehr ergeben. Und Ellon betont unaufhörlich, besonders in ihrer Gegenwart, daß ich ihm in der Funktion, nicht in der Bedeutung überlegen bin.«

»Bei den Menschen ist ein Zusammenstoß auf dieser Grundlage unmöglich.«

»Ellon ist in der Zerstörergesellschaft erzogen worden, wo es ein sehr ausgeprägtes Ranggefühl gab. Innerhalb einer Generation läßt sich die Psychologie nicht ändern, Eli.«

»Wir sprechen nicht von deinem Verhältnis zu Ellon, sondern zu allen«, erinnerte ich.

»Ich kann Ellon nicht von den anderen trennen. Du kennst das Sternenfahrergebot, Eli: Verhalte dich gegen alle Kameraden gleich kameradschaftlich. Doch ich bin außerstande, ihn wie Romero, Orlan oder Grazi zu behandeln. Für mich gibt es nur einen Ausweg – Freundschaften zu vermeiden. Vielleicht habe ich unrecht, jedenfalls werde ich mich Ellon nicht als Freund aufdrängen.«

Unser Gespräch wurde von dem Alarmsignal unterbrochen. Oleg und ich eilten in den Kommandeurssaal. Die Analysatoren meldeten, daß sich mit dem Roten Stern Seltsames tue. Er schien einem Überfall ausgesetzt zu sein. Alle vier Schiffsmaschinen wählten einhellig, wie wir später feststellten, und unabhängig voneinander eben diesen ungeheuerlichen Terminus »Überfall« aus der Unmasse von Begriffen, die ihr Gedächtnis speichert.

Wir ließen kein Auge von den Sternen-Bildschirmen. Aus der Ferne, dem Bezirk, auf den wir Kurs nahmen, kam ein gewaltiger Strahlungsstrom – ein gigantisches Strahlenbündel, das genau auf den Roten zielte. Der Strom dahinjagender Energie war von so hoher Intensität, daß er uns wie eine blasse Silhouette vorkam, wie ein schwach leuchtendes Band, das die Sterne leicht beschattete. Und hätten wir nicht deutlich gesehen, was mit dem Roten geschah, wäre uns nicht klargeworden, welche Macht in dem Strahlenbündel steckte.

Oleg wandte sich mir, bleich geworden, zu. »Welch Glück, Eli, daß wir uns dem Planeten näherten! Befänden wir uns jetzt jenseits des Roten, würde sich unser Geschwader in ein Plasmawölkchen verwandeln!«

»Was gedenkst du zu unternehmen, Oleg?« fragte ich. »So schnell wie möglich fliehen?«

»Wir werden uns dem Roten nähern, Eli. Wir müssen wissen, was geschieht. Selbstverständlich lassen wir äußerste Vorsicht walten.«

Er gab Befehl, und das Geschwader steuerte, im Einsteinschen Raum verbleibend, auf den Stern zu, der von irgend jemand oder irgend etwas vernichtet wurde. Ich saß im Sessel und schaute düster auf die Bildschirme. Die Meldungen der Analysatoren beunruhigten. Ich dachte an den Untergang der ersten Expedition zum Galaxiskern. Die Erinnerungen an dieses Geschwader quälten nicht allein mich in diesen Augenblicken.

Die letzten Aufzeichnungen in Allans Bordjournal besagten, daß ein Strom verderbenbringender Teilchen auf ihre Sternenflugzeuge hereingebrochen sei und Allan und Leonid versuchten, ihm zu entfliehen. Kaum waren sie in sauberem Raum und hofften der unbegreiflichen Gefahr entronnen zu sein, da wurden die Schiffe erneut von solchen Strömen ereilt. Es war, als hätten die unbekannten, auf jeden Fall aber unsichtbaren Generatoren des verderbenbringenden Strahls, dem Geschwader folgend, das Ziel geändert. So war es mehrere Male gegangen. Dann brachen die Aufzeichnungen ab, und die Schiffe mit den toten Besatzungen, die vor ihrem Ableben noch Zeit gefunden hatten, den Automaten den entgegengesetzten Kurs zum Perseus aufzugeben, waren zurückgekehrt. Der Kern hatte sie auf diese Weise nicht an sich herangelassen. Die Zielgerichtetheit der Schläge, die sonst unerklärliche Richtungsänderung der schmalen Ströme ließen auf der Erde dann vermuten, daß die erste Expedition, ohne es zu ahnen, Kampfhandlungen ausgesetzt gewesen war.

Jetzt bot sich ein analoges Bild, mit dem Unterschied nur, daß der Strahl nicht gegen uns gerichtet und unermeßlich mächtiger war. Da der Stern beschossen wurde, nicht die Sternenflugzeuge, war auch mehr Energie erforderlich. Das Bild war real und in seiner Realität undenkbar: ein Energiestrom ohne Ende, ein streng paralleler Strahl, ein ungeheuerlicher, unaufhörlich wirksamer Laser.

»Krieg!« sagte ich unwillkürlich. »Wie unerhört mächtig muß man sein, um auf diese Weise Sterne zu beschießen!«

»Es steht noch nicht fest, ob dies eine bewußte Handlung und keine elementare Naturerscheinung ist«, entgegnete Oleg. Er konnte nicht zugeben, daß wir es mit einem Beschuß aus dem All zu tun hatten. »Es wäre zu entsetzlich! Ein Krieg gegen ein eingedrungenes Schiff des Gegners – das wäre immerhin verständlich. Empörend, widerwärtig, verbrecherisch, ja, aber letzlich widerspräche es nicht den Verhaltensgesetzen von Lebewesen. Aber warum einen toten Stern bekämpfen? Weshalb? Wieso?«

»Ich vermag keine deiner Fragen zu beantworten, Oleg«, sagte ich unlustig. »Doch ich bin sicher, daß wir, wenn wir heute nicht wahrhaft gigantisch vorsichtig sind, in ein Unglück geraten, das weit schlimmer ist als das, von dem Allans Geschwader betroffen wurde, nicht einmal unsere Leichen würden in die Heimat zurückgeschleudert. Vorsicht ist übrigens nicht gleichbedeutend mit Feigheit, ich rufe zur Umkehr auf«, fügte ich hinzu.

Oleg tat alles, um das Geschwader von dem schrecklichen Strahl fernzuhalten. Die Besatzungen taten Dienst auf den Gefechtsstationen. Wir waren bereit, unverzüglich sämtliche Abwehrmittel einzuschalten, falls der Strahl auf uns gerichtet wurde – die Raumannihilatoren, die Metrikgeneratoren, die Gravitationsschnecken. Ich zweifelte schon damals nicht, daß diese ganze, uns so mächtig erscheinende Abwehr nicht mehr als eine Fliegenklatsche gegen eine Atomgranate war. Ich wurde das Gefühl nicht los, daß wir am Rande eines Abgrunds taumelten. Wir kamen nur deshalb nicht um, weil man uns ignorierte. Der Schlag galt dem Stern, nicht dem Geschwader.

Der ungeheuerliche Strahl drang in ihn ein wie eine Harpune in den Körper eines Wals, wie ein Degen in die Brust eines Duellanten. Der Stern quoll, zerbarst. Wir hatten ihn drei Wochen lang umkreist, da hatte er riesige Protuberanzen verspritzt, die wie Spieße aus ihm stachelten – staubige Strahlen hatten sich nach allen Seiten gereckt. Jetzt war er eine einzige ungeheure Protuberanz, die verblassend auf uns zujagte, in Rauch und Asche, und im eigenen Staub verschwand.

Der Strahl verging ebenso plötzlich, wie er entstanden war. Der Stern toste weiter, aber das war schon ein anderer Stern. Ein gutes Drittel seiner Substanz verbreitete sich, einmal ausgestoßen, auch weiterhin und verdichtete den ohnedies dichten Nebel. In der Optik wäre der Stern von keinem Planeten aus mehr zu sehen gewesen. Glutroter Staub verhüllte die Gestirne der fernen Bezirke. Die Staubwolke jagte wie nach einer Explosion dahin und dehnte sich weiter und weiter aus.

Mit dem Planeten, auf dem wir noch wenige Stunden zuvor geweilt hatten, war es aus und vorbei. Wenn er als Himmelskörper auch noch bestand, so waren doch die seltsamen Lebensformen, die wir auf ihm entdeckt hatten, vernichtet. Die leidenschaftslosen Analysatoren zeigten das präzise an. Die gesamte dem Roten zugewandte Oberfläche des Planeten hatte sich mit einer glasartigen aufgeschmolzenen Masse überzogen. Vielleicht hätten sich auf der anderen Seite Reste von Leben finden lassen, aber dort tobten Brände. Für uns stand fest, daß auch wir ausgelöscht worden wären, wenn wir die Nacht auf dem Planeten verbracht hätten.

Die Natur des Strahls, der so unerwartet erschienen war und so plötzlich geendet hatte, blieb unaufgeklärt. Es gab darin triviale Photonen, Neutronen, Protonen, Neutrinos, Rotonen, sogar die wenig erforschten Ergonen und sicherlich auch noch unbekannte materielle Mikrokonstruktionen. Unbegreiflich war die Wechselwirkung aller dieser Teilchen im Strahl, ganz abgesehen von den Ursachen für sein Erscheinen oder seiner Bestimmung. Ein natürlicher Prozeß, der einen so ungeheuerlichen Hyperlaser schuf, war undenkbar. Aber wenn das tatsächlich ein Beschuß gewesen war und kein elementar verlaufender Prozeß, dann erhob sich die Frage, warum der Stern beschossen worden war. Und wer hatte ihn beschossen?

Oleg berief den Rat der Schiffskommandeure ein. Olga, Kamagin und Petri erschienen.

Die Konferenz wurde auf alle Schiffe übertragen. Oleg fragte: »Was denken die Kommandeure über die Ereignisse, die sich auf dem Roten abgespielt haben?«

»Eine kosmische Katastrophe mit riesigem Energieverbrauch«, sagte Olga. »Ich habe ein paar Berechnungen angestellt. Die Energie des Stroms, der aus dem Kern ausgestoßen wurde, hätte ausgereicht, um zehn neue Planeten zu schaffen. Es ist wenig wahrscheinlich, daß man irgendwo ein künstliches Geschütz von solcher Leistungsfähigkeit herstellen konnte. Ich neige zu der Ansicht, daß wir auf einen neuen kosmischen Prozeß gestoßen sind.«

»Wenn das ein kosmischer Prozeß ist, so ist er gefährlich«, äußerte der vorsichtige Petri. »Durchstieße ein solcher Strahl unser Geschwader, bliebe nicht einmal die Erinnerung an uns übrig! Mich macht seine Zielgerichtetheit stutzig. Er kam von weit her und traf genau den Stern. Eine derartige Genauigkeit ist für einen natürlichen Prozeß wenig wahrscheinlich.«

»Ein kosmischer Krieg!« rief Kamagin aus. »Meine Freunde, sehen Sie denn nicht, daß eine Schlacht im Gange ist und der unglückliche Rote Angriffsobjekt wurde? Sie fragen, warum jemand ein totes Gestirn überfällt? Haben die Menschen denn nicht totes Gestein feindlicher Forts und Festungen erstürmt, haben sie nicht Städte und Staaten zerstört, Wälder und Gewässer, um den Gegner der Zufluchtsstätten und Nahrungsquellen zu berauben? Wir kennen nicht die Ziele des Krieges, wissen nicht, wer ihn führt, wissen nicht, welchen Nutzen jemand von der Vernichtung des Roten hat, aber daß dies ein Krieg ist, kann keinem Zweifel unterliegen. Und seine Ergebnisse sehen wir allzu deutlich – Degradation des Hauptgestirns, Untergang einzigartiger Lebensformen!«

»Wenn das ein Krieg ist, so gilt es zu bestimmen, auf wessen Seite wir stehen«, erklärte Oshima. »Wer sät das Böse, wer leidet unter dem Bösen? Und dann müssen wir den Träger des kosmischen Bösen schlagen, müssen wir uns zur Verteidigung der Leidenden erheben!« Mit der gleichen Entschlossenheit fügte er hinzu: »Was mich betrifft, so schmerzen mich die seltsamen Wesen, die den Planeten besiedelt hatten. Der Schlag war gegen sie gerichtet, und sie hatten nicht die Macht, mit einem Gegenschlag zu antworten. Ihr Leben ist seltsam, aber es ist Leben, und es bittet um Schutz.«

Dem Rat der Kapitäne wohnen stets Orlan und Grazi bei. Oleg forderte auch sie auf, sich zu äußern. Sie besaßen zuwenig Angaben, um Schlußfolgerungen zu ziehen. Oleg vertrat ebenfalls keine bestimmte Meinung.

Wir durften keine Fehler machen, Fehler kämen uns teuer zu stehen. Sollte dies ein kriegerischer Akt sein, so würden wir uns nicht Hals über Kopf einmischen. Zunächst einmal müßten die Kräfte und die Ziele des Gegners erkundet werden. Wären im Kosmos aber unbekannte Elemente entfesselt, so gelte es um so mehr, sich vor ihnen in acht zu nehmen, um nicht unversehens in eine ungeheure Feuergrube zu geraten.

»Uns interessiert deine Meinung, Eli«, sagte Oleg zum Schluß.

»Du bist der wissenschaftliche Leiter der Expedition, dein Wort ist entscheidend.«

»Mein Wort entscheidet gar nichts, denn ich bin mit allen einverstanden«, erklärte ich. »Alle Meinungen sind begründet, ich vermag keine kategorisch vorzuziehen. Kamagins Analyse und Oshimas Wünsche gefallen mir am besten. Aber ich würde es nicht riskieren, nach ihrem Programm vorzugehen. Ich unterstütze den Oberbefehlshaber. Wir forschen weiter, kategorische Entscheidungen schieben wir auf.«

»Dann setzen wir den Flug zum Kern fort«, resümierte Oleg. »In die örtlichen Kämpfe schalten wir uns nicht ein, wir beobachten nur.«

Nach der Sitzung machte mir Kamagin Vorwürfe. »Eli, früher waren Sie entschlossener! Und früher erklärten Sie sich nicht eilends mit allen einverstanden, Sie warteten immer mit eigenen Lösungen auf, die so kühn waren, daß einem schwindelte. Sie sind alt geworden, Admiral!« Voller Zärtlichkeit blickte ich Eduard an. Er war nicht gealtert. Er war genau sechsmal so alt wie wir und doch jünger als jeder von uns. Klein, flink, breitschultrig, mit hübschem Gesicht, dunklem Haarschopf und dunklen lebhaften Augen, hatte er sich jenen tapferen Sinn bewahrt, der ihn einst mit primitiven Vorlicht-Sternenflugzeugen in den Kosmos geführt und ihm die Möglichkeit gegeben hatte, die Prüfungen einer dreihundertjährigen kosmischen Odyssee zu durchstehen. So war er immer noch, knabenhaft mutig, und noch genauso trieb es ihn ins Kreuzfeuer der Ereignisse. Sein Name, der mit goldenen Lettern im Pantheon eingekerbt ist, führt die Reihe großer galaktischer Kapitäne an, die im Unterschied zu ihm schon lange tot sind. Er war der Prominenteste von uns Teilnehmern der zweiten Expedition zum Kern. Freundschaftlich legte ich ihm die Hand auf die Schulter.

»Lieber Eduard, ich habe tatsächlich Angst. Ich kann nicht vergessen, daß wir auf der Suche nach den Ramiren sind, einem geheimnisvollen Volk, von dem wir nur wissen, daß es mächtiger ist als wir. Könnten die Ereignisse, deren Zeugen wir geworden sind, nicht eine Form ihrer Tätigkeit in den Bezirken sein, die an den Kern grenzen?«

Kamagin hörte mir mißtrauisch zu. »Eine vernünftige Zivilisation befaßt sich mit der Vertilgung von Sternen, wobei sie alle Arten von Leben in der Umgebung dieser Sterne zum Untergang verdammt? Vernunft zieht gegen Vernunft zu Felde? Haben Sie nicht zu hoch gegriffen, Eli?«

»Ich weiß nicht. Womöglich sind die Ramiren nicht allein. Können Sie das ausschließen? Befeinden sich vielleicht mächtige Zivilisationen, die den Raum um den Kern bewohnen? Sie erwähnten die Vernichtung von Saaten und die Vergiftung von Flüssen in den vormaligen Kriegen der Menschen. Sind Überfälle auf Sterne nicht in gewisser Weise ein Äquivalent dazu? Aktionen gemäß der Macht des Akteurs ...«

»Gut, handeln wir gemäß unserer Macht – haben wir einstweilen Angst«, sagte, sich verabschiedend, Kamagin und lächelte freundschaftlich, damit ich seine Entgegnung nicht als Beleidigung auffaßte.

Olga wurde von Irina aufgehalten, dann trat sie zu Mary. »Bist du zufrieden mit meiner Tochter, Eli?« erkundigte sie sich.

»Es fragt sich, ob sie mit mir zufrieden ist«, tat ich scherzend ab. »Sie mag mich nicht besonders, aber Streit haben wir nicht. Was meint Oleg?«

»Der hat an Irina nichts auszusetzen. Allerdings erklärte er das sehr trocken. Mich beunruhigt, daß Oleg und Irina uneins sind.«

»Das liegt an Ellon«, mischte sich Mary ein.

»Irina geht in ihrer Arbeit im Labor völlig auf«, sagte ich ausweichend. »Wahrscheinlich kann sie Oleg nicht soviel Aufmerksamkeit widmen wie früher.«

Oleg hatte befohlen, die Tanew-Annihilatoren in Gang zu setzen. Wir jagten in den Überlichtraum hinaus. Der Rote mit seinem vergehenden Planeten blieb hinter uns zurück.

ZWEITER TEIL

Die Untergehenden Welten

I

Oleg rief mich in den Kommandeurssaal.

Das Schiff führte Oshima, Oleg sprach mit Ellon. Wichtiges mußte sich tun, wenn Oleg den Wunsch verspürt hatte, Ellon zu sich zu bestellen, und jener bereit war, das Laboratorium zu verlassen.

Auf den Sternenbildschirmen war es dunkel, im unendlichen Dämmer der unendlichen Nebel zeigte sich der Kern, bis zu ihm waren es höchstens noch dreitausend Lichtjahre. Seitlich flimmerte der kleine Fleck einer kugelförmigen Sternansammlung. Die Landschaft setzte mich nicht in Erstaunen –, ich hatte sie die ganze letzte Woche gesehen.

»Wir haben eine Grube vor uns im Raum«, sagte Oleg. »Die Gerade zum Kern ist länger als der Umweg auf einer Kurve. Und die Gerade ist unstetig. Je näher wir dem Kern kommen, desto weiter fort ist er. Der Kern kann sich nicht entfernen, folglich fallen wir in ein Loch in der Metrik.«

Von Löchern und Einbruchstellen im Raum hatte ich schon gehört, diese Theorie war im Kurs für Astronavigation behandelt worden. Daß der Raum euklidisch nur in der Abstraktion ist, war jedem bekannt. Aber noch nie war ein galaktischer Reisender solchen »Löchern in den Löchern«, wie sie genannt wurden, begegnet. Man vermutete, daß in eins von ihnen das Sternbild Hyaden glitt, es entfernte sich unbegreiflich von seiner Umge-bung. Oleg hatte eine Expedition zu den Hyaden führen sollen, um der Hypothese auf den Grund zu gehen, aber diese Expedition wurde, wie schon erwähnt, unserer Fahrt zum Kern wegen abgesagt.

»Bedeutet dies, daß wir, obwohl wir den Kurs beibehalten, nicht zum Kern gelangen?« fragte ich.

»Das Licht des Kerns passiert die Grube«, antwortete Oleg. »Ob wir das im Überlichtbereich schaffen? Was geschieht, wenn sich dort kein physischer Raum findet, der in den Tanew-Annihilatoren annihiliert werden kann? Dann fallen und fallen wir ins Bodenlose!«

»Soweit ich mich Ngoros Theorie entsinne«, sagte ich, »läßt sich ein Loch in der Metrik auch durch eine Zeitverzögerung an diesen Stellen erklären.«

»Das wäre noch schlimmer, Admiral«, entgegnete der Demiurg. »Eine Zeitverzögerung ist genauso ein Loch, bloß kommt man aus dem noch schlechter heraus als aus einem räumlichen. Ich bin entschieden gegen das Eintauchen in die Lücke!«

»Der Umgehungskurs führt durch die kugelförmige Ansammlung. Einen anderen Weg gibt es nicht«, sagte Oleg nachdenklich.

Ich wies auf die Sternenbildschirme. Nirgends war der Kosmos mit Brettern vernagelt. Warum nicht links an der kugelförmigen Ansammlung vorbeifliegen oder über oder unter ihr? Drohte denn auch dort Gefahr?

»Das ist es ja, daß Gefahr droht. Der Kosmos ist nirgends mit Brettern vernagelt, da hast du recht, Eli. Aber die Schiffsmaschine weist darauf hin, daß die Umgebung des Kerns reich an ebensolchen Metriklücken ist wie die, die sich vor uns aufgetan hat. Wir legen den Kurs nach der Gesamtheit der Sterne fest, nicht nach einem willkürlich gewählten. Und plötzlich haben die Sterne, die sich rechts und links vom Kurs befanden, begonnen, sich sehr rasch zu entfernen. Dieses Auseinanderlaufen erreicht eine Geschwindigkeit von Tausenden Lichtjahren in der Woche. Die Sterne sind keine Schiffe, sie können sich nicht aus dem optischen Raum lösen. Und eine Rotverschiebung des Lichts tritt nicht auf, folglich auch kein reales Auseinanderlaufen. Bleibt nur ein Schluß – in diesen Bezirken fällt das Licht in Metriklöcher, wo sich die Inertiallinien kolossal verlängern.«

»Und die Sterne, die wir hinter uns lassen?«

»Das ist alles normal, Eli. Wir lassen ja keine Löcher in der Metrik hinter uns! Nein, der einzig sichere Weg führt durch die kugelförmige Ansammlung, einen anderen sehe ich nicht.«

»Darf ich gehen?« fragte der Demiurg. »Meine Meinung kennen Sie.«

Er empfahl sich. Oleg und ich blickten schweigend auf die Sternenhalbsphäre vor uns. Der Kugelsternhaufen war vor zwei Wochen auf den Bildschirmen erschienen, inzwischen hatten wir uns ihm im Überlichtbereich fast auf hundert Lichtjahre genähert. Er war noch weit, aber die Schiffsmaschine wußte schon eine ganze Menge von ihm. Kugelförmiger Sternenschwarm, ungefähr zwei Dutzend Lichtjahre im Querschnitt, rund fünf Millionen Sterne der späten Klassen, eilt vom Kern weg, senkrecht zur Galaxisebene, Geschwindigkeit: fünfzig Kilometer in der Sekunde. Die Geschwindigkeit war nicht groß, aber wenn man sie mit dem Alter der Sternenexistenz multiplizierte? Innerhalb von zweihundert Millionen Jahren – einer geringen Frist nach kosmischen Maßstäben – würde er die Galaxis ganz und gar verlassen! Er bewegte sich nicht im Raum, er floh!

Und noch eins hatten die Schiffsmaschinen bemerkt: Der mörderische Strahl, der den Roten durchbohrt hatte, war aller Wahrscheinlichkeit nach von dieser Ansammlung ausgegangen. Auf der Strahltrasse gab es keine anderen Gestirne, die ihn hätten generieren können. Sonstige Quellen, außer einem Stern der Ansammlung, entfielen, wenn man die Bahn nicht mit krummen Linien zeichnete. Und nun erwies sich, daß die Ansammlung auch das einzige zugängliche Tor zum Kern war.

»Ein Pfropfen im Flaschenhals«, sagte Oleg ärgerlich. »Oder ein Haifischmaul voller leuchtender Sternenzähne, bereit, den ungebetenen Ankömmling zu verschlingen.«

»Einen anderen Ausweg haben wir nicht?«

»Einen anderen Ausweg haben wir nicht«, bestätigte er mißmutig.

Das Geschwader schwenkte zur kugelförmigen Ansammlung ab.

Viele Male habe ich den Sternenhimmel in den offenen Haufen der Plejaden und des Perseus beschrieben. Auch diesen würde ich gern, ohne Scheu vor Wiederholungen, ausführlich schildern. Wenn ich es nicht tue, dann nur deshalb nicht, weil das Bild, das sich mir bot, zu denen gehörte, die man gemeinhin unbeschreiblich schön nennt. Die kugelförmigen Haufen, jetzt weiß ich das, sind mit den offenen nicht zu vergleichen. Man stelle sich ein Himmelsgewölbe mit zweihundert irdischen Monden, tausend Venussen und hunderttausend Siriussen vor, an dem außerdem noch deutlich die übrigen fünf Millionen Sterne funkeln, denn nicht einer ist weiter als zehn Lichtjahre entfernt – dann wird man begreifen, daß es unmöglich ist, diese Pracht zu beschreiben. Ein Detail allerdings muß ich hervorheben. Ich sage »Detail«, dabei beruht darin vielleicht das Wesen der Erscheinung, die Kugelhaufen benannt ist. Der innere Raum ist hier völlig durchsichtig, derart durchsichtig, daß die leeren Kosmosbezirke dagegen wie Staubwolken wirken. Wir, die wir uns aus dem Nebel gelöst hatten, freuten uns ganz besonders an der Weite ohne Staub und Gas. Wenn die »Steinbock« dereinst zur Basis zurückkehrt, können sich die Menschen und unsere Freunde an den Stereofilmen weiden, die die majestätische Schönheit und verblüffende Sauberkeit dieser der Galaxis entfliehenden Sternenwelt festgehalten haben. Selbst denjenigen, die nichts von irgendwelchen Musiken der Sternensphären hören wollten, kamen unwillkürlich solche Vergleiche in den Sinn wie Sternenharmonie, Symphonie der Gestirne – derart identisch mit bezaubernder Musik war dieses bezaubernde Reich des Lichts und der Reinheit.

Viele Sterne hatten Planeten. Sorgfältig fixierten wir jeden. Sie besaßen ideale Bedingungen für Eiweißleben: mäßig heiße Sonnen – ich sagte schon, daß die Sterne hier hauptsächlich später Klassen waren, gelborange, rötlich –, durchsichtigen Kosmos, Atmosphären, die den irdischen ähnelten, Wasser und Festland. Aber nirgends waren vernunftbegabte Zivilisationen aufzuspüren, nicht einmal einfachste Lebensäußerungen fanden sich. Schöne leblose Welten – so glitten sie an uns vorbei. Mary hätte einen der prächtigen Planeten besucht, um ihn mit Leben zu infizieren, wären wir dazu aufgelegt gewesen. Doch keiner von uns vergaß, daß wir uns durch dieses Sternentor, das geradezu ein Paradeeingang war, in eine andere Welt begaben. Was erwartete uns?

»Das Paradies, bevor es besiedelt wurde«, sagte Mary seufzend, die durch den Vervielfacher einen Planeten beobachtete.

»Ein Paradies für den Export«, scherzte ich düster. Ich spielte darauf an, daß der Sternhaufen mit einer Geschwindigkeit von zwei Zehntausendsteln des Lichts aus dem Schoß der Galaxis flüchtete.

»Wenn du die Flucht des Haufens der Tätigkeit irgendwelcher vernunftbegabter Kräfte zuschreibst, begabst du sie dann nicht mit allzu großer Macht?«

»Ich stelle Fragen, ohne vorher die Antworten zu programmieren«, parierte ich.

Im stillen programmierte ich selbstverständlich die Antworten. Ich strapazierte mein Gehirn mit schwierigen Problemen. Alle bekannten Kugelhaufen waren auf allen Achsen gleichmäßig weit vom Kern entfernt, dieser entfernte sich ebenfalls von ihm. Warum verdunstete der Galaxiskern, um es einmal so auszudrücken, Kugelhaufen? Was zwang sie, an die Peripherie zu fliehen, während bei den einzelnen Sternen dergleichen nicht zu beobachten war? Von welchen Kräften wurden die Gestirne so sorgfältig gemischt, daß die Kugelhaufen durchweg aus Sternen später Klassen bestanden, die für das Eiweißleben am günstigsten sind? Warum traf man bei ihnen so oft, hundertmal öfter als bei gewöhnlichen Sternen, Planeten an?

Die Kugelhaufen fliegen nur nach außen, senkrecht zu der Ebene, wo sich in der Galaxis die Hauptmasse der Sterne befindet, überlegte ich mir. Es ist, als suchten sie das Weite. Warum? Tausende Warum! Wo mögen die verflixten Ramiren stecken? Sie wüßten sicherlich der Rätsel Lösung.

Ellon hatte einen Spezialauftrag – auf den Planeten des Kugelhaufens sollte er nach dem Mechanismus fahnden, der den Roten beschossen hatte. Er entdeckte keine Anzeichen für einen Superlaser. Das Wesentlichste fehlte: eine mächtige Zivilisation, der solche Geschütze angemessen wären. Tag für Tag glitten wir bei kleiner Fahrt der Annihilatoren durch die glänzende Welt, verstaubten sie mit dem in den Schiffsschlünden verbrannten Raum – und fingen nicht das schwächste Signal auf, das gegen diese interstellare Umweltverschmutzung protestierte. Eine großartige Welt, eine nutzlose Welt, sagten wir uns. Es gab kein Leben in ihr, ihre Schönheit war für niemanden da. Sie strahlte für sich, in sich. Solche Verschwendungssucht fanden wir unverzeihlich. Eine nutzlose Welt, sagten wir wieder voller Wehmut.

2

Wir passierten das Sternentor des Kerns und gerieten erneut in vernebelten Raum. Der Kern qualmte wie ein schlechtes Feuer, weit und breit war er von Gaswolken verhüllt. Gigantische Massen gasförmigen Wasserstoffs stoben, wie sturmgetrieben, vom Kern aus in alle Richtungen. Bald lichteten, bald verdichteten sie sich. Olga brachte die fällige Berechnung: Die in den lokalen Sternen konzentrierte Materie war in der Masse geringer als die im interstellaren Raum versprühte. Die Berechnung erschien ihr erstaunlich, sie bekannte, daß das Ungewöhnliche der Erscheinung sie wundere und freue. Ich wunderte mich nicht und freute mich nicht. Ich mag Staub weder auf der Erde noch im Kosmos.

Mary sagte unwillig: »Warum hat man dich zum wissenschaftlichen Leiter der Expedition ernannt? Du liebst die Wissenschaft nicht! Niemals begeistert dich ein neuer Fakt an sich.«

»Dafür liebe ich die Wissenschaftler und kann ihre Entdeckungen ertragen, und das ist gar nicht so wenig«, antwortete ich. »Im übrigen hast du recht: Mich begeistern nur gute Fakten, nicht einfach neue.«

Rechts vom Kurs erschien ein kurzperiodischer Cepheid. Das war ein typischer Flackerstern, dessen Volumen und Leuchtkraft sich rasch änderten. Ich hätte keine Aufmerksamkeit an ihn verschwendet, obwohl an ihm Seltsamkeiten entdeckt wurden, die normalen Cepheiden nicht eigen waren. Oleg aber ist stärker wissenschaftlich interessiert. Auf Ellons Bitte lenkte er das Geschwader zu dem veränderlichen Stern.

»Wir haben auf der Fahrt viele Cepheiden gesehen«, sagte ich zu Ellon. »Warum fesselt dich gerade dieser?«

»Er ist einem Kollaps nahe«, antwortete der Demiurg. »Über kurz oder lang kann der Stern zu einem Punkt schrumpfen. Es wäre unverzeihlich, würden wir uns ein solches Ereignis entgehen lassen.«

Und Vagabund bekannte, daß es immer sein Traum gewesen sei, sich einem kollabierenden Stern zu nähern. Einige Male habe er von fern den Kollaps von Sternen außerhalb des Perseus beobachtet, und das sei immer so grandios gewesen, daß sich seine Gehirngefäße zusammenzogen. Wenn er des Lebens eines mächtigen Gefängniswärters überdrüssig war, habe er sich vorgestellt, auf einen Kollapsar versetzt zu sein und mit ihm umzukommen, wobei er die gigantische Katastrophe von innen beobachte. Das sei großartig gewesen – nicht der eigene Untergang, selbstverständlich, sondern das Bild des vergehenden Sterns.

»Vagabund, du bist ein unverbesserlicher Romantiker«, sagte ich, und das war kein Tadel.

Olga sandte eine neue Berechnung. Der Aufenthalt in der Nähe des Kollapsars war nicht ungefährlicher, als von dem Strahl ereilt zu werden, der den Roten getroffen hatte. Nur die intensive Arbeit der Materieannihilatoren konnte eine Katastrophe verhüten, falls sich der Stern vor dem Kollaps in eine Supernova verwandelte, das heißt, ungefähr ein Viertel seiner Masse hinausschleuderte. Oleg ließ die Annihilatoren vorbereiten und erteilte den bei dieser Operation üblichen Befehl zur Gefechtsbereitschaft, obwohl es sinnlos gewesen wäre, gegen den Stern zu kämpfen; in den Bezeichnungen für unsere technischen Operationen spiegeln sich die menschlichen Tätigkeiten von einst.

Aber der Stern verwandelte sich nicht in eine Supernova. Er war einst schon eine Supernova gewesen, die Explosion hatte sich viele Jahrhunderte vor unserem Erscheinen zugetragen. Jetzt war von dem Gestirn nur ein Rudiment des früheren Sternengiganten übrig, ein dichtes, seinen Glanz und sein Volumen fieberhaft veränderndes Sternchen, dessen Masse freilich dreimal so groß war wie die unserer Sonne. Und dieses Rudiment kollabierte vor unseren Augen. In allen Einzelheiten erblickten wir eine Antiexplosion, wie sie noch nie ein Mensch aus der Nähe beobachtet hatte.

Das Geschwader umkreiste den Stern als kompakte Gruppe – verwandelte sich für eine Weile in seinen Begleiter. Er wirkte zunächst ganz normal, äußerlich deutete nichts auf die unabwendbare Katastrophe hin.

Doch plötzlich begann er einzustürzen. Das geschah buchstäblich »plötzlich«, denn zwischen dem ruhigen Zustand und der Implosion lag nur ein Augenblick. Der Stern implodierte, stürzte in sich zusammen. Er schrumpfte, raste seiner Tiefe, seinem Zentrum zu. Oleg befahl, näher heranzufliegen. Und während wir auf den Stern zuflogen, schien er von uns abzurücken. Sein Durchmesser, der im Moment der Implosion ungefähr drei Millionen Kilometer betragen hatte, verringerte sich auf eine Million, auf hunderttausend, tausend ... Der Stern wurde kleiner als die Erde, aber die ungeheuren Kräfte preßten ihn weiter zusammen. Er erreichte die Größe des irdischen Mondes und hörte nicht auf zu schrumpfen, wurde eine sich mehr und mehr verringernde Kugel, die so maßlos dicht war, daß ein Kubikzentimeter von ihr schon Milliarden, wenn nicht gar Trillionen Tonnen wog. Und dann ging der Stern unter, sein Durchmesser betrug nur drei, vier Kilometer, ein winziger Punkt nach kosmischen Maßstäben –, er funkelte noch, rötete sich dann, wurde dunkel, und der Stern verschwand in der Unsichtbarkeit, in der absoluten Unsichtbarkeit, für Wellen, für Teilchen, für Kraftfelder.

Das Kügelchen mit der ungeheuer verdichteten Masse war nicht mehr vorhanden, es gab ein schwarzes Loch in der Leere, ein unheilvolles Loch, das alles in sich hineinsaugte, was sich ihm näherte.

Oleg befahl dem Geschwader zu bremsen. Es war gefährlich, weiterzufliegen. Im Gravitationsfeld des »schwarzen Lochs« hätten uns weder die Materieannihilatoren noch die Metrikgeneratoren oder die Gravitationsschnecken retten können.

Zum Glück fixierte die Schiffsmaschine alle Felder unterwegs. Hätte Oleg nicht stoppen lassen, wären die Bremsmotoren automatisch eingeschaltet worden, sobald sich die Gravitationsfelder des Kollapsars einer gefährlichen Größe näherten.

Plötzlich tauchte rechts ein kosmischer Körper auf, vermutlich ein Sternenflugzeug. Wir trauten unseren Augen nicht. In diesem unerforschten Universumswinkel war alles zu erwarten, keine noch so merkwürdige Naturerscheinung hielten wir für unwahrscheinlich, doch eine Begegnung mit einem Sternenflugzeug, einer künstlichen Anlage vernunftbegabter Wesen, war unvorstellbar. Aufgeregt stürzten wir zu den Rundblickbildschirmen. Die Analysatoren bestätigten leidenschaftslos: Ein Sternenflugzeug näherte sich uns.

Ich ging in den Kommandeurssaal. Es handelte sich tatsächlich um ein Schiff und keinen kosmischen Herumtreiber. Und es entfernte sich von dem Kollapsar! Bei dem Abstand zu dem Stern, der sich zu einem Klumpen konzentrierte, hätte es unweigerlich in seine furchtbare Umarmung gezogen werden müssen, hätte es mit derselben Geschwindigkeit auf ihn stürzen müssen, mit der er in sich zusammenfiel. Doch es riß aus! Kam uns entgegengejagt. Kein Motor der Welt vermochte eine Triebkraft zu entwickeln, die der Anziehungskraft des Kollapsars derart überlegen war!

»Vielleicht ist das ein Antikollapsar – ein Körper der gleichen Masse, aber mit negativer Gravitation?« vermutete Oleg.

»Dann würde es sich selbst zu Photonen zerfetzen«, murmelte Oshima am Vervielfacher.

Oleg entgegnete, daß es bei einem Kollaps zu erstaunlichen Prozessen komme, unter denen auch die Geburt von Antimassen sein könne, die mit den Antigravitationskräften zusammenhängen: Innerhalb des Körpers äußerten sie sich als Gravitation, außerhalb desselben, unter den Körpern von gewöhnlicher Masse, als Abstoßung. Er kam der Wahrheit nahe, die dennoch völlig anders war.

»Bestimmt hat Olga im Hinblick auf den Unbekannten schon

alle Berechnungen vorgenommen«, bemerkte ich. »Auf der ›Widder‹ ist die Schiffsmaschine stets dreifach ausgelastet. Fragen wir Olga.«

Olga hatte eilends gerechnet. Die Ergebnisse besagten, daß es kein fremdes fliegendes Schiff gab. Es war da, wir sahen es, ungestüm kam es auf uns zu, und doch war es nicht vorhanden!

»Unsinn!« rief ich ärgerlich. »Oleg, Gespenster und Erscheinungen habe ich gründlich satt. Und nun wieder ein Phantom, allerdings ein kosmisches, kein planetares.«

»Phantome sind ebenfalls physische Gebilde, real existierende Objekte, nur nicht das, was sie scheinen«, bemerkte Oleg. »Dies aber gibt es einfach nicht, obwohl es da ist. So ist Olgas Mitteilung zu verstehen.«

Unsere Schiffsmaschine bestätigte Olgas Meldung. Alle auf den Unbekannten gerichteten Suchfelder zeigten an, daß an der Stelle, wo er sich befand, nichts war. Ein echtes Gespenst kam auf uns zugeflogen, weit gespenstischer als diejenigen, die wir mit den Phantomgeneratoren schufen.

Ich begab mich zu Ellon.

Bei ihm waren bereits Orlan und Grazi, und der Drachen hatte sich über die ganze Länge des Fußbodens ausgestreckt. Ellon hielt in schwungvoller Rede inne, als ich eintrat.

»Ellon«, sagte ich, »wir sehen in der Optik einen fremden Körper, den die Suchfelder nicht entdecken. Kannst du dieses Paradox in einer Sprache uns faßlicher Begriffe erklären?«

»In einer Sprache uns faßlicher Begriffe nicht«, antwortete Ellon. Er lachte nicht, wie er es sonst tat, wenn er den Effekt seiner Erklärungen im voraus genoß. Hier war der Effekt an sich schon so bedeutsam, daß er ihn nicht mit diabolischem Gelächter zu betonen brauchte.

»Und in einer Sprache ungewöhnlicher Begriffe, Ellon?«

»Das Sternenflugzeug, das wir sehen, existiert nicht in unserer Zeit.«

Ich tauschte Blicke mit Orlan und Grazi, dann schaute ich den Drachen an. Sie verstanden nicht mehr als ich. Abseits saß Irina – das gerötete Gesicht, die glänzenden Augen und das Nicken bei jedem von Ellons Worten deuteten darauf hin, daß sie glaubte, alles sei ihr völlig klar.

»Es existiert nicht in unserer Zeit? In welcher Zeit jagt es denn auf uns zu, zum Teufel?«

»Für uns – aus unserer Zukunft in unsere Gegenwart.«

»Nicht aus der Vergangenheit in die Gegenwart?« Ellons Erklärung gehörte zu denen, die eher verdunkeln als erhellen.

»Aus der Vergangenheit in die Gegenwart fliegen wir. Genauer, unaufhörlich schieben wir unsere Gegenwart in die Vergangenheit zurück. Die Zeit ist reaktiv mit uns verbunden –, sie stößt uns vorwärts, in die Zukunft, während sie selbst in die Vergangenheit entflieht. Der Flug des Unbekannten ist ein Schuß aus der Zukunft in die Gegenwart. Seine Zeit springt nicht reaktiv von ihm zurück, sondern jagt mit ihm, wie die Pulverladung im Kanonenrohr zusammen mit dem Geschoß, in derselben Richtung.«

»Ein Schuß aus der Zukunft in die Gegenwart?« Ich überlegte. »Aber wir sehen doch das fremde Sternenflugzeug, Ellon, und sehen es in unserer Gegenwart, sehen es bereits seit zwei Stunden und indessen ist die Gegenwart, die wir vor zwei Stunden, hatten, Vergangenheit geworden. Anders gesagt, das Sternenflugzeug existiert in der Gegenwart und in der Vergangenheit, nicht in der Zukunft.«

Ich glaubte, Ellon bei Widersprüchen ertappt zu haben. Aber der Demiurg hatte seine Konzeption gut durchdacht.

»In der Gegenwart sehen wir seinen Schatten, der aus der Zukunft fällt. Das Schiff, wie es sich uns darstellt, ist nichts als ein Schatten, der das Erscheinen des realen Objekts vorwegnimmt. Der Schatten wird kürzer, das heißt, das Sternenflugzeug nähert sich der Gegenwart aus der Zukunft. Sobald der Schatten mit dem Objekt zusammenfällt, erscheint es körperlich.«

»Und es fliegt nicht aus der Gegenwart in die Vergangenheit weiter?«

»Ich denke, seine Energie reicht nicht aus, um Null der Zeit, genannt ›Gegenwart‹ oder ›jetzt‹ oder ›der gegebene Augenblick‹, zu durcheilen.«

»Hörst du, Oleg?« fragte ich mittels Stereophon. »Wenn Ellons Hypothese richtig ist, dann droht dem Geschwader beim Zusammenstoß mit dem fremden Schiff keine Gefahr: den Punkt, an dem wir uns gerade befinden, wird es erst in unserer Zukunft erreichen, jetzt treffen wir nur seinen Schatten dort. Wir brauchen die Begegnung mit ihm ebensowenig zu fürchten, wie Dschingis Khan eine Begegnung mit unseren Sternenflugzeugen zu fürchten brauchte. Hast du irgend etwas verstanden?«

Oleg antwortete, daß er einen nahen Kontakt mit dem fremden

Schiff tunlichst vermeiden wolle, gleichgültig, in welcher Zeit es sich aufhalte.

An Ellons Hypothese fand ich allmählich Gefallen. Es handelte sich einfach darum, daß das Sternenflugzeug von dem Kollapsar forteilte. Bei einem Kollaps ändert sich der Lauf der Zeit – Zukunft und Vergangenheit werden in einem Punkt zusammengezogen. Es heißt, vor den Augen eines Sterbenden rolle sein ganzes Leben ab. Bei einem untergehenden Stern tritt in Sekundenschnelle nicht nur die ganze Vergangenheit an, sondern auch die ganze Zukunft. Wie man sich das anschaulich vorstellen soll, weiß ich nicht, jedenfalls läßt sich das aus der Theorie folgern. Wie sich die Masse ungeheuer verdichtet, so auch die Zeit.

Und wenn sich im Moment gigantischer Zeitverdichtung – ein Heranziehen von hinten, aus der Vergangenheit, und von vorn, aus der Zukunft – ein Sternenflugzeug unter einer solchen Zeitpresse befindet und aus irgendwelchen Gründen unbeschädigt bleibt, so kann der ungeheure Druck der verdichteten Zeit es durchaus in die Zukunft schleudern. Es wird im Raum »hier« sein, doch zeitlich in dem fernen »dort«. Und sofern es die höllische Implosion übersteht und sich von dem zusammenklappenden Stern zu lösen vermag, muß es, nachdem es frei ist, in seine Zeit zurückstürzen, wie ein Stein, der in die Höhe geworfen wurde, auf die Erde fällt.

Und dann vollzieht sich sein Nahen für uns nicht real im Raum, sondern in der Zeit. Folgerichtig erscheint es an den Punkten im Raum, an denen es war, bevor es in die Zukunft flog. Und es versteht sich von selbst, daß wir es, wenn wir seinen Schatten sehen, mit unseren Feldern nicht aufspüren können, da es nicht vorhanden ist.

Ellons Argumentation war unsinnig genug, um zu begründen, daß die unsinnige Erscheinung logisch sei.

Und dann fand die Begegnung statt, und sie vollzog sich genau nach Ellons Voraussage.

Oleg sorgte dafür, daß das zügellose Sternenflugzeug mit keinem unserer Schiffe zusammenstieß.

Das Geschwader hatte sich ringförmig aufgebaut, mitten im Ring jagte das Sternenflugzeug dahin. Doch es flog nicht bis zu uns heran, sondern stoppte. Während es regungslos im Kosmos hing, näherten wir uns ihm. Offensichtlich war es an dem Punkt angekommen, wo die Zeitinversion begann – und das war eben unser »jetzt«.

Unsere Sternenflugzeuge schwebten ringförmig über dem Unbekannten und warteten auf sein körperliches Erscheinen. Nach wie vor sahen wir seine verschwommene Silhouette, und die Suchfelder vermochten immer noch nicht, seine Umrisse zu erfassen. Es war, als verlaufe die Zeit auf ihm verlangsamt, er stürzte nicht mehr ungestüm in unsere Zeit, sie hatte ihren Lauf ebenfalls abgebremst.

Und plötzlich sprang das Schiff physisch in unsere Zeit. Alle Felder – die Ergon-, Roton-, Proton- und die Kraftfelder – grenzten es sofort ab.

Auf dem Bildschirm flammte ein reales Bild auf – ein körperlicher Gegenstand, nicht sein seltsamer Schatten.

Das Sternenflugzeug erinnerte an eine Schnecke aus einem dreifachen Spiralenring. Weder bei uns noch bei den Galakten oder den Demiurgen gab es etwas, was eine entfernte Ähnlichkeit mit solch einer Konstruktion hatte. Das Schiff war völlig durchsichtig, als habe es keine Wandungen und bestehe ganz und gar aus flimmerndem Gas, durch irgendwelche Kräfte zu einer dreigeschossigen Spirale zusammengepreßt. Nur an der Spitze ragte ein dunkler Auswuchs von der Größe unseres Schiffssaales – wahrscheinlich der Befehlsstand. Die Schiffsmaschine teilte mit, daß dort undurchsichtige Körper wahrzunehmen wären.

Zum erstenmal erlebte ich Ellon erstaunt.

»Eli«, wandte er sich an mich. Er hatte vergessen, das traditionelle »Admiral« zu gebrauchen. »Eli, wissen Sie, was das für eine Form ist? Eine Nachbildung der Gravitationsschnecke, mit deren Hilfe ich den räuberischen Planeten fortschleuderte!«

Der Drachen war nicht minder erstaunt als der Demiurg. »Das von dir so anschaulich beschriebene Problem eines Tritts in den Hintern hat offenbar nicht nur eine dynamische, sondern auch eine gegenständliche Gestaltung erfahren«, höhnte ich. »Eine Konstruktion, die sich selbst noch dazugibt!«

Unsere Signale wurden von dem Sternenflugzeug nicht beantwortet, nichts deutete darauf hin, daß wir bemerkt waren. Grazi äußerte die Vermutung, daß es sich bei dem Schiff um ein Lebewesen handele, das, äußerlich unversehrt, bei der Implosion des Kollapsars umgekommen sei. Da wir Planeten kennengelernt hatten, die Lebewesen waren, wunderte sich niemand über Grazis Gedanken. Oshima erhielt von Oleg den Befehl, ein Planetenflugzeug zu dem fremden Schiff zu schicken.

Das Planetenflugzeug umflog die Schnecke, tastete sie mit Feldern ab und suchte vergeblich nach Eingängen. Da beschloß Oshima, die Kabine von dem Rumpf zu trennen. Kurz darauf zerfiel das Sternenflugzeug. Die Kabine, von unseren Feldern umschlossen, blieb erhalten, der Rumpf aus leuchtendem Gas aber löste sich auf, sobald die Kabine abgetrennt war – ein formloses, glanzloses Wölkchen schwebte daher.

Das Planetenflugzeug kehrte zum Anlegeplatz der »Steinbock« zurück.

»Schaut mal, was für Tiere ich euch bringe!« sagte Oshima, als er ausstieg. »Das fremde Schiff konnte ich nicht bergen, aber die fremden Astronauten liefere ich euch. Leider sind sie tot! Sie sind schon Millionen Jahre tot, will man Ellons Behauptung Glauben schenken, daß wir nicht einem Sternenflugzeug, sondern einem Zeitflugzeug begegnet sind.«

In der Kabine lagen sechs Körper. Zweifellos hatten sie einst gelebt, jetzt deutete nichts auf Leben hin. Die durchsichtigen Kabinenwandungen erinnerten an Kraftschirme, über ein ebenfalls durchsichtiges Gestell gezogen.

»Die Kabine besser nicht öffnen, sondern auflösen«, sagte Irina. »Das machen wir mit unseren Schutzmechanismen, die wir auf Rückwärtsgang schalten, damit sie nicht Felder generieren, sondern aufsaugen.«

Die Kabinenwandungen waren von den Kraftpumpen rasch beseitigt. Die Toten fielen auf den Anlegeplatz. Die fremden Astronauten schienen von der Katastrophe, die sie ereilt hatte, nicht stark deformiert worden zu sein. Dennoch waren das sehr merkwürdige Wesen.

Irgendwie glichen sie uns, uns allen – den Menschen, den Demiurgen, den Galakten, den Engeln und sogar den Drachen, und trotzdem waren sie ganz anders. Sie hatten Köpfe mit Gesichtern und Haaren, aber die Haare – jedes war fingerdick – erinnerten an Schlangen; sie hatten Augen, aber jeweils drei, und sie hatten lippenlose Münder, die jetzt halb geöffnet waren.

Die kleinen Köpfe ruhten auf mächtigen schwarzen Spinnenkörpern mit zwölf achtgliedrigen Beinen, die so dick wie Menschenarme waren.

»Lebt!« schrie Lussin plötzlich und stürzte zu dem einen der ausgestreckt daliegenden Geschöpfe. »Bewegt sich!« Grazi packte

Lussin eilends bei der Schulter, damit er nicht zu nah an die Spinnenförmigen trat. Aus den starken Händen des Galakten vermochte sich Lussin nicht zu befreien, aber beharrlich wies er auf den uns am nächsten liegenden Körper und behauptete aufgeregt, daß der Unbekannte lebe.

Bald darauf bemerkte auch ich, daß eins der Beine zuckte und sich die Haare auf dem Kopf bewegten. Der Unbekannte unternahm einen schwachen Versuch, sich zu erheben, und sank zurück. Seine zwei unteren Augen öffneten sich mühsam, umfingen uns mit trübem Blick und schlossen sich. Die Bewegung hatte ihn offensichtlich so viel Kraft gekostet, daß er erneut in Ohnmacht fiel.

»Fünf sind tot, dieser läßt sich zum Leben erwecken«, sagte Oleg. »Wo könnten wir ihn zur Genesung einquartieren?«

Ellon erbat den auferstandenen Kosmonauten für sich. Es sei zwar ziemlich eng im Labor, aber für so ein interessantes Geschöpf finde sich ein Plätzchen. Und falls zur Belebung des spinnenförmigen Sternenreisenden Experimente erforderlich würden, müßte er ohnehin ins Laboratorium geschafft werden, nicht wahr?

»Nehmen Sie ihn, Ellon«, sagte Oleg.

Romero wandte sich gleichzeitig an Oleg und an mich. »Hochgeehrte Freunde, hätten Sie etwas dagegen, wenn ich unseren neuen zwölfbeinigen Bekannten als Aranen bezeichne?«

Wir fragten ihn neugierig, wie er auf diesen Namen komme. Er erklärte, das Wörtchen »Aranea« habe in einer alten Menschensprache Spinne bedeutet. Und daß die Unbekannten den irdischen Spinnen ähnelten, stehe wohl außer Zweifel.

»Außerdem gleichen sie den Atairen«, bemerkte ich. »Nur sind jene sympathischer.«

»Jene sind freundlicher und herzlicher und fraglos bedeutend weniger entwickelt als die Aranen.«

Später erinnerte ich mich oft, wie treffend Romero die Aranen auf den ersten Blick charakterisiert hatte.

3

Der Arane stand auf seinen zwölf Beinen, den kleinen Kopf zurückgeworfen. Man konnte meinen, er sei aus eigenem Antrieb stehengeblieben und werde gleich sicheren Schritts weitergehen oder

-laufen. Doch diese Stellung war ihm von außen gegeben, sobald das stützende Teil abgeschwächt wurde, kippte er um. Aus seiner Bewußtlosigkeit war er immer noch nicht erwacht.

Der Tag, an dem der Arane die Augen öffnete, hat sich uns allen tief eingeprägt.

Mehr als ein Monat war verstrichen, seit wir das Sternenflugzeug getroffen hatten. Das »Schwarze Loch« des Kollapsars war schon weit hinter uns. Ich unterhielt mich im Laboratorium mit Ellon. Uns unterbrach Irina, die erstaunt rief: »Er schwebt! Ellon! Eli! Er schwebt!«

Der Arane schwebte tatsächlich. Und er bewegte sich auf uns zu. Ellon sprang zurück, ich ebenfalls. Das dritte Auge des Aranen, das obere, erschreckte mich, zum erstenmal sah ich es geöffnet. Es blickte nicht nur, sondern leuchtete. Es war durchdringend, schonungslos scharf. Die beiden unteren Augen waren nicht mehr getrübt, sie wirkten ganz normal, sie blickten klug, ein wenig traurig, nicht besonders wachsam. Später erfuhren wir, daß das obere Auge der Aranen zu blenden vermag. Selbstverständlich ist es kein Laser, aber von dem Lasereffekt hat es etwas an sich.

Ellon verstärkte das Schutzfeld, der Arane prallte zurück und stürzte. Ellon erklärte dann zu seiner Rechtfertigung, er habe geglaubt, das Ungeheuer wolle uns überfallen. Ich meine, Ellon hatte richtig gehandelt. Der Arane hatte die Folgen der Zeitinversion noch nicht überwunden, sein Gehirn war noch längst nicht klar. In ihrem Normalzustand sind die Aranen, sofern sie nicht zu zahlreich auftreten, für Menschen und Demiurgen ungefährlich.

Ellon schwächte das Feld ab, und der Arane schwang sich mit angezogenen Beinen erneut langsam empor. Offensichtlich wollte er sich uns nähern.

»Stimme das Dechiffriergerät«, bat ich Irina. »Vielleicht finden wir eine gemeinsame Sprache.«

Dann bat ich den Erkundungstrupp ins Labor. Es erschienen Mary, Lussin, Romero, Orlan und Grazi. Auch der Drachen kam gekrochen. Aus Platzmangel ließ er den Schwanz im Korridor. Da stieg der Arane ein wenig höher, so daß sich der Drachen unter ihm bequem ausstrecken konnte.

Obwohl Irina das Dechiffriergerät auf alle Bereiche eingestellt hatte, gab es keinen Kontakt. Wenn der Arane irgendwelche Signale generierte, so erreichten sie uns nicht.

Irina sagte verzweifelt: »Sicherlich ist er ein denkendes Wesen, leider sind unsere Empfänger außerstande, ihn zu verstehen.«

»Dafür versteht er uns, scheint mir, und ganz ohne Spezialempfänger«, sagte Orlan nachdenklich.

Ihn machten, genau wie mich, der kluge Blick der unteren Augen und die Schärfe des oberen stutzig.

Ich hatte das Gewese mit dem Dechiffriergerät satt und stand auf. Auch Mary erhob sich. Ich nickte ihr zu, und sie trat mit mir dicht vor den spinnenförmigen Kosmonauten. Ich weiß nicht, was mich trieb, ihn unverwandt anzustarren. Wahrscheinlich war Orlans Bemerkung schuld. Mich empörte der Gedanke, daß er uns verstand, vielleicht sogar kaltblütig studierte, während wir wie die Versuchskaninchen warteten, bis er geruhte, uns klar anzusprechen. Ich bin nicht sicher, ob es mir gelang, meiner Stimmung präzisen Ausdruck zu verleihen, meiner Gereiztheit erinnere ich mich jedenfalls.

Beinahe feindselig ließ ich den Blick von den mächtigen achtgliedrigen Beinen zu dem runden, mit schwarzen Härchen bedeckten Hinterleib wandern, vom Hinterleib zum Kopf – auf dem die Haare aufrecht standen, die wie Schlangen waren –, vom Kopf zu dem dreiäugigen, rundmäuligen, brauenlosen Gesicht. Den Blick der unteren Augen, die dunkel, rund und traurig waren, ertrug ich. Nach wie vor schauten sie nur, ohne jegliche Herausforderung, das obere Auge jedoch funkelte böse, feindselig – ich mußte mit ihm kämpfen; wütend starrte ich, nahm meinen ganzen Willen zusammen, um den Strom der Mißgunst, der ihm entströmte, zu parieren, um die Feindseligkeit, die scheinwerfergleich gegen mich flutete, zu zerstreuen, zu sprengen, zu zerschmelzen.

Mary faßte erschreckt meine Hand. »Eli, was hast du? Du bist so rot!«

»Laß mich!« zischte ich. »Diesem Sternenfahrer werde ich zeigen, daß er keinem stumpfen Vieh, sondern einer höheren Kraft begegnet ist!«

Heute frage ich mich verwundert, woher ich diese Worte nahm, diesen leidenschaftlichen Zorn. Der spinnenhafte Wanderer hatte uns ja nicht beleidigt, und unkontrollierbare Gefühle standen keinem an, mir, dem wissenschaftlichen Leiter der Expedition, schon gar nicht. Und wahrscheinlich hätte ich im nächsten Augenblick die Kraft gefunden, mich zu beherrschen. Flüchtig sah ich Orlans

Überraschung, Grazis vorwurfsvollen Blick, ich hörte Lussin traurig seufzen – all das hätte seine Wirkung auf mich nicht verfehlt, hätte der Sternenwanderer mich nicht selbst besänftigt. Das obere Auge trübte sich plötzlich, unterschied sich nicht mehr von den unteren, es waren harmlose Augen, die da schauten, die zu verstehen trachteten. Sie konnten Erstaunen wecken, Interesse, sogar Mitgefühl, nur nicht Raserei. Und ich schämte mich meines Ausbruchs. Kleinlaut sagte ich: »Ich gehe. Zweifellos werden wir Kontakt mit dem Unbekannten haben. Allerdings bin ich nicht überzeugt, daß das in der nächsten Minute geschieht.«

Der Kontakt kam in der nächsten Minute zustande. Ich hatte noch keine drei Schritte getan, als die Stimme des Fremdlings ertönte. Der Arane drückte sich in unserer Menschensprache aus.

Nein, er drückte sich nicht in unserem Sinne aus. Zu einer Lufterschütterung, die Klang genannt wird, kam es nicht. Da er unseren Sprechapparat nicht besaß, hätte er auch gar nicht sprechen können. Seine Stimme erklang in unseren Gehirnen – und bei jedem anders, der Natur des Hörers gemäß. Der Arane leitete seine Rede unter Vermeidung der Ohren unmittelbar in die Gehirnzellen. Er brachte die Gehirnsubstanzen zum Schwingen, in dem Chaos der Wellen, die in unseren Denkzellen wirbelten, wählte er unbeirrt diejenigen, welche die Empfindung der Sprache hervorriefen. So erzeugt ein Druck auf den Augennerv die Empfindung, daß Licht aufleuchte. Wenn wir zurückkehren – falls wir zurückkehren! –, werden Spezialisten diese Sprache ohne Worte erforschen, die Musik ohne Töne. Letztlich liegt dasselbe Prinzip unseren Dechiffriergeräten zugrunde, wenn sie auch nicht so ungezwungenen Kontakt mit andersdenkenden Wesen herzustellen vermögen.

»Ich verstehe euch«, sagte der Arane zu jedem in dessen Sprache. »Und ihr werdet mich verstehen. Ich bin ein Flüchtling aus den Untergehenden Welten. Wir waren sechs. Wir wollten eine Wende unserer Zeit herbeiführen, in eine ferne Zeit gehen und uns in ihr behaupten. Das ist uns nicht gelungen, aus der fernen Zeit sind wir in unsere gefallen. Meine Kameraden sind bei der ersten Wende umgekommen. Sie ertrugen die Zukunft nicht. Sie konnten nur in der Gegenwart leben. Ich bin unversehrt geblieben, doch beim Sturz aus der fernen in unsere Zeit verlor ich das Bewußtsein. Ihr habt mich gerettet. Stellt Fragen!«

Ich würde gegen die Wahrheit verstoßen, erwähnte ich nicht, mit welchem Erstaunen wir dem spinnenförmigen Astronauten zuhörten. Ich will den Ursachen nachgehen, denn sie sind wichtig. Wir waren schon Wesen begegnet, die noch viel seltsamer aussahen. Auch die unmittelbare Rede, von Gedanke zu Gedanke, ohne die Mitwirkung von Dechiffriergeräten, war nicht besonders merkwürdig –, hatte nicht auf diese Weise einst Orlan seine Mitteilungen meinem Gehirn eingeflößt? Es gab also keinen Anlaß, verwundert zu sein. Dennoch tauschten wir verwirrt Blicke, keiner konnte sein Erstaunen verbergen. Da ich nun alle späteren Ereignisse abwäge, finde ich nur einen Grund: Allzu rasch und einfach war der Kontakt mit dem Wanderer zustandegekommen. Unsere Sprache, unsere Art zu denken, unsere Logik und unsere Gefühle verstand der Arane perfekt. Das war unfaßbar, wir waren verblüfft, ohne uns dessen deutlich bewußt zu sein. Wir waren sogar ein wenig erschrocken, weil es einem Fremdling mühelos gelang, in unsere Gedanken einzudringen und in uns mit eigener Stimme in unserer Sprache zu sprechen. Das war nicht nur überraschend, sondern auch gefährlich, wir spürten das sofort. Und wir achteten dann weniger auf den Inhalt als vielmehr auf die Art und Weise der Übertragung. In alten Zeiten scherzte ein Witzbold: »Das interessanteste an einem sprechenden Pferd ist nicht der Sinn seiner Rede, sondern die Tatsache, daß es überhaupt redet.« Eine Analogie zu dem sprechenden Pferd war vorhanden. Ich hatte lauthals geprahlt, daß der Unbekannte einer höheren Kraft begegnet sei. Mit seiner Ansprache gab er bescheiden zu erkennen, daß wir einer höheren Vernunft begegnet waren.

Als erster faßte sich Romero. »Wenn Sie erlauben, werde ich das Gespräch mit dem verehrten Zeitenwanderer führen«, sagte er zu mir und wandte sich an den Aranen: »Also, lieber Sternengast, Sie sind ein Flüchtling aus den Untergehenden Welten. Gestatten Sie die Frage – was sind das für Untergehende Welten?«

Im Gehirn eines jeden erklang die Antwort: »Ihr werdet sie bald sehen. Ihr habt Kurs auf die Untergehenden Welten genommen.«

»Gehören Sie zu den Bewohnern der Untergehenden Welten?«

»Sie sind von solchen wie ich und meine toten Freunde besiedelt.«

»Die Frage der Beschaffenheit ihrer Wohnplätze lasse ich mit Ihrer Erlaubnis einstweilen beiseite. Jetzt interessiert mich ein anderes Problem. Sie fliehen aus den heimatlichen Sternenhorsten, wenn ich Ihre … hm … Untergehenden Welten einmal so nennen darf. Aber warum haben Sie für die Flucht einen Kollapsar gewählt? Ein so entsetzliches Ereignis wie ein Kollaps ist doch an und für sich verderblicher als jede andere Erscheinung in der Sternenwelt.«

»Unsere Welten sind von der Zeitkrankheit befallen. Wir haben eine mürbe Zeit, oft birst sie. In euren Gehirnen lese ich den Namen einer furchtbaren Krankheit, die einst in euren Welten grassierte. Wir haben Zeitkrebs.«

»Zeitkrebs!« riefen wir beinahe wie aus einem Munde.

»Ja, dieser Ausdruck vermittelt eine Vorstellung von der Krankheit der in den Untergehenden Welten verrinnenden Zeit. Aus ihr wollten wir in eine beliebige andere, vergangene oder künftige, ausbrechen, wenn sie nur gesund war. Ein Wechsel der Zeit ist bei einem Sternkollaps möglich, da sie dort transformiert wird. Gegen die verstärkte Gravitation waren wir geschützt. Wir gerieten, wie wir es gewünscht hatten, in die Zeitinversion. Aber die Zukunft behielt uns nicht.«

»Ein trauriger Fehlschlag, lieber … Sagen Sie, wie dürfen wir Sie nennen?«

»Nennt mich Oan, der Name taugt für eure Sprache.«

»Also, Sie sechs gedachten aus Ihrer Gesellschaft und Ihrer Zeit zu fliehen?«

»Aus der Zeit, nicht aus der Gesellschaft. Wir sind die Abgesandten der Verwerfer des Endes.«

»Habe ich richtig verstanden – der Verwerfer des Endes?«

»Ja, die Verwerfer des Endes sind unsere Brüder, sie haben uns entsandt, Auswege in eine gesunde Zeit zu suchen. Unsere Feinde sind die Beschleuniger des Endes, sie sind von Todesbegeisterung beseelt.«

»Verwerfer des Endes, Beschleuniger des Endes … Gehe ich richtig in der Annahme, daß zwischen diesen beiden Gruppen Zwietracht herrscht?«

»Krieg!« tönte die Antwort. »Die Verwerfer kämpfen gegen die Beschleuniger, damit die nicht beschleunigen, und die Beschleuniger fallen über die Verwerfer her, damit die nicht verwerfen. Die Beschleuniger unterstützt der Vater Akkumulator.«

»Vater Akkumulator? Bei uns entspricht die Bezeichnung ›Akkumulator‹ keinem Lebewesen!«

»Ich habe sie in euren Gehirnen gefunden. Sie drückt die Natur des Herrschers, Lebensspenders und Peinigers, der den furchtgebietenden Willen der Grausamen Götter vollstreckt, gut aus.«

Romero blickte mich bestürzt an. Doch das, was ihn bestürzte, irgendwelche kleinlichen Zwistigkeiten zwischen Verwerfern und Beschleunigern, irgendein wilder Vater Akkumulator, war weit weniger wichtig als die erstaunliche Form der Befragung. Wir erkundigten uns bei Oan spitzfindig nach ihm und seiner Gesellschaft, während er in unseren Gehirnen seelenruhig wie in einem Buch las. Wir nahmen ihn ins Verhör, indessen er uns durchschaute und gar kein Hehl daraus machte. Und obwohl seine Hinweise auf die in unseren Gehirnen gefundenen treffenden Begriffe keineswegs bedrohlich klangen, war die Tatsache solchen Forschens und Findens an sich schon bedrohlich. Gereizt wies ich Romero darauf hin. »Pawel, Sie stellen ihm Fragen und Fragen, dabei kennt er sich anscheinend so gut in uns aus, daß er unsere Zweifel von sich aus zerstreuen könnte. Sicherlich weiß er, was uns interessiert, bevor wir selbst uns dessen bewußt sind.«

Ich sagte das, ohne den Unbekannten aus den Augen zu lassen. Ruhig schaukelte er auf seinen zwölf Beinen. Und dieses Schaukeln gehörte ebenfalls zu der Kategorie der Merkwürdigkeiten. Er schwebte zwischen Fußboden und Decke – das habe ich schon erwähnt. Und schwebend schaukelte er! Er schwang sich nicht auf und senkte sich nicht herab wie ein Vogel, sondern schaukelte auf den biegsamen Beinen! Er stützte sie in der Luft wie auf festen Boden, die Fußsohlen ruhten unbeweglich, während die Beine sich in den Gelenken bogen –, bald senkte sich der Rumpf, bald hob er sich. Auch die Schlangenhaare auf dem Kopf waren in Bewegung: fielen auseinander, legten sich zusammen, wurden lang und wieder kurz; sie waren sehr lebhaft, diese unheimlichen Haare, die raubgierigen Schlangen glichen; zweifellos vermochten sie zu packen und zu beißen, zu würgen und zu streicheln, sicherlich auch zu saugen und zu umflechten. Romero sagte später, solche Haare hätten einst die ausgestorbenen Gorgonen gehabt. Ich denke, er übertreibt. Ich kenne die irdischen Museen, aber eine Gorgo ist dort nicht ausgestellt, jedenfalls ist mir keine begegnet.

Oan hatte zweifellos verstanden, was ich von ihm wollte, doch er dachte gar nicht daran, meinen Wunsch zu erfüllen. Romero blieb nichts weiter übrig, als die Fragerei fortzusetzen.

»Also, die Verwerfer und die Beschleuniger des Endes, der Lebensspender und Peiniger Vater Akkumulator, Grausame Götter … Ich bin nicht sicher, ob die menschlichen Gottbegriffe den realen Wesen Ihrer Welt entsprechen. Unsere Götter sind Phantasiegeschöpfe, in der realen Welt wurden sie nicht entdeckt. Außerhalb unserer Träume gibt es sie nicht und gab es sie nicht. Verstehen Sie mich, verehrter Oan?«

»Ja. Der Begriff ›Götter‹, den ich in Ihrem Gehirn gefunden habe, entspricht durchaus den Herrschern der Drei Staubigen Sonnen. Ich muß nur die Definition ›Grausame‹ hinzufügen«, das Wörtchen »Definition« erklang deutlich in meinem Gehirn, »denn die Herrscher der Drei Staubigen Sonnen sind erbarmungslos. Die Beschleuniger befolgen deren Gebote, die Verwerfer lehnen sich gegen sie auf.«

»Haben Sie jemals einen der Grausamen Götter gesehen? Aus Ihren Worten folgere ich, daß es viele sind.«

»Es sind viele. Sie nehmen jede beliebige Gestalt an. Sie sind unter uns und überall. Jeder beliebige kann zur Maske eines Grausamen Gottes werden. Sie wissen alles über uns, aber erlauben nicht, etwas über sie zu wissen. Eure Worte ›teuflische Schläue‹ drücken genau ihr Verhältnis zu uns aus. Sie sind verderbenbringende Götter, sie sind teuflische Götter. Wir waren einst ein großes Volk, jetzt sind wir ein beklagenswertes Volk. Sie haben es so gewollt.«

Romero wandte sich wieder an mich. »Verstehen Sie etwas, Eli?«

»Nicht mehr als Sie, Pawel. Klar ist eins: Es existiert eine mächtige Zivilisation, die mit den Interessen der Aranen nicht viel Federlesens macht. Vielleicht sind das die Ramiren, die wir suchen. In dem Falle zeigen die ersten Nachrichten sie nicht in sehr edlem Licht.«

Romero hatte keine Frage mehr, und es kam zu einem allgemeinen Gespräch, sogar Orlan und Grazi beteiligten sich. Sonst hatte ich bei Orlan keine besondere Neugierde wahrgenommen, den erhabenen Galakten ist dergleichen überhaupt fremd – ihnen ist immer so wohl mit sich selbst, daß ihre seelische Kraft nicht ausreicht, Außenstehenden Interesse entgegenzubringen. Angesichts der spinnenförmigen Astronauten wurde der Galakt seiner Gewohnheit untreu. Nur Vagabund, Ellon und ich stellten keine Fragen. Der Drachen lauschte, die Augen listig zusammengekniffen, und Ellon war meiner Meinung nach beleidigt. Überall, wo er auftauchte, drehte sich stets unweigerlich alles um ihn. Jetzt würdigte man ihn, von dem Fremdling völlig in Anspruch genommen, keines Blickes. Wahrscheinlich hätte er sich verärgert entfernt, wären wir nicht in dem Laboratorium gewesen, wo er all seine Zeit verbrachte und wohin er Oan vorschnell gebeten hatte.

Was mich betrifft, so wandte ich mich deshalb nicht an Oan, weil alle Fragen, die ich hätte stellen können, bereits gestellt waren.

Von Oans Antworten habe ich mir dies gemerkt: Die Aranen besiedelten den zweiten Planeten von den neun, die um die Drei Staubigen Sonnen kreisten – allem Anschein nach ein Dreifachstern. Auf den übrigen acht Planeten hatte sich kein Leben entwickelt. Es hatten sich Überlieferungen aus den Zeiten erhalten, als die Drei Sonnen klar waren und die Aranen selbst als mächtiges Volk galten. Sie hatten die Planetenanziehung überwunden und waren in den interstellaren Raum gelangt. Die Kunst, galaktische Schiffe zu bauen, hatten sie inzwischen längst verlernt, nur ein Schiff wurde in den Höhlen Vater Akkumulators aufbewahrt. Die Verwerfer raubten es, um in der Zeitverdichtung eines Kollapsars die Möglichkeit einer Flucht in die Zukunft zu erproben.

Jahrtausendelang hatte niemand von den Grausamen Göttern gehört. Aber sie waren erschienen und hatten die Klaren Sonnen getrübt, stickiger Staub überzog den Planeten. Elektrische Stürme saugten die Energie aus den Körpern der Aranen, nach jedem Sturm blieben Tausende von Leichen zurück.

Die Aranen versuchten zu kämpfen, sie bauten Schiffe, die den kosmischen Staub absorbierten. Die elektrischen Herzen der Kosmosflugzeuge füllten den interstellaren Raum mit saugenden Feldern, der Staub lagerte sich auf den Schiffen ab, sie quollen auf und verwandelten sich in kleine Planeten. Zwei von diesen künstlichen Planeten näherten sich den Drei Sonnen und trieben den Staub auf die Gestirne. Alles, was die Drei Sonnen hinausgeschleudert hatten, kehrte zu ihnen zurück. Bis zu diesem Augenblick hatten die mächtigen Ankömmlinge kein Interesse an den Aranen gezeigt. Das änderte sich sofort. Die Säuberungsschiffe wurden in den Werkstätten und im Kosmos gesprengt. Die Kosmosflugzeuge, die Planeten geworden waren, wurden aus dem System der Drei Sonnen hinausgeworfen und trieben sich nun irgendwo umher, schluckten Staub und vertilgten kleine kosmische Körper, denn sie waren so konstruiert, daß sie nur bei einem Zustrom fremder Substanz normal funktionierten.

»Einem kosmischen Räuber sind wir begegnet«, sagte Romero. »Er griff uns an, aber wir versetzten ihm einen Tritt.«

»Sie hätten ihn vernichten sollen«, sagte Oan.

»So ein Schiff ist als kosmischer Reiniger nützlich, als kosmischer Räuber richtet es viel Schaden an.«

Mit der Zerstörung der Säuberungsflugzeuge begann das große Elend. Nach ihnen wurden auch die gewöhnlichen Sternenflugzeuge beseitigt. Vor weiten Fahrten pflegten sie bei den Drei Sonnen nachzuladen, um sich Energiereserven anzulegen. Fortan explodierte jedes Schiff, das den Drei Sonnen zustrebte. Es wurde gefährlich, sich in den interstellaren Raum zu begeben. Einige Schiffe nahmen Kurs auf andere Sonnen, schon bald riß die Verbindung zu ihnen ab – offenbar waren sie gescheitert.

So begann die Zivilisation der Aranen zu verkümmern. Eine unerbittliche Macht hatte die Herrschaft angetreten, und die Aranen hatten nicht die Kraft, sich ihr zu widersetzen. Eine Hoffnung blieb – die unbekannten Götter waren plötzlich erschienen, ebenso plötzlich konnten sie verschwinden. Man mußte sich verbergen und auf die Stunde der Befreiung warten.

Die Aranen verbargen sich, doch statt der freudvollen Befreiung kam die bittere Einsicht. Die Ankömmlinge wurden Grausame Götter genannt. Sie peinigten nicht nur die Aranen, sondern die Natur selbst. Sie holten zum Schlag gegen die Zeit aus! Die ruhige, einsinnig gerichtete Zeit der Drei Sonnen gefiel ihnen nicht, sie krümmten und blähten sie. Der Planet der Aranen besaß einen Trabanten – der einzige Ort, den die Grausamen Götter straflos aufzusuchen gestatteten. Aber ein auf dem Trabanten verbrachter Tag ließ wie eine Woche auf dem Planeten altern. Und im Körper desjenigen, der über den Trabanten hinaus vordrang, barst die Zeit. Das Herz lebte in einer Zeit, die Beine in einer anderen. Der eine Teil des Körpers alterte lange nicht, der andere wurde rasch hinfällig. In dem Aranen behauptete sich die Jugend und nahm das Alter zu. Er war in der Vergangenheit und in der Zukunft. Er dachte unterschiedliche Gedanken und wünschte unterschiedliche Wünsche, und auf Fragen antwortete er: »Ja – nein! Ja – nein!« Er hörte auf, sich fortzubewegen, denn die einen Beine wollten vorwärts, die anderen zurück. Im Herzen stritten gegensätzliche Begierden – den Aranen richteten die sich bekämpfenden Leidenschaften seiner Seele zugrunde. Die Furcht, an Zeitkrebs zu erkranken, bewog, selbst den interplanetaren Flügen zu entsagen, die von den Göttern nicht bestraft wurden. Da sich die Aranen des Endes bewußt waren, versuchten sie ein letztes Mal, sich gegen die Grausamen Götter zu erheben. Sie wurden von den Grausamen unterdrückt. Die Schiffe fielen schon auf den Werften aus. Die Motoren arbeiteten nicht synchron, jeder lief in einer anderen Zeit. Die Verschiedenzeitigkeit befiel auch die Arbeiter, sie verwechselten die Befehle und die Operationen, es gab keinen Fall, da die Kommandos einheitlich aufgefaßt und gleichzeitig ausgeführt wurden. »Die Grausamen Götter sind unter uns! Die Grausamen Götter sind unter uns!« schrien die Arbeiter und rannten davon. Die schwächer werdende, sich lichtende Gesellschaft der Aranen wurde von elektrischen Stürmen heimgesucht. Früher hatten die Aranen die Elektroenergie frei absorbiert, sie war ihre Speise, ihre Sprache, ihre Art zu denken gewesen – jetzt war allzuviel Speise da, und sie erzeugte elektrische Orkane. Die furchtgebietende Mutter Blitzspeicherin wütete.

Da kam die Bewegung der Beschleuniger des Endes auf. »Besser ein Ende mit Schrecken als ein Schrecken ohne Ende!« lautete ihr hysterisches Glaubenssymbol. Die öffentliche feierliche Selbstverbrennung war an der Tagesordnung. Die energetischen Ressourcen des Vaters Akkumulator, der einzigen Existenzquelle, wurden für die Selbstvernichtung genutzt. Der Lebensspender hatte sich in einen Peiniger verwandelt.

»Wir Verwerfer sind nicht zahlreich«, schloß Oan. »Aber wir glauben, daß man den Tod verhindern kann. Meine Freunde und ich stahlen das einzige noch vorhandene Sternenflugzeug und beschlossen zu prüfen, ob eine Flucht in unsere Vergangenheit durch eine Wende in die Zukunft möglich sei. Wir wollten den Zeitring schließen, doch die Zukunft behielt uns nicht, wir glitten nicht mählich in die Vergangenheit. Ich weiß nicht, wer ihr Fremdlinge seid. Ihr habt mich gerettet, und ihr seid gut, ich lese das in den Zellen eurer Gehirne. Helft den Notleidenden!«

Damit verstummte er.

Später erfuhren wir, daß sich die elektrische Energie in ihm erschöpft hatte. Zeit war vonnöten, damit sein innerer Akkumulator einen neuen Vorrat speicherte. Damals glaubten wir, er sei müde von unseren vielen Fragen und seinen Erklärungen. Übrigens hatten wir alles Wesentliche erfahren.

Romero sagte, der Sternenwanderer müsse sich ausruhen. Das Laboratorium leerte sich. Ich wollte mit Ellon sprechen und lud ihn zu mir ein. Seine Abneigung, das Labor zu verlassen, ist so groß, daß er nur widerwillig annahm.

Marys und meine kleine Wohnung besteht aus zwei Zimmern – einem Schlafraum und einem Salon. Im Salon – Mary und ich nennen ihn mein Zimmer – wird die ganze Stirnwand von einem Sternbildschirm eingenommen. Er ist selbstverständlich kleiner als die im Kommandeurs- und Observationssaal, aber ich hatte mir das Privileg eines Bildschirms in der Wohnung ausbedungen, damit ich die Möglichkeit hätte, in der Einsamkeit über die Sterne nachzudenken. Ellon setzte sich ungeschickt in einen Sessel. Die Demiurgen sitzen ungern. Sie fühlen sich nur dort ungezwungen, wo sie ungehindert hin und her hüpfen können. Mein Zimmer war zu klein dafür.

»Ellon«, sagte ich, »mir gefällt nicht, daß sich Oan mühelos unserer Sprache bedient und unsere Gedanken liest. Er hat sich dir doch wohl nicht in unserer Menschensprache mitgeteilt?«

»Selbstverständlich nicht. Er beherrscht die Sprache der Demiurgen. Insbesondere ist ihm der Dialekt der mittleren Planeten des neunundsiebzigsten Sterns des Perseus wohlbekannt, den ich in meiner Kindheit gesprochen habe. Es war mir angenehm, dieses wenig verbreitete Idiom zu hören. Mit Orlan, Admiral, unterhalte ich mich in der Staatssprache der Demiurgen. Orlan würde mich einfach nicht verstehen, würde ich mich in meinem Heimatdialekt an ihn wenden.«

»Orlan würde eine Sprache nicht verstehen, die in seinem Volk zu Hause ist, aber ein Sternenfremdling, der uns nie gesehen hat, spricht augenblicklich, ohne jegliche Anstrengung, ohne Unterricht gehabt zu haben, ihm unbekannte Sprachen, und mindestens fünf bis sechs gleichzeitig.«

»Dich wundert das, Admiral?«

»Es erschreckt mich, Ellon. Ich begreife nicht, wo eine solche Macht des Intellekts herrührt.«

»Nimm an, wir wären mit einer höheren Vernunft zusammengetroffen, Eli. In dem Sinne, daß diese Vernunft höher entwickelt ist als unsere.«

Argwöhnisch lächelte ich. »Eine höhere Vernunft – und degradierende Existenz? Ein durchdringender Intellekt – und primitiver Aberglaube? Oder hat der Fremdling in deiner Sprache der mittleren Planeten des neunundsiebzigsten Sterns des Perseus nicht von den Grausamen Göttern gesprochen, von dem verderblichen Vater Akkumulator, von irgendeiner unheilvollen Mutter Blitzspeicherin?«

»Das ist ein Widerspruch«, stimmte Ellon zu. »Aber Widerspruch ist nicht gleichbedeutend mit Unwahrscheinlichkeit und zeugt nicht von Unmöglichkeit. Was wünschst du von mir, Admiral?«

»Könnte man uns alle mit Abschirmungen ausstatten, die Oan hindern, unsere Gedanken zu lesen? Bei uns auf der Erde gilt der Versuch, in fremde Gedanken einzudringen, als verabscheuungswürdig. Selbst unsere Dechiffriergeräte sind mit Wächtern versehen, die das verwehren; es sei denn, der Denkende ist einverstanden. Nur bei der Erkundung sind die Wächter ausgeschaltet.«

Ellon drehte den Kopf auf dem biegsamen Hals um gute hundertachtzig Grad. Bei den Demiurgen entspricht das unserem leichten verneinenden Kopfschütteln.

»Eine solche Abschirmung würde anscheinend nicht gelingen, Admiral. Außerdem finde ich es unzweckmäßig, das Laboratorium mit derartigen Bagatellen aufzuhalten. Unsere Arbeiten zur Sicherung der Schiffe vor einem überraschenden Photonen- und Rotonenangriff sind noch nicht abgeschlossen, auch die schützenden Gravitationsschnecken müssen vervollkommnet werden. Ich empfehle: Halten Sie Ihre Gedanken unter Kontrolle, Admiral Eli. Was Sie in Ihr Gehirn nicht einlassen, vermag der spinnenförmige Sternenwanderer darin nicht zu entdecken. Das ist doch ganz einfach, Admiral!«

Das war keineswegs so einfach, wie Ellon es sich vorstellte. Die Menschen haben ihre Emotionen und Gedanken weit weniger in der Gewalt als die Demiurgen. Mitunter werden wir von unkontrollierbaren Gefühlen beherrscht, unwillkürlich kommen uns Gedanken – eine bei den Demiurgen und Galakten seltene Erscheinung. Doch ich wollte nicht streiten. Alle Demiurgen sind starrsinnig, und Ellon war in dieser Hinsicht ein doppelter Demiurg. Er hätte nie getan, was er nicht wollte.

Ich stand auf.

»Augenblick, Admiral«, sagte Ellon. »Du hast Fragen gestellt, nun bin ich an der Reihe. Die Sternenspinne hat um Hilfe gebeten. Werden wir sie gewähren?«

»Zweifelst du daran, Ellon?«

»Ich zweifele nicht, kann das aber nicht begreifen. Warum müssen wir jedem Bittsteller helfen? Ich würde erst einmal prüfen, ob einer unsere Hilfe verdient.«

»Ich fürchte, die Besatzungen der Sternenflugzeuge sind da anderer Meinung«, entgegnete ich kalt. »In erster Linie spreche ich von den Menschen, wenn auch nicht ausschließlich. Wir betrachten es als unsere Pflicht, denen zu helfen, die darum bitten. Wundert dich diese Haltung der Menschen, Ellon?«

»O ja. Ihr seid sehr wendig, wenn es um die Beherrschung von Naturkräften geht. Ihr seid sehr vielseitig als Ingenieure und Konstrukteure. Aber ihr werdet zu Stein, wenn ihr es irgendwie mit Moral zu tun bekommt. Eure Moral ist geradlinig, hart, erkennt keine Abweichungen und Zugeständnisse an. Dadurch kompliziert ihr euren Verkehr mit anderen Zivilisationen.«

»Wir sind stolz darauf, daß wir keine leichten Wege suchen, Ellon! In Fragen der Moral sind wir geradlinig und unnachgiebig, da hast du recht, aber das ist unser Vorzug, nicht unser Fehler. Wir sind stolz auf unsere Unnachgiebigkeit in den Fragen von Gut und Böse, mein verehrter Ellon.«

Der Demiurg ging. Oleg rief mich zu sich und teilte mir mit, daß die von Oan empfangenen Nachrichten mit den Besatzungen aller Sternenflugzeuge erörtert werden müßten. Auf der bald darauf stattfindenden Stereoversammlung des Geschwaders legte ich meine Auffassung von den Ereignissen folgendermaßen dar:

»Wir alle glauben nicht an Götter. Übernatürliche Kräfte existieren nicht. Verstöße gegen die Gesetze der Natur stimmen mit allgemeineren Gesetzen derselben Natur überein. Die Bezeichnung ›Grausame Götter‹ ist nur ein Symbol, welches bedeutet, daß sich in der kleinen Welt der Drei Sonnen Wesen angesiedelt haben, die sehr mächtig sind, aber kein gutes Herz haben. Ihre Macht ist groß, übertrifft jedoch nicht die Macht der Natur, und die Natur steht bislang auf unserer Seite. Die Aranen rufen um Hilfe. Ohne unsere Hilfe wandelt sich ihre Degeneration zu völligem Untergang. Ich meine, wir müssen ihnen Beistand leisten. Und wenn wir mit einer unbekannten bösen Zivilisation zusammenprallen, so ist das nicht zu ändern. Ich denke, der Erfolg wird unser sein, denn unser ist die Gerechtigkeit.«

Heute, da niemand weiß, ob uns die Rettung gelingt, mögen meine Worte leichtsinnig scheinen. In dem von uns heraufbeschworenen Krieg erleiden wir bisher nur Niederlagen. Wir konnten nicht ahnen, gegen was für eine Macht wir so verwegen ausholten. Aber auch jetzt, da mir bekannt ist, was dann geschah, widerrufe ich meine Worte nicht, und niemand von denen, die noch am Leben sind, widerruft sein Einverständnis mit mir. Einmütig waren wir für den Feldzug zu den Drei Staubigen Sonnen, und wir bereuen es nicht. Wir wurden um Hilfe gebeten, und wir mußten sie leisten. Wenn meine Botschaft die Menschheit erreicht, so soll sie wissen: Wir bereuen es nicht! Es hat sich nur herausgestellt, daß wir unzureichend gerüstet sind. Unsere Hände sind schwach, aber unsere Herzen sind rein. Der Raum hat drei Richtungen, die Moral – cinc. Unscr Wcg hcißt: Gutcs tun, cdclmütig scin. Wir können nicht umkehren, nicht abtrünnig werden. Ich sage das in der Überzeugung, daß der Tod uns erwartet. Nehmt dies als mein Vermächtnis: Besser der Tod als Aussöhnung mit der Niedertracht!

4

Den Planeten, zu dem wir flogen, nannte Romero Arania. Wir hinderten unseren Historiographen nicht, beliebige Namen zu erfinden. Mich interessierte mehr, was die Aranen konkret benötigten. Man hätte sie näher kennenlernen, vielleicht sich in ihre Gesellschaft begeben müssen! Was tun? Sollten wir als direkte Freunde kommen oder uns als heimliche Späher umtun?

»Ihr könnt nicht als wohlwollende Fremdlinge landen«, erklärte Oan. »Die Aranen sind uneins. Die Freunde der Verwerfer sind die Feinde der Beschleuniger. Ihr müßt euch tarnen. Nehmt die Gestalt von Aranen an. Die Grausamen Götter besuchen uns stets auf diese Weise. Mühelos geben sie sich jedes beliebige Aussehen. Folgt ihrem Beispiel.«

Ich war mir nicht sicher, ob unsere Möglichkeiten das zuließen. Sich wie in phantastischen Romanen ein anderes Aussehen zu geben – das war nichts für uns. Ellon schlug vor, einen neuen Schutzanzug zu schaffen, ohne die Körper umzukonstruieren. Den

Demiurgen, die bei der Herstellung von Unsichtbarkeit und der Übertragung von materialisierten Phantomen auf beliebige Distanz große Fertigkeit erlangt haben, bereitete es keine Schwierigkeiten, einem Sternenfahrer spinnenförmiges Aussehen zu verleihen. Nur der Drachen eignete sich nicht. Er war zu groß.

»Wenn es jemandem mißfällt, Spinne zu werden, so mag er Unsichtbarer sein«, riet Ellon. »Die neuesten Abschirmungskonstruktionen gewährleisten sogar Menschen eine befriedigende Unsichtbarkeit, und sie schaden kaum. Allerdings dürfen Menschen nur kurzfristig in die Unsichtbarkeit gehen.«

Keinem von uns Menschen paßte es, unsichtbar auf einem unbekannten und vielleicht gefährlichen Planeten zu wandeln und ständig zu überlegen, wie lange die Abschirmung vorhielt. Außerdem hatten Ellon und wir unterschiedliche Auffassungen darüber, was mehr oder weniger schadete. Was für einen Demiurgen gesund war, brachte einem Menschen bisweilen den Tod.

Das Geschwader der Sternenflugzeuge erreichte die Untergehenden Welten.

Na, das waren Plätzchen, diese Untergehenden Welten! Aus einem Nebel waren wir in einen anderen geraten. Der Unterschied bestand nur darin, daß der frühere im Vergleich zu diesem wie klare Ferne gewirkt hatte. Und wenn jener dichte Nebel trotz allem freier Kosmos gewesen war, nur durch Gas und Staub verhüllt, so fanden wir diesen mit Tausenden von Sternen vollgestopft. Eine kompakte Sternenansammlung, in Dämmerung ertrinkend. Eine bedrückende Landschaft bot sich uns dar – nein, sie bot sich nicht dar, sie trat vage hervor, zeichnete sich dunkel ab: ewige purpurrote Dämmerung, Sterne im Staub, der Kosmos – Staub, ungeheuer verzerrte Silhouetten der Gestirne. Die Sterne waren einander so nah, daß im normalen Raum vierhundert Sonnen am Himmel gestrahlt hätten, und nirgends hätte es den Wechsel von Tag und Nacht gegeben. Aber da waren keine Sonnen, ihr Schein durchdrang den dumpfen Nebel kaum.

Wir hielten Kurs auf einen großen Stern, der bald aufleuchtete, bald erlosch. Als wir näherkamen, erwies es sich, daß sich drei Gestirne um ein gemeinsames Zentrum drehten, wobei sie einander periodisch verdunkelten. Das waren die Drei Staubigen Sonnen. Oleg erteilte dem Geschwader den Befehl, zusammenzurücken und zu bremsen. So wurden wir zu einem Gruppentrabanten des

Planeten, von dem Oan geflohen war. Vorsichtshalber hatten wir weit von Arania entfernt gestoppt. Ich weiß nicht, wie es sich mit den Grausamen Göttern verhielt, aber die unglücklichen Aranen konnten uns selbst mit starken Geräten nicht entdecken.

Der Erkundungstrupp erhielt den Auftrag, sich auf den Ausstieg vorzubereiten. Bevor wir landeten, ging ich zu Vagabund. Seine Unterkunft war jetzt ein großer Raum – groß nicht für ihn, für ihn war jeder Raum, außer dem Observationssaal, zu eng –, der speziell für die Pegasusse projektierte Stall. Pegasusse hatten wir trotz Lussins dringender Bitten nicht mitgenommen, und seit der Drachen ihn bezogen hatte, wurde er scherzhaft Drachenstall genannt. Hatte ich Muße, besuchte ich Vagabund, um mit ihm zu plaudern. Und wenn es meine Zeit erlaubte, kroch er in den Park, wo wir uns am Seeufer nach Herzenslust unterhielten. Im Park fühlte sich Vagabund frei und unbeschwert, und auch mir ging es dort besser.

Bei Vagabund saßen Lussin und Mizar. Mizar, ein prachtvoller Schäferhund, war das einzige Tier, das wir mitgenommen hatten. Das Wörtchen »Tier« ist relativ. Mizar war ein hochgebildeter Hund. Die vier Grundrechnungsarten, einfache algebraische Transformationen sowie die Anfangsgründe der Geometrie und der Physik waren vielen Hunden bekannt, Mizar aber bewältigte auch Gleichungen zweiten Grades. Und um seine Kenntnisse in Physik und Chemie hätte ihn mancher Professor des Mittelalters beneiden können. Lussin behauptete, Mizar habe eine Begabung für exakte Wissenschaften, und er trieb mit ihm neuerdings Integralrechnung.

Ich hockte mich auf die Tatze des Drachens und streichelte den Hund. Mizar trug ein elegantes orangefarbenes Halsband – sein individuelles Dechiffriergerät, das von Lussin so vorzüglich angepaßt war, daß die Sprache des Hundes in unseren Gehirnen ganz menschlich klang. Mizar verstand uns übrigens auch ohne Dechiffriergerät sehr gut. Die Fähigkeiten der Hunde übertreffen in dieser Hinsicht die der Menschen. Ohne Geräte verstehen wir die Sprache der Tiere nicht.

»Vagabund, du mußt auf dem Schiff bleiben«, sagte ich. »Du taugst nicht zu einem Spinnenförmigen. Auch Mizar nehmen wir nicht mit.«

»Das ist nicht recht, Admiral Eli«, knurrte der Hund. »Ich bin mir nicht sicher, ob Sie von den Mechanismen so zuverlässig geschützt werden können wie von mir.«

»Wir wollen versuchen, nicht in Gefahr zu geraten, Mizar. Lussin, hast du mit Trub und Gig gesprochen?«

»Schutzanzüge«, sagte Lussin seufzend. »Gefallen nicht. Beleidigt. Beide.«

»Und dein Schutzanzug, Lussin?«

»Wunderbar. Zweite Haut.«

»Mit dem Engel und dem Unsichtbaren werde ich reden. Und wenn mein Zuspruch nicht hilft, dann sollen sie hierbleiben.«

Der Erkundungstrupp traf sich auf dem Anlegeplatz. Dort suchte sich jeder einen Schutzanzug aus. Meiner paßte so gut, als wäre ich nicht in ein abschirmendes Kleidungsstück geschlüpft, sondern in einen neuen Körper. Der Kopf ließ sich ungehindert drehen, je nach Stimmung bäumten sich die Haare wie Schlangen oder sanken herab, und wunschgemäß verwandelten sie sich in Greifwerkzeuge. Es bereitete mir Vergnügen, mich als Vierzigarmiger zu fühlen. Die Beine gehorchten ebenfalls jedem Befehl. Ich wollte ein Stück rennen, um sie zu lockern, und wäre um ein Haar gegen eine Wand geprallt – so schnell fiel der Lauf aus. Die Schutzanzüge der anderen waren nicht schlechter. Trub und Gig, beide waren auf dem Platz erschienen, lehnten, wie Lussin gesagt hatte, die Tarnkleidung kategorisch ab. Mein Zureden nützte nichts.

»Wir Engel verachten Spinnen!« sagte Trub hochmütig und kreuzte die schütteren Flügel auf der Brust. »Ein Kampfengel gleicht sich nie einem verachtungswürdigen Insekt an.«

Noch weniger sah sich der wackere Unsichtbare imstande, die Uniform zu wechseln. Ich konnte die beiden verstehen.

Wir landeten auf einem Hügel. Beim Anflug wirkte Arania wie ein Ozean, dunkel, funkelnd, quecksilberhaft, das Reich einer Flüssigkeit, die, wie sich dann erwies, dem Quecksilber in der Dichte nur wenig nachstand – Proben davon führen wir mit uns. Über der Oberfläche glitten flimmernde Körper dahin.

Oan riet uns, dem Ozean möglichst fernzubleiben, der ebenso wie jeder seiner Bewohner ein Räuber sei. Unaufhörlich greife er das Festland an, werfe sich darüber und zersetze es. Würde er seinen Grund nicht mit Ablagerungen bedecken, die sich sogar seiner Aggression entziehen, hätte sich Arania längst aufgelöst. Während der elektrischen Stürme schleudere der Ozean die Ablagerungen in großen Mengen auf das noch nicht zersetzte Festland und festigte es dadurch. Die Meeresräuber gehörten ebenfalls zur

Gattung der Zersetzer – sie umhüllten ihre Opfer und saugten sie aus.

»Eure Schutzanzüge bestehen aus Stoffen, die auf Arania unbekannt sind; ich bin fast sicher, daß euch kein Überfall der Meeresräuber droht«, tröstete uns Oan vorsichtig, nachdem er uns einen gehörigen Schrecken eingejagt hatte.

Für die Landung wählten wir die Nachtseite. In der Nähe lag die Hauptstadt des Planeten. Oan stieg als erster aus und rief uns.

Finsternis herrschte, mit unserer Lichtlosigkeit kaum vergleichbar. Abseits lauerte der dunkel glänzende Ozean. Die Erde leuchtete matt, jedes Steinchen flimmerte. Ein Wäldchen phosphoreszierte violett – kühl wehte es von ihm herüber, die Bäume erfrischten hier nicht, sie kühlten vielmehr die von der inneren Wärme des Planeten erwärmte Luft ab. Allenthalben blitzten bläuliche Fünkchen, und als wir die Füße setzten, knisterten zwischen ihnen und der Erde orangefarbene Entladungen. Alles hier war von Elektrizität gesättigt: die Erde, die Luft, die Pflanzen, die dichte Ozeanflüssigkeit. Alles hier leuchtete matt – phosphoreszierte, lumineszierte, flimmerte, schillerte, schwach, kaum wahrnehmbar –, unerfindlich, wofür; unerfindlich, warum. Und kaum waren wir ausgestiegen, fingen wir ebenfalls zu leuchten an.

Romero scherzte später, nicht die Konstruktion des Schutzanzuges wäre bestimmend dafür gewesen, sondern der Dienstrang seines Besitzers. Ich leuchtete gebieterisch blau, Lussin rührend gelb, Orlan und Grazi wohlwollend orangefarben, Irina und Mary erschrocken violett, Romero vorsichtig grünlich und Oan drohend rot. Nur der Himmel leuchtete nicht. An ihm herrschte regelrechte Finsternis. Und selbst die spärlichen nächsten Sterne – rötliche kleine Aureolen im Staubschleier – störten nicht, sondern betonten die Schwärze.

Oan stieg vorsichtig in das Dickicht der flimmernden Bäume hinab. Wir folgten ihm. Die Beine hatten wir zusammengeklappt und schlichen auf den oberen Gelenken. Ohne dieses Ducken nach Spinnenart wären wir jählings vorgeschnellt.

In dem Wäldchen blieb Oan stehen. Ich war hinter ihm. »Eli«, signalisierte er meinem Gehirn, »ich spüre Iaos Entladungen. Er ist Verwerfer und hat heute Schutzdienst. Die Beschützer warnen, wenn sich eine Rotte Beschleuniger an unsere Höhlen heranstiehlt. Ich sage Iao, ihr wäret Verwerfer von der anderen Seite des Planeten, wo wir ebenfalls Propaganda führen. Ihr würdet eine neue Abteilung unserer Anhänger sein.«

Wenig später begegneten wir Iao.

Ein lila Schatten schimmerte auf, schimmerte auf und verschwand. Noch auf der »Steinbock« hatte ich mit Oan vereinbart, daß er uns seine Gespräche mit den Aranen translierte. In meinem Gehirn erscholl eine schroffe, sich überstürzende Stimme – Oan gab sogar die Intonationen seines Kameraden meisterhaft wieder. »Halt, Anschleichender! Nenne dich. Nenne mich!«

»Ich bin Oan, und du bist Iao«, hörten wir Oans Antwort.

»Ich bin Iao, du hast recht, Oan. Ich freue mich, daß du unversehrt zurückgekehrt bist. Erleuchte dich, damit ich dich sehen kann. Ja, du bist Oan. Es ist tröstlich, dich am Leben zu wissen, großer Oan, du naher Freund des Großen Oor. Wo sind deine Kameraden, Oan? Wo hast du deine erhabenen Brüder gelassen, die auf der Flucht in die andere Zeit mit dir waren, Oan?«

»Sie alle sind umgekommen, Iao. Ich werde Oor und der Gesellschaft darüber Bericht erstatten. Nun laß mich passieren.«

»Du bist nicht allein? Was bedeutet das, Oan?«

»Mit mir sind Freunde von der anderen Seite des Planeten, die als Verwerfer angeworben wurden. Ich habe sie mitgebracht, damit sie der Predigten Oors teilhaftig werden. Sie brennen darauf, den Kampf gegen die Beschleuniger aufzunehmen.«

»Sie sollen der Predigten teilhaftig werden, Oan. Und wir werden ihnen Gelegenheit geben, gegen die gräßlichen Beschleuniger zu kämpfen. O ja, Oan, wir werden ihnen Gelegenheit geben! Mögen sie sich erleuchten. Wackere Leute, Oan, du hast gut daran getan, sie herzubringen. Morgen können sie ihren Eifer durch die Tat beweisen!«

»Ist etwas Wichtiges geschehen?«

»Die Beschleuniger haben wieder alle aufgegriffen, die sie in den Stunden der dunklen Sonnen antrafen. Die Selbstverbrennung ist für morgen festgesetzt, beim Untergang der Drei Staubigen Sonnen soll sie stattfinden. Wir wollen die Unglücklichen befreien. Geh, Oan. Ich freue mich für dich und die Freunde. Ihr werdet Oors, des Größten der Großen Predigt hören. Schreite tapfer aus. Hinter mir werden keine Beschleuniger euren Weg kreuzen.«

Oan beschleunigte den Schritt. Wir hoben die Rümpfe ein wenig, streckten die Beine aber nicht völlig. Nach wie vor war das

Dunkel nur durch das Phosphoreszieren der Bäume, das Luminereszieren des Bodens und das Leuchten unserer Körper erhellt.

Bald darauf gelangten wir in eine geräumige Höhle mit leuchtenden Wänden. Hier wimmelte es von Aranen. Es waren ihrer so viele, und sie hatten sich so dicht aneinander gelegt, daß der Eindruck entstand, als befände sich in der Höhle nur ein einziger riesiger flimmernder Körper. Und wir zwängten uns dazwischen, wurden Teil von ihm, ordneten uns seinen Bewegungen unter – beugten uns mit ihm bald nach rechts, bald nach links, richteten uns auf, indem wir die Beine streckten, und ließen uns wieder nieder. Niemand beachtete uns, niemand interessierte sich für uns.

»Oor!« äußerte Oan deutlich. Nur wir vernahmen ihn. Mitten in der Höhle warf sich ein Spinnenförmiger auf den Rücken. Auf das zwölfbeinige Postament kletterte ein anderer Arane, stellte sich auf die lebenden Säulen und zuckte und flimmerte in schnell wechselnden Farben.

Er hielt eine Rede – erglühend und erlöschend, sich blähend und zusammensinkend. Seine von Oan übersetzten Worte erklangen in unseren Gehirnen. Dies war Oor, Oberster Verwerfer des Endes.

»Entsetzlich, Eli, sie verurteilen den Tod, weil sie das Dahinvegetieren preisen. Der Begeisterung für das Ende setzen sie den Jubel über jegliche Drangsal entgegen!« flüsterte Lussin befremdet, in Gedanken selbstverständlich, in normaler Rede hätte er so einen zusammenhängenden Satz in einem Monat nicht herausgebracht.

»Ein spinnenförmiger kosmischer Ekklesiastikus, dieser edle Oberste Verwerfer des Endes«, bekräftigte Romero. Er konnte nicht anders, er mußte mit dem unverständlichen Wörtchen »Ekklesiastikus« aus seinem geliebten Antiquitätenarchiv protzen.

Zunächst rief Oor zur Rettung derjenigen auf, die am nächsten Tag sterben sollten, und zog erbittert über die Beschleuniger her.

Dann sang er eine feierlich schwülstige Hymne auf das Dasein. Ich bin nicht stark in Philosophie, aber ich bin mit Lussin der Meinung, daß sich das Weltgefühl der Verwerfer in der Begeisterung für zielloses Dahinvegetieren und dem Entzücken über jegliche Scheußlichkeit erschöpfte. Eine Existenz im Namen der Existenz – so sah im großen und ganzen diese billige Philosophie aus.

»Welch eine furchtbare Philosophie, Eli!« flüsterte Lussin wieder.

»Was er sagt, entspricht nicht dem, was du über die Verwerfer des Endes erzählt hast«, wandte ich mich in Gedanken an Oan.

Er erwiderte von Gehirn zu Gehirn: »Der Oberste Verwerfer überzeugt seine Anhänger, nicht das Ende herbeizusehnen. Das ist nur die eine unserer Aufgaben. Die andere besteht darin, einen vernünftigen Ausweg aus der heutigen Ausweglosigkeit zu finden. Merke wohl: Oor behauptet nirgends, daß der Jubel für zielloses Dahinvegetieren ewig dauern soll. Doch für die heutige Generation ist es unvermeidlich. Die Befreiung können erst unsere Nachfahren erleben. Viele Aranen begreifen das, aber die höchsten Geheimnisse sind nicht allen zugänglich.«

Die Antwort war nicht gerade klar, aber ich bestand nicht auf näherer Erläuterung.

Oors lange Rede war von Heulen und Schreien, krampfhaftem Zucken aller Körper, Aufgleißen und Schwenken der schlangenförmigen Armhaare begleitet gewesen. Nachdem er mit dem hysterischen Ruf: »Existieren! Existieren!« geendet hatte, verkündete er: »Jetzt, o Brüder, Niedrige der Niedrigsten, wollen wir den gefangenen Beschleuniger, einen jämmerlichen und verbrecherischen Selbstverbrenner, bekehren!«

In der Höhle gleißte wieder fieberhaftes Leuchten auf, Tausende Stimmen schrien, kreischten, heulten: »An den Pranger! Erniedrigen durch Erhöhen! Strafen! Strafen!«

Über der Menge flog wie ein Ball ein Arane auf. Vor Angst hatte er die Beine zusammengelegt und die Armhaare dicht an den Kopf gedrückt. Aus der Ecke wurde er zur Mitte geworfen, und die Menge gab acht, daß er nicht zu Boden ging und sich zwischen den Körpern versteckte. Neben Oor legte sich ein zweiter Arane auf den Rücken und bildete ein weiteres zwölfbeiniges Postament. Der Gefangene wurde hochgehoben. Krampfhaft pulsierten sein Leuchten und sein Umfang – mal erlosch der Körper, mal erglühte er, mal blähte er sich, mal fiel er zusammen. Sind die Aranen aufgeregt, so verzichtet keiner auf jähe Körperbewegungen und bestürzte Lichtpulsation.

Oor begann den gefangenen Beschleuniger feierlich zu verhören.

»Uul, ihr trugt euch mit der Absicht?«

»Ja, großer Oor, wir trugen uns mit der Absicht.«

»Selbstverbrennung?«

»Ja, großer Oor, Selbstverbrennung.«

»Öffentliche?«

»Ja, großer Oor, öffentliche.«

»Morgen, zur Zeit der Dunklen Sonnen?«

»Morgen, zur Zeit der Staubigen Sonnen.«

»Der Dunklen oder der Staubigen? Sprich die Wahrheit, verachtungswürdiger Uul.«

»Der Staubigen Sonnen, großer Oor, der Staubigen! Ich würde mich nicht erkühnen, dich zu belügen.«

»Du bist imstande, jämmerlicher Beschleuniger des Endes, die genaue Zeit zu verheimlichen, damit wir auf eurer widerwärtigen Festlichkeit nicht erscheinen.«

»Ich bin glücklich, euch die genaue Zeit zu eröffnen, damit auch ihr an unserer berauschenden Feierlichkeit teilnehmt.«

»Wieviel Unglückliche unterzieht ihr morgen der entsetzlichen Strafe?«

»Hundertdrei Glückliche werden morgen der herrlichen Krone für würdig befunden.«

»Hundertdrei vom Entsetzen vor der Vernichtung Gepackte? Lügst du nicht, Verachtungswürdigster der Verachtungswürdigen?«

»Hundertdrei von Todesbegeisterung Erfüllte, hundertdrei im Vorgeschmack des Endes Jauchzende! Ich lüge nicht, Größter der Großen!«

»Aber du Niederträchtigster gedachtest nicht unter den jauchzenden Verdammten zu sein? Du versagst dir den Todesgenuß? Vielleicht deshalb, widerwärtigster Uul, weil dir das Illusorische der Nichtseinswonne bewußt geworden ist?«

»Nein, verehrungswürdigster Oor, ich bin mir der Freude der Selbstvertilgung tief bewußt. Aber das entzückende Nichtsein wird mir bislang nicht vergönnt. Ich bin der Auszeichnung einstweilen nicht für wert befunden. Ich muß noch dreißig der Wonne des Selbstmords Würdige dem Feuer überantworten, bevor ich mit der Erlaubnis, selbst zu sterben, belohnt werde. Ich trage den Titel eines Greifers zweiten Ranges, o weiser Oor, Lieblingssohn des Vaters Akkumulator und der Mutter Blitzspeicherin.«

»Wir haben dich gestellt, als du mit deinen gierigen Haaren räuberisch den armen Jaal umwandest, um ihn ins Verlies der Todgeweihten zu schleppen!«

»Ihr habt mich gefaßt, als ich mit zärtlichen Haaren den hinfälligen Jaal freundschaftlich umarmte, um ihn vor das Antlitz der

Weisesten zu bringen, die ihm erklärt hätten, wieviel er verlor, da er unter den unglücklichen Lebenden verweilte, indessen er sich Hunderte, Tausende Male herrlich selbst vernichten konnte.«

»Du stellst die Seligkeit der Trübnis, die Freude an der Selbsterhaltung in Abrede? Bedenke, in welche Häresie du verfällst, unvernünftiger Uul!«

»Ich schwinge mich zur wahren Erkenntnis auf, Heiligster der Irrenden!«

»Deine falsche Erkenntnis wird durch deine Reden widerlegt.«

»Ihr gabt mir keine Gelegenheit, eine Rede zu funkeln. Ihr verhört mich.«

»Wir fürchten deine Reden nicht. Funkele! Erschöpfe dein entartetes elektrisches Feld, die heimtückische Gabe unseres bösen Vaters Akkumulator. Die widerwärtige Grellheit deiner Offenbarungen wird enthüllen, wie tief die ihnen innewohnenden Irrtümer sind. Funkele, blitze, glühe! Die Wahrheit liegt in der Dunkelheit, nicht im Licht!«

Der Gefangene strahlte begeistert eine grelle Rede. Oan übersetzte sie uns flink, wir hatten nichts weiter zu tun, als uns an Uuls ungestümen Sprüngen auf dem lebenden Postament und dem leidenschaftlichen Leuchten seines Körpers zu weiden. Den Behauptungen Oors setzte der Gefangene seine eigenen entgegen, aber merkwürdig, ich hatte immer den Eindruck, als sagten sie ein und dasselbe, als bildeten sie sich nur ein, daß sie unterschiedlicher Auffassung wären. Zwei Enden eines Stockes, dachte ich.

Als er geendet hatte, sträubten sich die Haare der Umstehenden, Hunderte von grausamen Armen klammerten sich zerrend an Uuls Körper und Beine. Der Raserei der Armhaarigen gebot der dreimal wiederholte Ruf des Obersten Verwerfers Einhalt: »Im Namen des Lebens! Im Namen des Lebens! Im Namen des Lebens! Laßt ab von dem verachtungswürdigen Todesverehrer!«

Dann sprach Oor ein strenges Verdikt: »Du dürstest nach dem Tod und sollst das Leben empfangen. Schafft Uul in das unterirdische Verlies, wohin der Schein der Staubigen Sonnen und die Entladungen des Vaters Akkumulator nicht dringen, wo die Donnerstimme der Mutter Blitzspeicherin nicht zu hören ist. Möge er der Niedrigste der Niedrigen werden, der Nichtswürdigste der Nichtswürdigen, der Hungrigste der Hungrigen, der Stumpfsinnigste der Stumpfsinnigen. Sobald er sich über seine Einkerkerung freut, sobald die Qualen seiner Existenz ihn jauchzen lassen und er sich als Verwerfer des Endes erklärt, soll er herausgeholt werden.«

Der Gefangene wurde abgeführt. Oor sprang vom Postament. Die Menge strömte zum Ausgang. Ich sagte zu Oan: »Kehren wir zum Planetenflugzeug zurück.«

Er fragte, ob wir nicht vor den Obersten Verwerfer des Endes hintreten und erklären wollten, wer wir seien und wie wir seinen Anhängern helfen würden. Doch ich hatte kein Verlangen, mit Oor Bekanntschaft zu schließen, schon gar nicht, sein Helfer zu werden.

5

Als wir uns mit den Spinnenförmigen durch den engen Tunnel hinausdrangten, flüsterte Lussin mir in Gedanken zu: »Wie unglücklich sie sind, Eli! Und beide Sekten sind gleichermaßen unglücklich. Ich habe geweint, als ich Oor und Uul zuhörte. Was für Leiden muß man durchmachen, um zu solch entsetzlichen Ansichten zu gelangen, zu solch verzweifeltem Tun!«

»Sie sind alle wahnsinnig!« sagte Romero. »Das schwere Dasein hat sie grausam fanatisch werden lassen. Beide Sekten, wie unser Freund Lussin sie ganz richtig nennt, bestehen aus grausamen Fanatikern, und, ehrlich gesagt, ich hätte Schwierigkeiten, festzustellen, welche besser ist und welche schlechter.«

»Zwei Enden eines Stocks«, wiederholte ich meinen Gedanken. »Selbstverständlich muß ihnen geholfen werden, aber dem ganzen Volk, nicht einer Sekte. Die Verwerfer sind in keiner Weise besser als die Beschleuniger. Habe ich dich nicht beleidigt, Oan?«

»Wir ersehnen Hilfe«, antwortete er. »Wenn ihr in der Lage seid, allen Aranen zu helfen, dann helft.«

Im Planetenflugzeug stellten wir die Verbindung zum Geschwader her. Irina hatte den Schiffen pausenlos übermittelt, was wir sahen und was Oan übersetzte. Die Besatzung der Sternenflugzeuge waren der Meinung, daß man den Aranen helfen müsse, aber ohne Kampf auf seiten einer Sekte.

»Beachte, Eli, daß wir kaum Informationen über den Vater Akkumulator und die Mutter Speicherin haben, die, nach allem zu urteilen, eine wichtige Rolle spielen«, sagte Oleg. »Unser Standpunkt: die morgigen Opfer befreien, die Selbstverbrennung nicht zulassen.«

»Ist das ein Befehl, Oleg?« fragte ich.

»Nein, ein Rat.«

Ich dachte nach – lange. Es gab einen offensichtlichen Widerspruch zwischen unseren Beschlüssen und unseren Handlungen. Eben hatten wir entschieden, uns nicht in die Zwistigkeiten zwischen Verwerfern und Beschleunigern einzumischen, sondern nur eine Mission zu erfüllen – die Existenzbedingungen auf dem Planeten zu erleichtern. Aber wie konnten wir die Selbstverbrennung verhindern, ohne uns in einen Kampf mit den Beschleunigern einzulassen und ohne dadurch die Verwerfer zu unterstützen, die einen Überfall vorbereiteten? Betraten wir nicht einen fragwürdigen Weg, der schnurstracks in die Arme der einen Sekte führte?

Die Befreiung der Selbstverbrenner würde die Beschleuniger zu unseren Feinden machen – sollten wir das riskieren?

»Eli, was ist?« rief Lussin in Gedanken. »Willst du die Unglücklichen etwa nicht retten?«

»Bedenken Sie folgendes, lieber Freund: Ob es sich nun um freie Selbstmörder handelt oder ob sie gewaltsam hingerichtet werden, sie sind Opfer«, bemerkte Romero. »Und das ist ausschlaggebend.«

Ich wandte mich an Oan: »Deine Anhänger haben die Absicht, morgen die Verdammten zu retten. Wird es ihnen gelingen?«

»Nein«, antwortete Oan. »Solche Aktionen haben wir schon oft unternommen. Nie hatten sie Erfolg. Aber wir können nicht untätig zusehen, wenn man unsere Brüder hinrichtet. Der morgige Überfall ist ein Akt der Verzweiflung.«

Nach dieser Erklärung durften wir nicht zögern. Dennoch fiel mir die Entscheidung schwer.

Mary sagte erstaunt: »Ich habe doch früher nie Feigheit an dir bemerkt, Eli!«

»Und Unentschlossenheit«, ergänzte Romero. »Der Kampf war stets Ihr Element, Eli. Bei Gefahr blühten Sie geradezu auf, lieber Admiral.«

»Wir werden entsprechend der Situation handeln«, sagte ich. »Gleichgültigkeit angesichts fremden Unglücks erlauben wir uns nicht.«

Die Stimme Kamagins drang zu mir, der zugehört hatte. Der kleine Kosmonaut unterstützte nur eindeutige Beschlüsse.

»Unsere Sternenflugzeuge sind stets bereit, Ihnen zu Hilfe zu eilen. Wenn es der Oberbefehlshaber gestattet, nähere ich mich mit meiner ›Schlangenträger‹ dem Planeten.«

Oleg gestattete Kamagin, die »Schlangenträger« aus dem Geschwaderverband zu lösen.

»Freue dich«, sagte ich zu Lussin. »Alles geschieht nach deinen Wünschen.«

»Ich werde mich morgen freuen, wenn ich die Verurteilten eigenhändig vom Schafott hole!« entgegnete Lussin.

Hätte er gewußt, was ihn am nächsten Tag erwartete ...

Die Nacht der Dunklen Sonnen ging in den Tag der Staubigen Sonnen über.

Nie habe ich eine trostlosere Morgendämmerung gesehen. Der schwarze Nebel wurde gelb. Aus dem schwarzen Ozean kamen drei orangefarbene Kugeln gerollt und kletterten eilig empor. Auch in der Nacht hatte es sich schwer atmen lassen, mit Tagesanbruch wurde der Staub, der die Luft erfüllte, so stickig, daß es die Luftfilter des Schutzanzuges nicht leicht hatten. Der Ozean glitt zurück und gab den verstümmelten Uferrand und einen Wall aus Sedimenten frei. Die Meerestiere, Kreaturen der Nacht, tauchten in die Tiefe.

Nachts wirkte Arania geheimnisvoll, man konnte ihr da alles mögliche andichten, sogar Schönheit. Im staubigen Tageslicht bot sie sich abstoßend häßlich dar.

Grazi kam gesprungen. »Ein öder Planet, nicht wahr, Eli?« sagte er. »Würde man ihn in den Perseus verlegen, brauchten selbst die Galakten Jahrtausende, um elementare Bequemlichkeiten auf ihm zu schaffen.«

»Die elementaren Bequemlichkeiten der Galakten, Grazi, würden die kühnsten Träume der Aranen vom Paradies übertreffen.«

Nach Grazi kletterte Orlan aus dem Planetenflugzeug, dann Romero und schließlich Lussin. Mary und Irina mußten gerufen werden, sie machten sich fein in ihren Schutzanzügen, bemühten sich, die Schlangenhaare – oder genauer: die Armhaare – in bestimmter Weise zu ordnen.

Die Automaten verriegelten die Eingänge und umgaben das Schiff mit einem schützenden Kraftzaun. In geschlossener Gruppe liefen wir durch den Wald zur Stadt.

Im Grunde genommen war keine Stadt vorhanden. Es gab nur eine Kette von Hügeln mit Einstiegen zu Höhlen, in denen die

Aranen hausten. Dort hatten sie auch Werkstätten und Räume für nächtliche Zusammenkünfte. Zwischen den Hügeln schlängelten sich festgestampfte Wege, die härter und glatter als vormals die irdischen Asphaltchausseen waren.

Aus den Einstiegen krochen unzählige Spinnenförmige und rannten hüpfend zu einem weiten Talkessel zwischen vier hohen Hügeln – dem hauptstädtischen Richtplatz Aranias. Wir schlossen uns dem Strom an.

Je näher wir dem Platz kamen, desto stärker wurden das Gedränge und die Erregung. Immer mehr Körper schwangen sich wild empor, immer mehr Armhaare wurden begeistert geschwenkt, immer heller flimmerten die Funken, die sich von den elektrisierten Köpfen lösten, immer lauter wurden der Lärm, das Gezeter, das Piepsen und das Knattern der Entladungen. Unseren Erkundungstrupp beachtete niemand. In den Schutzanzügen, die uns das Aussehen von Aranen verliehen, fielen wir nicht auf.

Das auf dem Platz errichtete Schafott hatte erstaunliche Ähnlichkeit mit den Elektroöfen der Menschen von einst.

»Gleich wird eine Gruppe von Verwirklichern des Endes erscheinen«, signalisierte Oan, nachdem wir ein Plätzchen in der Nähe des Schafotts gefunden hatten. »Sie werden von Hütern des Endes eskortiert, Beschleunigern, die stärker als die anderen mit Elektrizität aufgeladen sind. Die Beschleuniger haben alle Einstiege zum Vater Akkumulator unter Kontrolle, ihre Hüter sind wirkungsvoller als unsere Hüter ausgerüstet. Deshalb tragen wir bei Zusammenstößen nie den Sieg davon. Wer sich des Wohlwollens des Vaters Akkumulator erfreut, hat die Macht.«

Die verurteilten Verwirklicher des Endes ließen auf sich warten. Unsere Aufmerksamkeit fesselte ein Arane, der sich über die anderen erhoben hatte. Genau wie Oor bei der nächtlichen Zusammenkunft, dienten auch ihm Aranen als Postament, gleich vier an der Zahl.

Drei stützten mit ihren kräftigen Armhaaren den auf dem Rücken liegenden vierten, und auf dessen ausgestreckten Beinen tänzelte der uns interessierende Arane.

»Uoch, der Oberste Beschleuniger des Endes, der große Verwirklicher«, sagte Oan angewidert. »Wenn ihr diese von allen Beschleunigern angebetete Vogelscheuche vernichten würdet, wäre der Kampf leichter.«

Uoch funkelte von dem zweigeschossigen Postament: »Preist die Grausamen Götter! Verwirklichen wir das Ende!«

Millionenfach sprühte das Antwortgeschrei: »Verwirklichen wir es! Verwirklichen wir es! Ruhm den Grausamen Göttern!«

Aus dem oberen Einstieg des Hügels hinter dem Obersten Beschleuniger kam eine Gruppe Verwirklicher. Sie stiegen, je vier in einer Reihe, herab, von aufgeregt hüpfenden Hütern flankiert. Wolken von Funken sprühten in der staubigen Luft, der Kopf jedes Begleitpostens glich einem lodernden Feuer, soviel Entladungen brachen hervor. Die Menge jubelte, zuckte wie ein gigantischer Körper, der aus Tausenden von kleineren Körpern besteht.

»Verwirklichen! Verwirklichen!« wurde hysterisch geschrien.

Als die Kolonne den Platz erreicht hatte, schnellte aus den Einstiegen des Nachbarhügels eine Funkengarbe, und eine Abteilung Verwerfer stürzte sich auf den Konvoi. Der fanatische Jubel schlug in Kampfeswut um. Verbissen wehrten die Hüter die Angreifer ab, von der Menge unterstützt. In der Kolonne der Verwirklicher fehlte es an Einmütigkeit. Nur wenige suchten das Weite, die meisten widersetzten sich den Befreiern. Einer der Verdammten riß sich aus den biegsamen Armhaaren der Verwerfer los und jammerte: »Ich will das Ende! Die Verwirklichung! Die Verwirklichung!«

Die Kräfte waren, wie Oan vorausgesagt hatte, ungleich. Wenn diesem und jenem Verdammten auch die Flucht gelang, so wurde dafür die Kolonne mit gefangenen Verwerfern reichlich aufgefüllt. An uns jagte ein Flüchtling vorbei, von Begleitposten verfolgt, und entschlüpfte unter auffliegenden Körpern. Da ergriffen die Verfolger einen anderen. Der funkelte verzweifelt: »Laßt mich! Ich bin nicht zur Verwirklichung bestimmt! Ich bin nicht bereit!« Niemand nahm Notiz von seinen Ausflüchten.

Oan sagte etwas zu mir. Ich verstand ihn nicht, das Schauspiel des allgemeinen Handgemenges hielt mich in Bann. Als ich zu mir kam und Beschlüsse fassen konnte, war es zu spät. Die geschlagenen Verwerfer flohen. Obwohl seitdem viel Zeit verstrichen ist, schmerzt mich die Erinnerung an meine Begriffsstutzigkeit unvermindert.

Der Oberste Beschleuniger des Endes hüpfte wie von Sinnen auf seinem lebendigen zweigeschossigen Postament und heulte: »Verwirklichen wir das Ende! Verwirklichen wir das Ende!«

Wieder antwortete ihm jauchzendes Gebrüll: »Verwirklichen wir es! Verwirklichen wir es!«

Uochs Haare stellten sich auf und verflochten sich wie in einem Händedruck. Die Hüter packten einen Verdammten und schleuderten ihn in den Ofen.

Wir wissen jetzt, daß der Körper des Verwirklichers zwei Elektroden schloß. Über dem Schafott schoß die Flamme einer Entladung auf, weithin schallte schweres Krachen. Das Stöhnen des Opfers ging in dem Donner einer Explosion und dem verzückten Gebrüll der Menge unter. Heiße Asche regnete herab, fein wie Mehl, die Asche eines verbrannten Wesens!

»Das war doch ein Lebewesen, Eli! Das war doch ein Lebewesen!« stöhnte Lussin.

Zum zweitenmal verflocht Uoch die Armhaare – und das zweite Opfer flog in den Ofen.

Da verlor Lussin die Nerven. »Eli, du machst uns zu Helfershelfern eines Verbrechens! Wenn du nicht einschreitest, tue ich es allein! Ich tu's allein, ich rebelliere, Eli!«

Ich überlegte gerade so lange, daß die Henker keine Gelegenheit hatten, das dritte Opfer zu beseitigen. Wir mußten den Ofen in die Luft jagen! Doch Oan kam meinem Befehl mit dem erschreckten Ausruf zuvor: »Vernichtet nicht das Schafott! Sonst gehen alle Aranen zugrunde!«

»Die Bewachung auseinanderjagen!« schrie ich, ohne zu fragen, warum man den Ofen nicht antasten dürfe, und stürzte auf den Obersten Beschleuniger des Endes zu.

Lussin war in seiner Wut sogleich zehn Sprünge vor mir. Er hieb auf das lebende Postament ein, und Uoch purzelte herunter. Lussin empfing ihn mit einer Ohrfeige, die so gewaltig war, daß sich der Große Verwirklicher mit grellem Piepsen erneut hochschwang. Ein gutes Dutzend Wachposten fiel über Lussin her. Hunderte von Blitzen bohrten sich in ihn, uns allen kam es so vor, als stehe er in Flammen.

»Das Feld! Das Feld!« riefen Romero und ich.

Lussin, wie gelähmt durch die Wildheit des Überfalls, hörte uns und rief sein Feld.

Alles übrige spielte sich in Bruchteilen von Sekunden ab.

Lussin blieb sich auch in diesem schrecklichen Augenblick treu. Er hielt nicht inne, rings um ihn sanken die entsetzten Hüter zu

Boden, im Tode funkelnd, mit gebrochenen Beinen, fehlenden Armhaaren, und er dachte an sie, nicht an sich. Deshalb schwächte er das Feld nicht allmählich ab, sondern entledigte sich seiner schlagartig, hackte es ab, damit es die Gegner nicht zerfetzte. Und sofort wurde er selbst ein Spielball in dem Chaos der wütenden Elemente, eine Flaumfeder inmitten unkontrollierbarer Zufälligkeiten!

Alles geschah in Bruchteilen von Sekunden.

Der Wachposten, der sich in Lussin verkrallt hatte, spürte, daß das Feld verschwunden war, und begann verzweifelt zu zerren. Doch er löste die verhedderten Armhaare nicht, sondern ließ sich fallen und zog Lussin mit sich. Sie hatten am Schafott gestanden und stürzten in seinen Rachen, genau in den Brennpunkt des Ofens, auf den die Mündungen der Elektroden unheilvoll zielten. Wieder zuckte ein Blitz, wieder schoß eine Flamme auf und erlosch sogleich, von dem wiedergekehrten Schutzfeld erstickt. Romero und ich, aber auch der Demiurg und der Galakt, die uns folgten, schleuderten unsere Felder, um Lussin zu helfen, doch es war schon zu spät. Lussin war nicht mehr. Es war eingetreten, wovor Oan gewarnt hatte. Das teuflische elektrische Schafott, der gräßliche Ofen, der die Verdammten unersättlich verschlungen hatte, war zersprungen. Und in den Trümmern lag der von der ungeheuerlichen Entladung zerbrochene, halbverbrannte Schutzanzug mit dem toten Körper, Lussins entstelltem Körper.

»Der Planet ist verloren!« jammerte Oan.

Meine Beine knickten ein. Grazi stützte mich. Mary schrie auf. Sie glaubte, ich sei wie Lussin ums Leben gekommen. Ich stöhnte vor Kummer und Wut. Ich war bereit, alle auf dem Platz umherjagenden Aranen bis auf den letzten zu vernichten. Und bis heute begreife ich nicht, wo ich die Kraft hernahm, meinem Zorn zu einer so furchtbaren Tat nicht freien Lauf zu lassen.

»Die Grausamen Götter! Die Grausamen Götter sind herabgestiegen!« kreischten die flüchtenden Spinnen.

Ich warf den Schutzanzug ab. Es war mir unmöglich, noch länger die Gestalt eines Spinnenförmigen zu bewahren. Wie schneidender Schmerz hallte das verzweifelte Klang- und Lichtgeheul in mir: »Die Grausamen Götter sind herabgestiegen!«

Mary und Irina entledigten sich ebenfalls der widerwärtigen Kleidung. Sie bemühten sich um Lussin, Romero und Grazi halfen ihnen. Mir zitterten die Hände, die Beine, und ich ließ mich kraftlos niedersinken. Ich wollte sagen, man solle für Lussin ein Sanitärfeld herbeirufen, aber die Stimme gehorchte mir nicht, tonlos bewegte ich die Lippen.

Orlan kam zu mir, wie Grazi hatte er den Tarnanzug nicht abgelegt. »Ein entsetzliches Unglück, Eli, ich fühle zutiefst mit dir. Aber ein noch größeres Unglück kann geschehen. Bitte, höre auf Oan!«

Erst da wurde mir bewußt, daß Oan etwas sagte. »Was willst du?« fragte ich. »Was brauchst du?«

»Die Mutter Blitzspeicherin tobt«, drang wie aus großer Ferne seine Stimme zu mir. »Geht weg, geht weg, alle werden umkommen, und ihr mit uns, wenn ihr nicht geht!«

Seine Haare bäumten sich, wiesen, sich biegend, wie Dutzende von elastischen Armen nach Osten, von wo die Nacht heraufzog. Die Drei Staubigen Sonnen neigten sich, gestern um diese Zeit war tiefe Dunkelheit von jener Seite des Horizonts gekommen – von den finsteren Sternen, von den verfluchten Sternen dieser verfluchten kleinen Welt. Jetzt rückte von Osten der Morgen heran, nicht die Nacht. Feurige Wolken jagten dahin, Fetzen einer zuckenden Flamme, Gluthitze strömte von Osten. Mit jeder Faser, ohne Geräte, spürte ich die Verdichtung der elektrischen Entladungen, ich war gleichsam ein lebender Kondensator geworden, bis zum äußersten aufgeladen. Ein elektrischer Sturm solcher Stärke kündigte sich an, wie ich noch nie einen erlebt hatte.

»Alle in ihre Schutzfelder!« Ich rief Kamagin. Es war ein großes Glück, daß sich die »Schlangenträger«, vom Geschwader getrennt, in der Nähe des Planeten befand.

»Haben Sie gesehen, Eduard?« fragte ich. »Haben Sie gesehen?«

»Entsetzlich, Eli!« hörte ich Kamagins bekümmerten Ausruf. »Wir haben alles gesehen, Admiral. Leider konnten wir nicht helfen. Was ist zu tun?«

»Eduard, über dem Planeten wird in Kürze ein elektrischer Orkan toben. Ich vermute, daß die unglücklichen elektrischen Spinnen von der rasenden Mutter Blitzspeicherin, wie sie ihre Herrscherin nennen, in Stücke gerissen werden. Die Höhlen werden ihnen keinen Schutz bieten. Die Wut der Mutter hängt irgendwie mit der Zerstörung des elektrischen Schafotts zusammen. Gebt es ihr, Eduard, gebt es ihr gründlich! Zeigt allen bösen Müttern und Vätern, allen Grausamen Göttern und Teufeln, daß es noch die menschliche Macht auf der Welt gibt!«

»Ich verbürge mich dafür, daß die grimmige Mutter einen Denkzettel verpaßt bekommt!« versicherte Kamagin. »Heute wird sie nicht ihre Söhne ausrotten, sondern unsere Vorräte mit Aktivstoff auffüllen. Ihr Wüten soll einen Nutzeffekt haben!«

Der Sturm entlud sich kurz nach meinem Gespräch mit Kamagin. Unsere irdischen Gewitter sind Wolken und Regengüsse und Blitze. Das Gewitter auf Arania war ein Platzregen aus Blitzen, die die Erde peitschten, waren Geiser aus Blitzen, die aus der Erde aufschossen, Pfahlzäune von Blitzen auf den Hügeln, Dschungel von Blitzen in den Tälern. Von Regen, Donnergrollen und feuchter Kühle war keine Spur. Nur Feuer und unaufhörliches Tosen, das nicht nur die Ohren, sondern auch das Herz peinigte. Hätten wir uns nicht durch die Schutzfelder abgesichert, wären wir gleich im ersten Augenblick zu Asche geworden. Romero beschirmte mit seinem Schutzfeld fürsorglich auch Oan, aber der kannte die Stärke des Feldes nicht und zitterte in Todesfurcht.

Und dann änderte sich alles wie durch Zauberhand. Kamagin brauchte vier Minuten, um die Reservoire auf den Gewitterempfang zu stimmen. Er verspätete sich genau um so viel, daß wir Gelegenheit hatten, die Raserei der außer Rand und Band geratenen feuerträchtigen Mutter kennenzulernen, ohne daß ihr gestattet war, dem Planeten ernsthaften Schaden zuzufügen. Die mächtigen Saugpumpen des Sternenflugzeugs arbeiteten so exakt wie auf dem Stützpunkt bei den Atomreaktoren, wo sie Aktivstoff tankten. Die Blitze, die eben die Erde überschüttet hatten, jagten aufwärts, das Gewitter schlug den Himmel. Und es wurde still auf dem Planeten, so wunderbar, so erstaunlich still, als lausche er. Über uns ballten sich die feurigen Wolken, und ein gigantischer Flammenstrom aus Milliarden von Blitzen ergoß sich sternenwärts und verschwand in den Schlünden, die das Schiff bereithielt.

Kaum zwanzig Minuten später lichteten sich die Wolken. Sie zerfielen zu Fetzen, zerschmolzen, erloschen, und keine Blitze zuckten mehr. Kamagin stoppte die Pumpen nicht. Auch die Wolkenreste bargen elektrische Ladungen, und Eduard stopfte alles in die Reservoire, was in der Luft erschien, alles eignete sich zum Auffüllen der Aktivstoffreserven.

»Nun werde ich mal dem Planeten auf den Pelz rücken«, sagte

Kamagin, als er den Wolken den Garaus gemacht hatte. »Er ist mit Elektrizität derart übersättigt, daß es nicht schadet, wenn man seinen Überschuß nutzt. Und für die armen Aranen wird das eine Erleichterung sein. Ihre Erregbarkeit und ihr Fanatismus, denke ich, resultieren in gewissem Grade aus der Überlastung ihrer Körper mit Elektrizität.«

Ich bat Kamagin, des Guten nicht zuviel zu tun. Die aus der Erde springenden Blitze richteten nicht weniger Schaden an als die, die in sie einschlugen. Eduard säuberte den Planeten mit äußerster Vorsicht. Ich vermag diese Operation nicht anders als elegant zu nennen. Ohne Blitze aus der Erde ging es nicht ab, aber es waren ihrer so wenige, daß man sie gar nicht zu erwähnen braucht. Der Planet gab die aufgespeicherten Ladungen gleichmäßig ab, ohne Krachen und Feuer, und lieferte, wie sich später herausstellte, so viel Elektrizität, daß die Vorräte des Sternenflugzeugs gründlich aufgefüllt wurden.

»Bist du zufrieden, Oan?« fragte ich finster, als Kamagin die Sauggeräte des Schiffes stoppte.

Der Arane rief begeistert: »Ihr habt mit der schrecklichen Mutter abgerechnet! Ach, wie ihr mit der schrecklichen Mutter abgerechnet habt! Wie ihr mit der schrecklichen Mutter abgerechnet habt!«

6

Lussin wurde in den Konservierungsraum gebracht – die Gruft, in der die Leichname unverweslich erhalten bleiben. Ich sitze jetzt im Konservierungsraum. Nicht allein Lussin ruht hier. Unser armer Freund eröffnete die lange Reihe der Beisetzungen, die vielleicht wir beenden werden – die wenigen, die noch am Leben sind. Lussin in dem durchsichtigen Sarkophag erweckt den Anschein, als lebe er, es war gelungen, sein Äußeres wiederherzustellen. Aber nicht auf Lussin blicke ich, sondern auf sein Gegenüber. Und ich spreche laut mit jenem anderen. Dem toten Freund habe ich nichts, dem toten Feind viel zu sagen.

Ich kehre zu den Ereignissen auf Arania zurück.

Als wir das Sternenflugzeug betraten, stieß Trub die Menschen beiseite und stürzte zu dem Toten. Der alte Engel schlug sich verzweifelt mit den Flügeln, sein grauer Backenbart sträubte sich.

»Wäre ich doch mit euch gegangen! Ich hätte meinen Freund beschützt, gerettet! Nie werde ich mir verzeihen, daß ich nicht mitgegangen bin!«

Gig polterte traurig mit den Knochen und sagte vorwurfsvoll: »Admiral, ohne die Unsichtbaren sind die Menschen nicht vollwertig. Ich versichere dir, wenn ihr nicht darauf bestanden hättet, diese albernen Schutzanzüge anzuziehen, wäre Lussin von Trub und mir zuverlässiger als durch eure Kraftfelder beschirmt worden.« Ich dachte bekümmert: Zu spät. Und wovor wollten sie Lussin denn bewahren? Vor einem realen lebendigen Feind oder vor einer Kette entsetzlicher seelenloser Zufälligkeiten? Sie hätten diese einfache Frage nicht beantworten können. Ich hätte es ebenfalls nicht vermocht. Die Antwort mußte gefunden werden.

Bei Lussins Beisetzung fehlte allein Vagabund. Der Drachen litt schwer unter dem Verlust des Freundes. Er war erkrankt. Wir fürchteten, daß er nicht einmal mehr würde kriechen können. Er genas, schlecht und recht kroch er, aber die Fähigkeit zu fliegen hatte er endgültig verloren.

In unserer Abwesenheit hatte im Geschwader eine dringliche Konferenz stattgefunden. Gig und Ellon forderten Rache für Lussin. An wem sollten sie Rache üben? An den Aranen? Inwiefern waren sie schuldig? Eine Einmischung in die Streitigkeiten zwischen den Verwerfern und den Beschleunigern wurde ebenfalls abgelehnt. Die Schiffsmaschine hatte errechnet, daß die Wurzel des Übels in der ungeheuren Verstaubtheit des lokalen Raums zu suchen war. Das Planetensystem des Dreifachsterns mußte vom Staub befreit werden. Das würde die beste Hilfe für die Aranen sein. Ein bißchen würde sich die Bahn der Arania ändern, aber die Entfernung von den Drei Staubigen Sonnen wurde dadurch kompensiert, daß das Wörtchen »staubige« in ihrem Namen entfiele. Man mußte nur vorher erkunden, was sich hinter der Bezeichnung Vater Akkumulator und Mutter Blitzspeicherin verbarg. Bevor dieses Geheimnis enträtselt war, würde es schwierig sein, irgend etwas zu planen.

Wir begannen uns auf einen nochmaligen Flug zum Planeten vorzubereiten. Oan erhob plötzlich Einwände gegen einen Besuch beim Vater Akkumulator. Ich fragte ihn, was er gegen eine neue Expedition habe. Statt einer Erklärung flößte er meinem Gehirn die Empfindung von Angst ein. Aber da das seine Angst war und nicht meine – und von instinktiven Stimmungen lasse ich mich selten leiten –, forschte ich weiter nach den Ursachen für seine Furcht.

»Die Ruhe des Vaters ist heilig«, teilte Oan mit.

»Folglich ist eurer Vater Akkumulator ein Despot, der jeden bestraft, der ihn stört?«

»Er fühlt sich schlecht, wenn man ihn behelligt.«

»Versagt er dann? Hört er auf zu funktionieren? Wer bewacht seine Ruhe? Eure Grausamen Götter?«

»Die Grausamen Götter mischen sich in die Angelegenheiten des Vaters und der Mutter nicht ein. Den Vater beschützt die Garde der Hüter, jeder wird von Uoch selbst ausgewählt.«

»Mit den Hütern werden wir fertig, selbst mit den von Uoch ausgewählten. Und dem Vater werden wir nicht zu nahe treten, wenn er es verdient, daß man ihm nicht zu nahe tritt. Nun erkläre mir, was die Mutter ist, die Speicherin des Blitzes!«

»Die schreckliche Mutter bewacht die Ruhe des Vaters.« Und das war alles, was wir von Oan erfuhren.

Ich war überzeugt, daß auch die anderen Aranen über den Vater und die Mutter nicht mehr wußten. Um so dringlicher war erneute Erkundung.

Wir gingen an der alten Stelle nieder, um die Mittagszeit. Die Aranen, denen wir begegneten, schenkten uns wie beim erstenmal keine Beachtung. Sie sahen gesund aus, der elektrische Sturm hatte ihnen nicht geschadet. Oan teilte mit, daß sich Verwerfer und Beschleuniger gleichermaßen wunderten. Einen so heftigen Orkan, der zudem so wenig Unheil stiftete, hatte es noch nie gegeben. Auf dem Hauptplatz werkelte eine Brigade Spinnenförmiger am Schafott, um es wiederherzustellen. Wir störten sie nicht. Es ging nicht um das Schafott.

Oan erkletterte einen Hügel und blieb vor einem gewöhnlichen Einstieg stehen.

»Hier ist es. Ich will nicht als erster hineingehen.«

»Geh in der Mitte«, erlaubte ich.

Schon nach wenigen Metern trafen wir auf Hüter. Es waren unerschrockene große Spinnen, bereit, sich selbst zu opfern. Dennoch rissen sie so geschwind aus, daß keiner von uns sie hätte einholen können. Und das lag nicht nur daran, daß sie einen Schlag der Kraftfelder nicht aushielten. Sie wußten einfach nicht, was ein Feld war, und die unsichtbare Kraft, die sie gegen die Wände oder an die Decke schleuderte, entsetzte sie derart, daß keiner auch nur an Widerstand dachte. Sie flüchteten und schrien, was uns nicht neu war: »Die Grausamen Götter! Die Grausamen Götter sind herabgestiegen!«

Die innere Wache traute dem panischen Ruf der Vorausabteilung offensichtlich nicht. In der Höhle, durch die der Weg führte, empfing uns ein ganzes Heer. Die Hüter feuerten sich durch teuflisches Funkeln und kriegerisches Piepsen an und zogen gegen uns zu Felde. Beim ersten Scharmützel hatten wir uns auf Kraftohrfeigen beschränkt, hier mußten wir die Felder konzentrieren. Und nach dem Kampf lagen ein paar unvernünftige Pechvögel am Boden. Vier Gänge mündeten in die Höhle. Aus dem Gang hinter uns waren wir gekommen, in die beiden Seitengänge hatten sich Hals über Kopf die geschlagenen Wachleute gestürzt. In den vierten war niemand geschlüpft. Mit einem meiner zahlreichen Arme wies ich auf ihn.

»Dort, Oan?«

»Ja. Bis zu den Gemächern des Vaters wird keiner mehr uns begegnen. Es ist verboten, sie zu betreten.«

Der für die Aranen verbotene Weg war lang, wir durchquerten noch fünf oder sechs leere Höhlen, bevor wir die größte erreichten. Selbst im Scheinwerferlicht waren weder die Decke noch die Wände auf der anderen Seite zu erkennen. Den gesamten Raum nahm ein See zäher Flüssigkeit ein, von einer Kruste bedeckt. Die Oberfläche brodelte, blähte sich; wo die Kruste platzte, züngelte eine Flamme hervor. Über dem See wölkte sich grünlicher selbstleuchtender Dampf, der ihn matt beleuchtete. Mitunter zuckten Blitze aus der Flüssigkeit und erloschen an der unsichtbaren Decke, von wo, gleichsam als Antwort, ebensolche Blitze niederfuhren.

»Der Vater Akkumulator tötet jeden, der ihm zu nahe tritt«, wisperte Oan furchtsam.

»Ein eigenartiger Mechanismus zur Erzeugung von Elektroenergie«, sagte Romero.

»Und von großer Leistungsfähigkeit«, ergänzte Orlan und schaute neugierig um sich. »Eine Verbindung von mächtigen Generatoren mit Hochstleistungskondensatoren. Eine sehr interessante Maschine.«

Grazi schüttelte zweifelnd den Pfahlzaun seiner Arme. »Das ist kein Mechanismus, sondern ein Lebewesen. Es erinnert an unsere biologischen Geschütze, bei denen es sich aber um eine einfache Anhäufung von Bakterien handelt. Ich bin überzeugt, daß Vater Akkumulator ein denkendes Geschöpf ist.«

Ich befahl, die Schutzfelder zu verstärken. Irina nahm eine Probe der Flüssigkeit zur Analyse. Ich hatte plötzlich das Empfinden, als würden wir beobachtet. Oan meinte, Vater Akkumulator verfolge jede unserer Bewegungen, verstehe jedes unserer Worte, jeden unserer Gedanken. Vielleicht übertrieb er, aber auch ich bildete mir ein, als wäre der See, obwohl er keine Augen, keine Beine und keine Arme besaß, dennoch lebendig und als verberge er sich vor uns, als beherrsche ihn nicht Wut, wie Oan dachte, sondern Angst. Wortlos schien er zu flehen ihm nichts Böses anzutun.

»Der Vater vernichtet uns nicht!« rief Oan erstaunt.

»Das soll er nur wagen!« murmelte ich. »Versucht, Verbindung mit ihm aufzunehmen«, riet ich Irina. Und Oan fragte ich: »Wie alt ist dieses Tier?«

Oan wußte nur, daß es den See schon vor dem Erscheinen der Aranen gegeben hatte. Der Vater hatte das Leben erschaffen, als er des Alleinseins überdrüssig war. Zuerst schuf er die Mutter, und dann besiedelten sie beide den Planeten mit Gewächsen und Aranen. Der Ozean mit seinen Räubern war ebenfalls eine Schöpfung des Vaters.

»Der Ozean ist sicherlich Abfall der Elektroenergieerzeugung«, sagte Romero in Abwandlung des von Oan Gesagten. »Denn soviel ich verstehe, ist der Vater ein lebendiges Elektrizitätswerk, das die elektrischen Einwohner des Planeten versorgt.«

»Es gilt also zu entscheiden, ob wir den Vater vernichten, da seine Tätigkeit den Aranen Qualen bereitet«, sagte ich. »In dem Falle müßten wir den Bewohnern ein automatisches Elektrizitätswerk schenken, damit die Versorgung ihrer Organismen mit Elektrizität nicht stockt.

Oder ob wir ihn unangetastet lassen. Dann erhebt sich die Frage, wie der mit Elektrizität übersättigte Vater ohne Hinzuziehung der stürmischen Mutter entladen werden kann.«

»Vernichtung bedeutet Mord«, rief der Galakt.

»Was die tollköpfige Mutter betrifft«, sagte Romero, »so läuft ihre Funktion offensichtlich auf die Liquidierung der Elektrizitätsüberschüsse hinaus. Aber diese unkomplizierte technische Aufgabe löst sie brutal. Ist die Mutter Blitzspeicherin je gesehen worden, Oan?«

»Man kann sie nicht sehen. Sie existiert nur in den Stürmen, die sie hervorruft.«

»Anders ausgedrückt: Sie ist die Entladung der Elektrizitätsüberschüsse«, sagte ich. »Schön, Oan, auf dem Planeten wird niemand mehr etwas von der furchtgebietenden Mutter hören. Wir beschließen, sie abzuschaffen. Das wiederhergestellte Schafott wird ihren Dienst übernehmen.«

Bevor wir gingen, winkte ich dem See zu. Mir war, als sei er gestiegen und leuchte anders. Ich wurde das Gefühl nicht los, daß Vater Akkumulator uns für die gute Behandlung dankte. Beweisen ließ sich das nicht. Irina war es nicht gelungen, Verbindung mit dem See aufzunehmen. Vater Akkumulator hatte weder auf Wellen noch auf Teilchen, noch auf Kraftfelder reagiert.

Als wir im Freien waren, bestellte ich Mechaniker von der »Steinbock«. Die Umrüstung des Schafotts dauerte nicht lange. Die erschreckten Aranen hatten sich in ihre Höhlen verkrochen und störten nicht beim Einbau der speziellen Entladungsvorrichtung. Von nun an entlud sich der Elektrizitätsüberschuß automatisch, sobald das Potential den Grenzwert erreichte. Es war erstaunlich, wie genau die Fanatiker die physikalische Ursache für den »Unwillen des Vaters« erkannt und welch grausame Methode sie gefunden hatten, damit das elektrische Herz des Planeten normal funktionierte. Mit den öffentlichen Hinrichtungen ihrer Brüder wendeten sie das Unheil ab. Sie hatten natürlich bemerkt, daß nach einer »Verwirklichung« die elektrischen Stürme ausblieben. Die grimmige Mutter »zürnte« dann lange nicht. Aber welch bestialische Methode, eine einfache technische Aufgabe zu lösen!

»Admiral, ich habe mir ausgedacht, wie man unseren Entlader vor Übergriffen der Spinnenförmigen schützen kann«, erklärte zu meiner Freude Ellon, der die Montage leitete. »Bei jeder Entladung soll sich eine Feuersäule erheben. Die Zwölfbeinigen werden sich nicht näher heranwagen!«

»Sie werden den Entlader als Gottheit verehren!« entgegnete ich. »Ellon, wir bereiten den Boden für eine neue Religion. Und es wird noch manches Jahrhundert verstreichen, bevor ein genialer Arane begreift, daß er nicht die Opferstätte einer Gottheit vor sich hat, kein Orakel, das einen höheren Willen verkündet, sondern einen simplen Mechanismus für eine simple Operation. Unglaublich, daß die Vorfahren der Aranen Sternenflugzeuge hatten!«

Auf dem Sockel des zu einem Denkmal für Lussin gewordenen Entladers war eingekerbt: »Lussin, Mensch, Astronaut aus fernen Sternbildern. Er ließ sein Leben bei der Rettung schuldlos zum Tode verurteilter Bewohner dieses Planeten.« Dann folgte eine Tabelle kosmischer Chiffres. Vielleicht sind künftige Aranengenerationen imstande, die Inschrift zu lesen.

Ich bat Ellon, den Entlader zusätzlich mit einem Kraftzaun zu umgeben. Jeder Arane, der versuchte, zum ehemaligen Schafott vorzudringen, würde auf eine unüberwindliche Wand stoßen, die obendrein noch Schläge versetzte.

Beim Untergang der Drei Staubigen Sonnen verkündete ein dumpfer Stoß, von dem die Hügel erzitterten, daß die Befreiung von der aufgespeicherten Energie künftig ohne fanatische Hinrichtungen und verheerende Stürme vonstatten gehen würde. Eine Feuersäule, höher als die Hügel am Platz, wirbelte auf, es fehlte nur, daß sie sich in der Höhe als Pilz entfaltete.

Oan trat zu mir. »Ihr reist ab, Eli? Ihr seid meine Retter. Unsere Wohltäter. Es wird schlimm für mich sein ohne euch.«

Schweigend blickte ich ihn an. Er war mir ein Rätsel, wie das ganze Volk der Aranen. Ich mußte immer daran denken, daß die Vorfahren dieser unwissenden, abergläubischen, fanatischen Wesen einst kosmische Schiffe bauten. Die oberflächliche Sentenz, das Schicksal spiele eben so, mal sei das Niveau hoch gewesen, mal niedrig, Vervollkommnung hatte mit Degradation gewechselt, konnte kein Trost sein. Eine Degradation im üblichen Sinne lag nicht vor. Oans Existenz widerlegte sie. Er war ein typischer Arane – und doch jedem von uns in vieler Hinsicht überlegen! Hatten wir ihn nicht im Schmelztiegel des kollabierenden Sterns gesehen, in dessen Nähe sich unsere Schiffe nicht wagen? Hatte er unsere Gedanken nicht unfaßbar mühelos gelesen? War unsere Sprachenvielfalt, die für uns ohne Dechiffriergeräte unüberwindlich ist, eine Schranke für ihn? Und da war noch manches andere, das ihn über uns erhob!

Oan beugte die Beine, die Armhaare lagen wie gekämmt, die unteren Augen blickten ergeben und dankbar, das obere, scharfe, hatte sich getrübt, das frühere erschreckende Feuer fehlte darin, es schien in eine eigene, besondere, geheimnisvolle Tiefe versunken.

»Oan«, sagte ich. »Du verstehst Sternenflugzeuge zu lenken. Du weißt über die Krümmung der Zeit mehr als wir. Doch deine

Aranenbrüder sind Fanatiker, keine Denker. Woher stammen deine Kenntnisse? Warum bist du anders als deine Kameraden?«

Er antwortete gewinnend aufrichtig. »O nein, wir sind viele, die wir die Kenntnisse von einst in der gegenwärtigen Unwissenheit bewahren. Bliebet ihr länger auf dem Planeten, würdet ihr uns kennenlernen.«

Länger bleiben konnten wir nicht.

»Nehmt mich mit«, bat er. »Ich weiß eine Menge über die Paradoxe der Zeit. Unsere Vorfahren studierten ihre Wirbel und Wendungen in den Sternhaufen. Wir vermochten diese Kenntnisse nicht zu nutzen, hüten sie aber wie ein Heiligtum. Euch werden sie zustatten kommen.«

»Und deine Freunde, Oan? Können sie dich entbehren?«

»Dies ist zugleich eine Bitte meiner Freunde. Sie haben mir geraten, mich euch anzuschließen.«

Ich überlegte nicht lange. »Steig ins Planetenflugzeug, Oan. Du sollst auf der ›Steinbock‹ mit mir sein.«

7

Anfangs schien alles leicht. Wir konnten Planeten vernichten, wenn es notwendig war. Den Aranen ein Stückchen sauberen Himmels zu schenken war einfacher. Jedes unserer Sternenflugzeuge war geeignet, die Rolle eines kosmischen Reinigers zu spielen. Wir hätten auch das ganze Geschwader zur Beseitigung des Staubs im Sternhaufen der Untergehenden Welten einsetzen können. Gerade dies forderte Kamagin, der sich mit Kleinigkeiten nicht zufriedengibt. Er fand keine Unterstützung. Wir strebten bescheidenere Resultate an. Es war beschlossen, den Raum rings um das Dreifachgestirn zu reinigen und weiterzufliegen. Wir hatten nicht vor, uns mit eigenen Augen die staubfreien Weiten am Tageshimmel der Arania anzusehen. »Wir betrauen eins der Fracht-Sternenflugzeuge mit der automatischen Säuberung und hissen die Segel«, sagte Oleg. »Wenn wir auf dem Rückweg durch diesen Haufen kommen, nehmen wir den galaktischen Frachter im Geschwader wieder auf.«

Ich bin auch jetzt der Meinung, daß der Plan gut war. Und wenn er nicht gelang, dann nicht durch unsere Schuld.

Der kosmische Reiniger hieß »Rammbock«. Schon der imponierende Name flößte die Gewißheit ein, daß er seine Aufgabe schaffen würde. Kamagin und Ellon überprüften die Anlagen – die Automaten arbeiteten einwandfrei. Die »Rammbock« besaß eine leistungsstarke, präzise, beinahe momentan wirkende Schiffsmaschine. Mit ihr waren alle theoretisch möglichen Varianten von Störungen und Hemmnissen durchgespielt worden, und das automatische Gehirn hatte sie mühelos gemeistert. Ich betone: die möglichen Varianten. Leider kam es niemandem in den Sinn, die theoretisch unmöglichen zu prüfen, und gerade durch solch eine fiel es aus. Allerdings waren wir vernünftig genug, Überraschungen nicht auszuschließen. Zuviel Ungewöhnliches war uns in den Untergehenden Welten begegnet, als daß wir hoffen durften, die Operation werde absolut glatt verlaufen. Und wir rechneten mit unbekannten, mächtigen Kräften. Einstweilen behelligten sie uns nicht, aber wir hatten keine Garantie, daß es auch weiterhin so sein würde. Unser Fehler rührte allein aus der Zuversicht her, daß jeglicher Widerstand auf Naturgesetzen beruht, das heißt, im Rahmen der Logik liegen würde. Der Widerstand, auf den wir stießen, beruhte tatsächlich auf Naturgesetzen, bewegte sich jedoch außerhalb unserer Logik.

Alles geschah programmgemäß. Es gab keinen Fehler, nicht einmal die geringste Ungenauigkeit! Die »Rammbock« wurde zu einem Trabanten des Dreifachsterns, zu seinem nächsten und winzigsten Planeten. Und dann setzte die Schiffsmaschine die Stoffannihilatoren in Gang. Die »Rammbock« beschrieb Ellipsen um die Drei Staubigen Sonnen, und hinter ihr breitete sich eine Schleppe neugeschaffenen Raums, der so sauber war, daß die rötlichen Sonnen nun silbrigblau strahlten, wie es der Wirklichkeit entsprach. Die »Rammbock« vollführte Kehre um Kehre um das dreiäugig lohende Zentrum, sich allmählich von ihm entfernend, und zwischen ihr und den Sonnen erglänzten die Weiten. Ein paar Dutzend irdische Jahre solchen Kreisens des Sternenflugzeugs, und die jubelnden Aranen würden, wenn auch nicht die hellen nächtlichen Sterne – die blieben nach wie vor trübe rot –, so doch die leuchtenden Tagesgestirne sehen, die Leben spendeten, nicht vernichteten. Wenigstens ein Winkel in der Ansammlung der Untergehenden Welten würde es verdienen, »wiederbelebte Welt« genannt zu werden!

Ich begab mich zum Drachen hinunter. Auf seiner Tatze saß Romero, zu Füßen Romeros lag Mizar. Der kluge Hund hatte Lussins Tod noch nicht verwunden. Er mied uns. Wahrscheinlich meinte er, wir hätten nicht zulassen dürfen, daß sein Freund und Lehrer ums Leben kam. Doch weder durch Knurren noch durch einen vagen Gedanken an der Grenze der Möglichkeiten des Dechiffriergeräts hätte er es sich erlaubt, uns einen Vorwurf zu machen. Aber er gesellte sich nur noch zu dem Drachen. Der war nicht auf Arania gewesen und konnte die Katastrophe nicht mit verschuldet haben.

»Alles geht gut, Vagabund«, sagte ich.

»Zu gut, um gut zu sein«, erwiderte der Drachen.

»Mir ist das unverständlich – nicht gut, weil es zu gut ist. Verstehst du das, Mizar?« Ich streichelte den Hund. »Zwar hat dein Lehrer den Kurs Integralrechnung mit dir nun nicht beendet, aber er versicherte stets, daß du mit der Logik besser zupacken könntest als mit den Zähnen und daß du außerdem Talent zu einem echten Realisten hättest. Wir Menschen haben Angst vor Phantomen, du ignorierst sie verächtlich, denn sie gleichen nur den Lebenden, ohne die Wärme und den Geruch eines lebenden Körpers zu haben, nicht wahr? Widerlege den Drachen, Mizar! Vagabund ist dem Skeptizismus verfallen.«

»Alle meine Gedanken gelten Lussin. Nach eurer Art vermag ich nicht mehr zu urteilen«, knurrte Mizar traurig.

Romero und ich gingen in den Observationssaal. Die »Rammbock« ließ sich vortrefflich beobachten. Elegant war ihr ungestümer Flug im gelben Staub, der den Dreifachstern umhüllte –, der von ihr geschaffene saubere Raum glich einem Tunnel, der sich bewegte und unaufhörlich erweiterte. Romero bemerkte als erster, daß mit der »Rammbock« etwas nicht stimmte, die Schiffsmaschine meldete es eine Sekunde später. Das Sternenflugzeug warf sich plötzlich hin und her, einer Eidechse ähnlich, der man den Kopf abgerissen hat. Der Körper windet sich noch krampfhaft, scheint voller Energie. Dann erstarb es. Die Annihilatoren hörten auf, Staub zu schöpfen, die sich erweiternden Kreise verwandelten sich in eine tote Keplersche Ellipse. Das war kein mächtiges kosmisches Schiff mehr, das die Struktur des Raumes beliebig veränderte. Das war ein Gefangener des Raums, ein Asteroid, ein lebloses kosmisches Stück Materie – ein winziger Planet, urteilt man nach den Maßstäben des Kosmos.

Oleg rief mich zu sich. Auf der »Rammbock« streikten nicht nur die Annihilatoren, sondern auch die Nachrichtengeräte. Sie reagierten nicht auf die Rufzeichen. Dennoch setzte ihr denkendes Zentrum die Arbeit fort, ihre Schiffsmaschine generierte schwache Signale, die jedoch so chaotisch waren, daß sie nicht entschlüsselt werden konnten.

»Wir müssen einen Schlepper hinschicken«, sagte Oleg düster. »Aber wie kommen wir in die ›Rammbock‹ hinein? Äußerlich wirkt sie unbeschädigt, man wird Löcher in den Rumpf schneiden müssen, falls wir das Tor nicht öffnen können.«

Die »Widder« war der »Rammbock« am nächsten. Oleg befahl Petri, das Schiff, das keine Fahrt mehr machte, zu holen. Bald darauf näherten sich beide der »Steinbock«. Die »Rammbock«, die sich in ein Stück kosmischen Stoffes verwandelt hatte, betrug sich entsprechend, gehorsam bewegte sie sich in den Zangen der bugsierenden Felder, fügte sich all ihren Impulsen. Wäre sie kleiner gewesen, hätten wir sie auf den Anlegeplatz gebracht. So wurde eine Reparaturkabine an ihr befestigt, und man schnitt einen Einstieg in den Rumpf. Petri selbst schaffte die demontierte Schiffsmaschine auf die »Steinbock«, allem Anschein nach war sie unversehrt, kein einziger Kontakt war entzwei, nirgends hatte sie eine Schramme, und das Herz der Maschine – ein großer Neptunian – funkelte und glänzte so tiefgrün wie vorher. Ein prächtiger Kristall, einer der besten, die ich je sah.

»Die Schiffsmaschine funktioniert«, sagte Petri. »Sie plappert aber Unsinn, redet ins Blaue hinein, quatscht ... Ich weiß nicht, wie ich das ausdrücken soll ...«

Die Schiffsmaschine wurde auf einen Prüfstand montiert. Ellon und Irina kontrollierten ihr Gehirn. Ich stand abseits, um nicht zu stören.

Ich erwähnte schon, daß Ellon schwer in Erstaunen zu versetzen ist, und wenn es doch einmal geschieht, dann tut er alles, um es zu verbergen. Diesmal versuchte er es gar nicht.

»Admiral, ich bin überrascht«, sagte er. »Die Felder, die die Schiffsmaschine vor äußeren Impulsen schützen, sind nicht durchschlagen, nicht deformiert, nicht einmal angekratzt. Sie ist von selbst kaputtgegangen. Die Störungen haben sich innerhalb der Schaltung ergeben, innerhalb, Admiral, äußere Kräfte schließe ich aus. Aber auch innerhalb sind keine Schäden festzustellen. So etwas Merkwürdiges ist mir noch nie begegnet. Ich werde jedes Schaltungsteil einzeln prüfen.«

»Ja, tun Sie das«, sagte ich und ging zu dem Drachen. Vagabund vertrieb sich mit Mizar die Zeit. Er brannte vor Verlangen, Neuigkeiten zu erfahren.

»Vagabund«, sagte ich, »du kennst die Natur des Raumes besser als wir. Hör aufmerksam zu. Auf der ›Rammbock‹ ist die Schiffsmaschine ausgefallen. Weder äußere Kräfte haben auf sie eingewirkt noch innere. Mit anderen Worten: Im Raum, den sie zusammen mit dem Schiff durcheilte, ist nichts geschehen. Verstehst du, Vagabund? Es kann doch nicht der Raum selbst auf das Schiffsgehirn eingewirkt haben? Es kann doch wohl nicht der stets passive Raum, der Träger von Feldern, Wellen und Teilchen, plötzlich aktiv geworden sein?«

»Deine Frage vermag ich nicht zu beantworten«, bekannte der Drachen. »Ich hatte nur mit dem passiven Raum zu tun, der sich meinem Willen fügte. Ich rollte ihn zusammen und bog ihn gerade, ich verdichtete und verdünnte ihn. Er ist fähig, eigene Wellen zu erzeugen, die ihr Raumwellen nennt; man kann ihn in stoffliche Materie verwandeln, die sich in Raum umbilden läßt. So weit, so gut. Und dennoch ist der Raum passiv. Er kann nicht anders auf die Körper einwirken als mittels der in ihm entstehenden Kräfte.«

»Das ist auch meine Meinung. Und das ist wichtig für die Zukunft. Wir wollen nun mit Oan beraten. Der zwölfbeinige Denker ist tiefer als wir in die Geheimnisse der hiesigen Welt eingedrungen, mag er uns aufklären.«

Oan erschien mit Orlan und Grazi. Der Demiurg und der Galakt hatten ebenfalls das Bedürfnis, sich mit dem Aranen zu beraten. Ehe ich meine erste Frage gestellt hatte, kamen Ellon und Oleg. Ellon zeigte das Diagramm der Kontrollen, denen die Schiffsmaschine unterzogen worden war.

»Admiral, ich verbürge mich, daß du so etwas noch nicht gesehen hast! Die Schiffsmaschine der ›Rammbock‹ verwechselt die Handlungsfolge. Sie ist nicht physikalisch, sondern logisch defekt. Sie vertauscht Ursache und Folge. Die Folge rangiert bei ihr vor der Ursache. Überzeuge dich selbst.«

Bedrückt betrachtete ich das Diagramm. Ich hatte diese überaus komplizierten Mechanismen nicht eingerichtet, die Schaltung ihres einfachsten Bereichs war für mich ein Buch mit sieben Siegeln.

Aber soviel wußte ich: Die Folge konnte nicht vor der Ursache auftreten. Regen fällt nicht, bevor sich Wolken sammeln. Ein Kind wird nicht geboren, bevor sich seine Eltern treffen. Die Beule an der Stirn schwillt nicht vor dem Schlag. Doch hier war es so. Hier fiel der Regen ohne Wolken, das Kind gab es ohne Vater und Mutter, die Beule an der Stirn schwoll vor dem Schlag. Ellon sandte von außen einen Impuls in die Schiffsmaschine, und sie antwortete mit einem Kettenschluß – so ging das real vor sich. Doch das Bild, das sie registrierte, war anders. Zuerst schloß sie die Ketten, dann empfing sie den Impuls von außen. Es war ein Wunder, daß die übergeschnappte Maschine das Schiff nicht gesprengt hatte. Die Laderäume des galaktischen Frachters enthielten genügend Aktivstoff, bei einem falschen Kommando konnte sich das alles in gezündeten Sprengstoff verwandeln.

Ich fragte Oan: »Verstehst du irgend etwas? Kannst du diesen Teufelsspuk erklären?«

»Das ist kein Teufelsspuk«, antwortete er jedem in Gedanken. »Eure Maschine ist erkrankt. Sie hat Zeitkrebs.«

»Ist krank? Hat Zeitkrebs?«

»Ja, krank. In der Maschine ist die Zeit explodiert. Die einen ihrer Zellen sind in der Vergangenheit, die anderen in der Gegenwart, die dritten wurden in die Zukunft getragen. Sie vermag keinerlei Programm zu erfüllen. Zeitkrebs ist die schwerste Krankheit unserer Welt.«

»Kann die Krankheit auch uns befallen?« fragte Orlan. Er zog den Kopf so tief zwischen die Schultern, daß nur die Augen hervorsahen.

»Sie befällt uns auch, wenn die Grausamen Götter das wünschen«, prophezeite Oan voller Gewißheit. »Deshalb hatte ich ja versucht, einen Ausweg in eine andere, nicht hiesige Zeit zu finden. Ihr seid mächtig, vielleicht habt ihr mehr Glück als wir. Und wenn ihr euch nicht in die Anderszeit retten wollt, solltet ihr besser von hier weggehen. Die Grausamen Götter haben euch lange nicht bemerkt. Jetzt blicken sie auf euch. Sie haben einen bösen Blick.«

Während er davon sprach, daß die Grausamen Götter ihren bösen Blick nun doch auf uns geheftet hätten, betrachtete ich ihn – zum wievielten Male schon. Und plötzlich war mir, als hätte ich ihn sonst noch nie gesehen. Wahrscheinlich hatte ich mich bisher zuwenig mit seinem Äußeren befaßt. Oan schwankte sacht auf den zwölf starken, schnellen Beinen, die jeweils acht Gelenke hatten. Über dem mit harter Haut gepanzerten Rumpf ragte ein kleiner Kopf mit seltsamen Haaren, halb Schlangen, halb Arme; damit vermochte er nicht nur zu greifen, sondern auch zu reißen und zu saugen. Die beiden unteren Augen schauten uns an, schauten nur, nahmen auf, gewöhnliche Augen, dunkel umflort, solche, wie ich, wie Trub, wie der Drachen, sogar wie Orlan und Grazi sie hatten. Doch das dritte Auge darüber schaute nicht, sondern durchbohrte mit tiefem Leuchten, es strahlte, ohne fremde Strahlen aufzunehmen, mit ihm flößte er uns seine Gedanken ein, und ich duckte mich unwillkürlich, so bedrohlich waren seine Gedanken! Oan hatte einen bösen Blick ...

8

Hätte ich den Wunsch, der uns beherrschte, kurz und bündig ausdrücken sollen, so hätte ich nur gesagt: »Ein Stückchen sauberen Himmels!« Unsichtbare Gegner verwehrten uns, den interplanetaren Raum zu säubern, und wir waren bereit, uns jedem Gegner zu stellen. Der plötzliche Widerstand hatte Kampfeslust geweckt. Sie liegt jedem im Blut. Unsere Vorfahren waren Gotteskämpfer gewesen, Befreier, Verteidiger ihrer Ehre und Würde – wir wollten nicht feigherziger sein als sie.

Oleg befahl die Kapitäne auf die »Steinbock« und suchte mich auf, um sich mit mir zu beraten.

»Eli, eins der bemerkenswertesten Ereignisse deiner ersten Fahrt zum Perseus war die Vernichtung des Goldenen Planeten, die Olga Trondike entschlossen und meisterhaft vollzog. Ich habe die Absicht, ungefähr das gleiche vorzuschlagen.«

Ich bat um Erläuterungen. Er gab sie. Olga hatte, da sie den Goldenen Planeten sprengte, ein riesiges Volumen neuen Raums geschaffen und durch ihn das in einen Hinterhalt geratene Sternenflugzeug hinausgeführt. In dem neugeschaffenen Raum gab es keinen Staub, die raubgierigen Kraftfelder der Zerstörer durchdrangen ihn nicht, das Spinngewebe der Nichteuklidheit vermochte ihn nicht sogleich zuzuziehen. Die Zerstörer hätten sich mächtig anstrengen müssen, bis dieser freie Raum der Gewaltstruktur ihrer kleinen Welt angepaßt war. Im Haufen der Untergehenden Welten herrschten Wesen, die offensichtlich mächtiger als seinerzeit die Zerstörer waren. Aus irgendeinem Grunde ließen sie die Sterne zerstäuben. Offenen Widerstand durchkreuzten sie. Ob man sie nicht hinters Licht führen konnte? Sie vor eine vollendete Tatsache stellte? Durch Explosion neuen Raum schuf? Unsere Kräfte reichten nicht aus, um im bestehenden Raum gegen die Ramiren – wollen wir sie einstweilen so nennen – zu kämpfen. Aber um sich den neuen Raum untertan zu machen, brauchten sie eine Weile – Jahrhunderte oder Jahrtausende nach irdischer Rechnung. Während dieser Zeit würde man auf Arania die hellen Tagesweiten sehen, würden wenigstens ein paar Generationen Aranen das verheißene Stückchen klaren Himmels haben.

»Das Schwierigste an deinem Plan ist die Geheimhaltung vor den Ramiren«, sagte ich.

Oleg bestätigte, daß man eine sichere Tarnungsmethode finden müsse. Der Plan gefiel den Schiffskapitänen. Die »Raumfresser« hatte einen Planeten annihiliert, unsere modernen Sternenflugzeuge waren leistungsfähiger. Und noch einfacher war es, einen kosmischen Körper für die Annihilierung zu bekommen. Ungefähr ein Dutzend lebloser Planeten umkreiste die Drei Staubigen Sonnen. Nur das Problem der Tarnung rief Streit hervor. Die Ramiren konnten, sofern sie die Grausamen Götter waren, die Vernichtung des Planeten in dem Augenblick leicht verhindern, da sich das Sternenflugzeug mit eingeschalteten Kampfannihilatoren auf ihn stürzte. Ein direkter Schlag, wie ihn Olga gegen den Goldenen Planeten gerichtet hatte, würde in den Untergehenden Welten schwerlich gelingen.

»Laßt uns in zwei Stufen operieren«, sagte Olga. »Wenn sich die Grausamen Götter auch der Vernichtung eines ganzen Planeten widersetzen, so wird die Annihilierung eines Sternenflugzeugs sie kaum empören, es entsteht ja nicht viel freier Raum dabei. Aber dieser Raum ist eine Zeitlang ihrer Macht entzogen. Und das Sternenflugzeug, das den Hauptschlag führt, kann ihn als tarnenden Tunnel benutzen.«

Kamagin bat, seine »Schlangenträger« zur tarnenden Annihilation zu bestimmen. Aber ihm wurde der Schutz des für den Hauptschlag vorgesehenen Sternenflugzeugs übertragen. Da wurde nicht Vorsicht gebraucht, sondern Entschlossenheit und Schnelligkeit – und in der Hinsicht war Kamagin unübertroffen.

»Ihre ›Stier‹ wird die tarnende Annihilation vornehmen«, sagte Oleg zu dem kaltblütigen Petri. »Keiner eignet sich besser als Sie für eine solche Operation. Den Hauptschlag bitte ich die ›Widder‹ zu führen. Olga ist die einzige unter uns, die Erfahrung beim Annihilieren von Planeten hat.«

Olga erwiderte: »Ich bin einverstanden, stelle jedoch eine Bedingung.« Sie wandte sich mir zu. »Eli, beim Angriff auf den Goldenen Planeten saßest du im Kommandeurssessel neben mir. Deine Anwesenheit verlieh mir Entschlossenheit. Ich möchte, daß du für die Zeit der Operation auf die ›Widder‹ übersiedelst.«

»Hast du vor, mich erneut halbtot zu machen, damit mein entsetzliches Aussehen dich inspiriert?«

Wir lachten vergnügt.

Nach der Beratung kam Olga zu uns. Mary wußte schon, daß ich die »Steinbock« für eine Weile verließ. Vielleicht mißfiel ihr das, jedenfalls äußerte sie ihre Unzufriedenheit nicht.

»Ich hoffe, du bist nicht eifersüchtig, wenn ich deinen Mann für ein paar Tage zu mir nehme?« sagte Olga so ernst und bewegt, daß Mary lächelte.

»Eifersüchtig bin ich nur auf ihn selbst, Olga. Denn der einzige Mensch, der mir meinen Eli unverfroren wegnimmt, ist Eli ... Du kannst mir weder schaden noch helfen.«

Mary umarmte mich fest, und ich verließ die »Steinbock«.

Einen geeigneten kleinen Planeten hatten wir bald gefunden. Die einzige Schwierigkeit bestand darin, daß seine Bahn genau hinter der Bahn der Arania lag, annihilieren wollten wir aber zwischen der Arania und dem Dreifachstern. Andererseits hatte Grazi festgestellt, daß es niemals Leben auf ihm gegeben hatte und auch in Zukunft die Entstehung jeglicher Form von Leben ausgeschlossen war; mit solch einem Bastard brauchte man keine Umstände zu machen.

Den feindlichen äußeren Kräften schien eine Veränderung der Planetenbahnen gleichgültig zu sein. Drei Lastensternenflugzeuge, die entsprechend programmiert waren, zogen den Planeten hinter sich her. Er löste sich von seiner Bahn und glitt entlang der steilen Spiralenwindung in den Raum zwischen der Arania und den Drei Staubigen Sonnen.

Ich saß im Sessel neben Olga. Sie bereitete sich auf die zweite Etappe der Operation vor, ich war im Anblick des Kosmos versunken. Ringsum herrschten Ruhe und Frieden, das war erfreulich und beunruhigend zugleich. Die »Schlangenträger«, die »Stier« und die »Steinbock«, deren Lichter nur im Vervielfacher erkennbar waren, hielten sich abseits, damit sie nicht in den Brennpunkt plötzlichen Widerstands gerieten. Die Bahnänderung befehligte Ellon, er saß im Kommandeurssaal neben Oleg. Seinerzeit hatte er uns geholfen, den Räuberplaneten zum Teufel zu jagen, jetzt leitete er einen anderen Planeten entlang genauso einer Gravitationsschnecke sehr gleichmäßig und sicher auf eine neue Bahn, wo ihn der Untergang erwartete. In der Schnecke schraubten sich – eigentlich wurde sie von ihnen geschaffen – die drei automatischen Schiffe, die im Vergleich zu der ihnen folgenden Beute winzig waren.

»Die Explosionsbahn ist erreicht, Eli«, sagte Olga. »Petri geht auf direkte Annihilationsdistanz. Bald sind wir an der Reihe, in den freien Tunnel auszubrechen.«

Wir kamen nicht an die Reihe. An die Reihe kamen die feindlichen Kräfte. Das Grauen, das sich vor meinen Augen abspielte, wird mein Gedächtnis bewahren, solange ich lebe.

Der Planet befand sich jetzt auf seiner neuen Bahn, genau zwischen den Drei Sonnen und der Arania. Die Gravitationsschnecke hatte er verlassen. Vor ihm waren die drei automatischen Sternenflugzeuge, hinter ihm die übrigen galaktischen Frachter. Das zur Annihilation verurteilte Schiff jagte neben dem Planeten einher. Die »Widder« hatte auf der Linie zwischen der Arania und den Drei Sonnen Invasionsdistanz bezogen. Die »Stier« näherte sich von der Seite. Sie sollte einen blitzschnellen Schlag gegen das verurteilte Sternenflugzeug führen, ebenso blitzschnell die Annihilatoren ausschalten und in dem Wirbel neugeschaffenen Raums zurückfliegen, während wir auf der »Widder«, gegen Einwirkungen von außen abgeschirmt, ins Zentrum des Sturmes vordrangen – auf gerader Linie zum Planeten. So war der Plan. Als ich im Vervielfacher die fliegende »Stier« sah, sah ich – in Gedanken natürlich – auch Petri. Der ruhige Kapitän der »Stier« betrachtete das auf dem Bildschirm größer werdende verurteilte Sternenflugzeug, er hob die Hand und würde sie in der nächsten Sekunde mit dem Ruf »Feuer« sinken lassen. Aber nicht er feuerte.

Es war derselbe Strahl, der verfluchte Strahl, der den Roten Stern zerfetzt hatte. Diesmal war er kleiner und dehnte sich nicht wie ein verderbenbringendes leuchtendes Rohr durch den ganzen sichtbaren Raum, sondern schoß aus der rauchigen Ferne hervor und verschwand. Und er fuhr nicht in den Planeten, nicht in die schleppenden Sternenflugzeuge vor ihm, nicht in die begleitenden hinter ihm, auch nicht in das zum Öffnen des kosmischen Tores bestimmte Schiff neben ihm, sondern genau in die »Stier«!

Eine Explosion, ein rasender Feuerball, ein Wölkchen glühenden Staubs – das war's, was wir an der Stelle sahen, wo eben ein drohendes Schiff geflogen war, ausgerüstet mit vollkommenen Maschinen, bemannt mit Menschen und Demiurgen. Es gab kein Schiff mehr, es gab keine Menschen mehr, es gab keine Demiurgen mehr – nicht einmal Leichen waren übriggeblieben! Es gab nur Staub, leuchtenden, sich ausbreitenden, erlöschenden Staub. Und dann beobachteten wir noch, wie die Sternenflugzeuge davor und dahinter die streng berechneten Bahnen wechselten, aufeinanderprallten und sich zu einem einzigen lodernden Haufen vermengten. Explosion um Explosion bezeichnete das Ende der Schiffe. Und wir konnten ihnen nicht helfen, wir mußten zugrunde gehen wie sie, wie zuvor unsere Freunde auf der »Stier« zugrunde gegangen waren. Ich preßte das Gesicht an den Vervielfacher. Zum lodernden Gemisch der Schiffe hin stürzte, steuerungslos, die »Steinbock«. Ich biß mir die Hand blutig, brüllte vor Wut und Verzweiflung. Ich konnte, wollte ihren Untergang nicht sehen, es trieb mich vom Vervielfacher fort. Ich bezwang mich, denn ich mußte sehen, mußte alles sehen, um zu begreifen, was geschah. Und um an den Schuldigen der Katastrophe schreckliche Rache zu üben, falls ich am Leben blieb!

Wie durch ein Wunder schwenkte die »Steinbock« plötzlich ab und jagte ins staubige Dunkel davon. Die »Schlangenträger« hatte den Kurs schon eher gewechselt und flog auf einer stetigen Kurve um das Epizentrum der Katastrophe.

Erschöpft lehnte ich mich im Sessel zurück. Und erst da bemerkte ich, daß Olga mich verzweifelt rüttelte

»Eli! Eli! Komm zu dir!« flehte sie. »Unsere Schiffsmaschine streikt, ich kann den Triebwerken keinen einzigen Befehl übermitteln! Wir rasen auf die Frachter zu!«

Ich weiß nicht, wie schnell mir Olgas verzweifelter Ruf bewußt wurde. Wahrscheinlich ernüchterte mich ihr vor Entsetzen verzerrtes Gesicht, ich hatte bisher nicht vermutet, daß sie fähig sei, Entsetzen zu empfinden. Nun hatten sich die Umstände so gefügt, daß ihre unwandelbare vernünftige Ruhe wie fortgefegt war. Und ich begriff in diesem ersten Augenblick des wiederkehrenden Bewußtseins, daß ihr blindes Entsetzen nicht auswuchern durfte. Was mit dem Schiff auch geschah, der Kommandant war verpflichtet, einen klaren Kopf zu behalten, sonst stand es vollends schlecht um uns.

»Keine Panik!« schrie ich. »Gehen wir auf Handsteuerung über!«

Aber wir konnten auf gar nichts übergehen – die Handsteuerung funktionierte ebensowenig wie die automatischen Systeme. Ich starrte, als hätte ich hundert Augen, auf die Handsteuerungstafel neben meinem Kommandeursessel, griff, als hätte ich hundert Finger, nach den Knöpfen und Hebeln – nichts war intakt! Und plötzlich fiel mir ein, daß es eine Kette gab, die man nicht abschalten, nicht blockieren konnte, die als einzige keinem gedachten Befehl, sondern nur einer mechanischen Schlüsseldrehung gehorchte – die Kette eines Systems von Ladungen, die das Schiff sprengten. Das war meine Kette, in der Schule hatte ich sie berechnet, einst kannte ich jeden ihrer Kontakte, jede Leitungsverbindung. Sie war nur dazu bestimmt, das Schiff in einer außergewöhnlichen Situation von innen her zu vernichten. Das war eine Kette der Verzweiflung, nicht der Hoffnung. Nur sie konnte uns jetzt retten.

»Der Schlüssel!« brüllte ich und packte Olgas Hand. »Der Schlüssel zu den Sprengkammern!«

Sie prallte zurück. Ihr ohnehin angstbleiches Gesicht wurde kreideweiß. »Vielleicht geht es gut ab!« stammelte sie. »Eli, Eli, ich habe noch Hoffnung …«

Ich hätte sie erwürgen können. Es gab keine Hoffnung. Wir jagten genau auf die Schutthalde der Sternenflugzeuge zu.

»Närrin! Ich denke nicht an Selbstmord! Gib den Schlüssel, Olga!«

Zitternd knöpfte sie sich die Jacke auf. Der Schlüssel hing ihr auf der Brust. Ihre ungelenken Finger konnten das Kettchen nicht lösen. Ich zerriß es und hatte den Schlüssel. Ich stürzte zu der abseits stehenden Tafel. Sie besaß nur eine versiegelte Öffnung. Niemand hatte das Recht, das Siegel zu entfernen. Ich riß es ab, führte den Schlüssel ein und drehte ihn vorsichtig. Ruhig, hörst du, ruhig! rief ich mir in Gedanken zu. Ein Drittel der Umdrehung, der erste Kontakt, ein Fehler ist nicht zu korrigieren!

Eine schwere Explosion erschütterte das Schiff. Der rechte hintere Teil, derselbe, wo unsere drohenden Kampfannihilatoren eingebaut waren, hörte auf zu existieren. Eine mächtige Sternenfestung hörte auf zu existieren, die in der Lage gewesen war, Planeten zu zerstören und feindliche Flotten zu zerstreuen. Aber das Sternenflugzeug selbst lebte, obwohl es seine Bewaffnung eingebüßt hatte. Der schreckliche Stoß hatte es nach links abgetrieben, und es jagte, das verderbliche Feuer meidend, seitwärts fort – und das geschah möglicherweise in der letzten Sekunde, die uns zur Rettung verblieben war.

Olga schrie auf und fiel in den Sessel.

Eine Weile schwiegen wir. In den Kommandeurssaal drangen die Geräusche des Schiffes nicht, doch in allen Räumen und Korridoren liefen Menschen und Sternenfreunde verwirrt umher. Sowohl das Grauen vor dem unvermeidlichen Untergang als auch die Freude über die unerwartete Rettung waren ihnen vollauf zuteil geworden. Ich weiß nur nicht, was die Nerven stärker belastete – die Todesfurcht oder die Befreiung davon.

Olga sagte mit schwacher Stimme: »Ach, Eli, solch eine Katastrophe! Ich begreife nichts! Was ist das für eine Kraft, die unsere gegen Fremdeinwirkung geschützten Schiffsmaschinen blockieren konnte? Warum schweigst du, Eli? Ich hab Angst, sprich doch, ich begreife ja nichts!«

Ich sagte möglichst ruhig: »Ich habe geschwiegen, weil ich alles begreife. Die Ramiren haben uns den Krieg erklärt. Sie haben Allans Geschwader und deinen Mann ausgelöscht, Olga. Jetzt sind wir an der Reihe.«

Sie schaute mich groß an, beinahe wie von Sinnen. »Ich bin es gewohnt, dir zu glauben, Eli, deine Worte habe ich nie bezweifelt. Aber sie konnten doch nicht wissen, daß ausgerechnet Petri die Operation beginnt, nicht ich, nicht Kamagin, nicht Oshima, sondern Petri! Das wußten nur wir auf den Schiffen. Dennoch haben die Ramiren allein Petri angegriffen!«

»Wir haben auch etwas abbekommen. Vergiß nicht, daß unsere Schiffsmaschinen blockiert sind«, entgegnete ich finster. »Und die Frage, wie sie unsere Pläne erfahren konnten, ist einfach zu beantworten. Ein Kundschafter hat sich bei uns eingeschlichen!«

»Sagtest du Kundschafter, Eli?«

»Mißfällt dir das Wort? Dann sagen wir Spion, Späher, Aufklärer, Lauscher, Spitzel, Verräter oder Geheimagent – nimm, welches du willst! Und er befindet sich auf dem Flaggschiff. Auf der ›Steinbock‹, Olga!«

DRITTER TEIL

Das zerrissene Band der Zeit

I

An Wiederherstellung war nicht zu denken. Im Schiffsrumpf klaffte eine riesige Wunde. Die Konstrukteure hatten alles getan, damit ein möglicher Gegner die Annihilatoren nicht in seine Gewalt brachte, ja nicht einmal erraten konnte, was für Maschinen sich im rechten Heck des Sternenflugzeugs befanden.

Nach der Besichtigung der Zerstörungen bekannte Olga: »Ich wäre nicht darauf gekommen, daß sich die Bahn des Schiffes auf diese Weise korrigieren läßt. Vernichtung der Annihilatoren ... Eine völlig unzulässige Abwehrvariante ... Ich trug den Schlüssel wie eine Berlocke oder ein Medaillon. Wieso ist er dir eingefallen, Eli?«

»Wahrscheinlich deshalb, weil ich in den letzten Tagen nur Unzulässiges denke«, sagte ich. »Meine Gedanken sind allein von Unwahrscheinlichkeiten in Anspruch genommen. Außerdem habe ich mich in der Gefangenschaft, nachdem wir Orlan die ›Bootes‹ unbeschädigt ausgeliefert hatten, erinnert, daß es noch einen Ausweg gegeben hätte – die Vernichtung der Annihilatoren.«

»Zum Glück konntet ihr euch damals auf eine Verwirrung der Schiffsmaschinen-Schaltung beschränken.«

»Was heute offenbar die Feinde für uns erledigt haben«, sagte ich voll Bitterkeit.

Inzwischen war klargeworden, daß auch die Schiffsmaschine vorläufig nicht wiederherzustellen war. Äußerlich wirkte sie genauso unbeschädigt wie kürzlich die Schiffsmaschine der »Rammbock«. Aber wenn diese, Ursachen und Folgen verwechselnd, schlecht und recht funktioniert hatte, so nahm jene weder Signale entgegen, noch gab sie welche ab. Sie arbeitete einfach nicht.

Es lag eine unfaßbare Kompliziertheit in der Wortverbindung: Arbeitete einfach nicht!

Dafür gelang es, die Handsteuerung in Ordnung zu bringen. Die »Widder« bewegte sich wieder, freilich auf primitive Weise, außerstande, Situationen überschnell zu bewerten und sich rasch im Raum zu orientieren. Sie war nur in dem Maße schnell, präzise und verständig, wie es die diensthabenden Steuerleute waren. Für galaktische Fahrten taugte ein solches Schiff nicht mehr.

Auch die Nachrichtenübermittlung klappte wieder, und von Oleg traf eine Depesche ein. »Was ist mit euch? ›Widder‹! Was ist mit euch? Gebt Bescheid!«

Dann empfingen wir eine Einladung auf das Flaggsternenflugzeug für Olga und mich und eine Information über die Verluste. Drei Viertel des Geschwaders waren untergegangen – die »Stier« und zwölf von den vierzehn galaktischen Frachtern. Auf der »Steinbock« und der »Schlangenträger« waren die Schiffsmaschinen ebenfalls gestört, und die Mechaniker konnten eine schnelle Wiederherstellung nicht garantieren. Olga und ich bestiegen ein Planetenflug zeug.

Auf der »Steinbock« warf sich mir Mary an die Brust. Sie weinte, als wäre ich tot. Ich wischte ihr die Tränen ab und riet ihr, mich anzuschauen. Ich lebte, war rüstig und gesund und gedachte es noch lange zu sein.

»Mir wurde schwarz vor Augen, als ich sah, wohin es die ›Widder‹ trug!« Sie starrte mich an, als glaubte sie immer noch nicht, daß ich leibhaftig vor ihr stand. »Ihr wart dem Epizentrum der Explosion so nah!«

Erst jetzt ging mir ein, was man auf der »Schlangenträger« und der »Steinbock« durchgemacht hatte. Ich hatte um sie gebangt, doch sie hatten mehr Grund gehabt, um uns zu bangen.

Romero sagte mit kummervoller Miene und in dem zitierenden Ton, den er anschlägt, wenn er zu Beispielen der Historie Zuflucht nimmt: »Die ›Stier‹ ist den Feinden zum Opfer gefallen, lieber Admiral. Wir müssen, wie betrüblich es auch ist, zugeben, daß sie mächtiger sind als wir.«

»Ob sie mächtiger sind, weiß ich nicht, aber listiger sind sie, Pawel.«

Zu dem bedrückten Oleg sagte ich: »Die Vergangenheit läßt sich nicht zurückholen, wir wollen an die Zukunft denken. Ich stelle dir eine Frage – beantworte sie mir möglichst genau. Eure Schiffsmaschine setzte zweimal aus, nicht wahr? Sie streikte, arbeitete dann sekundenlang weiter und streikte erneut – nun endgültig. Sehe ich das richtig?«

»Stimmt genau«, sagte er erstaunt. »Welche Schlußfolgerung ziehst du?«

»Eine sehr wichtige«, versicherte ich und verlangte eine Konferenz in kleinem Kreis: die Kapitäne der Sternenflugzeuge, ich, Romero, Grazi, Orlan, Vagabund.

Dann ging ich in den Konservierungsraum. In einem durchsichtigen Sarkophag, ewig unwiederbringlich und ewig unverweslich, lag Lussin, so natürlich, wie schlafend, anzusehen, daß ich nicht nur so einfach dastehen und ihn betrachten konnte. Ich sagte zu ihm: »Lussin, du weißt, ich habe nie Rache geübt. Nicht einmal für meinen Sohn, der auf dem Dritten Planeten ums Leben kam. Er unterlag in einem direkten Kampf mit einem direkten Feind, der in jenem Augenblick stärker war als wir. Nein, ich habe Aster nicht gerächt, du weißt das, Lussin! Du bist gütig, du bist zartfühlend, Lussin, du hättest es mir nicht erlaubt. Aber dich werde ich rächen! Du bist das Opfer von Heimtücke, bist nicht in einem ehrlichen Kampf gefallen. Ich muß dich rächen, Lussin! Auch Petri und die Kameraden von der ›Stier‹! Auch Allan und Leonid! Auch die Aranen – einst ein mächtiges, heute ein jämmerliches Volk, das die Wissenschaften vergessen hat und in Aberglauben versunken ist! Streite nicht, Lussin! Sei über meine Härte nicht empört. Die Feinde lassen uns keine andere Wahl. Es fällt mir schwer, unendlich schwer, Lussin! Aber vergiß nicht: Einen anderen Ausweg haben wir nicht!«

So sprach ich mit ihm, schüttete ihm mein Herz aus, bekannte ihm, was ich selbst Mary nicht bekannt hätte. Und ich verließ den Konservierungsraum zwar nicht beruhigt, aber doch voller Klarheit. Ich hatte die Zweifel abgeschüttelt und wußte, daß ich mir von nun an Rührseligkeit nicht gestatten würde. Unser Weg würde schwer sein, vielleicht lang, ich würde ihn bis zum Ende gehen! Niemand kennt seine Zukunft. Der Weg ist tatsächlich lang, aber er nimmt ein Ende!

Die Konferenz sollte in einem absolut abgeschirmten Raum stattfinden – diese Forderung hatte ich gestellt. Und Oleg hatte keinen besseren als die Behausung des Drachens gefunden, in den anderen abgeschirmten Räumen hätte Vagabund nicht Platz gehabt. Als ich kam, hatten sich die anderen bereits eingefunden. Kamagin und

Oshima teilten mit, was auf der »Schlangenträger« und der »Steinbock« vorgefallen war. Olga fügte ihre Schilderung über die Ereignisse auf der »Widder« hinzu. Ein unbekanntes Feld hatte auf allen Sternenflugzeugen die Schiffsmaschine von den Ausführungsmechanismen abgeschaltet – auf der »Schlangenträger« und der »Widder« einmal, auf der »Steinbock« zweimal. Das kurzfristige nochmalige Einschalten hatte wenige Sekunden gedauert, aber das war ausreichend gewesen, um den Kurs zu ändern und den Untergang zu verhüten. Die Handsteuerung auf der »Widder« und der »Steinbock« hatte sich rasch wiederherstellen lassen, auf der »Schlangenträger« war sie überhaupt nicht blockiert gewesen. Bevor die Schiffsmaschinen nicht repariert waren, konnten die Sternenflugzeuge weder die Fahrt zum Kern fortsetzen noch zur Basis zurückkehren. Die »Widder« hatte so stark gelitten, daß sie nur noch als galaktischer Frachter Verwendung finden konnte. Auf diese Weise waren von dem großen Geschwader nur zwei wenig leistungsfähige Sternenflugzeuge und drei Frachtschiffe übriggeblieben.

Oleg wandte sich an mich: »Die Konferenz ist auf deinen Wunsch einberufen worden, Eli. Du hast versprochen, eine wichtige Mitteilung zu machen. Wir hören, Eli.«

Zunächst stellte ich dem Drachen eine Frage. »Vagabund, vermag sich ein biologisches Gehirn, ein mächtiges Gehirn, sagen wir deins, in die Arbeit einer Schiffsmaschine einzuschalten, aber nicht so, wie wir das tun, indem wir Kommandos erteilen, sondern indem es gewissermaßen die Arbeit aller ihrer Ketten dubliert?«

Der Drachen blickte mich an, ohne sich wie sonst ironisch zu geben. Die Frage war zu ernst, um sie mit Witzchen auszuschmücken. »Du verlangst zuviel von einem gewöhnlichen biologischen Gehirn, Eli. Eine Schiffsmaschine rechnet mit einer Geschwindigkeit von Billionen Kombinationen in der Sekunde, ein biologisches Gehirn ist dazu nicht fähig. Ein biologisches Gehirn ist nicht mathematisch, nicht analytisch, es legt nicht die Anatomie von Situationen bloß, sondern erfaßt sie mehr landschaftlich ... So habe ich auf dem Dritten Planeten gearbeitet.«

»Du sagst, Vagabund: ein gewöhnliches, biologisches Gehirn – und beweist sogleich seine Ungewöhnlichkeit. Aber lassen wir das. Gut, mag es kein biologisches Gehirn sein. Wenn schon ein denkender Mechanismus gleich der Schiffsmaschine geschaffen wurde, so können auch Konstruktionen erscheinen, die sie übertreffen. Und wenn solch eine Konstruktion, solch ein denkender Höchstleistungsmechanismus in unserem Geschwader mit den Schiffsmaschinen im Einklang arbeitete und diese brüsk zu hemmen wünschte, so würde das die Natur der Havarie erklären, nicht wahr?«

Vagabund schwieg. Oleg bemerkte mißtrauisch: »Zunächst muß bewiesen werden, daß sich so ein mächtiges feindliches Gehirn real auf einem der Schiffe befindet.«

»Es befindet sich auf der ›Steinbock‹.«

»Sein Name!« schrie Ellon.

Er ließ den Kopf nicht gerne in die Höhe schnellen, jetzt übertraf er Orlan dabei. Die tiefliegenden Augen des Demiurgen flammten, der riesige Mund krümmte sich raubgierig. Ich wette, Ellon glaubte, ich spiele auf ihn an.

Kalt sagte ich: »Beruhige dich, Ellon. Hätte ich es auf dich gemünzt, wärest du nicht eingeladen worden. Der Spion heißt Oan.«

Ich hielt inne, damit man über meine Behauptung nachdenken konnte. Dann redeten alle gleichzeitig. Oleg verlangte Beweise. Ich bat, mir Fragen zu stellen. Kamagin sagte, man müsse so schnell wie die Schiffsmaschine sein, um im Einklang mit ihr zu arbeiten und jeden ihrer Impulse durch Gegenimpulse zu verfälschen; ein Lebewesen, wie das eben erklärt worden sei, schaffe das nicht; wahrscheinlich gelte es nachzuweisen, daß Oan kein Lebewesen, sondern eine Konstruktion in der Gestalt eines Lebewesens sei. Oshima fügte hinzu, daß die Schiffsmaschine eine beträchtliche Menge spezifischer Energie spezialisierter Felder verbrauche – woher beziehe Oan heimlich derartige Energie? Olga äußerte sich ebenfalls zweifelnd. Der Spion, der sich in die Arbeit der drei Schiffsmaschinen eingemischt hatte, müsse seine Kommandos mit Hilfe irgendwelcher Felder auf die anderen Sternenflugzeuge übertragen. Im Raum seien keine fixiert worden. Er habe doch wohl nicht eine physikalische Wirkung ohne physikalische Felder herbeigeführt! Orlan bemerkte, daß der Spion die Absichten der Astronauten erfassen müsse, ohne bei ihren Gesprächen zugegen zu sein, daß er ihre Gedanken auskundschaften müsse; doch selbst die Demiurgen brächten das nicht fertig, obwohl die Technik des Erspähens und Erlauschens im Zerstörerreich auf der Höhe gewesen sei – das bezweifle sicherlich niemand!

»Und wir sind doch so gut abgeschirmt!« sagte Grazi. »Ich kann mir nicht vorstellen, wie zum Beispiel von hier Informationen hinaussickern könnten. Und unsere anderen Räume sind, obwohl kleiner, nicht schlechter abgeschirmt!«

»Kurzum, er muß etwas Übernatürliches an sich haben«, schloß Oleg.

Ich antwortete allen zugleich: »Was heißt übernatürlich? Unseren Vorfahren wäre die Fähigkeit, Raum zu annihilieren und sich mit Überlichtgeschwindigkeit fortzubewegen, übernatürlich erschienen, doch wir sind gewöhnliche Sterbliche. Ich behaupte eins: Wir sind auf merkwürdige Erscheinungen gestoßen, deren Erklärung vielleicht nicht weniger merkwürdig ist!«

Und ich erinnerte daran, wie wir Oan kennengelernt hatten. Er hatte in irgend so einer Gegenzeit in andere Welten tauchen wollen. Wenn das stimmte, so war es erstaunlich, denn es widerspräche dem, was wir bisher vom Lauf der Zeit im Weltall wußten. Oans Gefährten hatten den Tod gefunden, er allein war unversehrt geblieben. War das nicht abermals erstaunlich? Er hatte ein Sternenflugzeug gestohlen, dessen Konstruktion auch uns unklar war, und es sogar fertiggebracht, sich technisch seiner zu bemächtigen und in den Kosmos auszubrechen. Er hatte einen kollabierenden Stern ausfindig gemacht, sich in ihn gestürzt und sich dann aus der tödlichen Umklammerung gelöst – war die Kette der Erstaunlichkeiten nicht gar zu lang? Und all diese Taten, die das Können und das Wissen der Menschen, der Demiurgen und Galakten übertrafen, waren von dem Vertreter eines halbwilden Volkes vollbracht worden! War das nicht die größte Erstaunlichkeit? Wer war er unter den Seinen? Einer von ihnen oder ein Fremdling? Er hatte angedeutet, daß die Grausamen Götter in Aranengestalt unter den Aranen lebten. Und so einer war er, dieser spinnenförmige Denker und Ingenieur – ein Spion der Ramiren im Lager der Aranen! Seinem Wesen nach war er Kundschafter, nur getarnt durch äußere Wohlanständigkeit.

»Und sobald Oan mit uns Bekanntschaft geschlossen hatte, wechselte er den Beruf eines Spähers bei den Aranen gegen den Beruf eines Spähers bei uns«, fuhr ich fort. »Selbstverständlich konnte er sich nicht in einen Menschen, einen Demiurgen, einen Galakten, Engel oder Drachen transformieren. Wir sind wenige, wir hätten den Betrüger sofort entlarvt. Aber in der bisherigen Gestalt eines Aranen unsere Pläne erkunden, unsere Maschinen außer Gefecht setzen – das konnte er. Und nun will ich beweisen, daß Oan nicht nur ein schmutziger Spion und gefährlicher Diversant ist, sondern auch ein gemeiner Terrorist. Lussins Tod ist keineswegs auf irgendwelche Zufälligkeiten zurückzuführen. Der Schuldige ist er. Seht auf den Bildschirm.«

Ich zeigte den Film von Lussins Ende. Viele Male hatte ich mir den traurigen Streifen in der Einsamkeit angeschaut. Ständig hatte mich die Empfindung gequält, daß ich etwas nicht erfaßte, etwas Wichtiges nicht enträtselte. Und erst als ich nach der Katastrophe mit den Sternenflugzeugen zur »Steinbock« zurückgekehrt war, begriff ich, wo des Rätsels Lösung gesucht werden mußte.

»Ich habe einen Multikanal-Chronometer genommen, Freunde. Die einen Kanäle sind auf unsere individuellen Felder abgestimmt, die anderen suchen unbekannte Felder. Achtet auf den Bildschirm! Hier sind Lussin und der Hüter, der sich in ihn verkrallt hat. Kontrolliert die Konzentration eurer Felder auf Lussin – hohe Gleichzeitigkeit, nicht wahr? Und hier wirft Lussin das Feld ab, mit dem er die angreifenden Beschleuniger zur Strecke brachte, und wird von dem Aranen, der ihn umklammert hat, zum Ofen gezerrt. Hier ruft Lussin erneut das Schutzfeld. Kontrolliert die Zeit, Freunde! Lussin ruft das rettende Feld, eine zehntel Sekunde bevor sich die Ofenkontakte schließen. Diese zehntel Sekunde hätte zur Rettung vollauf genügt! Aber das Feld erscheint nicht, da, da – es bleibt aus! Es ist durch ein fremdes Feld blockiert, ein unerwartetes Feld – unsere Geräte haben es nicht gepeilt, aber es ist vorhanden, es hat unsere Felder gebremst. Der Moment, da das Feld gerufen wird, und der Moment, da seine Wirkung beginnt, sind durch eine zehntel Sekunde getrennt – ein unwahrscheinlich langes Intervall! Und daneben, beachten Sie auch dies, steht Oan, genau eine zehntel Sekunde, genau diese eine zehntel Sekunde steht er regungslos da, und dann macht er eine Bewegung zur Seite – und mit der Genauigkeit bis zu einer Mikrosekunde fällt seine Bewegung mit dem Verschwinden des bremsenden Feldes zusammen. Wer, wenn nicht er, hat das bremsende Feld generiert, das Lussin zugrunde richtete? Durch wen, wenn nicht durch ihn, wurde für eine zehntel Sekunde die unsichtbare Bremse betätigt?«

Herausfordernd musterte ich die Versammelten. Grazi schüttelte den Kopf. »Eli, deine Erwägungen sind eindrucksvoll, entbehren jedoch direkter Beweise. Nicht einmal unsere großartigen

Analysatoren haben Oans Gegenfeld entdeckt, aber nur das könnte als direkter Beweis dienen. Bedenke, daß kein einziger Arane fähig ist, Kraftfelder zu erzeugen.«

»Dann seht euch ein anderes Bild an! Unser auf Lussin konzentriertes Feld hat zugeschlagen – die Aranen wirbeln wie katapultiert über den Platz. Nur einer regt sich nicht – wie eine gußeiserne Statue bei leichtem Wind. Und dieser einzige ist wieder – Oan! Stellen Sie eine ganz einfache Rechnung an: Wieviel muß Oan wiegen, um so, ohne zu schwanken, im Kraftstrom zu verharren?«

»Mindestens hundertfünfzig Tonnen!« rief Olga.

»Hundertfünfzig Tonnen, Freunde! Doch Oan wiegt keine hundert Kilogramm! Ist das nicht überzeugend? Bleibt da noch Raum für Zweifel?«

Erneut trat eine Pause ein.

Dann sagte Romero vorsichtig: »Admiral, Sie zeigen uns, was Lussins Tod verursachte. Aber das Todbringende ist nicht immer der Mörder. Jedenfalls nicht im Sinne eines Verbrechens. Ich würde vorschlagen, mit Oan selbst zu sprechen.«

»Mit Lussins Mörder freundschaftlich sprechen, Pawel? Ihn freundschaftlich befragen?« Ich war empört.

»Wieso freundschaftlich? Wieso befragen? In alten Zeiten gab es für solche Gespräche einen sachlichen Terminus – Verhör. Es fanden hochnotpeinliche und einfache Verhöre statt. Gut wäre es, Oan hochnotpeinlich zu verhören. Und Sie sollten die Rolle eines Untersuchungsführers oder Staatsanwalts übernehmen, während wir, wie bei den damaligen Gerichtsverhandlungen, als Richter, Geschworene, Advokaten sowie auch als Zeugen und Zuschauer agieren.«

»Merkwürdige Bräuche waren das früher bei Ihnen«, sagte Grazi. »Befragungen und Verhöre, hochnotpeinlich und einfach, Richter, Geschworene, Advokaten, Zeugen, Zuschauer ... Sicherlich hatte man eine Vorliebe für Gerichtsveranstaltungen, eine Art Theater wahrscheinlich, für das sich ihre Vorfahren wohl ebenfalls begeisterten?«

»Nun, Theater war das nicht, was die Richter und die Staatsanwälte machten«, versicherte Romero. »Aber die Zuschauer waren auch in den Theatern anzutreffen, besonders dann, wenn die Schauspieler Verbrecher und Staatsanwälte spielten. Das war stets äußerst spannend.«

Romero hätte sich gewiß noch länger über die alten Bräuche ausgelassen, wenn Oleg nicht wieder auf unser Thema zu sprechen gekommen wäre. Gegen ein Verhör Oans konnte ich nichts einwenden. So wurde es für den nächsten Tag angesetzt. Der ungeduldige Kamagin wollte den Aranen unverzüglich rufen, aber dem stimmte ich nicht zu. Wir mußten uns nicht nur psychologisch, sondern auch technisch vorbereiten.

»Und nun zu dem Strahl, der die ›Stier‹ ereilte«, sagte Oleg.

Über den Strahl gab es nichts zu reden, da wir über ihn nichts wußten. Ich wiederholte, was ich schon Olga erklärt hatte: Die Ramiren hatten Krieg angefangen, der Strahl war ihre Vernichtungswaffe, mit der sie auch Allans Geschwader ausgelöscht hatten. Olga bemerkte, daß die unbekannten Gegner die Stärke ihrer Waffe, sofern es sich um eine Waffe handelte, meisterhaft variierten. Die Besatzungen des ersten Geschwaders hatten den Tod gefunden, die Sternenflugzeuge aber waren zur Basis zurückgekehrt, kein einziger der Automaten war von dem programmierten Kurs abgewichen. Mit der »Stier« dagegen war man schonungslos verfahren – sie war völlig eingeäschert worden. Und den Schlag gegen den Roten hatte man noch schonungsloser geführt. Da war praktisch ein kosmisches Gestirn zugrunde gegangen, kein winziges Schiff – nach galaktischen Maßstäben. Man mußte der Wahrheit ins Auge sehen – einer solchen Waffe waren wir schutzlos ausgeliefert.

»Ich will versuchen, beim morgigen Verhör etwas über den Strahl herauszubekommen«, versprach ich. »Wenn wir wissen, wie und wo man ihn generiert, können wir über Abwehrmittel nachdenken.«

»Bleib noch, Admiral«, bat mich Ellon, als ich den Raum nach der Konferenz verlassen wollte. Ich setzte mich, wie ich es meistens tat, auf eine Tatze des Drachens. Ellon sagte, und er verzerrte beängstigend den Mund dabei: »Du hast mich überzeugt. Oan ist ein Abgesandter der Ramiren. Aber ist es nicht leichtsinnig, ihn offen zu verhören? Wenn Oan der ist, wofür wir ihn halten, beantwortet er das Verhör mit einem Gewaltakt gegen uns.«

»Warum hast du das vorhin nicht geäußert, Ellon?«

Er verzerrte den Mund noch mehr. »Ich mag die großen Konferenzen nicht, auf die ihr Menschen so versessen seid. Außerdem habe ich einen persönlichen Grund, unter vier Augen mit dir zu reden. Ich nenne ihn dir dann. Bedenke, Admiral! Das Verhör kann einen neuen Überfall heraufbeschwören. Ich kenne die Todesangst nicht, die bei euch und den Galakten so stark ausgeprägt ist. Wir, die Demiurgen, sind in dieser Hinsicht vollkommener. Aber mir tut Irina leid … Auch du tust mir leid, Admiral.«

Der Spion der Ramiren konnte, wenn er sich entdeckt sah, mit einer Attacke antworten, die Maske fallenlassen, wie Romero den Übergang vom Spionieren zum Kämpfen nennen würde. Aber sollten wir auch weiterhin einen Verräter an Bord dulden? Ich klopfte dem Drachen die Tatze. »Vagabund, du allein hast geschwiegen auf der Konferenz. Was meinst du?«

»Ellon hat recht«, zischelte der Drachen und schielte mich mit den vorgewölbten grünlich-orangefarbenen Augen an. »Ein Verhör ist gefährlich. Statt Oan in die Enge zu treiben, sollten wir ihm aus dem Wege gehen. Es wäre vernünftiger, auf das Verhör zu verzichten, Eli.«

»Noch vernünftiger wäre es, sich überhaupt nicht um den Sternhaufen der Untergehenden Welten zu kümmern! Die Triebkräfte der Menschen stützen sich durchaus nicht immer allein auf die Vernunft. Lassen wir dieses Thema. Oan muß entlarvt werden!«

»Dann reden wir von etwas anderem. Oans Feld zu hundertfünfzig Tonnen ist eine Kleinigkeit für meine Generatoren. Selbst mit tausend Tonnen werde ich fertig. Aber wir brauchen einen Raum, in den sich die Schutzgeneratoren bequem fokussieren lassen. Und eine zuverlässige Abschirmung, damit Oan sich mit den Seinen nicht in Verbindung setzen kann. Verhöre ihn im Konservierungsraum«, sagte Ellon sachlich. »Nur dort kann ich Sicherheit gewährleisten.«

»Meinetwegen. Vagabund kann dann zwar nicht teilnehmen, aber wir werden ihm einen Stereofilm zeigen.«

»Noch eine Frage, Admiral. Wie gedenkst du Oan zu verhören, wenn er im voraus alle deine noch nicht gestellten Fragen kennt? Oder hast du vergessen, daß ihm unsere Gedanken kein Geheimnis sind?«

»Ich werde mich bemühen, meine Gedanken unter Kontrolle zu haben. Woran ich auch denken werde, Oan wird es nicht erfahren.«

»Richtig, Admiral. Irina und ich haben Oans Denkfähigkeiten erforscht. Ohne sein Wissen, selbstverständlich. Und wir haben herausbekommen, daß Oan nur die in seiner Gegenwart sich formenden Gedanken liest. Die in unseren Gehirnen gespeicherten Kenntnisse sind ihm verschlossen.«

»Habt ihr eine Erklärung dafür?«

»Wahrscheinlich ist Oan, ebenso wie alle elektrischen Spinnen, in der Lage, die Mikropotentiale des Gehirns sehr differenziert wahrzunehmen. Unsere Gedanken empfindet er elektrisch – das ist des Rätsels Lösung. Aber morgen bereite ich ihm eine Überraschung. Ich werde den Konservierungsraum mit Mikroentladungen füllen die das elektrische Gehirnbild löschen. Und du, Admiral, beharre nicht auf einzelnen Gedanken, um deine Potentiale nicht zu verstärken.«

»Danke, daß du mich informiert hast. Und nun sag mir, Ellon, welchen persönlichen Grund hast du, nicht im Beisein anderer mit mir zu sprechen!«

»Errätst du es nicht, Admiral?«

Seine dunklen Augen brannten. Ehrgeiz, der so unmäßig war, daß er alle übrigen Gefühle überlagerte, sprach aus jedem Wort.

»Ich hatte den Eindruck, du warst nervös, bevor ich Oan nannte. Fürchtetest du, daß ich dich als Verräter anprangern würde?«

»Ja, ja!« schrie er und hüpfte auf den dünnen Beinen. »Davor hatte ich Angst. Und weißt du, was ich mir überlegte?«

»Woher soll ich deine Gedanken kennen?«

»Das solltest du aber, Admiral! Oan liest unsere Gedanken – und ihm fällt es leichter als uns. Ich überlegte mir, daß ich mich nicht würde rechtfertigen können, wenn du mich beschuldigtest. Eine Beschuldigung wäre stärker als meine Rechtfertigungen, da sie zielgerichtet ist, da sie nur die notwendigen Fakten auswählt und die übrigen ignoriert, da sie die ausgewählten Fakten zu einem festen Band von Ursachen und Folgen verknüpft … Ich hatte Angst, Admiral!«

»Ich ahnte nicht, daß du dieses Gefühl kennst, Ellon.«

»Ich kenne es nicht, wenn ich an die Feinde denke. Aber euch – fürchte ich! Und ich fürchte nicht eure Stärke, sondern eure Irrtümer. Ich fürchte die Überzeugungskraft eurer Fehler, die Beweisfähigkeit eurer Fehlkalkulationen, das Ansteckende eures Unverstandes! Wir sind verschieden. Zwischen uns liegt Entfremdung. Vielleicht wird sie erst in tausend Jahren überwunden … Ich hatte Angst, Eli, ich bekenne es.«

Ich legte ihm die Hand auf die Schulter. Er war kein Mensch und betonte das gern. Er frondierte mit seiner Besonderheit. Wären auf dem Sternenflugzeug Kinder gewesen, so hätte es ihm Spaß gemacht, sie zu erschrecken. Aber er war anders, als er zu scheinen bemüht war. Ich sagte freundlich: »Du unterschätzt den menschlichen Scharfsinn, Ellon.«

»Bewahre ihn dir beim morgigen Verhör«, antwortete er.

2

Den Abend verbrachten Mary und ich allein. Ich wollte mich konzentrieren. Mary stört meinen Gedankenfluß nicht, sie fügt sich ihm so ein, als wären wir beide eins. Ihren Eigensinn, ihre Spottlust und ihre Vorwürfe hebt sich Mary für andere Gelegenheiten auf, da macht sie sich Luft. In ernsten Dingen ist sie ernst. Unsinnig wäre es, zu sagen, daß ich sie nur deswegen liebe. Sie ist eine Hälfte meiner selbst. Der Ausdruck ist abgegriffen, dennoch empfinde ich seinen Sinn so tief, als wäre ich mir zum erstenmal darüber klargeworden. Er ist eine Entdeckung für mich, keine Schablone.

»Was meinst du, ist Oan ein Phantom?« fragte sie, als ich gerade darüber nachdachte.

Ich entgegnete mir und ihr: »Das wäre zu arg!«

»Warum zu arg? Unsere Vorfahren lernten optische Gestalten auf einen Bildschirm zu übertragen, wir sind in der Lage, unser Abbild auf weite Entfernung zu transponieren und ein Gespräch mit einem Abbild wie mit dem Menschen selbst zu führen. Die Demiurgen statten ihre Phantome mit einem beträchtlichen Teil Stofflichkeit aus. Ob die Ramiren auf dem Wege, das Geisterhafte zu verringern, nicht noch weiter vorgeschritten sind? Haben sie vielleicht eine Methode gefunden, die Körpergestalt vollständig zu dublieren? Mir scheint, dies ist ein Problem des technischen Niveaus, kein prinzipielles.«

Wir alle hatten solche Gedanken, Mary äußerte sie nur klarer. Außerdem hatte Oan selbst erwähnt, daß die Grausamen Götter den Planeten in der Gestalt von Aranen besuchten. Wir waren in einen Tarnanzug geschlüpft, der einen Aranen darstellte doch bei ihnen wurde die gewählte Gestalt zum eigenen Körper. In Worten war der Unterschied einfach, doch mir schwindelte, wenn ich überlegte, welch ein Sprung die Technik beider Zivilisationen trennen mußte, damit ein solcher Unterschied möglich wurde.

Diese Gedanken nahmen mich derart gefangen, daß ich mich am Morgen zu Olga begab, um mich mit ihr zu beraten. Olga hatte sich bei Irina einquartiert, obwohl es auf dem Schiff freie Räume gab und Oleg ihr angeboten hatte, sich einen beliebigen auszusuchen. Irina wollte gerade ins Labor gehen, Olga rechnete.

»Wenn du nicht leben kannst, ohne etwas zu berechnen, dann mach auch für mich mal einen kleinen Überschlag«, sagte ich. »Bestimm bitte den Stofflichkeitsgrad von Gespenstern.«

»Von Gespenstern, Eli? Von was für Gespenstern?«

»Von allen möglichen. Fang mit der Großmutter irgendeines englischen Lords an, die eines gewaltsamen Todes gestorben ist, und ende mit Oan.«

»Ist Oan denn ein Trugbild?«

»Das sollst du mir sagen.«

Olga machte sich gelassen an die Arbeit. Hätte man sie gefragt, welches Dutzend Teufel am teuflischsten sei und welches Dutzend Götter am göttlichsten, so hätte sie sicherlich, ohne sich zu erkundigen, ob Teufel oder Götter real existieren, seelenruhig begonnen, die Aufgabe mathematisch zu lösen. Die Schiffsmaschine mit ihrer Unmasse von Daten stand nicht zur Verfügung, und Olga sandte eine Anfrage an die Schiffsbibliothek, wo akademische Bände für alle Lebenslagen aufbewahrt wurden. Neugierig beobachtete ich, wie sich in dem Fensterchen der Rechenmaschine, auf deren Tasten Olga ihre Fragen hämmerte, Kolonnen achtstelliger Ziffern aufbauten. Keine einzige sagte mir etwas.

»Die vorläufige Antwort haben wir. Die Fehlerquote beträgt höchstens viereinhalb Prozent«, sagte Olga. »Was die Gespenster verblichener Lords und ihrer Gemahlinnen betrifft, die in den Gemächern alter Schlösser umgehen, so hatten sie eine ziemlich hohe Stofflichkeit – achtzehn bis zweiundzwanzig Prozent. Die Statue des Komturs, der Don Juan tötete, besaß siebenunddreißig Prozent Stofflichkeit. Der Schatten von Hamlets Vater neunundzwanzig. Das berühmte Gespenst von Canterville stellte einen Rekord auf – neununddreißig. Die Kinematographenhelden dagegen erreichten nie mehr als vier Prozent ...«

»Halt ein, halt ein, was für ein Unsinn!« unterbrach ich sie. »Weder der Steinerne Gast noch die Gespensterlords existieren real, du aber schreibst ihnen einen so hohen Prozentsatz Stofflichkeit zu. Die auf Bildschirmen physikalisch dargestellten Menschen dagegen sind bei dir gespensterhafter als die Gespenster. Das ist doch ungereimtes Zeug!«

»Das ist es nicht«, sagte Olga. »Die Stofflichkeit eines Trugbilds ist nicht nur physikalisch, sondern auch psychologisch zu verstehen. Sowohl die Gespenster der mittelalterlichen Schlösser als auch der Steinerne Gast und Hamlets Vater waren psychologisch derart glaubwürdig, daß allein dies ihre Nichtphysikalität sozusagen ausstach. Sind denn nicht Fälle bekannt, da Leute Brandblasen bekamen, wenn sie ein Stück kalten Eisens berührten, von dem sie glaubten, es glühe? Von den Filmhelden wußte man jedoch von vornherein, daß sie weiter nichts als optische Abbildungen, Illusionen wären.«

»Gut. Fahre fort, Olga. Was sagst du zu Oan?«

»Erst sage ich etwas über die Phantome der Zerstörer. Als Orlan in Gestalt eines Phantoms bei uns auf der ›Bootes‹ erstand, besaß er mindestens fünfzig Prozent Stofflichkeit. Fünfzig Prozent Körperlichkeit waren überhaupt das Höchste, was die Zerstörer bei Phantomen leisteten, sie schufen zur Hälfte reale Erscheinungen. Die von André in der Schlacht auf dem Dritten Planeten erzeugten Phantome dagegen hatten weniger Körperlichkeit. André vermochte es den Zerstörern nicht gleichzutun, seine Schöpfungen brachten es mit Müh und Not auf zwanzig Prozent Stofflichkeit. Manche Gespenster in mittelalterlichen Schlössern …«

»Olga, mich interessieren nicht die zwanzigprozentigen Ladys, die mit wirren Haaren durch dunkle Korridore geistern! Ich frage nach Oan.«

»Auf ihn will ich gerade zu sprechen kommen. Ich bin nicht überzeugt, daß Oan ein Phantom ist. Aber wenn er eins ist, so liegt seine Stofflichkeit nicht unter achtzig Prozent. Er ist also fast ein vollwertiges Wesen.«

Olgas Berechnung bestätigte meine Befürchtungen. Davon wurde meine Stimmung nicht besser.

»Komm«, sagte ich. »Man wartet schon auf uns.«

Oan kam in den Konservierungsraum gehüpft – hurtig, geschäftig, wohlwollend. Nur so bewegte er sich auf dem Schiff. Freundlich winkte er mit den Armhaaren. Ich wurde die Empfindung nicht los, als sei er nicht wirklich anwesend, als trage er eine

Maske, als sei er kein reales Wesen, sondern ein Trugbild, maximal mit Stofflichkeit ausgestattet. In Gedanken wies ich mich zurecht. Oans Seltsamkeit war Artmerkmal der Aranen, in deren Maske er auftrat. Sein Geheimnis bestand nicht in der äußeren Gestalt, es lag tiefer und war bedrohlicher; wir durften uns nicht bei der malerischen Oberfläche aufhalten, sondern mußten in die unheilvolle Tiefe vordringen.

»Oan, unser Geschwader ist zu zwei Dritteln vernichtet«, sagte ich, »unsere Kameraden sind umgekommen. Weißt du etwas über den verfluchten Strahl, der so plötzlich in die ›Stier‹ gefahren ist? Woher kommt er? Welcher Art ist er?«

Während ich sprach, stellte ich voller Genugtuung fest, daß Oan überrascht, beinahe verwirrt war. Offenbar verblüffte ihn, daß er heute Mühe hatte, unsere Gedanken zu lesen. Und seine Antworten erklangen weniger deutlich als sonst in uns. Das von Ellon verursachte elektrische Durcheinander störte in gewissem Maße auch uns selbst.

Selbstverständlich wußte er nichts über den Strahl. In ihrem Sternhaufen habe man solche Erscheinungen nie beobachtet – zumindest seit der Zeit nicht, da die Aranen auf kosmische Flüge verzichteten. Die Überlieferungen enthielten ebenfalls keinen Hinweis.

»Die Natur des Strahls mag dir unbekannt sein, aber du weißt vielleicht, durch wen er generiert wurde und warum er sich ausgerechnet ins Sternenflugzeug bohrte!«

Darauf hatte Oan die Standardantwort: »Ihr habt die Grausamen Götter erzürnt. Die Götter haben euch streng bestraft.«

»Bestraft? Warum eigentlich? Wodurch haben wir eure rachsüchtigen Götter erzürnt?«

»Nicht rachsüchtig – streng, Eli.«

Oans Richtigstellung erklang in jedem von uns auf die gleiche Weise. Wir trugen, auf meine Bitte, Dechiffriergeräte am Arm, die aufzeichneten, was Oan uns übermittelte.

Später verglichen wir. Oans Antworten unterschieden sich nur im Ausdruck, diese Frage aber hatte er einheitlich für alle beantwortet.

»Nun gut, der strengen, nicht der rachsüchtigen. Meerrettich ist nicht süßer als Rettich. Schau nicht so erstaunt, Oan, das ist ein Sprichwort von uns Menschen. Erkläre uns nun etwas anderes. Unsere Denkmaschinen sind durch unbekannte Kräfte blockiert.

Auf der ›Rammbock‹ war das logische Operationsschema gestört worden ...«

»Das Schema des zeitlichen Zusammenhangs«, unterbrach er. »Ich habe euch bereits gesagt: Die Maschine hat Zeitkrebs.«

»Ja, das hast du gesagt. Sagen bedeutet nicht erklären. Sprechen wir von der kranken Zeit, Oan. Da ist etwas, was wir nicht verstehen. Wie ist es zu der kranken Zeit in euerm Sternbild der Untergehenden Welten gekommen?«

»Die Tätigkeit der Grausamen Götter hat dazu geführt.«

»Mächtig tatkräftig sind sie, wenn sie den Lauf der Zeit ändern können. So weit sind wir noch nicht. Wir sind ja auch keine Götter. Aber worin äußert sich ihre Tätigkeit? Kannst du uns das sagen?«

»Ich weiß es nicht.«

»Wie solltest du auch! Woher soll ein Arane wissen, was die Götter machen, zudem noch so strenge! Denn sie beraten sich ja nicht mit euch, nicht wahr, Oan? Kehren wir zu der Frage nach der Zeit zurück. Kranke Zeit, mürbe Zeit, geborstene Zeit – das sind doch Allegorien für eine irgendwie veränderte Zeit, nicht wahr? Warum mußtest du mit deinen Kameraden den unendlich gefährlichen Versuch unternehmen, zur Oberfläche eines implodierenden Sterns vorzudringen, um in den Strom seiner veränderten Zeit zu tauchen, wenn es hier, in euerm untergehenden Sternbild, mehr als genug Beispiele für beliebige Zeitveränderung gibt? Du hast doch auch gesagt, Oan, daß der Zeitkrebs eine Geißel der hiesigen Örtlichkeiten sei!«

»Du verwechselst die kranke Zeit mit der transformierten. Wir haben eine geborstene, bröcklige Zeit, sie läßt sich schlecht benutzen. Doch ein Kollapsar hat eine komprimierte Zeit, sie ist eine Feder, kein Lumpen. Gelänge es, sich ihrer zu bemächtigen, könnte man beliebige Planeten und ganze Sternbilder, die in einer erschlafften Zeit untergehen, in die Zukunft, in die Vergangenheit, ins seitliche »Jetzt« verlagern.«

Da begriff ich, daß ich ihn ertappt hatte. Ich blickte zu Ellon hinüber. Der hob kaum merklich die Hand – er war bereit. Oan erkannte, daß er entdeckt war. Die beiden unteren Augen leuchteten wie vorher freundlich und gutmütig, beinahe servil. Das stechende jedoch verriet uns Oans Zustand. Das war ein wahrhaft böses Auge!

»Früher sagtest du, daß ihr, du und deine Kameraden, Flüchtlinge wäret«, konstatierte ich gelassen. »Nun stellt sich heraus, daß ihr Experimentatoren wart. Es ging euch weniger um Flucht als vielmehr darum, jene Krümmung des Zeitstromes, durch die man fliehen kann, im Prinzip in eure Gewalt zu bekommen. Schätze ich eure Aktionen richtig ein, Oan?«

Er versuchte sein Gesicht zu wahren. »Richtig. Man gelangt in die Zukunft, wenn man den natürlichen Zeitverlauf umgeht. Wir prüften, ob man auch in die Vergangenheit gleiten könne. Im geraden Zeitverlauf ist sie unerreichbar, weil sie unwiederbringlich ist. Die Zukunft ist wie durch eine sehr niedrige Decke begrenzt – die reale Gegenwart. Die Vergangenheit durch einen undurchdringlichen Fußboden – ebenfalls die reale Gegenwart. Ihr entschlüpft man nur, wenn man die Zeit umgeht, nicht, wenn man ihrem geraden Lauf folgt. Da bleiben wir immer im ›Jetzt‹. Eben diese ›Umleitungen‹ aus der Gegenwart in die Zukunft und die Vergangenheit suchten wir. Nur in den Kollapsaren verwirklichen sie sich. Sie sind die besten natürlichen Öfen zur Aufheizung und Krümmung der Zeit.«

»Und nach allem, was du uns erzählt hast, Oan«, sagte ich langsam, »willst du weiterhin behaupten, ihr wäret Aranen, deine umgekommenen Kameraden und du?«

Er antwortete nicht. Mit ihm vollzog sich eine verblüffende Veränderung. Er verging. Er blieb noch und entschwand schon. Er war und hörte auf zu sein. Er wurde durchsichtig, verwandelte sich aus einem Körper in einen Schatten. Er stürzte in ein verteufeltes Anderssein und hinterließ uns nur seine Silhouette.

»Ellon! Ellon!« schrie ich verzweifelt.

Ellon wollte die Stärke der Schutzfelder nicht an uns erproben, aber zögern durfte er nicht – und so wurden wir alle umhergeschleudert, als er seine Apparate in Gang setzte. Ich sprang auf, um zu dem vergehenden Oan zu rennen, stieß mit Romero zusammen und fiel erneut hin, Romero verlor den Spazierstock und fluchte. Oshima und Oleg wälzten sich auf dem Fußboden, Grazi und Orlan waren in eine Ecke gewirbelt worden. Aber Oan blieb. In dem Moment, als er schon zu drei Vierteln verschwunden war, hatten ihn unsichtbare Klammern gepackt.

Nun schwebte er über uns, die zwölf Beine gestreckt, die schwarzen Armhaare zerrauft. Die beiden unteren, weit geöffneten Augen sahen uns nicht mehr, das obere hatte den stechenden Ausdruck verloren und wirkte wie halb erblindet. Ein Funke, der zwischen den Haaren gesprungen war, verharrte bei halber Entladung. Die Flucht aus unserer Zeit war Oan mißglückt, in der letzten Sekunde seines Hierseins war er festgehalten, fixiert worden – für ewig und unverrückbar.

»Wunderbar, Ellon!« Ich trat rasch auf den erstarrten Feind zu, prallte gegen ein unsichtbares Hindernis und wich zurück.

»Du hast wohl vergessen, Admiral, daß du einst in einem Käfig wie diesem throntest und dich dort gewiß nicht sonderlich amüsiertest«, sagte Ellon.

Ich kann nicht behaupten, daß mir die scherzhafte Erinnerung daran angenehm wäre. Und in jeder anderen Situation hätte ich Ellon zu verstehen gegeben, daß er ein Demiurg sei, kein Zerstörer, und er sich taktvoller zu benehmen habe. Aber jetzt hätte ich ihm auch größere Vergehen verziehen. Ich fuhr mit der Hand über den Kraftkäfig.

»In meinem durchsichtigen Kerker lebte ich, Ellon. Ich spazierte umher, sprach, hörte, schlief, träumte prophetische Träume – und lachte im Traum über euch ... Lebt Oan? Ist die Kraftmauer fest genug, wenn er plötzlich erwacht?«

»Er darf nicht erwachen, Eli. Zu unserem Glück entglitt er langsam, nicht schlagartig. Er schleuderte nur seine Lebensenergie aus dem Diesseits, kam jedoch nicht dazu, das träge körperliche Knochengerüst wegzuschaffen. Ich habe Oan im letzten Moment seiner Existenz fixiert. Und dieser Moment wird ewig dauern. Sollte Oan durch irgendein Wunder zum Leben erwachen, so vermag er die durchsichtigen Wände nicht zu sprengen.«

Ich mußte an Olgas Berechnung denken. Selbstverständlich hatte sie sich nicht geirrt. Die optischen Darstellungen besaßen tatsächlich so wenig Stofflichkeit, daß wir sie im Nu von den Bildschirmen wischten – eine Schalterdrehung genügte! Um die Phantome auf dem Dritten Planeten auszurotten, hatte André nur Energieschwingungen in ihnen hervorzurufen brauchen. Wenn es sich bei unserem Gefangenen um ein Phantom handelte, so war er ein Opfer seiner Vollkommenheit geworden. Aber war er ein Phantom?

Oshima rappelte sich mit Olegs Hilfe auf. Der energische Kapitän war so nah wie sonst keiner an Oan herangesprungen und hatte am meisten abbekommen.

»Was wollen wir mit diesem Popanz machen, Eli?« fragte Oleg.

Ich wies auf den Platz gegenüber Lussins Sarkophag. »Stellen wir den Verräter dorthin. Mag der Mörder reuevoll auf sein Opfer blicken.«

Oleg seufzte. »Das Verhör war enttäuschend. Wir wissen immer noch nicht, wodurch wir die Ramiren erzürnt haben, welche Gefahren uns drohen und wie wir die Schäden beheben sollen. Und vor allem – nichts haben wir über den Kampfstrahl der Ramiren erfahren.«

»Dafür ist nun klar, daß die Ramiren keineswegs so grenzenlos mächtig sind, wie wir befürchteten. Ihr Spion hat zugegeben, daß sie in der Implosion eines Kollapsars mit der Zeit experimentierten, um Methoden zu finden, wie man sie nutzen könne. Die Ramiren suchen, folglich haben sie nicht alles, beherrschen sie nicht alles. Ist das nicht tröstlich?«

Romero lachte ironisch. »Sie freuen sich, Eli, als hätten Sie geglaubt, es handele sich um vollkommene Götter, und wären nun erleichtert, da Sie Ihren Irrtum einsehen.«

Ich freute mich tatsächlich, allerdings aus einem anderen Grund. Ob die Ramiren göttlich waren oder nicht, kümmerte mich wenig. Aber ich war nahe daran gewesen, ihre Macht für unermeßlich zu halten, wie ich an ihrer Grausamkeit nicht zweifelte. Oans Verhör bewies, daß ihnen, auch ihrer Macht, Schranken gesetzt waren. Weshalb hätten sie es sonst nötig gehabt, so feig auszureißen? In der technischen Entwicklung waren sie uns ein beträchtliches Stück voraus, doch das war keine Überlegenheit, vor der wir zurückschreckten.

Ich sagte: »Eins ist jedenfalls erreicht, Freunde: Den feindlichen Späher, der sich unter uns befand, haben wir unschädlich gemacht. Wenn der Kampf mit den Ramiren weitergeht, haben sie einen wichtigen Vorteil eingebüßt! «

3

Tagelang war das Pilgern zum Konservierungsraum Hauptbeschäftigung auf dem Schiff. Mary und ich gingen, Trub flog, Gig eilte hin, selbst Vagabund, der seit Lussins Tod kränkelte, raffte sich auf, kroch hin und streckte den Kopf in den Raum. Gig drohte der

Silhouette des Verräters mit der Knochenhand, Trub stürzte sich wütend auf den Verschlag, wie wir ihn nannten, denn es wäre lächerlich gewesen, den durchsichtigen Käfig als Kerker zu bezeichnen, und versuchte ihn mit den Krallen zu zerreißen, aber er prallte zurück wie unlängst ich. Der Engel weinte vor Empörung und Ohnmacht, die Tränen tropften ihm auf den grauen Backenbart und benetzten die Flügel. Gig klapperte mitleidig mit den Knochen, und Vagabund sagte nachdenklich zu mir: »Bist du sicher, daß er tot ist, Eli? Er hat sich verändert, aber in dieser seltsamen Welt, wo körperliche Transformationen gang und gäbe sind …«

»Es ist kein Leben in ihm. Wenn das Fehlen von Leben Tod bedeutet, so ist Oan tot.«

»Das Fehlen von Leben bedeutet selbstverständlich Tod«, stimmte der Drachen zu.

Als Oans Verschlag auf dem ihm zugewiesenen Platz stand, sagte Ellon befriedigt: »Admiral, ich halte die Zeit gefangen, habe sie abgeschaltet. Die Spinne, die du zu unserem Leidwesen aufs Schiff brachtest, befindet sich jetzt außerhalb der Zeit. Wir altern, sterben, werden Tausende Male in den Nachkommen wiedergeboren, doch er wird ewig derselbe bleiben. Und nun will ich mich einer wichtigeren Sache widmen. Nachdem es mir gelungen ist, eine unbewegliche, für ewig konservierte Zeit zu schaffen, will ich mich an ihrer Dynamisierung versuchen! Mit diesem Problem hat sich noch nie ein Demiurg befaßt! Und ein Mensch ebenfalls nicht«, fügte er beinahe höflich hinzu.

»Wie soll ich dich verstehen?« fragte ich.

Er grinste breit. Wir alle liefen bedrückt umher seit der Katastrophe – nur Ellon war frohgestimmt. Für ihn bestand der Sinn des Daseins in technischen Entwicklungen. Er hatte ein neues Forschungsthema gefunden, eine wichtige Entdeckung in Aussicht – wie sollte er da nicht frohgestimmt sein?

»Ich möchte einen Mikrokollapsar bauen, um zu sehen, wie er die Zeit transformiert.« Er bemerkte meine besorgte Miene und fügte beruhigend hinzu: »Keine Angst, das spielt sich einstweilen auf Atomniveau ab. Es handelt sich da nicht um die Makrozeit, in der wir beide leben. Und wenn der Mikrozeitgenerator funktioniert, werden wir den unwissenden Ramiren zeigen, daß sie es mit uns noch lange nicht aufnehmen können. Sie suchten kosmische Kollapsare, ich baue einen im Laboratorium.«

Wie üblich lachte er schallend.

Ich ging wie so oft in den Konservierungsraum. Dort konnte ich am besten nachdenken. Ich wußte nicht, was mich trieb, mich Oan gegenüber hinzusetzen und mit ihm zu sprechen. Ich erzählte von meinen Kümmernissen, meinem Haß auf ihn und auch davon, daß man uns vernichten könnte, nicht aber zwingen zurückzuweichen. Allem zum Trotz würden wir weiter vorwärts gehen.

Nachdem ich mir das Herz erleichtert und mich ein wenig beruhigte hatte, begab ich mich in den Kommandeurssaal. Oleg, Oshima und Olga hatten das Sternenflugzeug der Obhut der Automaten überlassen und arbeiteten an einem Plan zur Rettung der Schiffe, die wir noch besaßen.

Oleg sagte zu mir: »Eli, die ›Widder‹ ist nicht mal mehr als Frachter zu gebrauchen. Olga meint, wir sollten die Besatzung gleichmäßig auf die ›Schlangenträger‹ und die ›Steinbock‹ verteilen, die wichtigen Mechanismen abmontieren, die Vorräte umladen und das Sternenflugzeug selbst annihilieren.«

»Um einen neuen Schlag heraufzubeschwören, der sich diesmal gegen die ›Schlangenträger‹ und die ›Steinbock‹ richten würde«, entgegnete ich finster. »Oder hast du vergessen, daß die grausamen Herren der Untergehenden Welten entschieden gegen die Annihilation materieller Körper sind?«

»Dann sprengen wir die ›Widder‹. Gegen Explosionen haben sie nichts. Unsere vernichteten Schiffe zeugen davon. Nun das Dringlichste, Eli. Wir müssen die Schiffsmaschine wieder herstellen. Das soll deine und Ellons Aufgabe sein.«

»Ellon hat vor, den Lauf der Zeit in Mikroprozessen zu ändern, um sich über die Erscheinungen klarzuwerden, die Oan als Zeitkrebs bezeichnete.«

Oshima brauste plötzlich auf. Der energische Kapitän litt unter der Untätigkeit. Er beherrschte sein Fach vortrefflich – kühn führte er die Schiffe in unerforschte Weiten, mutig stürzte er sich in den Kampf, ohne zu klagen hatte er einst die Qualen der Gefangenschaft erduldet. Er gehörte zu denen, die sich gern die Bürde des Nachbarn aufladen, mit der eigenen aber niemanden belasten. Im Unglück und in Stunden des Triumphs hatte ich ihn gleichbleibend umsichtig und elastisch wie eine gespannte Feder gesehen – ich konnte mir keinen besseren Kapitän für mein Schiff wünschen. Und früher hatte er mir nie Grobheiten gesagt, selbst dann nicht, wenn ich, müde und verwirrt, aus der Rolle gefallen war. Jetzt sagte er Grobheiten.

»Admiral, sind nicht genug Dummheiten angestellt worden? Kranke Zeit, bröcklige Zeit, löchrige, blasige … Abrakadabra, wenn nicht regelrechte Mystik! Sie sind der wissenschaftliche Leiter der Expedition! Legen Sie einen Plan vor, wie wir aus den Schwierigkeiten herauskommen, und wir werden ihn verwirklichen. Ich kenne Sie nicht wieder, Admiral! Früher hatten Sie Projekte schneller bei der Hand und setzten sie energischer in die Tat um!«

Unwillkürlich senkte ich den Kopf, um Oshimas zornigem Blick nicht zu begegnen. Wir alle hatten uns verändert, nicht allein ich, aber konnte ich mich damit rechtfertigen? Oleg schwieg und gab auf diese Weise zu verstehen, daß auch er mit mir unzufrieden war.

»Ihr habt recht, Freunde, wir müssen die Schiffe wieder manövrierfähig machen, das ist die dringlichste Aufgabe. Während ihr euch mit der Evakuierung der ›Widder‹ befaßt, werde ich mich bemühen, den Denkmaschinen beizukommen.«

Aus dem Kommandeurssaal ging ich zum Drachen. Vagabund ruhte müde auf dem Fußboden. Auf seinem Rücken spielten Trub und Gig Schafskopf. Das hatte Lussin ihnen beigebracht. Er hatte auch mich fürs Kartendreschen begeistern wollen, aber ich hatte die Regeln, von denen Lussin versicherte, sie wären einfach, nicht begriffen.

»Eli, setz dich zu uns!« rief Trub und kämmte sich mit den Krallen gravitätisch den buschigen Backenbart. »Wir können auch zu dritt spielen.«

»Ich möchte kein Schafskopf sein, nicht einmal im Spiel.«

»Dann pokern wir eben! Du wirst begeistert sein!« sagte Gig.

Ich lehnte auch das Pokern ab. »Freunde, ich muß mit Vagabund allein sprechen«, sagte ich.

Trub schwang widerspruchslos die Flügel und flog zum Ausgang. Er hat sich an uns gewöhnt und liebt uns, ihm gegenüber bedarf er keiner Förmlichkeit. Die Unsichtbaren sind da weit empfindlicher. Gig war unzufrieden. Ich puffte ihn freundschaftlich. Da lachte er und entfernte sich, ohne gekränkt zu sein.

»Vagabund, wie fühlst du dich?« fragte ich.

Er schielte spöttisch nach mir. Mit jedem Tag bereitete es ihm größere Mühe, den einst so biegsamen Hals zu bewegen. Und er spie kein Feuer mehr, nur eine dünne Rauchfahne wehte ihm aus dem Rachen. In der kurzen Zeitspanne seit dem Start im Perseus hatte der Drachen alle Stadien des Verfalls durchgemacht – aus einem fliegenden Drachen hatte er sich in einen kriechenden verwandelt, aus einem kriechenden in einen liegenden. Bald wird kein Leben mehr in ihm sein, dachte ich voller Schmerz.

»Wie ich mich fühle?« zischelte er. Auch die laute, leicht lispelnde Stimme stand ihm nicht mehr zu Gebote. »Es könnte schlimmer sein. Der Körper ist mir zu groß. Er drückt mich, Eli.«

»Sollen wir dir Schwerelosigkeit verschaffen? Da schwebst du ungehindert. Seltsam, daß wir nicht eher darauf gekommen sind.«

»Gut, daß wir nicht darauf gekommen sind. Die Jugend bringst du mir nicht wieder?«

»Das übersteigt meine Möglichkeiten.«

»Was soll mir Schwerelosigkeit ohne Jugend? Ist ein schwebender Greis besser als ein liegender? Ich gehöre nicht zu denen, die sich Täuschungen hingeben. Tätigsein – das ist es, was mir fehlt. Und gar nicht so sehr Tätigsein als vielmehr einfache Bewegung. Mein Leben lang habe ich mich nach Bewegung gesehnt.«

»Auch als du Drache geworden warst?«

»Nein, da habe ich mich an Bewegung gelabt, berauscht – im Übermaß. Damals war der Körper eine Freude für mich. Mein körperliches Leben war kurz, aber doch so, daß ich ein Drachenjahr nicht für ein Jahrtausend meines früheren Daseins hergeben würde. Danke, Eli, daß du mir diese Freude schenktest.«

»Du redest, als nähmest du Abschied. Das Ende ist noch weit.«

»Mein Ende ist nah. Ich würde vor meinem Tode nur noch gern eure Befreiung aus dem Unglück sehen.«

»Du wirst sie nicht nur sehen, du kannst auch dazu beitragen.«

»Ich verstehe nicht, Eli.«

»Höre, Vagabund. Hat man dir auf dem Bildschirm Oans Verhör gezeigt? Der Spion hat zugegeben, daß die Ramiren mit der Zeit experimentieren. Also gibt es etwas, was auch sie nicht können! Sie sind nicht allmächtig und nicht allwissend. Es handelt sich bei ihnen um eine kosmische Zivilisation, die uns in der Entwicklung ein paar Millionen Jahre voraus ist, keineswegs um Götter! Ellon hat interessante Gedanken zur Transformation der Zeit entwickelt. Die Ramiren haben es so weit noch nicht gebracht. Ellon schimpft sie Ignoranten.«

»Ellon ist ein Prahler.«

»Ja, er wirft sich gern ein bißchen in die Brust. Wichtig ist etwas anderes. Man kann den Ramiren die Stirn bieten. Unvorbereitet ließen wir uns in einen Kampf ein und wurden bestraft. Aber wir sind nicht zurückgewichen, und wir können auch nicht zurückweichen, denn unsere Schiffe sind manövrierunfähig.«

»Es liegt bei dir, Eli …«

»Hilf uns! Ruf dir ins Gedächtnis zurück, wie sich die Sterne und Planeten fügten. Unterwirf dir die Sternenflugzeuge! Erwecke unsere Schiffe zum Leben!«

»Die Schiffe zum Leben erwecken? Ich, der ich mich nicht bewegen kann? Eli, du bist an der falschen Adresse.«

»Ich bin an der richtigen Adresse! Ja, du bist hinfällig geworden. Aber nur körperlich, nicht geistig! Dein mächtiger Verstand ist noch genauso klar wie auf dem Dritten Planeten. Ersetze unsere Schiffsmaschinen-Gehirne! Konzentriere die Antriebe der Analysatoren und Vollzugsmechanismen bei dir.«

»Du vergißt meinen plumpen Körper!«

»Wir befreien dich von ihm! Versetzen dich in den früheren Zustand. Ich weiß, du hast dein damaliges Leben gehaßt. Aber das war das Leben eines unfreien Gefängniswärters. Ich biete dir die Funktion eines Befreiers, eines Retters der Freunde, die dich lieben und deine Hilfe dringend brauchen.«

»Lussin hätte das machen können. Lussin ist tot, Eli.«

»Ellon wird es machen. Die Demiurgen trennten einst dein junges Gehirn vom Körper eines Galakten, sie sind auch jetzt imstande, eine solche Operation vorzunehmen.«

»Ellon wird mich umbringen.«

»Orlan soll bei dabei die Aufsicht führen. Ihm vertraust du?«

»Ja. Aber ich will, daß auch du dabei bist.« Er seufzte schwach. Die dünne Rauchfahne, die seinem Rachen eben noch entwichen war, versiegte. »Beeil dich! Das Leben entströmt mir, Eli …«

Ich ging zu Orlan.

4

Auf dem Diwan bei Orlan thronte Grazi wie eine majestätische Statue. Erstaunt starrten sie mich an. Es war gut, daß ich sie zusammen traf. So brauchte ich nicht zweimal dasselbe zu sagen.

»Eine Operation, um das Gehirn vom Körper zu befreien, ist durchaus möglich«, sagte Orlan. »In Jahrtausenden wurde die Technik, Gehirne zu verselbständigen, bei uns derart vervollkommnet ...«

Grazi schüttelte den Kopf. »Wieder ein lebendiges Gehirn für Dinge nutzen, die eure Mechanismen tadellos verrichteten, Eli ...«

»Die Mechanismen sind defekt. Ich verstehe dich nicht, Grazi. Du müßtest stolz sein. Ein Verstand natürlicher Herkunft beweist, daß er einem toten Mechanismus überlegen ist!«

»Gehen wir zu Ellon«, sagte Orlan.

Ellon richtete einen Gravitationskondensator ein. Auf dessen Belägen gedachte er ein Feld zu erzeugen, das, im Mikromaßstab, dem Gravitationsfeld eines Kollapsars äquivalent war. Im Grunde genommen war das ein Metrikgenerator, wie er benutzt wurde, um Gravitationsschnecken zu schaffen, der Unterschied bestand nur in der Konstruktion, nicht im Prinzip.

»Unsinn!« antwortete Ellon, nachdem ich ihm erklärt hatte, für welch eine dringende Operation ich ihn brauchte. »Drachen sind überflüssig. Ich habe eure Schiffsmaschine bald wieder repariert.«

»Was heißt bald, Ellon?«

»Bald heißt bald. Niemand greift uns mehr an. Wir brauchen uns nicht zu beeilen.«

»Wir müssen uns beeilen. Die Gesundheit des Drachens hat sich verschlechtert. Wir verlieren sein Gehirn, wenn wir es nicht von dem hinfälligen Körper erlösen.«

»Das wäre kein großer Verlust, Admiral.«

»Ich bestehe auf der Operation.«

»Ich werde nicht operieren!« Ellon funkelte mit den düsteren Augen und wandte sich dem Gravitationskondensator zu.

Orlans gebieterische Stimme ließ ihn innehalten. »Ellon, ich habe dich noch nicht entlassen!«

Langsam drehte er sich um und sagte finster: »Muß ich dich um Erlaubnis bitten, wenn ich gehen will, Orlan?«

Orlan ignorierte die Frage verächtlich. »Du wurdest in Operationen dieser Art unterwiesen, nicht wahr? Soviel ich weiß, bereitetest du dich in der Schule auf das Examen eines Zerstörers der Vierten Reichskategorie vor! Oder irre ich mich, Ellon?«

»Auf alles mögliche haben wir uns vorbereitet, ehe wir befreit wurden! Jetzt bin ich Chefingenieur des Sternenflugzeuggeschwaders. Ich bin nicht verpflichtet, Bitten, die mir unangenehm sind, zu erfüllen.«

»Bitten brauchst du nicht zu erfüllen. Dies ist ein Befehl, Ellon!«

Ellon starrte wütend in Orlans bläulich phosphoreszierendes, verschlossenes Gesicht. Ich erwähnte schon, daß ich das Verhältnis der beiden zueinander nicht begriff. Orlan hatte Angst vor Ellon, mitunter schien es, als schmeichle er ihm. Nun erkannte ich, daß das die Kehrseite seiner Freundschaft zu den Menschen war. Wir hatten sämtliche Ränge aufgehoben, nur die persönlichen Fähigkeiten dienten als Maß der Würde. Orlan versuchte zu zeigen, daß er die neue Ordnung von ganzem Herzen unterstütze, aber er schoß über das Ziel hinaus, er hatte das Gefühl für Gleichheit ja nicht mit der Muttermilch eingesogen. Als Demiurg war er das Gegenteil eines Zerstörers – freiwillig erniedrigte er sich, um gewissermaßen die frühere Erhöhung abzubüßen. Jetzt waren bei beiden plötzlich die mühsam erworbenen neuen Umgangsformen abgefallen. Vor dem hochmütigen Zerstörer der Ersten Reichskategorie beugte sich unwillkürlich der jämmerliche Bedienstete der Vierten Kategorie. Ellon, verwirrt, entrüstet, sträubte sich noch. »Ich verstehe dich nicht, Orlan …«

»Wann operierst du, Ellon?«

Ellon ließ den Kopf zwischen die Schultern krachen. Einen anderen Protest wagte er nicht mehr. »Ich werde die Nährlösungen vorbereiten. Mit der Operation beginnen wir heute.«

Er krümmte sich geschmeidig zu unterwürfiger Verbeugung.

In der völligen Stille erklang Orlans eiserne Stimme. »Die Operation werde ich kontrollieren, Ellon!«

Orlan entfernte sich unhörbar, und solange er noch im Raum war, streckte Ellon den Rücken nicht. Grazi machte größere Schritte als ich, aber auch er mußte sich anstrengen, um den Demiurgen einzuholen. Als ich mich ihnen näherte, war Orlan bereits wieder so, wie er sich unter uns bewegte – liebenswürdig, freundlich, mit gutmütigem Blick.

Ich konnte mir die Bemerkung nicht versagen: »Du warst sicherlich sehr gefürchtet, Orlan, als du zu den Lieblingswürdenträgern des Großen Zerstörers gehörtest.«

Er antwortete leidenschaftslos höflich: »Das ist so lange her, daß ich nicht immer glaube, es sei überhaupt gewesen.«

»Vagabund hat Angst vor der Operation und insbesondere davor, daß Ellon sie durchführt«, sagte ich. Für einen Augenblick sah ich wieder den hochmütigen Würdenträger des Zerstörerreiches, nicht meinen Freund, den Demiurgen Orlan.

»Er braucht keine Angst zu haben. Den Demiurgen wird von klein auf Gehorsam und Sorgfalt anerzogen. Ellon ist ein hervorragender Geist, aber hinsichtlich der Sorgfalt unterscheidet er sich nicht von den anderen Demiurgen.«

Ich kehrte zu Vagabund zurück. Romero unterhielt sich mit ihm. Es war eine einseitige Unterhaltung, denn nur Romero sprach, während Vagabund, Flügel und Tatzen kraftlos von sich gestreckt, zuhörte. Wieder durchzuckte mich Schmerz – so kläglich lag der Drachen da, der sich noch vor kurzem höher als Pegasusse, Engel und alle seine Artgenossen aufgeschwungen hatte. Der Drachen hatte Romero bereits mitgeteilt, daß sein Gehirn wieder vom Körper getrennt werden sollte, und sich beklagt, daß selbst die Rückgabe eines geringen Teils der ehemaligen Macht erneuter Gefangennahme gleichkomme. Romero war dabei, Vagabunds Befürchtungen beredsam zu widerlegen. Er schien Erfolg zu haben, denn der Drachen blickte mich beinahe freudig an.

»Heute, Vagabund«, sagte ich. »Heute machst du eine neue Verwandlung durch. Du bist der einzige unter uns, der sein Äußeres wechselt wie eine Frau ihre Frisuren. Du warst das große Hauptgehirn, dann verwandeltest du dich in einen verwegenen Flieger und Schwerenöter. Heute gewinnst du eine neue Hypostase – so heißt das wohl in der geliebten alten Sprache unseres Freundes Romero –, wirst ein nachdenklicher Forscher, ein energischer Sternenflieger, ein gebieterischer Schiffskommandeur.«

»Ich danke dir, Eli«, zischelte er und schloß die Augen.

Bei der Operation war ich, wie ich versprochen hatte, zugegen. Beschreiben will ich sie nicht, es war eine ganz normale Operation. Da war nichts, was einen in Erstaunen hätte versetzen können. Aber ich war erschüttert, als ich zum erstenmal den Raum betrat, den das Gehirn erhalten hatte. Er erinnerte an den galaktischen Raum der Zerstörer auf dem Dritten Planeten – eine sich im Dunkel verlierende Kuppel, zwei Sternensphären, ringförmige Wände … Und mitten im Raum, zwischen dem Fußboden und der Decke, schwebte still eine halb durchsichtige Kugel – darin befand sich unser Freund Vagabund, der für immer aufgehört hatte, ein Vagabund zu sein.

Nicht das Aussehen des Raumes und nicht das Aussehen der Kugel erschütterten mich: Darauf war ich vorbereitet. Aber die Stimme, die in meinen Ohren erklang, hatte ich nicht erwartet. Ich hatte angenommen, ich wurde das frühere lispelnde, etwas heisere, spöttische, ironische Pfeifen des Drachens hören, ich hatte ja schon vergessen, daß Vagabund, bevor er ein Vagabund wurde, anders sprach. Und nun wandte sich die längst vergessene melodiöse, traurige Stimme an mich.

»Fangen wir an, Eli?«

Ich weiß nicht, wie ich des Zitterns Herr wurde. Ich murmelte das Unsinnigste, was mir gerade einfiel: »Du bist hier? Geht es dir gut, Vagabund?«

Die Stimme lächelte – ein wenig wehmütig und ein wenig spöttisch. »Es drückt nirgends. Ellon wäre ein Meister in der Lieferung von Gehirnen an die Metrikstationen, hättet ihr nicht das Reich der Zerstörer zerstört. Ich eile, dich zu informieren, daß ich mit vielen Vollzugsmechanismen Kontakt aufgenommen habe. Bald erwecke ich das Schiff zum Leben, Eli! Mag Ellon die Antriebe auf der ›Schlangenträger‹ in Ordnung bringen – ich versuche, auch sie in Bewegung zu setzen.«

»Vagabund«, wiederholte ich erregt. »Vagabund ... Darf ich dich so nennen?«

»Nenne mich, wie du willst, nur nicht Hauptgehirn. Ich will nicht an den Dritten Planeten erinnert werden.«

»Du wirst für uns die Stimme sein«, sagte ich feierlich. »Wir werden dich Stimme nennen!«

Ich meldete Oleg, daß man eine Karte für die Weiterreise zum Kern ausarbeiten könne. Von Oleg ging ich zu Grazi. Der Galakt war allein. Ich setzte mich auf den Diwan, ließ mich an die Lehne sinken. Ich war rechtschaffen müde.

»Brauchst du Hilfe, Eli?« fragte der Galakt teilnahmsvoll. »Ich könnte dir vorschlagen ...«

Ich unterbrach ihn. »Grazi, hast du gesehen, wie unser ehemaliger Vagabund, der nun den Namen Stimme angenommen hat, in seiner neuen Rolle aufgeht? Wir werden uns bald mit Überlichtgeschwindigkeit fortbewegen können. Auch unsere Kampfannihilatoren erwachen, ohne die wir eine Flaumfeder im Wüten der Elemente sind. Grazi, unterstütze die Stimme ... Werde ihr Gehilfe.«

Der Galakt blickte mich verwundert an. »Was verbirgt sich hinter deinem Vorschlag, Admiral Eli?«

Ich schloß die Augen und schwieg eine Weile. Ich hatte keinen einzigen klaren Gedanken im Kopf.

»Ich weiß nicht, Grazi. Irgendwelche vagen Empfindungen ... Bei den Menschen sind sie von Bedeutung, aber wie soll ich sie euch erklären, wenn ich sie in Worten nicht auszudrücken vermag? Du und die Stimme – ihr seid von einer Art ... Dies ist einfach eine Bitte, Grazi ...«

Der Galakt antwortete majestätisch herzlich: »Ich werde der Stimme helfen, Eli.«

5

Nach wie vor wußte niemand, was für Kräfte unsere Denkmaschinen blockierten, aber diese Kräfte wurden allmählich schwächer und waren kein unüberwindlicher Wall mehr. Zunächst begann die Schiffsmaschine der »Widder« wieder zu funktionieren, die von dem evakuierten Sternenflugzeug gebracht worden war. Olga umarmte Ellon, dann mich, als sie das erfuhr. Ihre Schiffsmaschine war ihr nicht weniger als Irina ans Herz gewachsen – für beide hegte sie mütterliche Gefühle. Die Konstruktionen dieser Maschinen waren auch durch sie vervollkommnet worden. Mich wunderte allerdings, daß die Maschinen nicht einfach zu reparieren waren, sondern gewissermaßen aus langem Schlaf geweckt wurden – ihre Entscheidungen trafen sie noch nicht so schnell wie früher, sie waren noch ein bißchen träge. Ellon versicherte, daß die gewohnten Qualitäten der Maschinen wiederkämen, sobald die blockierenden Felder völlig verschwänden, und soweit wäre es bald.

Ich entgegnete: »Ellon, du redest von den Schiffsmaschinen, als hätten sie Narkotika geschluckt und kämen jetzt allmählich zu sich.«

»Was sind Narkotika?« fragte er. »Etwas spezifisch Menschliches, ja? Aber daß die Maschinen allmählich zu sich kommen, stimmt. Und wenn sie völlig bei sich sind, könnt ihr eurem in der Kugel schwebenden Liebling den Laufpaß geben.«

»Ist dir die Stimme so verhaßt, Ellon?«

Statt mir zu antworten, drehte er mir den Rücken zu. Die menschlichen Anstandsregeln werden den Demiurgen in der Schule nicht beigebracht, und außerdem hatte Ellon nicht vergessen, daß er einst ein zu Hoffnungen berechtigter Zerstörer gewesen war.

Das Gespräch mit ihm stimmte mich nachdenklich. An dem Tag, da die Schiffsmaschinen vollständig intakt wären, würde die Stimme entbehrlich – das konnte ich nicht bestreiten. Aber die Störungen hatten bewirkt, daß ich den denkenden Maschinen nicht traute. Zu leicht und zu unvermittelt fielen sie aus. Auf der Erde hätte niemand geglaubt, daß solche zuverlässigen Mechanismen schlagartig und ohne sichtbare physikalische Ursachen streiken könnten. Die Methoden zu ihrer Abschirmung waren in Jahrzehnten von Dutzenden erstklassigen Ingenieuren entwickelt worden. Im Prinzip sollte sie beliebigen Bedingungen trotzen. In den Untergehenden Welten schützte sie jedenfalls nicht vor Schlägen von außen. Selbst Ellon konnte nicht garantieren, daß sie künftig standhalten würde.

Alle diese Erwägungen teilte ich Oleg mit. Er zuckte die Schultern. »Niemand zwingt uns, der Stimme den Abschied zu geben, wenn die Schiffsmaschinen zu arbeiten beginnen. Warum sollen sie einander nicht dublieren?«

»Eben dies wollte ich vorschlagen. Aber Ellon wird wohl kaum zufrieden sein.«

Oleg sagte halblaut: »Habe ich gelobt, bei meinen Beschlüssen davon auszugehen, ob Ellon zufrieden oder unzufrieden sein wird? Noch befehlige ich das Geschwader.«

»Welchen Plan hast du?« fragte ich. »Setzen wir die Fahrt zum Kern fort, oder kehren wir um, da wir drei Viertel der Flotte verloren haben?«

Er antwortete nicht sofort. »Alles in mir protestiert gegen eine ruhmlose Rückkehr, Eli! Der Auftrag unserer Reise ist längst nicht erfüllt. Andererseits möchte ich durchaus nicht mit dem Kopf durch die Wand …«

»Auch im Sternbild der Untergehenden Welten haben wir unsere Vorsätze nicht verwirklicht«, erinnerte ich. »Das Stückchen klaren Himmels, das wir den Aranen versprochen hatten – wo ist es?«

Seit die Sternenflugzeuge wieder manövrierfähig waren, dachte ich oft daran. In dem panischen Entsetzen nach der Katastrophe hatten wir nur fliehen, den verfluchten Ort möglichst weit hinter uns bringen wollen. Das Entsetzen war gewichen, der Rachedurst angesichts der verlorenen Freunde schwächer geworden. Und von neuem erhob sich die Frage: Sollten wir den Aranen helfen? Wie konnten wir das notleidende Volk aus dem Urwald seiner Mißgeschicke herausführen? Das war nicht unsere Pflicht, in unserem Reiseauftrag stand kein Wort davon, Völkern, denen wir begegneten, Wohltaten zu erweisen. Wir waren als Kundschafter gekommen, nicht als Zivilisatoren. Ruhigen Gewissens konnten wir uns von der Arania abwenden. Doch ich hatte kein ruhiges Gewissen. Mich quälten Zweifel. Und als ich einmal den Operativraum aufsuchte, bekannte ich sie der Stimme.

»Du willst die restlichen Schiffe riskieren, Eli?«

»Auf keinen Fall, Stimme. Ich versuche eine andere Methode zu finden, um den Raum zu säubern. Die ›Rammbock‹, die den Staub einfach vernichtete, wurde außer Gefecht gesetzt, der Versuch, sauberen Raum durch eine Explosion zu liefern, endete mit einer Katastrophe. Ich habe den Eindruck, als hätten uns die Ramiren – wenn sie es sind – anfangs nur stoppen wollen, doch als wir unsere Anstrengungen fortsetzten, gerieten sie in Zorn und bestraften uns.«

»Aber sie haben uns nicht völlig vernichtet. Entweder konnten sie es nicht, oder sie wollten es nicht. Die Antwort auf diese Frage ist der Schlüssel zu allen Rätseln.«

»Ich werde darüber nachdenken. Denke auch du nach, Stimme!«

In der Nacht, als Mary schlief, wanderte ich stumm aus einer Ecke in die andere. Wenn die Ramiren uns nicht hatten vernichten können, dann hieß das, sie waren nicht stark genug. Aber was bedeutete: nicht stark genug? Sie hatten einen vernichtenden Strahl gestartet, sie hätten das auch zwei- oder dreimal tun können. Und vom Geschwader wäre nur funkelnder Staub übriggeblieben! Sie hatten es nicht gewollt! Sie hatten einen Auftrag erfüllt, als sie die »Stier« auslöschten, und sich geringschätzig von uns abgewandt. Was für einen Auftrag? Sie hatten verhindert, daß wir den Planeten annihilierten. Aus Oans Meldungen hatten sie von unserem Vorhaben gewußt. Was störte sie, wenn wir Planeten annihilierten? Ihre Aktionen mußten doch einen Sinn haben! Grausame Götter! Was bezweckte ihre Grausamkeit gegenüber den Aranen?

Plötzlich kam die verängstigte Mary gelaufen und sagte erleichtert: »Du bist hier? Ich wachte auf, und weil ich dich nicht sah, dachte ich, ein neues Unglück wäre geschehen.«

»Mary«, sagte ich, »antworte mir: Warum sind die Grausamen Götter grausam? Ist Grausamkeit mit Macht vereinbar? Die Psychologen lehren, Grausamkeit sei ein Ausdruck für Schwäche und Feigheit!«

»Du wendest zuviel Menschliches auf die interstellaren Beziehungen an«, entgegnete sie lächelnd. »Wie hast du Oan geschimpft? Spion, Diversant, Verräter! Ist das nicht allzu irdisch für den Kern der Galaxis?«

»Es geht nicht um Bräuche, sondern um Logik. Die Ramiren können keine andere Logik haben als wir!«

»Und warum haben wir beide keine einheitliche Logik? Du sagst, wenn du mich nicht begreifst: ›Das ist immer deine Frauenlogik!‹«

Ich lachte. Mary verstand jedem Gespräch eine überraschende Wendung zu geben.

Sie ging wieder schlafen, und ich setzte meine Wanderung durchs Zimmer fort. Ich dachte nun für mich und für die Ramiren, ich stellte Dutzende von Varianten auf und verwarf sie. Bei einer blieb ich. Sie erforderte unverzügliche Nachprüfung. Ich ging zur Stimme. In dem Raum schritt Grazi auf und ab. Es macht mir Freude, ihn schreiten zu sehen, denn Galakten gehen nicht, sondern schreiten.

»Freunde«, sagte ich. »Der Geschwaderkommandeur hat befohlen, uns auf die Fortsetzung der Expedition zum Kern vorzubereiten. Das beschädigte Sternenflugzeug können wir nicht mitnehmen. Eine gewöhnliche Annihilation würde möglicherweise einen neuen Wutausbruch der unbekannten Feinde hervorrufen. Oleg will es sprengen. Ich habe eine andere Idee. Sollten wir die ›Widder‹ nicht einer schwelenden Annihilation unterziehen? In der Umgebung der Erde wird diese Methode oft angewandt, wenn man durch eine schlagartige Vernichtung das Gleichgewicht der Himmelskörper zu stören fürchtet.«

Die Stimme hatte verstanden, bevor ich endete. »Und du hoffst, daß sich die Ramiren einer langsamen Annihilation nicht widersetzen werden? Du willst mit den Grausamen Göttern experimentieren?«

»Ich will ihnen eine vernünftige Frage stellen und eine vernünftige Antwort erhalten. Außer Experimenten haben wir keine andere Verständigungsmöglichkeit. Kannst du eine solche Annihilation in ausreichendem Abstand zur ›Widder‹ in Gang setzen, Stimme?«

»Das ist für mich kein Problem.«

Oleg befahl der »Steinbock« und der »Schlangenträger«, sich von der verurteilten »Widder« weg bis an die Grenze der optischen Sichtbarkeit zu begeben, unsere beiden letzten Frachter wurden noch weiter fortgeschafft. Äußerlich wirkte Oleg ruhig, aber ich wußte, daß er nervös war. Wenn die Gegner erneut den Strahl generierten, der die »Stier« ereilt hatte, so ginge allein die »Widder« unter, die ohnehin geopfert werden sollte. Aber würden sie uns nicht, voller Zorn über die neue Aktion, allesamt vernichten wollen? Allzu menschlich, sagte ich mir im stillen und schob die aufdringlichen Gedanken, die dem Ärger, dem Zorn der Ramiren galten, beiseite, dennoch blieb ich unruhig. Um Oleg mit meiner Aufregung nicht zu verwirren, begab ich mich zur Stimme. Im Kommandeurssaal schaltete und waltete Oshima. Er hatte einen konkreten Auftrag nach seinem Geschmack – in einiger Entfernung von der »Widder« zu kreisen und bei der geringsten Gefahr das Weite zu suchen. Ernst hielt er das Schiff auf dem vorgegebenen Kurs, zu panischer Flucht bereit.

In dem Raum der Stimme gingen auf dem Läufer längs der ringförmigen Wand Grazi, Orlan und Romero auf und ab. Die Stimme erfreute uns mit der Nachricht, daß das Experiment gut verlaufe. Die »Widder« schwele langsam und verwandele sich in leeren Raum. großen Widerstand gebe es nicht.

»Wie soll ich dich verstehen, Stimme? Großer Widerstand wäre ein neuer Schlag gegen das Geschwader. Wir sehen selbst, daß wir noch nicht vernichtet sind.«

»Ich fühle Beschränkung, Eli. Meine Kommandos an die Vollzugsmechanismen sind verzögert. Der Unterschied macht Mikrosekunden aus, aber ich spüre ihn.«

Romero bemerkte vorsichtig, daß möglicherweise die geheimnisvollen Kräfte am Werke seien, die kürzlich die Schiffsmaschine blockierten. Ich brachte es nicht fertig, passiv auf die Gefahr zu warten. Unser Experiment war allzu wichtig.

»Stimme«, sagte ich. »Verzögere die Annihilation, und verstärke sie dann allmählich. Und kontrolliere, wie sich die hemmenden Kräfte ändern.«

Die hemmenden Kräfte schwanden, sobald die Annihilation abgeschwächt wurde, und wuchsen, sobald sie sich verstärkte. Einmal beklagte sich die Stimme, daß die Mechanismen sich ihr nicht mehr fügen würden, wenn sie den Prozeß noch beschleunigte.

»Befürchtest du eine Explosion? Blockade?«

»Ich bin keine Schiffsmaschine, mich kann man nicht blockieren. Aber die Vollzugsmaschinen vollziehen nicht.« Auf menschliche Weise witzelte sie: »Der Hebel läßt sich nicht bewegen.«

Ich kehrte in den Kommandeurssaal zurück. Auf den großen Sternenbildschirmen glühte die »Widder« noch – eine leuchtende, winzige Erbse. Sie war so klar zu sehen, wie wir noch nichts in der Ansammlung der Untergehenden Welten gesehen hatten. Uns und die schwelende »Widder« trennte kein Staubnebel mehr, sondern sauberer Raum – in den sich unser ehemaliges Sternenflugzeug nach und nach verwandelte.

In dem benachbarten Sessel beweinte Olga still das Schiff. Sie weinte wohl zum erstenmal in ihrem Leben. Uns allen gingen die Nerven durch in diesen Tagen. Ich legte ihr die Hand auf den Kopf und sagte: »Olga, freue dich! Der Untergang deines Sternenflugzeugs öffnet einer ganzen Sternenzivilisation den Weg zur Rettung.«

Sie konnte mir nie böse sein, jetzt war sie es. »Wenn das ein Scherz sein soll, Eli, so ist dies nicht der richtige Zeitpunkt dafür.«

»Es ist die Wahrheit. Trotz allem werden wir den Planeten annihilieren, um dessentwillen zwei Drittel unseres Geschwaders ausgelöscht wurden.«

Oleg und Oshima kannten meinen Plan schon, Olga erfuhr ihn von mir. Die Vernichtung des Sternenflugzeugs und die Aufhellung eines Stückchens Raum stieß nicht auf Widerstand. Gegen langsame Annihilation hatten die Gegner offenbar nichts einzuwenden. Die Aktion der »Rammbock« hatten sie durchkreuzt, mit der »Stier« hatten sie grausam abgerechnet. Die »Widder« verglomm im freien Raum – und es gab keine Störungen und keine Strafen. Erst als die Stimme den Prozeß beschleunigte, spürte sie wachsenden Widerstand. Den Ramiren war eine genaue Frage gestellt worden, und sie hatten eine genaue Antwort gegeben: Keinerlei Raumexplosionen. Rasch verlaufende Prozesse störten sie.

»Wahrscheinlich deshalb, weil die Ansammlung dann aus dem Gleichgewicht käme«, bemerkte Olga. »Ich kann das mal berechnen.«

Der unglückselige Planet eilte noch auf derselben Bahn dahin, der mittleren, zwischen der Arania und den Drei Sonnen, wohin wir ihn geschleppt hatten. Zweifellos war den Gegnern die Lage des Planeten gleichgültig, sofern man ihn nicht zu sprengen versuchte. Sprengung war leichter als Verdunstung. Ein Schlag der Kampfannihilatoren, auseinanderfliegender neuer Raum – und das Sternenflugzeug kann seiner Wege ziehen. Schwelende Annihilation dagegen erforderte nicht nur viel Zeit, sondern bedurfte auch ständiger Katalysierung von außen. Man konnte den Planeten nicht »anzünden« und sich selbst überlassen. Der Schwelbrand wäre bald erloschen. Oleg sagte seufzend: »Wir werden ein Lasten-Sternenflugzeug opfern müssen!«

»Zwei Sternenflugzeuge!« erwiderte Oshima. »Am besten stoßen wir die beiden Schlepper gänzlich ab! Als Kapitän eines Kampfschiffes würde ich eine solche Entscheidung nur begrüßen. Die Frachter sind schlecht zu lenken im Überlichtbereich. Und einstweilen gehen sie sinnlos zugrunde!«

Ich ging in den Park. Es regnete in Strömen. Nach der irdischen Zeitrechnung begann hier der Spätherbst. Alle übrigen Räume haben kein Wetter. Keinen Wechsel der Jahreszeiten, keine Schwankungen der Temperatur, des Luftdrucks, der Feuchtigkeit – ein wetterloses Milieu, das die Lebenstätigkeit am besten stimuliert. Für meine Lebenstätigkeit allerdings war es wichtig, daß ich mich von Zeit zu Zeit Regen und Schnee aussetzte, steifem Wind entgegenstemmte und die betäubenden Düfte des Frühlings atmete. Im Park war für meinesgleichen ein irdischer Wechsel von Wettern und Jahreszeiten eingerichtet. Ich erinnere mich nicht, daß irgendwann einmal Demiurgen und Galakten darin spazierengegangen wären. Einmal lotste ich Orlan hierher. Ein Schneesturm tobte. Orlan fröstelte und fragte erstaunt: »Und den Menschen gefällt dieser Unfug?« Grazi brauche ich gar nicht zu erwähnen. Er sträubt sich mit Händen und Füßen gegen Gänge in den Park, so daß er sekundenlang gar nicht göttlich wirkt. Ich denke manchmal, daß die Natur der Galakten, die jegliche Künstlichkeit hassen, widersprüchlich ist. Eifrig wachen sie über ihre Unsterblichkeit und schaffen Treibhausbedingungen, damit sie nicht verletzt werde. Hat ihre Unsterblichkeit nicht etwas an sich, das an Künstlichkeit gemahnt – hohe, prächtige, erstaunliche, aber eben doch Künstlichkeit? Von allen Lebewesen haben sie allein sich unsterblich gemacht.

Eine Parkallee führt zum Konservierungsraum. Ich trat an Lussins Sarkophag und blickte den toten Freund zärtlich an. Lussin, sagte ich in Gedanken zu ihm, du würdest es uns nicht verzeihen, wenn wir einfach fliehen wollten. Könntest du sprechen, würdest du sagen: Haben wir uns auf die weite Reise begeben, um zu fliehen? Wir müssen den Unglücklichen helfen, die Hilfe erflehen! Was wären wir sonst für Menschen, weshalb hätten wir sonst solche Weiten überwunden, weshalb wäre ich sonst gestorben? Richtig, Lussin, richtig. Sieh, ich streite nicht, und ich rede auch nicht mehr von Rache, denn schon das Wort Rache war dir verhaßt, ich tue es nicht, obwohl ich nicht zu denen gehöre, die lächeln, wenn man ihnen auf den Fuß tritt. Ach, Lussin, warum kannst du dich nicht erheben! Du würdest Freude haben an dem Bild, das bald auf allen Sternenbildschirmen zu sehen sein wird: Ein riesiger Planet schmilzt dahin, und rings um ihn erweitert sich der saubere Raum, die durchsichtige Weite, kein kleines Stückchen, nein, Lussin – eine Kuppel leuchtend klaren Himmels!

Und dann setzte ich mich Oan gegenüber in den Sessel, sprach mit ihm, aber anders als mit Lussin. Du Mörder und Spion, sagte ich zu Oan, ich verstehe: Du hattest einen Auftrag, und du hast ihn ausgeführt, deine Herren können dir dankbar sein für die Informationen. Aber du flößtest deine Gedanken doch ungehindert unseren Gehirnen ein, hättest du nicht wenigstens andeuten können, daß Sprengannihilation nicht taugt, wohl aber schwelende Annihilation? Warum hast du geschwiegen? Wolltest du die Vernichtung der Sternenflugzeuge, den Tod unserer Freunde? Wer bist du – ein Phantom, das ein reales Wesen kopiert? Ein Gespenst mit imponierendem, von hohem technischem Zivilisationsniveau zeugendem Stofflichkeitsgrad? Du hast dich rasch davongemacht, Oan, damit wir das Gespräch mit dir nicht zu Ende brachten! Schade, du hättest denen, die dich gesandt hatten, ausrichten können, daß die Menschen und ihre Sternenfreunde aus der verfluchten Ansammlung der Untergehenden Welten fortgehen, daß wir nicht mehr mit dem Kopf durch die Wand wollen, daß es keinerlei Explosionen geben wird. Aber wir müssen den Leidenden helfen, müssen es einfach, das ist unsere Natur, und ihr habt euch damit abzufinden. Ach, zu früh, zu früh bist du umgekommen, wieviel würde ich dir sagen, wenn du mich hörtest! Oft habe ich mich empört, war zornig, geriet in Wut, aber Haß, echten, brennenden, empfinde ich zum erstenmal – gegen dich! Ich hasse dich, ich hasse dich!

So redete ich, aufgebracht, ich erinnere mich nicht, ob in Gedanken oder laut. Oan hing vor mir, die zwölf Beine von sich gestreckt, den Wanst vorgewölbt, das dreiäugige Gesicht erhoben. Die beiden unteren Augen waren geschlossen, das obere, unlängst noch böse stechende, war trüb, wie von weißem Star überzogen, und auf dem Kopf sträubten sich die Haare, die seltsamen Haare, fingerdick, halb Schlangen, halb Arme ... Und in ihnen hatte sich ein purpurroter Funke verfangen, bevor er verglommen war ...

Mary sagte an diesem Abend: »Das Geschwader ist über den Plan, schwelend zu annihilieren, informiert. Ich will mich mit dir beraten, denn ich muß ja wohl ebenfalls meine Meinung äußern. Wo bist du gewesen, Eli?«

»Ich bin im Park spazierengegangen.«

»Und selbstverständlich hast du im Konservierungsraum gesessen.«

»Warum – selbstverständlich?«

»Manchmal habe ich Angst um dich, Eli. Du hast etwas Wildes an dir. Bist dem Totenkult verhaftet.«

»Dem Totenkult? Das ist mir neu.«

»Hast du vergessen, daß du auf der Erde stundenlang im Pantheon saßest? Mich schlepptest du auch hin. Und im Saal der großen Vorfahren vergaßest du mich und blicktest die Statuen wie betend an.«

Ich lachte herzlich. »Ich ahnte nicht, daß das wie Beten aussah, sonst hätte ich mich anders verhalten. Du hast recht. Ich habe große Ehrfurcht vor den Vorfahren. Leute, denen die Verwandtschaft gleichgültig ist, mag ich nicht. Und ich habe mich immer für Geschichte begeistert.«

Sie lächelte ironisch. »Für Geschichte begeistert? In Romeros Augen bist du ein Ignorant in Geschichte, und ich gebe ihm recht. Selbst ich bin über unsere Vorfahren besser informiert als du. Nein, du hast dich, wenn du es wissen willst, ganz der Zukunft verschrieben. Körperlich bist du hier, aber in Gedanken weilst du irgendwo bei bevorstehenden Fahrten, Kämpfen, Verhandlungen, an noch nicht entdeckten Orten, auf noch nicht gebauten Schiffen. Manchmal fehlst du mir sehr, Eli! Denn ich bin stets hier und jetzt, du aber bist dort und dann. Und wenn dir plötzlich bewußt wird, daß es so nicht geht, rennst du zur Beisetzungsstätte, als bereutest du oder wolltest beichten.«

»Was willst du eigentlich von mir, Mary?«

»Ich will wissen, was dich zu den Toten zieht.«

Ich antwortete möglichst heiter. »Du hast selbst alles erklärt. Wegen der Reue und der Beichte gehe ich hin. Allerdings schweigen meine Beichtväter immer. Wahrscheinlich akzeptieren sie meine Reue nicht.«

6

Das Geschwader verließ den Sternhaufen der Untergehenden Welten. Eine Zeitlang genossen wir den malerischen Blick auf den raumverglimmenden Planeten.

Absichtlich sage ich »malerisch« und nicht »effektvoll«, denn Effekte gab es nicht – weder eine blendende Flamme, noch stiebende Protuberanzen, noch Gaswirbel. Der Planet leuchtete matt, und das war alles. Aber als wir ihn ein letztes Mal umkreisten, sahen wir eine Aureole rings um ihn. Das war ein Wölkchen neugeschaffenen Raumes – ein sich langsam ausweitendes Stückchen sauberen Himmels. Wir hatten getan, was wir konnten.

Der Planet verschwand bald hinter dem Heck unseres Sternenflugzeugs, selbst mit dem Vervielfacher war er nicht mehr zu finden. Doch vor meinem geistigen Auge sah ich ihn immer noch – matt leuchtend, in einer sich erweiternden, zarten Aureole kosmischer Reinheit.

Und dann wiederholten sich die bekannten Landschaften. Wir lösten uns aus der staubigen Ansammlung und gelangten in sauberen Raum, von Sternen übersät. Und vor uns dehnte sich, zum erstenmal nicht durch Nebel abgeschirmt, ein gigantischer Sternenbrand – der drohende Galaxiskern …

Die Mußestunden hatte ich früher vor den Sternenbildschirmen verbracht. Obwohl es auch jetzt genug zu beobachten gab, wandte ich mich ihnen nur hin und wieder zu. Immer mehr fesselte mich Ellons Labor, wo der Zeitkondensator konstruiert wurde.

Das war eine Kugel aus superfestem Plast, so etwas wie ein mittelgroßer Autoklav. Aber die auf sie gerichteten elektrischen Entlader, die von den Annihilatoren gespeist wurden, sowie die Wirbelröhren von den Gravitationsmechanismen ließen sofort erkennen, daß die Anlage kein Autoklav war. Sofern man selbstverständlich nicht auf die Analogie hinauswollte, daß in den Autoklaven etwas Stoffliches durchgekocht und gepreßt wird, während das hier mit der Zeit selbst geschah.

»Fertig, Admiral!« rief Ellon eines Tages aus. »Im Mittelpunkt dieses Kügelchens befindet sich ein winziges Stück Materie, dessen Umfang nicht größer als ein Wasserstoffatom ist. Aber dieses winzige Stück wiegt mehr als hunderttausend Tonnen!«

Ich entgegnete, daß die Theorie die Möglichkeit einer solchen Masseverdichtung negiere, wenn die Masse nicht ziemlich groß sei, ungefähr so wie drei oder vier unserer Sonnen.

»In diesem Kügelchen die Masse von drei Sonnen ...« Seine Augen funkelten vor Wut. »Was sollen mir die Theorien der Menschen, Admiral? Mögen die Ramiren sie studieren, sie sind nicht weiter als ihr im Verstehen des Kollapses. Deshalb bemühen sie sich ja, sich der Energie der Kollapsare zur Transformierung ihrer Zeit zu bedienen. Doch wir transformieren die Zeit im Laboratorium, auf diesem winzigen Kollapsan da.« Er betonte den neuen Terminus. »Und wenn ich ihn einschalte, schleudern wir die Teilchen, die wir dort hineinspritzen, in die ferne Vergangenheit oder in die noch fernere Zukunft.«

»Und wir selbst folgen den Teilchen nicht nach?«

Verächtlich schaute er mich an. »Du verwechselst mich wohl mit den Grausamen Göttern? Ich bin kein solcher Halbgebildeter wie sie! Schöne Experimentatoren! Sie schoben sich wie einen Pfropfen in den Schmelztiegel der sich verdichtenden Zeit, flogen in die Zukunft, konnten sich auf deren Höhe nicht halten und kollerten wie ein Stein zurück! Weshalb habe ich deiner Meinung nach wohl die Gravitationsschnecke an den Kollapsan angeschlossen? Das Teilchen mit der transformierten Zeit fliegt in die Ferne hinaus, aber entdeckt wird es dort erst dann, wenn die vorgegebene Zeit anbricht – in der Vergangenheit oder in der Zukunft. Der Flug in die Zukunft ist einfacher, und ich probiere ihn zuerst.«

Bevor ich ging, stellte er mir die Frage: »Admiral, bist du mit der Schiffsmaschine zufrieden?«

»Ich kann nicht klagen.«

»Weshalb unterstellst du sie dann dem schwebenden Gehirn? Weshalb habe ich mich bemüht, sie zu reparieren? Die nachdenkenden Maschinen sind eine Erfindung der Menschen, das denkende, vom Körper getrennte Gehirn ist unsere, der Demiurgen Lenkungsmethode. Erscheint es dir nicht seltsam, Admiral, daß ich, ein Demiurg, dich, einen Menschen, bitte, wieder zur menschlichen Lenkung des Geschwaders überzugehen?«

Mir erschien das gar nicht seltsam. Ich hatte gewußt, daß Ellon früher oder später verlangen würde, die Stimme in den Ruhestand zu versetzen. Ellon hatte für den Drachen von den ersten Tagen ihrer Bekanntschaft an nur Mißgunst gehabt, jetzt war die Mißgunst in unverhohlenen Haß umgeschlagen. Ich bin überzeugt, daß der Demiurg des Vagabunden Transformierung zur Stimme als Erhöhung über sich selbst empfand, die er zudem noch eigenhändig vollzogen hatte. Nun litt sein unmäßiger Ehrgeiz. Behutsam erklärte ich, daß die Stimme die Schiffsmaschine nicht kommandiere, sondern dubliere, und daß es gut wäre, viele Dublierer zu haben; deshalb übe sich zum Beispiel Grazi in dieser Rolle, außerdem sei die neue Methode, das Schiff zu lenken, nicht durch mich eingeführt worden, sondern auf Befehl des Oberbefehlshabers ...

Ellon unterbrach mich ungeduldig. »Gegen Grazi habe ich nichts einzuwenden, mag er trainieren. Die ganze Unsterblichkeit eures Galakten reicht ja nicht aus, um die Funktionen der Schiffsmaschine zu bewältigen. Aber das schwimmende Gehirn ist überflüssig.«

»Ich schlage folgendes vor: Leg deine Ansicht den Besatzungen zur Erörterung vor. Wenn man findet, daß deine Antipathien begründet sind ...«

»Meine Sympathien und Antipathien lasse ich nicht erörtern. Aber wenn die Schiffsmaschinen streiken, könnt ihr sie selbst reparieren oder euch mit eurer schwebenden Stimme begnügen. Ich werde ihr nicht mehr den Diener machen!«

Am Abend kam Irina zu Mary und mir. »Ich muß mit Eli sprechen«, sagte sie.

Mary wollte sich entfernen, doch Irina hielt sie zurück. »In deinem Beisein fällt es mir leichter, dem Admiral meine Bitten vorzutragen. Eli, sicherlich erraten Sie, worum es geht.«

»Ich errate, um wen es geht, nicht worum. Hängt es mit Ellon zusammen?«

Nervös ballte und streckte Irina die Hände. Sie gefiel mir. Sie war schlank, schnell, ungeduldig, und sie erinnerte mich so sehr an ihren Vater, daß ich sie als jungen Leonid akzeptiert hätte, wäre sie in Männerkleidung aufgetreten. Ich wußte, daß ich von ihr einiges zu hören bekommen würde, und ich nahm mir vor, ihre Vorwürfe in aller Ruhe zu entkräften.

»Ja, mit Ellon! Warurm verachten Sie ihn, Admiral?«

Diese Beschuldigung hatte ich nicht erwartet. »Gehst du nicht zu weit, Irina? Wir alle – Oleg, die Kapitäne der Sternenflugzeuge, ich – achten ihn so sehr …«

»Über Oleg müssen wir mal gesondert sprechen! Aber Ihre Achtung vor Ellon ist Wortgeklingel, gleichgültige Beurteilung. Ja, er ist ungewöhnlich, ja, er ist wahrscheinlich genial, eine hervorragende Gestalt in gewisser Hinsicht … Nein! Er ist nicht wahrscheinlich, sondern tatsächlich genial, nicht in gewisser, sondern in jeder Hinsicht hervorragend! Vergleichen Sie ihn mit anderen! Wer kann, was er kann?«

Ich antwortete ernst: »Dafür kann er manches nicht, was andere können. Auf den Schiffen ist keiner, der nicht hervorragend wäre. Nur Außergewöhnliche wurden für die Fahrt ausgewählt. Oder ist Kamagin deiner Meinung nach mittelmäßig? Oder deine Mutter?«

»Ich spreche von Ellon, nicht von meiner Mutter oder Kamagin. Er verdient herzliche, nicht gleichgültige Hochachtung.«

»Was willst du?«

»Warum ziehen Sie ihm den Drachen vor?« platzte sie heraus. »Ein ekelhaftes Reptil wird über alle erhoben! Mit Ach und Krach ersetzte der Drachen die Schiffsmaschinen, als sie nicht funktionierten, und jetzt, da sie in Ordnung sind, bringt er ihre Kommandos durcheinander. Kombiniert mit der Schiffsmaschine ist er schlechter als die Schiffsmaschine allein.«

»Einmal sind die Maschinen schon ausgefallen, Irina …«

»Na und? Noch zehnmal werden sie ausfallen, und noch zehnmal wird man sie reparieren! Ihre Vorliebe für den Drachen ist beleidigend! Verstehen Sie das nicht?«

»Ich verstehe etwas anderes nicht, Irina. Warum haßt Ellon den ehemaligen Vagabund so sehr?«

»Ich weiß nicht. Fragen Sie lieber, warum ich den Drachen nicht leiden kann.«

»Gut. Warum magst du die Stimme nicht?«

»Ich mag sie nicht, und basta! Da haben Sie eine klare Antwort. Sie war mir schon auf dem Dritten Planeten widerwärtig. Brrr! Ein kolossaler Dickwanst, der schlecht riecht!«

»Er hat sich verändert seitdem, Irina!«

»Ja, klapprig war er geworden, techtelmechteln konnte er nicht mehr, aber seinen Geruch hatte er aufs Sternenflugzeug mitgeschleppt. Ich lief immer mit zugehaltener Nase am Drachenstall vorbei, während Sie dort Stunden zubrachten.«

»Ich hatte keine Ahnung, daß er dir unangenehm ist.«

»Oleg ist er ebenfalls unangenehm, dennoch hat er nachgegeben, wie er Ihnen stets nachgibt. Sie dagegen spucken auf fremde Gefühle, Sie ziehen nur die eigenen in Betracht.«

Ich schüttelte den Kopf. »Eine schwerwiegende Beschuldigung, Irina!«

»Sie beruht auf Wahrheit! Außer dem Hund Mizar wollte Lussin noch zwei Katzen mitnehmen. Als jemand sagte, Sie könnten Katzen nicht ausstehen, wurde speziell geprüft, ob es an dem sei. Und es stellte sich heraus – ja, Sie mögen Katzen nicht. Lussin wagte kein Wort mehr über die Katzen zu verlieren! Haben Sie jemanden gefragt, ob ihm die Gesellschaft des feuerspeienden Dinosauriers gefällt?«

»Es gibt keinen Drachen mehr, Irina«, sagte ich. »Es gibt eine denkende Stimme, die die Arbeit der beiden Schiffsmaschinen koordiniert. Wenn die Koordination schlecht läuft, entheben wir die Stimme ihrer heutigen Funktion und versetzen sie in die Reserve.«

Irina stand auf. Ich hielt sie zurück.

»Du sagtest, über Oleg müßte gesondert gesprochen werden. Was meinst du damit?«

Tränen traten ihr in die Augen. Sie schwieg eine Weile. »Ich erkenne Oleg nicht wieder. Sie sind der erste Mann im Geschwader, Eli. Sie haben sich alle unterworfen. Und er hat sich damit abgefunden. Ich war stolz auf ihn, jetzt tut er mir leid. Ich habe zu ihm gesagt: Mein Vater ist ebenfalls mit Eli geflogen, aber er ließ sich nicht so herumkommandieren, wie du es dir gefallen läßt. Oleg ist der Ansicht, ich bildete mir das alles nur ein.«

»Du bildest dir tatsächlich viel ein«, erwiderte ich.

Als sie weg war, ging ich im Zimmer stumm auf und ab. Mary beobachtete mich belustigt.

Ich sagte ärgerlich: »Freust du dich, daß es auf dem Schiff zu Reibereien gekommen ist? Daß die Freundschaft zwischen mir und Oleg völlig falsch ausgelegt wird?«

Sie lachte so ansteckend daß ich mitlachte.

»Ich freue mich, daß dir mal ein paar unangenehme, aber wahre Worte gesagt wurden«, entgegnete sie. »Ich hatte schon lange das gleiche vor, hatte aber Mitleid mit dir. Du bist über jede Kleinigkeit so pikiert … Übrigens hatte ich empfohlen, die Katzen nicht mitzunehmen.«

»Das war unnötig! Ich hätte sie ertragen. Hätte mich an sie gewöhnt ...«

»Das eben wurde befürchtet.«

»Na schön, ich mag Katzen nicht!« rief ich ärgerlich. »Und was ist deiner Meinung nach zu tun?«

»Zunächst – zwischen der Schiffsmaschine und der Stimme gibt es Diskrepanzen. Wenn das stimmt, dann ist es ernst.«

»Ich werde das sofort prüfen«, sagte ich.

Im Operativraum schritt Grazi die ringförmige Wand entlang. Gewissenhaft erfüllte er seine neuen Pflichten. Praktisch beschränkten sie sich einstweilen auf Gespräche mit der Stimme über alles und jedes auf der Welt.

»Stimme«, fragte ich, »wie steht's um die Arbeit mit den denkenden Maschinen?«

»Beide sind zu langsam«, beklagte sie sich.

»Willst du sagen, daß du die Varianten schneller errechnest?«

»Ich bin nicht so dumm, Eli, das zu behaupten. Es ist unmöglich, schneller als die Schiffsmaschinen zu rechnen. Aber ich erklärte dir schon, daß ich nicht die Varianten durchgehe. Ich finde sofort die Antwort.«

»Ja, das sagtest du. Aber wie ist das möglich?«

»Die Varianten tauchen in mir alle zugleich auf. Ich greife nur die richtige heraus. Die verworfenen werden mir nicht bewußt. Ich bewerte sie insgesamt, ohne die Ursachen und Folgen zu prüfen. Ehe die Schiffsmaschine alle Varianten errechnet hat, habe ich schon die Lösung parat. Das verwirrt ihre Arbeit ein bißchen, aber noch nie sind wir auf einen falschen Weg geraten.«

Ich wandte mich an Grazi. »Denkst du auch in fertigen Bewertungen, ohne die Varianten zu vergleichen?«

»Ich bemühe mich, Eli«, antwortete er erhaben.

Es war folglich keineswegs so, wie Ellon und Irina es sahen. Ich ging in den Kommandeurssaal. Um Oshima nicht abzulenken, bat ich Oleg hinaus. Er führte mich in seine Wohnung. Sie besteht aus zwei kleinen Zimmern, die den Schiffskajüten von einst gleichen. Ich war noch nie bei Oleg gewesen, wir waren uns immer nur in den Diensträumen begegnet. Um ein rundes Tischchen standen Sessel, an den Wänden hingen die Porträts berühmter Sternenfahrer, darunter auch meins. Ich betrachtete Andrés Bild. Es zeigte Olegs Vater mit himbeerfarbenem Haar. Der üppige, gleichsam lohende

Schopf umrahmte ein bleiches, feines Gesicht. Andrés Augen lachten. Trotz allem war er in seiner Jugend Oleg sehr ähnlich gewesen, nur die Lockenmode war vergangen.

»Ist es auf der Ora aufgenommen worden?« fragte ich.

»Vor der Gefangennahme, Eli. Am Tag der Landung auf der Sigma, wo Vater den Unsichtbaren in die Hände fiel. Wera schickte dieses Foto meiner Mutter, als Olga, Leonid und du die Fahrt zum Perseus fortsetzten. Was wolltest du mir sagen, Eli?«

Ich erzählte von Ellons Forderungen, von Irinas Bitten. Oleg hörte gleichmütig zu und lächelte nur einmal, als ich erwähnte, daß ich Irinas Meinung nach alle unterdrückte. »Das scheint dich getroffen zu haben, Eli?«

»Es ist nicht gerade angenehm, wenn einem solche Beschuldigungen ins Gesicht geschleudert werden.«

»Mach dir nichts draus. Ich bin keiner von denen, die man zwingen kann, etwas gegen ihren Willen zu tun. Wenn ich mit dir einverstanden bin, dann nur deshalb, weil du recht hast. Das ist ja der Grund, weshalb ich darauf bestand, daß du an der Fahrt teilnimmst: um auf deine Ratschläge zu hören. Hier handelt es sich um Zusammenarbeit, nicht um Verlust der Selbständigkeit. Schade, daß Irina das nicht begreift.«

»Auch manches andere begreift sie nicht«, fügte ich hinzu.

Oleg nickte. Ich sagte, daß es unvernünftig wäre, den Rückzug anzutreten. Die Stimme schaffe ein neues Schiffslenkungssystem, das effektiver als das in der Schiffsmaschine realisiert sei.

»Die Sache ist die, Oleg«, sagte ich, »daß die Konstrukteure nur eine Besonderheit des menschlichen Denkens für die denkenden Maschinen benutzen: die Fähigkeit, zu erwägen, die Fähigkeit, Schlußfolgerungen aus Ursachen zu ziehen, das heißt, eine logische Kette zu bauen. Jede Abzweigung der logischen Kette bietet eine Variante der Situationsbewertung. Die Schiffsmaschine vermehrt und vergleicht die Varianten – das ist ihre Aufgahe. Aber das Denken des Menschen erschöpft sich nicht darin. Und in schwierigen Situationen drohen große Unannehmlichkeiten, wenn maschinelles und menschliches Denken nicht ühereinstimmen.«

Ich führte ein Beispiel an: Jeder weiß, was eine Mutter ist. Doch die Maschine braucht, um sich den ganzen Reichtum des Begriffs »Mutter« klarzumachen, Hunderttausende von Merkmalen und Fakten, deren Aufzählung allein Monate in Anspruch nehmen würde, ohne die aber ihre Einschätzung dem menschlichen Mutterbegriff nicht gleichkäme. Wir haben eine Stadt gesehen und rufen aus: »Wie schön!« Will die Maschine unsere Wahrnehmung genau nachvollziehen, so ist sie gezwungen, alle Gebäude aufzuzählen, alle Straßen, alle Bäume, alle Wolken über den Straßen, muß sic die architektonische Schönheit und die historische Bedeutung eines jeden Gebäudes beschreiben, angefangen mit den Ziegeln, der Farbe der Wände, den Überdachungen, dem Fundament und weiß der Teufel, womit sonst noch, und dann wird die Schönheit, die sich uns augenblicklich erschließt, zum umständlichen Resultat zahlloser Vergleiche und Kongruenzen – zum Höhepunkt einer unermeßlichen Kette von Ursachen und Folgen.«

»Du bist ein Maschinenstürmer, Eli!« sagte Oleg lächelnd. »Darüber, ob du recht hast, will ich nicht befinden. Aber du sprachst von möglichen großen Unannehmlichkeiten. Unannehmlichkeiten auf der Reise betreffen den Oberbefehlshaber unmittelbar. Worauf spieltest du an?«

»Nur darauf, daß jede beliebige Kette in jeder beliebigen Minute an jedem ihrer zahllosen Glieder reißen kann, so daß die ganze lange Rechnung absurd wird. Erinnere dich an die Havarie auf der ›Rammbock‹. In einem bestimmten Augenblick wurden mehrere Folgen und Ursachen durcheinandergebracht. Und die ganze logische Kette war zum Teufel. Die Schiffsmaschine begann falsche Lösungen zu liefern. Nur gut, daß sie sich selbst abschaltete, als sie in der Sackgasse steckte. Sie hätte unter anderem beispielsweise auch den absurden Befehl geben können, sich zu sprengen oder die Annihilatoren auf die anderen Sternenflugzeuge zu richten.«

»Unsere Schiffsmaschinen sind mit einem guten System der Selbstkontrolle ausgestattet, Eli.«

»Ich spreche von Situationen, wo auch die Selbstkontrolle versagen kann.«

»Bist du sicher, daß mit der Stimme solche Unannehmlichkeiten unmöglich sind?«

»Sofern sie nicht plötzlich den Verstand verliert. Sie denkt in ganzen Bildern. Sie erwägt und berechnet, aber das ist bei ihr nur eine Hilfsmethode. Selbstverständlich ist sie den Maschinen überlegen.«

»Ich stimme dir zu«, sagte Oleg in gleichförmigem Ton. »Nimm an, du hättest mich wieder untergekriegt und mir deinen Willen aufgezwungen. Schwierige Situationen wird es sicherlich geben.«

»Wer von uns sagt Ellon und Irina, daß ihre Bitte zum zweitenmal abgelehnt wird?«

Oleg zögerte. »Übernimm du das lieber. Mir fällt es schwer, mit Irina zu sprechen. Sie ist ja ganz vernarrt in ihren Leiter.«

»Aber das ist doch lächerlich! Schließlich ist da das Hindernis der Körperstruktur! Liebe ist ein Gefühl nur für ein Individuum derselben Art. Hier handelt es sich höchstens um Kameradschaft.«

Oleg blickte zerstreut an mir vorbei.

»Irina wird das begreifen, aber ich bin nicht sicher, daß das schon bald sein wird.«

7

Wir flogen in den Kern hinein. Wie ruhig das klingt.

Als wäre da eine Grenze zwischen dem Kern und dem Raum ringsum gewesen, und als hätten wir sie überquert. Aber da war keine Grenze, da waren die Sterne nicht einmal besonders verdichtet – in dem nach außen entgleitenden Kugelsternhaufen waren sie mehr zusammengepreßt. Dennoch begriffen wir sofort, daß wir im Kern waren, die Sterne wirkten plötzlich wie von Sinnen. Ich diktiere »plötzlich« und »wie von Sinnen« und überlege. Die Astrophysiker werden mir vorwerfen, toten Körpern menschliche Eigenschaften zuzuschreiben. Aber treffender vermag ich das Verhalten der Gestirne nicht wiederzugeben. Nicht mehr ihr Leuchten war charakteristisch, sondern ihre Raserei.

Einem, der nicht im Kern gewesen ist, läßt sich das nicht mit Worten schildern. Man muß selber in das Chaos der wie toll heran- und fortfliegenden Sterne tauchen, um mit innerem Erschauern, nicht allein mit den Augen zu erfassen daß man im Kern ist. Ringsum tobt eine Explosion, und man selbst ist nicht mehr als ein dunkles Stäubchen inmitten der sausenden strahlenden Splitter! Wir kannten Sternhaufen – sowohl offene, wie die Plejaden und die beiden Ansammlungen x und h im Perseus, wie auch sphärische gleich denen, die wir durchflogen hatten. Dort hingen die Sterne ganz normal in ihren Koordinatenknoten und entfernten sich kaum voneinander. Und wenn das doch geschah, dann dauerte es lange, ehe es bemerkbar wurde. Die Harmonie der Sternensphären erklang als Melodie der Gravitation, dort war Ordnung.

Doch hier herrschte das Chaos. Kann eine Explosion harmonisch sein? Und wenn ein Stern vorbeijagte oder einen Nachbarn ereilte, brachen rauchige Protuberanzen aus ihnen hervor, und ich hatte das Empfinden, als reiße einer dem anderen ein Büschel Haare vom Kopf.

»Eli, ich bin außerstande, die Bahn auch nur eines der Gestirne zu errechnen«, sagte Olga beinahe erschreckt, als wir zu viert im Kommandeurssaal saßen. »Newtons Gesetze sind hier von irgendwelchen Kräften überlagert, die Unordnung stiften. Der Kern siedet. Und ich begreife nicht, weshalb. Was für eine gigantische Macht muß das sein, die das Gleichgewicht der Sterne derart stört?«

Oleg betrachtete nachdenklich den Sternenstrudel auf den Bildschirmen. »Ist es nicht, Freunde, als beobachteten wir, wie alle Sterne auf einen Haufen fallen und dann zu Nebel werden?«

»Das ist der Untergang unserer Galaxis«, antwortete Olga. »Sie besteht aus rund zweihundert Milliarden Sternen, die Hälfte davon ist im Kern konzentriert. Wenn hundert Milliarden Gestirne explodieren, bleibt von den anderen hundert Milliarden, darunter auch von unserer Sonne und vom Perseus der Demiurgen und Galakten, nichts als Staub übrig.«

»Dafür freuen sich die vernunftbegabten Beobachter in anderen Galaxien, das Auftauchen eines neuen Quasars fixiert zu haben«, tröstete ich sie.

»Mehr und mehr gewinne ich die Überzeugung, daß wir unüberlegt handelten, als wir in diesen brodelnden Sternenbrei eindrangen«, sagte Olga. »Oleg, ich glaube, Überlichtgeschwindigkeiten sind hier gefährlich.«

Ich komme jetzt zu dem Ereignis, das bewies, wie berechtigt Olgas Sorge war. Wieder saßen wir zu viert im Kommandeurssaal. Oshima führte das Schiff, Olga rechnete, Oleg und ich unterhielten uns leise.

Plötzlich sagte Olga erstaunt: »Aus meiner Kalkulation ergibt sich, daß wir unserem Ende entgegentreiben. Wahrscheinlich habe ich irgendwo einen Fehler gemacht!«

Ich antwortete großmütig: »Bestimmt hast du das, Olga, obwohl dir das höchst selten passiert. Ein unmotivierter Untergang der beiden Sternenflugzeuge ist trotz allem weniger wahrscheinlich als ein arithmetischer Fehler in den Berechnungen.«

»Ich prüfe mal nach«, sagte sie.

Im selben Augenblick erschallten die Signale für höchste Alarmstufe: Die Sirenen heulten, die Anlaßrelais der Kampfannihilatoren quakten, die Havarielampen flackerten. Auf der Lichttafel leuchteten die unheilvollen Worte auf: »Raumgeneratoren – erste Bereitschaft!« Ich griff nach dem Sprachrohr, doch Oleg kam mir zuvor.

»Stimme, was ist geschehen?« schrie er.

Wir hörten die Antwort, daß sich das Häufchen ungeordnet umherfliegender Sterne, zwischen denen sich die Schiffe hindurchzwängten, plötzlich, wie in einem Krampf, einheitlich bewege und sich seinem geometrischen Zentrum nähere, in dem wir uns gerade befänden. Die Sterne würden blindwütig aufeinanderstürzen und in die Explosion unweigerlich uns mit einbeziehen. Einziger Ausweg: in einem Kanal neugeschaffenen Raums aus dem Sternhaufen ausbrechen.

»Wir stellen Berechnungen an«, informierte die Stimme.

»Ich bezweifle, daß ein positives Ergebnis zu erwarten ist«, schätzte Olga die Lage ruhig ein. »Die Vorräte des gesamten Geschwaders reichen nicht aus, um eincn Tunnel anzulegen.«

Ich rief das Laboratorium.

»Ellon«, sagte ich. »Wir sind in einer gefährlichen Klemme. Möglicherweise kann uns nur die Gravitationsschnecke retten. Setz dich mit der Stimme in Verbindung.« Er antwortete voll düsterer Heiterkeit: »Die Schnecke hat einen ganzen Planeten zum Teufel gejagt, die beiden Sternenflugzeuge hinauszubefördern ist einfacher. Mag nur euer schwebender Liebling zugeben, daß er nicht imstande ist, einen Kurs zwischen den Sternen hindurch festzulegen, und ich korrigiere seinen Fehler.«

Kurz darauf teilte die Stimme mit, daß uns die Aktivstoffannihilation vor der Sternenexplosion nicht bewahren würde und daß die einzige Hoffnung darin bestehe, mit Hilfe der Gravitationsschnecke hinauszugleiten.

Auf den Sternenbildschirmen entbrannten rund hundert Gestirne vom Ausmaß der Venus, wurden größer und erglühten bedrohlich. Ich erinnerte mich, daß ich in meiner Jugend in den Plejaden genauso beklommen beobachtete, wie aus allen Richtungen der Sternensphäre grimmige Lichter auf uns zu stürzten. Aber jene Lichter, die klein waren, grellgrün, die kosmischen Kreuzer der Zerstörer, waren Stäubchen im Vergleich zu den Giganten, die uns hier umschlossen. Hundert Sonnen fielen herab. Sie hatten auch bald die Größe der Sonne erreicht – blendend weiß, bläulich, regenbogenfarben, trübrot, kirschfarben ... Beide Sternen-Halbsphären waren rasend lodernde Feuer geworden. Allein von der Hitze mußten sich unsere Schiffe in ein Dampfwölkchen verwandeln, noch ehe die Sterne aufeinanderstießen. Ich rief die Stimme.

»Zu früh, Eli«, antwortete sie. »Ellon und ich warten auf den passenden Moment.«

Alle Schiffsenergiequellen waren auf den Metrikgenerator geschaltet. Die »Schlangenträger« folgte im Kielwasser der »Steinbock«.

Kamagin sandte mir eine scherzhafte Ermunterung. »Admiral, zu meiner Zeit sagte man: In Gesellschaft ist auch der Tod nicht schrecklich. Wir werden ihn wohl als hell empfinden.« Der Witz erschien mir makaber.

Doch dann sahen wir, wie sich zwei Sonnen aus der Masse lösten und aufeinander zu jagten. Auf der Linie, auf der sie sich bewegten, befanden sich unsere Sternenflugzeuge. Wir hatten nicht einmal den Trost, daß wir uns kurz vor unserem Ende an einem Weltallbrand würden weiden können. Beide Gestirne würden explodieren, bevor die übrigen ein allgemeines Mischmasch bildeten, und noch eher würden wir verdampfen, wenn wir nicht auf der Raumkrümmung hinausglitten.

»Einschalten!« hörte ich das dreifache Kommando, zu dem sich die Stimme, Ellons Schrei und Olegs Befehl vereinigten.

Ein entsetzlicher Schmerz krampfte meinen Körper zusammen. Flüchtig, wie nebenbei, sah ich, daß sich Oshima und Olga in ihren Sesseln wanden, daß sich Oleg nach dem Hals griff, als zerreiße er würgende Schlingen. Doch das, was sich auf dem Bildschirm abspielte, war so phantastisch unvorhergesehen, daß ich den Schmerz zunächst vergaß.

Die fliegenden Sonnen stießen zusammen, ohne zu explodieren. Eine schob sich durch die andere. Sie jagten ineinander dahin, ohne sich zu vermischen, ohne sich aufzulösen, ohne nach dem schrecklichen Zusammenprall zu entbrennen. Sie verloren nicht einmal die Kugelform. Die eine war mit Protuberanzen gespickt, die mir wie Feuerschlangen auf dem Kopf eines kosmischen Aranen vorkamen, die andere flog in einer Korona, einem Lichtkranz, einem durchsichtig zarten Halo. Und keine der Protuberanzen veränderte sich, als Sonne durch Sonne jagte, so kapriziös wie vorher wanden sie sich, brachen hervor, flammten auf und verblaßten. Und der Halo der zweiten Sonne trübte sich nur ein wenig in der Helligkeit des ersten Gestirns, verschwand aber nicht, verschwamm nicht, sondern blieb zart und dicht. Ich begriff, daß ich den Verstand verlor, daß der Schmerz in den Körperzellen mir das Bewußtsein trübte. Ich freute mich nicht einmal darüber, daß wir nicht zu sterben brauchten. Die rettenden Wege sah ich nicht, es war unmöglich. Wir sanken nicht in einem Gravitationsloch, kreisten nicht in einer Gravitationsspirale, sonst wären alle Gestirne sofort verschwunden. Doch sie waren da – eins stieß mit dem anderen zusammen, eins ging durch das andere hindurch. Sie glichen Schatten, die sich für einen Augenblick kreuzen.

»Sternenphantome! Sternenphantome!« schrie ich, von diesem Gedanken erschüttert.

Sonne war durch Sonne gegangen, und nun entfernten sie sich voneinander. Sie waren zusammengestoßen und doch nicht zusammengestoßen. Die unvermeidliche, unabwendbare Explosion hatte nicht stattgefunden. Es gab keine andere Realität als den Krampf und den Schmerz in jeder Zelle und Ader! Ich stürzte zu Oleg. Er krächzte: »Zu Ellon! Um Olga und Oshima kümmere ich mich!«

Ich rannte in den Korridor und fiel hin. Die Beine gehorchten mir nicht. Sie ließen sich nicht folgerichtig bewegen. Sobald ich den linken Fuß setzen wollte, erhob sich auch der rechte. Ich stürzte noch ein paarmal, bevor mir klar wurde, daß ich nicht mehr gehen, sondern nur wie die Demiurgen hüpfen konnte. So hüpfte ich auf beiden Beinen, aber noch ehe ich im Labor anlangte, fand ich zur normalen Gangart zurück.

Das Laboratorium sah aus wie nach einem Erdbeben. Die Laufwerke hatten sich von ihren Plätzen gelöst, nur die Böcke standen dort, wo sie hingehörten. Ellon lag lang ausgestreckt neben dem Metrikgenerator, und seine Arme und Beine zuckten. Bei ihm kniete Irina, weinend rief sie ihn, zupfte an ihm und küßte ihn. Sie wandte mir das tränenüberströmte Gesicht zu und stöhnte. »Helfen Sie! Er stirbt! Das ist mein Ende!«

Mit vereinten Kräften hoben wir Ellon auf und setzten ihn in einen Sessel. Mühsam hob er die Lider. »Irina«, flüsterte er. »Irina, lebe ich?«

Sie küßte ihn noch leidenschaftlicher. »Ja, ja, ja! Du lebst, und ich liebe dich! Umarme mich, Ellon!«

Er stand auf, wankte. »Umarmen?« fragte er befremdet. »Dich umarmen? Wieso?«

Wimmernd schlug sie die Hände vors Gesicht. Ich faßte sie unter.

»Irina, geh in dein Zimmer. Ellon kann dich nicht verstehen.«

Sie brauste auf: »Was wollen Sie von mir? Sie sind ein böser Mensch! Sie selbst verstehen niemand!«

»Ich will nichts von dir, Irina! Sei nicht hysterisch! Ellon, was ist passiert? Hast du den Metrikgenerator eingeschaltet?«

Das Sprechen bereitete ihm Mühe. »Admiral, ich habe gar nichts getan. Es wirbelte mich plötzlich herum und schleuderte mich zu Boden. Ich sehe, daß wir gerettet sind.« Immer noch befremdet blickte er Irina an. »Was ist mit dir? Hast du dich verletzt? Soll ich dich zur medizinischen Maschine begleiten, Irina?«

Sie nahm sich zusammen, lächelte sogar, doch ihre Stimme zitterte. »Bei mir ist alles in Ordnung, Ellon. Ich werde das Labor aufräumen.«

Sie trat beiseite. Ellon berichtete, daß er in dem Augenblick stürzte, als er sich anschickte, beide Schiffe in die Schnecke gleiten zu lassen.

Ich erinnerte mich, daß ich nichts über Mary wußte, und ich rief sie. Mary fühlte sich nicht besonders gut, aber allmählich erholte sie sich. Der Schmerz hatte sie ereilt, als sie in ihr Labor gehen wollte. Sie hatte sich zu ihrem Bett schleppen können.

»Mach dir keine Sorgen um mich, Eli. Laß dich nicht abhalten.«

Dann eilte ich in den Operativraum. Dort war alles unverändert. Erschöpft lehnte ich mich an die Wand. Grazi stützte mich. Der Galakt stand fest auf den Füßen, obwohl er bleich war. Ich murmelte gequält: »Stimme, Grazi, was waren das für ungeheuerliche Phantome?« Wie aus weiter Ferne hörte ich die Stimme. »Eli, das waren keine Phantome, das war kein Trugbild, als Sonne auf Sonne stürzte, sondern Wirklichkeit.«

»Und sie sind zusammengestoßen? Und es hat keine Explosion gegeben? Und Sonne ist durch Sonne gegangen? Offenbar haben wir alle den Verstand verloren! Grazi, begreifst du etwas? Wir sind in eine Welt geraten, wo die Gesetze der Physik aufgehoben sind! Selbst die Gravitation ist abgeschafft!«

Grazi sah nicht weniger verwirrt aus als ich.

Die Stimme fuhr fort: »Die Zeitenkette riß in mir. Ich war zugleich in der Vergangenheit und in der Zukunft, die Gegenwart gab es nicht. Aus meinem ›Jetzt‹ war ich herausgeschleudert. Das war eine entsetzliche Qual, Eli. Es war, als blute die Zeit in mir. Und aus der Vergangenheit konnte ich nicht auf die Zukunft einwirken, denn das ›Jetzt‹ fehlte als Bindeglied. Ich glaubte, mir platze der Kopf, weil ich außerstande war, etwas zu begreifen. Nur einfacher Handlungen war ich in dem Moment noch fähig – jemanden zu retten, jemanden aufzuheben, mit jemandem zu kämpfen, jemanden anzuschreien ...«

»Stimme, ich frage dich nach den Sonnen, die zusammenstießen, nicht nach deinem Befinden!«

»Sie stießen nicht zusammen, Eli! Zwischen den fliegenden Gestirnen riß das Band der Zeit. Dieser Riß traf auch uns, und unsere Zeit riß ebenfalls ... Sonne flog nicht in ihrer beider ›Jetzt‹ auf Sonne. Wahrscheinlich blieb eine in der Vergangenheit, während die andere in die Zukunft hinausgetragen wurde. Den Ort des Zusammenstoßes durchrasten sie in verschiedenen Zeiten – deshalb gab es keine Explosion.«

Ich begann zu verstehen, wenn es mich auch Anstrengung kostete. »Du sprichst ungeheuerliche Dinge, Stimme. Ich vermag einzuräumen, daß Julius Cäsar und Attila die gleiche Erde beschritten, den Fuß auf die gleichen Steine setzten, aber nicht zusammenstoßen konnten, weil Jahrhunderte sie trennten. Daß die Zeit selbst reißt ...«

»Das ist die einzig richtige Erklärung.«

»Beweise es, Stimme!«

»Die Schiffsmaschinen bearbeiten alles, was die Analysatoren fixierten.«

Ich kehrte in den Kommandeurssaal zurück. Oleg und Oshima fühlten sich schwach, bewegten sich aber ohne Mühe. Oshima führte wieder die »Steinbock«. Oleg wußte bereits, daß die Schiffsmaschinen Berechnungen anstellten.

Niedergeschlagen starrten wir wenig später auf das von ihnen errechnete Ergebnis. Selbst im Fieberwahn wäre unvorstellbar gewesen, was auf dem Rechnungsstreifen derart einfach und in seiner Weise sogar logisch schien. Die Sterne waren real aufeinander zu gejagt, doch in dem Augenblick, als ihre gegenseitige Gravitation einen bestimmten Grenzwert erreichte, kam es bei ihnen zu einer Unterbrechung des Zeitverlaufs. Die Zeit riß tatsächlich, hörte auf, synchron zu sein. Der Riß machte Picosekunden für Mikroteilchen aus, Sekunden für uns, Jahrtausende für Sonnen. Diese Sekunden außerhalb der Zeit hätten uns beinahe das Leben gekostet – es muß noch geklärt werden, warum wir unversehrt geblieben waren. Desgleichen blieb mir unklar, warum die Zeit für beliebige Teilchen und kosmische Massen normalerweise gleich war, die Größe des Risses aber derart von der Masse abhing. Für Mikroteichen genügten Picosekunden, um nicht in der Gleichzeitigkeit zusammenzustoßen. Den Gestirnen jedoch garantierte eine Zeitverschiebung von Jahrtausenden das ungehinderte Passieren einer Stelle, wo sie ohne diese Verschiebung zusammengestoßen und explodiert wären. Alles wurde klar. Doch es war eine unfaßbare Klarheit.

Der nächste Tag brachte nichts Neues. Und noch ein paar Tage lang ereignete sich nichts, will man das Schauspiel der ungeordnet umherfliegenden Gestirne nicht als Ereignis betrachten. Doch dann erschallten wieder die Signale für höchste Alarmstufe, und jeder eilte an seinen Gefechtsposten. Die Bildschirme zeigten schon Gesehenes: Ein Sternenschwarm ringsum, und alle Sterne fielen auf uns herab. Oshima rief erschreckt, dies sei der Sternenschwarm von neulich. Oleg forderte von der Stimme Auskünfte an. Sie übermittelte, daß dies tatsächlich die Sternenumgebung sei, in der wir uns schon einmal aufgehalten hatten.

»Wir jagen in unsere Vergangenheit!« Oleg starrte auf die Erbsen, die sich rasch zu Sonnen auswuchsen.

»Wir jagen in unsere Zukunft«, korrigierte Olga. »Alles, was uns bevorsteht, ist Zukunft. Aber diese uns bevorstehende Zukunft war schon in der Vergangenheit.«

Ich schaute von ihr zu Oleg, von Oleg zu Oshima. Ich wußte nicht mehr, wo mir der Kopf stand. »Wir befinden uns in einem Zeitring, Oleg«, sagte ich. »Und zieht man in Betracht, daß die Vergangenheit sehr schnell kam, so ist der Durchmesser des Ringes nicht groß. Wir werden uns nun unaufhörlich in einem geschlossenen Kreis bewegen, uns nachjagen wie ein Hund seinem Schwanz. Deine Pläne, Oleg?«

Oleg hatte seine Entschlossenheit nicht verloren. »Wir wollen uns bemühen, nicht in die Zukunft zu geraten, die unsere Vergangenheit ist. Ellon, halte dich bereit, die Metrikgeneratoren einzuschalten! Stimme, erteile das Kommando zum Einschalten, bevor die Zeit abermals reißt!«

Nun konnten wir nur abwarten. Erneut funkelten auf den Bildschirmen die hundert größer werdenden grellen Sonnen. Erneut lösten sich die beiden tollwütigen Gestirne aus dem Schwarm und rasten aufeinander zu. Ich duckte mich, machte mich auf einen neuen Schlag auf Nerven und Gewebe gefaßt, den ich diesmal vielleicht nicht überstehen würde. Aber die aufeinander zu fliegenden Sonnen verblaßten und gingen unter. Und dann gab es keinen kompakten Sternenschwarm mehr, es gab wie vorher einen Wirrwarr der Sterne, ein Gedränge und Geschiebe, das nur etwas dichter und chaotischer war. Aus dem gefährlichen Raum zwischen den zusammenstoßenden Gestirnen waren wir ins normale Sternengetümmel des Kerns entschlüpft.

»Es erweist sich, daß der Zeitriß nicht einfach ein Riß war«, sagte Olga erleichtert. »Er bedeutete, daß wir in die Vergangenheit versetzt wurden. Denn nur aus der Vergangenheit konnten wir in die Zukunft fliegen, die schon gewesen ist.«

Ich leitete ihren Gedanken an die Stimme weiter. Sie hatte den Zeitriß entdeckt. Mochten sie nach Herzenslust miteinander streiten und zu wichtigen Schlüssen gelangen. Olgas Denken beruhte zwar auf Erwägungen, das der Stimme auf fertigen Resultaten, aber zur Wahrheit konnten sie auch auf verschiedenen Wegen gelangen. Mich beunruhigte mehr, daß unsere Fahrt in der Gravitationsschnecke nicht aus dem Kern hinaus, sondern in seine Tiefe führte.

8

Trubs Zustand hatte sich verschlechtert. Mary und ich besuchten den alten Engel. Er lag auf einem weichen Sofa. Sein runzliges Gesicht war so grau wie der Backenbart. Seiner Gewohnheit nach kämmte er ihn mit den gebogenen Krallen, aber so langsam, so schwach, daß Mary die Tränen kamen. Es wurde klar, daß seine Tage gezählt waren. Er wußte, daß er bald sterben würde, und er hatte keine Angst davor. »Eli, der Zeitriß ist nichts für mich«, flüsterte er traurig. »Die Engel können nicht zugleich in verschiedenen Zeiten leben. Du weißt, Admiral, wir haben einen verteufelt starken Organismus, wir ertragen jede physische Belastung. Aber die Verschiedenzeitigkeit ist uns schädlich. Wir sind prinzipielle Gleichzeitler. Alles andere ist eine Katastrophe für uns. Lussin hätte solch eine Zeitverdrehung ebenfalls nicht vertragen. Davon bin ich überzeugt.«

Mary tröstete Trub. Ich konnte es nicht. Frauen, das wurde des öfteren bemerkt, lehnen sich gegen offensichtlichste Offensichtlichkeiten auf, wenn sie ihrem Gefühl zuwider sind. Schweigend hörte ich mir an, wie sie dem Engel einredete, er werde sich wieder erholen, die Behandlung sei ja noch nicht abgeschlossen, und wenn es soweit sei, werde er sich vom Krankenlager nicht einfach erheben, sondern sofort aufschwingen. Vielleicht glaubte sie ihre Beteuerungen selbst. Trub glaubte nicht daran, aber er betrachtete sie dankbar. Romero trat ein und fragte mich flüsternd, woran ich denke. Ich überlegte gerade, daß sich der Zeitriß auf tote Gegenstände fast gar nicht ausgewirkt hatte, während er bei allen Lebewesen, außer Mizar, schwere Erschütterungen hervorrief. Romero streichelte Mizar, der sich vor ihm hingelegt hatte. Der kluge Hund ließ Trub nicht aus den Augen. Er hörte, was ich über ihn sagte, ließ es sich aber nicht anmerken. Obwohl er dank Lussins Bemühungen die Menschensprache vortrefflich verstand, sofern wir uns nicht im Abstrakten verloren, mischte er sich aus hündischem Zartgefühl nie in Gespräche ein.

»Sie haben auf eine wichtige Tatsache verwiesen, Eli«, sagte Romero. »Wahrscheinlich war die Phasenverschiebung der Zeit oder ihr Riß, wie die Stimme meint, in unserer kleinen Schiffswelt so winzig, daß die Gegenstände darauf nicht reagieren konnten. In einer Periode von ein, zwei Sekunden ändert sich ja praktisch nichts in der Welt der Sachen. Aber für eine lebende Zelle, eine Nervenzelle zumal, kommt sekundenlange Nichtexistenz einem winzigen Tod gleich. Wir werden dieser Tatsache künftig Rechnung tragen müssen.«

»Am schlimmsten ist es Trub ergangen.« Genau wie Romero sprach ich fast flüsternd. »Der Schlag auf die Nervenzellen hat zu einer schweren Krankheit geführt – so erkläre ich mir seinen Zustand. Die seelischen Leiden haben körperliche Qualen hervorgerufen.«

»Trub scheint sich besser zu fühlen«, sagte Romero erfreut. »Schauen Sie, Eli, er bewegt sich!«

Aber das war keine Belebung, sondern Agonie. Trubs Körper wurde von einem Krampf zusammengezogen. Er richtete sich auf, schlug schwerfällig mit den Flügeln, wandte mir das Gesicht zu, versuchte verzweifelt, etwas zu sagen, aber statt Worten brach ein undefinierbares Geschrei aus seiner Kehle. Ich ließ mich an seinem Lager auf die Knie nieder, drückte den Kopf an seine große behaarte Brust, hörte, wie dumpf und ungleichmäßig sein Herz schlug, wie die Schläge schwächer wurden und es bei einem kaum wahrnehmbaren Schlag plötzlich verstummte. Der Körper des Alten zuckte noch, regte sich, erstarrte allmählich und streckte sich. Die Flügel sanken kraftlos herab. Trub war nicht mehr.

»Aus, Mary!« sagte ich und erhob mich. »Aus, aus! Noch ein Freund ist von uns gegangen. Wer ist nun an der Reihe?«

Mary weinte, Romero stand schweigend am Lager, Tränen rannen ihm über die Wangen. Traurig-zärtlich erkannte ich plötzlich, daß er seinen unvermeidlichen Spazierstock jetzt nicht mehr brauchte, um die Alten nachzuahmen, sondern um nicht zu taumeln.

Ein neuer Sarkophag fand seinen Platz im Konservierungsraum.

In den nächsten Nächten fand ich keinen Schlaf, ich ging in mein Zimmer und schaute auf den kleinen Sternenbildschirm – er zeigte immer dieselbe unheimliche Landschaft der teuflisch aufeinanderfliegenden Gestirne, einen wilden Sternensturm, eine Sternenexplosion, wie sie vor Zeiten das ganze Weltall erschüttert hatte und seitdem unaufhörlich fortdauerte. Und ich überlegte, was dieses Sternenchaos bedeuten könne, dieser ungeheuere Mangel selbst einer Andeutung von Ordnung, von einer majestätischen Harmonie der Sternensphären ganz zu schweigen. Olga hatte den Satz geäußert: »Der Kern siedet!« Ihre Worte gingen mir nicht aus dem Kopf. Was zwang den Kern, zu sieden und die Sterne wie Spritzer zu verschleudern? Was für eine furchtbare Überhitzung war erforderlich, um die gigantischen Gestirne wie die Moleküle in einem Autoklav schwirren zu lassen? Änderte ein Überhitzen des Kerns nicht die Eigenschaften des Raums? Der Raum war etwas, wovon wir noch wenig wußten. Er war kein leerer Behälter für materielle Dinge, denn er verwandelte sich in Materie, und Materie wurde Raum. Was hatten wir noch von ihm entdeckt außer dieser simplen Wahrheit? Der Raum war das geheimnisvollste Geheimnis der Natur, das rätselhafteste Rätsel. Und die Zeit? War hier nicht auch die Zeit überhitzt? Wir hatten uns an die ruhige, einförmige, gleichmäßige Zeit unserer ruhigen, ausgeglichenen Sternenperipherie gewöhnt – was wußten wir davon, wie sie noch sein konnte? Vermochte sich jemand, der den Ozean bei Windstille gesehen hatte, vorzustellen, wie er bei Sturm war? »Hier ist die Zeit bröcklig, sie reißt, hier ist die Zeit krank, sie hat Krebs!« Hatte das nicht der Verräter Oan hartnäckig behauptet? War das eine leere Drohung oder eine Warnung gewesen? Und hatte sich seine Drohung nicht bewahrheitet, wenn es eine Drohung gewesen war? Die Zeit riß, die Vergangenheit schloß sich nicht mittels der Gegenwart an die Zukunft an – jede Zelle unseres Körpers schrie davon! Der arme Trub war dem Zeitriß zum Opfer gefallen! Und wäre die Zeit nicht gerissen? Dann wären wir alle einer Katastrophe zum Opfer gefallen, die Sternenflugzeuge und auch die Sterne. Was für eine gigantische Explosion hätte den Kern erschüttert, wären in ihm diese Hunderte von Gestirnen geborsten! Im Kern gab es Milliarden davon, aber versetzt nicht eine Tonne atomaren Sprengstoffs Milliarden Tonnen schwere Berge?

»Warte!« sagte ich zu mir. »Warte, Eli! Das ist doch offensichtlich, davon zeugen unsere Schiffsmaschinen – der Zeitriß hat die Explosion von reichlich hundert Gestirnen verhütet! Ist die Zeitkrankheit vielleicht eine besondere Form der Kernbeständigkeit? Wenn Atom gegen Atom fliegt, Molekül gegen Molekül, bewahrt die elektrische Abstoßung sie vor ständigen Zusammenstößen, schleudert die elektrische Unvereinbarkeit sie zurück. Dank diesem existieren wir – die Gegenstände, die Organismen, die Kunstwerke. Die winzigen Kerne unserer Atome können nicht frontal zusammenstoßen. Und hier, in diesem großen Kern? Hier gibt es keine elektrischen Kräfte, die imstande wären, die Sterne voneinander wegzuschleudern. Dafür gibt es die Newtonsche Anziehung, von der sie chaotisch, wild aufeinander zu gestoßen werden. Ach, Newton, Newton, du alter Weiser, du hast da den unvermeidlichen Untergang für das ganze Weltall projektiert! Und es geht nur deshalb nicht unter, weil ein neues, uns noch unbekanntes Gesetz wirksam ist, das mächtiger ist als deine Gravitation, als die elektrische Anziehung und Abstoßung, sogar stärker als die Metrikkrümmung der Demiurgen – die Krümmung und der Riß der Zeit! Das ist die Garantie für die Beständigkeit des Kerns! Die Beweglichkeit deiner Zeit, Kern, rettet die ganze Welt. Nein, das ist keine Krankheit, das ist ein gewaltiger physikalischer Prozeß, wir wußten davon einfach noch nichts. Jetzt wissen wir: Die

Disharmonie der Zeit gewährleistet die Beständigkeit des Kerns! Die Unvereinbarkeit der Gleichzeitigkeit, die wechselseitige Abstoßung der Zeit! Aber Trub hat recht – das ist nichts für uns, das ist entschieden nichts für uns!«

So überlegte ich, bald logisch, bald wirr. Mal baute ich kaltblütig eine Kette von Ursachen und Folgen, mal lehnte ich mich leidenschaftlich dagegen auf. Und in mir reifte die Überzeugung, daß wir uns so schnell wie möglich aus dem Kern davonscheren mußten, bevor wir umkamen. Ja, richtig, die meisten Sterne der Galaxis sind im Kern konzentriert. Aber Leben ist hier unmöglich. Leben ist eine Erscheinung der Peripherie. Wir können das jetzt bestätigen! »Nein!« antwortet uns der Kern, und das klingt überzeugend. Na wennschon! Dieses »Nein« ist ein wertvolles Resultat der Expedition, wir hatten ja nicht erwartet, daß uns überall nur »Ja, ja, ja« empfangen werde. Das Verbot, ins höllische Feuer vorzudringen, ist eine nicht weniger wichtige Entdeckung, als es die Einladung gewesen wäre, in einem neuentdeckten Paradies zu herrschen. Wir hatten die Grenzen für die Existenz von Leben erkannt. Es war Zeit, aus der Sternenhölle zu verschwinden! Höchste Zeit!

Mit genau diesen Worten brachte ich auf der nächsten Beratung der Kapitäne den Vorschlag ein, die Expedition zum Kern zu beenden. Wir begannen uns auf die Rückkehr in die heimatlichen Sternengefilde vorzubereiten.

9

In einem waren wir alle einer Meinung: Der Galaxiskern war ein gigantischer Höllenofen, ein Höllenfeuer von Materie, Raum und Zeit. Fast ohne Einwände wurde auch meine Hypothese akzeptiert, daß der Riß der Zeit die Beständigkeit des Kerns garantiere, daß die Harmonie des Kerns darin beruhe, daß sich die Gleichzeitigkeiten wechselseitig abstießen!

Allein Romero war sich nicht schlüssig. »Oh, ich verstehe, lieber Admiral, daß Sie die Paradoxe des Kerns anders nicht erklären könnten«, sagte er. »Wenn zwei Lösungen eines beliebigen Rätsels angeboten werden, die eine trivial, die andere seltsam, so wählen Sie unweigerlich die zweite. So ist eben Ihre Natur. Sie wundern sich, wenn es nichts zu wundern gibt.«

»Ich begreife Ihre Einwände nicht, Pawel«, sagte ich gereizt, denn dieses Gespräch fand statt, nachdem Romero mit den anderen für meinen Vorschlag gestimmt hatte. Ich fand, er nörgele nur.

Er ignorierte meine Bemerkung. »Ihre Hypothese, Newtons mörderisches Gravitationsgesetz führe die Welt in den Untergang ...«

»Es ist nicht mörderisch, sondern bewirkt Unbeständigkeit in großen Massenansammlungen.«

»Ja, ja, Unbeständigkeit! Das alles ist sehr scharfsinnig, ich will es nicht leugnen, mein kluger Freund. Es unterliegt keinem Zweifel, daß ein Riß in der Gleichzeitigkeit, selbst eine Zeitphasenverschiebung, die Beständigkeit des Kerns garantiert, sofern ein solcher Riß an der erforderlichen Stelle und im erforderlichen Augenblick eintritt. Zwei Hände schließen sich nicht zu einem Druck, wenn die eine früher ausgestreckt wird als die andere. Aber sehen Sie, weiser Eli, es ist wohl kaum statthaft, ein Rätsel zu lösen, indem man ein zweites, noch dunkleres ersinnt.«

»Ihrer Meinung nach habe ich den Zeitriß ersonnen? Dann sagen Sie mir doch, Pawel, aus welchem Grund Sie kürzlich zu Boden geschleudert wurden und das Bewußtsein verloren!«

»Den Zeitriß bestreite ich nicht. Und es ist wahr, daß ich auf dem Fußboden gelegen habe. Die Fakten sind ein hartnäckig Ding, wie die Vorfahren sagten. Aber Sie stellen doch eine neue Theorie auf, beschreiben nicht nur Fakten. Wenn ich richtig verstehe, begründen Sie ein neues, das grandioseste Gesetz des Weltalls: Die Beständigkeit der Hauptmasse der Materie in der Galaxis wird durch die Unbeständigkeit der Zeit garantiert. Die Erhaltung der Sternenwelt ist durch die Nichterhaltung der Zeit bestimmt. Ihrer Meinung nach ist der einsinnig gerichtete Lauf der Zeit so etwas wie eine Entartung der Zeit in den Sternenperipherien, in den ruhigen Bezirken. Und wir, die wir die ruhige Zeit nutzen, sind von vornherein als Sternenprovinzler abgestempelt.«

»Kränkt Sie das, Pawel? In der von Ihnen so geliebten alten Zeit galt die Erde als Mittelpunkt des Weltalls und der Mensch als Krone der Schöpfung. Ist das auch Ihre Vorstellung von der Welt?«

»Ich wage zu bemerken, Admiral: Sie halten mich für einen größeren Dummkopf, als ich es bin. Aber ich komme nicht umhin zu bekennen: Es ärgert mich irgendwie, daß das Leben dadurch entstanden ist, daß die Zeit in den Bezirken der Lebensschöpfung zur einsinnigen Gerichtetheit entartete, daß das Leben auf diese

Weise gewissermaßen eine Entartung der Materie ist. Wenn nicht den Menschen, so habe ich doch immer das Leben als solches für den Höhepunkt in der Entwicklung der Materie gehalten. Eine derartige Enttäuschung ...«

»Die Kirchenleute, die enttäuscht waren, daß die Erde nicht das Zentrum des Weltalls ist, verbrannten Giordano Bruno, der diese unangenehmen Wahrheiten predigte. Wie gedenken Sie mit mir zu verfahren, Pawel?«

»Sie beenden unseren Streit mit tonnenschweren Argumenten, die mich zu Boden drücken, großartiger Eli. Nein, ich werde Sie nicht auf dem Scheiterhaufen verbrennen.«

Romero hob grüßend den Stock und entfernte sich beleidigt. Doch in mir gewann der Gedanke immer größere Festigkeit, daß das Gravitationsgesetz einer Voraussage des Weltalluntergangcs gleichkomme. Wir betrachteten es nur deshalb als Garanten der Sternenharmonie, weil wir es in fernen Galaxisbezirken erkannt hatten, in »entarteten« Bezirken, wie Romero unsere Sternenheimat schimpfte. Hier, in der siedenden Hölle des Kerns, war es ein unheilvoller Stimulus für eine allgemeine Explosion. Was die Gravitation zuwege brachte, sahen wir am Beispiel der Kollapsare, die sich aus mächtigen Gestirnen in »schwarze Löcher« verwandelten. Merkwürdig – ich kritisierte das Gravitationsgesetz nicht nur, sondern fürchtete es, begann es zu hassen! Es ist lächerlich, blinde Naturgesetze zu hassen. Aber die Gravitation war in meinen Augen der Tod jeglicher Materi, nicht allein des hochorganisierten Lebens. Und nur das, was diesem schrecklichen Gesetz widersprach, garantierte die Existenz der Welt: die elektrischen und magnetischen Unvereinbarkeiten in der atomaren Welt, die großen Entfernungen zwischen den Sternen im Kosmos – und hier, im Kern, auch die von uns entdeckte Unvereinbarkeit der Gleichzeitigkeit. Die Gravitation ist eine Entartung der Materie, ihr Fluch, sagte ich mir. Der Kampf gegen die Gravitation ist das einzige, was das Weltall erhält!

Die Stimme und Ellon unterstützten mich widerspruchslos. Es passierte nicht oft, daß der ehrgeizige Demiurg und das weitdenkende Gehirn einheitlicher Auffassung waren. Besonders wichtig war Ellons Unterstützung – ihm oblag die Ausarbeitung einer Methode, um aus dem Kern herauszugleiten, in den wir gezogen wurden.

»Admiral, ich weiß nicht, warum meine Schnecke nur einseitig anspricht«, bekannte er einmal. »Den Berechnungen nach müßten die Sternenflugzeuge hinausgetragen werden, doch das Gegenteil geschieht.«

Ich saß im Laboratorium. Abseits, mit dem Rücken zu mir, arbeitete schweigend Irina. Sie verzieh mir nicht, daß ich ihre Tränen und ihre Verzweiflung gesehen hatte. Ellon trug sie nicht nach, daß er ihre Gefühle nicht verstand, mir verargte sie, daß ich unbeabsichtigt Zeuge ihrer Zurückweisung geworden war. Sie wandte sich ab, wenn ich im Laboratorium erschien, und ihre Antworten klangen kalt. Ich besprach mit Ellon die wichtigsten Dinge, unsere Existenz hing davon ab, ob wir die richtige Lösung des Rätsels fanden, während es mich drängte, zu ihr zu treten, sie bei der Schulter zu packen und sie unverblümt zu fragen: »Du Närrin, was hab ich dir getan?«

»Also siehst du keinen Ausweg, Ellon?« fragte ich.

»Dies ist ein seltsamer Raum, Admiral. Ich begreife ihn nicht.« Er schwieg eine Weile, unterdrückte die Feindseligkeit und sagte: »Berate dich mit dem Gehirn, einst kannte es sich in den Raumeigenschaften aus.«

Ich wußte die Überwindung zu schätzen, die Ellon dieses Eingeständnis gekostet hatte.

Als ich zur Stimme kam, sagte ich: »Vagabund, du warst ebenfalls der Meinung, daß wir von hier fliehen müssen. Es gelingt nicht, die Sternenflugzeuge mit Hilfe der Metrikgeneratoren hinauszuführen. Könnten wir uns vielleicht mit Überlichtgeschwindigkeiten vom Kern lösen, indem wir Raum annihilieren?«

»Unmöglich«, erwiderte sie. »Die nichteuklidischen Krümmungen, mit denen ich den Sternenflugzeugen im Perseus den Weg verlegte, sind hunderte Male schwächer als diejenigen, mit denen wir es hier zu tun haben. Und noch eins, Eli: Dort ist der Raum passiv, er fügt sich leicht in die vorgegebene Metrik. Hier zerren Stürme an ihm, Metrikwirbel entstehen in ihm, vor denen uns das Schicksal bewahren möge.«

»Und unsere Methode der Planetenannihilation?«

»Die Vernichtung der ›Stier‹ und zweier Drittel des Geschwaders, als wir diese Methode anwandten …«

»Da waren die Ramiren. Aus irgendeinem Grunde wollten sie nicht, daß wir das Gleichgewicht in den Untergehenden Welten störten. Hier deutet nichts auf die Ramiren hin. Ich bezweifle, daß eine vernünftige Zivilisation in dieser Sternenhölle existieren könnte.«

»Man müßte es mit einem kleinen Planeten versuchen, Eli«, sagte die Stimme.

Aber es gab keine Planeten im Kern. Unter den Millionen auf den Bildschirmen vorüberjagender Sterne war kein einziger wie gewohnt angelegt. Nicht einmal gewöhnliche Doppel- und Dreifachsterne fanden sich. Die Sterne jagten als wilde Herumtreiber daher. Das bedeutet nicht, daß in ihrem ungeordneten Lauf Verdichtungen gefehlt hätten. Wir trafen viele Verdichtungen an. Aber nachdem wir einer solchen Verdichtung mit Müh und Not entkommen waren, wobei wir Trub verloren, hatten wir keine Lust, erneut in einen Teufelsofen vorzudringen, wo die Zeit geschmolzen wurde. Dabei bestand nur in solchen Ansammlungen Aussicht, einen kleinen Planeten zu erwischen.

Eine Sternenverdichtung erschien uns annehmbar – ein gigantischer, fast sphärischer Sternenstrudel. Darin drehten sich die Gestirne wie rasend, streuten Staub wie Pilzsporen aus und verströmten gasförmigen Wasserstoff. Die Stimme warnte, daß innerhalb des Sternenstrudels etwas sei, das man als Metrikstrudel bezeichnen könne – ein ungeheurer Raumwirbel.

Den Berechnungen der Schiffsmaschine zufolge war der Sternenwirbel unbeständig. Ungefähr tausend Jahre nach seinem Entstehen mußte er sich in einer gigantischen Explosion zerstauben. Und zugleich bestand kein Zweifel, daß der Sternenstrudel schon Millionen Jahre existierte. Hier war wieder das gleiche Paradox, und selbst Romero neigte zu der Ansicht, daß die Gleichzeitigkeit der Sternenstrudelexistenz nur von außen zu beobachten sei, während es innerhalb des Wirbels keine Gleichzeitigkeit gäbe. In der besonderen Zeit jedes Gestirns sei vielleicht auch der Sternenschwarm selbst nicht vorhanden.

Oshima sagte zu Oleg: »Admiral, wollen wir nicht umkehren? Ich möchte nicht, daß mein eines Bein plötzlich im vergangenen Jahrhundert steckt, das andere im künftigen, indessen das Herz nur tausend Jahre zurück oder tausend Jahre später schlägt – ich weiß nicht, was schlimmer ist! In mir ist kein Platz für so viele verschiedene Zeiten.«

Oleg befahl, von der gefährlichen Ansammlung abzudrehen.

Zum Glück gelang das leicht. Auf die »Steinbock« kam Kamagin zur fälligen Konferenz der Kapitäne. Oleg teilte mit, daß es keine einfachen Auswege gäbe.

»Und nicht einfache?« fragte Kamagin.

Nicht einfache Auswege gab es ebenfalls nicht. Im Kern waren keine Planeten gefunden worden, und die Annihilation von Sternen überstieg unsere Kräfte.

»Also sterben?« fragte Kamagin wieder.

Die Frage war unangebracht. Oleg hatte die Kapitäne zusammengerufen, um zu beraten, wie die Katastrophe zu vermeiden sei.

Kamagin sagte erregt: »Ich will heute einen Fehler korrigieren, den ich vor mehr als zwanzig Jahren machte. Damals befahl Admiral Eli, zwei Sternenflugzeuge zu vernichten, damit das dritte die Freiheit gewinne. Ich protestierte. Jetzt schlage ich vor, jene Operation, die wir im Perseus vollzogen, zu wiederholen. Ich stelle meine ›Schlangenträger‹ zur Vernichtung zur Verfügung.«

»Soweit ich mich erinnere, endete jener Versuch im Perseus mit einem Mißerfolg!« bemerkte Olga.

Kamagin entgegnete, im Perseus hätten wir gekämpft, die Feinde hätten verzweifelt Widerstand geleistet. Hier gäbe es keine Feinde. Außerdem wären wir als Kundschafter hier hineingeraten, und unsere Schlußfolgerung sei unanfechtbar: Lebewesen dürften sich ebensowenig in den Kern begeben, wie man in siedendem Teer baden sollte. »Ich stimme Eli zu, daß Leben und Vernunft in der Galaxis periphere Erscheinungen sind. Und hieraus ziehe ich den Schluß: Vernünftigen Widerstand wird es nicht geben, und mit einem blinden Element werden wir fertig.«

»Deine Meinung, Eli?« fragte Oleg.

Ich konnte Kamagin nicht unterstützen, aber auch nicht widerlegen. Ich schäme mich, es zu bekennen – dennoch sage ich, daß ich unschlüssig war.

»Ich habe keine bestimmte Meinung«, antwortete ich.

Nach der Konferenz, in der Kamagins Projekt angenommen worden war, teilte ich Ellon und der Stimme meine Zweifel mit. Ellon war der Ansicht, daß der Durchbruch nicht gelingen werde, das Sternenflugzeug sei zu klein, um einen Tunnel nach draußen zu schaffen. Und es sei ungewiß, ob der Tunnel frei sein würde – einem so seltsamen Raum wie diesem sei mit Materieannihilation nicht beizukommen.

»Überstürze nichts, bald setze ich den Kollapsan auf volle Leistungsstärke, und dann gleiten wir in der neuen Zeit-Gravitationsschnecke hinaus. Die atomare Zeit ändere ich schon ohne Schwierigkeit.«

Ellon hatte schon früher versprochen, die Gravitationsschnecke mit dem Kollapsan zu verbinden. Und obwohl es ihm gelungen war, die atomare Zeit in den Griff zu bekommen, war es von den Atomen bis zu den Körpern der Makrowelt – da konnte er sagen, was er wollte – ein weiter Weg. Ich beriet mich mit der Stimme. Die Stimme sah in Kamagins Projekt die einzige Möglichkeit, zu entkommen. Man müsse nur einen Abschnitt passiven Raums wählen. Einen solchen Abschnitt werde sie ausfindig machen. Sie brauche da nicht die Berechnungen der Schiffsmaschinen. Der Raum sei sie selbst – diese Empfindung habe sie. Ihre Gedanken würden unklar, wenn er grausam zusammengerollt sei, und ungestüm, prägnant und spritzig, wenn er seine Struktur rasch ändere. Und wie erquicklich es für sie sei, wenn die Spannung im Raum nachlasse!

»Wir werden auf dein Signal warten, Stimme!« sagte ich.

Und dann begann die letzte Evakuierung eines Sternenflugzeugs während unserer Expedition zum Kern. Ich sage die letzte, weil die »Schlangenträger« das letzte Schiff war, das wir noch evakuieren konnten. Die Aktion befehligte Kamagin energisch, heiter sogar. Er glaubte, daß er mit dem Opfer seines Schiffes alle rette. Mich dagegen plagte die Ungeduld. Es folgte Fehlschlag auf Fehlschlag. Die Flotte war praktisch ausgelöscht, die unversehrt gebliebenen Astronauten waren auf dem letzten Schiff konzentriert – Gefangene einer unvorstellbar wilden Welt, wo Milliarden Gestirne auf Messers Schneide balancierten, während zu beiden Seiten ein Abgrund allgemeiner Vernichtung gähnte! Und dann erinnerte ich mich noch des Großen Zerstörers, des herrschsüchtigen Kretins, der sich einbildete ein Denker zu sein. Das hier wäre das richtige Herrschaftsgebiet für ihn, dachte ich bekümmert, hier hätte er freie Hand für totale Zerstörung, er müßte nur mit der Disharmonie der Zeit fertig werden! Um meinen Gefühlen Luft zu machen, ohne die Freunde zu erschrecken, begab ich mich in den Konservierungsraum hinunter.

»Mörder!« sagte ich zu dem Spion der Ramiren. »Alles Unheil begann, als wir dich kennenlernten. Du verrietest die in Barbarei versinkenden Aranen, du versuchtest, auch uns zu verraten. Lussin bezahlte deine heuchlerische Liebedienerei mit dem Leben, Petri und seine Besatzung waren der nächste Preis deiner Denunziationen. Ich weiß nicht, warum es deine Herren nötig hatten, die mörderischen Bedingungen auf der Arania zu unterstützen, warum ihr euch diesen schmutzigen Beruf, Grausame Götter zu sein, bestimmtet. Aber dafür weiß ich jetzt, daß ihr keinerlei Götter seid, keinerlei höhere Macht, schon gar nicht in der Art, wie eine einigermaßen anständige Gottheit sein müßte, sofern es sie real gäbe. Ihr seid nur grausam, nicht erhaben, nur mächtig, nicht allmächtig, nur gewaltig, nicht allgewaltig. ›Diese halbgebildeten Ramiren!‹, hat Ellon verächtlich gesagt. Richtig. Halbgebildete! Welche Angst du vor der Transformation der Zeit im Kern hattest, Oan! Krank, bröcklig, Krebs, sich vor Ansteckung hüten! Sie ist ja gar nicht krank, sie ändert sich nur, ändert sich ungestüm, sie ist erstaunlich elastisch, sie verwandelt die Gleichzeitigkeit, sobald sie sich nähert, durch Explosion in Verschiedenzeitigkeit. Und diese Explosion der Zeit bewahrt den Kern, wohin vorzudringen ihr euch fürchtet, vor einer anderen Explosion – der Explosion der Materie. Wußtet ihr das? Begreift ihr das? Unmöglich – denn ihr seid halbgebildet! Grimmig seid ihr, nicht scharfsinnig!«

Ich verstummte, ruhte mich aus. Ich hätte viel darum gegeben, wenn ich den Pseudoaranen zum Leben erwecken und dem Wiederaufgelebten in das unheilvolle obere Auge leidenschaftliche Anklagen hätte schleudern können. Regungslos hing er vor mir. Und alle drei Augen waren tot – die unteren, normalen, die nur zu schauen vermocht hatten, und das obere, drohende, das fremde Gedanken gelesen hatte ... Oan hörte nicht, antwortete nicht. Er war tot. Er hatte sich der Strafe entzogen. Es war ihm gelungen, aus dem Leben zu gehen. Aber nicht aus der Welt! Ewig würde die Leiche des Verräters in dem durchsichtigen Verschlag hängen!

Als ich mich erholt hatte, fuhr ich fort: »Nein, in einem habe ich unrecht – ihr konntet nichts wissen von der entsetzlichen Rolle der Gravitation in diesem siedenden Kessel aus Sternen, den wir Kern nennen, und von der rettenden Rolle der hier so leicht reißenden Zeit. Ihr wolltet euch der Kunst der Zeitenkrümmung bemächtigen. Bist du nicht deshalb in den Abgrund des Kollapsars getaucht? Dummkopf! Du wußtest nichts Besseres, als dich in die Hölle zu stürzen, um dich der Höllenkräfte zu bemächtigen – so stelltest du es dir wahrscheinlich vor. Da ist er, der Kollapsar, der sich dir nicht fügte – er ist auf unserem Prüfstand! Alles, was du in der Implosion des Sterns suchtest, finden wir im Laboratorium. Wir haben noch keine Gewalt über die Makrozeit der Körper und Gestirne, aber die atomare Zeit steht uns bereits zu Gebote. Wir zerreißen sie, krümmen sie, verzögern sie, beschleunigen sie wie es uns gefällt! Wir verlassen den Kern, Verräter. Aber wir kehren zurück und dann, ihr Grausamen, wird euch schwerlich der Beweis gelingen, daß ihr so stark wie grausam seid!«

10

Und dann geschah, was, wie ich jetzt begreife, unvermeidlich geschehen mußte.

Die Stimme fühlte vortrefflich den Raum; die Schiffsmaschinen berechneten fehlerlos die Massenansammlungen und zeigten, wie man große Sternenhindernisse vermeiden und wild daherrasenden Herumtreibern ausweichen konnte; Oshima lavierte artistisch zwischen den Ansammlungen und den Einzelsternen; ihm halfen Olga und Kamagin. Keiner von beiden stand ihm in der Erfahrung und der vorsichtigen Kühnheit nach. Alles war vorbereitet, alles in Betracht gezogen.

Alles, nur eins nicht. Wir waren nicht die einzige vernünftige Kraft im Kern. Und wir waren nicht einmal in dem winzigen Raum die Herren, den wir zu durchbrechen beabsichtigten. Wir hatten uns im Wichtigsten geirrt – vorschnell hatten wir uns eingeredet, man brauche nur ein blindes Naturelement zu überwinden. Feindliche Vernunft wirkte uns entgegen! Wir hatten den Kampf aufgenommen, da wir hofften, daß von unseren geheimnisvollen Feinden keine Spur vorhanden sei. Doch es gab sie, und sie boten gegen unsere Macht die ihre auf. Macht brach Macht.

Die Stimme informierte, daß wir uns einem passiven Raumabschnitt näherten. Ringsum wirbelten in dem gleichen tollen Tanz die gleichen tollen Gestirne. Ich selbst hätte diesen Bezirk nie zum Durchbruch gewählt. Die Schiffsmaschine zeigte ebenfalls keine Veränderungen im Kosmos an. Aber die Schiffsmaschine mit ihren Analysatoren – wir wußten das schon – nahm nicht wahr, was die Stimme spielerisch aus den Daten fischte. Oleg befahl, die »Schlangenträger« in den Konus des annihilierenden Schlages zu bringen.

Im Kommandeurssaal saßen Oleg und die drei Kapitäne Auch für mich stand ein Sessel dort, aber ich war nicht hingegangen. Im Observationssaal drängten sich die Besatzungen der drei Sternenflugzeuge, soweit sie wachfrei hatten, bei den großen Bildschirmen. Mary, Romero und ich hatten uns vor dem kleinen Bildschirm in meinem Zimmer niedergelassen. Und wir wurden Zeuge der neuen Katastrophe.

Die »Schlangenträger« flog vor der »Steinbock«. Kamagin selbst lenkte von der »Steinbock« aus sein Sternenflugzeug dem Schlag der Annihilatoren des Flaggschiffes entgegen. Seine raschen Befehle wurden in sämtliche Räume übertragen. Wir hörten: »Ich schalte die Blockierung der Materieannihilatoren ab. Ziel im Kegel null-null-drei. Ich zähle: zehn, neun, acht, sieben ...«

In diesem Augenblick stach aus dem trüben sternesiedenden Nebel ein Strahl, wie er die »Stier« ereilt hatte. Er fuhr an der »Steinhock« vorüber und schlug in die »Schlangenträger«. Wir sahen ein Bild der Schiffsvernichtung, das wir schon kannten. Die allgemeine Verblüffung wurde von Kamagins gellendem Ruf unterbrochen: »Die Schiffsmaschine ist blockiert! Stimme, Stimme, hast du Verbindung zu den Vollzugsmechanismen? Stimme, antworte!«

Die Stimme antwortete nicht. Romero stammelte totenblaß: »Das sind die Ramiren, Admiral! Sie sind im Kern! Sie haben uns gefangen!«

Ich konnte, niedergeschmettert, den Blick nicht vom Bildschirm lösen. Die Schiffsmaschine arbeitete nicht, die Annihilatoren waren blockiert, irgendeine Kraft wendete das Sternenflugzeug und brachte es auf den alten Kurs – zum Kern, wo seine wilden Sterne wallten. Düster sagte ich: »Die Ramiren wissen alles über uns. Sie hätten auch die ›Steinbock‹ auslöschen können. Aber sie wollten mit uns spielen wie die Katze mit der Maus!«

VIERTER TEIL

Die Jagd nach dem eigenen Schatten

I

Bereits in den ersten Minuten nach der neuen Katastrophe traf mich die bittere Vermutung, welches der wahre Grund des Unglücks sein könne, wie ein Schlag. Doch diese Vermutung nahm mich noch nicht völlig in Anspruch. Das Schiff mußte gerettet werden, und es galt, den geheimen Ursachen des Mißgeschicks nachzugehen. Ich stürzte in den Kommandeurssaal. Die Kapitäne und Oleg lebten, nur waren sie nicht mehr Schiffskommandeure, sondern wie wir alle Passagiere einer unlenkbaren galaktischen Nußschale. Im Laboratorium fand ich Ellon und Irina verwirrt, aber unversehrt. Unversehrt war auch die Apparatur. Das Laboratorium konnte seine Forschungen fortsetzen, sobald es gelänge, die Energieversorgung in Gang zu bringen.

Ellon warf Oleg und mir zornig vor: »Ihr wolltet nicht hören, überstürztet euch! Dabei bestand keine Gefahr, solange wir nicht versuchten, unüberlegt zu fliehen.«

»Komm mit uns, Ellon!« befahl Oleg, und zu dritt eilten wir zur Stimme.

Die Stimme tönte schwach, doch vernehmlich. Es hatte sie schmerzhaft durchzuckt, als die Verbindung zur Schiffsmaschine abgeschaltet wurde. Die Feinde hatten einen Schlag gegen die Lenkung der Kampfmechanismen geführt, alles übrige leitete sich davon her.

»Das waren die Ramiren. Sie sind im Kern. Sie wollen uns nicht fortlassen. Wir sind ihre Gefangenen.«

Von Gefangennahme konnte sie entschiedener als jeder von uns sprechen. Denn sie wußte wohl am besten, was es heißt, kosmische Schiffe in Gefangene zu verwandeln. Grazi hatte ebenfalls gelitten. Als die Ramiren die Schiffsmaschine blockierten, verlor er das

Bewußtsein und sank zu Boden. Von seiner erhabenen Gottähnlichkeit war wenig geblieben. Er, der Unsterbliche, hielt sich nach der Katastrophe weit schlechter auf den Beinen als wir Sterblichen. Überhaupt stehen die Galakten den Widrigkeiten des Lebens erstaunlich hilflos gegenüber. In ihren paradiesischen Städten haben sie vergessen, was Not und Entbehrungen sind.

»Wir müssen die Schiffsmaschine untersuchen«, sagte Oleg.

Die Schiffsmaschine, äußerlich unbeschädigt, funktionierte nicht. Grazi, der uns begleitet hatte, betrachtete sie kummervoll, er konnte in keiner Weise helfen, und das verdroß ihn sicherlich nicht weniger als der Defekt der Maschine selbst. Wir schalteten sie von den Vollzugsmechanismen und den Analysatoren ab und trugen sie ins Laboratorium. Dort nahm sie, wie es uns in der ersten Freude schien, ihre Arbeit wieder auf. Aber das war eine trügerische Arbeit – die Schaltungen ließen die Signale durch, doch jenes Ganze, das sich Schiffsmaschine nannte, gab es nicht.

»Mir scheint, eure Maschine ist bewußtlos«, bemerkte Grazi. »Sie hat einen Nervenzusammenbruch. Was will man denn auch von einem Mechanismus erwarten, der keine natürlichen Gewebe besitzt?«

Ellon warf dem Galakten einen bösen Blick zu. Ich lenkte das Gespräch von dem gefährlichen Thema des Künstlichen und Natürlichen fort. Wenn die Schiffsmaschine nur eine Ohnmacht hatte, dann bestand Hoffnung, daß sie daraus erweckt werden konnte. Oleg ließ die beiden Reserve-Schiffsmaschinen holen, die von der »Widder« und der »Schlangenträger« stammten. Sie befanden sich in keinem besseren Zustand als die von der »Steinbock«. Jede hatte einen Nervenzusammenbruch. Und die Maschine von der »Rammbock« verwechselte nach wie vor Ursachen und Folgen.

»Grazi«, ich wandte mich an den Galakten, »dir und der Stimme wird die allerschwerste Pflicht auferlegt. Die Analysatoren und die Vollzugsmechanismen werden, wie schon in den Untergehenden Welten, unmittelbar an euch angeschlossen. Damals wurde die Stimme der Aufgabe gerecht, aber damals waren wir nicht im Kern. Wenn ihr jetzt versagt, ist es aus und vorbei mit uns.«

»Ich hoffe, daß wir euch nicht enttäuschen werden«, antwortete er.

Die Schiffsmaschine der »Steinbock« begann Lebenszeichen von sich zu geben. Es war, als erwache sie aus einer Ohnmacht. Bedrückt lauschten wir ihren Antworten auf die Signale. Sie bildete sich ein, ein Mädchen zu sein, das von zu Hause fortgelaufen ist. Auf Fragen und Aufgaben reagierte sie nicht, auf alle elektrischen Impulse gab sie wehmütige Verse von sich.

Wahnsinn hatte auch die anderen Maschinen ereilt. Die Schiffsmaschine der »Schlangenträger« wurde gefragt: »Wer?«, und sie antwortete auf »Wohin?« Man sagte ihr: »Gegeben ist ein Kegel von 8° nach Osten, Entfernung bis zu zwei Lichtjahren – zu berechnen ist die Zahl der Sterne dritter absoluter Größe«, und sie machte sich daran, chemische Gleichungen zu lösen; man verlangte von ihr eine Einschätzung der Qualität von Strahlung, mit der sie gespeist wurde, und statt einer Antwort, ob diese Strahlung für den menschlichen Organismus gefährlich sei, lieferte sie die Lösung eines Integrals von Lebesgue oder erläuterte die Planetengesetze von Kepler. Und die Maschine der »Widder« hatte ebenso wie die Maschine der »Rammbock« die Fähigkeit eingebüßt, Ursache und Folge zu verbinden. Ich stellte ihr eine unkomplizierte Kontrollaufgabe: »Alle Menschen sind sterblich. Ich bin ein Mensch. Folglich bin ich …?«

Sie bot unverzüglich drei Schlußfolgerungen zur Wahl: »Du bist ein Dicker in der sechsten Dimension. Du bist ein Nagel zweiter Ordnung, differenziert nach dem Grobheitslogarithmus. Verspätete Blumen, welke Blumen in zweidimensionalem Integralessig.« Und Olegs Frage, wieviel hundertdreiundvierzig hoch drei sei, beantwortete sie ebenso schnell und wieder dreifach: »Geh zum Teufel. Achtundzwanzig Tonnen Komma sechzehn Meter mit reichlichem Nachttau. Der Stier hat Hörner, der Planet hat vierundvierzig Zentimeter Quadrat achter Größe auf klarem Wasser.« Aus irgendeinem Grunde faßte die Schiffsmaschine der »Widder« jede Frage dreifach auf, ganz zu schweigen davon, daß sie dummes Zeug von sich gab.

Ich gelangte zu der Überzeugung, daß man sich mit den Schiffsmaschinen der »Widder« und der »Schlangenträger« abgeben könne, während es mit der Maschine der »Steinbock« hoffnungslos sei. Der Wahnsinn der ersten beiden, so sagte ich, bleibe im Rahmen ihrer Spezialsphäre. Sie hätten die Vernunft verloren, nicht die Persönlichkeit, sofern man bei einer Maschine von Persönlichkeit sprechen könne. Trotz allem blieben sie denkende Aggregate, allerdings schlecht denkende, falsch und verwirrt denkende. Die

Maschine der »Steinbock« dagegen habe aufgehört, Maschine zu sein, sie betrachte sich als Mädchen, als unglückliches, lasterhaftes Mädchen. Und sie sei aufs Reimeschmieden verfallen! Könne man sich einen größeren Irrsinn vorstellen?

»Romero teilt gewiß nicht deine Ansicht, daß das Verfassen von Versen die höchste Form von Wahnsinn sei«, bemerkte Oleg.

»Ich spreche von Maschinen, nicht von Menschen. Die Menschen begeistern sich oft für merkwürdige und nutzlose Beschäftigungen. Sie haben einen eigenen Begriff von Wahnsinn. Viele stellten ihn sich in alten Zeiten als etwas Erhabenes vor. Sagte man nicht: Ich bin wahnsinnig glücklich oder Sie ist wahnsinnig hübsch? Ein Physiker behauptete einst, in der Wissenschaft seien nur die Wahnsinnsideen richtig. Leider ordnet sich das menschliche Bewußtsein nicht immer der Logik unter. Die Maschinen aber sind immer logisch, nützlich und vernünftig – dadurch unterscheiden sie sich von ihren Schöpfern.«

Oleg hatte gegen meine Erklärung nichts einzuwenden. »Ellon, du kümmerst dich um die Wiederherstellung der denkenden Maschinen«, sagte er. »Dennoch darf sich das Labor nicht von den anderen Arbeiten abhalten lassen. Wie steht's um die Experimente mit dem Kollapsan?«

»Atomare Zeit verändern wir mühelos.«

»Das ist zu wenig. Irina, komm mal her«, rief Oleg. Ich hatte schon oft bemerkt, daß sich Irina zurückzog, sobald Besuch erschien.

Oleg sagte so bewegt wie selten: »Meine Freunde, Irina und Ellon. Ich fürchte, wir bringen das Sternenflugzeug nicht aus dem Kern heraus, wenn wir nicht einen physikalischen Prozeß finden, der es erlaubt, uns der feindlichen Beobachtung der Ramiren zu entziehen. Gebt mir die Möglichkeit, wenigstens für eine Weile der Gleichzeitigkeit mit den Gegnern zu entfliehen. Möglicherweise gab es sie nicht im ›Früher‹ oder es wird sie im ›Dann‹ nicht geben, aber im ›Jetzt‹ sind sie zugegen, und sie sind stärker als wir … Habt ihr mich verstanden, Freunde?«

Irina nickte nur. Ellon sagte: »Ich bin bereit, die Experimente mit der Makrozeit zu beginnen. Dazu brauche ich einen toten Gegenstand und ein Lebewesen. An toten Gegenständen herrscht kein Mangel, aber wo nehme ich einen lebenden Organismus her?«

»Nimm Mizar, Ellon«, riet ich. »Auch früher wurden Hunde für

Experimente benutzt. Mizar ist zwar ein denkendes Tier, und wir werden ihm das Wesen des Experiments erklären müssen, um seine Zustimmung zu erhalten ...«

»Sprich du mit Mizar«, unterbrach mich Ellon. »Wir Demiurgen sehen die Tiere nicht als ebenbürtig an, wie ihr Menschen das zu tun liebt.«

»Irina, übernimm du die Verhandlungen mit Mizar! Du hast recht, Ellon, der Mensch verhält sich auch einem Tier gegenüber menschlich.«

Ich bezweifle, daß Ellon meinen Tadel verstand. Irina versprach, mit Mizar zu sprechen. Ich trat wieder zu der Schiffsmaschine der »Steinbock«.

»Kennst du mich? Erinnerst du dich? Hörst du mich?« Als Antwort sang sie ein Liedchen in klirrendem Diskant, der mit ihrem früheren sicheren Bariton nicht die geringste Ähnlichkeit hatte.

Der Anblick der großartigen, vor kurzem noch so vernünftigen Maschine, die sich plötzlich einbildete, ein Lebewesen zu sein und auf irrsinnige Weise nur die Beziehungen zwischen Mann und Frau gelten ließ, stimmte mich so traurig, daß mir beinah die Tränen kamen.

2

Am Abend besuchte mich Romero.

Er setzte sich in einen Sessel, klemmte sich den Spazierstock zwischen die Knie und starrte zerstreut auf den Bildschirm. Dort war immer noch die gleiche Landschaft der Weltenhölle zu sehen – ein Lichtstrudel satanisch rasender Gestirne. Und plötzlich wurde mir mitleidsvoll bewußt, was ich früher nicht beachtet hatte: Romero wurde alt. Er erlaubte sich zwar immer noch kein graues Härchen, weder auf dem Kopf noch im Bart, aber die Falten ließen sich nicht verbergen. Sein noch schönes gepflegtes Gesicht wirkte müde. Ich spürte, daß er gebrochen war und Trost brauchte. Fast scherzhaft fragte ich: »Ein interessantes Abenteuer, nicht wahr, Pawel?«

Er blickte mich lange mit den großen dunklen Augen an, und ich erinnerte mich plötzlich, was Mary einmal gesagt hatte: »Pawel ist so gut gebaut, so elegant, so wohlerzogen, er hat die schönsten Augen, die ich je bei einem Manne sah, und er machte mir den

Hof, was du dir nicht einfallen ließest. Und ich wußte nichts Besseres, als mich in dich Liederlichen bis über beide Ohren zu verlieben!«

»Admiral, Sie neigen zu ungeheuerlichen Paradoxen«, entgegnete er. »Eine Tragödie ein interessantes Abenteuer zu nennen …«

»Wenn Sie allerdings an Petri und seine Kameraden denken …«

»Ich spreche von Ihnen und von mir, scharfsinniger Eli! Welch nicht wiedergutzumachende Torheit! In den siedenden Kern zu fliegen wie ein Falter ins Licht! Schwache Falter in den grausamen Händen der Feinde!«

»Die Falter gehen Ihnen wohl nicht aus dem Kopf, Pawel?«

»Ja, sie gehen mir nicht aus dem Kopf«, erwiderte er bitter. »Seit dem Augenblick, da die Ramiren die ›Schlangenträger‹ vernichteten, sage ich mir immer wieder, daß wir Falter sind, die ins Feuer taumeln. Und wissen Sie, was ich Ihnen sagen werde? Dieses selbe Wörtchen servierte mir unsere Schiffsmaschine.«

»Sie waren im Laboratorium?«

»Ich komme gerade von dort. Ich fragte, was sie über die Zeitrisse in dieser seltsamen Welt denke, die sich Galaxiskern nenne. Und sie antwortete … Was meinen Sie, hochweiser Freund, was sie antwortete?«

»Wahrscheinlich trällerte sie unsinnige Verse.«

»Ja, Verse. Folgende:

Wie ein Falter gaukle ich durchs Leben
find' auf keiner Blume Ruhe mir,
sollt' ich einer meine Seele geben,
freudetrunken brächt' ich sie nur dir …«

»Ein banales kleines Couplet. Interessant ist allenfalls, daß sich die Schiffsmaschine nicht mehr einbildet, ein dummes Mädchen zu sein, sondern ein zügelloser Geck.«

»Nein, mein alter Freund, interessant ist etwas anderes. In meinem Gehirn tauchte das Wort ›Falter‹ auf, und die Maschine benutzte es. Sagt Ihnen das nichts, Eli?«

»Nicht das mindeste.«

»Das sollte es aber, Admiral. Nun, Sie haben sich ja nie für die alten Bräuche interessiert – das ist eben Ihre Natur. Ist Ihnen bekannt, Eli, daß meine Diplomarbeit an der Universität den Titel trug: ›Die sentimentale Poesie des Kleinbürgertums Ende des neunzehnten Jahrhunderts der alten Ära‹? Und daß in dieser Diplomarbeit sämtliche Verschen zitiert sind, mit denen unsere verdrehte Schiffsmaschine operiert?«

»Das ist tatsächlich interessant.«

»Ich freue mich, daß Sie sich der Hauptsache nähern. Der Schlag der Ramiren führte zur Persönlichkeitsspaltung unserer armen übergeschnappten Maschine.«

»Zeitspaltung, Pawel.«

»Ja, Sie haben recht, zur Zeitspaltung. Sie ist in zwei Epochen zugleich. Physisch ist sie hier, bei uns. Doch mit allen Assoziationen, mit ihrem Verständnis ist sie in der Vergangenheit. Wir alle sind durch unsere Strahlungen mit ihr verbunden; ich bin ebenfalls, wie Sie wissen, in ihr kodiert. Offensichtlich hat sie auch früher meine Gehirnimpulse wahrgenommen, meine Kenntnisse, meine Vorstellungen von der Vergangenheit, aber in ihrer praktischen Arbeit konnte sie aus diesem Vorrat nichts benutzen. Doch jetzt, da sie zurückgeworfen ist, operiert sie nur mit den Kenntnissen, die sich auf die Vergangenheit beziehen. Sie fragten, ob sie Sie kenne, gaben ihr die Gleichungen Ngoros ein, aber in der Vergangenheit, die ihre Gegenwart geworden ist, gab es Sie nicht, existierte Ngoro nicht. Der Wahnsinn der Schiffsmaschine besteht darin, daß sie physisch ›hier‹ und ›jetzt‹ ist, doch intellektuell, ist sie ›dort‹ und ›früher‹.«

»Die anderen Schiffsmaschinen weisen andere Wahnsinnsformen auf, Pawel.«

»Jeder wird auf seine Weise verrückt, lieber Admiral. Das bezieht sich nicht nur auf uns Menschen, sondern auch auf die Maschinen.«

Ich sagte: »Ihr Gedanke eröffnet eine interessante Möglichkeit, die Schiffsmaschinen wiederherzustellen.«

Er entgegnete voller Bitterkeit: »Ich sehe eine andere Möglichkeit voraus: Wir alle werden bald den Verstand verlieren.«

Und er erinnerte an Oan und dessen kranke Zeit. »Die Perspektive, die der Verräter androhte, ist Wirklichkeit geworden: Wir sind in der kranken Zeit. Es war ein großer Irrtum, daß wir, in Welten dahinjagend, wo die Disharmonie der Zeit Gesetz ist, hofften, diese Strafe werde uns selbst verschonen. In dem Chaos des Kerns garantiert die Instabilität der Zeit möglicherweise die physische Existenz der Gestirne, doch für unseren harmonischen Organismus ist sie verderblich. Der kurze Ausfall des Moments, der ›jetzt‹ genannt wird, hätte uns beinahe das Leben gekostet. Wir sind erkrankt, ohne das einstweilen zu wissen. Auch in uns löst sich nun der Zusammenhalt des Zeitenstroms.«

»Aber die Schiffsmaschinen haben schon den Verstand verloren, während wir einstweilen nicht wahnsinnig sind. Sofern man Ihre Theorie nicht für Wahnsinn hält, daß die Zeit in uns bereits angekränkelt ist.«

»Wir sind Organismus, die Schiffsmaschinen Mechanismus«, antwortete er, meinen Spott ignorierend. »Der Organismus hat wahrscheinlich einen inneren Zeitstabilisator. Ich bezweifle nicht, daß die Natur, als sie das Leben entstehen ließ, auch für den Schutz des Lebens vor Kataklysmen wie die Verletzung der Gleichzeitigkeit sorgte. Sie kennt ihre Absonderlichkeiten besser als wir. Wir dagegen hatten keine Ahnung, daß die Schiffsmaschinen mit Zeitstabilisatoren ausgestattet sein müssen. Die denkenden Maschinen sind schwächer als unser Gehirn – zumindest in dieser Beziehung. Aber überschätzen Sie dennoch unsere Stärke nicht! Die Gleichzeitigkeitsverletzungen werden in den Zellen gespeichert. Wird die Bruchgrenze des biologischen Stabilisators überschritten, so ist es auch mit unserem Verstand aus.«

»Wollen wir uns bemühen, dieser Gegend mit der instabilen Zeit noch vorher zu entfliehen. Pawel, lassen Sie uns Ihre Hypothese in der Praxis überprüfen. Bemühen Sie sich gemeinsam mit Ellon und Irina um die Wiederherstellung der Schiffsmaschinen.«

Erstaunt blickte er mich an. »Ich fürchte, Sie treiben Ihren Spott mit mir, Eli. Ich – und Reparatur von Geräten? Ich wage zu erinnern, daß ich Historiker, kein Ingenieur bin.«

»Eben, eben – Historiker! Das wird ja gerade gebraucht. Wenn sich die Schiffsmaschine intellektuell in der Vergangenheit befindet, so kann nur ein Historiker sie aus der Vergangenheit in die Gegenwart führen. Stellen Sie sich vor, man habe Ihnen zum Unterrichten einen Menschen gegeben, der vor sechshundert Jahren eingeschlafen ist. Sie setzen ihn auf die Schulbank und zwingen ihn, die Ereignisse zu lernen, die sich in der Frist zwischen dem Moment des Einschlafens und dem Moment des Erwachens abgespielt haben – und er wird in der neuen Zeit sein. Machen Sie so etwas mit unserer versetrunkenen Schiffsmaschine. Schockiert Sie, der Sie ein Liebhaber der Poesie sind, dieses Wort nicht?«

»Sie zeichneten sich nie durch Sicherheit im Ausdruck aus, Eli, ich habe mich damit abgefunden. Doch ich erinnere daran, daß die ›versetrunkene‹ Schiffsmaschine allein ist, während die anderen von Wahnsinn anderer Sorte besessen sind. Sollen die auch durch Geschichtsunterricht geheilt werden?«

»Die wird man durch Logikunterricht kurieren. Die Ursache geht der Folge voraus – dieses Programm ist unseren Maschinen eingegeben. Der Zeitriß hat die Logik, nach der sie rechnen, verletzt. Ich denke, wir werden eine Methode finden, um gegen den logischen Wahnsinn zu kämpfen, wenn es Ihnen gelingt, mit dem historischen Wahnsinn fertig zu werden.«

Ich hatte den Eindruck, er sei überzeugt, doch plötzlich verzweifelte er wieder. Er hob den Spazierstock und rief pathetisch: »Wozu alle diese Reparaturen, Heilungen, Wiederherstellungen! Wir sind in der Hölle, aus der es keinen Ausweg gibt. Wie, im Galaxiskern sollen wir sein? Stellen Sie eine einfache Berechnung an, und Sie werden feststellen, daß es keinen Kern gibt! Denn etwas Einheitliches kann nur in einer einheitlichen Zeit existieren, und die ist nicht vorhanden! Wir sind nirgends, denn wir sind an einer Stelle verschiedenzeitig, an verschiedenen Stellen gleichzeitig! Ich verliere allmählich den Verstand, meinem Gehirn geht die Gleichzeitigkeit der Verschiedenzeitigkeit und die Verschiedenzeitigkeit der Gleichzeitigkeit nicht ein! Ich muß wissen, ›wann‹ wir in diesem dreimal verfluchten ›Wo‹ sind! Verstehen Sie? Hamlets Qualen, der in der Seele spürte, daß die Zeit aus den Fugen war, sind nichts im Vergleich zu meinen, denn die Zeit reißt sowohl in meiner Seele als auch in meinem Körper, während rings um mich keine einheitliche Zeit ist. Ich weiß nicht einmal, ob Sie mir jetzt gegenübersitzen oder in unerreichbarer Zukunft, indessen Ihr Schatten von dorther auf mich fällt und ich mich mit ihm unterhalte. Ich selbst hingegen bin nicht im Sternenflugzeug, sondern irgendwo auf dem Palatin, habe mich eben mit dem glänzenden Julius Cäsar unterhalten, mit dem heimtückischen Claudius gekämpft und dem Intriganten Catilina eine Maulschelle verpaßt, und morgen werde ich mich mit Cäsar auf den Feldzug nach Gallien begeben. Plötzlich verlegt mir Ihre Silhouette aus dem Sternenflugzeug den Weg. Ihre Silhouette, Eli, Ihre Silhouette aus einer entsetzlichen Ferne, aus irgendeinem Galaxiskern, von dem ich, ein alter Freund des alten Cäsar, keine Ahnung habe ...«

Es drängte mich unwiderstehlich, ihn zu schlagen. Er war nicht wahnsinnig, sondern hysterisch. Er griff sich an den Kopf; und ich fürchtete, er werde sich im nächsten Moment schreiend die Haare raufen und wütend die Augen rollen. Ich trat zu ihm, die Hände geballt. Er sah mich an und ließ die Arme sinken.

»Sie wollen mich schlagen, Admiral? Schlagen Sie, ich halte still. Früher bezogen die Menschen Prügel. Mitunter half das.«

Diese Worte, die er matt lächelnd sprach, bewahrten ihn vor einer Ohrfeige. Ich setzte mich und legte mir die Hände auf die Knie, damit sie nicht so arg zitterten. Ich begriff jetzt, was die Kapitäne auf den Schiffen durchgemacht hatten, wo die Bemannung den Gehorsam verweigerte. Hysterie in einer Situation fortwährender Katastrophen war gewiß nicht besser als Meuterei auf einem Segelschiff im Ozean.

»Pawel, ich appelliere an Ihren Verstand, Ihren hellen Verstand, Pawel! Sie verübeln mir, daß ich die Tragödie ein äußerst interessantes Abenteuer nannte? Aber ist ein Abenteuer denn undenkbar ohne ein glückliches Ende? Und sind wir heute – in gewisser Weise, nur in gewisser Weise – nicht die glücklichsten Menschen?«

»Die glücklichsten Menschen?« fragte er müde. »Eli, ich sagte Ihnen schon – ich bin Ihrer Paradoxe müde …«

Ich erinnerte ihn, daß Oleg seit seiner Kindheit von Reisen zum Galaxiskern träumte, der geheimnisvollsten und am wenigsten zugänglichen Stelle im Weltall, daß er als erster galaktischer Kapitän Sternenflugzeuge dorthin führte und daß er als Entdecker des Kerns in die Weltgeschichte eingehen werde – könne er unglücklich sein, selbst wenn er sein Leben um zehn Jahre früher beschließe? Und daß Romero, Altertumskenner, Spezialist für vergleichende Geschichte der Gesellschaften, die Möglichkeit erhielt, Lebensformen und vernunftbegabte Zivilisationen kennenzulernen, die man nie vermutet hatte – seien diese Entdeckungen etwa in die Kategorie der Mißgeschicke einzuordnen? Und daß Olga, Oshima und Kamagin stets den Hauptsinn ihres Lebens darin sahen, mächtige Schiffe auf unerforschten Sternentrassen zu führen – hätten sie vielleicht das Ziel ihres Lebens nicht erreicht, selbst wenn sie von dem Leben Abschied nehmen müßten? Und die Stimme, unser Hauptgehirn, unser ehemaliger Vagabund, sei er etwa unglücklich, nachdem er alles erfahren habe, was er sich wünschen konnte: die Macht der Gedanken, die Freuden eines ungestümen Körpers, die Herrschaft über einen weiten Raum des Universums? Und der Galakt und die Demiurgen? Verwirklicht nicht jeder das Beste in sich, setzt er nicht alles in die Tat um, wozu er in seinen Träumen fähig ist, in seinen Wünschen, seinem Wollen? Nein, suchen Sie andere Definitionen! Unglück, Verzagtheit, Verzweiflung, Reue, Enttäuschung – eignen sich nicht! Selbst wenn wir tragisch enden, ist unser Los beneidenswert!«

Er erhob sich, stützte sich auf seinen Stock. »Mein alter Freund Eli! Ich will mit Ihnen nicht streiten. Ich kann mit Ihnen nicht streiten. Admiral, ich gehe, um Ihren Befehl auszuführen und die Schiffsmaschine aus der Vergangenheit in die Gegenwart zu holen.«

Ich schloß die Tür, damit Mary nicht hereinkommen konnte. Sie sollte mich nicht sehen in diesem Augenblick. Als das Klopfen von Romeros Stock im Korridor verhallte, ließ ich mich auf den Diwan sinken und griff mir an den Kopf, wie es eben erst Romero getan hatte, und stöhnte vor Verzweiflung, vor Hoffnungslosigkeit, vor Entsetzen vor dem Ende, das ich sah. Die Hysterie, bei Romero abgewendet, schüttelte mich selbst, denn ich hatte mehr Grund, ihr zu verfallen. Und ich hatte niemanden, den ich um Hilfe bitten konnte – noch war die Zeit nicht reif, das Geheimnis zu lüften, zunächst mußte die Rettung vorbereitet werden.

3

Ellon war beleidigt, als ich ihn bat, in den Zeittransformator einen Stabilisator der Art einzubauen, wie ihn die Natur in unseren Körpern geschaffen hat. Ich glaubte so fest an diese Hypothese Romeros, daß ich mit ihr wie mit einer Tatsache operierte. Ellons Augen funkelten böse, und er bleckte die Zähne.

»Admiral, misch dich nicht in Angelegenheiten, die du nicht verstehst! Transformator, Stabilisator! Was machen wir denn, deiner Meinung nach? Verwandeln wir ein Chaos in ein anderes? Ich baue eine universelle Zeitmaschine, schreib dir das hinter die Ohren, Admiral!« Dabei hüpfte er aufgeregt vor mir und schwenkte wütend die Arme.

Ich wußte, daß Ellon – legte man menschliche Maßstäbe an – schlecht erzogen war und er sich bei seinem Studium der Menschensprache mit besonderer Vorliebe Schimpfwörter eingeprägt hatte. Leider verstand er sie buchstäblich. Als er wetterte, ich solle mir seinen Verweis hinter die Ohren schreiben, blickte er so wild nach meinen Hörorganen, daß ich fürchtete, er wolle es an meiner Stelle tatsächlich tun. Ich deutete seine Erregung als Nachwirkung der Katastrophe mit der »Schlangenträger«, als Übermüdung, die sich sogar bei den rastlos tätigen Demiurgen bemerkbar machte. Gewiß hatte sich Ellon nach der Katastrophe noch keine Stunde ausgeruht. Daß der von Romero vorausgesagte Wahnwitz beginne, kam mir nicht in den Sinn.

Zum erstenmal spürte ich, daß etwas nicht stimmte, als Mizar zum Zeittransformator geführt wurde. Das war eine riesige durchsichtige Kugel, die auf einem Postament ruhte. Ringsum türmten sich Strahler und Reflektoren, das Postament war durch ein Hohlrohr mit dem Kollapsan verbunden, da waren noch Anlagen und Mechanismen über der Kugel und daneben, aber ihr Zweck war mir unverständlich, und ich will sie nicht beschreiben.

Ich weise nur darauf hin, daß Ellon vor dem Experiment mit Mizar einige Gegenstände erprobt hatte, die er abwechselnd in die Zukunft und in die Vergangenheit schickte. Sie waren stets wohlbehalten zurückgekehrt. Wenn auch der Versuch mit Mizar gelang, dann war ein realer Weg, aus dem Kern zu fliehen, gefunden, weil wir uns bei Begegnungen mit Gestirnen nicht in deren, sondern in unserer Zeit bewegen würden und jeglicher physischer Zusammenstoß ausgeschlossen war. Selbstverständlich setzten unsere Pläne die riskante Annahme voraus, daß die Ramiren unsere Flucht nicht behindern würden. Worauf sollten wir unsere Hoffnungen sonst setzen? Zu dem Versuch waren Oleg und Romero, Grazi und Orlan, Mary und Olga erschienen. Ellon selbst öffnete den Einstieg im Zeittransformator. Irina brachte Mizar. Der Hund winselte, schaute unruhig jeden an, zwängte mir die Nase zwischen die Knie, leckte Mary die Hände und legte Romero plötzlich die Pfoten auf die Schultern – vor Überraschung ließ der seinen Stock fallen. Irina streichelte Mizar, flüsterte ihm zärtlich etwas zu. Mir mißfiel ihr Gesichtsausdruck, und ich trat näher.

»Lieber, Lieber!« sagte Irina zu dem Hund. »In die Vergangenheit, in die ferne Vergangenheit! Wir werden in den Wald laufen! Und ich werde bellen wie du!«

»In den Wald! In den Wald!« knurrte der Hund erregt und leckte Irina die Hände. »Wir werden bellen! Wir werden jagen, Irina! Schnell, Irina, schnell!«

Irinas Flüstern hörte ich allein, die Antworten des Hundes machte das Dechiffriergerät allen zugänglich. Seltsamerweise glaubten die anderen, Irina bereite Mizar mit täuschenden Worten auf die gefährliche Reise in die Vergangenheit vor. Ich aber wußte, daß der Hund, von Lussin geschult, in Menschengeschichte eine Hundeeins bekommen hatte – entsprechend der Skala für Hunde mit hohem Intellekt – und keiner Illusionen bedurfte. Und das hatte ich auch mit Irina vereinbart: Mizars Vorbereitung würde darin bestehen, ihm die Wichtigkeit seiner Rolle zu erklären, keineswegs sollte sie ihn mit den Freuden einer Reise in die Vergangenheit locken.

»Irina!« sagte ich leise. »Irina, dreh dich um!«

Sie erhob sich langsam von den Knien, blickte mich merkwürdig an und sagte: »Admiral, erlauben Sie mir, mit Mizar zu gehen? Ich liebe ihn.«

Irina stöhnte, so heftig preßte ich ihre Hand. Sie war noch fähig, Schmerz zu empfinden. »Irina, du liebst nicht Mizar! Du liebst Ellon, Irina.«

Sie lauschte mit offenem Mund. Nie zuvor hätte sie sich eine derart törichte Miene erlaubt. Irina gehörte zu den Frauen, die sich sogar vor einer Schmutzarbeit schönmachen.

»Ellon?« girrte sie. »Wie kann ich Ellon lieben, wenn Sie es mir verboten haben? Ich bin äußerst gehorsam, Admiral, äußerst gehorsam.«

»Dummheiten! Eigensinnig bist du, nicht gehorsam!« zischte ich ärgerlich. »Und jetzt bist du nicht gesund. Du redest dir wer weiß was ein. Geh und ruh dich aus, Irina.«

»Glauben Sie, Admiral, ich liebe Mizar nicht?« fragte sie zweifelnd.

»Du liebst ihn, selbstverständlich. Auch ich liebe ihn, auch deine Mutter liebt ihn, auch Mary … Doch das genügt nicht, um gemeinsam in die Vergangenheit zu reisen.«

»Ich liebe dich nicht genug, Mizar«, sagte sie demütig. »Ich habe mir eingebildet, ich liebte dich mehr als alle. Ich bin so gehorsam, Mizar!« Hoffnungslos rang sie die Hände. »Ach, Admiral, erlauben Sie mir, jemanden zu lieben!«

Ich rief Olga. Mit ihr traten Oleg und Mary heran. Irinas Gesicht verzerrte sich, als sie Oleg erblickte. Sie stöhnte, wehrte mit den Händen ab. »Nicht du, nicht du! Du hast mich gegen eine Expedition getauscht, auf der du umkommst.«

»Irina, fasse dich!« sagte er sehr bleich. »Erinnere dich unseres Gesprächs auf dem Stützpunkt! Du batest darum, auf die Expedition mitgenommen zu werden. Wir beide sind zusammen auf einem Schiff, Irina! Du bist nicht im Perseus geblieben.«

Sie barg das Gesicht an der Brust ihrer Mutter und weinte. Ich sagte: »Olga, bring sie nach Hause. Und laß sie nicht allein. Ich fürchte, sie hat eine schwere Neurose.«

Während wir flüsternd Mizar umstanden, wartete Ellon an der offenen Luke. Als Olga den Arm um ihre Tochter legte und sie gemeinsam mit Mary wegführte, rief Ellon gereizt: »Habt ihr endlich genug getuschelt, ihr Menschen? Der Zeittransformator wird überhitzt im Leerlauf! Oder wollt ihr, daß wir alle durch eine Explosion in die Zukunft fliegen? Wer bringt Mizar her?«

»Ich bringe ihn«, antwortete ich, ließ mich, wie Irina es getan hatte, auf die Knie nieder und streichelte dem Hund das dichte Fell. »Mizar, mein Freund«, sagte ich. »Es handelt sich nicht darum, in den Wald zu laufen und zu bellen. Ein beispielloses Experiment steht bevor, und wenn es gelingt, sind wir alle gerettet. Bist du bereit, dich für uns alle einzusetzen?«

»Bring mich hin, Eli«, knurrte er tapfer und leckte mir die Hand.

Ich führte ihn zur Luke. Ellon wollte den Hund grob im Genick packen und in die Öffnung werfen, ich hinderte ihn. Mizar schaute uns traurig an und bellte laut: »Lebt wohl!« Und ganz allein sprang er in den Einstieg. Der Zeittransformator begann zu arbeiten.

Bald darauf sahen wir den Hund verschwinden. Er löste sich nicht auf, wurde nicht kleiner, verwandelte sich nicht in einen Fleck und dann in einen Punkt, wie wir es seltsamerweise erwartet hatten. Er verging, wie Oan vergangen war, als er zu fliehen versucht hatte. Mizars Körper wurde zur Silhouette. Im Transformator war es heiß, der Hund hechelte mit heraushängender Zunge und starrte uns aus unerträglich glänzenden Augen an. Als sein Körper verblaßte, widerstanden die Augen und die Zunge am längsten dem Abgang in die Zukunft. Der Moment kam, da die Augen noch vorhanden waren und uns anfunkelten, während die Zunge, verselbständigt, baumelte. Doch dann trübten sich die Augen, und die Zunge, die sich noch bewegte, verblaßte, verschwand, verging und lebte auch im letzten Moment ihres Dahinschwindens.

Der Hund war weg, der durchsichtige Zeittransformator leer.

»Mizar ist in der Zukunft!« rief Ellon und trat von dem Kollapsan zurück. »In der nächsten Zukunft, durch etwa tausend Jahre, nach eurer Rechnung, von uns getrennt. Mag er dort ein wenig schmoren in der zerschmolzenen Zeit!« Er lachte.

Ich erzitterte von der Brutalität seines Gelächters. »Wie lange wird er in der Zukunft sein, Ellon?«

»Höchstens eine Stunde, Admiral, höchstens eine Stunde! Dann schalte ich den Kollapsan aus, und dein Hund fällt in unsere Zeit, wie Oan aus der fernen Zukunft herausfiel, wohin er sich hatte davonmachen wollen, du erinnerst dich.«

Es war unangenehm, den frohlockenden Demiurgen zu sehen. Selbst die Freude des Experimentators, der eine wichtige Entdeckung machte, hätte die Sorge um den armen Hund nicht auslöschen dürfen. Obendrein berührte es mich peinlich, daß Ellon keinen Anteil an Irinas Krankheit nahm. Oleg war gegangen. Romero faßte mich unter. »Wollen Sie sich nicht mal anschauen, wie die Schiffsmaschine der ›Steinbock‹ allmählich zum Bewußtsein zurückkehrt?«

Die defekte Maschine stand in einer Ecke, von dem Zeittransformator weit entfernt. Ich fragte die Maschine, was sie über Zeitreisen denke und ob es Hoffnung gebe, daß Mizar aus der Zukunft wohlbehalten zurückkehre. Sie sang mit derselben melodischen Stimme:

»Lang ist es her. Ich weiß nicht, wann es war.
Die Jahre schwanden hin gleich Schemen
und tauchten in die Ewigkeit.
Das matte Herz hat, was vergangen,
längst vergessen.
Lang ist es her. Ich weiß nicht, wann es war.
Vielleicht ist's nie gewesen!«

»Die Antwort ist nicht sinnvoll, aber auch nicht ganz sinnlos«, bemerkte ich. »Und die Verse sind ein wenig besser als das dumme Zeug, das sie sonst von sich gegeben hat.«

»Das Gedicht heißt übrigens ›Dem Gedächtnis Chopins‹. Ich weiß nicht, ob er ihnen bekannt ist, Eli. Und daß sich die Maschine des Gedächtnisses erinnerte, kann nur bedeuten, daß sie das Bewußtsein wiedererlangt. Die erste und wichtigste Eigenschaft des Bewußtseins ist das Gedächtnis! Ach, großartiger Eli, großartiger Eli, wissen Sie, welche Macht das Gedächtnis über den denkenden

Verstand hat? Das Gedächtnis ist die einzige Garantie für Unsterblichkeit, der Katalysator, der jeden beliebigen Augenblick in Ewigkeit verwandelt, der einen zitternden Augenblick für immer unvergänglich und unverweslich konserviert!«

Schwulst brauchte Romero nicht auszuleihen, aber so hatte er noch nie zu mir gesprochen.

»Welch eine Ode an die Erinnerung, Pawel!«

»Heut nacht war Ihre Schwester bei mir. Erschrecken Sie nicht, mein Freund, einstweilen bin ich nicht verrückt. Ich weiß, daß Wera schon lange tot ist. Vor meiner Abreise von der Erde besuchte ich ihre Asche im Pantheon. Sie war bei mir in meiner Erinnerung, nur in meiner Errinnerung! Mein Leben ist ja plötzlich Erinnerung an mein Leben – und das war so schön, Schwager! Wera und ich waren uneins, Sie wissen das, Sie wissen alles, Admiral, nein, Sie waren noch nicht Admiral, Sie waren ein Jüngling ... Ich holte Wera auf dem Pluto ein, und ich eilte zu ihr ins Hotel, dorthin, wo sie und ich schon gewesen waren, in demselben Zimmer, Eli ... Ich kniete vor ihr nieder, küßte ihre Füße, und sie kniete ebenfalls nieder, und sie weinte und küßte mich, und sie freute sich unendlich, daß ich zurückgekehrt war, daß sie mir verzeihen konnte ... Eli, mein Freund, mein Schwager, ich bin Ihnen so dankbar für den Befehl, Ihrer Schwester nachzueilen, Sie haben mich zu neuem Leben erweckt. Wir knieten voreinander, das war gewiß komisch anzusehen, aber wir freuten uns und weinten, und wir küßten einander, und das war heute nacht, in der glücklichen heutigen Nacht, Eli!«

Er taumelte. Der Übergang vom Bewußtsein zum Fieberwahn erfolgte so plötzlich, daß ich Romero nicht unterbrechen, sondern ihn nur auffangen konnte, als er zur Seite sank. Er zuckte zusammen und kam zu sich. Seine Augen waren kummervoll verschleiert vor bitterem Glück!

»Was ist mit mir? Was habe ich gesagt?« fragte er.

»Wir sprachen davon daß die Schiffsmaschine das Bewußtsein wiedererlangt, Pawel. Lassen Sie uns nun hören, worüber Ellon, Orlan und Grazi so hitzig diskutieren.«

Ellons Gespräch mit Grazi und Orlan verdiente unsere Teilnahme. Ellon wies nach, daß es für die Mechanismen eine Kleinigkeit sei einen Ausgang in die Zukunft zu schaffen. Man brauche, um in die Zukunft abzugehen, die Zeit nur zu beschleunigen, ohne ihre Richtung zu ändern. Die natürliche Zeit laufe von der Vergangenheit zur Zukunft, der Kollapsan treibe sie an – und fertig! Schwieriger sei eine Reise in die Vergangenheit. Dazu müsse der Lauf der Zeit ins Gegenteil verkehrt werden. Der Kollapsan bewerkstellige auch diese Transformation. Aber wie verhielten sich die Objekte dazu, denen die Zeit das Vorzeichen ändere? Die toten Gegenstände spürten den Wechsel nicht, sie seien gleich in Vergangenheit und Zukunft. Doch Organismen gingen zugrunde, wenn die Zeit nicht auf besondere Weise umgedreht würde.

»Die den Galakten so angenehmen natürlichen Gewebe der Lebewesen überstehen den Sprung durch die Nullzeit nicht.« Ellon grinste schadenfroh. »Die künstlichen Organe aber ertragen ohne weiteres die Wende zum Rückwärtslauf.«

Der Galakt erhob sich majestätisch, so daß er Ellon überrragte. »Du sagtest: Drehung der Zeit auf besondere Weise, Ellon? Wie ist das zu verstehen? Und warum ist es für natürliche Gewebe so gefährlich, die Null zu durchschreiten?«

»Weil die Nullzeit der Stillstand aller Prozesse ist. Steinen und Metallen macht das nichts aus, für Lebewesen ist das der Tod.«

Ich entgegnete, daß wir beim Zusammenstoß der beiden Sonnen den Stillstand der Zeit, den Verlust unseres »Jetzt« für einen gewissen Moment schon erduldet hätten. Ellon stimmte nicht zu. Der Stillstand habe nicht lange gedauert. Wir seien erstorben, nicht gestorben, denn sogleich sei der natürliche Zeitenstrom wiederhergestellt worden. Eine Drehung der Zeit aber komme einer Explosion gleich.

»Ich müßte deine Leiche in die rückläufige Existenz drehen, Admiral!«

Ellon hatte nur eine Methode gefunden, um lebende Organismen in die Vergangenheit zu befördern. Man müsse im Transformator ein Lebewesen in die Zukunft werfen, im geraden Verlauf der Zeit. Wenn es sich dort nicht halte und zurückfalle, dürfe es in der normalen Zeit nicht aufgehalten werden, sondern man müsse es weiter fallen lassen, in die Vergangenheit hinein. Das werde ein Fallen auf Grund der Trägheit sein, nicht unter der Einwirkung äußerer Kräfte. Eine Bewegung auf Grund der Trägheit der Zeit sei stets eine Bewegung zum Punkt der realen Existenz hin, so sei die Natur der Zeit nun mal. Und wenn ein aus der Zukunft an die Gegenwart fallendes Wesen auf Grund der Trägheit in die Vergangenheit gerate, so werde die Bewegung in die Vergangenheit, die sich rasch verzögere, die normale, die gerade Bewegung, und der Übergang durch die Nullzeit vollziehe sich ohne Erschütterungen. Dann müsse man den rückläufigen Gang der Zeit mit Hilfe des Kollapsans beschleunigen – und man könne das Versuchsobjekt in jede beliebige Vergangenheit schicken. Alle zurückgelegten Jahrmillionen stünden einer neuen Besiedlung offen!

Es war Zeit, Mizar in unsere Zeit zurückzuholen. Ellon drehte den Gegenzeit-Hebel an der Kollapsan-Schalttafel. Im Transformator trübte sich etwas, ein Schatten flirrte und verwandelte sich in eine gierig Kühle hechelnde Hundezunge, und etwas höher glommen zwei Lichtchen auf, zuerst matt, dann immer heller, die sich rasch in glänzende Hundeaugen verwandelten. Im Zeittransformator zeichnete sich Mizar ab, lebendig, und trieb ihn zu uns.

»Ich bin bei euch, bei euch!« meldeten die Geräte sein jubelndes Gebell.

Die Luke wurde geöffnet, und Mizar kam wie eine Kugel herausgeschnellt. Er warf sich Romero an die Brust, und Romero fiel hin. Das gleiche Schicksal ereilte mich, und nach mir geriet Grazi von einem Stoß des massiven Hundekopfs ins Wanken.

Freudig umarmte ich Mizar. »Beruhige dich, Tollwütiger! Erzähle, was hast du auf deiner unwahrscheinlichen Reise gesehen?«

Mizar hatte nichts gesehen, ringsum war Nebel gewesen, unzählige Jahre hindurch, und dann waren Sterne erschienen, sie jagten dahin und flammten unheilvoll. Im großen und ganzen war alles wie auf den Sternenbildschirmen gewesen. Kälte hatte er nicht empfunden, er hatte keine Zeit gehabt, hungrig zu sein, aber es hatte so große Hitze geherrscht, daß er vor Durst fast umkam.

»Gleich wird man dir zu trinken geben«, sagte Ellon. Während Mizar Wasser schleckte, bereitete Ellon den Transformator für eine neue Zeitreise vor. Ich fragte den Demiurgen, ob man den Flug in die Vergangenheit nicht auf morgen verschieben könne, damit Mizar sich ausruhe. Er entgegnete, nicht nur die Zeit dieser Minute, sondern auch die vergangene warte nicht. Ich umarmte Mizar erneut und erkundigte mich, ob Irina ihm über das Experimentprogramm alles gesagt habe. Der Hund lächelte. Jedermann weiß, daß Hunde nicht allein mit dem Schwanz vortrefflich lächeln, sondern auch mit den Augen und mit dem Maul, und Mizars verhaltenes Lächeln war besonders anmutig. Ja, er lächelte, selbst in Augenblicken höchster Freude erlaubte er sich kein vulgäres Geláchter. So sind übrigens viele Hunde. Das Feingefühl liegt ihnen im Blut.

»Ich bin soweit, Eli. Zunächst schicke ich ihn in die Zukunft, durch die Zukunft dann in die Vergangenheit, und in der Vergangenheit werden die Erde und Wald sein. Wo ist Irina?«

»Sie ist unpäßlich. Der Erfolg deines Experiments ist die Medizin, die sie am dringendsten braucht.«

»Ich werde alles Erforderliche tun.«

Und zum drittenmal sahen wir, wie sich Mizars großer schöner Körper in eine Nebelsilhouette verwandelte, wie in der Leere noch kurz die beiden Augen leuchteten und die rote Zunge für den schon unsichtbaren Körper Kühle hechelte. Im Laboratorium erschien wieder Oleg. Irina war bewußtlos, an ihrem Bett wachte Olga. Oleg fürchtete um ihr Leben. Die Menschen und die Demiurgen hatten das Geschwader mit den besten Arzneien versorgt, darunter auch solche gegen Gemütskrankheiten, aber kein einziges wirkte. Der Medizinautomat hatte dreimal unterschiedliche Diagnosen gestellt und unterschiedliche Behandlung festgelegt – in seinem Gedächtnis fanden sich keine Kenntnisse über Irinas Krankheit, so ungewöhnlich war sie.

Ellons schrille Stimme erklang: »Achtung! Rückkehr aus der Zukunft. Trägheitsflug in die Vergangenheit!«

Mizar kam aus der Zukunft, und er wurde in der Gegenwart nicht abgebremst. Äußerlich spielte sich das so ab, daß sich im Transformator in derselben Reihenfolge die mühsam pulsierende Zunge, die beiden Augen, der Rumpf und die Beine abhoben. Sekundenlang erwartete ich, daß der Hund seine Gestalt wiedergewinnen würde und freudig bellend hinausgelassen zu werden verlange. Aber der Rumpf hellte sich, ehe er völlig körperlich geworden war, wieder auf, wurde beinahe durchsichtig und verschwand. Mizar sauste ohne Aufenthalt in der Gegenwart in die Vergangenheit. Ellon beobachtete, über den Kollapsan gebeugt, die an der Schalttafel aufflammenden Lichter.

»Der Versuchshund Mizar ist in die Vergangenheit enteilt«, sagte er und trat zu Oleg. »Die Nullzeit hat er unversehrt passiert. Ich habe der Trägheit seines Flugs aus der Zukunft ein wenig Gegenzeit beigemengt.«

»Wie lange müssen wir auf Mizars Rückkehr warten, Ellon?«

»Ungefähr eine Stunde, Oberkommandierender.«

Ich sagte zu Oleg: »Wenn du hierbleibst, statte ich der Stimme einen Besuch ab. Sicherlich langweilt sie sich in der Einsamkeit.«

Im Raum der Stimme schritt ich an der Wand entlang, wie Grazi das zu tun liebte. Die Analysatoren übermittelten ihr ein vollständigeres Bild des Experiments, als sie es von mir hätte erhalten können. Sie fragte mich nur, was ich zu den Flügen in eine andere Zeit meinte. Ich war von vagen Empfindungen erfüllt – Hoffnung, vermischt mit Furcht, und etwas, das sich als instinktive Feindseligkeit gegenüber solcherart Versuche mit einem Lebewesen charakterisieren ließe.

»Die Lage ist wahrscheinlich ernster, als wir vermuten«, sagte die Stimme.

»Fürchtest du wie Romero, daß uns Wahnsinn droht?«

»Der Wahnsinn hat schon angefangen.«

»Außer Irinas hat sich niemandes Bewußtsein getrübt. Abgesehen von den Maschinen, selbstverständlich. Die sind ja sofort verrückt geworden.«

»Der Maschinenintellekt ist nicht wie die Organismen durch einen Zeitstabilisator geschützt. So mußten sie eher Schaden nehmen.«

»Du stimmst auch dieser Hypothese Romeros zu?«

»Romero hat die Ursache treffend genannt.«

»Sollen tatsächlich du und auch ich den Verstand verlieren, Stimme? Bei der ersten Havarie büßtest du das Gefühl für das ›Jetzt‹ ein. Aber jetzt sind wir alle im ›Jetzt‹. Das wirst du nicht bestreiten?«

Gerade dies bestritt sie.

Sie sagte, daß wir bereits die Diesminütigkeit verloren hätten, genauer: Die Diesaugenblicklichkeit. Die Zeit auf dem Schiff pulsiere zwischen der nächsten Vergangenheit und der nächsten Zukunft. Sie fließe nicht gleichmäßig von der Vergangenheit zur Zukunft, sondern vibriere, krampfe. Die Stimme spürte es in jeder Gehirnzelle. Die groben Vollzugsmechanismen würden zum Glück solcher Feinheiten wie das Vibrieren von Gedanken, eines Befehls nicht gewahr. Wahrscheinlich habe sich in der alten Menschengeschichte ein Diener auch nicht weiter darum geschert, ob sein Herr einen Befehl mit zittriger oder fester Stimme erteilte – für ihn sei der Inhalt des Befehls wichtig gewesen. Lange könne das nicht fortdauern. Der Moment werde eintreten, da der vibrierende Befehl aufhöre, ein Befehl zu sein. Dann werde auf dem Schiff alles ersterben.

»Grazi dubliert dich, doch er sagt nichts dergleichen«, erwiderte ich zweifelnd.

»Bald wird auch er es spüren. Bald werdet ihr alle es spüren, Eli. Die Zeit fiebert immer stärker. Die Vibration wird größer. Der Raum zwischen Vergangenheit und Zukunft, in dem die Zeit pulsiert, rückt allmählich auseinander. Und jede Vibration hinterläßt eine Spur – Vergangenheit staut sich auf, Zukunft ballt sich zusammen. Wenn die Unvereinbarkeit von Vergangenheit und Zukunft zu groß wird, reißt die Zeit erneut. Schwerlich werden wir so leichten Kaufs davonkommen wie voriges Mal. Damals brachen wir aus der zerrissenen Zeit zwischen den beiden Sonnen aus, aber was geschieht, wenn die Zeit auf dem Schiff selbst reißt?«

»Entsetzlich! Stimme, gibt es eine Chance, gerettet zu werden?«

»Nur eine – sofortige Stabilisierung der Schiffszeit. Der Stabilisator ist jetzt wichtiger als der Transformator.«

Ich wurde ins Laboratorium gerufen. Auf dem Fußboden lag der leblose Mizar. Seine Augen waren weit aufgerissen, die Zähne gefletscht, das Fell hatte sich gesträubt. Schweigend betrachteten die Anwesenden den toten Hund. Orlans drohende Stimme brach die Stille.

»Ellon, du versprachst, Mizar werde die Nullzeit wohlbehalten passieren. Du hast gelogen.«

Ellon hatte den Kopf so weit eingezogen, daß über den Schultern nur die Augen zu sehen waren, trüb und kläglich.

»Orlan, ich habe nicht gelogen. Mizar hat die Nullzeit wohlbehalten durcheilt. Wir alle haben es gesehen … Er entschwand lebend in die Vergangenheit. Alle haben es gesehen …«

»Aber tot ist er zurückgekehrt. Hast du eine Erklärung dafür, Ellon?«

Ellon sagte kaum hörbar: »Ich werde eine Erklärung suchen. Vorläufig habe ich keine.«

Ellon und seine Helfer trugen Mizar zum Untersuchungstisch, und ich erzählte den Freunden von den Befürchtungen der Stimme.

»Geh lieber wieder zu ihr«, riet ich Grazi. »Womöglich verliert sie die Nerven.«

»Ich werde mit Ellon über die Zeitvibration sprechen«, sagte Orlan.

Ellon trat so niedergeschlagen heran, daß er mir leid tat.

»Die Stimme weist darauf hin, daß die Zeit auf dem Schiff zwischen Vergangenheit und Zukunft vibriert und die Amplitude sich vergrößert. Wann nimmt der Schiffszeitstabilisator die Arbeit auf, Ellon?« fragte Orlan.

»Unverzüglich werde ich mich mit ihm befassen, Orlan. Ich lasse den Transformator einstweilen ruhen und schalte den Stabilisator von der Mikrozeit auf die Schiffszeit um«, sagte Ellon rasch.

»Wann wird das sein, Ellon?«

»Morgen«, antwortete Ellon demütig.

Ich warf einen letzten Blick auf den toten Hund und verließ mit Oleg das Laboratorium. Im Korridor sagte ich zu ihm: »Oleg, wenn wir beide aufgeben, werden die Folgen entsetzlich sein. Was auch mit den anderen geschehen mag, wir dürfen uns von der Zeitvibration nicht unterkriegen lassen. Und wenn dennoch ein Riß zwischen Vergangenheit und Zukunft entsteht, so halte dich an die Zukunft, bleibe in der Zukunft, Oleg, falle unter keinen Umständen in die Vergangenheit!«

Er lächelte traurig. »Du hast recht – wir beide müssen durchhalten.«

Ich betrachtete ihn. Er hatte müde Augen – rot, entzündet, geschwollen. Ich seufzte. Nur zweier Leute auf dem Schiff war ich in gewissem Maße sicher – meiner und seiner. Und das war furchtbar! Aber warum das furchtbar war, durfte ich ihm nicht sagen.

4

Es war schon spät, als ich in unsere Wohnung kam. Mary schlief bereits. Leise zog ich mich aus und legte mich hin. Marys Schluchzen weckte mich. Sie saß auf dem Diwan und weinte, den Kopf in die Hände gestützt. Ich ging zu ihr, drehte ihr Gesicht zu mir.

»Was hast du, Mary?« fragte ich und küßte ihre nassen Wangen.

Sie schob mich zurück. »Du liebst mich nicht!« schluchzte sie.

»Mary! Was redest du da? Ich liebe dich nicht? Ich?« In meiner Schlaftrunkenheit begriff ich nichts. Wieder küßte ich sie.

Da riß sie sich los und stampfte mit dem Fuß auf. »Rühr mich nicht an! Du liebst mich nicht! Und wenn du es wissen willst: Ich liebe dich auch nicht!«

Erst jetzt dämmerte mir, was geschah. Ich setzte mich in einen Sessel und sagte ruhig: »Also ich liebe dich nicht? Und du liebst mich nicht? Interessant! Woraus schließt du das?«

»Du hast die Auskunftsmaschine über mich befragt!« stammelte sie. »Du erschrakst, weil wir so wenig übereinstimmten. Ich erschrak ebenfalls, dennoch dachte ich an dich und versuchte dir zu begegnen! Seit jenem Abend in Kairo hatte ich Sehnsucht nach dir, du aber flogst zur Ora, wolltest mich nicht einmal anschauen, und ich wollte mich doch entschuldigen wegen meiner Grobheit während des Konzerts und jenes Sturms in der Hauptstadt, es war für mich so wichtig, mich zu entschuldigen! Ich dachte ständig an dich, ich schaltete die Raumbildschirme nicht aus, um keine Übertragung von der Ora zu versäumen, denn ich hoffte unter den anderen auch dich da zu sehen. Dann flogst du zum Perseus; dir war es gleichgültig, daß ich Nacht für Nacht weinte, als ich erfuhr, daß deine Schwester ohne dich wiedergekommen war. Ich liebte dich trotzdem, obwohl ich dich schon haßte. Auch jetzt hasse ich dich!«

Ich sagte sehr zärtlich: »Mary, glaub mir, in Kairo hatte ich mich auf den ersten Blick in dich verliebt. Ich liebte dich mit allen Fasern, obwohl du mir Grobheiten an den Kopf warfst. Du beschimpftest mich in der Hauptstadt, und ich dachte: Was für eine wunderbare Stimme sie hat! Du runzeltest die Brauen, und ich war entzückt. Du funkeltest mich mit den Augen an und ich sagte mir, daß niemand schönere Augen habe, nicht einmal gleich schöne! Du gingst verärgert weg, und ich bewunderte deine Figur, deinen Gang, wie du die Arme schwenktest – den linken ein bißchen mehr als den rechten …«

Sie unterbrach mich. »Du sagtest: so war das! Du gestehst also, daß es jetzt nicht so ist.«

Ich fuhr mit derselben zärtlichen Hartnäckigkeit fort: »Ja, Mary, du hast recht – das war. Und nicht nur dies. Da war auch unsere Reise zum Perseus. Du erinnerst dich doch? Ach, was das für eine Reise war, Mary, welch wunderbare Hochzeitsreise! Wir trennten uns nie, einen nicht gemeinsam verbrachten Augenblick betrachteten wir als verloren. Erinnere dich, Mary, erinnere dich! Ich liebte dich, und ich war stolz auf dich, und ich war glücklich, daß du bei mir warst, daß du ich warst! Erinnere dich, Mary, ich bitte dich, erinnere dich, denn so war es!«

Sie stöhnte, preßte die Hände zusammen. »Ach, dieses entsetzliche ›war‹! Du bist unbarmherzig, Eli, alles bei dir war nur, immer nur war!«

»Ja, Mary, du hast recht, entsetzlich, entsetzlich ist dieses ›es war‹! Und trotzdem – wieviel Gutes liegt darin! Denn in dem Guten, das war, ist auch unser Sohn gewesen, unser einziger Sohn, Aster, erinnere dich, denn auch er war, Mary, wir beide hatten einen Sohn, und er hieß Aster!«

Sie wiederholte leise: »Er hieß Aster ...«

»Na siehst du, Mary, du erinnerst dich, wie gut, daß du dich erinnerst, er ist tot, Mary, die verfluchte Schwerkraft des Dritten Planeten brachte ihn um, er starb in deinen Armen! Mary, Mary, erinnere dich an Aster, unseren Sohn, der in deinen Armen gestorben ist!«

Sie schluchzte. »Hör auf, du zerreißt mir das Herz, Eli.«

Ich kniete vor ihr nieder, schmiegte mein Gesicht an ihre heißen Hände und flüsterte leidenschaftlich: »Nein, Mary, ich höre nicht auf, ich erlaube dir nicht, Aster zu vergessen! Erinnere dich an unseren Sohn, an unseren Kummer, unsere Verzweiflung! Erinnere dich, daß er auf der Erde ist, im Pantheon, daß über seinem Sarkophag die Inschrift steht: ›Dem ersten Menschen, der sein Leben für die Sternenfreunde der Menschheit gab‹, daß wir oft dort hingingen und schweigend davor standen. Wir haben etwas, woran wir uns erinnern können, Mary, etwas, worüber wir uns freuen, etwas, worauf wir stolz sein können!«

Der Wahnsinn kämpfte in ihr mit der Vernunft, und die Vernunft siegte. Bitter sagte sie: »Ja, Eli, es gibt etwas, woran wir uns erinnern können, worauf wir stolz sein können. Doch alles liegt in der Vergangenheit, alles liegt in der Vergangenheit!«

Ich erhob mich. Ich wußte schon, daß ich sie retten würde. »Vieles ist in der Vergangenheit, vieles, aber nicht alles! Sind wir etwa in der Vergangenheit? Wir sind hier, Mary! Und unsere Liebe ist mit uns! War, war – und ist!«

Jetzt trat sie zu mir, faßte meine Schultern. »Du sagtest ›ist‹, Eli? Du sagtest, ›ist‹? Habe ich richtig gehört?«

»Du hast richtig gehört, Mary. Ist! Wir sind, unsere Liebe ist mit uns!«

Die Stimme versagte mir, und plötzlich fühlte ich mich so schwach, daß ich mich setzte, um nicht zu fallen. Sie schaute mich befremdet an und fragte langsam: »Eli, war etwas mit mir?«

Ich antwortete: »Es ist vorbei, Mary! Wir wollen nicht darüber sprechen.«

»Deine Stimme zittert«, sagte sie. »Deine Hände flattern! Und du weinst, Eli! Du hast nie geweint, Eli. Selbst als unser Sohn starb, weintest du nicht. Stand es so schlecht um mich?«

»Es ist vorbei«, wiederholte ich. »Und mich beachte nicht. Mir sind die Nerven durchgegangen. Du weißt ja, in was für eine schwierige Situation wir geraten sind. Und nun verzeih, ich muß ins Laboratorium. Wenn du dich nicht gut fühlst, ruf mich sofort!«

Sie lächelte, da sie mich wie sonst durchschaute. Ich brauchte mich nicht mehr um sie zu sorgen.

»Geh, Eli. Ich gehe auch bald. Schau mal nach Irina.«

Irina lag mit geschlossenen Augen in ihrem Zimmer. Aus ihrer Ohnmacht war sie noch nicht erwacht. Am Bett saß Olga. Ich setzte mich auf den Diwan.

Olga schaute mich mitleidig an. »Du siehst schlecht aus, Eli.«

»Wir sehen alle schlecht aus, Olga. Wie geht es Irina?«

»Der elektronische Medikus erklärt, daß keine Lebensgefahr bestehe. Aber das Bewußtsein hat sie noch nicht wiedererlangt. Das beunruhigt mich.«

»Angesichts der Schwierigkeiten, die wir mit der Zeit haben, ist es vielleicht gut, daß sie ohne Besinnung ist. Besser ein ausgeschaltetes Bewußtsein als ein zerrissenes.«

Sie musterte mich immerfort, und das ärgerte mich plötzlich.

»Ist noch irgend etwas passiert, Eli, nach Mizars Tod?«

»Wie kommst du darauf, Olga?«

»Ich sehe es dir an.«

»Mary ist krank«, sagte ich. »Ihr war das Gefühl für die Gegenwart entfallen. Sie war ganz in der Vergangenheit und bildete sich ein, die zu sein, die sie gewesen war, als wir uns kennenlernten. Ich hatte Mühe, sie aus der Vergangenheit herauszuziehen.«

»Und Irina quält das Verlangen, sich zu verlieben«, sagte Olga nachdenklich. »Und sie wendet sich von denen ab, die sie lieben. Mich erträgt sie noch – du siehst, ich sitze neben ihr, und sie regt sich nicht. Das bedeutet, daß meine Gegenwart ihr angenehm ist.«

»Was kann sie fühlen in ihrer Bewußtlosigkeit?«

»Sag das nicht, Eli. Oleg kam und setzte sich neben sie, und sie begann sich unruhig zu wälzen. Und als er ihre Hand nahm, riß sie sich los.«

»Ohne zu sich gekommen zu sein?«

»Ohne zu sich gekommen zu sein. Merkwürdige Formen nimmt die Störung im Zeitstrom an. Schade, daß ich kein Psychologe bin. Ich würde den Zusammenhang zwischen den Mikropulsationen der Zeit und den Makrorissen der Psyche berechnen.«

»Ja, das ist schade. Mit solchen Berechnungen ausgerüstet, würden wir viele Gefahren vermeiden. Einstweilen wollen wir uns damit trösten, daß wir beide nicht dem Wahnsinn verfallen sind. Du hast doch wohl nicht vor, in deinem Denken in die Vergangenheit zu stürzen?«

Sie lachte leise. »Was würde das ändern, Eli? Meine Vergangenheit ist von der Gegenwart nicht zu unterscheiden. Ob nun Vergangenheit oder Gegenwart – das Schicksal ist dasselbe.«

Anstatt zu schweigen, fragte ich unvorsichtig: »Wie soll ich das verstehen: das Schicksal ist dasselbe?«

»Ich habe dich geliebt, Eli«, sagte sie ruhig, »als kleines Mädchen und als Erwachsene. Da ist nun nichts mehr zu ändern, Eli, aber ich will, daß du weißt: Andere Gefühle hatte ich nicht! Manchmal sage ich mir: Ich wurde nur für die Liebe zu dir geboren und kannte deshalb nichts anderes im Leben.«

Ich war überrumpelt und ließ sie aussprechen. Zärtlich schaute sie mich an, klein, ergraut, aber genauso rotwangig, genauso ausgeglichen und gütig, wie sie immer gewesen war. Und plötzlich begriff ich, daß sie mir nicht ein Gefühl gestand, von dem sie jetzt gequält wurde, sondern daß sie auf ihr Leben zurückblickte, nur zurückblickte! Und diese Einsicht war so wunderbar, daß ich meine Verlegenheit überwand und ausrief: »Unsinn, Olga! In deinem Leben hat es so viele Ereignisse gegeben, so viel Erfolg und Ruhm, daß das kleine fehlgeschlagene Gefühl zu mir nicht ins Gewicht fällt! Erinnere dich, wer du bist! Ein berühmter Astronavigator, der erste weibliche galaktische Kapitän, ein großer Gelehrter, ein großer Kosmoskrieger!«

Sie schüttelte den Kopf. »Ja, du hast recht, Eli, es hat vieles gegeben in meinem Leben. Aber es hat auch die Liebe zu dir gegeben. Eine treue Liebe, Eli, die so lang wie mein Leben ist. Und als ich starb, sprach ich mit dir, und du streicheltest meine Hand, und ich sagte dir, daß ich dich geliebt habe, nur dich allein geliebt habe.«

»Schau mich an, Olga!« forderte ich.

Lächelnd blickte sie mich an, und sie legte ihre Hand auf meine. Olga war hier, in der Gegenwart, ich empfand ihre Wärme. Aber sie schaute aus der Zukunft auf mich. Jeder auf dem Schiff war auf seine Art verrückt geworden …

Irina regte sich. Olga sagte: »Sie will aufstehen. Geh bitte hinaus, Eli.«

Ich ging durch die endlosen Schiffskorridore und ballte zornig die Hände. Der Feind, gegen den ich kämpfte, war schon allein dadurch stärker, weil ich nicht ahnen konnte, woher er einen Schlag führen würde. Unweit des Kommandeurssaales kam mir Oshima entgegengestürzt. Erregt flüsterte er etwas vor sich hin, krampfhaft fuchtelte er mit den Armen. Ich wußte, daß er ein geschickter Kämpfer war, ein ausgezeichneter Sportler, ein gefährlicher Fechter. Aber daß er imstande war, sinnlos zu fuchteln, hätte ich nicht erwartet.

Ich packte ihn bei der Schulter. »Oshima, warum sind Sie nicht auf Ihrem Posten?«

»Lassen Sie mich, Admiral. Ich habe den Dienst Kamagin übergeben. Ich bin in großer Eile, nehmen Sie die Hand weg!«

Ich hielt ihn fest. »Ich will wissen, warum Sie es so eilig haben, Kapitän Oshima!«

Er gab den Widerstand auf. Ich war doch stärker. Er schaute sich um und sagte, wobei er die Stimme vertraulich senkte: »Ich bin hinter O'Haru-san her. Ein Mädchen namens Frühling.«

»O'Haru-san?« Ich war verblüfft. »Oshima, hier sind keine Mädchen namens O'Haru-san oder Frühling!«

Mißtrauisch hörte er mir zu. »Admiral, ich müßte Ihnen glauben, kann es aber nicht. Hier ist keine O'Haru-san? Aber ich denke doch nur an sie! Ich will O'Haru-san treffen!«

»Dennoch gibt es sie nicht auf dem Schiff. Sie existiert nur in Ihrem Traum, Oshima! Sie phantasieren mit offenen Augen, mein Freund. Kehren Sie in den Kommandeurssaal zurück!«

Meine Worte erreichten ihn nicht. Eine verdrehte Logik leitete ihn. Pedantisch hartnäckig sagte er: »Wie kann sie nicht dasein, wenn ich an sie denke? Sie ist immer mit mir, wie kann es sie nicht geben?«

»Es gibt keine O'Haru-san und hat nie eine gegeben!« schrie ich wütend. »Ein Mädchen Frühling hat es nie gegeben!«

»Dann suche ich sie, Admiral!« erklärte er enthusiastisch. »Wenn es sie nicht gegeben hat, muß ich sie finden. Es muß sie geben, das

Mädchen Frühling. Ich kehre nicht ohne die zurück, die es nicht gegeben hat!«

Er versuchte an mir vorbeizukommen.

Ich riß ihn zurück. Oshima bewegte sich kaum merklich, und ich stürzte. Ich war einen Kopf größer als er, anderthalbmal schwerer, aber er schleuderte mich wie eine Puppe zu Boden. Mir wurde schwarz vor den Augen.

»Admiral, Admiral!« drang Oshimas erschrecktes Rufen zu mir. »Hab ich Ihnen weh getan? Verzeihen Sie mir, Admiral! Ich weiß nicht, was mit mir los ist!«

Mühsam erhob ich mich. Oshima stützte mich besorgt. Sein Wahnsinn hatte sich verflüchtigt.

»Es ist alles in Ordnung, Kapitän Oshima«, sagte ich. »Kommen Sie in den Kommandeurssaal.«

Im Sessel des Schiffskommandeurs saß Kamagin. Oleg ging unruhig auf und ab. Verstohlen beobachtete ich den kleinen Kosmonauten. Eduard arbeitete flink und exakt. Und obwohl es keine Schiffsmaschine gab und er alle Befehle an die Vollzugsmechanismen nur über die Stimme erteilen konnte und er nur durch sie die Informationen des Analysators erhielt, betrug er sich, als sei die Schiffslenkung nicht gestört. Auf dem Bildschirm siedete nach wie vor der Kern, schoß mit Sternen, aber in dem wilden Chaos der einander ereilenden Gestirne lenkte Kamagin das Sternenflugzeug mit der Sicherheit eines Seemanns, der sein Schiff in den Sturm führt. Und ich dachte, wenn Kamagin in den Vergangenheitswahnsinn fällt, so ist das für uns die ungefährlichste Art, weil er auch in der fernen Vergangenheit ein mutiger galaktischer Kapitän war, vielleicht der geschickteste von uns, weil er in einer Epoche Schiffe führte, als die Schiffsmaschine noch nicht einmal projektiert war. Und selbst wenn die Stimme umkäme, wäre das, was wir als Katastrophe auffassen würden, für ihn nur eine Rückkehr zu der von ihm beherrschten Schiffsführung per Hand. Erleichtert dachte ich, daß ich nur von solchem Wahnsinn sagen könnte, er sei zulässig.

Oshima setzte sich neben Kamagin.

Halblaut sagte ich zu Oleg: »Hattest du Oshimas Zustand bemerkt?«

»Oshima fühlte sich schlecht«, antwortete Oleg, »deshalb erlaubte ich ihm, sich zu entfernen.«

»Und ich habe ihn zurückgebracht. Ich fürchte, Nachsicht verstärkt den Wahnsinn nur. Ich habe in Oshimas Kopf ein bißchen aufgeräumt, wer weiß, ob das lange vorhält.«

»Jedenfalls kann man ihm ohne Sicherungsmaßnahmen das Kommando über das Sternenflugzeug nicht mehr übertragen«, sagte Oleg, und ich pflichtete ihm bei.

Als ich den Kommandeurssaal verlassen wollte, begann Oshima laut zu schluchzen. Oleg und ich traten zu ihm. Oshima jammerte: »Es hat kein Mädchen Frühling gegeben. Es hat keine O'Haru-san mit Sakura-Blüten im Haar gegeben! Ach, O'Haru-san, daß es dich nicht gibt und niemals geben wird!«

»Ich würde ihn doch ins Hospital schicken, Eli«, sagte Oleg.

»Und wer soll ihn dort pflegen? Genau solche Wahnsinnigen? Und außerdem geht es ihm schon besser, scheint mir. Vorhin lief er, um O'Haru-san zu suchen, jetzt verabschiedet er sich von ihr. Das ist günstig.«

Wie zur Bestätigung meiner Worte holte Oshima ein Tuch hervor, wischte sich das tränenüberströmte Gesicht, schneuzte sich, zupfte sich die Uniform zurecht und sagte mit fast normaler Stimme zu Oleg: »Admiral, dem Kapitän Oshima ist ein bißchen schwindlig. Ich habe den Dienst Kapitän Kamagin übertragen. Ich halte einstweilen ein Nickerchen im Sessel, Admiral.«

Er schloß die Augen und schlief unverzüglich ein. Sein Gesicht gewann allmählich die gewohnten markanten energischen Züge wieder. Oleg und ich traten leise zurück. Oleg blieb im Kommandeurssaal, ich begab mich ins Laboratorium. Hier wurde der Zeitstabilisator montiert. Ellons schrille Stimme schallte durch den Raum. Demiurgen und Menschen beeilten sich, seine Befehle auszuführen. Abseits schritt Orlan zwischen Wand und Wand auf und ab. Rings um ihn hatte sich, ich bemerkte das sofort, Leere ausgebreitet. Niemand wagte es, die unsichtbare Grenze zu verletzen, die Orlan von den anderen trennte. Noch wenige Tage zuvor wäre ein solches Bild undenkbar gewesen. Orlan hatte sich stets bemüht, nicht aufzufallen, im Hintergrund zu bleiben. Um Ellon nicht zu stören, trat ich gleich zu Orlan. »Grüß dich, Freund Orlan! Gibt's Erfolg mit dem Zeitstabilisator?«

Orlan blickte mich hochmütig an: »Seltsame Frage, Admiral Eli! Hörtest du nicht, daß der Demiurg Ellon versprach, den Schiffszeitstabilisator heute in Gang zu setzen?«

Ich murmelte verlegen: »Doch, Orlan. Ellon versprach dir ...«

»Oder meinst du, Ellon würde es wagen, mich zu täuschen? Sei unbesorgt. Der Tag hat erst begonnen, Admiral Eli.«

Er war ebenfalls wahnsinnig geworden. Alle auf dem Schiff waren wahnsinnig geworden. Das von den Geräten nicht festzustellende Vibrieren der Zeit zwischen Vergangenheit und Zukunft hatte die Psyche gespalten. Im Bewußtsein speicherte sich die wieder aufgelebte Vergangenheit, verdichtete sich die noch nicht erreichte Zukunft. In der gespaltenen Seele überwog die Vergangenheit. Sie war besser bekannt und wirkte näher. Nur Olga war in die Zukunft entwichen. Die anderen waren in die Vergangenheit gefallen.

Und als ich schweigend den hochmütig hin und her flatternden Orlan anschaute, sah ich plötzlich deutlich, wie er gewesen war, als wir ihn noch nicht zu unseren Freunden zählten, und wie sich seine Untergebenen, seine Lakaien, seine Sklaven, ihm gegenüber verhalten hatten. Grausame Subordination, unerbittliche Subordination, schon der Gedanke an Ungehorsam, das geheime Verlangen nach Freiheit waren ein schweres Verbrechen gewesen! Ja, selbstverständlich, Orlan ist nicht schuld, daß sich sein Bewußtsein mehr und mehr in der Vergangenheit verstrickt, dachte ich, das ist sein Unglück, nicht seine Schuld. Und in unserer heutigen verzweifelten Lage sind seine unbarmherzige Hartnäckigkeit und seine Herrschsucht kein Hemmnis, sondern helfen uns freizukommen. Unter außergewöhnlichen Umständen eignen sich nur außergewöhnliche Maßnahmen. Aber wenn wir uns retten und er der alte bleibt? Wie können wir uns mit einem solchen Despoten und Würdenträger abfinden? Mir war, als verlöre ich einen Freund, einen lieben Freund, einen meiner vertrautesten Freunde.

Ich murmelte: »So wird man über kurz oder lang vom bloßen Anblick des Wahnsinns wahnsinnig.«

Orlan blieb vor mir stehen. »Was hast du gesagt? Wiederhole es!«

»Ich habe es vergessen, Orlan«, antwortete ich und ging in meine Wohnung.

Mary schlief und lächelte im Schlaf. Ich betrachtete zärtlich ihr gerötetes Gesicht, nahm daß Diktaphon und stieg in den Konservierungsraum hinab. Hier lag jetzt ein Toter mehr – Mizar, der in die Zukunft enteilt und lebend zurückgekehrt war, die Rückkehr in die Vergangenheit aber nicht überstanden hatte. Ich schob den Sessel an Oans Sarkophag. Wo befand er sich? In der Vergangenheit oder in der Zukunft? In welchem Moment hatten ihn Ellons Kraftketten gepackt? Konnte er zurückkehren, wenn wir seinen Verschlag öffneten, wie Mizar aus der Zukunft zurückgekehrt war?

»In einem hast du recht behalten, Verräter«, sagte ich zu Oan. »Du warntest uns vor dem Zeitkrebs und rietest uns, ihn zu fürchten – und der Zeitkrebs hat uns befallen. Du sagtest nur nicht, daß deine Herren oder deine grausamen Brüder uns mit dieser Krankheit infizieren würden. Freue dich, Oan, wir sind krank! Unsere Seelen bluten, bald werden unsere Körper, zermartert von der Spaltung der Psyche, kraftlos zu Boden sinken, auf die Betten, in den Sesseln versteinern. Freut euch, ihr Grausamen, ihr habt gesiegt. Aber wozu braucht ihr diesen Sieg? Antworte mir, Verräter, warum kämpft ihr gegen uns? Warum habt ihr unser Geschwader vernichtet? Warum habt ihr ein Sternenflugzeug übriggelassen und mit dem Auseinandergleiten der Zeit zwischen Vergangenheit und Zukunft infiziert? Seid ihr mit dem Sieg allein nicht zufrieden? Müßt ihr euch noch an unseren Qualen weiden? Die abergläubischen Aranen erklärten euch für Götter! Was seid ihr schon für Götter? Unholde seid ihr, Henker! Ich würde dir in die Augen spucken, Oan, wenn meine Spucke diejenigen träfe, die sich hinter dir verbergen! Ach, ihr Gelangweilten, wie dürstet ihr nach dem Schauspiel unserer Qualen! Und wenn das erwünschte Schauspiel ausbleibt, ihr Verhaßten? Wenn wir trotz allem der kranken Zeit entfliehen? Werdet ihr uns verfolgen? Werdet ihr den verderblichen Strahl ins letzte Sternenflugzeug feuern? Noch einmal frage ich: Warum kämpft ihr gegen uns? Warum laßt ihr uns aus eurer strahlenden Hölle nicht fort? Wodurch haben wir euch erzürnt?«

Ich schwieg eine Weile, ruhte mich aus, dann sprach ich wieder. »Der Wahnsinn erfaßt alle auf dem Sternenflugzeug. Die Tatsache, daß ich, ein Lebender, zu dir, einem Toten, komme und mit dir rede, beweist noch nicht die Klarheit meines Geistes. Jeder hat seine eigene Form von Wahnsinn. Mein Wahnsinn bist du. Ich vermag mich von dir nicht zu lösen, es zieht mich zu dir. Aber freue dich nicht! Ich überliste dich! Ich bin ebenfalls in die Vergangenheit gesunken, doch ich versinke nicht in ihr, ich rappele mich aus ihren stürmischen Wogen heraus. Verlaß dich nicht auf die Spaltung meiner Seele, sie wird sich nicht spalten. Siehst du dieses kleine Gerät? Ich leite die Vergangenheit aus meinem Bewußtsein auf das Diktaphonband. Meine Frau wäre unter der schwer gewordenen Bürde der Jahre beinahe zugrunde gegangen. Ich werde ebenfalls nicht zugrunde gehen, nein. Ich werde mich vor dir Stunde für Stunde ruhig und konsequent von der Krankheit befreien, mit der du mich infiziert hast.«

Ich wandte Oan den Rücken zu, nahm das Diktaphon in die rechte Hand. Langsam, mit gleichmäßiger Stimme begann ich zu diktieren: »An jenem Tag stürzte rauschender Regen hernieder, daran erinnere ich mich gut ...«

5

Ich schlief ein, müde vom vielstündigen Diktat. Mich weckte der Ruf: »Admiral Eli – ins Laboratorium! Admiral Eli – ins Laboratorium!« Ich warf das Diktaphon in den Sessel und lief hinaus.

Im Laboratorium stand Ellon am Stabilisator, vor Orlan servil gebückt. Abseits erblickte ich Oleg, Grazi und Romero. Orlan bedeutete mir, näher zu kommen. Kalt blickte er mich an, wie einen Knaben, den er schulmeistern wollte. Ellon beachtete er nicht.

»Der Tag geht zu Ende, und unser Zeitstabilisator beginnt die Arbeit!« sagte er hochmütig. Und nachdem er den Kopf nur um eine Winzigkeit gedreht hatte, nickte er Ellon geringschätzig zu. »Ist alles bereit, Ellon?«

»Absolut alles, Orlan«, antwortete Ellon eilfertig und beugte sich sklavisch noch tiefer.

»Dann schalte ein!«

Wir hörten einen heftigen Stoß im Apparat, und das war alles. Gespannt warteten wir auf irgendwelche Laute, das Aufflammen von Lichtern, auf Impulse und Wärmewellen, aber der Stabilisator funktionierte ohne äußere Effekte. Ich musterte die Anwesenden, und voller Bitterkeit wurde mir plötzlich deutlich bewußt, wie sehr sich alle verändert hatten. Erschöpfung und Leiden hatten die Gesichter gezeichnet, die Schultern gebeugt. Selbst der gottähnliche Grazi, der am wenigsten angekränkelt war, selbst er, der alle überragte, machte nicht mehr den Eindruck einer erhabenen Statue. Und Orlan, der sich hochmütig in die Brust warf und uns von oben herab ansah, der mit seinem bläulichen Gesicht matt phosphoreszierte, vermochte nicht, auf alte Weise den Kopf hochschnellen zu lassen – die wiedergekehrte gespenstische Erhabenheit hatte ihn nicht von den Fesseln befreit, sondern niedergedrückt. Oleg, niedergeschlagen und düster, glich nicht dem rätselhaft leidenschaftslosen Cherub von einst – er war jetzt einfach ein Mann in mittleren Jahren, unser Oberbefehlshaber, der plötzlich vergessen hatte, wie man kommandierte und forderte. Romero – ich ließ meinen Blick weiterwandern – spielte nicht mit seinem Spazierstöckchen, sondern stützte sich darauf, innerhalb weniger Tage war es aus einem Zierat zu einer echten Hilfe für ihn geworden, und dabei war er, wie wir fast alle, in die Vergangenheit entwichen, als er jung gewesen, die Vibration der Zeit hatte ihn in die Jugend geworfen – warum machte die auf wunderbare Weise wiedergekehrte Jugend so alt? Und Mary, meine arme Mary, dachte ich und schloß die Augen, hatte sich eingebildet, ein junges Mädchen zu sein – warum empfand sie ihre junge Liebe als so kummervoll? Nein, dachte ich und wiegte den Kopf im Takt zu meinen Gedanken, ich muß das durchdenken, das ist außerordentlich wichtig, selbst die besten Jahre, gewaltsam zurückgegeben, werden zur Bürde, selbst die wiedergekehrte Jugend macht alt, denn die Jugend …

Meine Gedanken unterbrach Orlans jubelnder Ausruf: »Eli, Eli, die Zeit ist heil!«

Ich fuhr zusammen und öffnete die Augen. Orlan näherte sich, die Arme hatte er wie ein Mensch ausgestreckt. Ich ergriff seine knochige Hand und schaute ihn begierig an. Er war der alte, wiedergekehrt, wiedergeboren – jener Orlan, den ich geliebt hatte, der klug, gütig und sanft war, der freundlich lächelte, beinahe zärtlich. Begeistert umarmte ich ihn, klopfte ihm die Schulter – er stöhnte und duckte sich, hörte aber nicht auf zu lächeln. Das war so großartig, das wirkte, obwohl leidenschaftlich ersehnt, derart unerwartet, daß es uns wie ein Wunder vorgekommen wäre, hätte an der Wand nicht der riesige Zeitstabilisator geragt und wäre nicht neben ihm in der dienstfertigen Pose Ellon erstarrt.

Romero kam gestürzt, um mich an sich zu ziehen, ich umarmte Oleg, langte nach Grazis Hals – Grazi bückte sich herablassend, damit ich ihn umschließen konne – und minutenlang herrschte im Laboratorium geräuschvolles Gedränge und erschallte freudiges Lachen!

»Eli, du hast vergessen, unserem bemerkenswerten Ellon zu danken!« sagte Orlan vorwurfsvoll. »Jetzt siehst du, daß ich recht hatte, als ich darauf bestand, Ellon zur Expedition einzuladen! Ellon ist ein Genie von einem Ingenieur, selbst unter den Demiurgen ist er einmalig!«

Wir beide traten zu Ellon. Er war der Urheber des Triumphs, der ihn vor allem anging und der ihn am wenigsten berührte. Finster sah er mich an.

»Ellon!« sagte ich bewegt. »Du hast eine Heldentat vollbracht. Mit der Zeitkrankheit auf dem Schiff ist nun Schluß! Wir sind die furchtbarste Krankheit der Welt losgeworden! Und alles dank deiner Meisterschaft, Ellon!«

»Ich habe den Willen desjenigen getan, der mich entsandte!« entgegnete er barsch. »Danke Orlan, Admiral.« Der wiedergeborene Orlan brauchte meine Dankbarkeitsbezeigungen nicht.

»Nein, nein, laß dich unserer Anerkennung versichern, Ellon«, sagte er so nachdrücklich und so hastig, als fürchte er, ein neues Unglück geschehe, wenn Ellon unsere Begeisterung nicht im guten beantworte. »Und du irrst dich, Ellon. Ich habe dir nicht befohlen, ich habe dich nur gebeten.«

Ellon neigte schweigend den Kopf. Seine düsteren Augen glühten böse, ein ungutes Lächeln schlängelte sich zu einer Sinuskurve. Er war nicht wiedererstanden. Orlan war in sein früheres Dasein zurückgekehrt, Ellon war gespalten geblieben. Er konnte nicht mehr wiedererstehen. Der Zeitkrebs hatte seine Psyche in zwei Teile zerfallen lassen, und der Spalt war unausfüllbar. All dies verstand ich erst später, doch in jenem Augenblick, als ich Ellon begeistert anschaute, bildete ich mir ein, das Beharrungsvermögen seiner Seele sei einfach größer als bei mir, als bei Orlan, als bei uns allen und er benötige die gesunde unversehrte Zeit länger, um die innere Unversehrtheit wiederherzustellen! Manches wäre anders verlaufen, hätte ich mich scharfsinniger gezeigt.

Romero brannte vor Ungeduld, zu kontrollieren, wie sich die Stabilisierung der Zeit auf die verrückt gewordenen Schiffsmaschinen ausgewirkt hatte. Nicht alle Schaltungen in den Schiffsmaschinen der »Rammbock« und der »Schlangenträger« funktionierten, und jede begriff intellektuell nur soviel, daß zweimal zwei gleich vier sei. Diese beiden Maschinen waren nicht mehr wahnsinnig, aber schon ihre erste Antwort ließ Beschränktheit vermuten. Dafür gab die Schiffsmaschine der »Widder« keine Dreifachantworten mehr. Auf die Frage, wie sie sich fühle und ob sie zu arbeiten bereit sei, rapportierte sie forsch: »Es waren ihrer zwölf, aber jeder im

Quadrat, während der erste und der sechste noch nach D integrierten, im Bereich von zarter Spitze bis harter Schokolade!«

»Im großen und ganzen ist das normal«, sagte ich zu Romero. »In den Maschinen ist der Zusammenhang zwischen Ursachen und Folgen gestört. An und für sich sind sie nicht imstande, aus ihrer intellektuellen Beschränktheit herauszukommen. Aber wenn jeder Stromkreis im einzelnen in Ordnung gebracht wird, dann kehren sie zu gesunden Berechnungen zurück. Interessanter ist die Schiffsmaschine der ›Steinbock‹, die Sie in dem Geschichtsabschnitt unterwiesen haben, der ihr entfallen war.«

»Ganz recht, lieber Admiral«, stimmte Romero zu. Seit sich die Zeit in seiner Psyche stabilisiert hatte, drückte er sich wieder wie früher aus. »Drei Maschinen haben es verlernt, logisch zu urteilen, diese aber hatte, wenn man das so ausdrücken darf, ihre Persönlichkeit eingebüßt, da sie sich keineswegs die zu sein dünkte, die sie wirklich war. Wenn sie die frühere Vorstellung von sich zurückgewonnen hat, so braucht sie nicht repariert zu werden.«

Ich wandte mich an die Schiffsmaschine der »Steinbock«. »Wie fühlst du dich, und was war mit dir?«

Sie antwortete wieder in Versen:

»In den Höhlen des Dal war ich Räuber,
und ich schabte wie Erde den Klang,
damit schluchzten die schwierigen Weisen
nur von dir, über dich und für dich …«

»Ganz hübsch, Schiffsmaschine! Allmählich erwirbst du Geschmack in der Poesie.«

»Nicht ganz hübsch, sondern ausgezeichnet!« korrigierte mich Romero. »Ich würde sogar sagen: großartig. Und beachten Sie, Eli, die Verse beantworten den Teil der Frage, in dem wir uns dafür interessierten, was mit ihr gewesen ist. Den ersten Teil der Frage allerdings, der sich auf ihr Befinden bezog …«

Die Schiffsmaschine unterbrach ihn. Jetzt sprach sie in dem uns wohlbekannten klaren, ruhigen Bariton. »Die Schaltungen sind in Ordnung. Alles ist geprüft. Ich erwarte eine Aufgabe.«

Romero begann zu weinen. Ich hatte in diesen Tagen so viel Tränen gesehen, hatte mich selbst ihrer kürzlich nicht enthalten können, daß mich der Anblick eines weinenden Menschen eigentlich nicht zu verwundern brauchte. Aber Romero maß als einziger von uns der Haltung so große Bedeutung bei, daß es undenkbar war, ihn sich in Tränen aufgelöst vorzustellen. Ich wartete, bis er sich beruhigt hatte.

Entrüstet rief er: »Admiral, Sie sehen so mißmutig aus, als freuten Sie sich nicht, daß wir vom Zeitfieber genesen sind. Oder quält Sie etwas?«

»Mich quält manches. Insbesondere weiß ich nicht, wie sich die Stimme fühlt«, entgegnete ich und entfernte mich eilends. Romero hatte einen allzu scharfen Blick!

»Stimme, mein Freund, die Zeit ist stabilisiert«, sagte ich, als ich in ihrem Raum war. »Spürst du, daß wir wieder in der gesunden Zeit sind?«

Sie antwortete traurig: »Ich spüre, daß die Zeit stabilisiert ist. Aber ich spüre keine Einheitlichkeit in mir. Ich fürchte, in mir ist der Riß zwischen Vergangenheit und Zukunft stabilisiert.«

»Unsinn, Stimme! In der gesunden Zeit gibt es keine Zukunft. Die Spuren der Vergangenheit bleiben, aber die Zukunft soll erst kommen. Ich höre dich, ich sehe dich – du bist in der Gegenwart, in der stabilisierten Gegenwart!«

»Zuviel Spuren der Vergangenheit, Eli«, entgegnete sie so traurig wie zuvor.

Ich wandte mich an Grazi. »In dir, hoffe ich, ist der Riß zwischen Vergangenheit und Zukunft nicht stabilisiert?«

Er blieb stehen, überlegte und antwortete gelassen: »In mir hat es keinen Riß gegeben. Und wenn es ihn gegeben hat, so konnte er nicht in Erscheinung treten. Du weißt doch, Eli, unsere Zukunft wiederholt unsere Vergangenheit. Wir Unsterblichen sind stets in der besten der Zeiten.«

Damit hatte er recht. Die Galakten sind derart vollkommen, daß die Zukunft ihre Vergangenheit nicht zu verbessern vermag. Auf die Stimme traf das nicht zu. Genetisch gehörte sie zu den Galakten, doch in ihrem Leben hatte Leid mit Freud und Freud mit Leid gewechselt. Die gleichzeitige Existenz in verschiedenen Zeiten bedeutete für sie eine Vereinigung unvereinbarer Lebensformen. Und das mußte zu einer Spaltung der Psyche führen. Ich sagte der Stimme nichts von meiner Unruhe, dafür gestand ich sie Romero, als der mich besuchte.

»Übertreiben Sie nicht, Eli? Übrigens nehmen sämtliche Schiffsmaschinen die Arbeit wieder auf. Intellektuelle Restschäden sind nicht zu entdecken.«

Er war so glücklich, weil es wieder die heile Zeit gab, daß ich ein bißchen kaltes Wasser auf seinen Enthusiasmus gießen mußte.

»Was verlangen Sie von den Maschinen, Pawel? Man hat ihnen beigebracht zu urteilen, das heißt, Schlußfolgerungen aus Prämissen zu ziehen, und fertig. Das genügt, um Entscheidungen zu treffen, für Vernunft reicht es nicht aus. Die Natur weist keine gegliederten logischen Ketten auf, sie existiert sogleich und insgesamt, in der ganzen Einheitlichkeit ihrer Verbindungen. Die Natur ist vernünftig, nicht verständig. Und das ist wichtig, außerordentlich wichtig, Pawel!«

»Warum sagen Sie mir das, Eli? Habe ich denn ...?«

»Warten Sie, Pawel. Unser Bewußtsein ist vernünftig, der Verstand ist nur ein Teil davon. Der Verstand ist in jedem von uns harmonisch wiederhergestellt. Die Vernunft kann gespalten bleiben. Was dann? Erscheinen zwei Persönlichkeiten in einer Seele? Werden sie sich vereinigen oder einander bekämpfen?«

»Sicherlich wird eine die andere niederringen«

»Gut, wenn die gute siegt.«

»Sie sehen die Wirklichkeit zu düster, Eli.«

»Ich will mir über die Fehler klarwerden, damit sie sich nicht zu Mißerfolgen auswachsen. Und aus der Größe der Fehler schließe ich, ob wir Erfolg haben werden.«

»In alten Zeiten gab es einen amüsanten Zungenbrecher: Nicht das ist gut, was gut ist, sondern das ist gut, was nicht gut und gut ist! Irgendwie erinnert Ihre Denkweise daran.«

Romeros Einwurf zeugte nur von Mangel an Verständnis. Ich nahm zu einer einfachen mathematischen Rechnung Zuflucht. Als Mathematiker war Romero keine Leuchte, und Berechnungen riefen seine Achtung hervor. Er glaubte an die Mathematik mehr, als daß er sie verstand. Er konnte gegen beliebige Gedanken zu Felde ziehen, doch Ziffern erschienen ihm unfehlbar.

»Nehmen wir uns beide, Pawel. In unserem normalen Sein bilden wir ein Paar: Eli – Pawel. Unsere Charaktere können schlecht und gut sein, aber ihre Kombination hat nur eine Bedeutung.«

»Wir können kämpfen oder uns fügen.«

»Ganz egal, die Wechselbeziehung hat nur eine Bedeutung. Mag in uns eine Persönlichkeitsspaltung erfolgt sein. Ich bin jetzt gleichzeitig Eli der Alte und Eli der Neue, und Sie sind Pawel der Alte und Pawel der Neue. Unsere Wechselbeziehungen bilden nun sechs

Paare: Eli der Alte – Eli der Neue, Pawel der Alte – Pawel der Neue, Eli der Alte – Pawel der Alte, Eli der Alte – Pawel der Neue, Eli der Neue – Pawel der Alte, Eli der Neue – Pawel der Neue. Anders gesagt, es beginnt ein Kampf zwischen den beiden Persönlichkeiten in uns selbst, denn eine solche Spaltung muß dramatisch sein, es sei denn, man ist ein Galakt, bei dem das Alte und das Neue gleich schön sind. Und vier verschiedene Wechselbeziehungen zwischen uns statt der früheren einen. Denken Sie sich da hinein, Pawel. Um viermal vergrößert sich die Möglichkeit von Konflikten, Unstimmigkeiten, Nichtkongruenzen und Unvereinbarkeiten!«

»Und um viermal vergrößert sich die Möglichkeit von Übereinstimmungen, Sympathien und Freundschaften! Warum sehen Sie nur das Schlechte, Eli? Sie haben sich sehr verändert. Mitunter erkenne ich Sie nicht wieder.«

»Ich werde alt, Pawel. Wir alle werden allmählich alt, irgendwann und irgendwie.«

Er akzeptierte den Scherz nicht. Er sagte langsam, wobei er den starren Blick nicht von mir ließ: »Sie tragen ein Geheimnis mit sich herum, Eli. Teilen Sie es mir mit, dann wird Ihnen leichter.«

Ich stand auf. Das Gespräch war gefährlich weit gegangen. »Ja, ich habe ein bitteres Geheimnis. Noch ist die Zeit nicht gekommen, es bekanntzumachen.«

»Mir scheint, Eli, ich kenne Ihr Geheimnis«, sagte er, während er sich entfernte.

Ich lächelte. Er konnte es nicht kennen.

6

Die Stimme und Ellon hatten kein Glück. Von den vier Paaren, die sie bildeten, gewann das schlechteste die Oberhand: Stimme die Alte – Ellon der Alte. Das mußte zu einer Tragödie führen.

Nein, ich will nicht sagen, daß in jedem von ihnen eine Doppelpsyche oder eine Doppelgesichtigkeit erstarrt gewesen wäre. Eine solche Deutung wäre primitiv. Beide hatten sich gespalten, aber nicht in eine Doppelgesichtigkeit, nicht in eine Doppelpsyche, sondern in eine Doppelexistenz. Eine Doppelgesichtigkeit hätte aus einem Gesicht und einer Maske bestanden, während in ihrer Doppelexistenz beide Persönlichkeiten gleichzeitig und gleichberechtigt waren. Ellon und die Stimme hatten ihre Einheit bewahrt, aber das war die ungeheuerliche Einheit zweier verschiedener Zeiten in einem »Jetzt«. Das wurde klar, als wir schon nichts mehr verhindern konnten.

Ich saß im Kommandeurssaal, als die Stimme und Ellon plötzlich mich und Oleg zu sich riefen. Die »Steinbock« wich gerade einer gefährlichen Sternkonzentration aus. Die Schiffsmaschine arbeitete so exakt wie früher. Oshima und Kamagin, die einander ergänzten, brauchten deren Empfehlungen nur in Kommandos umzuwandeln. Ich sagte zu Oleg: »Geh du zu Ellon, ich gehe zur Stimme.«

Die Stimme empfing mich mit dem erregten Ausruf: »Eli, Eli, Ellon sinnt Arges. Verhüte es!«

Ich sagte rasch: »Was hat er vor? Ich muß es genau wissen.«

Die Stimme stöhnte. »Ich weiß es nicht. Etwas Schreckliches. Beeil dich, Eli!«

Hals über Kopf stürzte ich ins Laboratorium. Dort fand ich auch Irina vor. Seit ihrer Genesung sah ich sie zum erstenmal. Sie war sehr abgemagert. Schweigend stand sie am Kollapsan. Ich lächelte ihr zu, sie antwortete mit einem kurzen Kopfnicken. Ellon redete heftig auf Oleg ein. Ich trat zu ihnen. Ellon, dessen Augen böse funkelten, sagte zu mir: »Höre auch du, was ich dem Oberbefehlshaber erklärt habe. Ich gedenke nicht, das schwimmende Gehirn noch länger zu ertragen. Versetzt es in irgendeinen Drachen- oder Krötenkörper. Kriechend nehme ich es hin, schwebend nicht.«

»Was sagt der Oberkommandierende dazu?« fragte ich ruhig.

»Es gäbe auf dem Schiff keine Drachen mehr, und das schwimmende Gehirn bleibe in seiner hohen Kugel. Ich hoffe, Admiral, du machst dem Oberbefehlshaber klar, daß seine Entscheidung falsch ist und revidiert werden muß!«

»Ich habe nicht das Recht dazu, Ellon. Außerdem bin ich mit dem Oberbefehlshaber einer Meinung.«

Wenn Ellons Blicke hätten töten können, wäre ich zu Asche geworden. Lange schwieg er. Auch Oleg und ich schwiegen.

»Ist das eure endgültige Meinung?« fragte Ellon nach einer Weile.

»Unsere endgültige Meinung«, antworteten wir wie aus einem Munde.

Er ließ den Kopf auf dem dünnen Hals hochschnellen und zog ihn mit so unheilvollem Poltern zwischen die Schultern, daß ich zusammenzuckte. An alles habe ich mich gewöhnt bei den Demiurgen – an den flatternden Gang, an das Phosphoreszieren ihrer bläulichen Gesichter, an das wilde Gelächter, das Ellon und seinesgleichen bisweilen überkommt – nur an diesen aus den Schultern emporfliegenden Kopf, an das Krachen, wenn er zurücksaust, werde ich mich wohl nie gewöhnen.

»Da sich beide Admirale einig sind, ist es zwecklos, darauf zu beharren«, sagte Ellon fast gleichgültig, und seine heimtückische Ruhe täuschte Oleg und mich.

»Hast du uns nur deshalb gerufen, um dich gegen die Stimme zu äußern?« fragte Oleg.

Er grinste fürchterlich. »Nein, Admiral, nicht nur deswegen. Wie du weißt, unterbrach ich auf Orlans Befehl die Arbeit am Zeittransformator, um den Stabilisator zu konstruieren. Jetzt habe ich den Transformator fertig. Bitte!«

Er führte uns zu der Schalttafel und zeigte uns die Hebel für die gerade Zeit – in die Zukunft für die Gegenzeit – in die Vergangenheit, sowie die Hebel, die den Reisenden in die Gegenwart zurückbringen und den Kollapsan vom Transformator abschalten. Dann gingen wir zur Kugel. Im Transformator stand ein Sessel, neben ihm war eine Schalttafel mit ebensolchen Hebeln angebracht.

»Bei der alten Konstruktion verfügte der Bedienungsmann am Kollapsan den Wurf in die andere Zeit«, sagte Ellon. »Ihr habt gesehen, wie das mit Mizar vor sich ging. Von heute an gebietet der Reisende selbst über sein Schicksal.« Er machte einen Schritt auf die offene Luke zu. Unwillkürlich hielt ich ihn fest. Er blickte mich voll grimmiger Ironie an. »Fürchtest du, daß ich in eine andere Zeit enteile? Meinst du, deine Hand würde mich hindern? Gib zu, Admiral, ich könnte fliehen, wenn du nicht hier bist und niemand mich stört.«

Ich ließ seinen Arm los. Ellon stieg ins Innere, klappte die Luke zu und setzte sich in den Sessel.

»Hört ihr mich?« fragte er. »Also paßt auf! Das Schiff ist nicht der rechte Ort für das schwimmende Gehirn! Es ist gut in der Vergangenheit, nicht aber in der Gegenwart und nicht in der Zukunft. Das kann ich euch mit aller Bestimmtheit sagen, weil ich ausgebildeter Aufseher der Vierten Reichskategorie bin und genau weiß, wie man solche Kreaturen behandeln muß. Ich bringe euch zur Kenntnis, daß der Transformator auf das Gehirn fokussiert ist und ich es jetzt auf den Dritten Planeten schleudere, lange bevor ihr ihn erobertet.«

Oleg stürzte zum Transformator. Ich rannte zum Kollapsan, doch Irina vertrat mir den Weg. Ich weiß nicht, worauf sie sich verließ, vielleicht auf ihre Unantastbarkeit als Frau. Ich schleuderte sie beiseite. Sie klammerte sich, auf dem Fußboden liegend, wie rasend an mein Bein. Ellon lachte triumphierend.

»Zu spät, Admiral. Das Gehirn ist bereits im Perseus. Und gleich jage ich ihm nach! Komm gestern, Admiral, weder heute noch morgen gibt es uns noch. Komm gestern!« Rasch entschwand er.

Oleg ließ die Kugel und eilte mir zu Hilfe. Während er die widerstrebende Irina festhielt, griff ich nach den Kollapsanhebeln. Im Transformator erschien Ellon wieder. Er hatte sich in eine nicht ferne Zukunft geschleudert und ließ sich zurückfallen, um auf Grund des Beharrungsvermögens die Nullzeit zu passieren.

Irina schrie verzweifelt: »Rühren Sie die Rückkehrhebel nicht an! Die beiden sind bereits in der Vergangenheit. Einen zweiten Transport durch die Nullzeit würden sie nicht überstehen!«

Ich zog den Rückkehrhebel. Was auch mit der Stimme geschehen mochte, ich konnte sie nicht in der verfluchten Vergangenheit lassen. Irina schluchzte laut. In der Transformatorkugel zeichnete sich zum zweitenmal Ellon ab. Er war allein. Und er war tot. Er lag im Sessel, den riesigen Mund wild aufgerissen, seine Hände hielten die Armlehnen umklammert, seine Augen waren geschlossen. Irina verlor das Bewußtsein. Oleg forderte mich auf, Hilfe zu rufen, und trug Irina zu einem Sessel. Statt Hilfe rief ich die Stimme. Ellon konnte sich geirrt haben – vielleicht hatte er sie nicht in die Vergangenheit geschleudert, denn sie war ja nicht zurückgekehrt!

Auf meinen verzweifelten Ruf meldete sich nur Grazi. »Admiral, die Stimme ist verschwunden!«

Ich packte Irina beim Arm. Sie öffnete die Augen, und ich schrie: »Sag, was man tun kann! Sag es sofort!«

Sie flüsterte: »Gar nichts. Sie haben Ellon umgebracht …«

Ich schüttelte sie wütend, da sie erneut die Lider schloß.

»Verbrecherin! Sag eins: Wie kann man die Stimme retten?«

Sie richtete sich auf. Nie werde ich den Blick vergessen, den sie mir zuwarf.

Oleg bat: »Quäle sie nicht, Eli. Mag sein, daß sie eine Verbrecherin ist, jetzt braucht sie jedenfalls Hilfe.«

Ich brüllte sie und ihn an: »Sie kriegt keine Hilfe! Sie soll sagen, was zu tun ist!«

Sie entgegnete deutlich: »Ich sagte es schon – nichts … Leider. Die Stimme ist umgekommen. Sie war ja durch und durch natürlich … Ellon hatte so viel Künstliches an sich, aber selbst er ertrug die zweite Wendung nicht. Sie hatten sich mit der Rückkehr zu sehr beeilt, Eli. Und ich habe Sie nicht gehindert. Ich bin eine Mörderin, wie Sie ein Mörder sind!«

Sie weinte lautlos. Schweigend standen wir neben ihr. Ich spürte, wie mich die Kräfte verließen.

Oleg sagte: »Irina, die Besatzung wird dich richten. Erkläre uns trotzdem, warum du so gehandelt hast!«

Sie sprach unter Tränen: »Er hatte mich gebeten. Sein Anblick zerriß mir das Herz … Er sagte: Wir passen nicht zueinander. Ich bin aus der Vergangenheit, du bist aus der Zukunft. Dereinst – bis dahin ist es noch weit – wird eine Frau mit einem Demiurgen glücklich sein, inzwischen liebe deinen Oleg, er ist der Richtige für dich. So sprach er heute mit mir, bevor er Sie rief.«

»Du antwortest nicht, Irina …«

»Er sagte, daß er in die Vergangenheit verschwinden und den Drachen mitnehmen wolle. Er gedachte das in Ihrem Beisein zu tun … Ich versprach ihm, zu helfen. Er sagte: ›Von dir hängt mein Leben ab, Irina.‹ – ›Du kannst ruhig sein‹, antwortete ich. Und das ist das Ergebnis – Mörder! Nie verzeihe ich mir das! Nie verzeihe ich Ihnen!« Sie schluchzte laut.

Nach kurzer Pause bemerkte ich: »Das Finale ist klar. Ellon wollte uns durch ein prächtiges Spektakel verblüffen. Wir haben einen schutzlosen Freund und einen genialen Ingenieur verloren. Komm, Oleg, wir heben Ellon aus der Kugel, damit er seinen Platz im Konservierungsraum einnimmt.«

»Irina, geh in dein Zimmer«, befahl Oleg. »Ja, ich gehe«, antwortete sie gehorsam.

Oleg sah ihr nach, bis sie im Korridor verschwand. Ich versuchte Ellon aus dem Sessel zu heben, aber es war, als sei er am Sitz angewachsen. Oleg half mir. Zu zweit zogen wir den Demiurgen aus der Kugel und trugen ihn zu der Wand, wo keine Mechanismen standen.

Plötzlich schrie Oleg auf und ließ Ellon fallen. Aus dem Korridor kam Irina gerannt und war wie ein Blitz vorbei. Ehe ich einen

Schritt machen konnte, saß sie im Transformator und klappte die Luke zu.

Oleg schrie: »Halt ein, ich flehe dich an, halt ein!« Sie rief aus dem Tansformator: »Lebt wohl! Verdammt mich nicht!« Und sie zog den Hebel.

Ihre Gestalt wurde rasch zur Silhouette, die Silhouette löste sich auf. Sie hatte zu sehr beschleunigt! Wir stürzten zum Kollapsan. Oleg wollte den Rückkehrhebel ziehen, ich hinderte ihn daran. »Kontrolliere erst, wo sie sich befindet! Wenn sie in der Vergangenheit ist, mußt du äußerst vorsichtig sein!«

Schnell kontrollierte er die Signallichter über den Hebeln. »Sie ist in der Zukunft, Eli!«

»Dann hol sie behutsam zurück. Aus der Zukunft gibt es eine Rückkehr.«

Aber sie kehrte nicht wieder. Sie war zu schnell enteilt. Ungefähr zehn Minuten standen wir am Transformator und warteten, ob sich ihre Silhouette abzeichnen werde. Dann hatte der Kollapsan seine Rückkehrenergie erschöpft und schaltete sich aus.

»Es ist vorbei, Eli!« sagte Oleg müde. »Irina kommt nicht mehr. Vielleicht werden unsere fernen Nachfahren sie irgendwo treffen. Komm, teilen wir der Besatzung die neue Tragödie mit.«

»Nicht nur die Tragödie der drei Besatzungsmitglieder muß mitgeteilt werden …«

»Worauf spielst du an, Eli? Ist noch ein Unglück passiert?«

»Ja. Oleg. Ich will die Bestrafung eines neuen Verräters verlangen!«

»Eines neuen Verräters? Habe ich mich nicht verhört?«

»Du hast dich nicht verhört. Unter uns befindet sich noch ein Spion der Ramiren. Ich habe ihn entdeckt.«

7

Ich hatte mich in meinem Zimmer eingeschlossen. Oleg hatte ich gesagt, ich müßte den Bericht ausarbeiten, den ich vor der Schiffsversammlung halten wollte, und ich würde kommen, sobald sich alle eingefunden hätten. Romero klopfte, ich meldete mich nicht. Mary bat, ihn einzulassen. ich rief, ich sei beschäftigt und müsse mich konzentrieren. Da verstummten sie.

Doch ich arbeitete keinen Bericht aus. Ich lag auf dem Diwan von Gedanken gequält. Warum hatten wir die Ramiren nirgends in körperlicher Gestalt entdeckt, obwohl sie zweifellos existierten? Womit hatten wir sie derart erzürnt, daß sie unsere Schiffe eins ums andere vernichteten? Warum verwandelten sie nicht auch das letzte Sternenflugzeug in ein Staubwölkchen, da sie nun mal gegen uns kämpften und in der Lage waren, jeden Gegner auszurotten? Da war ein Geheimnis, das unbedingt enträtselt werden mußte. Ich dachte auch an Lussin und an Irina, die uns mitleidlos verlassen hatte, an die unglückliche Stimme, die wahrscheinlich zu Molekülen zerstaubt war in verschiedenen Jahrhunderten der Vergangenheit, an den grausamen und genialen Ellon, an den netten, klugen Mizar. Doch am meisten dachte ich an den neuen Spion der Ramiren. Ich haßte ihn und verhieß ihm die furchtbarsten Strafen, drohte, sämtlichen Spionen unserer Feinde eine so anschauliche Lehre zu erteilen, daß ihnen die Lust an ihrem Handwerk verging! An die Tür wurde dreimal geklopft – das Signal, das ich mit Oleg vereinbart hatte. Ich ließ ihn ein. Finster blickte er mich an.

»Alle, die dienstfrei haben, sind im Observationssaal versammelt. Wie fühlst du dich, Eli?«

»Warum fragst du nach meinem Befinden?«

»Du bist sehr blaß.«

»Doch äußerst entschlossen. Komm, Oleg.«

»Warte«, sagte er. »Ich will wissen, wen du der Spionage verdächtigst.«

»Du wirst es zusammen mit den anderen erfahren. Komm.«

Wieder hielt er mich zurück. »Eli, ich bin der Oberbefehlshaber des Geschwaders. Es ist mein Recht, mehr zu wissen und es vor den anderen zu wissen.«

Ich überlegte. Oleg hatte mich in eine ausweglose Situation gebracht. Ich lächelte. Ich glaube, es war ein gequältes Lächeln.

»Und wenn ich dich verdächtige, Oleg?«

»Mich?« fragte er erstaunt. »Bist du bei Trost, Eli?«

»Warum soll ich bei Trost sein, wenn wir alle in unterschiedlichem Maße dem Wahnsinn verfallen waren. Ein Rest Verrücktheit kann übriggeblieben sein ...« Ich sah ihm in die Augen. »Oleg, wenn du befiehlst, muß ich gehorchen. Aber ich bitte dich: Befiehl nicht! Ich möchte mich so verhalten, wie ich es geplant habe!«

»Komm«, sagte er kurz und ging als erster hinaus.

Im Observationssaal waren die Sternenbildschirme gelöscht. Vorn, auf einem Podest, stand ein Tischchen, an ihm nahmen Oleg und ich Platz. Ich ließ meinen Blick durch den Saal schweifen. Hier waren meine Freunde: Menschen und Demiurgen. Hinten ragte wie eine majestätische Statue Grazi, neben ihm saß der kleine Orlan. In der ersten Reihe gewahrte ich Mary und Olga und zwischen ihnen Romero. Mary schaute mich so besorgt an, daß ich mich rasch abwandte. Der Saal war voller Stimmengewirr. Oleg klopfte auf den Tisch, und es wurde still.

»Ihr wißt von der Tragödie, die sich im Labor und im Steuerraum abgespielt hat«, sagte Oleg. »Aber wir haben uns nicht versammelt, um unserer Kameraden zu gedenken. Der wissenschaftliche Leiter der Expedition glaubt auf dem Schiff einen Spion der Ramiren entdeckt zu haben. Er stellt seine Beweise zur Diskussion.«

Ich erhob mich. »Bevor ich nachweise, daß sich bei uns ein Kundschafter der Feinde eingeschlichen hat, bitte ich, über die Strafe für ihn abzustimmen. Ich schlage die Todesstrafe vor!«

»Tod?« hörte ich Romero empört rufen.

Seine Stimme ging im Protestgeschrei unter. Nicht nur die Menschen, sondern auch die Demiurgen waren entrüstet. Ich wartete ruhig, bis wieder Stille eingetreten war.

»Ja, die Todesstrafe!« wiederholte ich. »Keine Gefangennahme, keine Konservierung, sondern Hinrichtung. Auf der Erde werden schon seit fünfhundert Jahren keine Hinrichtungen mehr vorgenommen. Die Hinrichtung ist ein Überbleibsel aus alten Zeiten, das Rudiment einer wilden Epoche. Aber ich bestehe darauf, denn Spionage ist ebenfalls ein Überbleibsel aus der Barbarei. Die Strafe für eine schändliche Tat muß schändlich sein.«

Romero hob den Stock, um zu zeigen, daß er ums Wort bitte. »Nennen Sie den Verbrecher, Admiral! Schildern Sie sein Verbrechen. Danach werden wir entscheiden ob er den Tod verdient.«

Obwohl ich wußte, daß ich mich gegen alle stellte, sagte ich kalt: »Die Hinrichtung muß beschlossen sein, bevor ich den Namen des Verbrechers nenne.«

»Warum, Admiral? Können Sie das erklären?«

»Wir alle hier sind Freunde. Und wenn ich den Spion nenne, könnt ihr euch nicht sofort von der langjährigen Gewohnheit trennen, ihn als Freund zu betrachten. Das würde sich in euerm Urteil äußern. Ich will, daß das Verbrechen als solches bestraft wird.«

»Aber die Todesstrafe fordern Sie für ein Mitglied der Besatzung, das uns, Ihren Worten zufolge, sehr nahesteht, nicht für das Verbrechen als solches.«

»Wenn ich das Verbrechen aburteilen könnte, indem ich den Verbrecher selbst verächtlich ignoriere, so würde ich ihn schonen. Leider ist das Verbrechen von dem Verbrecher nicht zu trennen.«

»Wie Sie wollen, Admiral, jedenfalls werde ich nicht für die Strafe stimmen, bevor ich den Namen kenne.«

»In dem Falle nenne ich ihn überhaupt nicht. Dann bleibt er unangetastet und setzt seine schmutzige Arbeit fort. Und indem er den Ramiren unsere Pläne mitteilt, macht er die Befreiung des Sternenflugzeugs unmöglich.«

Romero setzte sich.

Oleg nahm das Wort. »Der wissenschaftliche Leiter der Expedition wirft ein Problem auf, das ich ein Kodex-Problem nennen würde. In alten Zeiten hatten die Menschen einen Strafkodex, der die Strafe für ein Verbrechen unabhängig von der Person des Verbrechers festlegte. Eli schlägt vor, den Brauch wiederaufzunehmen, die Strafe für noch nicht begangene Verbrechen im voraus zu bestimmen, um sie zu verhüten. Meiner Meinung nach ist das richtig.«

»Elis Worten zufolge ist das Verbrechen bereits verübt und der Verbrecher vorhanden«, entgegnete Romero. »Wozu dann eine Preisliste für Verbrechen aufstellen und sie mit dem wohllautenden Wort ›Kodex‹ bemänteln? Lassen Sie uns den Verbrecher mitsamt dem Verbrechen aburteilen.«

Darauf sagte Oleg: »Das Verbrechen ist noch nicht erwiesen, der Name des Verbrechers noch nicht genannt. Wir haben das Recht, uns so zu verhalten, als untersuchten wir nur die Möglichkeit einer Missetat. Ich bin für den Kodex oder die Preisliste der Verbrechen, wie Sie es ausdrücken.«

Romeros verbissene Miene zeigte mir, daß er Widerstand leisten würde. Ich wußte, wie er zu schlagen war. Deshalb scheute ich mich nicht zu sagen: »Sie benehmen sich, Romero, als fürchteten Sie, der Verdacht der Spionage werde auf Sie fallen!«

Er wollte aufbrausen, beherrschte sich jedoch. Seine Antwort war nicht ohne Würde. »Wenn ich für mich fürchtete, würde ich der Hinrichtung zustimmen.«

»Vielleicht haben Sie Angst, daß der ungenannte Verbrecher Ihnen mehr bedeutet als Sie sich selbst, Romero?«

Er antwortete mürrisch: »Das lasse ich gelten. Überraschungen erlebt man von Ihnen jeden Tag.«

»Das ist keine Antwort, Romero.«

Er überwand sich. »Gut, mag es sein, wie Sie es wünschen. Ich stimme für die Todesstrafe, wenn der Verbrecher überführt wird!«

»Stimmen wir ab«, sagte Oleg. »Wer ist dafür?« Ein Wald von Händen erhob sich.

Oleg wandte sich an mich. »Nenne den Verbrecher, Eli, und erbringe die Beweise.«

Ich wußte, daß gleich mein erster Satz lärmenden Protest hervorrufen würde.

Das Schwierigste hatte ich durchgemacht, als ich mich im verschlossenen Zimmer marterte, als ich ein letztes Mal vor Oans Leiche stand als ich mir nachts mit der Hand den Mund verstopfte, um Mary mit meinem Stöhnen nicht zu wecken.

Ich bemühte mich, meine Worte ruhig klingen zu lassen: »Der Spion unserer Feinde bin ich.«

8

Die Antwort war verblüfftes Schweigen.

Als einziger unterbrach Grazi die Stille, als er bekümmert rief: »Armer Eli! Auch er!«

Ich blickte in den Saal, und bestürzt entdeckte ich den gleichen Ausdruck von Kummer und Mitleid auf allen Gesichtern. Nur Mary, die totenblaß war und beide Hände an die Brust gepreßt hatte, glaubte nicht, daß ich krank sei, denn sie wußte, daß mich der Wahnsinn verschont hatte.

Oshima war mit einem Sprung bei mir. »Admiral, keine Sorge, es wird wieder gut! Ich bringe Sie ins Bett.« Er wollte mich hochziehen.

Ich befreite mich. Oleg wandte sich an den wie gelähmt schweigenden Saal.

»Wollen wir die Sitzung nicht vertagen, Freunde? Mir scheint, der elektronische Medikus …«

Romero unterbrach Oleg, indem er den Stock auf den Boden stieß. »Ich protestiere«, rief er und erhob sich. »Sie suchen eine leichte Lösung, aber leichte Lösungen gibt es nicht. Admiral Eli ist gesünder als jeder von uns. Er hat Grund, das zu sagen, was er sagt. Und wir müssen ihn anhören.«

»Sie sind der einzige, der nicht überrascht ist, Romero«, bemerkte ich.

Er antwortete herausfordernd. »Ja Eli. Denn ich habe dieses Geständnis erwartet.«

»Machen wir weiter?« fragte Oleg den Saal.

»Weitermachen! Weitermachen!« wurde hier und da gerufen. Oshima blickte den düsteren Romero an und kehrte auf seinen Platz zurück.

Oleg sagte: »Sprich, Eli!«

Ich erinnerte zunächst an Oans Eingeständnis, daß die Grausamen Götter die Welt der Aranen in Gestalt der Spinnenförmigen aufsuchten, um über deren Leben informiert zu sein. »Was sind die Aranen? Eine Zivilisation im Niedergang, abergläubisch, ohnmächtig. Wessen sind sie fähig? Wodurch gefährlich? Folgt hieraus nicht, daß die Ramiren, als sie einer unvergleichlich mächtigeren Zivilisation begegneten, ihre Vorsicht verdreifachen und sich bemühen würden, bedeutend mehr Spione in sie zu entsenden als zu den harmlosen Aranen? Soweit ist die Sache nicht neu. Wir wissen, daß ein Kundschafter der Ramiren bei uns eindrang, daß er Oan hieß, daß er unsere Pläne seinen Herren entdeckte, damit sie sabotiert werden konnten.

Aber da ist auch etwas Neues. Wir waren überzeugt, daß wir, nachdem wir mit Oan Schluß gemacht hatten, auch mit der Spionage der Ramiren Schluß gemacht hätten. Der Untergang der ›Widder‹ zerstreute diese Illusion. Woher wußten die Ramiren, was wir mit der ›Widder‹ vorhatten? Äußerlich deutete nichts auf unsere Absichten hin. Also hatten sie unseren Plan von innen her erfahren. Wie? Von einem anderen Spion, der nach Oans Tod auf dem Schiff verblieben war! Der Schlag der Ramiren gegen die ›Widder‹ beweist, daß auf der ›Steinbock‹ ihr Agent ist.

Und das ist natürlich. Wir wollen die Feinde nicht für Dummköpfe halten. Sie sind nicht dümmer als wir. Sie mußten wissen, daß ein Späher ein zu dünner Faden von ihnen zu uns war. Riß dieses Fädchen, versiegte der Strom wichtiger Informationen. Der Agent mußte dubliert sein. Und auf wen fiel ihre Wahl? Suchen wir für sie das beste Manöver. Ein effektiver Agent ist der, der über alle Pläne Bescheid weiß, bei dem alle Informationen zusammenlaufen, dessen Gehirn die Pläne, die dann verwirklicht werden, hervorbringt. Es gibt zwei Besatzungsmitglieder dieser Art – den Oberbefehlshaber des Geschwaders und den wissenschaftlichen Leiter.«

Romero unterbrach mich. »Seien Sie konsequent, Eli. So ein Mensch sind allein Sie. Sie kennen die Absichten des Oberbefehlshabers, während er nicht die Möglichkeit hat. sich mit sämtlichen wissenschaftlichen Forschungen auf dem Schiff auseinanderzusetzen.«

»Ich akzeptiere Ihre Korrektur, Romero. Also ich! Folglich bemüht sich der kluge Feind, mich anzuwerben. Ich erinnere, daß ich, so ist nun mal mein Schicksal, auch auf früheren Expeditionen in den Brennpunkt der gegnerischen Aufmerksamkeit geriet. Wähltest du mich nicht zu deinem Vertrauten, Orlan, als du den Übertritt auf unsere Seite plantest? Machte mich nicht das Hauptgehirn auf dcm Dritten Planeten zum Paten aller seiner Entscheidungen? Mehrfach diente ich denen, mit denen das Schicksal uns zusammenführte, gleichzeitig als Sendeantenne und Empfänger. Die Ramiren versuchten mich zu erobern. Und ich bin erobert. Glaubt mir, es ist bitter für mich, dies zu sagen. Aber wir müssen der Wahrheit ins Auge sehen, wenn wir nicht Niederlage um Niederlage erleiden wollen ...

Was ist Oan heute?« fragte ich weiter. »Die Leiche eines Verräters, der den Verrat mit dem Leben bezahlte? Diese Antwort liegt auf der Hand. Doch sie ist naiv. Die Ramiren hätten ihren Agenten mit ein wenig Anstrengung retten können. Sie strengten sich nicht besonders an. Und da hängt Oan nun im Konservierungsraum. Hängt aber nicht bloß so, sondern setzt seinen Dienst fort. Er ist heute ein Apparat zur Verbindung mit den Ramiren. Wie die Verbindung vor sich geht, weiß ich nicht, jedenfalls übermittelt er die Informationen, die sein Agent ihm bringt. Der Agent bin ich. Mein Gehirn ist erfaßt und mobilisiert, meine Gedanken werden gelesen, meine Wünsche entschlüsselt, meine Absichten erraten.«

An dieser Stelle legte ich eine Pause ein. Mary wandte den verzweifelten Blick nicht von mir, es fiel mir schwer, in ihre Richtung zu schauen. Es fiel mir auch schwer, Romero anzusehen. Er war gar zu finster. Oshima verwirrte mich. Der Kapitän glaubte mir kein Wort, das stand auf seinem Gesicht deutlich geschrieben. Ich blickte auf Grazi und Orlan. Der Galakt litt mit mir, Orlan verstand mich, und mir wurde leichter sowohl von dem Mitgefühl als auch von dem Verständnis. Dann schilderte ich, wie ich meine schmähliche Rolle entdeckt hatte. Nein, es war nicht einfach gewesen, sich über die tückischen Fesseln klarzuwerden, mit denen sie mich gebunden hatten. Alles fing damit an, daß ich mich wunderte, warum es mich ständig in den Konservierungsraum zog, warum ich in der Stille und Einsamkeit mit den Toten redete. Ich bin kein Freund von Monologen, hier war etwas, das meiner Natur zuwiderlief, etwas Aufgezwungenes. Und als die »Widder« zugrunde ging, wurde klar, daß jemand den Ramiren geheime Informationen lieferte. Ich ging die Besatzungsmitglieder durch und fand, daß nur ich in Frage kam. Der Konservierungsraum ist der abgeschirmteste Raum des Sternenflugzeugs. Für Oan ist es einfacher, sich mit jemand in Verbindung zu setzen, der den Konservierungsraum besucht, als mit einem, der sich draußen aufhält. So wurde klar, daß es sich bei dem Informanten der Ramiren um mich handelte!

Ich erzählte alles, was ich wußte, und erleichterte mir das Herz. Ich schloß: »Die Folgen meines Verkehrs mit dem Toten, dessen Rätselhaftigkeit offensichtlich ist, hätte ich voraussehen müssen. Ich verhielt mich unüberlegt – und schon dies ist ein Verbrechen unter unseren schweren Bedingungen. Aber ich verlange meine Hinrichtung nicht nur als Strafe für die Tat, sondern auch als Garantie für die allgemeine Rettung. Die Ramiren haben sich auf mein Gehirn eingestimmt. Sie werden, ob ich will oder nicht, durch mich über unsere Pläne unterrichtet. In dem Augenblick, da wir erneut versuchen, aus dem Kern auszubrechen, ist das gefährlich.«

Ich setzte mich.

Die allgemeine stumme Bestürzung quälte mich – nicht deshalb, weil ich auf Verteidigung aus war, nein, aber ich konnte nicht aus dem Leben scheiden, wenn der Saal bestürzt schwieg. Oleg fragte, ob man mit mir einverstanden sei, ob man Einwände habe – und erhielt keine Antwort. Romero sagte leise etwas zu Mary, sie nickte.

»Also, wer möchte sprechen?« fragte Oleg.

Plötzlich explodierte Oshima. Die Selbstbezichtigungen des Admirals seien Unsinn! Seine Nerven seien zerrüttet, lange habe er sich zusammengenommen, nun könne er nicht mehr, seine Frau solle ihn pflegen, weiter sei nichts nötig.

Und wieder erhob sich Romero. »Ich sagte schon, daß Eli bei

guter Gesundheit ist. Und die Fakten, über die er uns instruierte, sind zu bedeutsam, als daß wir sie einfach abschütteln dürften. Ich verlange Erörterung.«

»Nun gut – fangen Sie an«, schlug Oleg vor.

»Ja, ich beginne, wenn kein anderer das tun will. Einerseits stimme ich dem zu, was der Admiral sagte, andererseits protestiere ich. Ich bin einverstanden, daß Oan kein einfacher Toter ist, sondern ein schlau spezialisierter Apparat zur Verbindung mit den Ramiren. Und ich unterstütze die Meinung des Admirals, daß es auf dem Schiff Informanten gibt und einer von ihnen der Admiral selbst ist.«

»Mit anderen Worten – Sie unterstützen die Anklage?« präzisierte Oleg.

»Keineswegs!«

»Bei soviel Berührungspunkten mit dem, was der wissenschaftliche Leiter vorgetragen hat …«

»Es gibt mehr Punkte, in denen wir nicht übereinstimmen. Ich nenne die wichtigsten: Oans Leiche ist ein Sendeapparat, aber wohl kaum der einzige. Die Ramiren mußten berücksichtigen, daß wir Oan vernichten könnten – sagen wir, daß wir ihn verbrennen und die Asche zerstreuen. Solange sich Oan auf dem Schiff befand, installierte er wahrscheinlich noch andere lauschende, spähende und gedankenerratende Anlagen – wir werden sie schwerlich alle finden. Nun das zweite: Ich bezweifle, daß der Admiral die einzige Informationsquelle der Ramiren ist. Die gleichen Erwägungen – er kann sterben, den Verstand verlieren. Der Admiral meint, daß er Oan dubliere. Wer garantiert, daß nicht jeder von uns in diesem Sinne den Admiral dubliert? Selbstverständlich ist er der wichtigste Informant, allerdings übernimmt er sich, wenn er sich einbildet, der einzige zu sein.«

»Sie sehen die Sachlage noch düsterer als der wissenschaftliche Leiter«, bemerkte Oleg.

»Sie werden bald erkennen, daß es nicht so ist. Der Admiral ist kein Spion! Schon deshalb nicht, weil er es nicht freiwillig wurde, denn Spion zu sein ist ein Beruf, kein Unglücksfall. Jeder von uns ist vielleicht genau so ein Spion wie Eli. Sollen alle deswegen hingerichtet werden? Somit ist das Verbrechen nicht erwiesen und die Strafe, für die wir gestimmt haben, sinnlos. Ich sehe keinen Anlaß, unseren Freund Eli zu bestrafen! Außerdem gibt es noch einen äußerst triftigen Grund, weshalb wir den Vorschlag des Admirals entrüstet zurückweisen müssen. Darf ich dabei verweilen?«

»Selbstverständlich, Romero!«

Der Saal hatte geschwiegen, als ich sprach, und gelärmt, als Romero seine Gegenargumente vortrug, nun verfiel er wieder in gespanntes Schweigen.

Romero sagte, an mich gewandt: »Admiral, ich kenne Sie von Kindheit an – und ich höre nicht auf, über Sie zu staunen. Sie sind gewöhnlich und ungewöhnlich zugleich. Das Geheimnis besteht darin, daß Sie stets den Umständen entsprechen. In durchschnittlicher Situation sind Sie der Durchschnittlichste der Durchschnittlichen; kein Freund, nicht einmal die scharfsinnigste akademische Maschine würde Sie aus der Masse von Ihresgleichen herausfischen. Ist nicht eben dies geschehen, als die Ora-Expedition zusammengestellt wurde? Aber es braucht nur nach einem Gewitter zu riechen, da verändern Sie sich. Da erwachen Sie gleichsam aus der Gewöhnlichkeit, springen aus ihr heraus. Sie sind, so scheint es mir manchmal, für große Erschütterungen geboren. Wir verlieren mitunter den Kopf in schwierigen Situationen, öfter noch kämpfen wir energisch dagegen, überwinden sie mannhaft, spannen alles in uns an, um ihnen gewachsen zu sein, doch Sie sind ihr Mann, Sie sind stets auf der Höhe der größten Ungewöhnlichkeiten, Sie sind gleichsam geschaffen für die Ungewöhnlichkeiten, und die Ungewöhnlichkeiten für Sie. In Stürmen sind Sie – Sturm. Bei Überraschungen sind Sie eine Überraschung. In der Welt der Rätsel sind Sie ein scharfsinniger Rätsellöser. Je drohender der Feind, desto drohender auch Sie, stets entsprechen Sie Ihrem Gegner. Meine Freunde, meine Freunde, erinnern Sie sich, wie wir kürzlich, vom Riß des Zeitenbands gemartert, allmählich dem Wahnsinn verfielen, den Willen zum Widerstand verloren. Der einzige, der dem verderblichen Zeitkrebs widerstand, der sich verbissen gegen eine Erschlaffung auflehnte, war er, unser wissenschaftlicher Leiter, unser Admiral, unser Freund Eli. Wie konnten Sie es wagen, Admiral, zu fordern, daß wir durch unsere Entscheidung mit eigenen Händen Ihr Gehirn auslöschen – unseren größten Reichtum, daß wir Ihren Willen brechen – die sicherste Garantie für unsere Befreiung aus dem Ungemach? Eli, mein Freund, wie konnte in Ihrem hellen Kopf ein solch schändlicher Gedanke reifen?«

Er war selbstverständlich ein Redner in altertümlichem Stil – einer von denen, die unter dem Beifall und den begeisterten Zurufen der Menge glänzende Reden halten. Und er hatte sein Ziel erreicht – man applaudierte ihm und rief ihm zu. Mir schenkte niemand mehr Beachtung, alle Gesichter waren Romero zugewandt. Er stand, stützte sich mit der einen Hand auf den Spazierstock und malte mit der anderen Linien in der Luft, um die Wirkung seiner Worte zu verstärken. Wahrscheinlich wäre auch ich von seiner malerischen Haltung und der leidenschaftlichen Rede überwältigt gewesen, hätte es sich nicht um mich gehandelt. Ich bemühte mich, Romero von den Gipfeln der Psychologie in die trostlose Ebene der praktischen Sorgen herunterzuholen: »Ich weiß nicht, Pawel, ob Sie sich darüber klar sind, Sie liefern uns alle den mächtigen und unbarmherzigen Händen des Feindes aus, wenn Sie den Kampf gegen dessen unfreiwillige Agenten ablehnen!«

»Nein, Admiral! Tausendmal – nein!«

»Sie bestreiten, daß die Ramiren mächtig und unbarmherzig sind?«

»Daß sie mächtig sind, gebe ich zu. Es wäre sinnlos, zu bestreiten, was offensichtlich ist. Aber ich bestreite, daß sie unbarmherzig sind!«

Unschlüssig blickte ich Oleg an. Er verhielt sich so ruhig, als hätte er im voraus gewußt, was Romero sagte, als hätte er sich vorher mit ihm abgesprochen. Empört rief ich: »Und Sie sagen das, nachdem wir gesehen haben, wie sie die Aranen verhöhnen? Klingt Ihnen nicht noch das hysterische Geschrei ›Die Grausamen Götter!‹ in den Ohren? Und bezeugen nicht die Leichen von Lussin und Trub, die vernichtete ›Stier‹ und das zertrümmerte Geschwader, daß sie grausam und unsere Feinde sind?«

»Nein, lieber Admiral, das bezeugen sie nicht im mindesten!«

»Einer von uns beiden hat tatsächlich den Verstand verloren! Ich hoffe, daß nicht ich das bin. Was sind sie denn, wenn nicht grausam und nicht unsere Feinde?«

»Admiral! Sie sind gleichgültig uns gegenüber.«

9

Ich würde gegen die Wahrheit verstoßen, gäbe ich nicht zu, daß ich erschüttert war. Es gibt erfreuliche und unangenehme Worte, leere und unbedeutende, oberflächliche und solche, deren Schwere man wie ein Gewicht empfindet. Die meisten informieren nur. Doch es gibt andere, die Erleuchtungen sind, Blitze, die die Finsternis grell erhellen, die Schlüssel zu den geheimen Türen vergessener Wahrheiten sind. Für mich klang das Wörtchen »gleichgültig« wie eine Erleuchtung, wie eine Offenbarung. Meinetwegen hätte Romero nicht weiterzusprechen brauchen. Ich glaubte sofort und endgültig.

Doch Romero sprach und sprach und berauschte sich an seiner eigenen Beredsamkeit. Ich hatte nicht geahnt, daß man so atemlos, so dankbar zuhören könne, wie man ihm lauschte. Alles wurde umgedreht, alles vom Kopf auf die Beine gestellt: In die drohende Welt, die uns umgab, in die unsinnige und wilde Welt kehrte die Natürlichkeit zurück.

Der Untergang der »Widder« hatte Romero auf den Gedanken gebracht, daß die Ramiren auch nach Oans Tod einen Informanten auf der »Steinbock« haben müßten. Aber dann bezweifelte er, ob sie Agenten unter uns brauchten. Waren sie denn Feinde? Und er erinnerte sich der Überlieferung der Zerstörer und Galakten, wonach die mächtigen Ramiren ins Zentrum der Galaxis übergesiedelt waren, weil sie den Kern umbauen wollten. Da war er, dieser entsetzliche Kern, jenseits der Schiffswände. Ein unvorstellbares Chaos. Eine unaufhörlich andauernde ewige Explosion – solch ein bedrohliches Bild bot er. Was war hier umzubauen? Hier konnte es nur die Hoffnung geben, daß ein allgemeiner Zusammenstoß der Sterne verhindert werde, ein Weltallkollaps, der der ganzen Galaxis den Untergang bescheren würde. Die Gravitation, eine so wunderbare Eigenschaft der Materie an den Stellen, wo es sie in geringem Maße gab, wurde zum Fluch, wenn die Materie wie im Kern verdichtet war. Zuverlässigste Arzneien verwandeln sich in Gift, nimmt man sie in großen Mengen ein.

»Ich stellte mir vor, wir wären um viele Ordnungen mächtiger als jetzt. Und ich gelangte zu dem Schluß, daß ich mir dann die mir angemessene Aufgabe stellen würde, vom Kern möglichst weit wegzubringen, was man an die Peripherie der Galaxis bringen könne, eine Disharmonie zu schaffen, die irgendwie gegen die zu einer Explosion führenden Prozesse gerichtet wäre. Signalisiert uns dies nicht der Hinauswurf der kugelförmigen Ansammlung von Millionen Sternen aus dem Kern? Hat damit nicht auch die Zerstäubung der Gestirne in den Untergehenden Welten und vielleicht noch Tausender Ansammlungen zu tun, durch die uns unser Weg nicht geführt hat und die uns unbekannt geblieben sind? Und wenn dabei irgendwelche Lebensformen umkämen – würden das die großen Säuberer nicht gleichgültig hinnehmen? Das empört Sie? Mich empört es ebenfalls! Aber stellen Sie sich diese Situation vor: Ein großes Waldrevier ist von Fäulnis befallen, die Krankheit breitet sich aus. Wir haben uns aufgemacht, sie zu bekämpfen, fällen Baum um Baum. Würden wir uns darum kümmern, ob wir einen Teil der Waldameisen vernichten? Sie sind uns gleichgültig, wir wünschen nicht, daß sie umkommen. Mögen sie laufen. Wenn sie uns nicht behindern, tun wir ihnen nichts. Aber würden wir sie nicht zerquetschen, sobald sie sich, wütend, daß wir ihre Behausungen zerwühlt haben, auf uns stürzen? Besteht hier nicht eine Analogie zu dem, was wir in den Untergehenden Welten beobachtet haben?«

»Und wir gehören wohl zu den galaktischen Ameisen?« erkundigte sich Oleg ruhig.

»In gewissem Maße ja. Die Ramiren hätten uns und auch die Aranen längst vernichtet, wenn wir ihre realen Feinde wären. Aber wir bedeuten ihnen ebensoviel wie die Ameisen den Menschen. Sie bemühen sich, über unsere Pläne Bescheid zu wissen? Würden nicht auch wir uns bemühen, über die Bewegung der Ameisen im gesäuberten Wald informiert zu sein – zumindest zu dem Zweck, um sie nicht grundlos auszurotten? Ich sage Ihnen: Den Ramiren sind wir völlig egal! Und nur, wenn wir auf irgendeine Weise – sei es durch eine Explosion des Raumes oder eine Störung des Gravitationsgleichgewichts – ihre Tätigkeit erschweren, schnipsen sie uns ärgerlich weg. Und wir haben dann den Eindruck, es wäre ein Krieg entbrannt und Armeen unbarmherziger Feinde zögen auf uns zu!« Romero, der zum Saal gesprochen hatte, wandte sich mir zu. »Habe ich Sie überzeugt, mein Freund?«

»Zu drei Vierteln, Pawel!«

»Und warum nicht völlig?«

»Eine gar zu schmähliche Rolle weisen Sie uns zu. Galaktische Ameisen! Eine bittere Wahrheit.«

»Einst empfanden die Menschen auch die Wahrheit als bitter, daß sich die Erde um die Sonne dreht, nicht aber die Sonne um die Erde. Und viele faßten es als Beleidigung auf, daß außer der Menschheit noch andere vernunftbegabte Zivilisationen bestehen.

Der größte Fehler war es, sich für einzig zu halten im Weltall oder für allüberragend. Erinnern Sie sich, Eli: Je mehr die Macht und die Vernunft der Menschheit wuchsen, desto mehr zerstreute sich ihr Ausschließlichkeitsempfinden. Diesen Prozeß der Selbsterkenntnis werden wir fortsetzen!«

»Warum wenden Sie sich an mich? Sprechen Sie zur ganzen Besatzung!«

»Strittig ist, welche Rolle Sie, nicht die anderen, für die Ramiren spielen. Doch ich erkenne schon in dieser Fragestellung Ihren alten Hochmut. Eine neue Tragödie von Fehlern ist unnötig. Wir haben uns die Ramiren, ohne Beweise zu haben, zu menschenähnlich ausgemalt, genauer: zu wesenhaft.«

Romero sagte weiter, noch im zwanzigsten Jahrhundert der alten Ära habe ein Physiker alle Lebewesen in drei Klassen eingeteilt: in die Zivilisation erster Ordnung, die sich der Umgebung anpassen; die Zivilisationen zweiter Ordnung, die sich die Umgebung anpassen, und die Zivilisationen dritter Ordnung, die sich selbst ändern, wenn sie das äußere Milieu nicht ändern können oder wollen. »Alle Tiere gehören zur ersten Ordnung, das sind die primitiven Wesen. Die Menschen und ihre Sternenfreunde stehen eine Klasse höher – sie sind imstande, sich die Umgebung anzupassen. Aber die Menschen werden nicht hitzefest, um in einen glühenden Vulkan hinabzusteigen, nicht kältefest, um nackt im Kosmos zu spazieren. Die Ramiren stehen vielleicht noch eine Klasse höher. Sie haben keine ständige Gestalt, sie können sich jede beliebige schaffen. Der Arane war kein maskierter Ramire unter den Aranen, sondern ein gewöhnlicher Ramire in Aranengestalt. Daran ist nichts Übernatürliches, das ist nur eine hohe Zivilisationsentwicklung.«

»Irgendwann einmal werden auch unsere Nachfahren ihre Gestalt nach Belieben ändern. Und die körperliche Unähnlichkeit von Demiurg und Mensch, Engel und Unsichtbarem, Galakt und Aranen wird selbst für gegenseitige Liebe kein unüberwindliches Hindernis mehr sein. Das glaube ich!«

»Damit wären wir am Ende der Debatte«, sagte Oleg. »Die Selbstbezichtigung des wissenschaftlichen Leiters ist widerlegt. Aber völlig befriedigt bin ich nicht. Die wichtigsten praktischen Fragen liegen im dunkeln. Und die erstrangige lautet: Wie führen wir das letzte Schiff aus dem Kern heraus?«

Oleg erinnerte, daß wir bislang gerade Wege hinaus suchten, Wege, die an und für sich effektiv seien. An und für sich sei hier nichts effektiv. Hier tauge nur, was den Ramiren nicht entgegenwirke. Doch was wirke ihnen nicht entgegen? Welcher Plan von uns würde keinen neuen »Nasenstüber« provozieren?

»Übrigens widerspricht unser Plan Ihrer Theorie von der Gleichgültigkeit der Ramiren uns gegenüber«, bemerkte Oleg zu Pawel. »Ich widerlege sie nicht, bin aber verpflichtet, darauf hinzuweisen, daß sie nicht erklärt, warum das Sternenflugzeug gewaltsam zurückgehalten wird. Ohne diese Erklärung ist es schwierig, das Weite zu gewinnen. Wir alle wollen darüber nachdenken, und dich, Eli, bitte ich besonders darum.« Er lächelte traurig-spöttisch. »Wenn du tatsächlich ihr Verbindungsmann bist, dann solltest du ihnen klarmachen, wie wichtig für uns die Antwort ist. Sie könnten dir freundschaftlich des Rätsels Lösung eingeben!«

Oleg schloß die Versammlung, und ich trat zu Mary. Sie sah mich an, als wäre ich von den Toten auferstanden. Sie selbst wirkte nicht besser. Ich strich ihr übers Haar, und sie lächelte ein blasses Lächeln. Ihre Augen waren tränenvoll.

»Nicht weinen«, sagte ich. »Pawel hat glänzend bewiesen, daß ich kein Verräter bin. Diese Nacht werden wir beide ruhig schlafen. Dank Pawel.«

Ich bat Olga, noch im Observationssaal zu bleiben. Als wir allein waren, sagte ich: »Begreifst du jetzt, daß ich dich vor der Konferenz nicht zu mir lassen konnte? Frage, Olga!«

»Erzähle, wie es geschehen ist«, bat sie. »Vor dem Experiment muß Irina ein entscheidendes Gespräch mit Ellon gehabt haben. Sie kam furchtbar aufgeregt zum Essen. Ich schrieb ihre Erregung der Schwäche nach der Krankheit zu, sie war reizbar, weinte oft ...«

»Hat Oleg dir nicht gesagt, was Ellon von Irina verlangte?«

Oleg hatte Olga alles erzählt, was er wußte, sie wollte mehr wissen. Ich konnte nur seine Erzählung wiederholen. Olga weinte, als ich erwähnte, daß Irina sich von uns verabschiedet und gebeten hatte, sie nicht zu verdammen. Ich blickte voller Zärtlichkeit auf Olgas kleinen Kopf, auf ihre grauen, sich ringelnden Haare. Das Schicksal hatte dieser Frau viel geschenkt: Ruhm, wie er keiner anderen zuteil geworden war, und Kummer, genug, um jedes Herz zu zerreißen.

»Was meinst du – ist sie tot? Und wo könnte sie sein?«

Darauf hatte ich keine Antwort. Aus der Vergangenheit kehrte niemand lebend zurück. Das hatten wir an Mizar und Ellon beobachtet. Aus der Zukunft war Wiederkehr möglich. Olga sollte an Oan denken der aus der Zukunft auf unser Sternenflugzeug geglitten war, an Mizar, an Ellon – er war lebendig an uns vorbeigeflogen, als er aus der Zukunft in die Vergangenheit hinabstürzte. Irina war nicht zurückgekommen, aber das bedeutete nicht, daß sie tot war. Über die Physik der Vergangenheit wußten wir manches, was wußten wir über die Zukunft?

»Oleg sagt das gleiche. Ich fürchte, er will mich nur trösten.«

»Für Oleg wäre es wichtiger, sich selbst zu trösten. Er liebt Irina. Und dann, was heißt – trösten? Du bist nicht nur Kapitän von galaktischen Schiffen, sondern auch berühmte Astrophysikerin. Wir müssen dich fragen, was mit Irina geschehen ist, nicht du uns.«

»Ich habe eine Bitte an dich und Oleg. Seit dem Untergang der ›Widder‹ kann ich nur Oshima dublieren. Aber er hat einen prächtigen Ersatzmann – Eduard. Ich würde mich gern mit den Zeitmechanismen beschäftigen. Ich betrachte es als meine Pflicht, die von meiner Tochter begonnene Arbeit zu beenden. Jeder Defekt des Stabilisators kann die Arbeit der Schiffsmaschine erneut unterbrechen und uns abermals in Wahnsinn stürzen.«

Ich erriet, daß sie außerdem noch davon träumte, ungefährliche Wege in die Zukunft zu finden und zu erkunden, was mit Irina geschehen war.

»Meine Unterstützung ist dir sicher. Ich denke, daß auch Oleg nichts dagegen haben wird.«

10

Grazi war an die Stelle der verschwundenen Stimme getreten. Wir stritten ein wenig, ob es notwendig sei, zum früheren Schema der Sternenflugzeugführung zurückzukehren: Analysatoren–Schiffsmaschine–Schiffskommandeur. In den ruhigen kosmischen Gebieten hatte das Schema nie versagt. Oshima und Kamagin fanden diese Praxis bequemer. Oleg und ich waren mit ihnen nicht einverstanden. Die Schiffsmaschine war ein mechanischer Verstand, außerhalb des Kausalzusammenhangs war sie hilflos. Die schreckliche Erfahrung zeigte, daß eine Störung im Zeitenlauf den Verstand lahmlegte. Der Kausalzusammenhang war ein Äquivalent zum normalen Zeitzusammenhang, doch eine normale Zeit gab es nicht im Kern. Über dem Verstand mußte die Vernunft stehen, einheitlich denkend. Und die Arbeit einer synthetisierenden Vernunft dem Kapitän zu übertragen war riskant, er hatte genug Sorgen mit der praktischen Schiffsführung.

»Grazi kommt in der früheren Funktion der Stimme ausgezeichnet zurecht«, erklärte Oleg den Kapitänen. »Sie haben die gleiche Gehirnstruktur, denn auch die Stimme stammte von Galakten ab.«

So wurde Grazi uneingeschränkter Herr im Steuerraum. Er schwang sich nicht in die Höhe auf wie sein Vorgänger in der gläsernen Kugel, wollte aber auch nicht länger unermüdlich die Ringwand entlangschreiten. Er verlangte einen Sessel und stellte ihn dem Eingang gegenüber. Man hatte den größten Sessel herausgesucht, aus der »Reserve für alle Fälle«, in gewöhnlichen Sitzgelegenheiten hätte der massive Galakt nicht Platz gefunden. Der Sessel wurde auf ein speziell angefertigtes Postament gehoben.

Und nun bot sich Grazi dem Eintretenden als eine zum Fürchten imposante Gestalt dar. Romero fand Grazi gottgleich, nicht nur gottähnlich wie früher. Mich erinnerte er an den auf seinem Thron sitzenden Zeus – mir scheint, es hat in alten Zeiten so eine Statue gegeben. Doch erhabene Gottgleichheiten hinderten Grazi nicht, so schnell wie ein Mensch und so verläßlich wie ein Demiurg zu arbeiten.

Noch bevor Grazi im Steuerraum Fuß faßte, besuchte mich Orlan. Der Demiurg stattete ungern Besuche ab. Orlan und ich trafen uns gewöhnlich in den Diensträumen. Nur bei Grazi war Orlan oft – wahrscheinlich wünschte er hervorzuheben, daß der Haß, der einst Demiurgen und Galakten trennte, ausgelöscht sei.

»Eli, stimmt es, daß Kapitän Olga Trondike die Arbeiten zur Zeittransformierung leiten wird?« fragte er so offiziell, wie ich es von ihm nur gehört hatte, als er noch im Namen des Großen Zerstörers auftrat.

»Bist du dagegen, Orlan?«

Er ließ den Kopf auf dem biegsamen Hals hochschnellen und zog ihn aus Achtung vor mir ohne viel Lärm zwischen die Schultern. »An der Zeittransformierung haben Demiurgen gearbeitet. Ich selbst würde Ellon gern ersetzen.«

Ich war unbeschreiblich erstaunt. In den Jahren unserer Bekanntschaft war Orlan alles mögliche gewesen: Sternenadmiral, der mein Schiff gefangengenommen hatte, mächtiger Würdenträger des Zerstörerreichs, grausamer Feind zu Anfang, ein guter Freund später, Mitstreiter in der Not, Mitbegründer der Sternengemeinschaft und vielleicht das mir vertrauteste Wesen unter den vernunftbegabten Nichtmenschen. Als Ingenieur konnte ich ihn mir nicht vorstellen. Nie hatte er sich für mathematische Berechnungen interessiert, nie sich für das Konstruieren von Mechanismen begeistert.

Aber Orlan erklärte, er habe sich in seiner Jugend vorbereitet, Industrieleiter zu werden. Er habe eine Ausbildung als Ingenieur erhalten und in Sternenflugzeugwerften eine Probezeit abgeleistet. Und er sei nur deshalb nicht zum Minister für Sternenflugzeugbau ernannt worden, weil der Große Zerstörer ihn mit der galaktischen Politik betraute.

»Olga Trondike und du, Eli, sind schuld, daß ich die Ingenieurtätigkeit aufgegeben habe. Nach dem Flug der ›Raumfresser‹ durch die nichteuklidischen Engen des Perseus und der Sprengung des Zweiten Planeten berief der Große Zerstörer alle die Aristokraten in seine Nähe, die als sichere Stütze des Thrones dienen konnten.«

»Und nun möchtest du wieder Ingenieur sein, Orlan?«

»Eli, ich bin der einzige auf dem Schiff, der keine individuellen Aufgaben hat. Seit Grazi im Steuerraum schaltet und waltet und besonders seit dem Tod des großen Ellon ist es für mich traurig, auf dem Schiff umherzuschlendern.

»Würdest du mit Olga zusammenarbeiten, wie es Ellon und ihre Tochter taten?«

»Wenn sie nichts dagegen hat, Eli ... «

»Sie wird keine Einwände haben.«

Das Organisatorische nahm mehrere Tage in Anspruch, und ich kam nicht dazu, in den Konservierungsraum zu gehen. Doch dann zog es mich wieder hin. Diesmal betrat ich ihn in anderer Verfassung als sonst. Es fällt mir schwer, meinen Zustand zu beschreiben. Die alten Gefühle waren verweht, die neuen bildeten sich erst. In meiner Verwirrung wußte ich nicht, was ich wollte, was ich erwartete.

Im Konservierungsraum stand ich eine Weile vor dem neuen Sarkophag mit Ellon. Der Demiurg besaß ein mächtiges Gehirn, dennoch hatte er die Zeitvibration nicht ertragen. Selbst ein Genie war außerstande,den seelischen Riß zwischen Vergangenheit und Zukunft ohne eine feste Stütze in der Gegenwart auszuhalten.

Langsam ging ich von Ellon zu Mizar, von Mizar zu Trub, von Trub zu Lussin. Ich beeilte mich nicht, zu Oan zu kommen, denn bei dem Aranen würde ich mich lange aufhalten müssen. Ich wollte mit ihm sprechen.

»Oan, ich weiß jetzt nicht, wer du bist – ein Abgesandter von Feinden, von uns gegenüber Unbeteiligten oder sogar von unbegreiflichen Freunden«, sagte ich am Sarkophag des Spions. »Das zu wissen ist wichtig, du wirst es zugeben, sofern du in der Lage bist, mich zu verstehen. Oh, du verstehst mich, davon bin ich überzeugt! Du bist der Verbindungsapparat zwischen uns und den Ramiren, darin bestehen alle deine Geheimnisse. Eine komplizierte Vorrichtung – sie lauscht, späht, liest Gedanken, und außerdem ist sie als Lebewesen ausgeführt, das sich freilich zur Hälfte in eine Silhouette verwandelt hat, aber das hing nicht von dir und auch nicht von deinen Herren ab: Auch Ameisen sind imstande, einen Holzfäller zu beißen! Sag mir doch, Oan, was wollt ihr von uns? Warum haltet ihr uns gefangen im Scheiterhaufen des Kerns, der Sterne wie Schrotkörner verschießt?«

Ich hatte so bewegt gesprochen, als erwartete ich tatsächlich eine Antwort. Oan schwieg selbstverständlich. Doch ich forderte noch hartnäckiger: »Wenn du tatsächlich ein Verbindungsapparat bist, dann von doppelter Wirkung – von uns zu den Ramiren, aber auch von den Ramiren zu uns. Unsere Absichten hast du übermittelt, teile uns nun ihre Wünsche mit. Du hast uns schon manches mitgeteilt, leugne es nicht: daß ihr Spione unter den Aranen habt und du einer von ihnen bist, daß die Zeit hier krank und auch gefährlich ist – hast du diesen Gedanken nicht in unsere Köpfe einfließen lassen? Und daß ihr eine Methode sucht, den Lauf der Zeit zu beherrschen, euch in die Zukunft zu versetzen und zurückzukehren. Um dieses Erfolges willen sind fünf von deinen Freunde umgekommen – wahrscheinlich ebenfalls Ramiren in der Gestalt von Aranen. Du gehörst nicht zu den Halbleiter-Spionen, die die Informationen nur vom Feind zum Herrn übermitteln. Du bist ein Mechanismus von doppelter Wirkung – ja, das bist du. Also schweig nicht! Selbst wenn ihr gleichgültig seid, selbst wenn ihr keinen Anteil an uns nehmt, so rufen doch auch solche wie ihr: ›Geht aus dem Weg!‹, wenn man sie behindert. Sag, du Schweigsamer, welchen

Weg versperren wir euch? Wohin sollen wir abschwenken, um euch nicht unter den Füßen zu sein?«

Und wieder schwieg er, wie er schweigen mußte. Doch ich geriet in Wut, schrie, drohte Oan mit der Faust. Mein Toben sah niemand, hier konnte ich über die Stränge schlagen!

»Schweig, schweig, aber denk über mich nach! Denk über meine Fragen nach! Übermittle meine Fragen deinen gleichmütigen Brüdern. Wir sind keine Ameisen, was Romero da über eure Größe und unsere Nichtigkeit auch gesprochen haben mag. Wir sind keine Ameisen laß dir das gesagt sein! Wir werden uns aus dieser Hölle befreien, in der ihr uns eingesperrt habt! Nicht mit Hilfe von Metrikkrümmungen, nicht mit Hilfe von Gravitationslöchern, nicht durch Annihilation von Stoff oder Raum, hier sind alle Ausgänge verboten – das haben wir schon begriffen. Wir werden durch die Zeit ausbrechen, die du als krank fürchtest und die als einzige die Welt vor der Vernichtung bewahrt. Nicht mürbe, sondern elastisch, nicht zerrissen, sondern strömend, nicht tot, sondern lebendig – so wird sie sein in unseren Händen! Wir brechen aus, das sage ich dir! Durch die gerade Zeit, die in die Zukunft führt, durch die Gegenzeit, die in die Vergangenheit stürzt, durch die gekrümmte Zeit, durch die perpendikuläre Zeit ...!«

Mich verblüffte mein eigener Ausspruch! Es war vollbracht! Das Wort war gesagt. Das Dunkel der Rätsel war vom Schein der Wahrheit erhellt. Bisher war das noch Wort und nicht Tat, aber das Wort war Gedanke. Und ohne Überlegung, durch irgendwie ungegliederte, aber unendlich überzeugende Erkenntnis wußte ich bereits, das ich das Wichtigste gefunden hatte, das einzig Wichtige! Das war die Lösung, die wir alle suchten. Und einstweilen war sie nur Wort, unwahrscheinliches, erleuchtendes, wahrhaft offenbarendes Wort – »perpendikulär«.

Denke ich heute an diesen Augenblick zurück, bin ich wieder bewegt. Wieder erfüllt mich beklemmende Begeisterung angesichts der Entdeckung. Und ich wiederhole – ich überlegte nicht, ich wußte einfach, ich wußte nur –, ja, es gab keine Rätsel mehr, ja, die einzige Möglichkeit der Rettung war gefunden. Und hätte man mich damals gefragt, ob ich meine Gewißheit wenigstens irgendwie begründen könne, hätte ich verwirrt geschwiegen – nein, frohlockend, nicht verwirrt. Die Zeit der Begründungen war noch nicht gekommen. Denn ich wußte nur. Ich sah in meiner Hand den Schlüssel zu der verschlossenen Tür. Ich öffnete die ersehnte Tür noch nicht mit dem Schlüssel, den ich plötzlich in der Hand hielt. Ich wußte nur, daß die Tür geöffnet werden würde.

Hals über Kopf stürzte ich hinaus. Ich mußte Oleg sehen. Im Korridor fiel mir ein, daß die Schiffsmaschine funktionierte, ich konnte ihn also in Gedanken rufen. Im Kommandeurssaal war Oleg nicht, er war zu Hause. Ich verlangte, mich unverzüglich mit ihm zu verbinden, und ich vernahm Olegs erstaunte Stimme.

»Brauchst du mich dringend, Eli? Soll ich zu dir kommen oder ins Laboratorium?«

»Am besten, ich besuche dich, Oleg.«

»Gut, ich erwarte dich …«

Er stand auf und wies auf einen Sessel. Sein Gesicht rötete sich plötzlich, denn meine Erregung übertrug sich augenblicklich auf ihn. Ich setzte mich, er blieb stehen. Auf dem Tisch stand ein Flugschreiber, ein Kästchen, der Schiffsmaschine ähnlich, aber klei ner, ebenso wie sie enthielt es Neptunian, das kostbare Kristall, das unabänderliche Herz aller Schaltungen in den denkenden Mechanismen. Nur wurde das Neptunian im Flugschreiber nicht wie in der Schiffsmaschine für Berechnungen genutzt, sondern zur Wiedergabe des zurückgelegten Weges. Dies war der Speicher unserer Reise – das, was man früher Bordjournal nannte. Ich hatte ebenfalls einen solchen Apparat, ich bewahrte ihn in meinem Safe auf, aber noch nie hatte ich Zuflucht zu ihm genommen, um das Bild der vorübergezogenen Sternenlandschaften wiedererstehen zu lassen. Nach einem Blick auf den Flugschreiber wandte ich mich ab.

Oleg sagte hoffnungsvoll: »Eli, du machst ein Gesicht, als …«

»Der Ausweg in die Freiheit liegt nicht dort, wo wir ihn suchen«, sagte ich. »Wir müssen die perpendikuläre Zeit ausprobieren, nicht die gerade und nicht die Gegenzeit.«

Mit ihm vollzog sich das gleiche Wunder wie mit mir. Er verstand sofort, er glaubte sofort! Das Wort »perpendikulär« tönte nicht, sondern erleuchtete. Das war Erleuchtung, nicht Erläuterung. Oleg schaute mich begeistert an, ich konnte mich an diesem Effekt weiden. Doch er sagte, was ein Geschwaderkommandeur sagen mußte: »Ja, selbstverständlich, das wäre die Lösung. Aber gibt es die perpendikuläre Zeit? Können wir sie in den Griff bekommen?«

»Laß uns alle Argumente für und wider einschätzen.«

»Sprich du, ich werde Einwände erheben, wenn ich welche finde.«

Erst jetzt war die Zeit des Erwägens gekommen. Und mit derselben Gewißheit der Wahrheit, die sich meiner bemächtigte, als mir die Formel »perpendikuläre Zeit« entschlüpfte, wußte ich, daß ich unwiderlegbare Beweise finden und alle Zweifel zerstreuen würde. Die Erleuchtung mußte sich in Wissen verwandeln – aus der Voraussicht mußte Theorie werden!

Und ich begann damit, daß wir bisher nur die eindimensionale Zeit kannten, die eindimensional war und einsinnig gerichtet: Sie verlief von der Vergangenheit durch die Gegenwart in die Zukunft, streckte sich zu einer Linie, wies in eine einzige Richtung. Nur so gingen unsere kleinen Prozesse in unserer kleinen Welt vonstatten. Wir glaubten, daß es anders nicht möglich sei. Und als wir im Kern auf eine biegsame und nichtlineare Zeit stießen, verstanden wir ihr Wesen nicht, meinten, daß die Zeit hier reiße, daß sie instabil sei, und voller Angst sprachen wir vom gerissenen Zeitenband.

»Mit anderen Worten, du behauptest, daß die Zeit nicht zerreißt?«

»Ja, das behaupte ich. Der Riß der Zeit ist nur unsere Vorstellung von einem weit komplizierteren Prozeß ihrer Krümmung. Die reale Zeit ist zweidimensional, man kann sie durch Vektoren auf einer Ebene darstellen, doch wir studieren lediglich ihre Projektionen auf eine Achse und bilden uns ein, daß außer der Projektion nichts existiere. Und wenn die Zeit seitwärts verläuft, perpendikulär, senkrecht zur Achse, und darauf eine Unterbrechung erscheint, ein leeres Intervall, sehen wir voller Entsetzen einen Riß. Nein, die Zeit reißt nicht, sie ist unaufhörlich, aber sie ist nicht nur vorwärts gerichtet, nicht nur rückwärts, sondern auch seitwärts. Und ich erinnere dich«, fügte ich hinzu, selber verblüfft von der Erinnerung, »daß Oan uns einst ebenfalls von den Krümmungen der Zeit sprach, nur maßen wir seinen Worten keine Bedeutung bei.«

»Das liegt daran, daß wir Mühe haben, uns die Zeitkrümmungen vorzustellen«, sagte Oleg.

»Kann man sich die Krümmung des leeren Raums vorstellen? Die nichteuklidische Metrik der Leere? Ich versichere dir, das ist noch schwerer. Oan stieß uns auf eine Entdeckung, aber damals waren wir von einem neuen Zeitbegriff weit entfernt. Inzwischen hätte alles ringsum uns zu ihm hinführen müssen. Das ist die erstaunliche Tatsache. Im Weltall ist keine Gleichzeitigkeit. Die

Gleichzeitigkeit der Welt ist eine Abstraktion. Genau so eine Abstraktion wie der geometrische Körper, bar physikalischer Eigenschaften. Wir selbst haben uns diese Abstraktion ausgedacht, und sie verwirrt uns maßlos, sie erklärt die Welt nicht, sondern verdunkelt sie. Real ist jeder beliebige Körper in der Welt ungleichzeitig. Jeder beliebige Prozeß, der augenblicklich verläuft, wie uns scheint, ist nur eine statische Resultante unendlich verschiedener, voneinander unendlich ferner Epochen, die nur im gegebenen Augenblick im gegebenen Punkt eines gegebenen Körpers zusammengeströmt sind.«

»Paradox, Eli. Diese Behauptung mußt du begründen.«

Die Begründung fiel mir nicht schwer. »Jedes Objekt existiert in seiner individuellen Zeit, das ist so. Aber isolierte Objekte gibt es nicht, alles ringsum steht mit seiner Umgebung in Wechselwirkung – Atom mit Atom, Stern mit Stern, Galaxis mit Galaxien. Dieser Zusammenhang ist real, aber ist er gleichzeitig? In keinem Falle! Wir sehen einen nahen Stern, wie er vor zehn Jahren gewesen ist, einen fernen, wie er vor Tausenden Jahren gewesen ist, die Galaxisperipherie, wie sie vor Hunderttausenden von Jahren gewesen ist, und andere Galaxien sind für uns heute sichtbar, wie sie vor Millionen und aber Millionen Jahren gewesen sind. Das ist sie, unsere Landschaft in dieser Minute; das Bild der Welt in einem Augenblick setzt sich aus zahllosen Pinselstrichen verschiedener Epochen zusammen, die nur in unserer eingebildeten Augenblicklichkeit vereint sind – das Weltall ist an jedem beliebigen Punkt, für jeden beliebigen Blick, in jedem beliebigen Augenblick unermeßlich ungleichzeitig. Eine reale Gleichzeitigkeit besteht nicht, man kann sie sich nur einbilden, physikalisch läßt sie sich nicht entdecken.

Und das ist keine optische Erscheinung, keine Fata Morgana. Nein, die gleichzeitige Ungleichzeitigkeit ist ein realer physikalischer Prozeß, der grandioseste physikalische Prozeß, der Prozeß, der die gesamte Struktur des Weltalls bestimmt – die Wechselwirkung aller materiellen Objekte des Alls. Denn der Kosmos ist voller Gravitationswellen, Teilchen, Photonen, Gas, Staub … Und all das bestrahlt, hüllt ein, zieht an, stößt ab. Und eins kommt aus dem Gestern, das andere aus einer Vergangenheit von Jahrmillionen, doch ihre summarische Wirkung an beliebiger Stelle erfolgt im gleichen Augenblick. Und jedes Objekt antwortet auf die Einwirkung dieser ungleichzeitigen Kräfte mit seiner Einwirkung, aber auch sie erreicht die Nachbarn ungleichzeitig – die nahen bald, die fernen in Jahrmillionen. Auf diese Weise ist die wirkende Zeit an jeder Stelle des Weltalls das Gleichgewicht aller vergangenen Epochen, der ganze unermeßliche Riesenbau der Jahrmilliarden, zu einem Augenblick zusammengefaßt.«

Oleg unterbrach mich erneut. »Übrigens folgt hieraus, daß sich die Gegenwart niemals im Abgrund der Vergangenheit verliert. Nehmen wir an, ich strahle mein Abbild in den Raum, meine Felder – sozusagen alles, was ich als kosmischer Körper darstelle. Und wieviel Jahre auch vergangen sein mögen, in irgendeinem entfernten Winkel des Alls findet sich stets diese meine dahineilende Strahlung, und sie wird physikalisch auf die Objekte einwirken, denen sie begegnet. Meine Vergangenheit wird in meiner fernen Zukunft real existieren!«

»Widerlegst du mich oder suchst du Bestätigung?«

»Gehen wir zu den praktischen Fragen über«, schlug er vor. »Deine Konzeption ist interessant, aber ich würde gern ein Aktionsprogramm festlegen.«

»Ich weiß nicht, wie praktisch ein Programm ist, das kann man nur im Laboratorium bestimmen.«

Mein Plan lief auf folgendes hinaus: Unser Aufenthalt im Kern, im monolinearen Strom der Zeit, würde früher oder später mit unserem Untergang enden. Es war nicht gelungen, vorwärts, durch die Zukunft, oder rückwärts, durch die Vergangenheit, zu entkommen. Die Hauptgefahr bestand im Passieren der Nullzeit. Tote Materie hielt solche Übergänge leicht aus, für einen Organismus waren sie tödlich. Folglich mußte man aus der Monolinearität in die Zweidimensionalität der Zeit gehen, die Fesseln seiner Zeit überwinden und in die benachbarte Zeit gehen, in die Anderszeit, wie man sie nennen könnte. Man durfte sich nicht einfach von seiner Zeit lösen, sondern mußte sie krümmen, sie seitwärts ausweiten – und die Krümmung andauern lassen. »Und es ergibt sich«, sagte ich, »daß wir uns in jedem Augenblick vorwärts bewegen, in Richtung Zukunft, in der Summe aber mehr und mehr von ihr abweichen. Und an einem bestimmten Punkt trennen wir uns, wobei wir uns immer weiter vorwärts bewegen, von unserer Zukunft, obwohl wir die Nullzeit nicht kreuzen, und beginnen uns auf unsere Vergangenheit zuzubewegen, die nun unsere Zukunft ist.«

»Du beschreibst eine Kreisbewegung, Eli.«

»Völlig richtig. Darin besteht mein Gedanke – aus der eindimensionalen, geradlinigen Zeit in die zweidimensionale, ringförmige Zeit auszubrechen. Die Ringform ist erforderlich, um in unsere Vergangenheit zurückzukehren, ohne die gefährliche Nullzeit zu passieren.«

»Der Ring der Gegenzeit!« sagte Oleg nachdenklich. »Das klingt gut.«

»Wenn dir die Bezeichnung gefällt, dann wollen wir die Operation so nennen: Rückkehr auf dem Ring der Gegenzeit. Willst du nicht ins Laboratorium gehen und mit Orlan und Olga einen Plan für die Experimente entwerfen?«

Oleg nahm den Flugschreiber und trug ihn zum Safe. Ich fragte: »Warum hat dich plötzlich der zurückgelegte Weg interessiert?«

Er brachte den Apparat schweigend zum Tisch zurück, drückte ebenso schweigend einen Knopf. Auf dem Bildschirm leuchtete die schon tausendmal gesehene Landschaft auf: ein wildes Durcheinander von Sternen, eine Explosion, die einst im Kern erdröhnt war und sich seitdem unaufhörlich vollzog. Auf den großen Sternenbildschirmen konnte man ebensolche trostlosen Landschaften beobachten, aber lebendige, rasch wechselnde, indes der Flugschreiber ein Bild zeigte, das während eines Flugmoments festgehalten worden war. Verwundert schaute ich Oleg an.

»Sagt dir dieses Bild nichts, Eli?«

»Selbstverständlich nicht.«

»Das ist die Stelle, wo Irina verschwand.«

»Ich verstehe, Oleg. Eine traurige Erinnerung ...«

»Nein«, sagte er. »Nicht nur Erinnerung.«

Ich stellte keine Fragen. Hier begann ein Gebiet, in das man ohne Erlaubnis nicht eindringen durfte.

Oleg lächelte seltsam. »Eli, wenn wir uns aus dieser Hölle herausrappeln und zur Erde zurückkehren, nimmst du dann noch mal an einer galaktischen Expedition teil?«

»Wohl kaum. Ich bin schon zu alt dafür.«

»Ich werde eine neue Fahrt unternehmen. Ich bin ja jünger als du, Eli. Und ich habe kein anderes Ziel im Leben, als den Kosmos zu durchpflügen.«

»Und du wirst in den Kern zurückkehren?«

»Wir sind als erste in ihn eingedrungen. Dürfen wir sagen, wir wären die letzten gewesen? Eine neue Expedition wird besser vorbereitet. Und wenn ich an ihr teilnehme, werden mir die vom Flugschreiber bewahrten Sternenlandschaften gut zustatten kommen.«

»Gedenkst du Irina zu suchen?« fragte ich unumwunden.

Er stellte den Apparat behutsam in den Safe und schloß ihn gemächlich an die Schiffsmaschine an. Er sagte sehr ruhig: »Jedenfalls möchte ich gern wissen, was mit ihr ist.«

11

Erst jetzt wußten wir die Genialität Ellons als Ingenieur in vollem Maße zu schätzen. Der Kollapsan gab nicht nur die Möglichkeit, die Zeit zu verdichten und zu verdünnen, das Vorzeichen ihres Laufs zu verändern, sondern sie auch zu krümmen. Und die gekrümmte Zeit wurde nicht allein durch die Geschwindigkeit und die Richtung ihres Laufs charakterisiert, sondern auch durch ihren Winkel zu unserer natürlichen Zeit. Diesen Abweichungswinkel nannte Olga »Phasenwinkcl des Flugs in die Anderszeit«.

Rasch häufte sie die schwierigsten Formeln des »Anderszeitwinkels« auf. In ihnen hätte sich vielleicht die Schiffsmaschine zurechtfinden können, meine Begriffsfähigkeiten überstiegen sie. Dafür erfreute uns Olga mit der Mitteilung, daß Orlan sie beim halben Wort verstehe und einige der wahnsinnig komplizierten Formeln ihm zuzuschreiben seien. Darüber wunderte ich mich nicht. Den Demiurgen ist die Begabung für die Himmelsmechanik angeboren. Wir sind stärker als sie in dem Gefühl für Gut und Böse, unsere menschliche Besonderheit besteht darin, die wahre Moral bei allen Umwandlungen eines sozialen Systems in ein anderes zu verteidigen, Wahrheit ist überall Wahrheit, Unterdrückung ist überall Unterdrückung, Freiheit ist überall Freiheit. Doch in der Konstruktion von Gravitationsmaschinen waren uns die Demiurgen weit voraus.

Zunächst war die phasische Anderszeit nur für Atomprozesse geschaffen worden. Im Stabilisator wurde bereits die Vibration der Makrozeit getilgt, im Transformator änderten sich das Vorzeichen und die Geschwindigkeit der eindimensionalen Makrozeit, das hatte Ellon noch vor seinem Tod zuwege gebracht. Doch von der zweidimensionalen Phasenzeit hatte er keine Ahnung gehabt. Vieles hätte schneller und besser gehen können, wäre er nicht dem Wahnsinn verfallen.

»Vielleicht morgen, Eli«, sagte Olga einmal beim Frühstück zu mir.

Das bedeutete, daß die Ingenieure am nächsten Tag die Generatoren der phasischen Anderszeit erproben würden, die nicht mehr im atomaren Maßstab, sondern in der Makrozeit des gesamten Schiffs wirksam waren.

»Sicherlich morgen«, sagte Orlan beim Mittagessen. »Also morgen«, erklärte Oleg beim Abendessen.

Am Morgen eilte ich in den Kommandeurssaal. Dort waren bereits alle Kapitäne und Orlan. Grazi hatte es übernommen, die Bedienung der Phasenzeitgeneratoren zu steuern. Ihm, einem Unsterblichen, machte der Übergang aus einer Zeit in die andere weniger aus als jedem von uns – auch diesen Umstand hatten wir berücksichtigt. Das Sternenflugzeug lenkte Kamagin, er war ebenfalls Zeitreisen gewohnt, und er unterhielt gedanklichen Kontakt zu Grazi. Uns anderen war die Rolle von Zuschauern zugefallen. Ich genoß im voraus die malerischen Veränderungen beim Übergang aus unserer Zeit in die fremde. Mir bereitete nur Sorge, wie sich die Ramiren verhalten würden. Alles war möglich!

»... drei, zwei, eins, null!« kommandierte Kamagin, und die Zeit krümmte sich ein wenig.

Nichts hatte sich verändert. Dieselben fliegenden Sterne auf den Bildschirmen, kein einziger erzitterte, kein einziger verlor seinen Glanz. Die Phasenverschiebung war zwar geringfügig, dennoch flogen wir schon in einer fremden Zeit, flogen einer fremden Zukunft entgegen. Doch das Bild draußen war so, als würde auch diese fremde Zukunft im Kern als eigene aufgefaßt – als wäre die allumschließende Zukunft hier ein normaler physikalischer Prozeß.

»Arbeiten die Gegenzeitgeneratoren?« fragte Oshima zweifelnd.

»Unsere gleichgültigen Götter scheinen zu schweigen. Ob sie uns nicht beobachtet haben?« murmelte Kamagin. »Wenn sie ihre Stimme erheben, hören wir sie nicht«, entgegnete Orlan ernst. »Ihr Strahl vernichtet uns, bevor wir kapieren, daß wir verloren sind.«

Das war schwer zu bestreiten.

Nach einer Weile teilte die Schiffsmaschine mit, daß sich das Bild des Sternenchaos verändere, und Grazi stellte als einziger auch visuell Veränderungen in der Umgebung fest. Orlan begab sich zu den Phasenzeitgeneratoren, während Olga und ich zu mir gingen. Mary entdeckte ebenfalls nichts Neues auf dem Bildschirm – die gewöhnlichen Sterne, dieselbe Menge, umherirrend, ungeordnet fliegend …

»Daß wir in der Anderszeit sind, garantiere ich«, sagte Olga. »Und obwohl die Phasenverschiebung unbedeutend ist, wird der Winkel des Flugs aus unserer Zeit größer. Ich erwarte schon bald erhebliche visuelle Veränderungen.«

»Ich lösche die Bildschirme«, schlug Mary vor. »Wir lassen kein Auge von ihnen, doch die Veränderungen sammeln sich allmählich an, und wir gewöhnen uns an die neue Umgebung, ohne zu begreifen, daß sie neu ist.«

»Die Ramiren schweigen«, wiederholte ich Kamagins Worte, als Mary den Zimmerbildschirm verhüllte.

»Die Ramiren haben es satt, uns zu verspotten«, erklärte Olga überzeugt. »Wenn sie gleichgültig sind, müssen sie uns ja irgendwann einmal in Ruhe lassen.«

Ich hoffte ebenfalls, daß die Ramiren aufhören würden, sich mit uns zu befassen, und der Flug in die Anderszeit sie nicht ärgern würde. Entweder hatten die Ramiren unsere Flucht nicht bemerkt, oder wir interessierten sie nicht mehr, oder – auch dieser Gedanke kam mir – ihnen war damit gedient, daß wir uns mit Hilfe der phasischen Zeitkrümmung entfernten. All dies mußte überlegt werden – hier war ein Fall, wo die Antwort nicht auf der Hand lag.

»Ruh dich aus«, sagte Mary, und ich legte mich auf den Diwan.

Sie weckte mich eine Stunde später. Olga war nicht da. »Schau auf den Bildschirm«, sagte Mary erregt.

Ich schrie vor Überraschung auf. Wir waren in einer anderen Welt. Nein, das war immer noch derselbe Galaxiskern, dieselbe gleißende und funkelnde Hölle! Aber der Kern war anders – derselbe und doch anders!

Das läßt sich mit Worten schwer schildern, das muß man selbst gesehen haben. Tag für Tag, Woche für Woche, Monat für Monat hatten wir voller Wehmut ein sich ständig reproduzierendes Bild auf den Sternenbildschirmen beobachtet. Im Verlaufe eines winzigen Schiffstages hatte es sich verändert. Ja, das war der Kern, aber der Kern in einer anderen Zeit, nicht in der Vergangenheit, nicht in der Zukunft, sondern einer anderen!

»Mary, die Ramiren lassen uns hinaus!« rief ich begeistert. »Es gibt keinen Überfall!«

Seit jenem Tag ist viel Zeit verstrichen. Vielleicht Stunden, vielleicht Jahrhunderte, und würde man mir sagen, es handele sich um Jahrmillionen, wäre ich nicht verwundert. Die Zeit, in der wir uns bewegen, ist fremd. Die Geräte messen sie, die Schiffsmaschine speichert sie, der Flugschreiber fixiert sie in seinen Bildern, doch ich begreife sie nicht – es ist nicht meine Zeit. Und obwohl Grazi über sie verfügt und Oshima und Kamagin, die einander im Kommandeursaal ablösen, sie genauso leicht kommandieren wie die Aktivstoffreserven in den Laderäumen, indem sie die Krümmung mal vergrößern, mal verringern, begreife ich sie trotzdem nicht. Sie ist nicht meine Zeit. Sie ist fremd. So wird sie ja auch genannt – Anderszeit! Der Kern vereinigt in sich tatsächlich alle mögliche Zukunft, ist real alles Zukünftige, das in jeder möglichen Zukunft anders ist. Aber ich bin nicht allumfassend zukünftig. Das ist nichts für mich, wie Trub gesagt hatte. Die allumfassende Zukunft riecht nach Allgegenwart. Nein, solche Höhen kann ich nicht erreichen. Und unsere Nachkommen, davon bin ich überzeugt, können es ebenfalls nicht. Ich bin in der Lage, die ganze Natur zu verstehen, die ganze Natur zu werden, geht über meine Kraft.

Ich habe diese Abschweifung gemacht, während ich im Konservierungsraum sitze und die Geschichte unserer Fahrt aus dem Kern diktiere, um wiederzugeben, mit welcher Ungeduld wir alle auf die Wende aus der Anderszeit in unsere Zeit warteten. Wir hatten bereits die erste Wende in die Zeit hinter uns, die sich perpendikulär zu unserer verhält, auch die zweite in der Anderszeit, die uns in die parallel zu der unseren verlaufende Gegenzeit brachte, näherten uns der dritten Wende auf die zweite Senkrechte – und damit unserer Zeit. Und alle Wenden waren vollzogen, ohne die gefährliche Null zu passieren. Nach der letzten Wende würden wir unserer Vergangenheit nachjagen, denn sie würde vor uns sein, in unserer Zukunft! Und sobald wir den Anschluß an unsere Zeit hatten, verließen wir die Anderszeit – dann schloß sich der Ring der Gegenzeit!

Ich wartete auf die Rückkehr in unsere Zeit, dachte aber an etwas anderes. Die Ramiren ließen uns offensichtlich hinaus. Und das war merkwürdig. Ich wollte die Ursache ergründen. Wir – und wenn nicht wir, so unsere Nachkommen – würden mit diesem finsteren Volk noch zusammentreffen. Ich glaubte nicht, daß sie gleichgültig waren. Tags zuvor hatte ich Romero zu mir eingeladen und ihm gesagt, was mich quälte.

»Pawel«, sagte ich, »mir gefällt Ihre Theorie betreffend Holzfäller und Ameisen nicht.«

»Gut, meinetwegen nicht Ameisen«, stimmte er zu. »Dann nehmen wir eben Schmetterlinge, die zum nächtlichen Lagerfeuer der Holzfäller geflogen sind. Paßt ihnen dieser Vergleich, mein weiser Freund?«

»Auch die Schmetterlinge passen mir nicht.«

»Wie wollen Sie uns denn sehen, Eli?«

»Als Kaninchen, Pawel.«

»Als Kaninchen? Habe ich Sie richtig verstanden?«

»Ja, Kaninchen. Versuchskaninchen – so wurden jene armen Tiere genannt, an denen unsere Vorfahren medizinische Experimente anstellten.«

»Sie sind der Meinung, wir wären ein Versuchsobjekt der Ramiren? Sie experimentierten mit uns?«

»Jedenfalls bemühen sie sich, uns für ihre Experimente zu benutzen.«

Er sagte nachdenklich: »Ein interessanter Gedanke, Eli, aber er muß bewiesen werden.«

Das tat ich. »Die Ramiren haben das erste zum Kern entsandte Geschwader sofort vernichtet«, erklärte ich. »Allans und Leonids Schiffe störten die Ramiren irgendwie und wurden deshalb durch den todbringenden Strahl bestraft – allerdings war er schwächer als der, der die ›Stier‹ ereilte, nur die Besatzungen kamen um, die Schiffe blieben erhalten. Die jämmerlichen Ameisen wurden beiseite gefegt, von den Raupenketten der Bulldozer zerquetscht – auch so läßt sich Ihr Vergleich verwenden, Pawel. Doch bei der zweiten Expedition zum Kern verhielten sich die Ramiren anders. Mit uns machten sie ebenfalls nicht viele Umstände, als die ›Stier‹ die von ihnen geschaffene Struktur in der Ansammlung der Untergehenden Welten verletzte, aber sie dachten nicht daran, mit der ›Schlangenträger‹ und mit der ›Steinbock‹ abzurechnen. Sie begannen, sich für uns zu interessieren, uns zu beobachten. Sie schleusten Oan bei uns ein – Spion, Späher und Verbindungsapparat – seine Funktion ist auch ohne beleidigende Bezeichnungen klar. Wahrscheinlich hatten wir ihr Interesse erregt, weil es uns gelungen war, Oan zu retten, und uns das Problem der Zeittransformation bewegte. Für sie stiegen wir im Rang.

»Von Ameisen zu Kaninchen – meinen Sie das?«

»Pawel, ich habe Ihnen einmal gesagt, daß ich mich bemühe, das Koordinatensystem meines Denkens zum Denksystem der Ramiren umzubilden. Ich will die Welt mit den Augen unserer Gegner sehen, sofern sie wie wir mit Augen sehen, was sehr zweifelhaft ist. Stellen Sie sich vor, wir, die Menschheit, wären eine Million Jahre älter, und während dieser tausend Jahrtausende hätten wir uns unaufhörlich vervollkommnet …«

»Eine geradezu unvorstellbare Macht und Stärke!«

»Ja, Pawel. Schon jetzt sind wir in der Lage, Planeten umzugestalten, zu schaffen und zu vernichten. Was wird nach einer Jahrmillion intensiver Entwicklung sein? Werden wir nicht den Wunsch haben, nicht nur in einzelnen Sternsystemen aufzuräumen, auch nicht nur in Sternhaufen, sondern in der Galaxis überhaupt? Die Galaxis ist krank. Die Hauptmasse ihrer Sterne befindet sich im Kern, und der ist instabil. Er ist einer Explosion nahe. Sind uns nicht die Quasare bekannt – die sternähnlichen Galaxien, die eine Katastrophe durchgemacht haben, in der alle Formen von Leben und Vernunft vernichtet wurden, sofern sie dort existierten? Wir, die wir nach einer Million Jahren so mächtig wären, würden uns mit dem Balancieren am Rande des Untergangs nicht abfinden. Wir würden uns bemühen, den gefährlichen Prozeß zu stoppen – die Sternansammlung im Kern zu lichten, die Sternsysteme, die für vernunftbegabtes Leben reif sind, auszusuchen und so weit wie möglich von der Gefahr wegzubringen, um die Sternstruktur in der Umgebung des Kerns zu verändern.«

»Ich darf erinnern, lieber Eli, daß ich über eben dies auf der Konferenz gesprochen habe, wo Sie eine zornige Selbstanklage erhoben.«

»Richtig darüber haben Sie gesprochen. Und nun stellen Sie sich vor, wir Mächtigen hätten festgestellt, daß nur die Beherrschung des Zeitverlaufs eine sichere Garantie gegen die Katastrophe sei. Und daß sich die natürlichen Metamorphosen der Zeit in den Sternenprozessen des Kerns von selbst verwirklichten. Doch es will uns nicht gelingen, die Zeit zu beherrschen. Es gelingt uns nicht, sosehr wir uns auch anstrengen! Wir versuchen, sie im Innern der Kollabierenden Sterne zu fassen – immerhin die zweitgrößte Katastrophe nach einer möglichen Explosion aller Sterne im Kern! Nein, auch hier klappt es nicht. Und plötzlich dringen in unsere Sternenreiche irgendwelche Fremdlinge ein, irgendwelche Ameisen, stellen ihre Gesetze auf, stören frech unsere Arbeit zur Sanierung des Kerns. Da fegen wir sie doch kurzerhand aus dem Weg, und fertig!«

»Ich wage zu bemerken, lieber Admiral, daß Sie bislang nichts Neues ...«

»Warten Sie, Pawel! Da meldet unser Spion, die Ameisen hätten eine seltsame Zivilisation, eine Maschinenzivilisation, sie gleiche der unseren nicht, und in ihren Mechanismen werde die Zeit, einstweilen noch auf atomares Niveau, eine Mikrozeit, mühelos verdichtet und verdünnt, sie ändere dort ihr Vorzeichen, sogar die Phasengeschwindigkeit. Oho, höchst interessant, würden wir sagen, die wir durch Jahrmillionen hindurch mächtig sind, aber vor den Schwierigkeiten der Zeitbeherrschung passen. Sollen sie, sollen sie sich abstrampeln, würden wir beschließen, die wir allmächtig sind, jedoch kein menschliches Herz haben, kein schlichtes menschliches Erbarmen für die in Not geratenen Ameisen ...«

»Eine sehr wichtige Bemerkung, Eli!«

»Ja, Pawel. Die Gleichgültigen – diese Bezeichnung haben Sie geprägt! Das Weitere ist klar. Während wir mit der Zeit im Kollapsan experimentierten, experimentierten sie mit uns. Wir wollten aus dem Kern fliehen, sie ließen uns nicht fort. Und um uns zu zwingen, die Forschungen zu beschleunigen, stürzten sie uns seelenruhig und unbarmherzig in die Vibration der Zeit. Nach dem Prinzip: Überleben sie es nicht, zum Teufel mit ihnen, Versager brauchen uns nicht leid zu tun! Überleben sie es – so ist das ein Erfolg! Mal sehen, mal sehen, wie diese Kreaturen mit den Schwierigkeiten fertig werden, vielleich läßt sich dies und das von ihren Tricks verwenden. Ach, haben sie sich doch herausgerappelt? Haben sie es fertiggebracht, die Zeit phasisch zu krümmen? Sie wollen aus dem Ring der Gegenzeit dem Kern entschlüpfen? Das muß man sich doch mal näher ansehen; mögen sie entschlüpfen, ihre Erfahrung wird uns zustatten kommen, wenn es notwendig wird, neue Schübe von Sternen aus dem Kern hinauszuschaffen. Also gleiten die Fremdlinge durch die Anderszeit, frei von allen Kataklysmen des Kerns, denn ihre Zeit ist eine andere im Vergleich zu der Zeit jedes auf sie zufliegenden Sterns, denn sie sind im Kern und doch außerhalb des Kerns – sehr, sehr interessant! Dies und das von ihren Funden läßt sich verwenden. So stelle ich mir unser Verhältnis zu den Ramiren vor, Pawel.«

»Diese Vorstellung ist eine Garantie für unsere Rettung, Eli. Wir können sie als durchaus befriedigend ansehen.«

Ich stand auf. Mir war so beklommen vor Erregung, daß ich mir Bewegung verschaffen mußte. Nervös ging ich im Zimmer auf und ab, während Romero mich erstaunt beobachtete. Er hatte die Situation richtig eingeschätzt, konnte aber meine Einstellung nicht verstehen. »Nein, Pawel, tausendmal nein! Die Lage ist empörend, sie ist nicht im mindesten befriedigend. Weder werde ich mich damit abfinden, daß man uns die erbärmliche Rolle von Ameisen zuerkennt, die aus Gleichgültigkeit vernichtet werden, noch mit dem wohlwollenden Interesse an uns als Versuchskaninchen, die man kaltblütig schwersten Bedingungen aussetzt, um großmütig zu beobachten, ob es ihnen gelingt, die auferlegte Prüfung zu bestehen!«

»Was verlangen Sie von den Ramiren, Admiral?«

»Gleichberechtigung! Mit weniger bin ich nicht einverstanden!«

Er schüttelte skeptisch den Kopf. »Ich fürchte, man wird uns nicht fragen, ob wir einverstanden sind. Werden Sie es schaffen, den Ramiren Ihre Entschlossenheit zur Kenntnis zu bringen?«

»Ich werde Wege suchen.«

Er schwieg eine Weile und sagte lächelnd: »Jeder hat seinen Grund zur Aufregung, Eli. Sie haben triftige Gründe, ich habe geringfügige. Wissen Sie, was mir Sorge bereitet?«

»Sicherlich ist das nichts Geringfügiges!«

»Eine regelrechte Bagatelle, Eli. Wir nähern uns unserer Vergangenheit. Die Schiffsmaschine stellt die Prognose, wie wir in sie eintreten werden. Wozu die Prognose? Eine Prognose der Vergangenheit! Man überlege sich das! – Ist das nicht ungeheuerlich?«

»Ich verstehe Sie nicht.«

»Die Vergangenheit liegt in der Zukunft, Eli! Man muß sie vorhersagen, erinnert sich ihrer nicht. Wissen Sie, ein Schriftsteller der alten Zeit, ein ernsthafter Mensch, der sich selten einen Scherz erlaubte, spöttelte einmal über eine berühmte Prophetin, indem er erklärte, sie prophezeie die Vergangenheit, und das sei doch ein unnützes Unterfangen. Wir hingegen sind darauf angewiesen, daß uns die Vergangenheit prophezeit wird, und das ist kein nutzloses Unterfangen, sondern eine schwierige Aufgabe sowohl für die

Schiffsmaschine als auch für unsere eigenen Gehirne! Und es steht noch nicht fest, ob es uns glücken wird, die eigene Vergangenheit vorherzusagen!«

Und dennoch begriff ich nicht, warum sich Romero so aufregte. Die Schiffsmaschine und Grazi, der sie leitete, waren dem Problem durchaus gewachsen.

12

Wir sind schon aus dem Kern heraus.

Ringsum ist der normale Kosmos – Dutzende von Lichtjahren trennen Stern von Stern, und wenn man einmal einen Sternhaufen trifft, so sind auch dort die Gestirne Lichtmonate, wenn nicht gar Lichtjahre voneinander entfernt. Und kein einziger Stern rast auf seinen Nachbarn, sie wirken nicht mehr wie umherspritzende Splitter einer Explosion, friedlich ruhen sie in festen Koordinatenknoten, die durch ihre gegenseitige Anziehung bestimmt sind. Die Gravitation – Fluch des Kerns – tritt hier wieder als fürsorgliche und kluge Herrin in Erscheinung, die Ordnung im Kosmos schafft, als begeisterte Dirigentin, die eine erhabene Sternensymphonie dirigiert. Ich ging zu Oleg.

Er saß vor dem Flugschreiber. Auf dem Bildschirm des Geräts wurde die Landschaft der Welt um uns unaufhörlich mit den Aufnahmen von der Umgebung des Kerns verglichen, die gemacht wurden, als wir zu ihm flogen. Noch fehlte die Übereinstimmung, doch der Unterschied wurde mit jedem Tag geringer. Wir näherten uns unserer Welt in unserer Zeit. Grazi hatte kürzlich verkündet, der Phasenwinkel, der uns von unserer Zeit trenne, mache jetzt weniger als zehn Grad aus. Und das, nachdem er einmal hundertachtzig Grad betragen hatte!

Ich deutete auf den Flugschreiber und sagte: »Wir sind wie ein Hund, der seinem Schwanz nachjagt.«

Oleg lächelte. »Ich würde mich nicht so derb ausdrücken. Wir ereilen den eigenen Schatten. Es geht auf Mittag zu, und er wird kürzer. Bald liegt der Schatten unseres Kopfes zu unseren Füßen! Orlan und Olga vermindern die Gravitation im Kollapsan, wir brauchen die Zeit nicht mehr so stark zu krümmen. Wir stürzen nicht in die zurückgelassene Zeit, sondern gleiten in sie hinein.«

»In welchen räumlichen Punkt unserer Zeit? Romero beschäftigt die genaue Prognose der Vergangenheit außerordentlich ...«

»Nach Olgas Berechnung ungefähr beim Ausgang aus den Untergehenden Welten.«

»Ein vortreffliches Plätzchen. Hoffentlich geraten wir nicht noch einmal in den Kern!«

Ich unterhielt mich eine Weile mit Oleg und verließ ihn dann. Ich fand keine Ruhe. Mary suchte jeden Morgen ihr Labor für Astrobotanik auf, wo sie neue Gewächssorten für leblose Planeten züchtete. Romero schrieb die Einzelheiten der Reise nieder. Ich verkürzte mir die Zeit mit Spaziergängen. Und es tröstete mich nicht, daß ich mir nicht meine, sondern die Anderszeit verkürzte.

Ich stieg zum Konservierungsraum hinab. Der Sessel stand vor Oans Sarkophag. Ich setzte mich und sagte: »Weißt du, Oan, ich frage mich immer öfter, wer ihr wohl seid, ihr Ramiren! Zweifellos seid ihr nicht wesenhaft. Desgleichen ist mir unklar, ob ihr Leben seid oder tote Materie, die sich selbst so weit organisierte, daß sie vernünftig wurde. Wahrscheinlich seid ihr leblose Vernunft, Materie, die sich ohne Beteiligung von Eiweiß Selbsterkenntnis schuf. Etwas in der Art unserer Schiffsmaschine, aber von kosmischem, nicht Laboratoriumsmaßstab. O nein, ich will euch nicht beleidigen, zumal ich überzeugt bin, daß euch ein Gefühl wie Beleidigtsein, das nur lebendige Organismen kennen, fremd ist. Was ich sagen will, Oan? Nun, daß ihr ein denkender Planet seid, eine denkende Ansammlung von Planeten, vielleicht sogar ein Gehirn in Sterngestalt – wer kennt euch denn? Ich bin kein naiver Dummkopf, der meint, daß nur die Zellen seines Gehirns denkfähig seien, nein, ich verstehe, daß man die Kunst zu denken auch entwickeln kann, ohne zu einem winzigen kurzlebigen Gehirn Zuflucht zu nehmen, das in einer zerbrechlichen Schädelschale steckt. Vielleicht ist es sogar einfacher, als ganzer Planet zu denken. Und effektiver! Außerdem kann man aus seinem Material, wie wir Statuen aus Lehm formen, beliebige lebende Gegenstände herstellen – so etwas wie dich, Oan – und, mit ihm Verbindung haltend, in ihnen und vermittels ihrer denken. Alle Ramiren oder der ganze Ramir denkt in dir! Eine interessante Schlußfolgerung, die ich da ziehe, nicht wahr? Nicht für sich allein denken wie ich, sondern für alle! Irre ich mich nicht? Übrigens, könntest du mir vielleicht erklären: Die Zerstörer und die Galakten glauben. daß ihr einst den

Perseus bewohntet und eure Spezialität die Schaffung von Planeten war. Handelte es sich bei dieser Planetenschaffung nicht einfach um Vermehrung? Und als ihr zum Kern gingt, ließt ihr uns eure Körper, denen ihr die Vernunft entzogen hattet, zur Besiedlung zurück? Eure Vernunft in Planeten- oder sogar Sternenform verlagerte sich in einen Gefahrenbrennpunkt, den ihr unbeirrt wittertet, während eure zurückgelassenen Körper von den Demiurgen und den Galakten und nun auch von uns Menschen genutzt werden. Wenn es an dem ist, dann sind wir in gewisser Weise Verwandte, zumindest eure Erben. Aber ist es so?«

Ich schwieg eine Weile, denn ich hatte die leise Hoffnung, er werde antworten. Aber Oan schwieg teilnahmslos in seiner ewigen Unbeweglichkeit. Ich fuhr fort: »Also, Entwicklung eines Typs von Planetenvernunft oder etwas noch Absonderlicheres. Von unserem Standpunkt aus, von unserem! Wenn ich mein Koordinatensystem des Denkens in euers umwandle, dann finde ich sofort eine Invarianz: die Absonderlichkeit. Ihr scheint uns absonderlich, wir euch. Aber schon unsere Eigenheit, Maschinen zu bauen, ist nicht invariant. Ich bin überzeugt, daß ihr keine Maschinen herstellt. Warum sonst mußtet ihr euch das altertümliche Sternenflugzeug der Aranen beschaffen, dieses Rudiment ihrer entartenden Zivilisation? Und warum beobachtet ihr voller Interesse, wie wir unsere Phasenzeitgeneratoren bauten? Denn ihr habt uns beobachtet, und voller Interesse! Darin sind wir euch voraus, ihr Mächtigen! Die Aufgabe, die ihr nicht löst, lösen wir. Sehr wenig von dem, wozu ihr fähig seid, wird von uns bewältigt. Aber in diesem und jenem überflügeln wir euch. Zieht die Schlußfolgerung daraus, ihr Großen. Welche Schlußfolgerung wir für uns ziehen, werde ich euch gleich erklären!«

Wieder machte ich eine Pause, und wieder sprach ich: »Wir sind also sehr verschieden. Ihr seid denkende tote Materie, wir sind denkende Organismen. Äußerlich sind wir nicht vergleichbar. Eine riesige Ansammlung von Materie, eine Versammlung von Planeten und Sternen, die als eine einheitliche Vernunft denken – in jedem Teil denkt das Ganze, sogar in solch einem, wie du es bist, Oan! Und winzige Körper, die nur für sich denken, von unsichtbaren starken Banden zu einem Kollektiv vereint, aber trotzdem – Individuen. Ihr habt uns hochmütig mißachtet. Die Leiden toter Materie empfindet ihr zutiefst. Was scheren euch unsere besonderen Qualen und Bedürfnisse? Ein Stein auf dem Wege, und wir, die wir den Weg beschreiten, sind für euch gleichwertig, ihr zieht uns nicht vor. Wenn ihr Dulder seid, dann nur für die ganze Welt, für die Sterne und die Bäume, die Planeten und die Menschen, die Ansammlungen von Gestirnen und die Ansammlungen von Pilzen und Gräsern – gleichermaßen. Ihr seid gleichgültig – so hat euch mein Freund definiert. Er hat sich trotz allem geirrt. Die Schicksale der Welt sind euch nicht gleichgültig. Gleichgültig sind euch unsere besonderen Interessen, die Bedürfnisse von Lebewesen, die Belange der individualisierten Vernunft. Ihr seid gleichgültig gegenüber dem lebendigen Leben – das ist euer Verhältnis zu uns. Sehr zu Unrecht, ihr Mächtigen! Hier macht ihr einen großen Fehler! Ich werde ihn euch zeigen.«

Ich legte wieder eine Atempause ein. Die Leidenschaft riß mich fort. Ich wollte nicht, daß meine Stimme zitterte.

»Ja, ich bin ein winziger Organismus, eine Ameise im Vergleich zu euch, weniger als eine Ameise. Aber in mir ist das ganze Weltall! Das ist es, was ihr nicht begreift! Mein winziges Gehirn ist fähig, 10 hoch 60 Kombinationen zu bilden – viel mehr, als es im Kosmos materielle Teilchen und Wellen gibt. Und jede Kombination ist ein Bild: Erscheinungen, Ereignisse, Teilchen, Wellen, Signale. Alles, was im Weltall entstehen kann, findet in mir seine Widerspiegelung, wird ein bildhaftes Duplikat des realen Objekts außerhalb meiner – wird ein Teilchen meines kleinen ›Ich‹. Ich bin ein Spiegel der Welt, denkt darüber nach. Ja, stofflich bin ich ein geringfügiges Teilchen des Weltalls, geistig jedoch, in meinem Denken bin ich ihm gleich, denn ich bin genauso unendlich, genauso unerschöpflich. Ihr beurteilt mich nach der Masse meines Stoffes, nach meiner geringfügigen Anziehung für andere stoffliche Körper – und wendet euch verächtlich ab. Verrechnet euch nicht, ihr Kurzsichtigen. Beurteilt mich nach der Stärke meiner Bindungen, der stofflichen und geistigen, durch die ich mit der ganzen Welt verflochten bin. Dann werdet ihr erstaunt feststellen, daß ich, obwohl klein, genauso groß wie das Universum bin. Und daß in jedem von uns das ganze Universum ist, denn jeder ist die Erkenntnis des Universums, dessen Selbsterkenntnis! Denn ich bin das Leben, und jeder von uns ist das Leben! Und das Leben ist die größte aller Merkwürdigkeiten der Natur. Nein, nicht in der toten Materie schafft sich die Natur neu, sie wirft sich lediglich weiter auseinander in dem toten Stoff, nur einzelne Ansammlungen gleich euch erlangen Vernunft. Aber in jedem lebenden Individuum schafft sich das ganze Universum neu. Wir sind das Bild seiner Einheitlichkeit, wir sind seine Selbsterkenntnis in ganzer Breite, ganzer Tiefe! Dem müßt ihr Rechnung tragen!«

Ich machte wieder eine Pause und sprach dann weiter. »Denkt auch über folgendes nach: Ihr seid, soviel ich verstehe, die Stabilität der Welt, ihre Aufrechterhaltung, ihr Schutz vor einer Katastrophe im Feuer der entfesselten Elemente. Ihr seid das Beharrungsvermögen der Welt, das ewige Gleichgewicht seiner Gesetze. Wir sind die Entwicklung der Welt, die Durchbrechung ihres Beharrungsvermögens. Wir, das Leben, die Zukunft der Welt! Wir, das Leben, das revolutionäre Prinzip in der inerten Natur. Wir, das Leben, einstweilen eine winzige Kraft im Weltall, ein unbedeutendes Feld unter Tausenden anderen Feldern. Aber auch die einzig wachsende Kraft, wachsende, nicht einfach erhaltende. Wir sind an der Peripherie der Galaxis ins Dasein getreten und bewegen uns auf ihr Zentrum zu. Wir dehnen uns stürmisch aus, vermehren uns schnell. Wir haben einen anderen Zeitmaßstab, eure Sekunde ist unseren Jahrtausenden gleichwertig. Wir, das Leben, die Explosion in der inerten Materie! Das Universum ist vom Leben infiziert, das Universum verändert sein Gesicht! Ich sage euch, wir sind die Zukunft der Welt. Ob ihr es wollt oder nicht, dem müßt ihr Rechnung tragen! Das Feld des Lebens ordnet sich unvermeidlich alle übrigen Felder der toten Natur unter, unterwirft sich deren Elemente. Ist es nicht Zeit, daß wir uns vereinigen – die alte Vernunft der Stabilität und die junge Macht des Lebensschwungs? Selbst wenn meine Kameraden und ich nicht in unsere Zeit gelangen und umkommen, hört das Leben nicht auf. Wir sind nur Atome des lebendigen Weltallfeldes, nicht mehr. Ihr strebt nach Harmonie, stabilisiert sie, doch die höchste der Harmonien in der Natur ist das Leben, und bald wird es auch das höchste ihrer Elemente sein, ein Element der Harmonie gegen das Element der blinden Elemente. Und sollten wir, die Bewohner eines kleinen Sternenflugzeugs, sterben, so seid ihr uns doch nicht los. Zu euch kehren unsere Nachfahren zurück, die besser ausgerüstet sind, die mehr wissen. Das Leben breitet sich rasch über das Weltall aus, die lebendige Vernunft unterwirft sich die Materie, sprengt die Trägheit der einförmigen, sich selbst stets gleichen Existenz, an deren Ende

die Katastrophe im Kern steht. Als Ersatz für die Gesamtheit der Einförmigkeit bringen wir ein neues lebenspendendes Prinzip in die Natur ein – die Zunahme der Eigentümlichkeiten, die Gesamtheit der Unähnlichkeiten. Denn uns, die Sternenbrüder, eint ein Gemeinsames – wir sind eigentümlich, wir sind vernünftig, wir sind gut zueinander. Auch ihr und wir wollen gut zueinander sein!«
Ich trat zu Oan, blickte ihn lange an.

»Nun verschwinde, Oan«, sagte ich. »Deine Mission ist beendet. Ich bin sicher, du kannst sein und nicht sein. So verschwinde! Ich bin ein Mensch – schon mächtig und noch nicht vollkommen. Ich bin die Jugend der Welt, ihr Drang ins Unbekannte, nicht aber die inerte Weisheit der ewigen Selbsterhaltung. Ich habe es nicht gelernt, alles augenblicklich und vollständig zu verstehen. Ich muß überlegen, ich brauche Zeichen und Signale. Verschwinde! Das soll für mich das Zeichen sein, daß ich verstanden worden bin.«

Im Konservierungsraum erging der Ruf an mich: »Admiral Eli – in den Kommandeurssaal! Admiral Eli – in den Kommandeurssaal!« Ich ging hinaus.

13

Im Kommandeurssaal hatten sich alle Freunde versammelt – Oleg, Oshima, Kamagin, Olga und Orlan. Oleg wies auf die Sternenbildschirme. »Eli, weißt du, wo wir sind?«

Das Bild kannte ich so gut, daß ich begeistert rief: »In den Untergehenden Welten!«

»Am Rande der Ansammlung«, bestätigte Oleg. »Dort, wo die Untergehenden Welten in den offenen Kosmos übergehen. Die alte und die neue Umgebung stimmen im Flugschreiber absolut überein. Wir sind genau an der Stelle, die wir seinerzeit verlassen haben.«

Fragend blickte ich Olga an. »Seinerzeit verlassen haben ... In welche Zeit sind wir zurückgekehrt?«

»In unsere«, antwortete sie. »Die, die in unserer Welt mit Nullphasengeschwindigkeit verläuft. Wir existieren wieder in der eindimensionalen und einsinnig gerichteten Zeit – der, die immer von der Vergangenheit zur Zukunft fließt.«

»Du hast mich nicht verstanden, Olga. Unsere Zeit ... Aber welche? Die vergangene oder die künftige? Sind wir früher als wir, da wir diese Ansammlung verließen, oder später?«

»Wir sind um ein irdisches Jahr später zurückgekehrt. Unsere Irrfahrten im Kern, unsere Flucht auf dem Ring der Gegenzeit haben laut den Schiffschronometern insgesamt ein Jahr in Anspruch genommen.«

Das Gespräch unterbrach Grazi. Der Galakt meldete, die Analysatoren hätten die beiden von uns zurückgelassenen Frachten-Sternenflugzeuge entdeckt. Sie seien noch weit von uns entfernt, doch es bestehe kein Zweifel, daß beide Schiffe die Säuberung des Raums unbeschädigt fortsetzten.

»Wir sind um ein Jahr gealtert, die Untergehenden Welten aber um ein Jahrhundert jünger geworden«, sagte Oleg. »Das System der Drei Staubigen Sonnen erhält die verlorene Transparenz und Helligkeit wieder.«

In den Kommandeurssaal kam der aufgeregte Romero gestürzt. Er war so bleich und verstört, daß wir auffuhren. »Oleg! Eli!« Das Sprechen fiel ihm schwer. »Ich war im Konservierungsraum, wollte sehen, wie unsere Toten den Übergang auf dem Ring der Gegenzeit überstanden haben. Und da sah ich ... Ein Wunder, Freunde!«

Ich unterbrach ihn. »Wunder gibt es nicht. Wollen Sie sagen, Oan sei verschwunden?«

»Ja, genau das! Der Sarkophag ist unbeschädigt, die schließenden Felder sind vorhanden, aber von Oan ist keine Spur zu finden! Wenn das kein Wunder ist, Eli ...«

Ich nahm ihn bei der Hand und zog ihn zu dem freien Sessel. »Beruhigen Sie sich, Pawel. Kein einziges Naturgesetz ist verletzt. Uns ist einfach ein Zeichen gegeben worden, daß wir noch einen Ring geschlossen haben, keinen Zeitring diesmal, sondern einen Ring des gegenseitigen Einvernehmens – von Bekanntschaft über Feindseligkeit, Kampf, Interessiertheit aneinander zu Freundlichkeit.«

ISBN 3-360-00838-3

3. Auflage dieser Ausgabe

Rosa-Luxemburg-Str. 39, 10178 Berlin

Umschlaggestaltung: Johannes Frick
Printed in Germany

Die Bücher des Verlags Das Neue Berlin
erscheinen in der Eulenspiegel Verlagsgruppe.

www.das-neue-berlin.de